MORT-EN-DIRECT.COM

# JOHN KATZENBACH

# MORT-EN-DIRECT.COM

## Roman

Traduit de l'anglais (États-Unis)
par Jean-Charles Provost

ÉDITIONS FRANCE LOISIRS

*Titre original :*

THE PROFESSOR

Édition du Club France Loisirs,
avec l'autorisation des Presses de la Cité

Éditions France Loisirs
123, boulevard de Grenelle, Paris
www.franceloisirs.com

© 2010, John Katzenbach
© Presses de la Cité, un département place des éditeurs, 2012 pour la traduction française
ISBN 978-2-298-06865-8

## 1

Dès que la porte s'ouvrit, Adrian sut qu'il était mort.

Il le vit au regard fuyant, au léger affaissement des épaules, à la nervosité et à l'empressement du docteur, qui traversa rapidement la pièce. Les seules questions qui lui vinrent à l'esprit furent celles-ci : Combien de temps lui restait-il ? Est-ce que ce serait dur ?

Il regarda le neurologue, qui feuilleta les résultats des examens avant de se tasser derrière son grand bureau de chêne. Le médecin se renversa en arrière sur son siège, puis il bascula de nouveau en avant et leva les yeux vers lui.

— Monsieur Thomas. Les résultats des examens nous obligent à exclure la plupart des diagnostics de routine…

Adrian s'y attendait. IRM. Électrocardiogramme. Électroencéphalographe. Sang. Urine. Ultrasons. Scanner du cerveau. Une kyrielle d'examens des fonctions cognitives. Il y avait plus de neuf mois qu'il avait remarqué qu'il oubliait des choses généralement faciles à retenir. Le trajet jusqu'à la quincaillerie où il s'était brusquement retrouvé, au rayon des ampoules électriques, sans la moindre idée de ce qu'il était venu acheter. Ou le jour où, dans la grand-rue, il était tombé sur un vieux collègue et avait oublié instantanément le nom de cet homme qui avait occupé pendant plus de vingt ans le bureau à côté du sien. Puis, un mois plus tard, pendant toute une soirée, il avait aimablement bavardé avec sa femme, depuis longtemps disparue, dans le salon de la maison qu'ils occupaient depuis leur arrivée dans le Massachusetts occidental. Elle s'était même assise dans son fauteuil Reine Anne préféré en cachemire, près de la cheminée.

Quand il prit clairement conscience de ce qu'il avait fait, il était loin de se douter que cela laisserait des traces sur une sortie d'imprimante ou une photo en couleurs de son cerveau. Cela ne l'avait pas empêché de prendre rendez-vous d'urgence avec son spécialiste en médecine interne, qui l'avait expédié illico chez le neurologue. Il avait patiemment répondu à toutes les questions qu'on lui avait posées et s'était laissé manipuler, tâter et radiographier.

Quelques minutes après que le fantôme de sa femme eut disparu de son champ de vision, choqué, il s'était dit qu'il devenait fou – une manière peu scientifique et peu rigoureuse de définir la psychose ou la schizophrénie. Mais il ne se *sentait* pas fou. Il se sentait plutôt bien, vraiment, comme si ces heures de conversation avec une personne qui était morte depuis trois ans relevaient de la routine. Ils avaient parlé de sa solitude croissante et des raisons qui l'avaient fait accepter de donner des cours *pro bono* alors qu'il était en retraite. Ils avaient discuté des nouveaux films, des livres intéressants, et s'étaient demandé s'ils devaient essayer de descendre à Cape Cod, pour s'y reposer deux ou trois semaines en juin.

Alors qu'il se tenait devant le neurologue, il se dit qu'il avait commis une erreur terrible en croyant, ne fût-ce qu'un instant, que ses hallucinations pouvaient être les symptômes d'une maladie. Il aurait dû voir cela comme un avantage. Il était absolument seul, maintenant, et il aurait été agréable de repeupler sa vie avec les gens qu'il avait aimés, qu'ils soient vivants ou pas, pour le temps qui lui restait à passer sur cette terre.

— Vos symptômes suggèrent…

Il n'avait pas envie d'écouter le médecin, qui affichait un air consterné, mal à l'aise, et qui était beaucoup plus jeune que lui. Il était parfaitement injuste, se dit-il, qu'un homme si jeune doive lui annoncer qu'il allait mourir. Cela aurait dû être un médecin aux cheveux gris, au visage de dieu, avec une voix sonore, lassé par les années d'expérience – et non cet homme à la voix aiguë, à peine sorti de l'école primaire et qui se balançait nerveusement dans son fauteuil.

Adrian détestait ce cabinet, cette lumière vive et stérile, ces diplômes encadrés et ces rayonnages couverts de livres médicaux que le docteur, il en était sûr, n'avait jamais ouverts. Il savait que le toubib était le genre de type qui préférait cliquer deux ou trois fois sur un clavier d'ordinateur ou sur son BlackBerry pour trouver l'information qu'il cherchait. Derrière cet homme, par la fenêtre, il vit un corbeau posé sur les branches couvertes de feuilles d'un saule proche. C'était comme si le docteur ronronnait dans un monde lointain où Adrian, en cet instant, ne jouait plus vraiment de rôle. Ou juste un petit rôle, peut-être. Un rôle sans importance. L'espace d'un instant, il se dit qu'il aurait plutôt dû écouter le corbeau, puis il eut l'impression (cela lui fit un choc) que c'était le corbeau qui lui parlait. C'est très improbable, se dit-il. Il baissa les yeux et s'efforça de concentrer son attention sur le médecin.

— ... je suis navré, professeur Thomas, disait lentement le neurologue, en choisissant ses mots avec soin. Je crois que vous traversez les étapes successives d'une maladie rare, la démence à corps de Lewy. Vous savez de quoi il s'agit ?

Oui, vaguement. Il avait dû entendre ces mots deux ou trois fois, mais ne se rappelait pas dans quelles circonstances. Un de ses collègues, membre du département de psychologie à l'université, avait dû les prononcer dans une réunion quelconque, en tentant de justifier ses recherches ou en se plaignant des procédures d'application des subventions. Néanmoins, il secoua la tête. Il valait mieux se les entendre dire sans fard, par quelqu'un de plus compétent que lui, même si ce docteur était beaucoup trop jeune.

Les mots planaient entre eux, comme des débris après une explosion, et retombaient en tas sur le bureau : « Régulier. Progressif. Détérioration rapide. Hallucinations. Perte des fonctions corporelles. Perte du raisonnement critique. Perte de la mémoire à court terme. Perte de la mémoire à long terme. »

Et puis, enfin, l'arrêt de mort.

— ... je regrette de devoir vous dire que de manière caractéristique nous parlons ici de cinq à sept ans. Peut-être. Et je pense que vous souffrez de l'apparition de cette maladie depuis...

Le médecin marqua un temps d'arrêt et baissa les yeux sur ses notes.

— ... depuis plus d'un an. Ce serait donc un maximum. Sachant que dans la plupart des cas les choses évoluent beaucoup plus vite...

Une brève suspension, puis ces mots obséquieux :

— Si vous désirez un deuxième avis...

Pourquoi voudrais-je entendre deux fois les mauvaises nouvelles ? se demanda Adrian.

Puis vint le dernier coup, plus ou moins prévisible.

— Il n'existe aucun traitement. Certains médicaments peuvent atténuer certains symptômes. Des remèdes anti-Alzheimer, des antipsychotiques atypiques pour traiter les visions et les délires... Aucun n'offre la moindre garantie et, très souvent, ils n'apportent pas d'amélioration significative. Mais cela vaut la peine d'essayer, pour le cas où ils contribueraient à prolonger le fonctionnement...

Adrian attendit une ouverture pour glisser :

— Mais je ne me sens pas malade.

— C'est tout aussi typique, malheureusement, acquiesça le neurologue. Pour un homme au milieu de la soixantaine, vous êtes dans une excellente forme physique. Vous avez un cœur de jeune homme...

— Beaucoup de jogging et d'exercice.

— C'est parfait.

— Ce qui veut dire que je suis suffisamment sain pour me regarder en train de m'effondrer ? Comme si j'étais aux premières loges au spectacle de mon propre déclin ?

Le neurologue ne répondit pas tout de suite.

— Oui... mais des études ont montré qu'une pratique soutenue de certains exercices intellectuels, si l'on continue à mener une vie active et dynamique, peut différer l'impact sur les lobes frontaux, où se trouve le siège de la maladie.

Adrian hocha la tête. Il le savait. Il savait aussi que les lobes frontaux contrôlent les processus de prise de décision, et la capacité à comprendre le monde environnant. Les lobes frontaux étaient la partie de son cerveau qui avait fait de lui ce qu'il était. Ils allaient faire de lui un homme totalement différent et sans doute méconnaissable. Il comprit soudain que, très bientôt, il ne serait plus Adrian Thomas.

Cette pensée occupait son esprit, et il cessa d'écouter le neurologue, jusqu'au moment où ces mots lui parvinrent :

— Vous avez quelqu'un, pour vous aider ? Une épouse ? Des enfants ? D'autres parents ? Avant peu de temps, vous aurez besoin d'un soutien personnalisé. Après quoi, il vous faudra une prise en charge permanente. Il faudrait vraiment que je parle au plus vite à ces personnes. Pour les aider à comprendre ce que vous allez subir...

Tout en prononçant ces mots, le médecin prit une ordonnance et dressa une liste de remèdes.

— J'ai chez moi toute l'aide dont je pourrais avoir besoin, fit Adrian en souriant.

Mister Ruger 9 mm semi-automatique, se dit-il. Le pistolet se trouvait dans le tiroir supérieur de sa table de nuit. Le chargeur de treize balles était plein, mais il savait qu'il lui suffirait de placer une balle dans le canon.

Le médecin lui parla aussi de soins à domicile et d'assurances, de procurations et de testaments, de séjours prolongés à l'hôpital, de l'importance d'honorer ses futurs rendez-vous et de ne pas oublier les médicaments qui n'étaient sans doute pas capables de ralentir l'évolution de la maladie, mais qu'il devait prendre parce qu'ils pourraient avoir un peu d'effet... mais Adrian se rendit compte qu'il n'avait pas vraiment envie de lui prêter la moindre attention.

Niché entre d'anciennes parcelles agricoles où l'on avait construit de grandes maisons modernes et cossues, en périphérie de la petite ville universitaire où vivait Adrian, se trouvait un secteur protégé. Une réserve naturelle couvrait une petite colline que les gens du coin appelaient une montagne, mais qui n'était qu'une simple bosse au regard de la topographie. Sur ce mont Pollux, un sentier serpentait dans les bois avant d'émerger à un endroit qui dominait la vallée. Adrian avait toujours regretté l'absence d'un mont Castor à côté du mont Pollux, et se demandait qui avait eu l'idée de lui donner un nom aussi prétentieux. Sans doute un professeur quelconque il y a deux cents ans, se dit-il, un type qui portait des costumes de laine noire et des cols amidonnés, et qui gavait ses étudiants de culture classique. Mais, en dépit de ses doutes sur la dénomination honorifique du « mont », il aimait l'endroit depuis longtemps. C'était un lieu tranquille, très apprécié des chiens de la ville, dont on pouvait détacher la laisse, et où il pouvait rester seul avec ses pensées.

Il gara sa vieille Volvo dans un décrochement prévu à cet effet au pied du sentier et commença l'ascension. En temps ordinaire, il aurait pris des bottes pour se protéger de la boue, normale en ce début de printemps. Il se dit que ses souliers seraient fichus avant qu'il ait le temps d'aller bien loin. Mais cela n'avait plus d'importance.

L'après-midi déclinant, il sentait le froid glisser le long de sa colonne vertébrale. Il n'était pas habillé pour la marche, et l'ombre qui glissait gardait la fraîcheur de l'hiver de la Nouvelle-Angleterre. Malgré ses souliers bien vite trempés, il ignora le froid.

Le sentier était désert. Pas le moindre labrador bondissant dans les broussailles à la poursuite d'une odeur quelconque. Il n'y avait que lui, Adrian, marchant d'un pas régulier. Il était heureux d'être seul. Une pensée bizarre lui vint. S'il avait rencontré quelqu'un, il aurait été obligé de lui dire : « J'ai une maladie dont vous n'avez jamais entendu parler. Je vais mourir, mais d'abord je vais peu à peu disparaître dans le néant. »

Avec le cancer, se dit-il, ou une maladie de cœur, on reste soi-même tant qu'on parvient à supporter le mal qui est en train de vous tuer. Pris de colère, il avait envie de se battre, de frapper quelque chose, mais il se contenta de poursuivre sa marche. Il écouta sa respiration. Elle était régulière. Normale. Pas du tout pénible. Il aurait préféré entendre un horrible bruit de succion qui lui aurait dit qu'il était en phase terminale.

Il lui fallut près d'une demi-heure pour atteindre le sommet. Les derniers rayons du soleil filtraient au sommet des collines, à l'ouest. Il s'assit sur un gros affleurement de schiste datant de l'ère glaciaire et contempla la vallée. Les premiers signes du printemps de la Nouvelle-Angleterre étaient visibles. Il aperçut des fleurs précoces – surtout des crocus jaunes et pourpres perçant le sol humide – et remarqua la touche de vert dans les arbres dont les bourgeons assombrissaient les branches, comme les joues d'un homme qui ne s'est pas rasé depuis plusieurs jours. Un vol de bernaches du Canada déployé en V fendit l'air au-dessus de lui, fonçant vers le nord. L'écho de leurs cris rauques résonnait dans le ciel bleu pâle. Tout était si évident, si normal, qu'il se sentit un peu idiot, car ce qui se passait en lui semblait être en décalage avec le reste du monde.

Il discernait au loin le clocher de l'église, au centre du campus universitaire. L'équipe de base-ball devait être à l'extérieur, à l'entraînement dans les cages de frappe, car une bâche recouvrait encore le terrain. Son bureau était si proche que lorsqu'il ouvrait sa fenêtre, par les après-midi de printemps, il distinguait le son de la batte frappant la balle. À l'instar d'un rouge-gorge fouillant les jardins en quête de vers, c'était un signe bienvenu de la fin d'un long hiver.

Adrian inspira à fond.

— Rentre à la maison, se dit-il à voix haute. Tire-toi une balle dans la tête, sans attendre, tant que toutes ces choses qui te rendent la vie agréable sont encore réelles. Parce que la maladie va les emporter.

Il s'était toujours considéré comme un homme résolu, et il fit bon accueil à cette volonté de suicide. Il chercha des arguments en faveur du sursis, mais rien ne lui vint à l'esprit. Peut-être que tu devrais rester ici, se dit-il. C'était un endroit agréable. Un de ses préférés. Un bon endroit pour mourir. Il se demanda si la température nocturne serait assez basse pour qu'il meure de froid. Il en doutait. Adrian se dit qu'il risquait simplement de passer une nuit affreuse, à grelotter et à tousser, à vivre pour voir le soleil se lever, et ce serait embarrassant, même s'il était la seule personne au monde pour qui l'aurore symboliserait l'échec.

Il secoua la tête. Regarde autour de toi, se dit-il. Rappelle-toi tout ce qui en vaut la peine. Ne tiens pas compte du reste. Il regarda ses souliers. Ils étaient couverts de boue, trempés, et Adrian se demanda pourquoi il ne sentait pas l'humidité sur ses orteils.

Plus de sursis. Il frotta son pantalon pour en ôter la poussière de schiste. Il vit que l'obscurité commençait à suinter à travers les haies et les arbres. Le sentier qui descendait vers le bas de la colline était plus sombre à chaque seconde.

Il se tourna de nouveau vers la vallée : Voilà où j'ai enseigné. Là-bas, l'endroit où nous vivions. Il aurait aimé voir, de là où il était, le loft new-yorkais où il avait rencontré sa femme, où ils étaient tombés amoureux, mais c'était impossible. Il aurait aimé voir les lieux de son enfance, les endroits qu'il associait à toutes sortes de moments de sa jeunesse. Il aurait aimé revoir la rue de la Madeleine, à Paris, et le bistrot du coin où sa femme et lui, pendant leur congé sabbatique, prenaient le café chaque matin. Ou l'hôtel *Savoy*, à Berlin, où ils avaient logé dans la suite de Marlene Dietrich (on l'avait invité à donner une conférence à l'Institut für Psychologie). C'est là qu'ils avaient conçu leur unique enfant. Il se concentra, regarda vers l'est, vers la maison de Cape Cod où il passait tous les étés depuis sa jeunesse, vers les plages où il avait appris à pêcher la perche rayée au lancer, ou vers les torrents à truites où il barbotait parmi les rochers, dans l'eau à l'énergie illimitée.

Tout cela va me manquer. On n'y peut rien, pensa-t-il. Il tourna le dos à ce qu'il voyait et à ce qu'il ne voyait pas, et entama sa descente. Il allait lentement, dans l'obscurité de plus en plus profonde.

Il traversait le quartier de maisons modestes à bardeaux blancs où vivaient ses collègues de la faculté et un assortiment d'agents d'assurances, de dentistes, de rédacteurs indépendants, de professeurs de yoga et autres « conseillers de vie ».

Il se trouvait à moins d'une rue de chez lui quand il aperçut la fille qui marchait le long du trottoir.

En temps ordinaire, il ne lui aurait guère prêté attention, mais quelque chose, dans sa détermination, le frappa. Elle avait l'air, vraiment, de savoir où elle allait. Ses cheveux blond cendré étaient relevés sous une casquette rose vif des Boston Red Sox. Adrian vit que sa parka sombre et son jean étaient déchirés. Ce qui avait attiré son attention, c'était le sac à dos visiblement bourré à ras bord de vêtements. Il crut d'abord qu'elle rentrait chez elle, simplement, qu'elle était arrivée par le dernier car du collège – celui qui ramenait les élèves restés en retenue après les cours. Puis il remarqua le gros ours en peluche attaché au sac à dos. Il ne comprenait pas pourquoi elle emporterait ce genre de jouet au collège. Les autres élèves se seraient moqués d'elle.

En la doublant, Adrian regarda son visage. Elle était jeune. À peine plus âgée qu'une enfant. Mais elle avait cette beauté que possèdent les enfants sur le point de changer. Avait-elle quinze ans ? Seize ans ? Il n'était plus capable d'estimer avec précision l'âge des enfants.

Elle regardait devant elle, l'air farouche. Adrian se dit qu'elle ne l'avait même pas remarqué.

Il se gara dans son allée. Mais il resta au volant. Il se dit que la fille affichait une détermination qui signifiait sans doute quelque chose. Son regard le fascinait, piquait sa curiosité. Il la suivit des yeux dans son rétroviseur, quand elle passa vivement le coin.

Ce qu'il vit ensuite semblait déplacé dans ce quartier tranquille, ostensiblement normal. Un véhicule blanc, semblable à une petite camionnette de livraison, mais sans le moindre panneau de publicité portant le nom d'une entreprise d'électricité ou de peinture, descendait lentement la rue. Une femme était au volant, un homme était assis à côté d'elle. C'était étonnant. Cela devrait être le contraire, se dit Adrian, avant de réaliser qu'il réagissait en fonction d'un cliché sexiste. Il vit le véhicule avancer lentement, comme s'il suivait la fille.

Soudain, la camionnette s'arrêta, cachant la fille à la vue d'Adrian. Quelques instants plus tard, elle redémarra brusquement et accéléra en direction du carrefour. Le moteur rugit et les roues arrière patinèrent. Cela semblait assez dangereux dans le quartier, si calme. Adrian essaya de noter le numéro d'immatriculation avant que le véhicule ne disparaisse dans les dernières lueurs précédant la tombée de la nuit.

Il regarda de nouveau le trottoir. La fille avait disparu.

Mais elle avait laissé derrière elle, au milieu de la rue, la casquette rose de base-ball.

# 2

Jennifer Riggins ne se retourna pas tout de suite quand la camionnette s'approcha d'elle. Elle ne pensait qu'à une chose : rejoindre au plus vite l'arrêt de bus, à un kilomètre de là, sur l'avenue la plus proche. D'après le plan de fuite qu'elle avait soigneusement préparé, le bus la conduirait au centre-ville. Elle y prendrait un autocar pour une gare plus importante, à Springfield, à une trentaine de kilomètres. De là, elle pourrait aller n'importe où. Dans la poche de son jean, elle avait plus de trois cents dollars qu'elle avait volés peu à peu – dix par ci, cinq par là – dans le sac de sa mère ou le portefeuille de l'amant de cette dernière. Elle avait pris son temps, plus d'un mois, pour rassembler l'argent qu'elle cachait dans une boîte au fond d'un tiroir, sous son linge. Elle avait veillé à ne jamais en prendre trop pour qu'ils ne s'en rendent pas compte. Des petites sommes, dont la disparition passait inaperçue.

Le montant qu'elle s'était fixé devait lui suffire pour aller à New York ou Nashville, voire à Miami ou Los Angeles. Pour son dernier larcin, tôt ce matin-là, elle n'avait pris qu'un billet de vingt et trois d'un dollar, et elle avait dérobé la carte Visa de sa mère. Elle n'était pas sûre de savoir où elle allait. Là où il faisait chaud, espérait-elle. Mais n'importe quel endroit lui conviendrait, du moment qu'il était éloigné et différent. C'est exactement ce à quoi elle pensait quand la camionnette s'était arrêtée non loin d'elle. Je peux aller où je veux...

— Hé, mademoiselle ! cria l'homme assis à côté du chauffeur. Vous avez une seconde, j'ai besoin d'un renseignement...

Elle s'arrêta et fit face au passager de la camionnette. Sa première impression fut qu'il ne s'était pas rasé. Elle se dit qu'il avait une voix bizarrement aiguë et qu'il était plus excité que sa question banale ne le justifiait. Elle était aussi un peu agacée, car elle ne voulait pas se mettre en retard. Elle voulait quitter son foyer, quitter ce quartier suffisant, quitter cette petite ville universitaire barbante, s'éloigner de sa mère et de l'ami de sa mère, de la manière dont celui-ci la regardait et de certaines choses qu'il faisait quand ils étaient seuls, et de cette école horrible, et de tous les gamins qu'elle connaissait, qu'elle haïssait, et qui se moquaient d'elle, jour après jour.

Elle voulait absolument être dans un car qui l'emmènerait quelque part, parce qu'elle savait qu'à neuf ou dix heures sa mère aurait appelé tous les numéros qui lui viendraient à l'esprit et qu'elle finirait peut-être par composer celui de la police – comme les autres fois. Jennifer savait que la police serait omniprésente dans la gare des bus de Springfield, et qu'elle devait absolument être loin avant que tout cela ne se mette en branle. Toutes ces pensées se mêlaient dans sa tête, alors qu'elle réfléchissait à la question que l'homme lui avait posée.

— Qu'est-ce que vous cherchez ?

Il eut un sourire.

21

Ce n'est pas normal, se dit Jennifer. Il ne devrait pas sourire.

Elle crut tout d'abord que l'homme allait faire une remarque vaguement sexiste, obscène, quelque chose d'insultant ou de dépréciatif, du style « Salut, ma belle, t'as envie de prendre du bon temps ? », en claquant les lèvres dans une parodie de baiser. Elle était prête à lui dire d'aller se faire foutre, quand elle vit, par-dessus l'épaule de l'homme, la femme qui se tenait au volant. Elle portait une casquette de gardien en laine enfoncée sur le crâne. Elle était jeune, mais elle avait le regard dur, comme Jennifer n'en avait encore jamais vu, et cela lui fit peur. La femme tenait une petite caméra vidéo, qu'elle pointait dans sa direction.

La réponse de l'homme la troubla. Elle s'attendait à ce qu'il cherche une adresse dans le quartier, ou le chemin le plus court pour rejoindre la Route 9. Au lieu de quoi, il prononça un seul mot :

— Toi.

Pourquoi la cherchaient-ils ? Personne ne connaissait son plan. Il était beaucoup trop tôt pour que sa mère ait trouvé son message, fixé sur la porte du frigo avec un aimant décoratif. Elle hésita, à la seconde précise où elle aurait dû se mettre à courir à toutes jambes, ou hurler pour demander de l'aide.

La portière de la camionnette s'ouvrit brutalement. L'homme sauta du siège passager. Il bougeait plus vite que Jennifer imaginait qu'on puisse bouger.

— Hé !

Plus tard, elle dirait qu'elle avait crié, mais sans en être certaine.

L'homme lui avait donné un coup violent au visage. Elle tituba. La douleur déploya un voile rouge devant ses yeux. La tête lui tourna, comme si le monde avait basculé sur son axe. Elle sentit qu'elle perdait conscience, chancela, et s'effondra – mais il la rattrapa par les épaules pour l'empêcher de tomber. Ses genoux ne la retenaient plus, elle avait les épaules et le dos en coton. Si Jennifer avait jamais eu la moindre force, elle avait disparu instantanément.

Elle eut vaguement conscience que la portière de la camionnette s'ouvrait et que l'homme qui la tenait à bras-le-corps la jetait à l'arrière. Elle entendit claquer la portière. Le mouvement de la camionnette qui accélérait vers le carrefour la projeta sur le sol en métal. Elle sentait le poids de l'homme qui l'écrasait, la maintenait au sol. Elle pouvait à peine respirer, et elle avait la gorge bloquée par la terreur. Elle ignorait si elle luttait, si elle se débattait, elle était incapable de dire si elle hurlait ou si elle pleurait, elle n'était plus assez consciente pour savoir ce qu'elle faisait.

Elle se retrouva brusquement dans l'obscurité, et commença à suffoquer. Elle crut tout d'abord qu'il l'avait assommée, avant de comprendre qu'il lui avait passé une taie d'oreiller sur la tête, l'isolant du reste de l'espace. Ses lèvres avaient un goût de sang, et la tête lui tournait toujours. Quoi qu'il soit en train de lui arriver, elle savait que c'était pire que tout ce qu'elle avait jamais connu.

L'odeur pénétrait dans la taie d'oreiller. Une odeur grasse, huileuse, qui venait du plancher du véhicule. L'odeur douce de la sueur de l'homme qui la maintenait au sol. Quelque part, au plus profond d'elle-même, elle sut qu'elle souffrait mais elle ignorait où, exactement. Elle essaya de bouger les bras, les jambes, ruant dans le vide comme un chien rêvant qu'il chasse des lapins, mais elle entendit l'homme grogner :

— Non, je ne crois pas...

Il y eut une nouvelle explosion dans son crâne, derrière ses yeux. La dernière chose dont elle eut conscience, ce fut la voix de la femme qui disait :

— Ne la tue pas, bon Dieu !

## 3

Il tenait délicatement la casquette rose, la retournait entre ses doigts avec précaution, comme si c'était un être vivant. Sous le revers, il vit un prénom gribouillé au stylo, « Jennifer », suivi d'un petit dessin amusant (un canard souriant) et des mots « est cool », comme s'ils étaient la réponse à une question. Pas de nom de famille, pas de numéro de téléphone, pas d'adresse.

Adrian était assis sur le bord de son lit. Son Ruger 9 mm automatique était posé à côté de lui, sur le dessus-de-lit multicolore tissé à la main que sa femme avait trouvé dans une foire à l'édredon peu de temps avant son accident. Il avait rassemblé un grand nombre de photos de sa femme et de sa famille, et les avait étalées un peu partout dans la chambre, où il pouvait les regarder en se préparant. Dans la petite pièce qui lui servait de bureau, où il avait travaillé sur tant de cours et de conférences, il avait agrafé un article de Wiki-pédia sur la démence à corps de Lewy à une attes-tation fournie par le cabinet du neurologue.

Il lui restait une chose à faire : écrire la note d'adieu appropriée. Un message poétique, venu droit du cœur. Adrian avait toujours aimé la poésie, et s'y était lui-même essayé. Il avait couvert des rayonnages entiers de livres de poésie, des modernes aux anciens, de Paul Muldoon et James Tate à Ovide et Catulle. Quelques années plus tôt, il avait publié à compte d'auteur un petit volume de ses propres poèmes, *Chants d'amour et folie*. Non pas qu'il trouvât cela remarquable. Mais il aimait écrire, en vers libres ou en rime, et il était sûr que cela pouvait lui être utile, précisément à ce moment de sa vie. La poésie plutôt que le courage, se dit-il. L'espace d'un instant, il perdit le fil. Il se demanda où il devait placer un exemplaire de son livre. Il se dit que sa place était sur le lit, à côté des photos et du pistolet. Tout serait parfaitement évident pour la personne, quelle qu'elle soit, qui découvrirait son suicide.

Il se rappela qu'avant de presser la détente il devait appeler le 911 pour signaler un coup de feu à son domicile. Quelques minutes plus tard, des policiers inquiets seraient sur les lieux. Il savait qu'il devait laisser la porte d'entrée grande ouverte. Ces précautions éviteraient que des semaines ne s'écoulent avant que quelqu'un découvre son cadavre. Pas de corps décomposé. Pas de puanteur. Faire en sorte que tout soit aussi clair et propre que possible. Il se dit qu'il ne pouvait rien pour empêcher le sang d'éclabousser. Rien à faire contre cela.

Il se demanda s'il devait écrire un poème sur ses intentions. Dernières actions avant le dernier acte. Un bon titre, se dit-il.

Adrian se balançait d'avant en arrière, comme si le mouvement pouvait libérer les pensées qui s'aggloméraient dans des endroits obscurs, désormais hors d'atteinte, de son cerveau. Peut-être avait-il encore quelques tâches à accomplir avant de se suicider – payer des factures en retard, éteindre le chauffage et le chauffe-eau, fermer le garage, sortir les poubelles. Il était en train d'établir mentalement une check-list secondaire, un peu comme un banlieusard moyen prépare les tâches domestiques du samedi matin. Une vieille idée lui traversa l'esprit. Il semblait dominé par la crainte que sa mort ne provoque un désordre épouvantable, en abandonnant aux autres le soin de nettoyer derrière lui.

Nettoyer le désordre après la mort. C'est précisément ce qu'il avait dû faire, plus d'une fois. Les souvenirs essayèrent de franchir le mur de sa conscience. Adrian repoussa les images remplies de tristesse qui se pressaient en lui, et se concentra de toutes ses forces sur les photos disposées autour de lui, sur le lit et sur la table toute proche. Parents, frère, femme, fils. J'arrive, leur dit-il. D'autres, plus éloignés, sœur, nièces, amis et collègues. À plus tard. Il parlait directement aux gens qui le regardaient. Beaucoup de rires et de sourires. Des moments heureux aux barbecues, aux mariages, en vacances... tous fixés sur la pellicule.

Il jeta un rapide coup d'œil autour de lui. Les autres souvenirs allaient disparaître à jamais. Les moments affreux, beaucoup trop nombreux, durant toute sa vie. Appuie sur la détente et tout cela disparaîtra. Baissant les yeux, il s'aperçut qu'il serrait toujours la casquette rose entre ses doigts.

Il allait la poser à côté de lui et prendre le pistolet, puis il s'immobilisa. Ils ne vont rien comprendre, se dit-il. Un flic va se demander : Bon Dieu, qu'est-ce qu'il fait avec une casquette des Red Sox rose ? Cela pourrait les entraîner vers une digression criminelle, inexplicable et inutile. Il tint la casquette devant lui, à hauteur de ses yeux, comme on présente une pierre précieuse à la lumière pour en déceler les imperfections.

Sous ses doigts, le coton rugueux était chaud. Il tâta le « B » majuscule, symbole de Boston. Le rose avait légèrement pâli, et le bandeau intérieur était effiloché. Cela signifiait que cette fille blonde la portait souvent, surtout l'hiver – de préférence à un bonnet de ski, beaucoup plus chaud. Quelle qu'en soit la raison, elle aimait beaucoup cette casquette.

Ce qui voulait dire qu'elle ne l'aurait pas abandonnée sur le trottoir.

Adrian inspira à fond et passa en revue tout ce qu'il avait vu en début de soirée, retournant les images dans son esprit avec le même soin qu'il frottait la casquette de base-ball entre ses doigts. La fille au regard déterminé. La femme au volant. L'homme à côté d'elle. La brève hésitation quand ils s'étaient arrêtés près de l'adolescente. Leur brusque accélération et leur disparition. La casquette sur le sol. Que s'était-il passé ?

Une fuite ? Une fugue ? Peut-être s'agissait-il d'une de ces interventions liées aux sectes ou à la drogue, où de bons samaritains débarquent et sermonnent leur cible dans une chambre de motel minable jusqu'à ce que le pauvre môme promette de modifier son attitude, qu'il s'agisse de foi ou d'addiction.

Adrian était persuadé que ce n'était pas ce qu'il avait vu. Repasse tout cela en revue, se dit-il. Jusqu'au moindre détail, avant que ça ne s'efface de ta mémoire. C'était ce qui lui faisait peur : que tout ce dont il se souvenait, tout ce qu'il pourrait déduire, s'efface à très court terme, comme la brume du matin se dissipe dès que les rayons du soleil commencent à la dissoudre. Adrian se leva, prit sur le bureau un stylo et son petit carnet à couverture de cuir. D'habitude, il y notait des idées pour ses poèmes, enregistrant sur ces pages au papier élégant et épais des pensées originales ou des combinaisons de mots et de rimes qui pourraient lui servir. C'est sa femme qui lui avait offert le carnet. Quand il en caressait la surface satinée, il pensait à elle.

Il repassa le tout dans son esprit, jetant des notes sur une page blanche. La fille. Elle regardait droit devant elle. Adrian se dit qu'elle ne l'avait même pas vu quand il l'avait dépassée. Elle avait un plan. C'est ce qu'il pouvait dire, simplement grâce à la direction de son regard et au rythme de ses pas – et cela neutralisait tout le reste.

La femme et l'homme. Il s'était garé dans son allée avant l'arrivée de la camionnette blanche, il en était sûr. Est-ce qu'ils l'avaient vu, dans sa voiture ? Non. C'était peu probable. Cette brève hésitation... Ils suivaient cette jeune fille, au moins sur quelques mètres. Il en était certain. Comme s'ils la jaugeaient. Qu'est-ce qui s'était passé ensuite ? Est-ce qu'ils lui avaient parlé ? L'avaient-ils invitée à monter dans la camionnette ? Peut-être se connaissaient-ils, et ils lui avaient gentiment proposé de la conduire. Rien de plus. Rien de moins. Non. Ils étaient partis beaucoup trop vite.

Qu'avait-il vu d'autre au moment où ils passaient le coin ? Une plaque du Massachusetts. « CQ2FD ». Il le nota dans le carnet. Il essaya de se rappeler les deux lettres manquantes, sans y parvenir. Ce dont il se souvenait parfaitement, c'était le bruit aigu de la camionnette qui accélérait.

Et la casquette était restée là, dans la rue.

Il eut du mal à formuler mentalement le mot « kidnapping ». Quand il y parvint enfin, il se dit que cette conclusion était nécessairement stupide.

Il vivait dans un monde dédié à la raison, au savoir et à la logique, avec les frontières claires de l'art et de la beauté. Il appartenait à un univers d'écoles et de culture. Kidnapping... Ce mot affreux avait sa place dans des lieux plus sombres, qui n'avaient rien à voir avec son environnement.

Sans doute les rangées de pavillons de banlieue coquets et tranquilles qui s'étendaient autour de lui avaient-elles abrité certains crimes... Violences domestiques, adultères, drogue pour certains adolescents, soirées sexe et alcool. Certains trichaient peut-être avec les impôts, ou usaient de méthodes peu orthodoxes dans leurs affaires... Adrian était capable d'imaginer toutes sortes de délits commis sous le vernis de la vie rangée de la classe moyenne. Mais il ne se rappelait pas avoir jamais entendu un coup de feu dans le quartier. Il n'y avait même jamais vu le gyrophare d'une voiture de la police.

Ces choses-là ne pouvaient arriver qu'ailleurs. Elles alimentaient les nouvelles du soir évoquant l'actualité dans les grandes villes, et les grands titres des journaux du matin.

Adrian contempla le Ruger automatique. Il l'avait hérité de son frère. Personne ne savait qu'il l'avait en sa possession. S'ils l'avaient su, ses collègues à l'université auraient trouvé cela profondément choquant. C'était une arme pratique, horrible, qui laissait peu d'ambiguïté quant à son utilité réelle. Il ne l'avait pas déclarée. Il n'était pas chasseur, encore moins militant de la NRA. Il méprisait l'état d'esprit de ceux qui affirment : « J'ai un flingue pour me défendre. » Il était certain qu'avec les années sa femme avait oublié la présence de l'arme dans la maison, pour peu qu'elle ait jamais été au courant. Il ne lui en avait jamais parlé, même après son accident, quand elle se cramponnait tout en espérant qu'il la soulagerait.

S'il avait eu du cran, se disait-il, il aurait accédé à son désir, une fois pour toutes, à l'aide de son arme. Maintenant, il ne lui restait plus que la même question et la même réponse, et il savait qu'il était lâche de céder. Quand il poserait le canon sur sa tempe ou entre ses lèvres et qu'il presserait la détente, serait-ce en tout et pour tout la seconde fois que cette arme servirait ? Sa surface noire et métallique semblait sans pitié. Il la soupesa. Elle était lourde et glacée.

Adrian repoussa le pistolet et tourna de nouveau son attention vers la casquette. Elle semblait aussi explicite que le Ruger. Adrian avait l'impression d'être pris en tenailles au milieu d'une dispute entre deux objets inanimés, qui débattaient à l'infini sur ce qu'il devait faire.

Il reprit son souffle. La pièce autour de lui sembla tout à coup très calme, comme si l'altercation venait d'être brutalement interrompue. Le moins que je puisse faire, se dit-il, c'est me livrer à une petite enquête. C'est en tout cas ce que la casquette semblait exiger de lui.

Il décrocha le téléphone et composa le 911. Il vit une certaine ironie dans le fait d'appeler les secours pour quelqu'un qu'il ne connaissait pas – alors qu'il devrait donner le même coup de fil un peu plus tard, pour lui-même.

— Police, secours et incendie. Quelle est votre urgence ?

— Ce n'est pas vraiment une urgence, répondit Adrian.

Il aurait voulu être sûr que sa voix ne tremblait pas, comme celle du vieillard qu'il pensait être devenu dans les heures qui avaient suivi sa visite chez le neurologue. Il voulait avoir l'air vif et énergique.

— Je vous appelle parce que je pense avoir été témoin d'un événement qui devrait intéresser la police.

— Quel genre d'événement ?

Il essaya d'imaginer l'homme qui se trouvait au bout du fil. Le dispatcher avait une manière de détacher chaque mot, sèchement, de sorte qu'on ne puisse se tromper sur sa signification. Il parlait avec une dureté routinière, d'une voix empreinte de bon sens. Comme si chaque mot était vêtu d'un uniforme empesé.

— J'ai vu une camionnette blanche. Il y avait cette adolescente, Jennifer, son prénom est écrit dans sa casquette mais je ne la connais pas, même si elle habite sans doute dans le quartier. Elle était là, et une minute plus tard elle avait disparu...

Adrian avait envie de se gifler. Toutes ses promesses d'être raisonnable, dynamique, s'étaient instantanément évaporées dans un flot d'informations énervées, mal pensées et précipitées. Était-ce la maladie qui détériorait son talent d'orateur ?

— D'accord, monsieur. Et de quoi pensez-vous avoir été témoin, précisément ?

Adrian entendit un bip. On l'enregistrait.

— Est-ce qu'on vous a signalé des disparitions d'adolescents, dans le quartier des Collines ?

— Non, pas de dossier en attente, répondit le dispatcher. Aucun appel, aujourd'hui.

— Rien ?

— Non, monsieur. Situation parfaitement calme en ville tout l'après-midi. Je prends note de vos informations. Elles seront transmises au bureau des inspecteurs, au cas où il y aurait une plainte, plus tard. Si nécessaire, ils assureront le suivi.

— J'ai dû me tromper, dit Adrian.

Il raccrocha, avant que le dispatcher ait le temps de lui demander qui il était.

Adrian regarda par la fenêtre. La nuit était tombée. Les lumières s'allumaient, de part et d'autre du pâté de maisons. C'est l'heure du dîner, se dit-il. Les familles sont réunies. On parle des événements du jour, au travail, à l'école. Tout est normal, prévisible. Soudain, il éclata, et sa question résonna dans la petite chambre comme s'il avait crié au sommet d'un canyon :

— Je ne sais pas ce que je suis censé faire, maintenant !

— Mais bien sûr que si, mon chéri, fit sa femme, sur le lit, à côté de lui.

## 4

L'appel ne parvint à l'inspecteur Terri Collins qu'un peu avant vingt-trois heures, alors qu'elle pensait sérieusement à se mettre au lit. Ses deux enfants dormaient. Ils avaient fini leurs devoirs, elle leur avait fait la lecture et les avait bordés. Elle venait de leur rendre sa dernière visite de la soirée : elle avait avancé la tête dans la chambre, ouvrant la porte juste assez pour que la lueur pâle du couloir éclaire leurs visages, et elle s'était assurée qu'ils dormaient à poings fermés.

Pas de cauchemars. Ils avaient le souffle régulier. Pas le moindre reniflement qui indiquerait une menace de rhume. Certains parents célibataires, dans le groupe de soutien auquel elle se joignait de temps en temps, avaient beaucoup de mal à s'arracher à leurs enfants endormis. Comme si, pendant la nuit, tous les démons à l'origine de leur situation avaient la bride sur le cou. Les heures qui auraient dû être consacrées au repos et au renouveau étaient occupées par l'incertitude, l'inquiétude et la peur.

Mais ce soir-là tout allait bien. Tout était normal. Terri laissa la porte de la chambre entrebâillée. Elle se dirigea silencieusement vers la salle de bains, quand le téléphone sonna dans la cuisine. Elle jeta un coup d'œil à la pendule et se hâta de décrocher. À cette heure, ce ne peut être que des problèmes, se dit-elle.

C'était le dispatcher de nuit, au commissariat central.

— Inspecteur, j'ai en ligne une femme qui a l'air affolée. Je crois que c'est vous qui avez traité ses appels précédents. Apparemment, nous avons une nouvelle fugue…

Terri Collins comprit immédiatement de qui il s'agissait. Jennifer est peut-être partie pour de bon, cette fois, se dit-elle. Mais sa réaction n'était pas très professionnelle, et « partir » n'était qu'un raccourci un peu abrupt pour un ensemble de peurs à l'égard d'éventualités bien différentes et, peut-être, bien pires.

— Je suis à vous dans une seconde.

Elle passait facilement du mode « mère de famille » au mode « inspecteur de police ». Un de ses points forts était sa capacité à cloisonner les différents aspects de sa vie. Trop d'années avec trop de crises l'avaient dotée d'un besoin impérieux de simplicité et d'organisation.

Elle mit le dispatcher en attente et composa un numéro qui figurait sur une liste, près du téléphone de la cuisine. Un des rares avantages d'avoir subi ce qu'elle avait subi, c'était de disposer d'un réseau informel de gens prêts à l'aider.

— Salut, Laurie, c'est Terri. Je suis vraiment désolée de te déranger aussi tard…

— On t'a appelée pour le service, et tu as besoin de moi pour les enfants ?

Terri décela l'enthousiasme dans la voix de son amie.

— Oui, c'est ça.

— J'arrive. Pas de problème. À quelle heure penses-tu rentrer ?

Terri eut un sourire. Laurie était une insomniaque de première, et Terri savait qu'elle adorait secrètement qu'on l'appelle au milieu de la nuit, surtout pour garder des enfants, maintenant que les siens avaient grandi. Cela lui donnait autre chose à faire que de regarder la télé toute la nuit ou de déambuler anxieusement dans sa maison obscure, en rabâchant à voix haute tout ce qui était allé de travers dans sa vie. Et Terri savait qu'il y avait matière à parler longtemps.

— Difficile à dire. Au moins dans deux ou trois heures. Sans doute très tard. Ça me prendra peut-être toute la nuit.

— J'apporte ma brosse à dents, fit Laurie.

Terri enfonça la touche d'attente. Elle était de nouveau en ligne avec le dispatcher de la police.

— Dites à Mme Riggins que je serai chez elle d'ici une demi-heure. Il faut que je lui parle. Il y a des agents en uniforme, là-bas ?

— On les a envoyés sur place.

— Dites-leur que j'arrive. Qu'ils recueillent toutes les déclarations préliminaires, afin d'établir une chronologie. Ils devraient aussi essayer de calmer Mme Riggins.

Terri doutait qu'ils y parviennent.

— Compris, fit le dispatcher avant de raccrocher.

Laurie serait là dans quelques minutes. Elle aimait l'idée qu'elle jouait un rôle actif dans les enquêtes de Terri et sur les scènes de crime exigeant sa présence – à l'instar d'une

36

technicienne médico-légale ou d'une spécialiste des empreintes digitales. C'était une vanité innocente, qui pouvait être utile. Terri retourna dans la salle de bains, s'aspergea le visage d'eau froide et se donna un coup de brosse. Malgré l'heure tardive, elle tenait à être fraîche, présentable et exceptionnellement compétente face à la panique dans laquelle elle allait s'immerger.

La rue était plongée dans l'obscurité et peu de lumières étaient allumées quand Terri arriva dans le quartier où habitaient les Riggins. Leur maison était la seule où régnait une certaine activité. La véranda était éclairée a giorno, et Terri vit des silhouettes qui se déplaçaient dans le salon. Une voiture de patrouille était garée dans l'allée, mais les agents avaient éteint leur gyrophare. De loin, le véhicule ressemblait à n'importe quelle voiture de police surveillant la ruée matinale des banlieusards vers le bureau ou l'école.

Terri arrêta sa voiture cabossée et vieille de six ans. Elle s'accorda un instant pour se concentrer. Elle prit la sacoche contenant son magnétophone à cassettes et son carnet de notes cartonné. Son insigne était fixé à la courroie de la sacoche. Son semi-automatique, dans son étui, était posé sur le siège à côté d'elle. Elle le fixa à la ceinture de son jean, non sans avoir vérifié que le cran de sûreté était en place et qu'il n'y avait pas de balle dans le canon. Puis elle descendit de voiture et traversa la pelouse en direction de la maison.

Elle était déjà venue deux fois, en l'espace de dix-huit mois. La buée de son souffle formait des volutes. La température avait baissé, mais les habitants de la Nouvelle-Angleterre se contentaient de s'emmitoufler dans leur manteau et, peut-être, d'en relever le col. Le froid possédait une acuité particulière : ce n'était pas le gel incontestable de l'hiver, mais on avait l'impression qu'il continuait à tirer ses flèches alors même que le printemps essayait par à-coups de démarrer.

Terri aurait préféré passer au bureau qu'elle partageait au commissariat avec ses trois collègues, et prendre le dossier qu'elle avait monté sur la famille Riggins, même si elle en avait mémorisé le moindre détail. Elle détestait arriver en un lieu qui s'avérait très différent de ce qu'il est censé être. « Fugue d'adolescente » : voilà comment elle formulerait le problème dans le dossier officiel. C'est ainsi que le bureau des inspecteurs traiterait cette affaire. Elle savait exactement ce qu'elle allait faire, et en quoi consistaient, pour ce genre de disparition, les directives et procédures de l'administration. Elle avait même une idée assez précise de ce que serait l'issue de l'affaire.

Mais cela ne se passait pas exactement comme ça, se disait-elle. L'obstination de Jennifer avait certainement un motif caché, et sa volonté de s'enfuir de chez elle dissimulait sans doute un crime plus grave. Terri sentait qu'elle ne le découvrirait peut-être pas, quel que soit le nombre de témoignages qu'elle recueillerait de la mère et de son ami, quel que soit le travail qu'elle consacrerait à l'affaire. Elle détestait l'idée qu'elle s'apprêtait à participer à une tromperie.

En entrant dans la véranda, elle hésita. Elle pensa à ses deux enfants endormis, ignorant qu'elle n'était pas au bout du couloir menant à leur petite chambre, la porte entrouverte, le sommeil léger, prête à réagir au moindre bruit anormal. Ils étaient encore si jeunes... Les chagrins et les angoisses qu'ils susciteraient – et il y en aurait, c'était sûr – appartenaient encore au futur.

Jennifer était déjà considérablement engagée sur ce chemin. Elle a même plusieurs étapes d'avance, se dit Terri. Elle inspira encore une goulée de l'air froid de la nuit, comme si elle avalait la dernière goutte d'eau dans un verre. Elle frappa un coup, poussa la porte et entra à la hâte dans un petit couloir. Elle savait qu'il y avait sur le mur, près de l'escalier menant à l'étage et aux chambres à coucher, une photo encadrée de Jennifer, souriant, à neuf ans, ses cheveux bien peignés attachés par un nœud rose. La petite fille avait les dents de devant espacées. C'est le genre de photos que les parents adorent et que les adolescents détestent, alors qu'elles leur rappellent la même époque, déformée par des points de vue et des souvenirs différents.

Dans le salon, à sa gauche, Terri vit Mary Riggins et Scott West, son ami, assis en équilibre sur le bord d'un divan. Le bras de Scott entourait négligemment les épaules de Mary, et il lui tenait la main. Des cigarettes se consumaient dans un cendrier posé sur une table basse encombrée de canettes de soda et de tasses de café à demi bues. Deux agents en uniforme se tenaient de l'autre côté de la pièce, mal à l'aise. Le sergent de l'équipe de nuit et un bleu de vingt-deux ans, entré dans la police un mois plus tôt. Elle leur adressa un signe de tête. Le sergent leva les yeux au ciel, au moment précis où Mary Riggins laissait échapper un hurlement.

— Elle a recommencé, inspecteur…

Un torrent de sanglots noya la fin de sa phrase.

Terri fit un signe de tête en direction des deux agents, puis se tourna vers Mary Riggins. Elle avait pleuré, son maquillage avait coulé, elle avait les joues zébrées de traînées noires qui lui donnaient l'air d'une créature de Halloween. Les yeux gonflés par les larmes, elle avait l'air beaucoup plus âgée qu'en réalité. Terri se dit que les larmes sont toujours une épreuve pour une femme d'âge mûr : elles ramènent à la surface toutes les années qu'on a eu tant de mal à dissimuler.

Au lieu de s'expliquer, Mary Riggins enfouit sa tête dans l'épaule de Scott. Celui-ci avait quelques années de plus qu'elle, les cheveux gris, et même avec son jean et sa chemise à carreaux rouge passé il avait l'air distingué. C'était un thérapeute New Age, spécialisé dans les traitements holistiques de diverses maladies psychologiques. Il était très apprécié dans la communauté universitaire, toujours à l'affût de techniques nouvelles – comme certains individus qui voltigent d'un régime à l'autre. Il conduisait une voiture de sport – une Mazda rouge vif –, dans laquelle on le voyait souvent foncer capote baissée, même en hiver, emmitouflé dans une parka et avec sur le crâne un bonnet de bûcheron à oreillettes en fourrure qui semblait franchir la ligne séparant la simple excentricité de la provocation délibérée.

La police municipale connaissait bien Scott West et son travail. Au volant de sa Mazda, il collectionnait les PV pour excès de vitesse avec une régularité décourageante, et les services de police avaient été appelés plusieurs fois pour nettoyer discrètement les catastrophes résultant de sa pratique excentrique. Plusieurs suicides. Un conflit sans issue avec un psychopathe armé d'un couteau à qui il avait conseillé de remplacer l'Haldol qu'on lui avait prescrit par du millepertuis.

Terri se considérait comme une femme pragmatique et objective, à la pensée rationnelle et ordonnée, et d'une approche franche et directe. Si son style donnait parfois l'impression qu'elle était froide, eh bien, c'était très bien comme ça. Elle avait déjà eu, dans sa vie privée, sa part de passion, d'excentricités et de folie. Elle préférait l'ordre et la procédure, persuadée que cela la maintenait en sécurité.

Scott se pencha en avant. Il parlait du ton assuré du médecin, d'une voix grave, calme et raisonnable. Une voix calculée pour donner l'impression à Terri qu'il était son allié, alors qu'elle savait que la vérité était beaucoup plus proche du contraire.

— Mary est bouleversée, inspecteur. En dépit de tous nos efforts presque continuels... fit-il avant de s'interrompre.

Terri se tourna vers les deux agents. Le sergent lui tendit une feuille de papier quadrillé. Elle venait d'un classeur à trois anneaux comme en ont tous les collégiens. Le message était écrit à la main, très soigneusement, par quelqu'un qui voulait être certain que chaque mot serait clair et lisible, et non gribouillé à la va-vite par une adolescente pressée de s'en aller. Le texte était réfléchi. Terri se dit qu'elle trouverait sans doute des brouillons froissés dans la corbeille à papier, ou dans les containers à ordures devant la maison. Elle lut la note trois fois.

> *Maman,*
> *Je vais au cinéma avec des copines que je retrouve au Mall. Je dînerai sur place, et je passerai peut-être la nuit chez Sarah ou Katie. Je t'appellerai après le film pour te dire ce que je fais, sauf si je rentre à la maison. Je ne rentrerai pas trop tard. J'ai fait mes devoirs, je n'ai rien à faire avant la semaine prochaine.*

Très raisonnable. Pas un mot de trop. Un mensonge total.

— Où l'avez-vous trouvé ?

— Collé sur le frigo avec un aimant, répondit le sergent. Là où on ne pouvait pas le rater.

Terri relut le message. Oh, tu fais des progrès, hein, Jennifer ? Tu sais exactement ce qu'il faut écrire.

« Au cinéma ». Ainsi sa mère penserait qu'elle avait éteint son portable, ce qui lui donnait au moins deux heures de sursis, pendant lesquelles il était normal qu'on ne puisse la joindre.

« Des copines ». Elle ne précise pas lesquelles, mais elle le fait de manière incidente, comme si le détail n'avait aucune importance. Les deux filles dont elle donne le nom, Sarah et Katie, avaient-elles l'intention de la couvrir, ou étaient-elles elles-mêmes injoignables ?

« Je t'appellerai. » Sa mère et Scott attendraient son coup de fil, perdant ainsi un temps précieux.

« J'ai fait mes devoirs. » Jennifer exclut l'argument majeur qui pourrait servir d'excuse à sa mère pour l'appeler.

Terri se dit que tout ça était très astucieux.

— Vous avez appelé ses amies ? demanda-t-elle à Mary Riggins.

C'est Scott qui répondit :

— Bien sûr, inspecteur. Après la fin des dernières séances des cinémas de la ville, nous avons appelé toutes les Sarah et toutes les Katie qui nous sont venues à l'esprit. Nous ne nous souvenions ni l'un ni l'autre d'avoir entendu Jennifer parler d'amies portant ces prénoms. Nous avons passé en revue tous les noms que nous connaissions. Aucune des filles qu'elle avait mentionnées une fois ou l'autre n'était allée au Mall, aucune n'avait rendez-vous avec elle. Et aucune ne l'avait vue depuis la fin des cours, dans l'après-midi.

Terri hocha la tête. Cette fille est vraiment maligne.

— Jennifer semble n'avoir pas beaucoup d'amies, dit tristement Mary. Elle n'a jamais été très forte pour se socialiser, pendant ses études secondaires.

Terri comprit que Mary répétait une phrase que Scott avait dû prononcer maintes fois, dans les discussions « familiales ».

— Mais elle pourrait se trouver chez quelqu'un que vous ne connaissez pas ?

La mère et l'amant secouèrent la tête.

— Vous ne croyez pas qu'elle pourrait avoir un petit copain secret, un ami dont elle vous aurait caché l'existence ?

— Non, fit Scott. Je m'en serais rendu compte, j'aurais reconnu certains signes.

Bien sûr, pensa Terri. Sans répondre, elle inscrivit quelques mots dans son carnet.

Mary reprit ses esprits et fit un effort pour réagir de façon moins larmoyante. Mais sa voix tremblait, elle avait peur.

— Quand j'ai enfin pensé à aller voir dans sa chambre… peut-être y avait-il un autre message, ou quelque chose qui aurait du sens, j'ai vu que son ours n'était plus là. Un ours en peluche qu'elle a baptisé Mister Fourrure. Elle dort avec lui tous les soirs… c'est comme un doudou. Son père le lui a offert un peu avant sa mort, et elle ne serait allée nulle part sans l'emporter avec elle…

Trop sentimentale, pensa Terri. Jennifer, prendre cet ours en peluche avec toi, c'était une erreur. Peut-être la seule. Mais une erreur tout de même. Sans cela, tu aurais eu vingt-quatre heures, au lieu des six que tu as réussi à voler.

— Est-ce qu'un incident précis, survenu ces derniers jours, aurait pu encourager Jennifer à s'enfuir maintenant ? Une violente dispute... quelque chose à l'école, peut-être ?

En guise de réponse, Mary Riggins fit entendre un sanglot.

— Non, inspecteur, répondit très vite Scott West. Si vous pensez que quelque chose, de la part de Mary ou de la mienne, aurait pu susciter un tel comportement chez Jennifer, je vous assure qu'il n'existe rien de tel. Pas de disputes. Pas de revendications. Pas de caprices d'adolescente. Elle n'a pas été privée de sortie. Elle n'a pas été punie. En fait, la situation est d'un calme idyllique, depuis plusieurs semaines. J'ai même cru, et sa mère était de mon avis, que nous avions peut-être passé un tournant et que tout irait bien, désormais.

Parce que ça faisait partie de son plan, se dit Terri. Elle était certaine que la logorrhée prétentieuse et l'autojustification de Scott dissimulaient un mensonge. Peut-être plus. Tôt ou tard, elle le découvrirait. Quant à savoir si cela l'aiderait à retrouver Jennifer, c'était une autre affaire.

— C'est une adolescente tourmentée, inspecteur. Une jeune fille sensible et brillante, mais profondément perturbée et désorientée. J'ai essayé de la convaincre de suivre un traitement, mais jusqu'ici... Bon, vous savez combien les ados peuvent être entêtés.

Terri le savait en effet. Mais elle n'était pas sûre du tout que l'entêtement soit le vrai problème.

— Connaissez-vous un endroit où elle aurait pu aller ? Un parent ? Un ami qui aurait déménagé vers une autre ville ? Est-ce que vous l'avez entendue dire qu'elle voulait être mannequin à Miami, actrice à Los Angeles, ou travailler sur un bateau de pêche en Louisiane ? N'importe quoi, même dit de façon désinvolte, le détail le plus infime, pourrait nous fournir une piste à suivre.

Terri avait déjà posé ces questions lors des deux premières fugues de Jennifer. Mais celle-ci n'était pas parvenue, à l'époque, à prendre autant d'avance que ce soir-là. Elle n'était pas allée très loin. La première fois, à quelques kilomètres. La seconde, jusqu'à la ville voisine. Cette fois, c'était différent.

— Non, non…, dit Mary Riggins, en se tordant les mains.

Elle tendit le bras pour prendre une autre cigarette. Scott essaya de l'en empêcher en lui posant la main sur l'avant-bras, mais Mary le repoussa et prit le paquet de Marlboro. Elle en alluma une avec un air de défi, alors que la précédente, à moitié fumée, se consumait dans le cendrier.

— Non, inspecteur. Mary et moi avons essayé de penser à quelqu'un, ou à un endroit, mais nous n'avons rien trouvé qui puisse nous aider.

— Il vous manque de l'argent ? Des cartes de crédit ?

Mary Riggins se baissa pour ramasser le sac à main qu'elle avait laissé tomber par terre. Elle l'ouvrit d'un mouvement brutal, en sortit un portefeuille de cuir. Elle produisit trois cartes de stations-service, une American Express bleue, une Discover, ainsi que la carte de membre d'une bibliothèque locale et une carte de fidélité d'un supermarché. Elle les passa en revue, puis se mit à fouiller frénétiquement jusqu'au moindre repli de son portefeuille. Avant même qu'elle ne relève la tête, Terri connaissait la réponse.

Elle hocha la tête, pensive.

— Je vais avoir besoin de la photo d'elle la plus récente que vous ayez, dit-elle.

— La voici, fit Scott en lui tendant la photo qu'il avait préparée à cette intention.

Terri l'examina. Une ado souriante. Quel mensonge, se dit-elle.

— J'ai besoin également de son ordinateur.

— Pourquoi voulez-vous…, commença Scott.

Mary Riggins l'interrompit :

— Elle a un portable. Il se trouve sur son bureau.

— Il pourrait y avoir des informations privées, dit Scott. Mary, comment expliquerons-nous à Jennifer que nous avons laissé la police prendre ses documents personnels…

Il s'interrompit. Au moins est-il conscient d'être ridicule, se dit Terri. Ou bien il s'inquiète d'autre chose que d'avoir l'air idiot. Elle posa brusquement une question qu'elle n'aurait sans doute pas dû poser :

— Où son père est-il enterré ?

Il y eut un silence. Mary cessa même de sangloter pendant quelques instants.

Terri vit qu'elle faisait un effort sur elle-même. Elle se dressa légèrement, comme si ce qu'elle allait dire exigeait un surcroît de force et d'orgueil.

— Sur la rive nord, près de Gloucester. Quel est le rapport ?

— Il n'y en a sans doute aucun, répondit Terri.

Mais c'est là que j'irais, se dit-elle, si j'étais une adolescente en colère, déprimée, mue par un besoin irrépressible de m'enfuir de chez moi. N'aurait-elle pas envie de rendre une dernière visite, avant de partir au loin, pour lui dire adieu, à la seule personne dont elle pense qu'elle l'a vraiment aimée ?

Terri secoua la tête, si légèrement que personne dans la pièce ne le remarqua.

Un cimetière… ou bien New York, le meilleur endroit pour commencer à se perdre.

## 5

*Au début, peu de participants à la soirée prêtaient attention aux images muettes qui défilaient sur l'immense écran plat, fixé sur le mur du penthouse dominant le parc Gorki. Il s'agissait de la rediffusion d'un match de football opposant le Dynamo Kiev au Lokomotiv Moscou. Un homme pourvu d'une moustache à la Fu Manchu leva la main pour demander à l'assistance de faire silence. Quelqu'un coupa le son de la demi-douzaine d'enceintes dissimulées dans les murs, qui déversaient une techno assourdissante. L'homme portait un costume noir hors de prix, une chemise de soie violette déboutonnée et des bijoux en or, y compris l'inévitable*

*Rolex au poignet. Dans ce monde moderne où les gangsters et les hommes d'affaires ont la même allure, il aurait pu appartenir à n'importe laquelle de ces deux catégories. À ses côtés, une femme mince de vingt ans au moins sa cadette – coiffure et jambes de mannequin, robe du soir ample à paillettes qui ne cachait pas grand-chose de sa silhouette androgyne – déclara en russe, en français et en allemand :*

*— Nous avons appris qu'une nouvelle saison de notre série en ligne préférée commence ce soir. Cela devrait intéresser fortement nombre d'entre vous.*

*Elle se tut. Le groupe se serra autour de l'écran, les uns vautrés dans des canapés confortables, les autres perchés sur des chaises. Une grande flèche « Lecture » apparut sur l'écran. L'hôte déplaça un curseur et cliqua sur la souris. De la musique retentit. L'*Hymne à la joie*, de Beethoven, joué au synthétiseur. Apparut ensuite une image d'un très jeune Malcolm McDowell, dans le rôle d'Alex, dans* Orange mécanique, *de Stanley Kubrick. Il tenait un couteau. Son image dominait l'écran. Il avait les yeux maquillés et portait la combinaison de saut blanche, les bottes ferrées et le melon noir qui l'avaient rendu célèbre au début des années soixante-dix. Cette image suscita une vague d'applaudissements : les participants les plus âgés se rappelaient le livre, le film, et la performance de McDowell.*

*L'image du jeune Alex disparut, laissant un écran noir qui semblait vibrer d'impatience. Quelques secondes plus tard, une phrase en grandes lettres italiques rouges s'afficha, coupant le cadre en deux comme une lame de couteau :* Mort en direct,

*puis un fondu enchaîné amenant une nouvelle infor-*
*mation :* Saison 4.

*L'image laissa la place à un autre plan, au grain bizarre, montrant une pièce presque carrée – une chambre grise, dénuée de tout. Pas de fenêtres. Aucun indice de l'endroit où elle se trouvait. Un lieu absolument anonyme. Tout d'abord, les spectateurs ne virent qu'un vieux lit métallique. Une jeune femme en sous-vêtements y était allongée, la tête dissimulée sous une cagoule noire. Ses mains menottées étaient attachées à des anneaux fixés au mur derrière elle, comme dans un cachot. Elle avait les chevilles liées entre elles et attachées au cadre du lit.*

*La jeune fille était totalement immobile, mais elle respirait lourdement, ce qui indiquait aux specta-teurs qu'elle était vivante. Elle aurait pu être incons-ciente, droguée ou endormie, mais, après environ trente secondes, elle s'agita, et une des chaînes fit entendre un bruit métallique.*

*Un des invités soupira. Quelqu'un demanda en français :*

*— Est-ce que c'est réel ?*

*Personne ne lui répondit, sauf par le silence ou en tendant le cou pour essayer de mieux voir.*

*— C'est une performance, dit quelqu'un d'autre, en anglais. Ce doit être une actrice engagée spéciale-ment pour l'émission…*

*La femme à la robe à paillettes jeta un coup d'œil vers l'homme. Elle secoua la tête. Elle parlait un anglais impeccable, teinté d'un léger accent slave.*

*— C'est ce que beaucoup croyaient, au début des saisons précédentes. Mais, au fur et à mesure que les*

jours passent, on réalise qu'aucun comédien n'accepterait de jouer de tels rôles.

Elle regarda de nouveau l'écran. La femme à la cagoule frissonna, puis elle tourna brusquement la tête, comme si quelqu'un venait d'entrer dans la pièce, juste hors de la limite du cadre. Les spectateurs la virent tirer sur ses chaînes.

Presque aussi vite qu'elle était apparue, l'image se figea, comme le cliché d'un oiseau en plein vol. Il y eut un nouveau fondu au noir, et une question s'inscrivit sur l'écran, en lettres rouge sang : VOUS VOULEZ EN VOIR PLUS ?

Cette question était suivie d'un formulaire d'abonnement et d'une demande de numéro de carte de crédit. On pouvait acheter quelques minutes, une heure, ou plusieurs blocs d'une heure. On pouvait aussi acheter une journée, ou plus. On trouvait également une offre en grands caractères : SAISON 4, ACCÈS TOTAL AVEC FORUM INTERACTIF. Au bas de l'écran, un grand chronomètre électronique, également rouge vif, était réglé à 00:00. À côté : JOUR UN. Le chrono s'enclencha soudain et commença à marquer les secondes. Il évoquait l'horloge numérique qui indique le minutage des matchs de tennis à Wimbledon ou à l'US Open. Un peu plus loin étaient inscrits ces mots : DURÉE PROBABLE DE LA SAISON 4 : ENTRE UNE SEMAINE ET UN MOIS.

— Allez, Dimitri ! s'écria soudain quelqu'un en russe. Achète tout le bazar... du début à la fin ! Tu es assez riche !

Cette remarque provoqua des rires nerveux et des applaudissements. L'homme à la moustache se tourna d'abord vers l'assemblée, bras largement *écartés, comme pour demander ce qu'il devait faire, puis il sourit, fit une petite révérence et composa le numéro d'une carte de crédit. L'écran lui demanda son mot de passe. Il fit un signe de tête à la femme à la robe à paillettes et lui montra le clavier. Avec un sourire, elle tapa quelques lettres. On pouvait imaginer qu'elle avait choisi le petit nom qu'elle lui réservait dans l'intimité. Souriant, le maître des lieux fit un geste, ordonnant à un serveur en veste blanche de remplir les verres. Ses invités richissimes s'installèrent dans un silence empreint de fascination, en attendant la confirmation électronique de la transaction.*

*D'autres, un peu partout dans le monde, attendaient également.*

Il n'existait pas d'utilisateur type de mort-en-direct.com, même s'il est probable que les habitués comptaient beaucoup moins de femmes que d'hommes. La représentation collective lors de la soirée moscovite était une exception. La plupart des abonnés de mort-en-direct.com s'y connectaient dans des lieux privés, où ils pouvaient suivre le déroulement de *Saison 4* dans une parfaite intimité. L'adhésion au site reposait sur une identification codée, avec mot de passe aveugle triplement sécurisé, et une suite de transferts à haut débit via des serveurs opérant depuis l'Inde et l'Europe de l'Est. Le système avait été mis au point grâce à des programmes complexes qui échappaient aux tentatives répétées de la police de le pénétrer. Mais comme le site ne semblait pas avoir d'orientation politique définie – c'est-à-dire qu'il n'était pas soutenu par des organisations terroristes – et qu'il ne proposait pas ouvertement de pornographie enfantine, il avait survécu à quelques rares et timides intrusions. La vérité, c'est que les efforts de la police à son encontre donnaient au site un certain cachet, ce qu'on pourrait appeler un caractère « branché » à la mode d'Internet.

Mort-en-direct.com s'adressait à des clients très variés. Les abonnés étaient des gens qui payaient une somme coquette pour avoir le droit de visionner un mélange de suggestion sexuelle et de drame à la limite du crime. Le site se servait des forums électroniques et du bouche-à-oreille à haut débit pour diffuser ses invitations à souscrire à ses services.

Ses concepteurs ne se considéraient pas comme des criminels, même s'ils violaient la loi de maintes façons. Et ils ne se voyaient pas comme des assassins, même s'ils avaient tué. Ils n'auraient jamais qualifié leurs activités de perverses, même si beaucoup de gens pensaient que c'était le cas. Ils se voyaient comme des entre- preneurs des temps modernes, qui fournissaient un service. Une spécialité très rare et très demandée suscitant beaucoup d'intérêt dans les endroits les plus sombres de la planète, et cachée au plus profond du cœur des hommes.

Michael et Linda s'étaient rencontrés cinq ans plus tôt dans une partouze organisée dans une maison d'une banlieue de Chicago. Michael était un étudiant de troisième cycle en sciences de l'informatique, un peu timide, à la voix douce. Linda était cadre dans une agence de publicité de premier plan et offrait de temps en temps ses services à une agence de call-girls pour boucler ses fins de mois. Elle avait des goûts qui l'incitaient à repousser ses limites. Lui, il avait des fantasmes qu'il n'avait jamais osé réaliser. Elle avait une affection particulière pour les BMW et les stimulants comme la Dexedrine, et flirtait avec l'addiction. Adolescent, il avait été arrêté pour le vol du roquet d'un voisin. Un matin, alors qu'il partait à l'école, le chien lui avait mordu la cheville. La police pensait que Michael avait vendu l'animal, un bichon frisé, à un homme qui vivait à la campagne, dans l'Illinois, et alimentait des gens qui entraînaient des pitbulls. Vingt-cinq dollars en liquide. La police avait laissé tomber l'accusation lorsqu'il apparut que l'informateur anonyme qui avait dénoncé Michael était impliqué dans des crimes bien pires que le vol de chiens. En voyant l'adolescent sortir du palais de justice en homme libre, sans casier judiciaire, les flics s'étaient dit qu'ils auraient de nouveau affaire à lui. Jusqu'ici, ils s'étaient trompés.

Ils avaient donc l'un et l'autre un passé douteux – un passé trouble et violent qu'ils parvenaient à dissimuler sous le vernis de ce qu'ils étaient devenus. Le premier de la classe et la femme d'affaires prometteuse. Sur le plan intellectuel, ils étaient sophistiqués et doués. Ils ressemblaient à des jeunes gens ayant réussi à dépasser leurs origines modestes. Mais il ne s'agissait que d'un jugement extérieur. Chacun d'eux, séparément, pensait que ce n'était qu'un mensonge, car leur véritable moi se cachait en des lieux auxquels eux seuls avaient accès. Ce n'est que beaucoup plus tard qu'ils en prirent conscience, à propos d'eux-mêmes et de leur partenaire. La nuit de leur rencontre était dédiée à un autre genre d'éducation.

Cette nuit-là, les règles étaient simples. Chacun était accompagné d'un partenaire du sexe opposé. On ne pouvait utiliser que les prénoms. Il était interdit, à la fin de la soirée, d'échanger numéros de téléphone ou adresses électroniques. Si vous deviez rencontrer quelqu'un par hasard, plus tard, dans un contexte différent, il fallait vous comporter comme si cette personne était un total étranger – et non quelqu'un avec qui vous aviez partagé une expérience sexuelle en public, rude et pornographique.

Tout le monde acceptait les règles. La première exceptée, personne n'y prêtait vraiment attention. Mais la première devait absolument être respectée, sans quoi on ne vous laissait pas entrer. La maison était un lieu de rencontres, et l'événement reposait sur l'infidélité et l'excès. Personne, parmi les gens qui entraient dans cette maison de banlieue bien tenue, ne s'intéressait particulièrement aux règles.

Les contradictions abondaient. Deux vélos d'enfant traînaient sur la pelouse. Une étagère était pleine de livres du Dr Seuss. Des boîtes de Cheerios et de Frosted Flakes étaient rangées dans un coin de la cuisine – il avait fallu faire de la place pour le miroir posé à plat sur le plan de travail, sur lequel des lignes de cocaïne étaient mises à disposition des invités. Dans la salle de séjour, un téléviseur diffusait un programme triple X, mais la plupart de la trentaine de participants se fichaient des représentations cinématographiques de ce qu'ils faisaient dans la réalité. On se débarrassait très vite de ses vêtements. L'alcool coulait à flots. Des comprimés d'ecstasy étaient offerts en guise de hors-d'œuvre. Les fêtards les plus âgés n'avaient guère plus de cinquante ans, et la plupart avaient la trentaine ou la quarantaine. Quand Linda entreprit de se déshabiller, beaucoup de mâles lui jetèrent des regards appréciateurs et firent immédiatement des plans pour l'approcher.

Michael et Linda étaient tous deux venus à la soirée avec quelqu'un d'autre, mais ils repartirent ensemble. La cavalière de Michael était une doctorante en sociologie qui prétendait mener des recherches sur « la vie réelle des gens ». Elle était partie un peu après que trois hommes nus et visiblement très excités l'avaient acculée dans un coin. Ils se fichaient totalement de ses questions universitaires sur les raisons de leur présence, et refusèrent de tenir compte de ses faibles protestations quand ils l'obligèrent à se pencher. Une règle informelle voulait que personne ne fût forcé de faire quelque chose qu'il ne voulait pas faire. Cette règle se prêtait à des interprétations très diverses.

Le cavalier de Linda, ce soir-là, était un homme qui avait fait appel à ses services. Après lui avoir offert un dîner coûteux, il lui avait annoncé où il comptait finir la soirée. Il avait proposé de lui donner beaucoup plus que son tarif normal de mille cinq cents dollars. Elle avait accepté, à condition d'être payée d'avance et en liquide – sans lui avouer qu'elle l'aurait suivi, même gratuitement. La curiosité, c'était comme les préliminaires, se disait-elle. Peu après leur arrivée, le cavalier avait disparu dans une pièce isolée, muni d'une raquette de cuir noir et vêtu seulement d'un masque collant de soie noire. Il l'avait laissée seule, mais elle ne manquait pas d'attentions.

Leur rencontre, comme toutes les rencontres cette nuit-là, fut le fruit du hasard. Le contact s'établit par le regard, d'un bout à l'autre de la pièce, par la langueur des positions, par la sensualité des voix. Un seul mot, une légère inclination de la tête, un haussement d'épaules les rapprocha. Gestes simples mais riches en émotions, dans une pièce sombre dédiée aux excès et à l'orgasme, pleine d'hommes et de femmes nus en train de s'accoupler dans toutes les positions et styles imaginables. Chacun d'eux était occupé avec quelqu'un d'autre quand leurs yeux se croisèrent. Ni l'un ni l'autre ne jouissait vraiment de ce qu'il était en train de faire. La plupart des gens auraient considéré comme follement différent ce qui se déroulait dans cette maison. Eux, ils avaient tendance à s'ennuyer.

Puis ils se regardèrent, et quelque chose de profond, probablement très effrayant, s'éveilla en eux. Ils ne firent pas l'amour ensemble, cette nuit-là. Ils se contentèrent de s'observer mutuellement en action, et décelèrent une mystérieuse compulsion au milieu des gémissements et des cris de plaisir. Environnés par les démonstrations de luxure, ils créèrent un lien entre eux qui fut à deux doigts d'exploser. Ils gardaient les yeux fixés l'un sur l'autre, tout en laissant des étrangers explorer leur corps.

Michael décida enfin de foncer à travers les silhouettes en sueur qui entouraient Linda, surpris par sa propre agressivité. En général il hésitait, trébuchant sur les mots, bafouillant pour se présenter, mû en permanence par des désirs mal réprimés. Un homme dont Linda ignorait le nom était en train de la couvrir de coups de langue. Du coin de l'œil, elle vit Michael approcher d'elle, et sut d'instinct qu'il n'était pas en quête d'un orifice à explorer.

Elle se dégagea brutalement de l'étreinte de son partenaire, dont la prestation maladroite l'ennuyait de toute façon, le laissant surpris, frustré et très en colère. Elle mit fin à ses doléances d'un regard féroce, se leva, parfaitement nue, et prit la main de Michael comme si elle le connaissait depuis des années. Sans parler ou presque, ils décidèrent de quitter la maison. Pendant un instant, alors qu'ils cherchaient leurs vêtements, main dans la main, ils semblèrent issus d'un tableau de la Renaissance montrant Adam et Ève chassés du paradis terrestre.

Durant les années écoulées depuis qu'ils étaient ensemble, ils n'avaient pensé que très rarement à leur rencontre. Ils n'avaient pas tardé à découvrir que l'un et l'autre nourrissaient de très sombres passions, qui allaient bien au-delà du sexe.

L'odeur d'essence emplit les narines de Michael. Il faillit avoir un haut-le-cœur, tourna la tête pour trouver un peu d'air pur. Il était rare à l'intérieur de la camionnette. Michael avait la tête qui tournait. Il toussa une ou deux fois, tout en continuant à asperger. Quand la tôle ondulée commença à émettre des reflets irisés, il descendit du véhicule et inspira avidement l'air de la nuit.

Dès qu'il eut l'esprit un peu plus clair, il se remit au travail. Il jeta encore de l'essence sur la carrosserie et revint à l'avant pour s'assurer que les sièges étaient trempés. Enfin satisfait, il jeta le bidon rouge sur le siège du passager. Il jeta également à l'intérieur ses gants chirurgicaux. Il avait confectionné une sorte de cocktail Molotov avec un flacon de détergent où plongeait une mèche en coton imprégnée d'essence. Il chercha son briquet dans sa poche.

Michael regarda autour de lui. Il se trouvait derrière une vieille usine de papier délabrée, depuis longtemps abandonnée. Il avait pris soin de garer le van à bonne distance du bâtiment. Il ne voulait pas provoquer un incendie qui attirerait trop vite l'attention. Il fallait simplement détruire la camionnette volée. Ce n'était pas difficile, il en avait l'habitude.

Il s'assura une dernière fois qu'il n'avait rien oublié. En quelques secondes, il dévissa les plaques qu'il jetterait dans un étang. Enfin, il se déshabilla entièrement, fit un paquet de ses vêtements qu'il arrosa d'essence avant de les jeter dans la camionnette. Le froid le fit frissonner. Il alluma sa bombe artisanale et la lança dans la camionnette. Puis il se mit à courir, ses pieds nus écrasant le gravier, en espérant ne pas marcher sur un morceau de verre. Derrière lui, il y eut un bruit sourd quand le cocktail Molotov explosa. Michael jeta un coup d'œil par-dessus son épaule pour s'assurer que les flammes avaient englouti la camionnette. Des langues de feu jaune et rouge montaient des fenêtres et les premières bouffées de fumée gris et noir tournoyaient vers le ciel. Satisfait, Michael se remit à courir. Il avait envie d'éclater de rire. Il aurait bien aimé entendre un passant choqué, muet de peur, tenter d'expliquer à un flic sceptique qu'il avait vu un homme nu courir dans le noir pour fuir une camionnette en train d'exploser.

La brise nocturne lui apportait toujours l'odeur du feu et son cocktail enivrant d'arômes incendiaires. Qui était-ce, dans le film ? Ah oui, le lieutenant-colonel Kilgore : « J'aime l'odeur du napalm au petit matin. » Elle est tout aussi excitante le soir, se dit-il, et elle a la même signification : victoire.

Ses vêtements se trouvaient sur le siège du conducteur de sa vieille fourgonnette cabossée. Il avait laissé les clés sous le siège. Un paquet de lingettes désinfectantes – il préférait celles qu'utilisent certains vieillards souffrant d'hémorroïdes – était posé sur les vêtements. Moins parfumées que d'autres, elles éliminaient plus vite les odeurs d'essence. Il ouvrit la portière. Il ne lui fallut que quelques secondes pour s'essuyer le corps avec les lingettes humides. Et pas plus d'une minute pour enfiler son jean, son sweat-shirt et sa casquette de base-ball. Il jeta un dernier coup d'œil autour de lui. Personne. Comme prévu. À cent mètres de là, derrière le bâtiment, il vit une spirale de fumée, comme une trace plus claire dans la nuit, monter dans le ciel, tandis que le feu grondait au-dessous.

Il se glissa au volant et démarra. Il inspira lentement pour s'imprégner de l'odeur – comme prévu, les relents d'essence avaient disparu, absorbés par les lingettes. Cela ne l'empêcha pas d'asperger l'intérieur du véhicule avec la bombe désodorisante qu'il avait laissée dans la boîte à gants. Précaution inutile, sans doute. Mais tout de même, si un flic l'arrêtait pour excès de vitesse ou pour avoir grillé un stop, parce qu'il avait tardé à se rabattre sur la droite ou pour toute autre raison, il ne voulait pas dégager une odeur d'incendiaire.

Anticiper les problèmes, prévoir tous les angles d'attaque, imaginer tous les paramètres dans un océan de possibilités, c'était ce que Michael aimait plus que presque tout au monde. C'était ce qui faisait battre son cœur plus vite.

Il passa la première, enfonça la casquette sur ses yeux et manipula les écouteurs de son iPod. Quand il sortait faire le sale boulot lié à leurs activités, Linda aimait lui préparer des programmes spéciaux. Ainsi, le menu de l'iPod proposait une playlist intitulée « Gasoline Music » – musique pour l'essence –, ce qui le fit rire. Il se laissa aller en arrière tandis qu'un air de Chris Whitley, soutenu par un méchant solo de steel-guitar, se déversait dans son casque. Il écouta le chanteur frapper quelques accords. « Comme un mouvement en marche dans une rue de mensonges... » C'est exactement ça, se dit-il en sortant du parking du dépôt abandonné. Linda savait toujours ce qu'il avait envie d'entendre.

Dans le sachet en plastique posé sur le siège à côté de lui se trouvaient la carte de crédit qu'il avait prise dans le portefeuille de Numéro Quatre et son téléphone portable. L'air brûlant propulsé par le chauffage de la fourgonnette l'enveloppait. Dehors, il faisait encore désagréablement froid et humide. Michael décida qu'ils émettraient leur prochaine « saison » de Floride, ou d'Arizona. Mais c'était anticiper la fin de la saison en cours, et il savait que c'était une erreur. Michael s'enorgueillissait d'une singulière capacité de concentration. Une fois qu'il s'engageait, rien ne se mettait sur son chemin, rien ne pouvait faire obstruction, ni le distraire de ce qu'ils étaient en train de faire. Il était persuadé que n'importe quel artiste à succès, n'importe quel homme d'affaires prospère, dirait la même chose de ses projets. Impossible d'écrire un roman ou de composer une chanson, impossible de finaliser une acquisition ou de développer une offre sans se consacrer totalement au travail en cours. Linda le savait aussi. C'est la raison pour laquelle ils s'aimaient tant.

J'ai une chance incroyable, se dit-il.

Michael s'installa pour le voyage. Il lui fallait deux heures pour rejoindre la ville. Là-bas, dans la ferme qu'ils avaient louée, Linda aurait tout mis en place. Sans doute étaient-ils déjà presque riches. Mais ce n'était pas l'argent qui comptait le plus, ni pour lui ni pour elle. Le lancement de la quatrième saison l'excitait. Une chaleur extraordinairement agréable se répandit dans son corps – une chaleur d'une nature bien différente de celle que diffusait le chauffage. Elle battait au rythme de la musique qui emplissait la cabine.

## 6

Sous la cagoule noire qui lui recouvrait la tête, l'univers de Jennifer se réduisait désormais aux bruits et aux odeurs qui lui parvenaient, et à ce qu'elle pouvait goûter. Mais tous ses sens étaient atrophiés par le martèlement de son cœur, la migraine qui battait sous ses tempes et l'obscurité qui l'enveloppait, suscitant la claustrophobie. Elle essaya de se calmer, mais sous l'étoffe soyeuse noire elle se mit à sangloter de manière incontrôlable. Les joues inondées de larmes, elle avait la gorge sèche et douloureuse.

Elle savait parfaitement qu'il n'y avait personne alentour, mais elle avait désespérément envie de crier, d'appeler à l'aide. Le mot « Maman » franchit ses lèvres, mais au fond de l'obscurité elle ne voyait que son père mort, debout, juste assez loin pour être hors de sa portée – comme s'il était là, dehors, incapable d'entendre ses cris qui ne pouvaient traverser un mur de verre. Pendant quelques instants, la tête lui tourna, comme si elle chancelait au bord d'une falaise, à peine capable de garder son équilibre, et qu'une violente rafale de vent menaçait de la faire tomber.

Jennifer, tu dois garder le contrôle…

Elle n'était pas sûre d'avoir prononcé ces mots à voix haute, ou de les avoir hurlés mentalement contre tous les désarrois et les douleurs contradictoires qui couraient en elle, bousculant ses émotions et l'empêchant de penser rationnellement. Il lui était presque impossible de dire si elle souffrait. Elle avait les mains et les jambes entravées, mais même écartelée et vulnérable elle savait qu'il lui fallait comprendre ce qui se passait à l'extérieur de la cagoule.

Elle s'efforça d'inspirer à fond. Essaie, Jennifer, essaie !

Il y avait quelque chose d'étrangement rassurant dans le fait de se parler à la deuxième personne. Cela renforçait le sentiment d'être vivante, qu'elle était bien qui elle était, qu'elle avait toujours un passé, un présent et peut-être un avenir.

Arrête de pleurer, Jennifer !

Elle avala un peu de l'air fétide et tiède qui stagnait à l'intérieur de la cagoule. D'accord. D'accord…

Ce n'était pas si facile. Il lui fallut plusieurs minutes pour se calmer. Les halètements et les sanglots terrifiés finirent par ralentir, cessèrent presque totalement, mais elle ne pouvait rien faire pour arrêter le tremblement qui s'emparait de ses muscles. Ses jambes tressautaient violemment, et les convulsions lui donnaient l'impression que son corps s'était transformé en gelée. Comme si quelque chose s'était déconnecté entre ses pensées, ses perceptions et les réactions de son corps. Tout était flou, incontrôlable. Elle ne trouvait rien à quoi se raccrocher, rien qui lui aurait permis de comprendre ce qui s'était passé et ce qui pourrait arriver ensuite.

Elle frissonna, bien qu'il ne fît pas froid du tout. Au contraire, il faisait très chaud dans la pièce. Elle sentait la chaleur lui caresser la peau, et sut qu'elle était presque nue. Jennifer trembla de nouveau de tous ses membres. Elle ne se rappelait pas qu'on l'ait déshabillée, pas plus qu'elle ne se rappelait comment on l'avait conduite dans cette pièce. Elle ne se souvenait que du coup de poing que l'homme lui avait donné – à la vitesse d'une balle –, et d'avoir été balancée à l'arrière de la camionnette. Elle était en pleine confusion, et n'était même pas sûre que tout cela lui fût vraiment arrivé. Elle imagina un instant qu'elle rêvait, qu'il lui suffisait de rester calme, elle se réveillerait dans son lit, à la maison. Elle descendrait à la cuisine se préparer un café et une Pop Tart et réfléchirait à son projet de fugue.

Jennifer attendit. Sous la cagoule, elle ferma les yeux, paupières serrées. Réveille-toi ! Réveille-toi ! se dit-elle. Mais elle savait que c'était inutile. Elle n'aurait pas la chance de transformer ce cauchemar réel en un simple rêve. Très bien, Jennifer. Concentre-toi sur une chose. Une seule chose. Fais qu'elle soit réelle. Et pars de là.

Tout à coup, elle eut terriblement soif. Elle passa sa langue sur ses lèvres. Elles étaient sèches, crevassées, et elle sentit le goût du sang. Elle explora ses dents du bout de la langue. Il n'en manquait pas. Elle plissa le nez. Pas de douleur. Ça va, pensa-t-elle, maintenant tu sais quelque chose d'utile. Pas de fracture du nez. Pas de dents cassées. C'est bien.

Jennifer sentit une démangeaison, à hauteur du bas-ventre. Il y avait autre chose, sur son bras, qu'elle était incapable d'identifier. Cela la troubla encore plus.

Elle savait qu'elle devait dresser deux inventaires distincts. Un sur elle-même, un sur l'endroit où elle se trouvait. Il fallait qu'elle trouve du sens à l'obscurité, et se proposer une certaine clarté. Où était-elle ? Que lui arrivait-il ?

Mais les réponses lui échappaient. Jennifer avait l'impression que l'obscurité prenait le pouvoir sur elle, comme si la cagoule l'empêchait non seulement de voir à l'extérieur, mais aussi de voir à l'intérieur. Elle ne pouvait concevoir autre chose qu'une féroce terreur du néant. Et puis, alors que le désespoir commençait à prendre possession d'elle, elle eut une idée vraiment horrible : Jennifer, tu es encore en vie. Quoi qu'il puisse t'arriver maintenant, ce sera quelque chose que tu n'as jamais connu, sans doute quelque chose que tu n'as jamais imaginé. Ça ne va pas être rapide. Ça ne va pas être facile. Ça ne fait que commencer.

Elle sentit qu'elle descendait en vrille. Un tourbillon. Un vortex. Un trou dans le néant de l'univers. Ses jambes tremblaient et elle était impuissante à réfréner ses sanglots. Elle s'abandonnait à la peur, et son corps tout entier était secoué de spasmes atroces. C'est alors qu'elle entendit le bruit étouffé d'une porte qui s'ouvrait. Elle se tendit. Quelqu'un se trouvait avec elle dans la pièce.

Elle se dit que la solitude la terrifiait. En vérité, être seule valait mieux, bien mieux que de savoir qu'elle ne l'était pas. Elle se cambra, ses muscles se tendirent. Si elle s'était vue, elle aurait pensé que son propre corps réagissait au bruit comme s'il avait été traversé par un courant électrique.

Je suis devenu un vieillard, se dit Adrian en se regardant dans la glace au-dessus de la commode de sa femme. C'était un petit miroir dans un cadre de bois, dont elle s'était servie, pendant des années, pour s'examiner avant la sortie du samedi soir. Les femmes aiment procéder à ce genre de contrôle de dernière minute, pour s'assurer que les choses sont assorties, qu'elles se mêlent harmonieusement, qu'elles se complètent, avant de sortir joyeusement. Lui-même n'était jamais aussi rigoureux quant à l'image qu'il donnait au monde extérieur. Il affichait un look beaucoup plus négligé – chemise froissée, pantalon flottant, cravate légèrement de travers – en accord avec son statut de professeur. J'ai toujours eu l'air d'un professeur, simplement parce que j'étais professeur. J'étais un homme de science, se défendit-il. Il toucha ses cheveux gris-blanc, frotta son menton mal rasé. Son doigt suivit une ride qui était apparue sur son visage. Les années m'ont marqué, se dit-il. L'âge, et les aléas de l'existence.

Derrière lui résonna de nouveau une voix familière :

— Tu sais ce que tu as vu.

Il regarda dans la glace.

— Salut, Opossum, fit-il en souriant. Tu l'as déjà dit. Il y a quelques minutes.

Il se tut. C'était peut-être une heure plus tôt. Ou deux heures. Combien de temps était-il resté là, debout dans cette chambre, entouré par les images et les souvenirs, une arme à la main ?

Il avait employé son petit nom, que seuls connaissaient les parents les plus proches. On le lui avait donné quand elle avait neuf ans, l'année où ces animaux « à peine plus gros que des rats » s'étaient installés dans le grenier de la maison de vacances familiale. Elle avait prévenu ses frères, ses sœurs et ses parents : toute tentative d'expulser les envahisseurs se heurterait aux mesures de représailles, des larmes aux caprices, que pouvait imaginer une fillette décidée.

Cet été-là, sa famille avait dû tolérer les grattements nocturnes des pattes griffues trottant sous les avant-toits, les vagues menaces de maladie, et le dégoût général pour ces animaux qui avaient la troublante habitude de fixer intensément les membres de la famille depuis les coins les plus sombres. La famille d'opossums, pour sa part, n'avait pas tardé à découvrir les nombreux et merveilleux attraits de la cuisine, d'autant qu'ils semblaient avoir compris le privilège que leur accordait leur petite protectrice de neuf ans.

Cassandra était ainsi, se dit Adrian. Une avocate féroce.

— Tu sais ce que tu as vu, Adrian, répéta-t-elle d'un ton plus énergique.

Elle avait ce ton insistant et chantant qu'il connaissait si bien. Durant leurs nombreuses années de mariage, quand elle voulait quelque chose, elle le faisait savoir sur un ton qui évoquait les *protest songs* des années soixante.

Il se tourna vers le lit. Cassie était étendue, langoureuse, dans l'attitude aguichante que prend le modèle devant le peintre. C'était la plus belle hallucination qu'il pût imaginer. Elle portait une chemise ample bleu vif, sans rien dessous, et Adrian eut l'impression qu'une brise légère la faisait adhérer, de façon excitante, aux formes de son corps. Mais aucune fenêtre n'était ouverte, et il n'y avait dans la chambre pas le moindre souffle d'air. Adrian sentit que son pouls accélérait. La Cassie qui le regardait, sur le lit, n'avait sûrement pas plus de vingt-huit ans – comme au début de leur vie commune. Sa peau luisait comme dans sa jeunesse, chaque courbe de son corps, ses petits seins, ses hanches étroites et ses longues jambes étaient comme des souvenirs qui prenaient vie. Elle secoua son épaisse chevelure noire et lui fit les gros yeux, la bouche s'abaissant aux commissures, d'une façon qu'il connaissait bien. Cela signifiait qu'elle était très sérieuse, qu'il devait faire attention à chaque mot qu'elle prononcerait. Il avait appris à reconnaître très tôt l'air qui annonçait un sujet d'importance.

— Tu es en beauté, dit-il. Tu te rappelles, à Cape Cod, quand nous avions pris un bain de minuit, c'était en août, le courant nous avait rejetés sur la plage et nous ne retrouvions plus nos vêtements ?

Cassandra secoua la tête.

— Bien sûr que je m'en souviens. C'était le premier été que nous passions ensemble. Je me souviens de tout. Mais ce n'est pas pour ça que je suis ici. Tu sais ce que tu as vu.

Adrian avait envie de la caresser du bout des doigts pour se rappeler les frissons d'antan. Mais il craignait, en tendant la main, de la faire disparaître. Il ne comprenait pas vraiment d'où venait cette hallucination, ni quelles en étaient les règles. Mais il savait, avec une rare intensité, qu'il ne voulait pas qu'elle disparaisse.

— Ce n'est pas tout à fait vrai, répondit-il lentement. Je n'en suis pas du tout sûr.

— Je sais que ce n'est pas exactement ton domaine, dit Cassie. Tu n'as jamais été un de ces employés de morgue… un de ces types qui aiment découper les tueurs en série et les terroristes, et qui amusent leurs élèves avec des histoires sanglantes. Ce que tu aimais, c'était toutes ces souris dans leurs cages et dans les labyrinthes, et essayer de comprendre ce qu'elles feraient, soumises aux bons stimuli. Mais tu en sais assez sur la psychologie déviante pour dénouer l'affaire en cours.

— Ça pouvait être n'importe quoi. Et quand j'ai appelé, la police m'a dit…

Cassie l'interrompit :

— Je me fiche de ce qu'on t'a dit. Elle était là, sur le trottoir, et elle a disparu.

Elle rejeta la tête en arrière, cherchant des réponses au plafond, ou au ciel... encore un geste familier. C'est ce qu'elle faisait quand elle s'obstinait. Cassie était une artiste, et elle voyait les choses en artiste. « Trace une ligne, fais un trait de couleur sur une toile, et tout deviendra clair. » Et ce regard vers le ciel était toujours suivi d'une requête pleine de sous-entendus. Une habitude qu'il aimait, parce qu'elle était toujours si absolument sûre d'elle.

— C'était un crime, poursuivait-elle. Ce ne peut être que ça. Tu y as assisté. Par hasard. Par chance. Peu importe. Toi seul. Alors maintenant, tu disposes de quelques pièces isolées d'un puzzle vraiment difficile. À toi de jouer. Assemble-les.

Adrian hésita.

— Tu m'aideras ? Je suis malade. Je suis vraiment malade, Opossum. J'ignore combien de temps je pourrai tenir. Les choses partent déjà à la dérive. Elles s'effilochent. Si je m'occupe de cette histoire, je ne sais pas si j'y survivrai...

— Il y a cinq minutes, tu étais prêt à te tirer une balle dans la tête, dit Cassie d'un ton vif, comme si cela expliquait tout.

Elle fit un geste vague vers le Ruger 9 mm.

— Je me suis dit qu'attendre plus longtemps n'avait aucun sens...

— Sauf que tu as vu la fille, dans la rue, et qu'elle a disparu. Et ça c'est important.

— Je ne la connais même pas.

— Peu importe qui elle est, elle mérite de vivre. Et tu es le seul qui soit en mesure de lui donner cette chance.

— Je ne sais pas par où commencer…

— Les pièces d'un puzzle. Sauve-la, Adrian.

— Je ne suis pas inspecteur de police.

— Mais tu peux penser comme un inspecteur de police, peut-être mieux.

— Je suis vieux, je suis malade, et je ne peux même plus réfléchir.

— Tu es bien assez capable de réfléchir. Juste cette fois. Pour la dernière fois. Après, tout sera fini.

— Je ne peux pas le faire seul.

— Tu ne seras pas seul.

— Je n'ai jamais pu sauver qui que ce soit. Je ne t'ai pas sauvée, ni Tommy, ni mon frère, ni aucune des personnes que j'aimais vraiment. Comment sauverais-je quelqu'un que je ne connais pas ?

— N'est-ce pas la réponse que nous cherchons tous ?

Cassie souriait, maintenant. Elle savait qu'elle avait gagné et Adrian savait qu'elle savait. Elle gagnait toujours, parce qu'Adrian (il l'avait découvert dès les premières minutes de leur longue vie commune) avait beaucoup plus de plaisir à être d'accord avec elle qu'à polémiquer.

— Tu étais si belle quand nous étions jeunes. Je n'ai jamais compris pourquoi une femme aussi belle pouvait avoir envie d'être avec moi.

— Les femmes savent ce genre de choses, répondit-elle en riant. Cela semble un mystère aux yeux des hommes, mais pas pour les femmes. Nous, nous savons.

Adrian hésita. Il sentit que les larmes lui montaient aux yeux, mais il ne voyait pas pour quelle raison il pourrait pleurer.

— Je suis tellement désolé, Cassie. Je n'avais pas l'intention de vieillir.

Il se dit qu'il avait l'air cinglé. Bizarrement, c'était logique. Elle se mit à rire. Il ferma les yeux pour l'entendre rire. C'était comme un orchestre symphonique, proche de la perfection.

— Je déteste penser que je suis seul. Je déteste penser que tu es morte.

— Cela nous rapprochera.

— Oui, fit Adrian en hochant la tête. Je crois que tu as raison.

Il jeta un coup d'œil au bureau. Les ordonnances du neurologue étaient là, en pile.

Il avait eu l'intention de les jeter. Il les prit.

— Tout ça me donnera peut-être un peu de rab, dit-il lentement.

Il se retourna. Cassie n'était plus là. Adrian soupira : Il faut que je m'y mette. Il me reste peu de temps.

## 7

Elle ferma la porte derrière elle, puis s'immobilisa. Elle sentait l'excitation monter en elle et voulait savourer ce moment.

Linda aimait que tout soit organisé, en bon ordre, y compris ses passions. Pour une femme vouée à des désirs extravagants et des goûts exotiques, il était étonnant d'être si attachée à la routine et à la discipline. Elle aimait organiser ses plaisirs de sorte qu'à chaque étape elle sache exactement à quoi s'attendre et quel en serait le goût. Au lieu d'émousser ses sensations, cela les rendait encore plus intenses. C'était comme si deux pans de sa personnalité étaient en conflit permanent et la tiraient dans des directions opposées. Mais elle aimait la tension que cela créait en elle, qui lui donnait l'impression d'être unique, et faisait d'elle la criminelle exceptionnelle qu'elle pensait être. Tout comme Michael.

Linda se voyait sans peine sous les traits de Bonnie Parker jouée par Faye Dunaway, Michael étant Clyde Barrow incarné par Warren Beatty. Elle se trouvait voluptueuse, poétique et séduisante. Aucune arrogance de sa part, seulement une appréciation honnête de la manière dont les hommes la voyaient, et de l'effet qu'elle avait sur eux.

Bien sûr, elle se fichait des hommes qui la regardaient. Seul Michael importait. Linda était persuadée qu'ils étaient liés, tous les deux, d'une façon qu'elle qualifiait de spéciale.

Son regard balaya lentement le sous-sol. Des murs blancs nus. Un vieux lit à sommier métallique, un drap blanc recouvrant un matelas gris miteux. Un W-C portable de camping dans un coin. De grands plafonniers jetaient une lueur implacable sur le moindre centimètre carré de la pièce. Il faisait chaud et l'air empestait le désinfectant et la peinture fraîche. Michael avait fait le travail habituel pour mettre en place le début de *Saison 4*. Linda était toujours étonnée par son habileté. Sa vraie spécialité, c'était les ordinateurs et Internet, qu'il avait étudiés à l'université. Mais il était aussi habile avec une perceuse électrique et un marteau et des clous. Un véritable roi du bricolage.

Elle s'arrêta pour passer la pièce en revue, comme un flic. Que voyait-elle dans la pièce qui pourrait fournir un indice pour identifier cet endroit ? Qu'est-ce qui apparaîtrait sur la toile, quoi que ce soit, susceptible d'aider à comprendre qui ils étaient, ou dans quel lieu ils se trouvaient ?

Linda savait qu'un objet aussi banal qu'un tuyau, un chauffe-eau ou une lampe pourrait conduire dans leur direction un policier astucieux. Pour peu qu'un flic ait envie de chercher. Les raccords de plomberie, par exemple, se mesurent en pouces et non en centimètres, ce qui pourrait indiquer à ce détective si malin (Linda aimait essayer de se le représenter) qu'ils se trouvaient aux États-Unis. Le chauffe-eau pourrait être fabriqué par Sears, un modèle distribué exclusivement dans l'est des États-Unis. Et l'on pourrait découvrir que la lampe faisait partie d'un lot expédié à la succursale la plus proche d'une chaîne de magasins de bricolage.

Ces détails permettraient à ce détective imaginaire de se rapprocher d'eux. Il tiendrait à la fois de Miss Marple et de Sherlock Holmes, avec une touche d'un personnage vulgaire créé pour la télé-réalité. Il pourrait prendre l'aspect minable de Columbo, ou avoir le style high-tech et le cheveu ras d'un Jack Bauer. Puis elle se rappela qu'il n'était pas vraiment là, dehors. Personne n'était là, sauf les clients. Et ils faisaient la file, attendant l'authentification de leurs paiements par carte de crédit, impatients de regarder l'émission de mort-en-direct.com.

Linda secoua la tête, inspira à fond. Voir le monde à travers l'objectif étroit de la paranoïa était très stimulant. L'excitation créée par *Saison 4* venait en grande partie de l'anonymat absolu du décor – c'était la toile la plus blanche dont ils puissent rêver pour mettre en scène leur spectacle. Les abonnés n'avaient aucun moyen de savoir avec certitude ce qui allait se passer. C'était le véritable attrait du show. La pornographie était absolument explicite, ses images ne laissant aucun doute sur ce qui se passait. Leur art se trouvait exactement à l'opposé. Il reposait sur la soudaineté. Sur l'inattendu. Il était fondé sur la vision. Sur l'invention. Sur la vie et la mort.

Après avoir refermé la porte, elle prit un instant pour ajuster le masque sur son visage. Pour cette première apparition, elle avait choisi une simple balaclava noire qui dissimulait ses épais cheveux blonds et ne présentait qu'une fente pour les yeux. C'était un des accessoires préférés des terroristes, et elle allait sans doute le porter souvent dans *Saison 4*, même si elle s'y sentait à l'étroit. Elle portait également une combinaison Hazmat blanche en papier traité, qui fit entendre un froissement quand elle s'avança. La combinaison dissimulait ses formes. Personne ne pouvait deviner sa corpulence, ni son âge. La combinaison procurait à Linda une énorme volupté. Lorsqu'elle la portait, elle avait l'impression de se caresser. Le papier lui piquait la peau comme un amant qui lui aurait infligé de petites douleurs en même temps qu'un plaisir illimité.

Elle tira sur ses gants chirurgicaux. Elle portait également des chaussons bleus souples et stériles semblables à ceux qui sont de rigueur dans une salle d'opération. Elle sourit sous son masque. C'est vraiment une salle d'opération, se dit-elle.

Elle fit quelques pas. Je suis toute belle, pensa-t-elle. Elle regarda la forme allongée sur le lit. Jennifer... Non, plus maintenant. Maintenant, c'est Numéro Quatre. Âge : seize ans. Une fille choisie au hasard dans une petite ville universitaire refermée sur elle-même, cueillie délibérément dans une rue de banlieue ordinaire. Linda connaissait l'adresse de Numéro Quatre, le numéro de téléphone de sa famille, de ses quelques amis, et bien d'autres choses encore, autant de détails qu'elle avait glanés grâce à un examen approfondi du sac à dos de la fille, de son téléphone portable et de son portefeuille.

Linda alla au centre de la pièce, à trois ou quatre mètres du lit métallique. Comme un vrai metteur en scène de sitcom, Michael avait tracé sur le sol quelques lignes discrètes à la craie pour indiquer ce qui se trouvait dans le champ de la caméra, et placé des X en papier collant aux principaux endroits où Linda devrait se tenir. De profil. De face. En plongée. Ils avaient appris qu'il était important de se rappeler à tout moment quel cadrage était disponible, et ce que le plan montrerait. Les spectateurs voulaient de multiples angles de prises de vue et un travail de caméra professionnel. Ils payaient pour satisfaire leur voyeurisme et exigeaient une intimité permanente, dans les meilleures conditions.

Il y avait cinq caméras dans la pièce. Une seule était visible. C'était une Sony haute définition fixée sur un trépied et dirigée vers le lit. Les autres étaient des minicaméras dissimulées dans le plafond et dans deux coins des cloisons ajoutées. Une seule couvrait l'entrée. On ne s'en servait que pour les besoins de la mise en scène, quand Michael ou Linda entraient dans la pièce. Cela émoustillait les spectateurs qui comprenaient alors que quelque chose allait se passer. Linda savait qu'elle n'était pas encore allumée. Cette visite relevait des préliminaires, ce n'était qu'une première prise de contact.

Elle avait dans sa poche une petite télécommande électronique. Elle passa le doigt sur le bouton qui enclenchait l'arrêt sur image. Elle attendit le moment où la fille à la cagoule se tourna nerveusement mais imperceptiblement vers elle. Puis elle enfonça le bouton.

Ils sauront qu'elle a entendu quelque chose, mais ils ne sauront pas quoi, pensa-t-elle.

Michael et Linda avaient compris depuis longtemps l'importance du suspense pour les ventes.

Linda avança lentement, les yeux fixés sur Numéro Quatre, qui tentait de suivre ses mouvements. Elle n'avait encore rien dit. Sous l'effet de la peur, certaines personnes se mettent à jacasser sans queue ni tête, supplient, implorent, tiennent des propos infantiles. D'autres au contraire gardent un silence maussade, résigné. Linda ignorait comment se comporterait Numéro Quatre. Ils n'avaient jamais employé un sujet aussi jeune, c'était donc une véritable aventure pour Michael et elle.

Linda prit place au pied du lit. Elle parla d'un ton monotone qui cachait sa propre excitation. Elle n'élevait pas la voix, n'appuyait sur aucun mot. Elle restait absolument froide. Elle était devenue experte dans l'art de formuler des menaces, et dans l'art de les mettre à exécution.

— Ne dis rien. Ne bouge pas. Ne crie pas, ne te débats pas. Écoute attentivement ce que je vais te dire, et on ne te fera aucun mal. Si tu veux t'en sortir vivante, tu dois faire exactement ce qu'on te dira de faire, à tout moment, quoi qu'on te demande et quoi que tu ressentes.

Sur le lit, la fille se raidit, frissonna. Mais elle ne dit rien.

— Voici les règles les plus importantes. Plus tard, il y en aura d'autres.

Linda se tut. Elle s'attendait presque à ce que Jennifer se mette à la supplier. Mais elle restait silencieuse.

— Désormais, tu t'appelles Numéro Quatre.

Linda entendit un faible gémissement, étouffé par la cagoule noire. C'était normal, prévisible.

— Si on te pose une question, tu dois répondre. Tu comprends ?

Jennifer hocha la tête.

— Réponds !

— Oui, fit-elle d'une voix haletante.

Linda hésita. Elle essayait d'imaginer la panique sous le masque. Eh bien, ma petite, ce n'est pas comme au collège, hein ? Elle ne prononça pas ces mots à haute voix.

— Je t'explique, Numéro Quatre, reprit-elle du même ton monocorde. Ta vie, telle que tu la connaissais jusqu'ici, est finie. Qui tu étais, ce que tu voulais devenir, tes amis – tout ce qui t'était familier –, tout cela n'existe plus. Il n'y a plus que cette pièce, et ce qui se passe ici.

Elle s'interrompit de nouveau, surveillant le langage corporel de Jennifer, comme si elle cherchait la preuve que la fille comprenait.

— À partir de cet instant, tu nous appartiens.

Elle eut l'impression que la fille se raidissait encore, avant de s'immobiliser tout à fait. Mais elle ne cria pas. D'autres avaient crié. Numéro Trois, surtout, leur avait résisté à chaque étape – luttant, mordant, hurlant –, ce qui, bien sûr, n'avait pas été mauvais du tout, dès lors que Michael et elle avaient défini les règles. Cela créait un autre genre de dramaturgie. Cela faisait partie de l'aventure et de son attrait, Linda le savait. Chaque sujet exigeait qu'on établisse des règles différentes. Chacun était unique, dès le premier jour. Elle sentait l'excitation envahir son corps, mais elle se contrôla. Elle jeta un coup d'œil à la fille allongée sur le lit. Elle écoute attentivement, observa-t-elle. C'est une fille intelligente. Pas mal. Pas mal du tout. Elle va être spéciale.

Jennifer hurla mentalement, comme si cela lui permettait de lâcher quelque chose qui exprimât sa terreur, traversant la cagoule, allant au-delà des chaînes, des murs et des plafonds, là où on pouvait l'entendre. Elle se dit que si elle pouvait faire du bruit, quel qu'il soit, cela l'aiderait à se souvenir de qui elle était, et qu'elle était toujours en vie. Mais elle n'y parvint pas. Extérieurement, elle ravala un sanglot et se mordit violemment la lèvre. Il n'y avait que des questions, sans la moindre réponse.

Elle sentit que la voix s'approchait d'elle. Une femme ? Oui. Celle de la camionnette ? Forcément. Jennifer essaya de se remémorer ce qu'elle avait vu. Un aperçu rapide d'une femme plus âgée qu'elle, mais moins que sa mère. Vêtue d'une casquette tricotée noire enfoncée sur ses cheveux. Des cheveux blonds. Elle se représenta un blouson de cuir, rien de plus. Le coup au visage, qui l'avait fait tomber en arrière, avait tout brouillé.

— Voilà...

Elle entendit le mot, comme si on lui tendait quelque chose. Mais elle ignorait de quoi il s'agissait. Il y eut comme un bruit de ciseaux. Jennifer ne put réfréner un mouvement de recul.

— Non. Ne bouge pas.

Elle se figea.

Il y eut un instant de battement... elle sentit qu'on tirait sur les bords du masque. Elle ignorait encore ce qui se passait, mais elle entendit le bruit des ciseaux. Un fragment du masque se détacha. Devant sa bouche. Une ouverture.

— De l'eau.

On introduisit dans la fente une paille en plastique qui vint cogner contre ses lèvres. Elle eut soudain terriblement soif, au point que rien ne lui semblait plus important. Elle tira la paille à l'aide des lèvres et de la langue, et aspira vivement. L'eau était saumâtre, avec un léger goût qu'elle ne put identifier.

— Ça va mieux ?

Elle hocha la tête.

— Maintenant, tu vas dormir. Après quoi tu sauras exactement ce qu'on attend de toi.

Jennifer sentit un goût crayeux sur sa langue. Sous la cagoule, elle avait la tête qui tournait. Ses yeux chavirèrent. Elle plongea de nouveau dans les ténèbres, en se demandant si on l'avait empoisonnée. Ce qui n'avait aucun sens. Rien n'avait de sens, sauf le sentiment horrible que tout la conduisait vers la femme dont elle avait entendu la voix et l'homme qui l'avait assommée. Elle avait envie de hurler, de protester, d'entendre le son de sa voix. Mais, avant d'avoir eu le temps de former les mots et de les projeter entre ses lèvres déshydratées, elle eut l'impression de vaciller sur un rebord étroit. Puis la drogue qu'on avait diluée dans l'eau fit son effet, et elle sentit qu'elle basculait dans le vide.

8

Quand Terri regagna son bureau, minuit était passé depuis longtemps, et la nuit se dirigeait lentement vers l'aube. À part le dispatcher et deux ou trois agents du service de nuit, il y avait peu d'activité dans l'immeuble. Les flics qui surveillaient les écoles des environs et les rues de la banlieue étaient en patrouille ou se terraient dans un Dunkin' Donuts, où ils faisaient le plein de café et de sucreries.

Elle s'assit derrière son bureau et composa sans attendre les numéros des postes de police de la gare routière de Springfield et de la gare centrale. Elle appela également l'antenne de la police d'État du Massachusetts, celle de l'autoroute à péage, et la police routière de Boston. Chacune de ces conversations était très brève : elle leur donnait une description générale de Jennifer, demandait d'avoir l'œil, et promettait de leur faxer au plus vite une photo et l'affichette « Personne disparue ». Officiellement, la police devait disposer, pour pouvoir agir, de copies des documents. Officieusement, il suffisait parfois de quelques coups de fil ou d'appels radio aux équipes de nuit dans les gares et sur les autoroutes. S'ils avaient de la chance, espérait Terri, un flic en patrouille sur l'autoroute du Massachusetts tomberait sur Jennifer en train de faire du stop sur une bretelle d'accès. Ou un agent la repérerait dans une file devant un guichet de la gare du Nord et tout serait plus ou moins réglé : un bon sermon, un trajet à l'arrière de la voiture de police, des retrouvailles avec beaucoup de larmes (la mère) et un visage buté (Jennifer), et la routine reprendrait ses droits, jusqu'à ce que la jeune fille décide à nouveau de s'enfuir.

Terri s'empressa de tout mettre en place pour aboutir à un résultat positif. Elle jeta son sac, son insigne, son arme et son carnet de notes sur le bureau dans le dédale d'alvéoles que la police municipale appelait Bureau des inspecteurs, mais qu'on avait baptisé ironiquement, dans le service, Cité de l'Insigne d'or. Elle composa à la hâte les numéros et parla directement aux dispatchers et aux lieutenants de garde, de la voix pressante qu'elle utilisait pour les situations de type « Essayez de faire vite ».

Elle appela ensuite la sécurité de Verizon Wireless. Elle se présenta à l'opérateur du centre d'appel d'Omaha et lui expliqua l'urgence de la situation. Elle voulait être informée immédiatement du moindre appel passé depuis le portable de Jennifer ou reçu par lui. Il fallait qu'on lui donne les coordonnées des relais cellulaires par lesquels transiteraient les appels. Jennifer ignorait peutêtre que son téléphone était une véritable balise qui pouvait les conduire vers elle. Elle est maligne, se dit Terri, mais pas à ce point.

Terri alerta également le service de sécurité de la Bank of America, qui la préviendrait si Jennifer tentait d'utiliser sa carte de banque dans un distributeur. Elle n'avait pas de carte de crédit – Mary Riggins et Scott West avaient été catégoriques : d'autres filles plus riches bénéficiaient de cette facilité, mais pas elle. Terri n'y avait pas vraiment cru.

Elle essaya de trouver quelque chose qui permettrait de rendre un peu de visibilité à Jennifer. Elle avait déjà outrepassé les directives formelles de son service. Techniquement, une disparition ne pouvait pas être enregistrée avant vingt-quatre heures, et une fugue n'était pas considérée comme un délit. Pas encore. Pas avant qu'il arrive quelque chose. L'idée était de retrouver l'adolescente avant qu'un crime ne soit commis.

Après avoir donné ses coups de fil, Terri se dirigea vers la grande armoire métallique noire qui se dressait dans un coin du bureau. Le dossier de la famille Riggins contenait tous les détails des deux tentatives de fugue précédentes. Après la deuxième, il y avait plus d'un an, Terri avait laissé la chemise cartonnée dans la section « Affaires en suspens ». Elle aurait dû être envoyée aux archives, mais Terri savait que les événements de cette nuit étaient inévitables, sans en connaître vraiment la raison.

Elle sortit la chemise de l'armoire. Elle se souvenait de la plupart des informations utiles (Jennifer n'était pas le genre d'adolescente qu'on oublie facilement), mais elle savait qu'il était important de passer les détails en revue : un indice sur la destination de la jeune fille pouvait apparaître dans le dossier des premières tentatives. Un bon travail policier est pesant, routinier, et repose pour l'essentiel sur l'examen des menus détails. Terri voulait s'assurer que tous ses rapports sur cette affaire qui remonteraient la hiérarchie administrative attireraient l'attention sur les chances de « réussite », même si celles-ci étaient si légères.

Elle soupira. Il n'allait pas être facile de retrouver Jennifer. En fait, l'espoir résidait dans le fait que la jeune fille serait à court d'argent avant d'être poussée à se prostituer, ou droguée, ou violée et assassinée, et qu'elle décide de rentrer chez elle. Alors l'affaire serait plus ou moins réglée. Le problème, se dit Terri, c'est que Jennifer a prémédité sa fuite. C'est une fille déterminée. Obstinée et intelligente. Renoncer dès les premières difficultés ne lui ressemble pas. Le hic, c'est que les premiers ennuis risquaient d'être aussi les derniers.

Terri ouvrit le dossier et le posa à côté de l'ordinateur portable de Jennifer. Celle-ci l'avait décoré avec trois autocollants : deux fleurs rouge vif et un logo pour pare-chocs « Sauvez les baleines ». Normalement, Terri aurait dû attendre le matin, afin de contacter le bureau du procureur, qui lui aurait envoyé un technicien capable d'examiner l'ordinateur. Bureaucratie oblige. Mais elle avait suivi un stage sur le cybercrime à l'université locale, et elle en savait assez pour forcer le disque dur, faire une sauvegarde de son contenu et transférer l'ensemble des données sur un disque externe. Elle ouvrit l'ordinateur.

Elle jeta un coup d'œil par la fenêtre. Les rayons de l'aube se glissaient entre les branches d'un majestueux chêne brun, à la limite du parking du commissariat. Elle le fixa pendant quelques instants. La lumière semblait pénétrer les feuilles naissantes et l'écorce rugueuse de l'arbre, comme pour en éloigner l'obscurité. Terri aurait dû être épuisée après sa nuit blanche, mais l'adrénaline lui fournissait l'énergie nécessaire pour tenir encore un peu. Un café lui ferait du bien.

Elle devait appeler chez elle pour s'assurer que Laurie avait réveillé les enfants, qu'elle avait préparé leurs goûters et les avait fait sortir à temps pour qu'ils ne ratent pas leur car. Elle s'en voulait de ne pas être là pour leur réveil. Mais les enfants seraient contents de voir Laurie. Ils trouvaient toujours très excitant qu'on appelle leur mère au milieu de la nuit pour une mission. Pendant une seconde, Terri ferma les yeux. Elle eut un bref accès d'angoisse. Laurie les suivrait-elle des yeux jusqu'à ce qu'ils montent dans le car ? Elle ne les laisserait pas attendre sur le bord de la route...

Terri secoua la tête. Son amie était digne de confiance. La peur, pensa-t-elle se dissimulait juste sous la peau, toujours prête à jaillir.

Elle passa le doigt sur l'interrupteur de l'ordinateur, qui s'alluma dans un clignotement. Tu es là, Jennifer ? Que vas-tu me dire ? Terri savait que chaque instant qui passait valait encore plus que le précédent. Elle savait qu'elle aurait dû attendre le feu vert officiel pour sonder l'ordi. Mais elle n'en fit rien.

Michael était infiniment content de lui.

Après avoir incendié la camionnette volée, il s'était arrêté sur une aire de repos de l'autoroute à péage. Il avait bu un café noir dans l'espace restauration situé entre un McDonald's et un kiosque aux volets clos où l'on vendait du yaourt glacé, épiant les voyageurs qui allaient et venaient bruyamment sur l'aire. Il attendait d'être sûr que les toilettes des femmes soient désertes. D'un bref coup d'œil, il s'assura qu'il n'y avait pas de caméra dans le couloir menant aux W-C. Il avait tout de même sa casquette de base-ball bleu foncé enfoncée sur le crâne, la visière empêchant une éventuelle caméra de saisir son profil.

Il écrasa son gobelet de plastique, le jeta dans une poubelle et se dirigea vers la porte « Hommes ». Mais au dernier instant il vira et entra dans les cabinets réservés aux femmes. Il n'y resta que quelques secondes – le temps de poser par terre près d'une toilette, recto vers le haut, la carte de bibliothèque de Jennifer Riggins. Elle n'échapperait pas à l'attention du personnel d'entretien. Michael savait qu'on se contenterait sans doute de la jeter à la poubelle. Mais le contraire était possible, ce qui servirait son objectif.

De retour dans sa fourgonnette, Michael sortit un petit ordinateur portable. Il vit avec plaisir que l'endroit était couvert par un signal Wi-Fi.

Comme la camionnette dont ils s'étaient servis, l'ordinateur avait été volé. Michael l'avait cueilli trois jours plus tôt sur une table du réfectoire de l'université. Le vol avait été remarquablement facile. Il l'avait dérobé quand l'étudiant s'était éloigné pour aller chercher un cheeseburger. Avec des frites, s'était dit Michael. Le plus important était de ne pas partir en courant. Cela aurait attiré l'attention. Il l'avait simplement glissé dans un étui en plastique noir et s'était assis à une table à l'autre bout de la salle, attendant que l'étudiant revienne, découvre le vol et se mette à hurler. Après avoir caché l'ordinateur dans son sac à dos, Michael s'était dirigé vers le petit groupe rassemblé autour de l'étudiant furieux.

« Tu devrais prévenir immédiatement la sécurité du campus, mec, avait-il lâché, de sa voix d'étudiant de troisième cycle, révélant qu'il était légèrement plus âgé que les autres. Ne perds pas de temps, si tu veux le retrouver. »

Son idée avait été accueillie par des murmures d'encouragement. Quelques instants plus tard, tandis que les téléphones portables jaillissaient dans la plus grande confusion, Michael s'était simplement écarté du groupe, l'objet de son larcin dissimulé dans son sac à dos. Il était sorti d'un pas léger et avait gagné le parking, où l'attendait Linda.

Il est parfois si facile de voler, se dit-il. En quelques manipulations sur le clavier du portable, Michael trouva un site de réservation des Trailways Bus Lines, à Boston. Il introduisit le numéro de la carte Visa qu'il avait trouvée dans le portefeuille de Jennifer. Il se dit que « M. Riggins » devait être la mère de la jeune fille. Il réserva un aller simple pour New York, dans un car qui partait à quatorze heures. Il s'agissait de créer une modeste piste pour retrouver Jennifer. Au cas où quelqu'un se mettrait à sa recherche. Une piste qui ne mènerait nulle part, se dit-il.

Michael quitta l'aire de repos. Il avait repéré, derrière un grand immeuble de bureaux en périphérie de Boston, une benne à ordures que l'on vidait tôt le matin. Il avait l'intention d'y jeter l'ordinateur sous des piles de détritus. Quiconque serait assez malin pour remonter la piste de la réservation tomberait sur une adresse IP des plus bizarres.

L'étape suivante était la gare routière de Boston. C'était un immeuble carré, noyé dans un brouillard de gaz d'échappement de diesel et une épaisse odeur d'huile, et éclairé par des néons impitoyables. Un flot permanent d'autocars chargés de passagers se déversait dans les rues de la ville, traversant le centre avant de s'engager sur la Route 93 vers le nord ou le sud, ou sur la 90 vers l'ouest. Michael avait l'impression qu'on avait laissé tomber un thermomètre et qu'il regardait les gouttes de mercure se répandre dans toutes les directions.

La gare routière disposait d'un distributeur de tickets électronique. Il attendit que plusieurs personnes fassent groupe autour de l'appareil semblable à un distributeur de billets de banque. Il s'approcha, glissa dans le lecteur la carte de crédit volée et reçut un billet libellé au nom de

« M. Riggins ». Il gardait la tête baissée. Il savait que la gare était truffée de caméras. Il serait possible de visionner les vidéos de contrôle de l'heure de délivrance du billet, et de constater que Jennifer n'était pas en vue. Attention, se dit-il.

Dès qu'il eut retiré son billet, il se dirigea vers les toilettes pour hommes. Il s'assura qu'il était seul, s'enferma dans un box et sortit de son sac à dos une sorte de bob à bords tombants et une fausse barbe. Il ne lui fallut que quelques secondes pour changer d'apparence, avant de sortir des toilettes et de s'installer dans un coin sombre. Il attendit.

La gare était en permanence sous surveillance policière, mais de façon purement routinière. Les flics étaient chargés avant tout de traquer les sans-abri en quête d'un endroit sûr et chauffé pour la nuit, mais qui dédaignaient les refuges mis à leur disposition. L'autre mission de la police consistait apparemment à protéger les voyageurs contre d'éventuelles agressions, qui lui vaudraient les gros titres, déplaisants, de la presse. La gare routière était un endroit sensible. Michael avait l'impression d'être à la frontière de la normalité, de la respectabilité et du crime. C'était un de ces lieux où des mondes différents se télescopent violemment. Michael pensa qu'il semblait, lui, appartenir au monde des gens respectables, ce qui était une belle façon de travestir la vérité.

Il attendit donc, sur un siège inconfortable en plastique moulé, tapant nerveusement du pied, tout en s'efforçant de ne pas attirer l'attention, jusqu'au moment où il vit ce qu'il cherchait : trois filles, sans doute des étudiantes, et un garçon à l'air égaré. Tous portaient des sacs à dos et semblaient peu affectés par l'heure tardive. Ils étaient visiblement de ces jeunes gens bien élevés qui feraient leur devoir s'ils trouvaient quelque chose qui ne leur appartenait pas. Ils appelleraient quelqu'un. Michael ne demandait rien d'autre. Le mystère s'ajoutait au mystère.

Il prit tranquillement la file derrière eux, col relevé et chapeau enfoncé, car il était sûr, cette fois, que les caméras de surveillance enregistraient tout. Saloperie de Patriot Act, se dit-il en rigolant. Il n'était pas difficile de trouver sur Internet des sites indiquant l'emplacement précis des caméras et décrivant le mode de fonctionnement de la surveillance. Il attendit que le groupe d'étudiants passe sa commande au guichetier de nuit. À cet instant précis, il glissa discrètement la carte Visa dans la poche ouverte d'un des sacs à dos.

Un tour de passe-passe digne d'Houdini. Cette pensée le fit sourire, car d'une certaine manière Linda et lui avait opéré un vrai tour de magie. Jennifer avait disparu.

À sa place, menottée et cagoulée, l'image figée de Numéro Quatre voyageait dans le cyberespace.

# 9

Adrian observait la pharmacienne, qui saisissait avec habileté les cachets dans leurs récipients respectifs. Elle levait de temps en temps les yeux et lui adressait un sourire pâle. Il sentait qu'elle se retenait de lui poser la question qui lui brûlait les lèvres. Il connaissait cet air hésitant, qui lui rappelait ses salles de classe. L'espace d'un instant, il eut l'impression d'être à nouveau professeur. Il eut envie de se pencher au-dessus du comptoir et de chuchoter quelque chose comme : « Je sais ce que signifient toutes ces pilules, et je sais que vous le savez, vous aussi. Mais je n'ai pas peur de mourir. Pas le moins du monde. Ce qui m'inquiète, c'est de disparaître peu à peu, et ces médicaments sont censés ralentir le processus, même si je sais qu'il n'en est rien. »

Il avait envie de lui dire tout cela, mais il n'en fit rien. La pharmacienne dut remarquer sa réaction, mais elle se méprit. Elle se pencha vers Adrian.

— Ils sont vraiment très chers, même avec la mutuelle de l'université. Je suis vraiment désolée.

Comme si, en s'excusant du prix exorbitant du traitement, elle lui faisait comprendre combien elle regrettait de le savoir aussi malade.

— Ça ne fait rien, lui répondit-il.

Adrian faillit ajouter « Je n'en aurai pas besoin très longtemps », mais il s'abstint. Il farfouilla dans son portefeuille et lui tendit une carte de crédit. Il observa l'opération tandis que son compte était délesté de plusieurs centaines de dollars. Une pensée drolatique lui traversa l'esprit. Ne paie pas. Histoire de voir ces vampires essayer d'extorquer l'argent à un vieux radoteur qui ne se rappelle pas quel jour on est, encore moins comment gérer ses comptes.

Tenant son sac en papier plein de médicaments, Adrian sortit de la pharmacie et retrouva la lumière vive du matin. Il déchira l'emballage et posa un Exelon sur la paume de sa main. Il y ajouta un Prozac et un Namenda, censés lutter contre la confusion mentale. Il pensait n'en avoir pas encore besoin, mais c'était peut-être le genre de symptôme, précisément, contre lequel les cachets étaient censés l'aider. Il jeta un coup d'œil à la longue liste des terribles effets secondaires de chacun des remèdes. Quoi qu'il en soit, ce pourrait difficilement être pire que ce qui l'attendait. Dans le sac, il trouva également un antipsychotique. Il n'ouvrit pas le tube, qu'il fut même tenté de jeter. Il mit dans sa bouche les cachets qu'il avait préparés, et fit un effort pour tout avaler. Voilà pour commencer, se dit-il.

— Parfait, lui dit son frère d'un ton vif. Maintenant que tu as réglé ce problème, occupons-nous des choses sérieuses. Le moment est venu de découvrir qui est Jennifer.

Adrian se tourna lentement vers la voix.

— Salut, Brian, fit-il, incapable de réprimer un sourire. J'espérais bien que tu finirais par te montrer.

Brian était assis, les genoux relevés, sur le capot de la vieille Volvo d'Adrian. Il fumait une cigarette. La fumée montait en tourbillonnant vers le ciel bleu. Il était vêtu d'un treillis vert olive en lambeaux et couvert de petites taches de sang. Son gilet pare-balles était déchiré. Son casque, posé à ses pieds, était orné du symbole de la paix tracé à l'encre noire et d'une décalcomanie du drapeau américain sur lequel étaient griffonnés les mots *Death Dealer and Heart Stealer*, « Marchand de mort, voleur de cœur ». Brian tenait son M-16 entre ses jambes, maintenant la crosse en place contre ses bottes de combat. Il avait le visage trempé de sueur. Il était pâle, d'une maigreur cadavérique, et il avait à peine vingt-trois ans. Il ressemblait au soldat que Larry Burrows avait photographié un peu avant de mourir, en mission pour le compte de *Life*. Brian en avait gardé une reproduction encadrée sur son bureau, « en souvenir », avait-il dit un jour à Adrian, sans préciser ce que la photo lui rappelait. Elle se trouvait maintenant dans un carton poussiéreux, dans la cave d'Adrian, avec une grande partie des affaires de son frère – y compris la Silver Star qu'il avait remportée au combat et dont il n'avait jamais parlé à personne.

Sous le regard d'Adrian, Brian descendit du capot dans un mouvement lent et douloureux, comme s'il était épuisé – mais le geste trahissait aussi une certaine paresse complaisante, ce trait de caractère qu'Adrian lui connaissait depuis leur enfance. Brian n'était jamais pressé, même lorsque tout explosait autour de lui. C'était une de ses plus grandes qualités – cette capacité de voir clairement ce qui se passait quand tout le monde paniquait –, et Adrian avait toujours aimé son frère pour le calme qu'il inspirait. Durant leur jeunesse (ils n'avaient que deux ans de différence), chaque fois qu'il arrivait quelque chose, Adrian regardait d'abord son frère pour décider de sa propre réaction.

Ce qui avait rendu la mort de Brian encore plus incompréhensible à ses yeux.

Brian s'ébroua comme un chien qui émerge, l'air malheureux, d'un profond sommeil. Il tendit le bras droit. La manche de son treillis était relevée, ne laissant voir que la tête de cheval et la large barre diagonale de l'écusson jaune et noir du First Air Cavalry. Il étira ses bras minces et musclés et jeta son arme sur son épaule. Regardant droit vers la lueur éblouissante du soleil, il se couvrit les yeux un instant.

— Une ville universitaire, ô frangin. Plutôt fade. Rien à voir avec le Vietnam, fit-il avec un grognement, plaisantant à demi.

Adrian secoua la tête.

— Ni avec Harvard, ou la fac de droit de Columbia. Ou avec ce grand cabinet de Wall Street pour lequel tu travaillais. Ni l'immense appartement de l'Upper East Side où tu…

Il s'interrompit.

— Pardonne-moi, fit-il très vite.

— Rien à voir avec des tas d'autres choses, ajouta Brian en riant. Mais ne t'inquiète pas. Si tu veux parler des raisons de mon suicide, eh bien on aura plein de temps pour ça. Dans l'immédiat, je crois que nous avons du pain sur la planche. Le début d'une enquête, c'est du lourd. Il faut battre le fer quand il est chaud. Foncer avant que la piste ne refroidisse. Tu as déjà attendu trop longtemps. Tu n'as pas entendu Cassie ? Elle t'a dit de foncer. Alors allons-y. Le temps n'est plus aux tergiversations.

— Je ne sais pas exactement où commencer. Je suis toujours très…, hésita Adrian.

— Tu as peur ? Tu es perdu ? l'interrompit son frère en riant.

Il riait au milieu des problèmes les plus graves, comme si cela pouvait les atténuer.

— Dans ce cas, je crois que tes cachets vont t'être utiles. Le temps de tenir la maladie en échec, pendant que nous faisons le tri dans ce que nous savons…

— Mais je ne suis vraiment sûr de rien.

— Bien sûr que si, fit Brian en souriant de nouveau. Mais c'est une question de pragmatisme. Il faut opérer méthodiquement, considérer chaque question comme un trou à combler.

— Tu as toujours été bon pour organiser.

— L'armée m'a entraîné pour ça. Et la fac de droit encore plus. Ça n'a jamais été un problème.

— Tu vas m'aider ?

— C'est pour ça que je suis ici. Comme Cassandra.

Adrian fit une pause. Sa femme morte. Son frère mort. Ils verraient les choses un peu différemment. Il se fichait de savoir qui pouvait le voir, en cet instant précis, en train de parler avec animation… à personne. Il savait, lui, avec qui il bavardait.

Brian avait ôté le chargeur du M-16, qu'il cogna légèrement contre le capot de la Volvo pour s'assurer qu'il était plein. Adrian avait envie de tendre la main pour toucher le tissu élimé. Il sentait l'odeur de sueur séchée, les miasmes de pourriture de la jungle, et un léger parfum de cordite. Tout semblait très réel, et pourtant ça ne l'était pas. Mais il ne détestait pas cela.

— J'ai toujours pensé que j'aurais dû partir, moi aussi, comme toi.

— Au Vietnam ? grogna Brian. La mauvaise guerre, au mauvais moment. Ne joue pas les vieux cons. J'y suis allé pour les pires raisons du monde. Le romantisme, l'excitation, le sens du devoir… ce n'était peut-être pas la mauvaise raison… Plutôt la loyauté, l'honneur, et tous ces jolis mots qu'on assigne aux hommes qui partent au combat. Et ça m'a coûté cher. Tu le sais.

Adrian avait l'impression de se faire enguirlander. Parler à son frère de problèmes affectifs l'avait toujours paralysé. Tout ce qui concernait Brian semblait si parfait, si admirable. Un combattant. Un philanthrope. Un homme de droit et de raison. Même quand ils étaient devenus adultes, et que sa formation permit à Adrian de comprendre le trouble de stress post-traumatique et les sombres obsessions dont Brian souffrait en permanence, il avait eu du mal à trouver des applications concrètes, pour quelqu'un qu'il aimait, de ce qu'il avait appris à l'école. Il avait beaucoup de choses à dire, mais elles trébuchaient toujours sur ses lèvres, et glissaient dans les fissures de l'oubli.

Brian fit claquer le casque renforcé d'acier sur sa tête et le repoussa légèrement en arrière. Son regard bleu balaya le parking de la pharmacie.

— Bel endroit pour une embuscade, dit-il d'un ton négligent. Bon, on n'y peut rien. Première question : qui est Jennifer ? Il faut d'abord répondre à ça. Après quoi on pourra se mettre en quête du pourquoi.

Adrian acquiesça. Ses yeux se posèrent sur la casquette rose des Red Sox, sur le siège. Brian suivit son regard.

— Bravo, fit-il d'une voix douce. Quelqu'un devrait la reconnaître. Tu dis que la fille était à pied ?

— Oui. Elle marchait en toute hâte vers l'arrêt des cars.

— Elle venait donc sûrement de quelque part dans ton quartier ?

— Ce serait logique.

— Bien, dit Brian. Commençons par là. Trace mentalement un périmètre. Un cercle de six blocs de rayon. Procède de manière systématique. N'oublie pas de noter les endroits où tu vas, les adresses, ce que les gens te diront. Quelqu'un verra cette casquette, entendra le prénom et t'indiquera le chemin à suivre.

— Mais il doit y avoir, je ne sais pas, cinquante, peut-être soixante-quinze maisons... Ça fait un paquet de sonnettes.

— Et tu iras sonner à chaque porte.

Adrian acquiesça.

— Écoute, Audie..., fit Brian, usant du petit nom qu'il lui donnait quand ils étaient enfants. Le travail de la police, c'est surtout de la routine. Rien à voir avec Hollywood, ça n'a rien de très excitant. C'est du boulot. Du lourd. Transformer des hypothèses en détails et en faits, et les assembler. La plupart des affaires sont des puzzles. Les auteurs de romans policiers et les producteurs de télévision aiment nous raconter qu'il s'agit de grands portraits de la Joconde en mille pièces, ou d'une carte du monde qui demande à être reconstituée. La plupart du temps, pourtant, les affaires sont comme ces puzzles de bois grossiers qu'on donne aux mômes à la maternelle. Il suffit de faire correspondre l'image de la vache ou du canard au trou qui correspond à chaque animal. Dans un cas comme dans l'autre, quand on a fini on voit quelque chose. C'est ce qui rend le travail si satisfaisant, au bout du compte.

Brian hésita.

— Tu te souviens de cette affaire dont je t'avais parlé ? C'était l'été qui suivait mon retour. Nous étions à Cape Cod, nous avions fait un feu sur la plage, peut-être bu quelques bières de trop, et je t'ai raconté... L'affaire où j'ai fini par interviewer au moins quatre fois les membres de deux pelotons différents, avant que l'histoire ne commence à s'ébruiter...

Adrian s'en souvenait parfaitement. Brian lui parlait rarement de ce séjour à la campagne, et de la lutte à laquelle il avait assisté alors qu'il poursuivait la justice militaire. C'était une affaire de viol. 1969. Elle était pleine de troublantes ambiguïtés – la victime était une Viêt-cong, Brian en était certain, comme tous les hommes accusés de

100

l'avoir violée. Elle était donc l'ennemie – tous en étaient sûrs –, même s'il n'en existait aucune preuve concrète. Quoi qu'il lui soit arrivé, elle le méritait donc probablement, c'était du moins une bonne raison aux yeux de ces cinq hommes complètement ivres, qui s'étaient relayés jusqu'à ce qu'elle soit presque morte. Ce qui ne leur laissait qu'une solution. C'était une de ces affaires où il n'y a pas de bon côté, moralement parlant, où le fait de découvrir ce qui s'était vraiment passé dans un recoin perdu de la guerre n'avait été positif pour personne. Un viol avait été perpétré. L'officier responsable avait ordonné à Brian de mener une enquête. Des hommes étaient coupables. Mais il n'y eut pas de suites. Son rapport fut classé. La guerre continuait. Des gens mouraient.

Brian prit son fusil à l'épaule et montra la route.

— Par là, dit-il. C'est peut-être fastidieux, mais ça doit être fait. Tu crois que tu te rappelleras les questions que tu dois poser ? Tu ne veux pas oublier...

— Il faudra que tu me le rappelles, dit Adrian. Les choses ont l'air de glisser hors de mon cerveau, quand je n'y prête pas assez attention.

— Je serai là quand tu auras besoin de moi, dit Brian.

Adrian eut envie de répondre qu'il aurait bien voulu lui dire la même chose. Quand son frère avait eu besoin de lui, il n'avait pas été là. Aussi simple que ça. Il eut envie de pleurer. Ce qui signifiait qu'il avait du mal à contrôler ses émotions flottantes. Il savait qu'il ne pouvait pas fondre en larmes au milieu d'une matinée aussi belle, aussi claire et aussi douce, sur le parking de la pharmacie de ce petit centre commercial si animé, en périphérie de la ville universitaire où il demeurait. Il ne souhaitait pas attirer l'attention. Ce ne serait pas judicieux. Pas pour le détective qu'il devait devenir.

Adrian prit le volant et se dirigea vers son quartier, qui lui sembla soudain, même à la lumière vive du soleil printanier, beaucoup plus sombre et mystérieux que d'habitude.


Dans une moitié de la première rangée de maisons, personne ne répondit à son coup de sonnette, et les autres ne lui furent d'aucune utilité. Les gens étaient polis mais très secs. On pensait qu'il avait quelque chose à vendre ou qu'il faisait du porte-à-porte pour la protection de l'eau potable ou les Témoins de Jéhovah. Quand il leur montrait la casquette et qu'il mentionnait le prénom, ils étaient simplement surpris.

Il était seul, Brian marchant devant lui. Son frère avait mis des lunettes de soleil d'aviateur pour se protéger de la lumière du matin. Il avait une énergie de jeune homme, ce qui lui permettait d'avoir plusieurs enjambées d'avance sur Adrian. Celui-ci se sentait trop vieux pour marcher. Mais il n'était pas fatigué. Il était secrètement satisfait de sentir les muscles de ses jambes se tendre sans rechigner, tandis qu'il suivait l'allure du fantôme de son frère.

Adrian s'arrêta et laissa le soleil lui caresser le visage. Il leva les yeux vers les rais de lumière dansant avec les ombres. C'était toujours un combat, entre apporter la lumière et chercher la pénombre. Cela lui fit penser à un poème. Ses écrivains préférés travaillaient toujours une symbolique qui suivait la frontière entre le bien et le mal.

— Yeats, dit-il à voix haute. Tu as lu *Le Combat de Cuchulain contre l'océan*, Brian ?

Brian reprit le fusil qu'il avait sur l'épaule et s'arrêta, quelques mètres en avant. Il s'accroupit, un genou à terre, les yeux fixés devant lui comme s'il sondait une piste dans la jungle et non un quartier de banlieue.

— Ouais. Bien sûr. Séminaire de deuxième année, sur la tradition dans la poésie moderne. Je crois que tu as suivi le même cours que moi, et que tu as eu une meilleure note.

Adrian hocha la tête.

— J'aimais beaucoup le passage où le héros comprend qu'il a tué son fils unique... le seul recours, c'est la folie. Alors il est ensorcelé, et contraint de se battre contre les vagues de l'océan avec son épée et son bouclier.

— « La marée invulnérable... », cita Brian.

Il leva le poing, comme pour arrêter une colonne de soldats. Ses yeux se concentrèrent sur une allée pavée de brique rouge.

— Je vois ce que tu veux dire, Audie, murmura-t-il. Essaie cette maison.

Il parlait doucement, mais avec toute l'autorité dont il était capable.

Adrian leva les yeux. Une maison de banlieue bien tenue, couverte de bardeaux, semblable à toutes les autres. Tout à fait semblable à la sienne.

Avec un soupir, il se dirigea vers la porte d'entrée, laissant son frère derrière lui sur le trottoir. Il sonna deux fois. Au moment où il allait tourner les talons, il entendit des pas précipités à l'intérieur. La porte s'entrouvrit. Il se retrouva face à une femme d'une quarantaine d'années. Elle avait les yeux rouges et des cheveux blonds fatigués, et un torchon à la main. Elle sentait la fumée de cigarette et l'angoisse, et semblait n'avoir pas dormi depuis un mois.

— Pardonnez-moi de vous déranger..., commença-t-il.

La femme semblait regarder derrière lui. Sa voix tremblait, mais elle s'efforçait d'être polie.

— Écoutez... Je ne sais pas ce que vous voulez, mais ça ne m'intéresse pas. Je vous remercie...

Elle refermait la porte, aussi vite qu'elle l'avait ouverte.

— Non, non, dit Adrian.

Il entendit son frère, derrière lui, qui lui ordonnait :

— Montre-lui la casquette !

Il fit un geste en avant, la casquette rose à la main.

La femme s'immobilisa.

— J'ai trouvé ceci dans la rue. Je cherche...

— Jennifer, dit la femme.

Elle éclata en sanglots.

## 10

Quand elle eut forcé le disque dur de l'ordinateur de Jennifer et copié son contenu sans l'endommager, c'était le milieu de la matinée. Terri Collins était morte de fatigue, malgré le petit somme qu'elle s'était accordé sur le canapé, près de la salle d'interrogatoire. Le bureau, autour d'elle, s'était éveillé à la vie. Ses trois collègues se trouvaient à leurs postes respectifs, donnaient des coups de fil, travaillaient à diverses affaires en cours.

Terri avait reçu l'ordre de son capitaine de lui présenter son rapport avant midi. Elle se hâtait de préparer son analyse de la disparition de Jennifer. Pour éviter que l'affaire ne soit classée, il fallait qu'elle donne l'impression qu'un crime avait été commis. Sans quoi, elle le savait, le chef lui dirait de faire ce qu'elle avait déjà fait – éditer une photo et une description de la jeune fille, ainsi que les bulletins habituels au niveau de l'État et du pays tout entier –, et de se remettre au travail sur des affaires qui pourraient entraîner des arrestations et des condamnations.

Elle jeta un regard coupable aux dossiers qui s'entassaient sur un coin de son bureau. Il y avait là trois affaires d'agression sexuelle, des coups et blessures simples (une bagarre aux poings dans un bar, un samedi soir de match entre les Red Sox et les Yankees), une agression avec arme mortelle (qu'est-ce que cet étudiant en seconde année à

Concord, la banlieue chic de Boston, pouvait bien faire avec un cran d'arrêt ?) et une demi-douzaine d'affaires de drogue – de l'ado arrêté avec un peu de marijuana à l'étudiant piégé par le flic à qui il essayait de vendre un kilo de cocaïne.

Chaque dossier méritait qu'on s'y arrête, surtout les agressions sexuelles, qui se ressemblaient toutes. Les victimes étaient des filles dont on avait abusé après qu'elles avaient trop bu, dans une maison de fraternité ou lors d'une fête en résidence universitaire. Invariablement, elles finissaient par renoncer, tout à coup persuadées d'être plus ou moins responsables de ce qui leur était arrivé. Peut-être était-ce le cas, se disait Terri. Les inhibitions avaient été balayées dans l'excès de bière, les danses provocantes, peut-être même les filles avaient-elles répondu aux sifflets et aux exhortations (« Fais voir tes nichons ! ») qui sont monnaie courante dans les fêtes estudiantines.

Mais elles n'étaient pas totalement responsables. Chaque affaire était soumise au résultat des tests toxicologiques, et Terri soupçonnait que tous les tests seraient positifs pour l'ecstasy. Cela démarrait toujours de la même façon – « Hé, ma belle, je t'offre un verre... » –, dans une pièce bondée, musique assommante, corps serrés les uns contre les autres, et la fille ne remarquait pas le goût légèrement inhabituel en trempant les lèvres dans le gobelet de plastique. Une dose de vodka, deux doses de tonic, une pincée de GHB ou « drogue du violeur ».

Terri détestait voir les prédateurs sexuels s'en sortir quand les filles, une fois dessaoulées, et leurs parents, aussi embarrassés qu'elles, renonçaient aux poursuites pénales qu'elle avait si patiemment élaborées. Elle savait que les garçons impliqués finiraient par se vanter de leurs conquêtes quand ils seraient bien installés à Wall Street, ou à l'École de médecine, ou dans n'importe quelle autre situation élevée. Il était de son devoir de policière de faire en sorte que cet avancement ne se passe pas sans quelques angoisses et quelques cicatrices.

Terri se servit le quatrième café de sa longue nuit – qui devenait une longue journée. Elle but une gorgée dans la chope brûlante, laissant l'amertume du café imprégner ses lèvres. Terri ne connaissait que trop bien les statistiques liées aux fugues. Elle savait qu'il était parfois nécessaire de s'enfuir, avec une intime conviction qu'elle n'oublierait jamais. Elle s'interrogea : Tu as dû t'enfuir, toi aussi. Pourquoi crois-tu que ce serait différent, cette fois ?

Elle répondit à sa propre question : Moi, je n'avais pas seize ans. J'étais adulte, avec deux mômes. Enfin, presque adulte.

Un mari violent, ce n'est pas la même chose, continua-t-elle. Mais tu as tout de même dû fuir, non ? Il fallait que tu t'échappes. Comme Jennifer.

Elle se laissa tomber sur son fauteuil, essayant d'imaginer où Jennifer avait pu aller. Penchée en avant, elle avala une longue gorgée de café. Sa chope était ornée d'un grand cœur rouge et des mots « La Meilleure Maman du Monde ». Un cadeau de fête des mères, très prévisible, de la part de ses enfants. Elle doutait que le slogan fût réaliste. En tout cas, elle faisait sacrément de son mieux.

Avec un soupir, elle inséra dans son ordinateur la clé USB contenant la copie du disque dur de Jennifer. Elle entreprit d'examiner la vie de cette fille de seize ans, en espérant qu'un itinéraire apparaîtrait sur l'écran.

Terri trouva le mot de passe qui lui permit d'accéder au compte Facebook de Jennifer. Elle découvrit avec étonnement que l'adolescente avait très peu d'« amis », au sens où on l'entend sur Facebook. Quelques rares camarades de classe et plusieurs vedettes de pop et de rock, de Lou Reed (ce qui était surprenant : il était plus âgé que la mère de Jennifer) à un groupe de rock tex-mex, les Six Juans, et quelques groupes destroy comme FugU et MomAndDadHateUs qui semblaient avoir pour objectif (si Terri pouvait en juger d'après les clips disponibles) de faire un bruit aussi agressif que possible. Terri s'attendait à trouver les Jonas Brothers et Miley Cyrus, mais il apparut que les goûts de Jennifer étaient loin d'être conventionnels. Dans la catégorie « J'aime », elle avait écrit LA LIBERTÉ. Côté « Je n'aime pas », elle avait noté LES POSEURS. Terri se dit que ce mot pouvait qualifier bien des gens dans l'univers de Jennifer.

Dans la section « Profil », Jennifer citait une certaine Hotchick99, qui avait écrit sur son propre mur : « ... tout le monde à l'école déteste cette fille-là... » Réponse de Jennifer : « C'est une sorte de privilège que d'être détestée par des gens comme elle. Je ne voudrais surtout pas être le genre de personne qu'elle aime. »

Terri sourit. Une rebelle aux multiples causes. Hors de ses fonctions de flic, elle éprouvait un certain respect pour la fugueuse. Elle était d'autant plus triste en pensant à ce qui risquait d'arriver à Jennifer. La fuite lui semblerait nettement moins excitante. Peut-être aura-t-elle le bon sens d'appeler chez elle – aussi terrible que ça puisse lui sembler.

Elle continua à explorer la mémoire du navigateur, en quête de signets. Jennifer avait essayé quelques jeux en ligne, et effectué sur Wikipédia et Google de nombreuses recherches qui semblaient correspondre à ses cours. Il y avait même une demande de traduction pour un texte qui devait être, d'après Terri, un devoir d'espagnol. Jennifer ne semblait pas être plus intoxiquée par l'informatique que la moyenne. Elle avait un compte Skype, mais aucun contact n'apparaissait. La plupart des informations importantes devaient se trouver sur le téléphone portable de Jennifer. Mais il avait disparu en même temps qu'elle, et elle ne s'en était pas servie depuis son départ.

Terri parcourut un devoir d'histoire américaine (sur l'Underground Railroad) et un autre de littérature anglaise (sur *Les Grandes Espérances*, de Dickens), qu'elle trouva sous la rubrique « Documents ». Elle s'attendait presque à ce qu'il s'agisse de plagiats pompés sur Internet, avant de découvrir que ce n'était pas le cas. Elle avait l'impression que Jennifer faisait bien l'essentiel de son travail à l'école, ce qui était plus l'exception que la règle.

Elle semblait aimer aussi les vers de mirliton. Elle avait téléchargé des extraits de Shel Silverstein et d'Ogden Nash, des choix assez étonnants pour une adolescente de son temps. Terri trouva un fichier baptisé « Six Poèmes pour Mister Fourrure », brefs poèmes rimés en forme de haïku dédiés à son ours en peluche. Certains étaient très drôles (il y en avait bien plus que six) et firent sourire Terri. Cette fille est maligne, se répéta-t-elle.

Terri continua ses recherches. Elle trouva de fréquentes visites à des sites végétaliens et à des blogs New Age – autant d'efforts de la part de Jennifer, devina Terri, pour essayer de comprendre sa mère et son presque beau-père, le petit ami douteux.

Terri espérait trouver un journal écrit du fond du cœur par une adolescente fourvoyée, mais elle en fut pour ses frais. Elle avait besoin d'un document qui décrirait le plan de Jennifer, quel qu'il soit. Il n'y avait rien de tel. Elle trouva des photos. La plupart représentaient Jennifer et ses amies en train de rire, de s'embrasser ou de faire le pitre à des soirées entre filles ou à des fêtes – même si Jennifer donnait toujours l'impression d'être légèrement en dehors.

Poursuivant l'exploration des dossiers « images », elle tomba sur une demi-douzaine de photos de Jennifer nue, que la jeune fille avait prises elle-même. Les clichés ne dataient pas de plus d'un an. Terri devina que Jennifer devait avoir placé son appareil numérique sur une pile de livres devant lesquels elle avait posé. Les photos n'étaient pas particulièrement sexy. Il semblait plutôt que Jennifer avait cherché à enregistrer les modifications que subissait son corps. Elle était mince, les seins tout juste visibles. Elle avait de longues jambes, qu'elle croisait avec pudeur, de sorte qu'on apercevait à peine l'ombre de sa toison pubienne. Comme si elle était gênée par ce qu'elle était en train de faire, même si elle était seule dans sa chambre. Sur deux des clichés, son visage semblait exprimer une version adolescente du sensuel « J'ai envie de toi », ce qui avait pour seul effet de la rendre encore plus jeune et plus enfantine.

Terri examina chaque photo avec attention. Elle les ouvrit l'une après l'autre à l'écran, s'attendant à voir apparaître soudain celle d'un garçon nu. Elle voulait croire que les gosses de cet âge n'avaient pas d'activité sexuelle. C'était ce que croyait la partie maternelle de sa personnalité. La partie flic dur à cuire savait qu'ils avaient beaucoup plus d'expérience que leurs parents ne l'imaginaient. Sexe buccal. Sodomie. Amour en groupe. Amour à l'ancienne mode. Les gosses connaissaient tout cela, et en avaient expérimenté une bonne partie. Terri se réjouissait que les rares photos provocantes, dans l'ordinateur de Jennifer, la montrent seule.

Elle s'arrêta soudain. Il émanait de ces photos une certaine tristesse. Jennifer était fascinée par ce qu'elle devenait… mais, aussi nue fût-elle sur les photos, elle était encore plus nue dans sa solitude.

Terri avait presque fini ses recherches lorsque deux requêtes à Google attirèrent son attention. La première demandait *Lolita* de Vladimir Nabokov. Terri savait que le livre ne figurait au programme d'aucun établissement secondaire. La seconde interrogeait Google sur « les hommes qui se montrent ».

Jennifer n'avait consulté que deux réponses : Yahoo Answers, et un forum de psychologie. Sur ce dernier, un lien renvoyait à une série d'études publiées par le département psychiatrie de la faculté de médecine de l'Emory University, et consacrées aux complexités psychologiques des voyeurs et des exhibitionnistes. Le site usait d'un jargon médical beaucoup trop sophistiqué pour une fille de seize ans – ce qui, apparemment, n'avait pas découragé Jennifer.

Terri se renversa en arrière sur son siège. Elle se dit qu'elle n'avait pas besoin d'en savoir plus. Il y avait là un crime qu'on ne pouvait prouver – ce serait la parole de Jennifer contre celle de Scott, et même la mère de la jeune fille serait tentée de le croire, lui – mais qui expliquait et justifiait le désir de faire ses paquets et de disparaître.

Terri revint aux poèmes dédiés à Mister Four-rure. L'un d'eux commençait par ces mots : « Tu vois ce que je vois… »

Ouais, peut-être, se dit Terri. Mais un foutu ours en peluche n'a jamais témoigné au tribunal.

Sur son bureau, le téléphone sonna. Son chef réclamait son rapport. Terri savait qu'elle devait être prudente. Scott était célèbre et il avait de nombreux amis dans la classe politique locale. Il avait sans doute déjà traité d'une manière ou d'une autre avec la moitié du conseil municipal... et Terri employait le mot « traiter » non sans ironie.

— J'arrive, dit-elle.

Terri rassembla quelques notes. Elle se dirigeait vers la porte du bureau quand le téléphone sonna de nouveau. Elle étouffa un juron, fonça vers l'appareil et décrocha à la cinquième sonnerie, juste avant que le répondeur ne s'enclenche.

— Inspecteur Collins.

— C'est Mary Riggins.

Terri entendit des sanglots.

— Oui, madame Riggins. J'allais justement voir mon patron, pour...

— Ce n'est pas une fugue, inspecteur. Jennifer a été enlevée, fit Mary, moitié pleurant moitié hurlant.

Terri ne lui demanda pas tout de suite comment elle le savait. Elle écouta l'écho, au bout du fil, de l'angoisse maternelle. Elle eut l'impression que ce qui arrivait appartenait au monde du cauchemar. Mais elle ne savait pas exactement de quoi il s'agissait.

## 11

En s'éveillant, Jennifer eut le sentiment que quelque chose avait changé. Il lui fallut un moment pour comprendre qu'elle avait les mains libres, et que ses pieds n'étaient plus attachés aux montants du lit. Émergeant de la brume où la drogue l'avait plongée, elle avait l'impression de grimper une pente escarpée, luttant pour atteindre le sommet, griffant la terre et la roche, tandis que la pesanteur la tirait vers le bas.

Jennifer savait d'instinct que la panique ne l'aiderait guère, mais il lui fallut une force de volonté colossale pour lutter contre les vagues qui menaçaient de l'emporter. Elle avait du mal à respirer et son cœur battait de plus en plus vite. Elle sentit venir la transpiration, les larmes, tout ce qui accompagne la peur. Elle devait lutter pour empêcher ses mains de trembler, et son corps tout entier était la proie de mouvements involontaires, de spasmes, de convulsions, de frissons incontrôlables. Elle avait l'impression qu'il existait deux Jennifer : la première luttait pour comprendre ce qui était en train de se passer, la seconde avait envie de s'abandonner à une terreur noire.

Elle savait que si elle voulait rester en vie la première devait l'emporter.

Jennifer leva les mains vers son visage, toucha la cagoule de soie. Elle avait envie de tirer dessus, de la déchirer pour voir l'endroit où elle se trouvait, mais elle eut le bon sens de résister. Inspirant à fond, elle sentit que quelque chose l'étouffait. Baissant lentement les mains, elle toucha un collier. Il était fait de cuir peu épais, hérissé de pointes, et lui enserrait le cou. Jennifer sentit l'extrémité d'une chaîne d'acier qui la tenait en laisse, tout en lui laissant un peu de jeu pour se déplacer.

Elle se tâta, chercha des plaies, des blessures, ne trouva rien. Elle ne portait que ses légers sous-vêtements. Elle se laissa aller en arrière sur le lit, fixant, sous la cagoule, la direction où devaient se trouver un plafond, un toit et, au-delà, le ciel.

Elle n'était plus écartelée, elle avait les mains libres, mais elle était toujours attachée. Elle pouvait bouger dans les limites de la chaîne, mais elle ne voulait pas profiter encore de cette nouvelle liberté. Soudain, elle réalisa qu'elle avait une envie irrépressible d'aller aux toilettes, et qu'elle avait toujours terriblement soif. Elle aurait dû avoir faim, mais la peur lui comprimait l'estomac. Le coup qu'elle avait reçu lui faisait toujours mal. Elle devait avoir un bleu.

Ses pensées semblaient encore obscurcies par la drogue qu'on lui avait fait prendre. Mais elle était vivante. Plus ou moins. Elle se rappelait vague-ment sa brève conversation avec la femme. Celle-ci avait parlé de règles. Jennifer avait l'impression que le dialogue avait eu lieu un autre jour, une autre année, peut-être dans un rêve.

Toutes sortes d'hypothèses se succédèrent dans son esprit, mais chacune était plus terrifiante que la précédente, et elle se donna beaucoup de mal pour faire le vide dans sa tête. Sous la cagoule, tout semblait vide et impossible, mais elle respirait encore, ce qui était important.

Prudemment, elle fit courir ses doigts le long de la chaîne, jusqu'à l'endroit où elle était fixée au mur, en hauteur. Elle eut un désir violent de tirer dessus pour savoir si elle était capable de l'arracher. Mais elle se retint. Jennifer savait que ça, c'était contre les règles.

*Elle est réveillée !*

*L'homme penché sur l'écran de son ordinateur, à Londres, se redressa. Il était seul, dans le petit bureau au fond de son appartement, assis derrière une table encombrée de projets, de croquis et de dessins préparatoires. Il était dessinateur industriel, et un peu plus loin se trouvait la table à dessin où il faisait encore de temps en temps des illustrations à l'encre – mais il réalisait désormais la plupart de ses travaux à l'aide de logiciels complexes. Il aurait aimé partager sa surprise avec quelqu'un. Mais cela aurait été contre la règle. Saison 4 devait être appréciée, considérée et assimilée dans la solitude, dans une intimité absolue.*

*Numéro Quatre lui semblait délicieusement jeune. À peine plus qu'une enfant. Lui-même avait des enfants, d'un mariage raté, mais il les voyait rarement, et en cet instant précis, ils étaient très loin de ses pensées. Il admira la silhouette mince et sentit qu'il était légèrement excité. Il imaginait la douceur nacrée de sa peau. Sa main gauche se crispa, essayant de caresser Numéro Quatre à travers l'écran. Comme si quelqu'un avait lu ses pensées, la caméra fit un zoom avant. Numéro Quatre tendait le bras, comme un aveugle qui tâtonne. Chaque fois qu'elle touchait le vide devant elle – ou un objet réel, comme le mur auquel elle était enchaînée –, une décharge de plaisir était projetée dans le corps du dessinateur.*

*— Elle veut savoir où elle est, dit-il, de nouveau à haute voix, sans s'adresser à quiconque. Mais elle ne peut pas le savoir…*

*Numéro Quatre restait près du lit, jouant à colin-maillard. Chaque fois qu'elle bougeait, même légère-ment, l'homme à Londres se penchait un peu plus vers son écran. D'une certaine façon, se disait-il, il était aussi seul qu'elle. Mis à part le fait que des tas de gens, dans le monde entier, observaient Numéro Quatre avec la même intensité.*

*Il doutait qu'elle ait jamais vu Patrick McGoohan dans* Le Prisonnier, *ou qu'elle soit jamais entrée dans une bibliothèque pour emprunter* L'Obsédé, *le roman de John Fowles. Elle n'avait sans doute jamais entendu parler de Barbara Jane Mackle ni des nouveaux récits écrits à son propos, ni même du livre ou du téléfilm qui avaient suivi. Le dessinateur se dit qu'elle avait peut-être vu les films de la série* Saw, *si populaires chez les adolescents qui apprécient le mélange de gore, de torture et de nudité, ou peut-être la vision plus inoffensive déve-loppée dans* The Truman Show. *Mais il ignorait si Numéro Quatre pouvait établir une relation entre toutes ces images et son propre destin, et il était sûr qu'elle n'avait jamais vu Alec Guinness crevant de chaud dans son cachot en tôle ondulée parce qu'il refusait de donner l'ordre à ses officiers de travailler*

*à la construction du pont sur la rivière Kwaï. Tout
cela n'existait pas, pour elle. Il la soupçonnait de ne
rien connaître de l'art, de la littérature ou de la
criminalité de l'enfermement. Il se demandait si elle
avait jamais possédé un animal de compagnie, ne
fût-ce qu'un poisson rouge tournant dans son bocal
et heurtant constamment les parois de verre pour
mesurer les limites de son univers.*

*Il vit qu'elle frissonnait. Il secoua la tête. Pas
d'animal de compagnie. Puis il sourit.*

*Il réalisa que Numéro Quatre était prisonnière de
tous leurs fantasmes.*

Jennifer tenta de se sermonner, en se rappelant
qu'elle possédait certains instincts qui lui
donnaient de la force. Par trois fois, elle avait eu le
cran de s'enfuir de chez elle. Elle aurait une
nouvelle occasion de montrer sa force, pour
autant qu'elle parvienne à ne pas céder à la
terreur. Elle respira longuement, lentement,
s'efforça de retrouver son calme.

Elle toucha les bords du lit. Dans l'obscurité de
la cagoule, elle se représenta un sommier métallique et un matelas. Un drap de coton rêche (elle
l'imagina blanc sale) recouvrait le lit. Très bien, se
dit-elle, voyons voir ce que je peux toucher.
Prudemment, elle glissa les pieds par-dessus le
bord du lit et frotta le sol du bout des orteils.
C'était du ciment, froid aux pieds. C'est à ça que
ressemblerait le sol d'une cave.

Elle remua les pieds, en quête d'un obstacle. Il
n'y en avait pas. Jennifer s'ordonna mentalement

de se lever. Puis elle répéta l'ordre à voix haute. Elle voulait entendre le son de sa propre voix.

— Lève-toi, ma petite, dit-elle doucement. Tu peux le faire.

Le fait d'entendre prononcer ces mots lui donna un peu de confiance en elle. Elle donna une poussée pour se mettre sur pied.

Presque aussitôt, elle fut prise d'étourdissement, comme si les ténèbres sous la cagoule étaient devenues liquides. Elle tituba légèrement, faillit retomber en arrière sur le lit ou bien s'écrouler sur le sol de ciment. Mais elle parvint à retrouver son équilibre, comme un acrobate sur une corde raide. Peu à peu, sa tête cessa de tourner et elle sentit qu'elle reprenait le contrôle de ses muscles affaiblis. Elle regretta de n'être pas plus forte, comme certaines athlètes haltérophiles, au collège.

Toujours en respirant difficilement, elle fit un timide pas en avant, les bras tendus devant elle. Rien. Elle les agita à droite et à gauche, et une de ses mains heurta le mur. Jennifer pivota à demi. En se guidant sur le mur, elle commença à progresser de côté, en crabe, sentit le panneau de plâtre glisser sous ses doigts. Elle entendit un bruit métallique, comprit que c'était la chaîne fixée à son cou, qui cognait le montant du lit.

Son genou heurta quelque chose. Jennifer se figea. Une odeur âcre de désinfectant pénétra la cagoule de soie. Avec beaucoup de précautions, elle se baissa et, tel un aveugle, passa les mains sur l'obstacle.

Il lui fallut quelques instants pour que l'image de l'objet se forme dans son esprit. Elle sentit le siège et le trépied. C'était un W-C de camping. Seule l'expérience lui permit de le reconnaître. Son père l'emmenait camper quand elle était petite, et elle s'était plainte mille fois, en pleurnichant, de devoir se servir en plein air d'un dispositif aussi primitif. Maintenant, elle n'était pas loin d'être enchantée. Sa vessie la tracassait, et dès qu'elle eut reconnu l'objet qui se trouvait à ses pieds, son ventre lui envoya des signaux de plus en plus pressants.

Jennifer s'immobilisa. Elle ignorait absolument qui la regardait. Elle devinait que les règles ne lui interdisaient pas d'utiliser le W-C. Elle ignorait si elle jouissait de son intimité. Elle était presque paralysée par un sentiment juvénile de viol. La bienséance luttait contre l'embarras. Elle détestait l'idée que quelqu'un puisse la voir.

Sa vessie se rappelait à son souvenir. Elle n'avait pas le choix. Elle se plaça au-dessus du siège, baissa sa culotte d'un mouvement brusque et s'assit.

Chaque seconde de soulagement lui faisait horreur.


À l'étage supérieur, Michael et Linda surveillaient le moindre de ses mouvements. Chacune de ses tentatives maladroites, aveugles, se déroulait à un rythme délicieux. Ils sentaient que la fascination prenait corps, dans le monde virtuel auquel appartenait leur émission. Sans avoir besoin d'échanger un mot, ils savaient tous deux que pour des centaines de personnes Jennifer était en train de devenir une drogue.

Et comme tous les dealers, ils savaient exactement comment maintenir un parfait équilibre entre l'offre et la demande.

## 12

Terri Collins regarda le vieil homme assis dans un coin du salon. Ce n'est tout de même pas pour lui que je suis venue, se dit-elle.

Voyant qu'elle l'observait, Adrian Thomas s'agita, mal à l'aise. Cet inspecteur avait un regard implacable qui montrait bien plus que du scepticisme. Adrian sentait que ses réflexions le tiraient dans plusieurs directions, et il espérait ne pas être déstabilisé, comme avec le dispatcher de la police. Il passa en revue les quelques observations et menus détails qu'il avait en tête, comme un acteur qui prépare ses répliques. Il essayait d'organiser ces impressions en un compte rendu cohérent de ce qu'il avait vu, afin que l'inspecteur ne le prenne pas simplement pour un vieillard désorienté, même si c'était exactement ce qu'il était devenu.

Quand il se tourna pour regarder Mary Riggins et Scott West, Adrian en profita pour jeter un rapide coup d'œil autour de lui. Il espérait que

Brian était caché dans un coin, et qu'il lui dirait comment s'en sortir avec cette femme de la police. Mais pour l'instant Adrian était seul. En tout cas, personne ne l'accompagnait.

— Madame Riggins, disait lentement Terri, les enlèvements sont des crimes complexes. Généralement, ils aboutissent à une demande de rançon, ou bien il s'agit d'un membre de la famille avec qui on est brouillé, et qui vole un enfant à un autre parent.

Mary opina, bien que personne ne lui ait posé de question.

— Il y a une troisième catégorie, intervint Scott en lui jetant un regard dur. Les prédateurs sexuels.

Terri acquiesça.

— Oui. C'est rare. Un peu comme le fait d'être frappé par la foudre.

— Il me semble que c'est là-dessus que vous devriez vous concentrer, dit Scott.

— D'accord, mais j'aimerais d'abord exclure les autres...

— Et la perte de temps ? fit Scott.

Terri se tourna vers lui. Elle se doutait qu'il préférait mener l'enquête dans cette direction. Mais elle n'aimait pas être entraînée contre son gré par quelqu'un qui avait été lui-même à deux doigts de se livrer à des agressions sexuelles. Elle décida d'inverser les rôles.

— Peut-être y a-t-il un élément de cette affaire dont vous ne m'avez pas parlé. Peut-être que dans votre pratique...

Terri essayait de parler lentement, mais les mots se bousculaient.

— Un patient, peut-être. Quelqu'un qui serait en colère, ou mécontent. Peut-être même un psychotique qui chercherait à vous atteindre et se servirait pour cela de Jennifer...

Scott leva la main, très vite.

— C'est hautement improbable, inspecteur. Je connais parfaitement tous les problèmes de mes patients. Aucun d'eux n'est capable de commettre ce genre de choses.

— Eh bien, poursuivit Terri. Vous avez sûrement certains... certains cas qui donnent des résultats moins que satisfaisants ?

— Bien sûr, grogna Scott. N'importe quel thérapeute qui se connaît un tant soit peu sait qu'il ne peut être l'analyste idéal pour tous ses patients. Il y a des échecs, inévitablement...

— Il n'est donc pas déraisonnable d'imaginer qu'un de ces cas... moins couronnés de succès, pourrait avoir développé une certaine... rancune ?

— Ce serait tout à fait déraisonnable, inspecteur, fit Scott, hautain. Imaginer qu'un de mes patients serait capable de concocter une vengeance aussi élaborée... Non. Impossible. S'il existait un ressentiment aussi fort, je le saurais.

Bien sûr, se dit Terri. Elle se rappela qu'elle ne devait pas laisser l'opinion qu'elle avait de Scott (ni ce qu'elle avait glané sur le disque dur de Jennifer) influencer l'interrogatoire. Mais elle brûlait intérieurement de pouvoir lui poser ces questions-là, un jour prochain.

— Il faudra tout de même que vous me donniez une liste, tôt ou tard.

Scott fit un petit geste dédaigneux. Ce pouvait être un signe d'accord ou de refus. Les deux hypothèses étaient possibles. Ou aucune. Terri ne s'attendait pas à ce qu'il obtempère. Elle se tourna vers Mary Riggins.

— Et la famille… *quid* des proches de votre regretté mari ?

Mary eut l'air un peu perdue.

— Eh bien… nos rapports n'ont jamais été très bons, mais…

— Est-ce que Jennifer a été une source de conflits avec eux ?

— Oui. Ses grands-parents se plaignent que je ne leur permette pas de la voir assez souvent. Ils disent que Jennifer est tout ce qui leur reste de leur fils. Et je ne me suis jamais entendue avec ses deux tantes. Je ne sais pas… j'ai l'impression qu'elles m'ont toujours tenue pour responsable de sa mort. Mais ce n'est jamais allé jusqu'au point de…

Terri remarqua que Mary ne prononçait jamais le prénom de son mari. David. C'était un détail, mais cela la frappa, elle trouvait cela bizarre. Elle inspira à fond, et reprit :

— Je pourrais avoir besoin de leurs noms, et des adresses.

Terri hésita. Elle avait appris plusieurs choses suggérant que la famille pouvait être à l'origine de la disparition de Jennifer. Mais ce n'était pas assez.

— Et une rançon ? Je suppose que vous n'avez pas été contacté par quelqu'un qui vous aurait réclamé de l'argent.

Mary Riggins secoua la tête.

— Nous n'avons pas beaucoup… Je veux dire que d'habitude on s'en prend plutôt à des fils ou des filles d'hommes d'affaires. Ou d'hommes politiques. À des gens qui ont beaucoup d'argent, non ?

— Peut-être.

Terri sentit que sa propre voix laissait transparaître sa fatigue. Elle se dit que ce n'était pas très professionnel.

— Les criminels sexuels, répéta Scott, furieux. Combien y en a-t-il dans la région ?

— Quelques-uns. On m'en donnera la liste. Vous savez qu'il y a très peu de probabilités que Jennifer ait été simplement enlevée sur le bord de la route par un criminel inconnu, tueur en série ou violeur ? Ces crimes aléatoires sont des idées de scénario, bonnes pour le cinéma et la télévision…

— Mais ça arrive, fit Scott.

— Oui, ça arrive.

— Même par ici.

— Oui. Même par ici, répondit Terri.

Scott avait un air suffisant. Terri se dit qu'on avait bien des raisons de le détester. Elle se demandait comment quelqu'un pouvait croire qu'il était capable de l'aider.

— Des étudiantes doivent disparaître de l'université…, reprit-il.

— Oui. Des gamines avec des problèmes de boisson, de drogue, sentimentaux, ou avec leur petit ami. Invariablement…

— Et cette fille, dans une ville voisine, dont on a retrouvé le corps dans la forêt, six ans après sa disparition ?

— Je connais cette affaire. Et celle du délinquant sexuel enregistré qu'on a fini par arrêter deux États plus loin, et qui a avoué l'avoir assassinée. Je ne crois pas que nous ayons jamais eu un crime semblable dans notre juridiction…

— À votre connaissance, l'interrompit à nouveau Scott.

— Exact. À notre connaissance.

— Mais, inspecteur…, intervint Mary. Écoutez ce que nous a dit le Pr Thomas.

Terri se tourna vers le vieil homme. Il regardait dans le vide, comme s'il se trouvait ailleurs. Elle eut l'impression qu'une brume grise flottait derrière ses yeux. Cela l'inquiétait.

— Dites-moi encore une fois ce que vous avez vu. Ne négligez aucun détail.


Adrian lui parla de l'allure déterminée de Jennifer. Il parla de la fourgonnette venue de nulle part, qui avait ralenti pour lui emboîter le pas. Il décrivit autant que possible la femme qui tenait le volant et l'homme qui avait disparu à sa vue. Il raconta le bref arrêt, et le départ sur les chapeaux de roue. Enfin, il parla de la casquette rose tombée sur le trottoir, casquette qui l'avait conduit dans la rue où vivait Jennifer, puis chez elle et enfin dans ce salon. Il s'efforça de présenter les choses de manière froide et ordonnée. Il essaya de faire en sorte que tout paraisse direct, officiel. Il ne formula pas les conclusions que les fantômes de sa femme et de son frère lui avaient enjoint de mentionner. Il laissa cela à l'inspecteur.

Plus il parlait, plus il voyait la mère s'abandonner au désespoir, plus il lui semblait que l'amant s'énervait. La femme policier, en revanche, semblait un peu plus calme chaque fois qu'il apportait un nouveau détail. Adrian se dit qu'elle était comme ces joueurs de poker professionnels qu'il voyait parfois à la télévision. Elle cachait habilement ses pensées, quelles qu'elles soient.

Quand il eut fini, il la vit pencher la tête pour relire ses notes. C'est alors qu'une voix chuchota à son oreille :

— Je ne crois pas que tu l'aies convaincue.

Adrian ne se tourna pas immédiatement vers son frère. Il avait le regard fixé sur l'inspecteur.

— Elle y réfléchit, c'est bon signe, reprit Brian. Mais elle n'y croit pas. Pas encore.

Il semblait énergique et sûr de lui.

Adrian jeta un rapide coup d'œil latéral. Son frère se tenait sur le divan, à côté de lui. Ce n'était plus le jeune Marine du Vietnam, mais l'avocat d'affaires new-yorkais qu'il était devenu à l'âge mûr. Ses cheveux blond-roux commençaient à s'éclaircir, et des mèches grises distinguées se mêlaient aux boucles qui flottaient au-dessus de ses oreilles et de son col de chemise. Brian avait toujours eu les cheveux longs – pas la queue-de-cheval de l'ancien hippie, plutôt une sorte de négligé anti-establishment. Il portait un costume rayé bleu très cher et une chemise sur mesure, mais sa cravate était desserrée.

Brian se renversa en arrière et croisa les jambes.

— Non. Je connais trop bien ce genre de regard fuyant. Il apparaît en général quand ton client a décidé de commencer à mentir, mais qu'il se sent encore un peu coupable de le faire. Elle se dit que ce qu'elle croyait… tu sais, une fugue d'adolescente… pourrait être quelque chose de plus gros. Mais en vérité elle n'en est pas sûre, pas du tout, et elle veut s'assurer qu'elle fait ce qu'il faut, parce qu'une erreur pourrait vraiment compromettre sa prochaine promotion.

Brian parlait en chantonnant, comme si son commentaire sur l'inspecteur Collins était un de ces poèmes qu'Adrian aimait tant.

— Tu sais, Audie, ça va être compliqué.

— Que dois-je faire, ensuite ? murmura Adrian.

Il s'intima l'ordre de ne pas tourner la tête. Il le fit pourtant, très légèrement, car il voulait voir le visage de son frère.

— Pardon ? fit Terri, qui surprit son regard en coin.

— Rien, répondit Adrian. Je pensais tout haut.

Terri continuait à l'observer, ce qui le mit mal à l'aise. Ni la mère ni l'amant thérapeute n'avaient remarqué ce bref échange. Trop enfermés dans leur propre cauchemar pour s'intéresser au sien.

— Elle est maligne, dit Brian, d'une voix où perçait une certaine admiration. Je crois qu'elle sait ce qu'elle fait, sauf qu'elle ne sait pas ce qu'elle doit faire. Pas encore. À toi de le lui expliquer, Audie. La mère et son gluant ami n'ont aucune importance. Vraiment pas. Mais cette femme inspecteur, elle en a. Garde ça à l'esprit.

Adrian acquiesça, mais il ne savait absolument pas quoi dire, sauf qu'il allait leur raconter exactement ce qu'il avait vu et les laisser tirer eux-mêmes leurs conclusions.

— Elle va te poser une série de questions précises, chuchota Brian. Elle a besoin de nouveaux éléments pour informer son patron. Elle te jauge. Elle veut savoir dans quelle mesure tu peux être un témoin crédible.

— Professeur Thomas, demanda brusquement Terri. Ou bien préférez-vous « docteur » ?

— C'est la même chose.

— Vous possédez un doctorat en psychologie, n'est-ce pas ?

— Oui, mais je ne suis pas thérapeute, contrairement au Dr West. J'étais du genre qui observe les rats dans les labyrinthes. Un rat de laboratoire…

Elle sourit, comme si le mot pouvait faire baisser la tension présente dans la pièce. Ce n'était pas le cas.

— Bien sûr. Dites-moi, je veux simplement éclaircir deux ou trois choses. Vous n'avez pas vu quelqu'un pousser Jennifer dans la camionnette contre sa volonté, n'est-ce pas ?

— Non.

— Vous n'avez vu personne la saisir, ou la frapper, ou faire un geste que vous auriez qualifié de violent ?

— Non. Simplement, elle était là. Et puis, tout à coup, elle n'était plus là. De l'endroit où je me trouvais, je n'ai pas pu voir précisément ce qui lui est arrivé.

— Avez-vous entendu un cri ? Ou, peut-être, les bruits d'une rixe ?

— Je suis navré, mais non, rien de tout cela.

— Si elle est montée dans cette camionnette, il est donc possible que ce soit de son plein gré ?

— Je n'ai pas eu cette impression, inspecteur.

— Et vous pensez que vous ne sauriez pas reconnaître la conductrice ou son passager ?

— Je l'ignore. Je ne les ai vus que de profil. Et encore, cela n'a duré que quelques secondes. Il faisait sombre. C'était presque la nuit.

— Non, Audie, ce n'est pas vrai. Tu en as vu assez. Je crois que tu pourras les reconnaître quand on les retrouvera.

Adrian se tourna à moitié pour discuter avec son frère, mais il s'arrêta, en espérant que l'inspecteur n'avait pas remarqué son geste.

Terri Collins hocha la tête.

— Merci. Tout cela nous est très utile. Je reprendrai contact avec vous quand j'aurai avancé.

— Elle est très bien, dit Brian.

Penché en avant, presque au point de toucher l'épaule d'Adrian, il semblait excité.

— Elle est vraiment très bien. Mais elle continue à te snober, Audie.

Sans laisser à Adrian le temps de répondre, Scott s'immisça :

— Quelle sera votre prochaine étape, inspecteur ?

Il parlait avec ce ton empreint de bon sens (du genre « nous-attendons-les-résultats-pour-juger ») que les gens payaient pour entendre dans sa voix.

— Je vais voir si je trouve quelque chose sur le véhicule suspect que le Pr Thomas nous a décrit. C'est un élément concret sur lequel je peux travailler. Je vais aussi consulter les banques de données de l'État et fédérales pour le même type d'enlèvements. Si quelqu'un, entre-temps, tente d'entrer en contact avec vous, tenez-moi au courant.

— Vous ne voulez pas faire intervenir le FBI ? Vous n'allez pas mettre notre ligne sur écoute ?

— C'est un peu prématuré. Pour ça, il faut que nous sachions que quelqu'un essaie de vous extorquer une rançon. Mais je dois en discuter avec mon supérieur.

— Je crois que Mary et moi devrions être là, fit Scott, vexé.

— Si vous voulez.

— Avez-vous déjà travaillé sur un kidnapping, inspecteur ?

Terri hésita. Elle ne pouvait pas dire la vérité, car la réponse était négative. Cela n'aurait fait qu'empirer la situation – ce qui, pour le manuel des procédures de la police, était une grossière erreur.

— Je crois que je devrais vous accompagner, inspecteur, et voir comment réagit votre supérieur... Toi, tu devrais rester ici, poursuivit Scott en se tournant vers Mary. Surveille le téléphone. Sois bien attentive à tout ce qui sort de l'ordinaire.

Mary fit entendre un sanglot. C'était une manière de signifier son accord.

Adrian réalisa que l'un et l'autre – Scott et l'inspecteur – considéraient que son rôle était terminé. Il entendit Brian s'agiter à côté de lui.

— Je te l'avais bien dit, fit tranquillement ce dernier. L'amant, cet enfoiré, pense que tu n'es qu'un vieux con qui a vu par hasard des choses importantes, et le flic pense qu'elle a entendu tout ce que tu pourrais avoir à lui dire. Typique.

— Mais que devrais-je faire ? demanda Adrian.

Il crut, du moins, qu'il l'avait demandé. La réponse de son frère le rassura.

— Rien. Et tout. Ce n'est pas comme si tout dépendait de toi, Audie. Cela dit, c'est plus ou moins le cas. Mais ne t'inquiète pas. J'ai quelques idées...

Adrian hocha la tête. Il regarda autour de lui, en quête de son veston. Il était certain de l'avoir posé sur le divan en entrant. Ou peut-être sur le dossier d'une chaise. Baissant la tête, il réalisa qu'il l'avait sur le dos.

## 13

Pendant la plus grande partie de sa carrière universitaire, Adrian avait étudié la peur. Il avait été attiré par ce sujet près d'un demi-siècle plus tôt, pendant le vol chaotique qui le ramenait chez lui, à l'issue de son premier trimestre universitaire. Il avait été fasciné par les réactions des passagers tandis que l'avion, pris de secousses, donnait de la bande dans le ciel noir chargé d'orage – si fasciné qu'il en avait oublié ses propres angoisses. Prières. Cris. Poings serrés, sanglots. Lors d'une chute brutale à soulever le cœur, alors que le hurlement des réacteurs menaçait d'étouffer tous les cris, il avait regardé autour de lui et s'était imaginé qu'il était le seul cobaye observateur enfermé dans un labyrinthe dominé par la peur.

Durant sa carrière de professeur, il avait mené d'innombrables expériences en laboratoire, afin d'identifier les facteurs liés à la perception et stimulant des réactions cérébrales prévisibles. Tests oculaires. Tests auditifs. Tests tactiles. Une partie de son financement venait de subventions d'État – plus exactement, de sponsors militaires à peine dissimulés, car l'armée s'intéresse toujours aux méthodes permettant d'entraîner les soldats à évacuer la peur. Adrian avait donc passé ses années d'enseignement à aller et venir entre les salles de classe, les conférences et les nuits de veille en laboratoire avec son équipe d'assistants pour mener ses études cliniques.

Le travail avait été très satisfaisant, souvent intrigant et extraordinairement gratifiant – sauf qu'à l'âge de la retraite il s'était rendu compte qu'il en savait à la fois beaucoup et très peu sur son sujet. Il comprenait comment et pourquoi la vue d'un serpent, par exemple, provoquait l'accélération de la respiration et du rythme cardiaque, la transpiration, le rétrécissement du champ visuel et, chez certains sujets (invariablement des étudiants en psychologie), un état proche de la panique. Il avait mené des études systématiques de désensibilisation – en présentant successivement à ses sujets des photos de serpents découpées dans *National Geographic*, des serpents jouets empaillés et, enfin, de véritables serpents –, mesurant la manière dont la peur diminuait quand la familiarité augmentait. Il avait mené également ce qu'on appelait des « études d'immersion », où les sujets étaient brusquement confrontés à un grand nombre d'exemplaires de l'objet qui leur faisait peur. Un peu comme Indiana Jones qui, dans le premier film de la série de Spielberg, se trouve projeté dans la fosse aux serpents. Adrian n'aimait pas du tout ce genre de tests. Trop de transpiration, trop de hurlements. Il préférait le rythme plus mesuré de l'examen.

Avant son suicide, son frère s'était souvent moqué, pour rire, de son travail.

« Ce que j'ai appris pendant la guerre, lui avait dit un jour Brian, c'est que la peur est la meilleure chose qui joue en notre faveur. Elle nous maintient à l'abri quand nous en avons besoin, et nous donne une image du monde qui, même si elle est un peu déformée, nous fait pécher par excès de prudence – ce qui, frangin, garde ton cul à l'abri des problèmes et te permet de rester en vie un jour de plus. »

Adrian sourit en pensant combien lui manquait la manière de parler de son frère. Brian pouvait s'exprimer dans le style bourgeois d'un philosophe d'Oxford et, un instant plus tard, comme un grossier petit voyou. Il était très fort pour endosser le rôle qu'exigeait l'affaire du jour. Brian partageait son temps entre la clientèle des firmes les plus riches et les plaidoiries *pro bono* pour la faculté de droit locale et le Centre d'aide juridique du Sud. Dans plusieurs affaires passibles de la peine de mort, dans des districts ruraux, son intervention avait permis à l'inculpé (plus d'une fois injustement accusé) d'échapper à la chaise électrique.

Adrian se disait que son frère était capable de faire croire à n'importe qui qu'il lui ressemblait. Mais cette nature caméléonesque n'était peut-être pas une si grande qualité, après tout. Un matin, Brian, dont Adrian avait toujours pensé qu'il était l'être le plus solide du monde, avait posé sur sa tempe le canon de son 9 mm et pressé la détente. Il n'avait pas laissé de message. Adrian avait pensé que ce n'était pas bien. Il aurait dû lui donner une explication.

Adrian avait consacré sa vie à éclaircir des mystères. Pourquoi avons-nous peur ? Pourquoi nous conduisons-nous comme nous le faisons ?

Qu'est-ce qui nous fait ressentir ce que nous ressentons ? D'où vient la peur ? Et maintenant, pourtant, alors que diminuait le stock de temps rationnel dont il disposait, il se disait qu'il n'avait apporté aucune réponse à toutes les grandes questions de sa vie, et il souffrait d'une maladie qui rendait les réponses de plus en plus inaccessibles.

Adrian avançait lentement, posément. Son âge, en partie, lui imposait sa vitesse. Mais il triait aussi ses souvenirs, alors qu'il essayait de prévoir son prochain mouvement.

— Brian ? lâcha-t-il à voix haute. Je crois que j'ai besoin de ton aide.

Deux étudiantes lui adressèrent un sourire, avant de retourner à leurs téléphones portables. Elles marchaient côte à côte tout en papotant, chacune de son côté, avec un ami invisible. Exactement comme moi, se dit-il. Sauf que mon interlocuteur est mort.

De petits groupes d'étudiants allaient d'une classe à l'autre. Une cloche lointaine sonna trois heures de l'après-midi. Adrian se souvint qu'il était quinze heures également quand son frère avait demandé le tir de barrage qui lui avait sauvé la vie. Brian racontait cette histoire de temps en temps, après quelques verres, quand l'éclairage avait baissé et que quelques personnes seulement l'écoutaient. Parce qu'il ne la partageait qu'avec ceux qui l'aimaient. À l'époque, il était en patrouille dans l'A Shau Valley.

— Nous n'étions qu'à deux clics de la base. Les derniers kilomètres d'une longue journée de marche ennuyeuse. On avait chaud, soif, on était complètement crevés.

Adrian regarda autour de lui. Il s'attendait à voir Brian à ses côtés, car la voix résonnait dans son oreille, répétant cette histoire entendue cent fois. Elle semblait à moins d'un mètre. Mais Brian restait invisible.

— Autrement dit, Audie, c'était le moment parfait, la situation idéale pour que notre attention se relâche.

Le peloton de vingt hommes avait parcouru le même chemin trois fois, la semaine précédente, sans qu'il se passe quoi que ce soit. Brian avait décrit le cadre. La jungle épaisse et obscure, à soixante-quinze mètres de là, à droite d'une rizière à découvert, quelques cases et un sentier menant au village vers la gauche. Deux ou trois paysans travaillaient dans les champs, en cette fin d'après-midi. Un décor composé d'images familières, sans danger. Rien ne sortait de l'ordinaire.

Quand il racontait son histoire, Brian répétait le mot au moins trois fois. « Ordinaire. Ordinaire. Ordinaire. » Le mot était comme une malédiction. Ils étaient morts de fatigue et n'aspiraient qu'à rentrer à la base, manger, se reposer, peut-être se laver un peu. Ils n'avaient absolument aucune raison de s'arrêter.

Mais ce jour-là – jusqu'à la fin de sa vie, Brian se souvint que c'était un mardi – il décida de s'arrêter. Ses hommes s'écroulèrent sur le sol. Les sacs de vingt-cinq kilos et la température de 44 °C avaient miné le processus de prise de décision, comme aimait le dire Brian. « Tu pourrais peut-être te pencher là-dessus », répétait-il à son frère. Il y eut quelques ronchonnements, car il est souvent plus épuisant de s'arrêter que d'avancer. Maussades, les hommes engloutirent ce qu'il restait d'eau dans les gourdes et fumèrent pendant que Brian observait la ligne d'arbres à la jumelle. Il s'était vraiment concentré, passant lentement en revue la moindre forme, la moindre ombre. Il n'avait rien vu. Absolument rien. Cela n'avait pas suffi à le tranquilliser.

— Parfois, on peut dire ça, Audie. Quand tout va bien mais que ce n'est pas vraiment le cas. Et c'est ce qui m'a bluffé, ce jour-là. Tout allait trop bien. Il s'en fallait de beaucoup.

Alors, tout simplement, Brian avait porté la rangée d'arbres sur sa carte d'état-major, puis il avait transmis les coordonnées à la base et menti à l'officier d'artillerie en lui disant qu'il avait repéré du mouvement dans les arbres.

La première salve, trop courte, avait tué les deux paysans et projeté en l'air des morceaux sanglants de buffle d'eau. Brian avait fait mine d'ignorer ces meurtres et corrigé calmement les paramètres à la radio. Quelques secondes plus tard, il faisait lancer de puissants explosifs au-dessus de la jungle. La terre avait tremblé. L'air s'était rempli du bruit de succion des obus. Les explosions réduisirent les arbres en petit bois, projetant vers le ciel une pluie mortelle de débris et de métal. Quelques minutes plus tard, le tir de barrage avait pris fin.

Les hommes du peloton n'avaient pas montré beaucoup d'empressement à inspecter les dégâts, mais il leur en avait donné l'ordre. Ils avaient contourné en silence les cadavres des paysans. Des viscères luisants et autres fragments humains parsemaient les plants verts de riz. Comme de l'huile, le sang semblait flotter à la surface de la rizière. Les habitants commencèrent à émerger du village, et les premiers cris de désespoir s'élevèrent dans la chaleur de l'après-midi. Puis ils arrivèrent au cœur du cauchemar. Une compagnie de l'armée viêt-cong les avait attendus derrière la rangée d'arbres, exactement à l'endroit où Brian avait lancé le tir d'artillerie. Partout où se posait le regard, on ne voyait que des cadavres et des fragments de corps humains, déchiquetés, mêlés aux décombres des arbres. Des têtes. Des bras. Des jambes. Des torses éventrés. Vestiges à peine identifiables, résultant des frappes directes du mortier de 75 mm. On voyait absolument partout des traînées sanguinolentes et du matériel détruit. Le paysage était imbibé de sang. On entendait gémir des blessés. D'autres étaient peut-être parvenus à se traîner dans la jungle, pour se regrouper ou pour mourir. Brian n'en savait rien. Il s'en fichait.

Aucun de ses hommes ne prononça un mot. Juste quelques sifflements et de brefs soupirs quand ils traversèrent les mares de sang. Ils suivirent simplement l'exemple de Brian, inspectèrent systématiquement tous les recoins cachés et achevèrent les ennemis blessés. Brian prétendit n'en avoir jamais donné l'ordre, mais il avait dû le faire. Puis il avait compté les morts. Plus de soixante-dix-huit. Une victoire importante pour ce qui n'avait pas vraiment été une bataille. Juste un massacre. Tous les hommes du peloton avaient compris que s'ils avaient fait comme d'habitude, en arrivant à cette rizière, ils seraient tombés dans l'embuscade et auraient été décimés. Personne, par la suite, n'avait plus jamais mis en doute l'instinct de Brian. C'est ce qu'il avait dit à son frère.

L'état-major lui décerna une médaille. Mais il ne s'en était jamais vanté. Quand il en parlait, c'était toujours avec tristesse. Adrian se disait que son frère avait été pris au piège de sa propre histoire. Il se demandait s'il pouvait dire la même chose de lui-même.

— Oui, je crois que tu peux dire ça, Audie.

En entendant la voix de son frère, il se retourna. Brian était toujours invisible.

Adrian pressa le pas. Le département de psychologie se trouvait dans un des bâtiments plus modernes du campus. C'était un immeuble carré, de brique et de mortier, avec de grandes portes et une façade quelconque, fût-elle recouverte de lierre. Adrian avait toujours aimé l'idée que le bâtiment soit aussi banal. Il lui manquait le cachet architectural qui caractérisait l'école de commerce, par exemple, ou le département de chimie. Adrian pensait que l'avantage d'un lieu aussi quelconque était de laisser la bride sur le cou aux idées qui y étaient développées. Il dissimulait leur intelligence, au lieu de la crier sur les toits.

Adrian prit l'escalier jusqu'au deuxième étage. Il s'obligeait à se rappeler qu'il se rendait à la salle 302, et il répétait à voix basse le nom de l'homme qu'il allait voir. C'était un vieil ami et collègue, mais il ne voulait pas montrer les symptômes de sa maladie dans les couloirs de son ancien département. Sois à la hauteur, se dit-il. Le moindre détail. Il frappa et poussa la porte.

— Roger ? fit-il en entrant.

Un homme mince et chauve, aussi dégingandé qu'un joueur de basket, était penché sur l'écran de son ordinateur. Une jeune fille à l'air nerveux était assise non loin de lui. La pièce débordait de livres empilés sur des étagères métalliques noires. Un mur, rappelant celui d'un bureau de poste, était parsemé d'affiches de personnes recherchées par le FBI. En face, on avait fixé au mur une affiche du *Silence des agneaux* dédicacée à l'encre noire par le réalisateur et le scénariste du film.

— Adrian ! Le célèbre professeur Thomas ! Entrez, entrez !

Le Pr Roger Parsons se déplia du fond de son siège et serra la main d'Adrian.

— Je ne voulais pas interrompre une réunion avec votre étudiante…

— Non, non, pas du tout. Mlle Lewis et moi étions en train de relire son devoir de milieu de trimestre, qui est d'ailleurs excellent…

Adrian serra la main de la jeune femme.

— Je me demandais, Roger, si je pouvais faire appel à vos compétences…

— Bien sûr ! Mon Dieu, il y a des mois qu'on ne vous a vu par ici… et maintenant, ce plaisir inattendu. Comment allez-vous ? En quoi puis-je vous aider ?

— Voulez-vous que je m'en aille, professeur ? intervint l'étudiante.

Roger Parsons jeta un coup d'œil interrogatif à Adrian. Ce dernier était ravi de ne pas devoir répondre à la première question de son vieil ami.

— La jeune Mlle Lewis est-elle compétente en matière de comportement criminel déviant ?

— Oui, c'est un fait, répondit Roger Parsons d'une voix forte.

— Dans ce cas, elle devrait rester.

La jeune femme s'agita, un peu déroutée, mais satisfaite qu'on réclame sa présence. Adrian se demanda si elle savait qui il était... Parsons s'empressa de l'en informer :

— Voici le professeur le plus distingué – notre mentor à tous – dont on ait jamais donné le nom à une salle des profs. Et nous sommes honorés qu'il soit passé nous voir, surtout avec des questions.

— J'aimerais être plus au fait de la psychologie déviante, dit Adrian.

— Je crois que vous vous sous-estimez, professeur. En tout cas, je serais ravi de vous informer. Quel est votre problème ?

— Les couples criminels, dit doucement Adrian. Un homme et une femme, associés...

Roger hocha la tête.

— Ah... fascinant. Il existe plusieurs types de profils intéressants. De quelle sorte de crime parlons-nous ?

— Un kidnapping perpétré au hasard. On enlève quelqu'un qu'on ne connaît pas, dans une rue de son quartier.

Les sourcils de Roger Parsons formèrent un accent circonflexe.

— Très inhabituel. Très rare. Et la raison de cet enlèvement ?

— Nous ne la connaissons pas encore.

— L'argent ? Le sexe ? Ou la perversion ?

— Je ne sais pas. Pas encore.

— Sans doute les trois. Et plus…, poursuivit Parsons, réfléchissant à voix haute. Rien de bon, sûrement, et probablement beaucoup de mal.

Adrian acquiesça.

— Cela rend les choses beaucoup plus difficiles, reprit son ancien collègue, sur le ton monotone du conférencier. Le plus souvent, ce que nous savons de ce genre de criminels, nous le glanons après qu'ils ont été pris. Comme si on reconstruisait le puzzle psychologique rétroactivement. Tout prend son sens après coup.

— C'est impossible pour le moment. On doit aller de l'avant, avec très peu d'informations.

Roger Parsons étira ses longues jambes. Il réfléchissait.

— S'agit-il de quelqu'un que vous connaissez… car il ne s'agit pas seulement d'un problème théorique, n'est-ce pas ?

— Pas exactement. Mais ce n'est pas non plus le contraire. Une jeune personne avec laquelle j'ai été brièvement en contact. J'essaie de venir en aide à des voisins.

Adrian hésita, avant d'ajouter :

— Il est très important que vous soyez discret. Et vous aussi, fit-il en regardant la jeune fille, qui semblait un peu terrifiée par le tour que prenait la conversation. C'est un crime qui semble… être en train de se dérouler. Je ne peux pas vous dire exactement comment.

— La victime… que savez-vous d'elle ?

— Jeune. Adolescente. Très perturbée. Très intelligente. Très séduisante.

— Et la police…

— Elle essaie de faire le tri. Ils sont terriblement concrets, mais je ne crois pas que ce sera très utile.

— Oui, fit Roger en hochant de nouveau la tête. Vous avez raison sur ce point. Les faits peuvent aider à résoudre un crime quand il y a un cadavre. Mais ce n'est pas le cas ?

— Pas encore.

— Bien. Et vous êtes absolument sûr qu'elle a été enlevée par un homme inconnu et une femme, et pas nécessairement par des gens qui la connaissaient ?

— Oui. Certain. Aussi certain que possible.

Le Pr Parsons réfléchit de nouveau.

— Vous voulez que j'avance une hypothèse ? Car ce ne serait rien d'autre. De la pure spéculation…

Adrian ne répondit pas. Il savait que ce n'était pas nécessaire.

— Il s'agit de sexe, bien sûr, c'est très probable. Mais il s'agit aussi de contrôle… Le couple tirera sans doute un plaisir érotique de son asservissement. Ils nourriront leur propre désir de leur plaisir mutuel. Il y a tant de paramètres. Il me faudrait beaucoup plus d'informations pour être capable d'établir un profil précis…

— Je n'ai rien de plus. Pas encore.

Roger était toujours concentré.

— Eh bien... une chose, Adrian. Et ne me prenez pas au mot si ça se réalisait vraiment... mais je crois que je me concentrerais sur le motif, si j'étais vous, et si j'essayais de comprendre quelque chose à la situation que vous décrivez.

Adrian réalisa qu'il fixait les affiches du FBI accrochées au mur. L'espace d'un instant, il crut les entendre s'adresser à lui, comme un chœur grec, et il réalisa que c'était toujours la voix de Parsons.

— Voyez-vous, comment la victime peut-elle créer de la grandeur, de l'importance et un sentiment de pouvoir pour le couple criminel ? Au-delà des jeux sexuels, ce qu'ils espèrent gagner... parce qu'il y aura quelque chose. Ce pourrait être caché, peut-être pas. Le pouvoir. Le contrôle. De nombreux paramètres psychologiques sont en jeu dans ce genre de crimes. Et aucun, hélas, n'est très joli.

— Comment la police pourrait-elle résoudre...

Roger secoua la tête.

— C'est peu probable. En tout cas, pas avant qu'on ait retrouvé un cadavre. Ou comme dans l'affaire de cette secte de polygames mormons, où l'enfant est parvenu à s'échapper. Sauf qu'en général ils n'y parviennent pas. La fuite est très difficile, pour ce type d'otages. Dans le confort de nos foyers, il est facile de se demander : « Mais pourquoi ne s'enfuient-ils pas, tout simplement, pourquoi ne vont-ils pas prévenir les flics ? » Mais cela exige un travail psychologique très difficile. Non, ce n'est pas facile du tout.

— Ainsi, la police...

Parsons fit un grand geste du bras, comme s'il attrapait une balle au bond.

— Quand ils auront vraiment un corps – mort ou vif –, ils pourront remonter la piste. Peut-être. Sans doute pas. Dans un cas comme dans l'autre, je n'ose pronostiquer une issue satisfaisante.

Adrian hocha la tête. Il y a autre chose. Il entendit la voix de son frère résonner dans son oreille.

— Il y a autre chose, dit tranquillement Roger Parsons, comme si le mort l'avait interpellé, lui aussi.

Adrian attendait la suite.

— Dans cette sorte de crime, il y a toujours une horloge qui tourne.

— Une horloge ?

— Oui. Tant que la victime excite, émoustille, se fait désirer – tout ce que vous voudrez –, elle revêt une valeur exceptionnelle pour le couple. Mais dès que cela prend fin, ou qu'ils se lassent de leur victime, ou qu'ils ont épuisé le capital d'excitation sexuelle qu'elle leur apporte – alors elle ne vaut plus rien. Et l'on se débarrasse d'elle.

— On la libère ?

— Non. Pas nécessairement.

Il y eut un bref silence, tandis que les deux professeurs réfléchissaient. C'est alors qu'ils entendirent l'étudiante inspirer brusquement, comme si un courant d'air froid était entré dans le petit bureau. Ils se tournèrent vers Mlle Lewis.

Elle avait la tête baissée, comme si elle hésitait, par timidité, à dire ce qu'elle voulait dire, et elle avait rougi – presque comme si elle était embarrassée par l'idée qui lui était venue. Elle parla d'une voix douce, hésitante :

— Ian Brady et Myra Hindley. 1966. Les Tueurs de la Lande.

Roger Parsons applaudit avec enthousiasme.

— Oui ! fit-il, sa voix résonnant dans le petit bureau. Absolument, mademoiselle Lewis. Bravo. Excellente remarque. Adrian, vous devriez commencer par là.

L'étudiante sourit en entendant le ton élogieux de son professeur. Adrian se dit qu'il devait être difficile, d'une certaine façon, d'être si jeune et de connaître déjà les noms et les actes dépravés de tueurs en série aussi célèbres.

## 14

*Le jeune homme passa très vite devant la librairie Negra Y Criminal, non loin d'une des principales artères de Barcelone. Un auteur de romans policiers lisait des extraits de son dernier livre au public nombreux qui se pressait à l'intérieur. Il fut tenté de s'arrêter pour l'écouter. Mais il avait eu une journée difficile à l'agence de voyages où il travaillait. Rien que des plaintes de clients furieux, et un travail réduit. Il était fatigué, frustré de passer son temps à tenter de résoudre des problèmes les uns après les autres, aucune des solutions qu'il avait proposées n'avait rencontré le moindre succès, et sa seule envie* était de passer le reste de la soirée en compagnie de Numéro Quatre.

Il lui était aussi dévoué qu'il l'avait été à celles qui l'avaient précédée. Peut-être encore plus. Il se demandait comment il était possible de tomber si rapidement amoureux d'une image transmise par son ordinateur. Dès les premiers jours de la nouvelle saison, il s'était mis à fantasmer sur elle, essayant d'imaginer ce qu'elle faisait, à quoi elle pensait, et ce qui lui arriverait dans la journée. Dès qu'il s'asseyait dans son petit bureau, il résistait à la tentation de se connecter sur mort-en-direct.com pour vérifier ce qui lui arrivait, une heure après l'autre. Ses employeurs désapprouvaient l'utilisation personnelle des ordinateurs de la firme, ce qui n'empêchait pas ses collègues de jouer en ligne ou de surfer sur des sites pornos dès que les superviseurs avaient le dos tourné. Surtout, il ne voulait partager Numéro Quatre avec aucun de ses collègues – il les détestait tous –, refusant même qu'ils connaissent son existence.

C'est pourquoi il se hâtait, ce soir-là, ignorant les gens entassés dans les cafés, flânant le long des avenues, ou rassemblés aux carrefours pour évoquer l'actualité de leur équipe de football préférée ou critiquer les hommes politiques. Il aurait dû s'arrêter pour s'acheter à manger – il y avait des heures qu'il n'avait rien avalé –, mais il n'avait pas faim. Il sentait la pression augmenter à chacun de ses pas, comme si le besoin de retrouver la solitude de son modeste studio répondait à une urgence absolue.

Il se dit qu'il lui faudrait rattraper son retard. Peu importe s'il ne s'était rien passé d'important.

*Pour ce jeune homme, dans cette rue de Barcelone, le plus léger mouvement de Numéro Quatre était surprenant. Il avait un peu l'impression d'être au beau milieu du parterre, au théâtre, incapable de s'en aller dès que les lumières s'éteignaient et que les acteurs montaient sur scène.*

*Au moment où il tournait pour pénétrer dans l'ensemble résidentiel où il avait son appartement, il eut une idée bizarre. Sa propre mère était assise, patiente, au chevet de son grand-père mourant, le rosaire à la main, et murmurait ses prières indéfiniment, heure après heure, jour après jour. Il était encore petit, il n'avait pas plus de neuf ans – et une de ses tantes l'avait conduit dans la chambre sombre et silencieuse. Il se rappelait le geste de la tante le poussant en avant, le guidant vers le bord du lit. Il se rappelait le souffle lent et rauque, et la peau qui semblait translucide quand son grand-père leva la main vers la lumière pour le bénir.*

*Cela avait été sa première expérience de la mort, et il avait cru que les « Je vous salue, Marie » et les actes de contrition que sa mère répétait d'une voix douce et monotone étaient destinés au vieil homme agonisant qu'il appelait « grand-papa ». Aujourd'hui, bien des années plus tard, il voyait les choses différemment. Toutes les prières étaient réservées aux vivants.*

*Numéro Quatre avait besoin de prières, se disait-il. Elle avait besoin qu'il répète « Notre Père qui êtes aux cieux… » pendant tout le temps qu'il la regarderait sur l'écran de son ordinateur.*

*Les mots pourraient peut-être les réconforter tous les deux.*

Même dans l'obscurité totale, Jennifer construisait au hasard une image de l'endroit où elle se trouvait. Elle était dans une sorte de sous-sol, et elle se doutait qu'on avait une raison de la garder en vie. Elle savait aussi que rien dans les seize années qu'elle avait vécu ne l'avait préparée à ce qui se déroulait. Puis elle se dit qu'elle espérait se tromper.

Les mains sur les genoux, elle entrelaça les doigts puis, lentement, écarta les mains et serra les poings. Quand elle s'accrochait au réel – le lit, la chaîne et le collier qu'elle avait autour du cou, le W-C –, elle était capable de dresser mentalement un portrait déformé du décor. Mais, dès qu'elle laissait son imagination spéculer sur ce qui allait lui arriver, la peur triomphait. Elle était prête à fondre en larmes ou à s'évanouir sous l'effet de la terreur. Elle allait et venait sans cesse entre le rationnel et l'angoisse.

Elle se répétait : Je suis vivante. Je suis vivante. Dans les moments où elle conservait son sang-froid, elle faisait des efforts démesurés pour affiner son ouïe et son odorat. Le toucher était limité, mais il pourrait lui être utile.

Jennifer était assise sur le bord du lit. Elle sentait sous ses pieds la surface froide du ciment. La faim lui nouait l'estomac, mais elle ignorait si elle pouvait manger. Bien qu'elle eût terriblement soif, de nouveau, elle n'était pas sûre d'avoir le cran de prendre encore un peu d'eau. Même si on le lui proposait. Hormis le bruit de sa respiration, la pièce était absolument silencieuse.

En fait, se dit-elle, il y a deux pièces distinctes. La chambre noire à l'intérieur du masque, et la cellule où on la maintenait prisonnière. Elle savait qu'elle devait en apprendre le plus possible sur chacune des deux. Si ce n'était pas le cas – si elle attendait simplement qu'il lui arrive quelque chose –, il ne resterait plus rien, sauf le désespoir.

Et l'attente de la fin, quelle qu'elle soit.

Jennifer luttait contre la panique. Elle se dit qu'il ne servirait à rien de revisiter mentalement ce qui s'était passé, sinon pour essayer de dresser le portrait des deux personnes qui l'avaient enlevée dans une rue proche de chez elle. Mais quand elle se revit, marchant dans le soir naissant, sur un trottoir du quartier qu'elle connaissait depuis son enfance, les images la plongèrent dans une obscurité plus profonde que celle de la cagoule. On l'avait arrachée à tout ce qu'elle connaissait, et le souvenir de l'endroit d'où elle venait empêchait presque son cœur de battre. La tête lui tournait, mais elle se força, il fallait qu'elle se concentre. Ses professeurs qu'elle détestait tant s'en étaient souvent plaints : « Jennifer, tu dois te concentrer sur ton sujet. Tu serais une excellente élève si seulement tu voulais bien te concentrer... »

D'accord, se dit-elle, comme en réponse à leur côté tatillon. Je me concentre.

Elle resta tranquillement assise, et essaya. Les yeux de l'homme. Le bonnet de la femme, enfoncé sur son crâne. Est-ce qu'ils étaient grands ? Comment étaient-ils vêtus ? Jennifer inspira à fond. Elle sentit de nouveau l'odeur de l'homme, lorsqu'il l'avait jetée sur le plancher de la camion-nette et écrasée de tout son poids, l'empêchant de respirer. Brusquement, elle ne put se retenir de se frotter la peau, dans l'espoir d'effacer la sensation qu'il lui avait laissée. Elle se frotta et se gratta les bras, comme s'ils étaient couverts de sumac. Mais, dès qu'elle sentit la douleur et le sang qui coulait, elle se força à s'arrêter, ce qui exigea plus de force qu'elle ne croyait en avoir.

Très bien. La femme... Sa voix monocorde l'avait terrifiée. La femme était venue dans le sous-sol, c'est elle qui lui avait parlé des règles, sans lui dire comment elle devait s'y conformer. Jennifer essaya de se rappeler ce que la femme lui avait dit, au mot près, mais cela s'était noyé dans la brume de la drogue qui lui avait fait perdre conscience.

Elle était sûre que cela s'était passé ainsi. Elle était sûre que la femme s'était penchée au-dessus d'elle, l'avait fait boire, lui avait ordonné d'obéir. Tout cela était bien arrivé. Ce n'était pas un rêve, ni un cauchemar. Elle n'allait pas se réveiller brus-quement dans son lit, chez elle, au milieu de la nuit, et entendre, à travers les minces cloisons, l'étreinte furtive de sa mère et de Scott. Elle se rappelait à quel point elle détestait être là-bas, et savait à quel point elle aurait voulu y retourner maintenant. Jennifer avait l'impression d'être prisonnière au milieu d'un demi-rêve. Elle lutta mentalement contre elle-même et, pour la première fois de sa vie, elle se demanda si elle était déjà morte.

Jennifer se balança légèrement en avant. Je suis morte, se dit-elle. La mort doit ressembler à ça. Le paradis n'existe pas. Les anges n'existent pas, ni les trompettes ni les Portes du ciel s'ouvrant au-dessus des nuées tourbillonnantes. Il n'y a que cela.

Brusquement, elle retint son souffle. Non. Non. Là où elle s'était écorchée, elle sentait la douleur. Cela signifiait qu'elle était vivante. À quel point, cela semblait indéfinissable. Pour combien de temps, c'était une question qui resterait sans réponse.

Elle changea de position et tenta de se rappeler précisément ce que la femme avait dit, comme si les mots pouvaient receler des indices importants. Mais chaque phrase, chaque intonation, chaque ordre, tout semblait lointain et vague, et Jennifer réalisa qu'elle tendait la main, comme si elle pouvait rattraper un mot ou l'autre dans l'air, devant elle.

« Obéis... et tu restes en vie. » Voilà ce que la femme avait dit. Si elle acceptait les événements à venir, Jennifer pourrait rester en vie. Obéir à quoi ? Pour faire quoi ? L'impossibilité où elle se trouvait de se rappeler ce qu'elle était censée faire lui fit retenir son souffle, et un sanglot franchit ses lèvres, irrépressible.

Cette pensée la terrifiait. Elle frissonna.

Jennifer menait un combat intérieur. Une part d'elle-même avait envie de se laisser entraîner au désespoir, de céder simplement à l'horreur de sa situation – quelle qu'elle soit –, mais elle lutta énergiquement contre cette tentation. Elle ne savait pas à quoi il lui servirait de se battre, mais elle se dit que cela lui rappellerait qu'elle était encore en vie, et que c'était sans doute une excellente chose. Cependant, elle ignorait totalement contre quoi elle allait se battre, et comment.

Je suis le Numéro Quatre. Ils ont déjà fait cela auparavant. Elle aurait voulu en savoir plus sur les prisons et sur la manière dont les gens y vivaient. Elle savait que certaines personnes avaient survécu à des kidnappings pendant des mois, parfois des années, avant de parvenir à s'échapper. Des gens étaient perdus dans des jungles, abandonnés sur des sommets montagneux, faisaient naufrage au milieu des océans. L'être humain peut survivre, se répétait-elle. Je le sais. C'est vrai. C'est possible. Cette pensée lui permit de réfréner le désir presque irrésistible de se mettre en boule sur le lit et d'attendre les choses terribles qui devaient arriver.

Tu étais en prison, c'est pourquoi tu t'enfuyais, se dit-elle soudain. Tu as été capable de quitter tout cela. Alors… tu en sais plus que tu ne crois.

Elle remua sur le bord du lit. Le W-C. S'ils avaient l'intention de me tuer tout de suite, ils ne m'auraient pas donné un W-C. Jennifer sourit. Elle devait à tout moment évaluer tout ce qu'elle pouvait réellement toucher, entendre ou sentir. Le W-C se trouvait à six pas du lit. Quand elle s'était assise dessus, la chaîne fixée à son cou s'était tendue. C'était donc la limite. Elle n'avait pas encore exploré l'autre direction, et elle savait qu'elle allait devoir le faire. Elle supposa que le lit était au centre de la pièce. Comme le compas du dessinateur, elle pouvait se déplacer à distance constante en dessinant un demi-cercle.

Elle tendit l'oreille, à l'affût du moindre son, inclinant la tête comme un animal qui, dans la forêt, rencontre une odeur, un bruit qui met son instinct en alerte. Elle retint son souffle, pour être sûre d'entendre le moindre son.

Rien.

— Ohé ? fit-elle à voix haute.

Le son était étouffé par la cagoule, mais elle l'avait dit assez fort pour que quiconque se trouvant dans la pièce puisse l'entendre.

— Il y a quelqu'un ?

Rien. Jennifer expira légèrement et se mit debout. Comme un peu plus tôt, elle tendait les mains devant elle. Seulement, cette fois, elle prit soin de compter ses pas. Talon contre orteil, se dit-elle. Combien Jennifer doit-elle faire de pas pour franchir une distance donnée ?

En gardant les mains appuyées contre le mur, elle se dirigea vers le W-C. Un. Deux. Trois… Elle compta quinze pas de Jennifer avant que son genou ne heurte le siège, et fit un rapide calcul. Deux mètres à deux mètres cinquante. Elle se pencha et passa les doigts sur la surface. En se baissant, comme elle s'y attendait, elle sentit que la chaîne se tendait. Parfait, se dit-elle. Maintenant, vas-y lentement.

Jennifer fit en pas en avant. Soudain, elle eut très peur. Sentir le mur sous ses paumes lui donnait un certain sentiment de sécurité, comme si cela l'aidait à garder son équilibre. S'écarter du mur la projetait dans le vide, aveugle, attachée seulement par la chaîne fixée à son cou. Elle inspira et se força à s'éloigner de la solidité du mur et de sa nouvelle familiarité avec le W-C. Cela semblait important. C'était ce qu'il fallait faire. Se concentrer sur les distances lui donnait l'impression qu'elle essayait d'améliorer sa situation. Elle savait qu'elle aurait beaucoup à faire plus tard. En tout cas, c'était un début.

Michael et Linda étaient allongés, nus, sur le lit, à l'étage au-dessus. Ils venaient de faire l'amour et leurs corps luisaient sous l'effet de la transpiration et de l'excitation. Un ordinateur portable était posé sur le couvre-lit, devant eux. Ils avaient les yeux fixés sur l'écran. L'appareil était un Mac haut de gamme. Il était connecté par le Wi-Fi au studio principal installé dans la pièce voisine. La chambre contenait un lit double aux draps froissés et salis par l'amour. Plusieurs grosses valises et des sacs de toile contenant des vêtements étaient jetés sur le sol. Au plafond, une ampoule nue éclairait la pièce. Celle-ci se caractérisait par son dépouillement monastique, n'était la petite table de bois installée dans un coin. On y voyait un choix d'armes de poing (deux Magnum 357 et trois semi-automatiques 9 mm), un fusil à pompe de calibre 12 et la forme familière d'un AK-47. Des boîtes de balles et des chargeurs étaient disposés sur la table. Il y avait là assez d'armes pour équiper une demi-douzaine de personnes.

— Envoie un signal d'alerte à tout le monde, dit Linda.

Elle se pencha vers l'écran, observant Jennifer qui s'écartait maladroitement du mur le plus proche du W-C de camping.

— C'est vraiment cool, ajouta-t-elle d'un ton admiratif.

Michael ne regardait pas Jennifer. Il se concentrait sur la courbe du dos de Linda. Son doigt remonta des fesses jusqu'au sommet de la colonne vertébrale, fit le tour des épaules et repoussa ses cheveux, puis il lui baisa la nuque. Linda ronronnait presque.

— N'oublie pas les clients qui paient...

— Ils peuvent peut-être attendre quelques secondes, dit Michael en approchant sa langue de l'oreille de Linda.

Avec un gloussement, celle-ci changea de position, et s'assit sur le lit en lotus. Elle prit l'ordinateur qu'elle posa entre ses jambes d'un geste théâtral, dissimulant son sexe. Puis elle se pencha légèrement en avant, ses seins nus en liberté au-dessus de l'écran.

— Et si je fais ça..., fit-elle en souriant. Tu t'intéresseras peut-être un peu plus à ton travail.

Michael acquiesça en riant.

— Sans blague !

Il enfonça quelques touches, ce qui eut pour effet d'envoyer aux abonnés de mort-en-direct.com (qui pouvaient choisir parmi une gamme de jingles, de sons et d'alarmes téléchargeables) un signal électronique pour les informer que Numéro Quatre s'était réveillée. Michael supposait que beaucoup étaient connectés à Numéro Quatre. Certains voulaient regarder religieusement, sans en perdre une minute. D'autres désiraient recevoir une alerte quand leur attention était nécessaire. Michael tenait à satisfaire tous ses clients, quel que soit leur degré d'implication. Nombre d'entre eux profitaient d'un service supplémentaire : l'envoi d'une alerte sur leur téléphone portable.

— Et voilà, fit-il en souriant. Tout le monde est prévenu. J'ai droit à ma récompense ?

— Tout à l'heure, répondit Linda. D'abord, on doit voir ce qu'elle fait.

Michael fit mine de pleurnicher, ce qui la fit rire.

— Ce ne sera pas long, dit-elle.

Michael se tourna vers l'écran et observa Jennifer pendant quelques instants.

— Tu crois qu'elle va le trouver ? demanda-t-il.

— Je l'ai mis là où elle peut l'atteindre, si elle dépasse la limite.

— Tout dépend à quelle sorte d'exploratrice on a affaire, dit Michael.

Linda opina.

— Je déteste quand ils restent là sans rien faire. Numéro Trois me mettait hors de moi, constamment...

Michael ne répondit pas. Il se rappelait à quel point Linda était furieuse contre Numéro Trois, dont certaines réactions avaient entraîné des modifications importantes dans le déroulement de l'émission.

— Je devrais peut-être faire un panoramique, pour être sûr que tout le monde sait qu'il est là.

Linda acquiesça.

— Oui, mais lentement… parce qu'ils ne vont pas le remarquer tout de suite. Je l'ai placé de telle sorte qu'il faut y regarder à deux fois pour savoir ce que c'est. Mais quand ils comprendront…

Elle n'avait pas besoin de finir sa phrase.

Michael s'étira et soupira.

— Je devrais passer à côté. Pour varier les angles de prises de vue.

Linda posa l'ordinateur à côté d'elle. Elle tendit la main et passa ses ongles sur la poitrine de Michael. Elle se pencha pour lui embrasser la cuisse.

— On travaille d'abord, ensuite on s'amuse, dit-elle.

— Tu es insatiable. J'aime ça.

Les mains sur la tête, Linda se laissa aller en arrière, dans une position provocante. Il se pencha pour l'embrasser.

— Tentant, fit-il.

— Le travail d'abord, fit-elle en refermant lentement les jambes.

Elle rit. Ils quittèrent le lit, descendirent l'escalier à pas de loup, pieds nus, comme deux enfants le matin de Noël, et gagnèrent le salon, où Michael avait installé le studio principal. Comme dans toutes les autres pièces de la ferme, il y avait peu de mobilier. Celui du salon était dominé par une longue table où s'alignaient trois grands écrans d'ordinateur. Des câbles se tortillaient sur le plancher et disparaissaient dans des trous percés dans le sol. Il y avait également des enceintes et plusieurs joysticks, ainsi que des claviers, une console de montage et une table de mixage pour le son. Dehors, près de la fenêtre, se dressait une antenne parabolique miniature. Avec son matériel onéreux, aux multiples fonctionnalités techniques, et les deux grands fauteuils Aeron noirs posés devant l'ordinateur principal, la pièce évoquait un QG militaire ou un décor de cinéma.

Il faisait frais. Linda récupéra dans le couloir deux parkas L.L. Bean doublées de fourrure synthétique pour couvrir leur nudité. Elle en enfila une et posa l'autre sur les épaules de Michael, penché sur son écran. Linda jeta un coup d'œil à l'extérieur. Il faisait nuit. Elle ne voyait rien, sinon l'obscurité qui les isolait du reste du monde – c'était une des raisons qui leur avaient fait choisir cette ferme.

— Tu crois que Numéro Quatre sait quelle heure il est ?

— Nan. Ce qui veut dire, ajouta Michael après réflexion, qu'on ne doit surtout pas l'aider…

— … en lui donnant son petit déjeuner le matin, le coupa Linda, ou en lui servant le soir un repas qui ressemble un peu trop à un dîner. Il faut mélanger les repas… trois fois de suite un bol de céréales, puis quelques hamburgers. Ça contribuera à la désorienter.

— Désorientée ? C'est parfait, fit Michael en souriant.

Discuter des moyens de manipuler Numéro Quatre n'était pas la seule partie du jeu qu'il appréciait. Cela excitait aussi Linda, ce qui rendait leurs ébats sexuels plus débridés, plus enflammés. Le sexe était un des moyens de jauger *Saison 4*. Lorsque leur propre passion tiédissait, Michael savait qu'il devait redresser la barre.

Il déplaça très légèrement le joystick dont l'autocollant indiquait « Caméra 3 ». Sur un des moniteurs, l'angle se modifia. Le mouvement de la caméra révéla la présence d'un objet près du lit, à l'opposé du W-C. Michael fit un léger zoom avant qui permit de le voir un peu mieux.

Près de lui, Linda tapait rapidement sur un clavier, ses ongles cliquetant sur les touches. Au fur et à mesure, des mots s'inscrivaient en lettres rouges sur l'écran principal – celui qui affichait l'image expédiée aux abonnés –, barrant l'image de Jennifer qui se déplaçait prudemment, les mains tendues en avant.

*Il y a là quelque chose que Numéro Quatre doit trouver. Qu'est-ce que c'est ?*

Michael fit faire un bref panoramique à la caméra numéro 3, vers une petite masse informe sur le sol de ciment. L'objet se trouvait juste à la limite de la longueur de la chaîne. Linda continuait de frapper son clavier.

*Doit-on laisser Numéro Quatre le garder ?*

Michael se mit à rire.

— Continue, murmura-t-il.

*Ou devons-nous l'enlever ?*

Linda tapait furieusement sur le clavier.

— Demande-leur, maintenant, lui dit Michael.

Un encadré apparut sur l'écran : *Le lui donner ?*, suivi d'un emplacement pour activer la réponse.

*Le reprendre ?* dans un autre encadré.

Linda composa une autre question. *Cela va-t-il aider Numéro Quatre, ou nuire à Numéro Quatre ?*

Linda se tourna vers le côté. Sur un autre écran, un compteur électronique tournait. Des chiffres défilaient sur plusieurs colonnes, et les réactions se multipliaient.

— Ils semblent partagés, dit-elle.

— Ils ne savent pas si ça va l'aider ou lui faire mal.

Linda souriait de nouveau.

— Je savais que c'était une bonne idée, dit-elle. Ils sont nombreux à voter. Je crois qu'ils sont vraiment accrochés.

Ils regardèrent Jennifer, qui avançait lentement vers la caméra. Elle avait les mains tendues devant elle, les doigts en avant, sans d'autre contact que celui de l'air. Son image grossissait à l'écran. Quand elle s'arrêta, ses mains semblaient se trouver à quelques centimètres. Elle avait atteint la limite autorisée par sa chaîne, ses doigts touchaient presque la caméra principale.

— Ils vont adorer ça…, murmura Linda.

La caméra explora le corps de Jennifer, s'attarda sur ses petits seins, fit un panoramique vertical vers son entrejambe. Ses sous-vêtements n'étaient plus qu'un simple excitant. Linda se dit que des spectateurs, dans le monde entier, tendaient la main vers Numéro Quatre, comme pour la toucher à travers leur écran. Michael le savait d'instinct, et il manipulait adroitement les caméras, créant un véritable ballet d'images. C'était aussi majestueux qu'une valse.

Jennifer recula et se déplaça un peu vers la gauche.

— Ah, elle a une chance…, dit Linda en jetant un coup d'œil aux compteurs, où les chiffres montaient rapidement. Je crois qu'elle va l'avoir.

Michael secoua la tête.

— Impossible. Il est par terre. À moins qu'elle ne le touche avec son orteil… Elle ne pense pas assez en termes de verticalité. Il faudrait qu'elle pense à aller de haut en bas, comme sur les chevaux de bois. Ainsi elle pourrait réellement explorer l'espace.

— Tu es beaucoup trop scientifique, lui dit Linda. Elle va le trouver.

— On parie ?

Linda se mit à rire.

— On parie quoi ?

Michael quitta l'écran des yeux, un instant. Il eut ce sourire que savent faire les amants.

— Tout ce que tu voudras.

— J'y réfléchirai quand j'aurai gagné, répondit Linda.

Elle toucha la main de Michael, toujours posée sur le joystick, et croisa ses doigts dans les siens. Cela valait une promesse, et Michael frissonna de plaisir. Puis ils se retournèrent vers l'écran, pour voir si Numéro Quatre réussissait.


À chaque étape, Jennifer comptait en silence. Elle se déplaçait avec précaution. Le lit se trouvait derrière elle, mais elle voulait aller aussi loin que la chaîne le lui permettrait, pour connaître au

163

moins les limites de l'espace dont elle disposait. Elle avait toujours les mains tendues devant elle, et les bougeait très légèrement, mais elle ne touchait rien d'autre que le vide.

Elle maintenait une tension constante sur la chaîne, essayant de s'imaginer un peu comme un chien attaché, mais sans se jeter violemment en avant comme le ferait cet animal. Jennifer avait compté jusqu'à dix-huit lorsque son orteil gauche effleura un objet qui se trouvait par terre. C'était si soudain, si inattendu, qu'elle faillit tomber.

L'objet était mou, couvert de poils comme de la fourrure, et vivant. Jennifer fit un bond. Des images se formèrent dans son esprit : un rat !

Elle eut envie de fuir, mais c'était impossible. Elle voulut faire un bond en arrière, sur le lit, pensant que cela la mettrait à l'abri, prise de panique. Elle fit un pas et sombra dans la confusion la plus totale. Elle ne savait plus où était le mur, ni le lit. Elle agita les bras, cognant dans le vide, réalisa qu'elle avait hurlé, peut-être plusieurs fois. Sous la cagoule, elle avait la bouche grande ouverte. Tous ses repères avaient disparu. L'obscurité semblait encore plus épaisse, plus oppressante. Elle hurla « Fous le camp ! » aussi fort que possible.

Le son de sa voix résonna dans la pièce, bientôt remplacé par le rugissement de l'adrénaline grondant au fond de ses tympans comme un torrent furieux. Son cœur battait à coups redoublés, et tout son corps était pris de tremblements. Elle toucha la chaîne et se dit qu'elle pouvait s'en servir comme d'une corde jetée à une personne qui se noie, pour se hisser sur le lit et s'éloigner du sol pour que la chose ne puisse l'atteindre.

Elle commença à mettre son idée à exécution, mais s'arrêta soudain. Elle tendit l'oreille. Pas le moindre bruit de petites pattes courant sur le sol. Jennifer reprit son souffle. Un jour, une famille de souris s'était installée à la maison. Pour s'en débarrasser, Scott et la mère de Jennifer avaient disposé du poison et des pièges un peu partout dans la maison. Mais ce dont la jeune fille se souvenait, maintenant, c'était le bruit caractéristique des rongeurs galopant dans les cloisons. Ici, il n'y avait aucun bruit.

C'est mort, se dit-elle. Je ne sais pas ce que c'est, mais c'est mort.

Elle se figea tout à fait, tendit l'oreille en quête d'un bruit. Elle n'entendait que sa propre respiration. Qu'est-ce que ça peut bien être ? Elle cessa de penser à un rat, même si elle savait qu'elle était enfermée dans une cave.

Elle se remémora la brève sensation contre son orteil, s'efforça de former une image mentale de l'objet, mais c'était impossible. Elle inspira à fond. Si tu retournes sur le lit, tu vas rester là, terrifiée, tant que tu ne sauras pas ce que c'est, pensa-t-elle.

Elle devait faire un choix, terrifiant, entre l'incertitude et la nécessité d'y retourner, de la toucher, quelle qu'elle fût, pour essayer de comprendre ce qu'était cette chose morte. Elle tressauta. Ses mains tremblaient. Elle sentait les tremblements monter et descendre le long de sa colonne vertébrale. Elle avait chaud et froid tout à la fois, était en sueur et frissonnait. Retournes-y.

Tu dois savoir ce que c'est. Elle avait la bouche et les lèvres encore plus sèches qu'avant. Devant le choix qui s'offrait à elle, Jennifer sentit que la tête lui tournait.

Je ne suis pas courageuse. Je ne suis qu'une adolescente, pensa-t-elle, mais le peu d'espace qu'il y avait sous la cagoule ne laissait pas de place à l'enfance.

— Allez, Jennifer, murmura-t-elle.

Elle savait que tout cela était un cauchemar. Et si elle ne retournait pas en arrière pour savoir ce que son pied avait touché, le cauchemar ne ferait qu'empirer.

Elle fit un pas. Puis un autre. Elle ignorait de combien elle avait reculé. Cette fois pourtant, au lieu de mesurer, elle tendit la jambe gauche qu'elle agita d'avant en arrière – comme une danseuse de ballet, ou une nageuse qui tâte la température de l'eau. Elle avait très peur de ce qu'elle pourrait trouver, mais elle avait plus peur encore de découvrir que cela avait disparu. Tout ce qui était mort, inanimé, était de très loin préférable à ce qui était vivant.

Elle aurait été incapable de dire combien de temps elle avait mis à localiser la chose avec son pied. Peut-être quelques secondes. Peut-être une heure. Elle ignorait à quelle vitesse elle se déplaçait. Quand son orteil la toucha de nouveau, elle résista de toutes ses forces au désir de donner un coup de pied. S'armant de courage, elle se força à s'agenouiller. Le ciment lui égratignait les genoux. Elle tendit la main vers la chose. Elle était couverte de poils. Elle était solide. Elle était sans vie.

Jennifer éloigna ses mains. Quoi que ce fût, cela ne constituait pas une menace immédiate. Elle avait envie de laisser cette chose où elle était, simplement. Tout à coup, une impression inédite, surprenante, fit son chemin. Elle avança de nouveau les mains, et laissa cette fois ses doigts s'attarder à la surface de la chose.

Elle couvrit la forme de ses mains et l'attira vers elle. Comme si elle lisait du braille, elle fit courir ses doigts. Une légère déchirure. Un bord effiloché.

Elle serra la chose sur sa poitrine en gémissant doucement.

— Mister Fourrure...

Jennifer fut prise de sanglots incontrôlables. Elle caressa la surface rêche du seul objet de son enfance qu'elle aimait assez pour l'avoir emporté en s'enfuyant de chez elle.

# 15

Terri Collins se dit qu'elle devait rester professionnelle, s'en tenir aux faits et s'abstenir de spéculer. Mais elle avait des doutes. De retour à son bureau, elle commença par la camionnette qu'Adrian avait décrite. Elle défiait la logique de flic de province dont Terri s'était dotée avec les années, et semblait beaucoup trop commode à Scott – le genre de type qui voyait de gigantesques conspirations d'État ou des complots diaboliques dans toutes sortes d'incidents banals.

En lisant la réponse de la police d'État du Massachusetts, Terri apprit avec surprise qu'un jeu de plaques dont le numéro commençait par « CQ » avait été volé trois semaines plus tôt sur une berline garée sur le parking longue durée de l'aéroport international Logan, à Boston. Elle se recroquevilla devant son écran, comme si cela pouvait l'aider à comprendre l'importance de cette information.

Le vol n'avait pas été signalé tout de suite car le voleur avait pris le temps (et le risque) de fixer d'autres plaques sur la voiture de l'homme d'affaires. Ce second jeu avait été volé un mois plus tôt dans un centre commercial distant de près de deux cents kilomètres, dans le Massachusetts occidental. L'homme d'affaires n'aurait peut-être pas remarqué qu'on lui avait changé ses plaques – personne ne vérifie ses propres plaques d'imma-triculation – s'il n'avait été arrêté pour conduite en état d'ivresse. Le chassé-croisé de documents qui s'en était suivi – une déclaration de vol à l'autre bout de l'État, des plaques retrouvées sur un véhicule conduit par un ivrogne odieux et agressif qui, outre un échange d'insultes avec l'agent qui l'avait interpellé, avait été incapable d'expliquer où pouvaient bien se trouver ses vraies plaques – avait permis au bureau des immatriculations de lancer une alerte rouge administrative.

Quelqu'un prenait des précautions exceptionnelles.

Eh bien, c'est déjà quelque chose, se dit Terri.

Adrian avait réussi à se tromper sur le chiffre et sur la troisième lettre. Le début était correct, mais Terri se dit qu'il était typique d'un professeur d'université pourvu d'un doctorat et d'une réputation aussi immaculée de faire suivre CQ de FD...

Elle étendit ses recherches électroniques aux bases de données du Massachusetts, du New Hampshire, de Rhode Island et du Vermont. Elle cherchait une fourgonnette blanche dont la disparition aurait été déclarée récemment. Si quelqu'un, impliqué dans cet enlèvement effectué au hasard, avait pris soin de voler deux jeux différents de plaques, il ne pouvait avoir utilisé qu'un véhicule volé.

Elle en trouva trois. Une camionnette neuve avait disparu du parking d'un vendeur de Boston ; une guimbarde vieille de douze ans avait été volée dans un parc de caravanes du New Hampshire ; une fourgonnette de trois ans, correspondant à la description d'Adrian, avait été dérobée une semaine plus tôt sur le terrain d'une société de location du centre de Providence.

Ce dernier vol était intéressant. Un parc important – vingt ou trente véhicules presque identiques – était garé sur plusieurs rangées, au fond d'un parking d'un quartier déshérité quelconque. À moins que le voleur n'ait laissé des traces visibles de son effraction – une chaîne coupée abandonnée sur le côté, un cadenas fracassé à l'aide d'un coupe-boulons à air comprimé –, il fallait au moins vingt-quatre heures avant que le personnel ne découvre, en faisant l'inventaire, qu'un véhicule manquait. Et si les employés étaient incompétents, cela pouvait prendre plus de temps.

Aucun des trois véhicules n'avait été retrouvé, ce qui n'était pas très surprenant. Des tas de crimes exigent qu'on utilise une seule fois une camionnette volée, du casse rapide d'un magasin d'électronique au transport vers Boston d'une cargaison de marijuana. Terri savait aussi que chaque véhicule était probablement mis en pièces détachées dès que le « boulot » requis avait été mené à bien.

Elle étendit encore sa recherche informatique. Une entrée attira immédiatement son attention. Les pompiers de Devens, Massachusetts, avaient dû intervenir près d'une papeterie désaffectée, où une camionnette avait été incendiée. Elle était de la même marque et du même modèle que celle qui avait été volée à Providence. Une confirmation était attendue – le véhicule suspect avait été totalement détruit par le feu. Ce n'est pas le genre d'affaire qu'un flic déclare prioritaire. Il faudrait donc du temps avant qu'un inspecteur des compagnies d'assurances se rende à la casse automobile de Devens, passe au peigne fin les débris crasseux et carbonisés, trouve un numéro de série qui aurait échappé à l'incendie, le compare à celui du véhicule volé, et que ses patrons l'autorisent à faire une vérification auprès de la société de location.

Tout cela irait beaucoup plus vite, bien entendu, si Terri appelait la police de l'État et leur disait que la fourgonnette avait été utilisée pour l'enlèvement d'une mineure. Si un tel crime avait été perpétré.

Elle n'en était toujours pas persuadée. Mais elle n'était pas loin de croire que quelque chose d'inhabituel avait eu lieu. Elle s'approcha de la carte fixée au mur de son bureau et, du doigt, suivit différents trajets. De Providence à la rue où Jennifer avait disparu, puis au quartier désert, oublié, de Devens. Un triangle impliquant de longues distances, et de nombreuses routes traversant des régions rurales. Si quelqu'un avait voulu voyager discrètement, il aurait difficilement pu choisir des voies plus isolées.

Terri retourna à son ordinateur et enfonça quelques touches. Il lui fallait vérifier encore un détail. La date de l'intervention des pompiers.

Elle fixa son écran. Elle avait l'estomac noué, comme si elle était à jeun, qu'elle n'avait pas dormi et venait de courir sur une longue distance. Les pompiers avaient répondu à un appel anonyme au 911 un peu après minuit – la nuit même de la disparition de Jennifer. À leur arrivée sur les lieux, ils avaient trouvé un véhicule totalement carbonisé, réduit par l'incendie à l'état de carcasse noircie. Celui qui avait mis le feu s'y était pris beaucoup plus tôt.

Terri réfléchit à la chronologie. Un appel téléphonique parvient au centre de dispatching. Le dispatcher actionne une alarme qui résonne dans les chambres des volontaires de l'équipe de service. Ceux-ci foncent à la caserne, enfilent leur tenue et partent pour le lieu du sinistre. Combien de temps cela prend-il ?

Terri se posa quelques questions rapides. C'est ainsi qu'elle fonctionnait : elle envisageait chaque indice de deux points de vue différents – le sien et celui d'un criminel. Quand elle pensait être capable de se placer dans l'esprit du « méchant », les réponses venaient toutes seules. Est-ce que quelqu'un connaissait ce délai ? Est-ce pour cette raison qu'on avait choisi cet endroit précis pour incendier la camionnette ?

Peut-être, se dit-elle. Si je voulais me débarrasser d'un véhicule après usage, je ne choisirais pas un endroit où les pompiers pourraient arriver avant que les flammes aient fait leur boulot.

Sur le rapport d'intervention, le lieutenant des pompiers signalait la présence de produits accélérants non identifiés. Terri se dit qu'on n'avait laissé dans la camionnette ni poil, ni empreinte digitale, ni trace d'ADN. Elle traversa la pièce surpeuplée et se dirigea vers la cafetière bosselée et tachée qu'on trouve dans tous les bureaux d'inspecteurs. Elle se versa une tasse de café noir dont l'amertume la fit grimacer. D'ordinaire, elle prenait deux sucres et une bonne cuillerée de crème, mais ce n'est pas de douceur qu'elle avait besoin ce jour-là.

Quelques instants plus tard, elle regagna son bureau. Sa sacoche était pendue au dossier de sa chaise. Elle en sortit un petit étui de cuir contenant, sous des enveloppes en plastique, une demi-douzaine de photos de ses enfants. Elle les contempla une à une, prenant le temps de se rappeler dans quelles circonstances elles avaient été prises. Celle-ci, c'était lors d'une fête d'anniversaire. Celle-là, quand nous sommes allés camper dans le parc national d'Acadia. Celle-là, c'était aux premières neiges, il y a deux ans. Cela lui était utile, parfois, quand elle se remémorait pourquoi elle était flic.

Terri prit le tract « Personne disparue » qu'elle avait composé concernant Jennifer. Elle savait que c'était une erreur de faire le lien sur le plan affectif. Une des premières choses qu'on apprend en entrant dans la police, c'est que le boulot et la maison sont deux choses différentes et qu'il ne se passe rien de bon quand elles se télescopent : il est impossible, dans ce cas, de prendre froidement et sereinement les bonnes décisions.

Terri regarda la photo de Jennifer. Elle se rappelait sa conversation avec l'adolescente, après sa seconde tentative de fugue. Cela n'avait mené nulle part. Aussi perturbée fût-elle, la jeune fille était intelligente, déterminée, et, surtout, elle était coriace. Jennifer, qui avait grandi dans une ville peuplée de gens prétentieux, excentriques et snobs, avait été formée à la dure.

Et ce n'était pas une dureté factice, dérisoire. Pas une posture adolescente, du genre « je veux un tatouage », ou « je suis à la coule parce que je traite ma prof d'anglais de pute en la regardant en face », ou bien « je fume derrière le dos de mes parents ». Terri se dit que Jennifer ressemblait beaucoup à ce qu'elle, elle était lorsqu'elle avait son âge. Et Jennifer avait eu le même type de réaction que Terri, qui avait fui pour échapper à un mari violent.

Terri soupira : Tu devrais laisser tomber cette affaire. Refile-la tout de suite à un collègue et reste à l'écart, parce que tu ne pourras jamais voir les choses clairement. C'était vrai et faux à la fois. Une pensée, pas tout à fait formée, s'imposait à elle : elle était responsable de Jennifer. Elle ignorait d'où lui venait cette idée, mais elle était là, et qu'elle soit damnée si elle se contentait de faire passer l'affaire et de l'oublier.

Pleine d'idées contradictoires sur ce qu'elle devait faire, elle rédigea un bref mémo qu'elle enverrait par mail à son patron, avec copie à son supérieur direct.

*Certains indices en cours d'analyse suggèrent qu'il ne s'agit pas d'une simple fugue. Besoin de procéder à enquête complémentaire. Possible affaire de kidnapping. Vous informerai des détails quand j'aurai de nouvelles informations. Évaluation ultérieure justifiée.*

Elle s'apprêtait à expédier son message, lorsqu'elle décida qu'il y avait mieux à faire. Elle ne voulait pas alarmer le patron. Pas encore. Elle s'inquiétait aussi d'éventuelles fuites vers les médias locaux. Elle savait parfaitement que toutes les télévisions, tous les reporters et tous les blogueurs fanatiques d'affaires criminelles camperaient devant le commissariat, exigeraient des interviews, des mises à jour et empêcheraient la police de faire son travail – y compris de retrouver

Jennifer. S'il existait la moindre chance de la retrouver.

Terri réfléchissait. Elle pensa aux messages sur les bouteilles de lait, aux sites Internet en faveur des enfants enlevés ou disparus, aux sujets du journal télévisé, aux manchettes des journaux : Tout ça n'apporte jamais rien de bon. Elle inspira à fond. En général, non. Mais parfois... Elle s'immobilisa. Spéculer d'une manière ou d'une autre ne servait à rien, jusqu'à ce qu'elle sache avec certitude contre quoi elle luttait.

Elle effaça de son mail les mots « Possible affaire de kidnapping ». Elle savait qu'elle devait trouver du concret. Elle savait que la première question que lui poserait son patron était la suivante : « Comment pouvez-vous en être sûre ? »

Il y avait beaucoup à faire avec son ordinateur. Elle devait reprendre un à un tous les détails dont elle disposait, les comparer à d'autres crimes, chercher des similitudes. Elle devait passer au peigne fin la liste de tous les délinquants sexuels vivant dans le triangle qu'elle avait délimité sur la carte. Elle devait savoir s'il existait des rapports sur des prédateurs sexuels non identifiés opérant dans la zone considérée. Y avait-il eu des fausses alertes ? Des parents avaient-ils appelé la police pour se plaindre qu'un individu suspect rôdait dans leur quartier ? Terri savait qu'elle devait mener quantité de recherches, rapides et efficaces.

Si Jennifer avait été enlevée, l'horloge tournait. S'il y avait une horloge. Peut-être s'agissait-il d'un viol multiple, suivi d'un meurtre. C'est ce qui se passait généralement. Disparue, utilisée, morte.

Terri essaya de ne pas y penser. Mais il y avait deux personnes dans cette camionnette. C'est ce que le vieux a dit. Ça n'avait aucun sens. Les prédateurs opèrent en solitaire, ils essaient de dissimuler autant que possible leurs désirs dans le brouillard et l'obscurité.

Elle s'agita légèrement sur son siège. En Europe de l'Est et en Amérique latine, certains kidnappings étaient liés au commerce sexuel international. Mais pas aux États-Unis. Et sûrement pas dans de petites villes universitaires de la Nouvelle-Angleterre. Elle se demandait où tout cela allait la mener.

Terri pensa à Mary Riggins et Scott West. Elle savait qu'ils étaient incapables de l'aider. Scott risquait fort de compliquer les choses, avec ses opinions et ses exigences, plus encore qu'il ne l'avait déjà fait. Mary, elle, risquait de sombrer dans une panique sans fond si elle entendait le mot « prédateur ». Il ne restait à Terri qu'une direction à suivre.

Elle ne savait pas ce qui clochait avec Adrian Thomas. Il ressemblait à une petite flamme vacillante. Terri se remémora la manière dont il semblait distrait, comme s'il était déconnecté de la pièce où il se trouvait et de l'histoire qu'il était en train de lui raconter. Comme s'il se trouvait ailleurs. Il était évident que quelque chose n'allait pas. Peut-être est-il vieux, tout simplement, et que nous ressemblerons tous à cela un jour ou l'autre, se dit-elle.

C'était une pensée charitable, et elle n'y croyait pas vraiment. Elle rassembla ses affaires et décida de rendre visite au professeur.

## 16

Ils étaient vraiment horribles, se dit-il.

Le mot « horribles », bien sûr, était impuissant à exprimer ce qu'ils avaient fait. Le mot était lénifiant. Adrian fixait la photo de Myra Hindley et Ian Brady, sur la couverture de l'*Encyclopédie du meurtre à l'époque moderne*, que Roger Parsons lui avait prêtée. Il était à la fois fasciné et terrifié. Le livre contenait une masse de détails si terribles qu'ils en devenaient insignifiants, presque banals, parce qu'ils étaient comme agglutinés dans une somme implacable : « Cette victime a été tuée avec une hache… Les cris de cette victime ont été enregistrés au magnétophone… Ils ont pris des photos pornographiques… Cet enfant a été abandonné dans un trou peu profond, à la limite de la lande… » La lecture de ces descriptions était comme la visite d'un champ de bataille. Si l'on voit un cadavre, c'est affreux, fascinant, il est difficile d'en détourner le regard. Si l'on voit cent cadavres, ils finissent par ne plus rien signifier.

Comme n'importe quel bon chercheur, Adrian s'était immergé dans son sujet. Il était heureux que sa capacité à absorber beaucoup d'informations en peu de temps n'ait pas encore disparu, comme la plupart de ses facultés intellectuelles. Il avait passé une grande partie de la nuit et de la matinée plongé dans les livres et dans ses recherches sur Internet, et il savait qu'il pouvait parler avec intelligence des liens bizarres qui unissent les couples criminels. Qu'est-ce que l'amour peut nous faire faire ? se demandait-il. Des choses magnifiques ? Des choses horribles ?

En même temps, il espérait que personne ne viendrait lui demander combien font six et neuf, ni l'interroger sur le jour, le mois, ou même l'année en cours. Il n'était pas sûr de donner la bonne réponse, même s'il bénéficiait de l'aide invisible et subtile de quelqu'un qu'il avait beaucoup aimé et qui était mort, maintenant. Il se disait que les fantômes pouvaient être utiles, mais seulement jusqu'à un certain point. Il n'était pas encore sûr de savoir à quel point les informations qu'ils partageaient pouvaient avoir une utilité concrète.

Adrian était assez intelligent pour savoir qu'une hallucination découle de la mémoire, de l'expérience, d'une spéculation sur ce que Cassie ou Brian, ou n'importe qui aurait pu dire, ou ce qu'ils pourraient dire maintenant s'ils étaient encore en vie. Il savait que toutes ces images, qui semblaient si réelles, n'étaient que le fruit de processus chimiques simultanés, qui se court-circuitaient dans ses lobes frontaux déséquilibrés... mais ils lui semblaient encore utiles, et c'est tout ce qu'il demandait. Une voix interrompit sa rêverie :

— Qu'est-ce qu'ils disent ?

Levant les yeux, Adrian vit Cassie, de l'autre côté de la pièce, debout dans l'encadrement de la porte. Elle semblait pâle, vieille, épuisée. Il y avait de la tristesse dans son regard, l'air qu'il lui connaissait depuis l'époque précédant son accident, quand elle était égarée par le chagrin. La Cassie sexy, mince et séduisante des premières années de leur mariage avait disparu. Celle qui se trouvait devant lui était la femme lasse et malade qui souhaitait désespérément que la mort l'emporte. Quand il la vit ainsi, Adrian tendit la main vers elle, cherchant un moyen de la réconforter – tout en sachant qu'il en avait été incapable, pendant les derniers mois de sa vie.

Il sentit les larmes couler sur ses joues. Il décida donc d'ignorer la question de Cassie et essaya de lui dire des mots qu'il aurait dû lui dire avant sa mort. Ou qu'il avait dits cent fois, peut-être, mais qui n'avaient jamais vraiment retenti.

— Je suis tellement navré, Cassie, prononça-t-il lentement. Il n'y avait rien que toi ou moi, ou n'importe qui, aurions pu faire. Il faisait exactement ce dont il avait envie...

Elle repoussa l'argument d'un geste.

— Je déteste ça, dit-elle d'un ton vif. Ce mensonge, « il n'y avait rien que nous puissions faire ». Il y a toujours quelque chose que quelqu'un peut dire ou faire. Et Tommy t'a toujours écouté.

Adrian ferma les yeux. Il savait que s'il les ouvrait ils se tourneraient machinalement vers le coin de son bureau où trônait une autre photo. On y voyait son fils en toge et chapeau traditionnels, par une journée ensoleillée de remise des diplômes, sur fond de murs couverts de lierre. Rien que de l'espoir et des promesses.

Adrian entendit la voix de Cassie s'immiscer dans ses souvenirs douloureux. Il s'ouvrit lentement à elle. Elle était insistante, énergique – comme toujours quand elle savait qu'elle avait raison. Cela ne l'avait que très rarement dérangé. Adrian considérait cela comme un privilège d'artiste. Quand on est capable de tracer le premier trait de couleur définitif sur une toile blanche – il avait toujours pensé qu'il était bien trop timide pour essayer –, on a le droit d'avoir ses opinions, et de les exprimer de façon théâtrale.

— Tous ces livres, toutes ces questions à l'ordinateur, qu'est-ce qu'ils disent ? répéta-t-elle.

Adrian ajusta ses lunettes posées sur le bout de son nez. C'était un truc d'acteur, typiquement universitaire.

— Ils disent qu'ils ont tué cinq personnes, ensemble.

Il hésita.

— Cinq personnes que les policiers, dans cette province anglaise, ont pu identifier. Peut-être y en a-t-il eu plus que ça. Certains criminologues pensent que huit serait plus proche de la réalité. Les journaux, là – ça se passait en 1963 et 1964 – appelaient cela « la fin de l'innocence ».

— Des gens ?

— Non, tu as raison, fit Adrian en secouant la tête. Soyons précis. Des enfants. De douze à seize ou dix-sept ans.

— Plus ou moins l'âge de Jennifer.

— Exact. C'est sans doute une coïncidence.

— Je crois que lorsque tu enseignais tu détestais les coïncidences. Tu n'as jamais vraiment cru à leur existence. Les psychologues aiment les explications, pas les coïncidences.

— Peut-être que les freudiens...

— Adrian, tu sais.

— Pardon, Cassie. C'était censé être une plaisanterie.

Il adressa un pâle sourire à sa femme morte. Elle restait là, dans l'encadrement de la porte, comme elle le faisait si souvent quand elle ne voulait pas le déranger dans son travail mais qu'elle voulait lui poser une question qui exigeait une réponse. Elle hésitait, dans cet entre-deux, comme si la question le dérangerait un peu moins parce qu'elle venait d'une certaine distance.

— Tu n'entres pas ? lui demanda-t-il en lui montrant un siège.

Cassie secoua la tête.

— J'ai beaucoup trop à faire.

Il dut avoir l'air décontenancé, car elle poursuivit, d'un ton beaucoup plus doux :

— Tu sais qu'il n'y a plus beaucoup de temps, Audie, dit-elle lentement. Ni pour toi ni pour Jennifer.

— Oui, je sais.

Il hésita.

— C'est juste que...

— Quoi ?

— C'est comment transformer l'information en action concrète. Ces deux-là, les Tueurs de la

181

Lande, Brady et Hindley, ils se sont fait avoir quand ils ont essayé d'entraîner quelqu'un dans leur perversion. Le type qu'ils voulaient embarquer avec eux les a dénoncés. Tant qu'ils sont restés tous les deux, en circuit fermé, ils étaient en sécurité. Ce n'est que lorsqu'ils ont tenté d'impressionner quelqu'un d'autre, quelqu'un qui s'est révélé un peu moins criminel et pervers qu'eux, qu'ils se sont fait prendre.

— Continue…, fit Cassie.

Elle lui fit un léger sourire, à peine perceptible. Elle le poussait en avant. Adrian le savait, ils avaient toujours fonctionné ainsi. Sa femme était une artiste, qui s'efforçait toujours de lui sortir la tête de son nuage intellectuel. Elle trouvait une application concrète à tous ses travaux de laboratoire. Adrian sentit un accès d'amour monter en lui. Comment aurait-il pu ne pas aimer la femme qui donnait du sens à ses rêves ? L'émotion l'envahit, et comme si souvent, lors de conversations à la table du dîner, au jardin ou lorsqu'ils étaient assis côte à côte devant la cheminée, il se lança :

— La « psychodynamique » des couples meurtriers est insaisissable. Il existe de toute évidence un élément sexuel irrésistible. Mais le lien semble plus profond. C'est ce que j'essaie de comprendre. Les relations agissent comme des freins et des contrepoids, elles signifient que quelque chose est mis en jeu extérieurement, discuté, analysé… tout ce que tu voudras. C'est du moins l'impression qu'elles donnent. Au-delà, Cassie, il y a ce qui permet d'agir. Comme si le mâle ne ferait pas ce qu'il fait si la femme n'y ajoutait pas une qualité spécifique, réellement terrifiante. C'est bien plus que de donner l'autorisation... c'est conduire quelque chose dans un lieu vraiment profond, vraiment sombre.

Cassie grogna, sans cesser de sourire. Sans bouger de l'entrée, elle fit un geste vers les livres.

— N'essaie pas d'intellectualiser, Adrian.

De nouveau, il fut obligé de sourire. La voix de Cassie était comme l'écho des nombreuses années qu'ils avaient passées ensemble.

— Ce n'est pas une affaire universitaire. Tu n'as pas de compte rendu à livrer, pas de conférence à prononcer au bout du compte. C'est juste une jeune fille, qui va vivre ou mourir.

— Mais je dois comprendre...

— Oui. Mais seulement alors, tu pourras agir.

Il hocha la tête, fit un geste vers elle.

— Entre, murmura-t-il. Viens me tenir compagnie. Tout ça...

Il agita la main sur l'encyclopédie.

— Ça me fait peur.

— C'est normal.

Cassie restait à la porte.

— Cette affaire... ça s'est passé dans les années soixante...

— Et alors ? Qu'est-ce qui a changé ?

Il ne répondit pas. Mais il pensait : Nous sommes moins naïfs qu'à l'époque. Cassie devait l'avoir entendu, ou senti, car elle le coupa brutalement :

— Non. Les gens n'ont pas changé. Seuls les moyens ont changé.

Adrian était épuisé, comme si ses lectures sur les meurtres en série l'avaient vidé de son énergie.

— Comment puis-je me servir de mes connaissances – tu sais, ce que j'ai lu dans les livres – pour qu'elles m'aident à trouver Jennifer ?

Cassie souriait. Adrian vit que son visage s'était adouci.

— Tu sais parfaitement à qui tu dois poser la question.

Adrian se balança légèrement sur son siège. Sans doute voulait-elle parler de Brian. Il se demanda comment il pourrait faire apparaître sur demande une de ses hallucinations quand il avait besoin de creuser dans une direction précise.

Il regarda la documentation qu'il avait rassemblée sur les meurtres. Brusquement, il la repoussa de côté, comme s'il pouvait éviter d'être contaminé en refusant de la toucher. Il se tourna vers un rayonnage, passa devant les textes anciens et les ouvrages universitaires pour atteindre une étagère de poésie. Dans chacune des bibliothèques bourrées de livres qu'on trouvait dans chaque pièce de la petite maison, il y avait au moins une étagère réservée à la poésie, car il ne savait vraiment jamais à quel moment il aurait besoin d'une petite dose d'éloquence.

Adrian laissa glisser ses doigts sur les tranches des livres. Il ignorait ce qu'il cherchait, mais il ressentait le besoin irrésistible de trouver le poème adéquat. Quelque chose qui soit en accord avec mon humeur et mon état, pensa-t-il.

Sa main s'arrêta sur un recueil de textes de poètes soldats. Des jeunes gens voués à la mort, pendant la Première Guerre mondiale. Le premier poème qu'il repéra fut *Dulce et Decorum Est,* de Wilfred Owen. *Comme il est doux et glorieux...* « Beaucoup marchaient sans leurs bottes / Avançaient en boitant, les pieds en sang. » Oui, se dit Adrian, c'était ça.

Il relut le poème trois fois, puis ferma les yeux et inspira profondément. Ce fut l'odeur, tout d'abord, qui lui parvint. De l'huile sombre et épaisse, et un goût de métal rouillé sur la langue, âcre et incroyablement chaud, comme si le monde entier était posé sur le brûleur d'un poêle poussé à fond, et qu'il approchait de l'ébullition.

Adrian toussa brusquement. Les yeux fermés, une puanteur si épaisse, si horrible, lui emplissait les narines qu'il en eut presque un haut-le-cœur. Il s'ordonna de se réveiller – comme s'il dormait. Il sentit qu'il était projeté en avant, puis repoussé brutalement en arrière, et il entendit un vacarme s'élever au-dessus du bruit, mi-bourdonnement, mi-rugissement, d'un moteur à pleine puissance. Il sentit qu'il était brinquebalé violemment de gauche à droite sur son siège, comme s'il flottait sur une mer démontée. Il agitait les bras pour essayer de retrouver son équilibre, quand il entendit une voix à côté de lui, juste à son oreille, un ton si familier qu'il en était presque musical, n'étaient cette odeur terrible, le bruit accablant et les violentes secousses d'avant en arrière.

— Accroche-toi, papa, ça va être bien pire.

Adrian ouvrit brusquement les yeux. Il n'était plus assis à son bureau, au milieu des livres et des documents, des poèmes et des photos, entouré de ses souvenirs. Il se balançait à l'arrière plein à craquer d'un Humvee. Il y eut un bruit de collision, et le moteur hurla. Adrian se tourna vers l'homme tassé sur le siège à côté de lui.

— Tommy...

Il dut avoir un hoquet, car son fils riait très fort. D'une main, il saisit une poignée fixée au plafond tout en essayant, de l'autre, de stabiliser sa caméra. Son casque en Kevlar noir glissa, lui couvrant presque totalement les yeux. Son gilet pare-balles bleu marine était replié autour de son cou. Comme il a l'air jeune, se dit Adrian. Comme il est beau.

— Il faut parler vite, papa, on arrive à l'endroit où je suis mort.

Le chauffeur – un jeune Marine en tenue de camouflage kaki et lunettes de soleil panoramiques – jeta quelques mots amers par-dessus son épaule :

— Une saloperie de bombe artisanale cachée dans le sable. Impossible de la repérer. Il était écrit que nous étions foutus. Foutus à la mode de Falloujah.

Ce devait être une plaisanterie, car il y eut quelques rires tendus. Adrian passa en revue les autres Marines entassés à l'arrière du véhicule. Ils observaient le paysage âpre, couleur sable, les armes prêtes, mais ils hochèrent la tête pour montrer leur accord.

— Si ce n'est pas l'endroit idéal pour une foutue embuscade..., dit l'un d'eux.

Adrian ne pouvait voir son visage, mais sa voix exprimait à la fois une dureté réelle et une certaine résignation, comme s'il savait qu'il n'y avait rien à faire pour empêcher ce qui allait arriver.

Le mitrailleur responsable du calibre 50 qui dépassait du toit du véhicule se pencha vers eux. Il n'avait pas plus de vingt et un ans, et riait derrière ses lunettes de motard couvertes de sable séché, et l'on voyait ses dents tachées par la terre et la poussière.

— On n'aurait jamais dû sortir pour cette mission ! hurla-t-il pour se faire entendre par-dessus le rugissement du moteur et le bruit du vent qui sifflait par les fenêtres ouvertes. Dès les premiers kilomètres, il était évident que c'était foutu.

Sur le siège du passager, à l'avant, un lieutenant noir au regard sévère, qui parlait dans un radio-téléphone, posa le combiné et se tourna vers le groupe entassé à l'arrière.

— Fermez-la ! ordonna-t-il d'un ton sec. Tout le monde ne va pas y passer. Masters et Mitchell, vous vous en sortirez avec des égratignures et des saignements de nez. Et toi, Simms, tes jambes vont morfler, mais tu survivras et tu gagneras ton billet de retour chez toi. Et nous allons écrabouiller un sacré paquet de têtes de nœud quand j'appellerai les frappes aériennes avant d'être moi-même allumé, alors cessez de pleurnicher !

Le lieutenant se détendit soudain, le visage éclairé par un grand sourire. Il montra Tommy du doigt.

— Et le gars des news, il rendra célèbres tous vos pauvres culs, hein, Tommy ?

— Sûr, fit celui-ci en souriant.

Un des Marines se pencha pour lui donner une claque sur la cuisse.

— Tu vas faire de nous des foutues vedettes d'Internet !

Il se mit à rire et baissa les yeux sur son arme.

Adrian glissa de côté, sur son siège, tandis que le véhicule accélérait et faisait des bonds sur des tas de gravats. Il aperçut des bâtiments de brique et de terre, des murs noircis par les incendies, grêlés par l'artillerie. Des palmiers déchiquetés jonchaient le bas-côté. Des voitures incendiées. Un char, si tordu qu'il était presque impossible d'identifier l'épave d'où s'échappait encore de la fumée, se trouvait à mi-chemin, dans le fossé. Un cadavre carbonisé était suspendu, à demi sorti d'une écoutille. Adrian entendit quelqu'un murmurer « Jamais faire les cons avec les gars de l'aviation… » quand ils dépassèrent le char dans un rugissement de moteur.

Tommy s'était penché en avant, sa grosse caméra vidéo Sony levée comme une arme, essayant de filmer par-dessus l'épaule du chauffeur. Ils fonçaient vers un groupe désolant de bâtiments bas. La poussière et la fumée semblaient se glisser partout, et l'odeur s'incrustait dans les narines d'Adrian. Tout en filmant, Tommy parlait à son père :

— Je sais. C'est assez dégueulasse. Mais tu t'y habitueras. En tout cas, ce n'est que la cordite des explosions, et peut-être de l'huile qui a brûlé. Attends de tomber sur la puanteur d'un tas de macchabées abandonnés au soleil depuis deux ou trois jours...

Il abaissa sa caméra.

— J'ai reçu un prix, tu sais. J'ai tout filmé, jusqu'à l'endroit où nous avons été touchés, jusque dans la fusillade. Et même après avoir reçu une balle, j'ai gardé le doigt sur le bouton et la caméra a continué à tourner. Avant qu'ils ne postent le film sur Internet – tu sais qu'il a été visionné près de trois millions de fois ? – puis aux *Nightly News*, l'animateur a appelé tout le monde et a fait un beau discours. Il a parlé des correspondants de guerre, de Robert Capa et d'Ernie Pyle, de ceux qui restituent l'histoire réelle. Il a parlé des types au Vietnam – certains sont probablement sortis en patrouille avec l'oncle Brian. Ces types partaient au combat, armés seulement de leur Nikon pendu au cou, ou d'un carnet de notes, et ils ne portaient même pas de gilet de protection.

« Le présentateur a parlé de tradition et de dévouement, et il a même donné l'impression que l'histoire évoquait une vocation plus élevée, comme pour les prêtres. Mais toi et moi, papa, nous savons en vérité que j'étais ici parce que j'adorais faire des photos, j'adorais l'excitation, et que la meilleure façon de combiner les deux est de suivre une escouade de ces enfoirés de Marines, même si on doit y laisser sa peau.

— Exactement ! Tous des enfoirés ! hurlait le mitrailleur du calibre 50 pour dominer le bruit du vent.

— Tommy..., hoqueta Adrian.

189

— Non, papa, tu dois m'écouter, car tout va aller très vite, maintenant. J'essaierai de revenir vers vous plus tard, quand ce sera moins déroutant. Mais j'ai quelque chose à te dire...

— Tommy, je t'en supplie...

— Non, papa. Écoute...

Le Humvee accéléra. Le Marine qui conduisait poussa un petit cri de joie.

— L'opération Tempête de merde, c'est pour bientôt, les mecs. Accrochez-vous à vos bites, remontez vos calbars et soyez prêts.

Adrian ne comprenait pas comment ces hommes qui étaient déjà morts pouvaient parler de leur mort avant qu'elle n'ait lieu, même s'il savait que c'était déjà arrivé une demi-douzaine de fois. Il s'accrocha fermement au flanc du Humvee alors que le blindé faisait une embardée dans un tas de poussière jaune. À côté de lui, Tommy lui parlait très calmement :

— Retourne à ce que tu as déjà vu. La lecture de l'encyclopédie. Tout ce dont tu as besoin s'y trouve. Tu dois simplement penser d'une manière plus moderne.

— Mais, Tommy...

Son fils pivota vers lui, le visage angoissé.

— Papa ! Pense aux raisons de ma présence ici...

— Tu étais documentariste. On t'a autorisé à partir avec ces Marines. Je me rappelle comme tu étais excité...

— N'en rajoute pas.

— Tommy, tu me manques. Et ta mère, elle n'a plus jamais été la même... Cela l'a tuée.

— Je sais, papa, je sais. Je sais que perdre un enfant – à n'importe quel moment –, ça change tout. C'est pourquoi Jennifer est si foutrement importante.

— Mais je suis mourant, Tommy. Et...

Un Marine qui manœuvrait une mitrailleuse pointée à l'extérieur du Humvee se tourna vers lui.

— Hé, papy ! On va tous vers la mort, dès l'heure de notre naissance. Faut vous faire une raison ! Écoutez Tommy. Il a raison.

Un murmure d'assentiment monta du groupe de soldats. Ils étaient tous accroupis au-dessus de leurs armes.

— Jennifer, papa. Concentre-toi sur Jennifer. Je suis mort. Maman est morte. L'oncle Brian est mort. Et il y a les autres. Les amis. La famille. Les chiens...

Il se mit à rire. Adrian ignorait ce qu'il y avait de drôle.

— Nous sommes tous morts. Mais pas Jennifer. Pas encore. Tu le sais. Tu le sens. Il y a quelque chose dans ta culture, tes conférences... quelque chose, n'est-ce pas, qui te dit qu'elle n'est pas morte. Pas encore.

— Merde, on y est..., fit brusquement le chauffeur.

Tommy serra le genou de son père. Adrian sentit la pression. Il aurait voulu serrer son fils contre lui. Désespérément. Trouver un moyen de le protéger contre ce qui allait arriver, il le savait. Il tendit les bras en avant, mais sans qu'il comprenne pourquoi ils étaient trop courts et s'agitaient en vain dans l'air.

— Le problème c'est de voir, papa. C'est d'être capable de montrer ce que tu fais. C'est ça qui est excitant. En l'étalant, là où tout le monde peut le voir, ça te donne du pouvoir, ça te donne de la force. Ça te rendra dur. La passion vient de là. Rappelle-toi. Quand tu lisais ce livre sur ce couple, en Angleterre, il y a cinquante ans. Des photos. Des enregistrements. Demande-toi pourquoi ils faisaient cela. Allons, papa, c'est ton domaine. Tu devrais le savoir...

— Mais, Tommy...

— Non, papa, on a trop peu de temps. C'est pour tout de suite. Tu ne te rappelles pas qu'un jour je t'ai dit pourquoi je voulais filmer les choses ? Parce que c'est la pure vérité. Quand je prenais mes photos, personne ne pouvait dire que ce n'était pas réel, que ce n'était pas vrai. C'est pourquoi nous le faisions tous. Cela nous rendait plus grands que nous n'étions en réalité. Un appareil photo ne ment pas, papa. Pense à ça. Bon Dieu ! Ça y est !

Adrian voulut lui répondre, mais une explosion déchira l'air. Le Humvee fut projeté dans les airs, comme s'il n'était plus relié au sol ni au monde en général. La fumée et les flammes envahirent l'intérieur du véhicule, et la déflagration projeta Adrian en arrière. L'obscurité l'enveloppa, au point qu'il crut avoir perdu conscience. Toutes les odeurs, toutes les saveurs semblaient plus fortes, et un son suraigu lui vrilla les oreilles. La tête lui tournait. Il eut l'impression que son corps était enterré dans le sable et la poussière. Il regarda autour de lui, essayant de voir Tommy. Tout d'abord, il ne discerna rien d'autre que des silhouettes étranges, des formes tordues qui avaient été, quelques secondes plus tôt, des Marines. Ce n'étaient plus que des cadavres emmêlés, déchiquetés, mutilés par la bombe artisanale dissimulée sous la route.

Et puis, comme si quelqu'un, par magie, avait fait avancer le film en accéléré, il se retrouva à l'extérieur. Un ciel bleu pâle, une chaleur et un vacarme implacables, et quelque chose qu'il prit d'abord pour un bourdonnement d'insectes avant de réaliser qu'il s'agissait de rafales d'armes légères. À ses pieds, un Marine à qui il manquait une jambe rampait en hurlant vers un muret de terre. Adrian pivota, toujours à la recherche de son fils. Il vit le lieutenant des Marines qui criait dans son radio-téléphone, mais il ne comprenait pas ce qu'il disait. Le vacarme semblait de plus en plus fort, et Adrian entendit le tonnerre des armes lourdes, alors que les autres Humvee de la colonne ouvraient le feu. Adrian colla ses mains sur ses oreilles pour ne plus entendre, et se mit à hurler :

— Tommy ! Tommy !

Il se retourna et aperçut son fils. Tommy saignait abondamment des oreilles. Il traînait derrière lui une jambe brisée, inutile. Mais il filmait toujours – exactement comme il l'avait dit. Il avait posé sa caméra sur son épaule, comme si c'était sa seule arme, et il filmait la fusillade.

Adrian réalisa qu'il avait la bouche grande ouverte, qu'il essayait de crier le nom de son fils mais qu'aucun son n'en sortait. Il vit Tommy faire pivoter sa caméra vers le lieutenant, qui gisait dans une mare de sang et de poussière. Adrian entendit le bruit suraigu des chasseurs qui approchaient. Levant les yeux, il aperçut les formes caractéristiques de deux Warthogs à basse altitude, le soleil derrière eux de sorte qu'ils étaient de simples taches noires au-dessus de l'horizon. Adrian se dressait au milieu des balles et des explosions, mais soudain tout sembla très lent, presque retenu. Il se tourna de nouveau vers l'endroit où il avait repéré Tommy. Il voulait lui crier de se mettre à couvert, mais son fils restait exposé. Adrian tenta de courir vers lui. L'idée lui vint, très vaguement, de se jeter sur son fils pour le protéger de ce qui l'entourait, mais ses jambes ne lui obéissaient plus.

— Tommy, murmura-t-il.

Il vit les petites éruptions de poussière avancer vers lui à toute vitesse. Il savait que c'étaient des balles de mitrailleuses. Elles venaient d'une cabane à une cinquantaine de mètres de là, exactement dans l'alignement des Warthogs. Si seulement ils allaient un peu plus vite, se dit Adrian. Si seulement les pilotes avaient ouvert le feu une ou deux secondes plus tôt. Si seulement... Le tracé des balles se dirigeait inexorablement vers son fils. Adrian vit comment Tommy filma sa propre mort. Cela se passa quelques fractions de seconde avant que la cabane ne disparaisse dans une explosion de flammes tourbillonnantes.

Comme le temps est cruel, se dit Adrian. Il se couvrit le visage des deux mains, pour empêcher les images qui se précipitaient vers lui de pénétrer son regard et son esprit. Dans cette soudaine obscurité, le bruit et la terreur disparurent peu à peu, comme la fin d'une chanson à la radio, et quand il retira ses mains et ouvrit les yeux, il était seul, de retour dans le silence de son bureau, au milieu de ses livres sur l'histoire du crime.

Adrian avait un peu l'impression d'être mort.

Il voulait parler à son fils. Il chercha Cassie du regard, mais elle n'était pas là. L'espace d'un instant, il crut que les explosions avaient détérioré son ouïe. Un bruit aigu – comme une sonnerie – retentissait dans son oreille. Cela persistait, de plus en plus fort, il eut envie de hurler, c'était trop douloureux. Il réalisa soudain qu'il s'agissait de la sonnette de sa porte d'entrée.

17

Elle s'était endormie. Elle ignorait combien de temps elle avait dormi. Quelques minutes ? Plusieurs heures ? Plusieurs jours ? Les pleurs du bébé la réveillèrent.

Elle ne savait que faire. C'était un bruit indistinct, très lointain, et elle mit du temps à l'identifier. Elle serra Mister Fourrure contre sa poitrine. Elle inclina la tête dans une direction, puis dans l'autre, essayant de déterminer d'où venaient les vagissements. Ils se poursuivirent pendant ce qui lui sembla une éternité – mais ce pouvait être quelques secondes – avant de s'évanouir. Jennifer se demanda ce que cela signifiait. Elle avait une expérience très limitée du baby-sitting, et elle était enfant unique. Sa connaissance des nouveau-nés n'allait pas au-delà des instincts élémentaires que tout le monde possède. Prendre le bébé. Bercer le bébé. Nourrir le bébé. Sourire au bébé. Remettre le bébé dans son berceau pour qu'il s'endorme.

Jennifer remua, veillant à ne pas faire de bruit, ce qui risquerait de masquer les cris. Le bruit que produit un enfant – même un enfant malheureux, qui pleure pour qu'on s'occupe de lui – suscitait en elle des sentiments mélangés. Cela signifiait quelque chose, et elle essayait de comprendre ce que c'était, s'efforçant d'être logique, organisée, rationnelle et perspicace.

Elle chassa les dernières vapeurs du sommeil. Un instant, elle se demanda si les cris appartenaient au rêve. Il lui fallut quelques secondes pour se décider. Non. Ils étaient réels. Mais autre chose n'allait pas. Elle secoua la tête, une légère appréhension se faufila dans les vestiges de ses cauchemars. Qu'est-ce qui se passe ? Qu'est-ce qui se passe ? Elle avait envie de hurler. Quelque chose avait changé.

Elle le sentait. Les poils se dressaient sur sa nuque. Son souffle se fit plus rauque, affolé. Elle inspira vivement, et d'un seul coup, comme si elle était traversée par un courant électrique, elle hurla. Le son de sa voix se répercuta dans la pièce. Elle en fut encore plus terrifiée. Elle se crispa. Ses mains tremblaient. Son dos se raidit. Elle mordit ses lèvres gercées.

La cagoule n'était plus là.

Mais elle était toujours dans le noir. Tout d'abord, elle crut qu'elle avait retrouvé la vue. Que la pièce était plongée dans l'obscurité. Puis elle réalisa qu'elle se trompait. Quelque chose lui couvrait les yeux.

Elle était totalement désorientée. Elle ne comprenait pas pourquoi il lui avait fallu si long-temps pour se rendre compte que la cagoule avait été remplacée. Mais c'était un fait. Il devait y avoir une raison à ce changement, une raison qu'elle ignorait. Elle savait que ce changement signifiait quelque chose. La réponse lui échappait totalement.

Elle se laissa aller en arrière, avec précaution, et leva les mains vers son visage. Elle passa ses doigts sur ses joues, puis sur ses yeux. Un simple masque de soie, attaché derrière la tête, avait remplacé la cagoule. Elle sentit le nœud. Ses cheveux s'y étaient déjà emmêlés. Jennifer toucha la chaîne à son cou. Cela, au moins, n'avait pas changé. Elle comprit qu'elle pourrait ôter le masque sans trop de problèmes. Cela lui coûterait peut-être une mèche de cheveux, si elle l'arrachait, mais elle serait au moins capable de voir où elle se trouvait. Jennifer posa soigneusement Mister Fourrure à côté d'elle, sur le lit, leva les mains et entreprit de glisser les doigts sous le tissu. Puis elle s'immobilisa.

Quelque part dans le lointain, le bébé s'était remis à pleurer. Quel rapport pouvait-il exister entre un bébé et ce qui lui arrivait, à elle ? Ces cris de bébé signifiaient qu'elle était bien quelque part. Dans un appartement ? Une maison mitoyenne à une autre ? Est-ce que l'homme et la femme qui l'avaient enlevée dans la rue avaient un bébé ? Avoir un bébé suppose qu'on est une famille, qu'on assume des responsabilités, une normalité... et rien de ce qui était arrivé à Jennifer n'était normal, il s'en fallait de beaucoup. Un bébé, ça implique des minivans et des berceaux, des poussettes et des promenades au parc, mais ça semblait appartenir à un autre monde. La cagoule avait disparu. Je porte un masque maintenant, pensa-t-elle. Je pourrais l'enlever. C'est peut-être ce qu'ils veulent. Peut-être pas. Je ne sais pas. Je veux faire ce qu'ils attendent de moi, mais j'ignore ce que c'est.

Puis elle suffoqua, comme si elle avait reçu un coup violent à l'estomac. Ils étaient ici. Dans cette pièce. Quand je dormais. Ils ont ôté la cagoule, l'ont remplacée par ce masque, et ils ne m'ont pas réveillée. Oh mon Dieu...

Jennifer passa en revue différentes possibilités : un de ses maigres repas était drogué. La peur l'avait entraînée dans un sommeil si profond qu'elle ne s'était pas éveillée quand ils lui étaient tombés dessus, et qu'ils avaient ôté la cagoule pour la remplacer par le masque. Que lui avaient-ils fait d'autre, pendant qu'elle était inconsciente ?

Pour ce qui lui semblait être la centième fois, elle fut incapable de retenir ses larmes. Elle suffoquait. Sanglotait. Elle sentait que les larmes

trempaient l'étoffe de son nouveau masque.
Jennifer attrapa Mister Fourrure et lui chuchota :

— Dieu merci, tu es toujours avec moi. Il n'y a
que toi pour me donner l'impression de ne pas être
toute seule.

Jennifer se balançait d'avant en arrière, folle de
chagrin et de solitude. Quand elle eut repris le
contrôle d'elle-même, sa respiration ralentit, et les
sanglots diminuèrent. Au même moment, le bébé
fit entendre un long gémissement à briser le cœur.
L'écho se répercuta dans l'obscurité de son
univers. Lointain.

Une fois de plus, elle inclina la tête, essayant de
localiser l'origine du bruit, mais elle n'entendit
rien qui fût immédiatement reconnaissable.
Comme si, pendant une ou deux secondes, les cris
du bébé lui avaient rappelé le monde qui existait
hors de l'obscurité de son masque. Puis ils avaient
disparu – aussi vite qu'ils avaient pénétré sa
conscience –, la laissant dans les limbes sombres
de l'incertitude.

Une fois encore, Jennifer lutta contre ses
émotions. Plus de larmes. Plus de cris. Tu n'es pas
un bébé. Elle s'interdit de penser que, oui, c'était
peut-être le cas. Pendant un instant de terreur, elle
se dit que c'était elle qui pleurait, que d'une
manière ou d'une autre ces vagissements et ces
gémissements étaient les siens, et que la voix
qu'elle écoutait n'était autre que la sienne, qui
remontait les années, jusqu'à la petite enfance.

Jennifer inspira à fond. Non, se dit-elle. Ce n'est
pas moi. Moi, je suis ici. Eux, ils sont là-bas. Elle se
réprimanda : Contrôle-toi. Elle se l'était déjà dit,

mais elle ne savait pas encore ce qu'elle devait contrôler.

Elle était aussi assez intelligente pour reconnaître que, chaque fois qu'elle s'était efforcée de contrôler ses émotions, quelque chose était arrivé qui avait compromis ses efforts, et l'avait renvoyée dans le désespoir sans fond qui régnait dans l'obscurité.

C'était délibéré de leur part.

Elle essaya encore d'affiner son ouïe. Jennifer ne savait pas si les cris du bébé devaient l'encourager ou la déprimer. Il était évident qu'ils avaient une signification importante, mais elle ignorait laquelle. Cela la fit presque pleurer, puis elle prit conscience que tout ce qui lui était arrivé jusqu'alors n'avait inspiré que des pleurs – et que cela ne l'avait pas aidée le moins du monde.

Elle se laissa retomber en arrière sur le lit. Elle avait faim et soif, elle avait peur et elle avait mal – sans pouvoir préciser quelle partie de son corps était blessée. C'était comme si on l'avait frappée au cœur.

Jennifer comprenait qu'elle était prisonnière, mais la nature de sa prison était extérieure à son champ de vision. Même les vrais criminels, les assassins que l'on jette en prison, ils savent pourquoi ils y sont. Elle avait à l'esprit une image d'un film dont elle avait oublié le titre, le nom des acteurs et même l'histoire : elle se rappelait le prisonnier qui gravait soigneusement, dans le mur de sa cellule, une marque pour chaque jour qui passait. Elle ne pouvait même pas faire ça. La conscience est un luxe, se dit-elle.

La maîtrise de ce qui l'entourait lui était interdite. La femme lui avait ordonné d'obéir. Mais personne ne lui avait demandé de faire quoi que ce soit.

Plus elle y réfléchissait, plus elle frottait nerveusement la peluche usée de Mister Fourrure. D'une certaine façon, c'était tout ce qui lui restait de la vie qu'elle avait menée jusqu'à l'instant où l'homme avait ouvert la portière de la camionnette et l'avait frappée au visage. Elle était presque nue, dans une pièce qu'elle ne pouvait voir. Il y avait une porte. Elle le savait. Il y avait un W-C. Elle le savait. Quelque part, il y avait un bébé. Elle le savait. Le sol était en ciment. Le lit grinçait. La chaîne fixée à son collier se tendait lorsqu'elle faisait quinze « pas de Jennifer » d'un côté ou de l'autre. Il faisait chaud.

Elle était vivante, et elle avait son ours. Dans le noir, Jennifer inspira à fond. Parfait, Mister Fourrure, nous allons commencer par là. Rien que toi et moi. Comme ça a toujours été le cas depuis que papa est mort et qu'il nous a laissés seuls avec maman.

Pour la première fois, Jennifer se demanda si quelqu'un était à sa recherche. Au moment où cette pensée lui traversait l'esprit, elle entendit de nouveau le bébé pleurer. Un cri isolé, aigu, désespéré. Puis il se tut, comme avant, la laissant seule avec Mister Fourrure. Elle ne se rendit pas compte que ce bruit lui avait été utile, en la détournant de la pensée la plus désespérante de toutes : comment pourraient-ils savoir où chercher ?

— Passe-le encore une fois, dit Michael.

Il manipulait la caméra principale, en se disant qu'il devrait peut-être bricoler un peu le système de détection électronique.

— Je ne veux pas en abuser. Un tout petit peu...

Linda enfonça quelques touches sur les commandes de l'ordinateur. Le bébé fit entendre son cri.

— Tu es sûr qu'elle l'entend ?

— Oui. Absolument. Regarde comme elle bouge la tête. Elle l'entend parfaitement.

Linda se pencha vers l'écran de contrôle de la caméra principale.

— Tu as raison, dit-elle. Tu es sûr que les clients l'entendent aussi ?

— Oui. Mais ils devront se creuser la cervelle pour savoir ce que c'est.

Cela fit sourire Linda.

— Tu n'aimes pas leur faciliter l'existence, hein ?

— Pas mon genre, répondit Michael en riant.

Les mains derrière sa nuque, les doigts entrelacés, il s'étira comme n'importe quel employé de bureau qui a passé trop d'heures devant son écran.

— Tu sais, ils vont tous adorer ça, quand ils entendront Numéro Quatre hurler de la sorte. Cela leur donne l'impression que c'est plus réel.

Bizarrement, Michael n'avait que mépris pour les nombreux abonnés de mort-en-direct.com. Il considérait leur fascination comme une sorte de faiblesse compulsive, même s'il s'empressait de prendre leur argent et de leur fournir ce qu'ils demandaient. Il estimait que leur manière de satisfaire leurs fantasmes ne faisait que souligner leur propre impuissance. L'immense majorité des milliers de personnes qui payaient pour visionner ce que proposait leur webcam en ligne étaient des hommes solitaires et impuissants, sans vie privée, contraints de composer avec le scénario qu'il concoctait à leur intention.

Linda, quant à elle, pensait rarement à leur clientèle – pas de la manière dont Michael y pensait, en tout cas. Ils n'étaient à ses yeux que des gens que leurs passions obscures amenaient vers leur site. C'était simplement de nombreux comptes dans de nombreux pays. De nombreuses autorisations pour des cartes de crédit à seize chiffres. Linda était une femme d'affaires calculatrice : tous ces abonnements correspondaient à autant de dollars déposés dans les comptes offshore qu'elle avait ouverts à cet effet. Elle pensait rarement à ceux qui regardaient l'écran – sauf pour traiter les chiffres et les statistiques, et s'assurer que Michael injectait dans le programme la tension adéquate pour que *Saison 4* possède ce qu'on attendait d'elle.

Michael était responsable de l'histoire de Numéro Quatre. Linda était responsable du commercial. Les deux aspects étaient aussi importants pour le succès de leur affaire. Ils entretenaient une complicité qu'elle considérait comme la marque du véritable amour. Pendant ses loisirs et entre les saisons successives, Linda aimait lire des fanzines et des magazines people consacrés aux vedettes de cinéma. Elle adorait savoir qui couchait avec qui, suivre l'histoire des couples et des ruptures, une semaine après l'autre. Elle cédait à la fascination de deviner ce qu'allaient faire Brad ou Angelina, Jen ou Paris, et s'ils risquaient d'être surpris dans une situation compromettante. C'était son plus gros défaut, se disait-elle, le fait de prendre tellement au sérieux les liaisons et les divorces des célébrités. Mais elle se disait aussi que c'était un péché véniel.

Très souvent, Linda rêvait à sa propre célébrité. Si des gens pouvaient apprécier le succès de mort-en-direct.com, ils écriraient peut-être un article sur Michael et elle dans *Us* ou dans *People*. Elle était consternée par le fait que la nature criminelle de leurs activités leur interdise d'être célèbres. Il lui semblait que ce qu'ils faisaient était beaucoup plus important que les personnes à qui ils le faisaient, et qu'il devrait y avoir une sorte de dérogation. Ils vendaient des fantasmes. Ce qui devrait valoir plus que de l'argent. Elle était persuadée qu'ils étaient des vedettes. Le seul problème, c'était que le monde l'ignorait.

Michael connaissait ses rêves de gloire. Il préférait l'anonymat. Même s'il avait aussi envie de la satisfaire par tous les moyens possibles.

— C'est l'heure de lui donner à manger, dit-il.

— Toi ou moi ?

Michael tendit le bras par-dessus les ordinateurs et prit un paquet de feuilles volantes. C'était un script très souple. Michael était chargé de la préparation. Il avait pris le temps de coucher par écrit de nombreux éléments de *Saison 4* bien avant qu'ils ne commencent. Ce bloc de papier, qu'il avait baptisé « Impact sur le Spectateur / Impact n° 4 », contenait des check-lists, des détails à ne pas oublier et d'autres éléments. Il aimait penser qu'il était méticuleux dans l'organisation, mais qu'il disposait de l'agilité mentale nécessaire pour créer.

À l'université, il avait suivi un cours sur le cinéma. Il avait écrit un article sur la scène de *Sur les quais* où Éva Marie Saint laisse tomber son gant blanc, que ramasse Marlon Brando. Élia Kazan, le réalisateur, avait eu le bon sens de laisser tourner la caméra assez longtemps pour filmer des choses qui ne figuraient pas dans le scénario, et la scène était devenue un sommet du septième art. J'aurais fait la même chose, se disait souvent Michael. Il n'était pas du genre à crier « Coupez ! » et à battre en retraite vers quelque chose de prévisible. Il était coulant. Ce jour-là, en regardant sur l'écran Numéro Quatre qui sanglotait en serrant son ours en peluche contre elle, il se dit qu'il était digne des plus grands cinéastes. Il était en train de façonner quelque chose d'unique et de réel, quelque chose de beaucoup plus dramatique et imprévisible que tout ce qu'ils avaient pu imaginer.

— Je crois que tu devrais y aller…, répondit-il au bout d'un moment. Elle semble avoir encore très peur. Quand j'entrerai dans la pièce, nous ferons en sorte que cela produise le plus grand choc.

— C'est toi le patron, lui dit Linda.

— Encore heureux, que je sois le patron ! répondit Michael en riant.

S'écartant des ordinateurs, il se dirigea vers la table où étaient posées les armes. Il les contempla un moment, avant de jeter son dévolu sur un Colt 357 Magnum. Linda le prit et Michael retourna à ses papiers, qu'il feuilleta rapidement.

— Ici, dit-il. Lis ça…

Linda parcourut la page des yeux.

— Bien, chef ! dit-elle en souriant.

Elle consulta la pendule. Il était un peu plus de minuit.

— Je crois que c'est l'heure du petit déj', dit-elle.

Linda ouvrit lentement la porte et entra dans le sous-sol. Comme précédemment, elle portait une combinaison Hazmat blanche gaufrée et une balaclava qui la dissimulaient entièrement, à l'exception des yeux. Elle était munie d'un plateau, du genre qu'on trouve un peu partout dans les cafétérias. Dessus, une bouteille d'eau minérale en plastique sans la moindre étiquette. Linda avait préparé un bol de flocons d'avoine instantanés, à partir d'une recette américaine utilisée dans le monde entier. Il y avait également une orange. Mais aucun couvert.

Numéro Quatre se raidit en entendant la porte s'ouvrir et se tourna dans sa direction. Linda se plaça sur un des X que Michael avait tracés à la craie sur le sol. Elle entendit le faible ronronnement de la caméra dont il venait de régler l'axe.

— Reste tranquille, dit-elle. Ne bouge pas.

Elle le répéta en allemand, en français, en russe et en turc.

Sa maîtrise des langues étrangères était très sommaire. Elle avait appris par cœur certaines phrases, certaines exclamations qui pouvaient leur être utiles. Elle savait que son accent n'était pas très crédible, mais ça n'avait aucune importance. Quand elle parlait anglais, pour brouiller les pistes elle employait de temps en temps des tournures britanniques. Elle se doutait bien que ces petites variantes ne tromperaient pas un enquêteur expérimenté disposant de logiciels de reconnaissance de voix. Mais Michael lui avait assuré que le risque qu'un service de police aussi sophistiqué se mette sur leurs traces était négligeable. En bon étudiant en droit, il avait analysé soigneusement les problèmes *juridictionnels* qu'entraînait leur série de « drames virtuels ». Il était persuadé qu'aucun service de police n'aurait la patience de se pencher sur leurs activités. Et qu'ils opéraient dans la plus discrète des zones d'ombre.

— Regarde devant toi. Les mains posées sur le côté.

De nouveau, elle répéta les ordres dans plusieurs langues, en les mélangeant. Elle était sûre d'employer parfois des mots incorrects. Cela n'avait n'aucune importance.

— Je vais poser un plateau sur tes genoux. Quand je t'y autoriserai, tu pourras manger.

Numéro Quatre acquiesça.

Linda s'avança jusqu'au pied du lit et posa le plateau. Elle attendit, immobile. Numéro Quatre s'était mise à trembler, et ses muscles étaient pris de spasmes. Ce doit être douloureux, se dit Linda. Mais Numéro Quatre parvint à garder les lèvres serrées, et les ordres de Linda n'étaient suivis que des mouvements réflexes provoqués par la peur.

— Très bien, dit Linda. Tu peux manger.

Elle s'assura qu'elle ne se trouvait pas dans le champ des caméras. Elle savait que leurs clients seraient fascinés par le simple fait de nourrir Numéro Quatre. C'était la raison pour laquelle leurs émissions avaient un tel succès : ils prenaient les gestes les plus simples de la vie quotidienne et en faisaient quelque chose de spécial. Si chaque repas de Numéro Quatre pouvait être le dernier, il prenait une tout autre signification. Les spectateurs le savaient, et cela les rapprochait d'elle, irrésistiblement. Une telle incertitude sur le sort de Numéro Quatre rendait fascinantes les choses les plus banales. C'était là que résidait, Linda le savait, tout le génie de leur entreprise.

Elle contempla Numéro Quatre, qui tendit les mains vers le plateau et découvrit le bol, l'orange et la bouteille d'eau. Elle commença par boire goulûment, engloutissant le liquide sans se retenir. Elle va se rendre malade, se dit Linda. Mais elle ne fit aucune remarque. Puis Numéro Quatre ralentit, comme si elle réalisait soudain qu'elle devait garder un peu d'eau pour la fin du repas. Elle tâta ensuite le bol de céréales. Elle hésita, ses doigts cherchèrent une cuiller. Elle n'en trouva pas, ouvrit la bouche comme si elle allait poser une question, puis s'interrompit. Elle apprend vite, pensa Linda. Pas mal.

Numéro Quatre approcha le bol de ses lèvres et commença à enfourner les flocons d'avoine. De manière un peu hésitante d'abord – mais dès qu'elle en eut reconnu le goût elle en engloutit le contenu et lécha le bol pour le nettoyer.

Très mignon, se dit Linda. Les abonnés vont aimer ça. Elle n'avait pas bougé du chevet du lit. Mais, quand elle vit Numéro Quatre commencer à peler l'orange, Linda sortit lentement le 357 Magnum de sous sa combinaison Hazmat. Elle coordonna ses mouvements avec ceux de Numéro Quatre, de sorte que le revolver apparut au moment précis où Numéro Quatre mordait dans le fruit.

Linda regarda le jus couler entre les lèvres de Numéro Quatre. Elle arma le revolver en tira le chien en arrière.

En entendant le bruit, Numéro Quatre s'immobilisa au milieu de son geste. Elle ne peut pas savoir exactement ce que c'est, se dit Linda, mais elle va comprendre que c'est mortel. Numéro Quatre semblait pétrifiée par le bruit. L'orange se trouvait à quelques centimètres de ses lèvres, mais elle ne bougeait pas. Elle tremblait de tout son corps. Linda avança le canon du pistolet entre ses deux yeux, presque à toucher le bandeau. Elle attendit un instant, et appuya l'arme contre le front de Numéro Quatre.

Linda se dit que l'odeur de la graisse et la pression du canon suffiraient à lui faire comprendre ce qui se passait. Elle maintint sa position. Un gémissement proche du gargouillis remonta de la poitrine de Numéro Quatre. L'adolescente ne dit rien, ne bougea pas, même si chaque muscle de son corps semblait tendu, à la limite de l'explosion.

— Pan ! murmura Linda.

Juste assez fort pour que les micros l'enregistrent. Puis elle ramena lentement le chien au repos. Elle procédait en dramatisant ses gestes, écarta lentement le pistolet du front de Numéro Quatre et le glissa sous sa combinaison.

— Le repas est fini, dit-elle d'un ton vif.

Linda prit dans la main de Numéro Quatre les restes de l'orange et retira le plateau posé sur ses genoux. Elle vit le corps de Numéro Quatre se contracter à nouveau, de la tête aux pieds. Elle espérait que les caméras avaient saisi ce réflexe. La panique fait vendre, se dit-elle. Linda se déplaça en faisant le moins de bruit possible sur le sol de ciment. Elle sortit, laissant Numéro Quatre seule sur le lit.

Dans la salle de contrôle, Michael souriait. Le forum interactif était illuminé. Des tas d'opinions, autant de réactions. Il savait qu'il allait devoir les passer au crible. Il veillait toujours à tenir compte des dialogues entre les clients, sur le forum qu'il avait créé pour *Saison 4*.

Linda inspira à fond, ferma les yeux et ôta sa balaclava. Je suis une actrice, se dit-elle.


Ni Linda, qui franchissait la porte du sous-sol, ni Michael à l'étage au-dessus, devant ses moniteurs, ne remarquèrent ce qui se passa ensuite. Quelques clients le virent, penchés sur leurs ordinateurs. Numéro Quatre s'était laissée aller en arrière en entendant la porte se refermer, ce qui voulait dire qu'elle était à nouveau seule. Elle serra son ours en peluche contre sa poitrine, nicha le jouet usé entre ses petits seins, lui caressa la tête comme s'il s'agissait d'un bébé, et lui murmura quelques mots silencieux. Personne ne sut avec certitude ce qu'elle disait, même si certains furent assez malins pour deviner qu'elle répétait maintes fois la même phrase. Même ceux-là ne purent dire ce que c'était : « Je m'appelle Jennifer je m'appelle Jennifer je m'appelle Jennifer je m'appelle Jennifer. »

## 18

Terri Collins allait et venait dans l'allée, devant chez Adrian, pendant qu'il lui expliquait où il se trouvait quand il avait repéré la fourgonnette. Elle traînait les pieds, et shoota dans une pierre, tandis qu'il se glissait derrière le volant de sa voiture pour lui montrer où il s'était garé.

— C'est là, précisément, que vous vous trouviez le soir où Jennifer a disparu ?

Adrian acquiesça. Il voyait bien que l'inspecteur mesurait les angles et les distances, tout en essayant d'imaginer les ombres qui avaient dû envahir la rue ce soir-là.

— Elle ne peut pas le voir, dit Brian.

Il était assis sur le siège du passager, à côté d'Adrian. Il regardait également l'endroit, dans la rue, où la fourgonnette avait ralenti, s'était arrêtée avant de repartir plein gaz.

— Qu'est-ce que tu veux dire ? murmura Adrian.

— Voilà ce que je veux dire, répondit Brian, bravache. Elle ne s'autorise pas à se représenter le crime. Pas encore. Elle fixe l'endroit où il a eu lieu, mais elle essaie encore de voir les raisons pour lesquelles il n'a pas eu lieu – pas les raisons pour lesquelles il a eu lieu. C'est là que tu interviens, frangin. Tu dois la convaincre. À toi de lui faire franchir la prochaine étape. Tu dois être logique. Tu dois être convaincant. Allez, Audie.

— Mais...

— Ton travail est de lui faire voir ce que tu as vu l'autre nuit. C'est ce que font tous les enquêteurs... même s'ils ne l'admettent pas toujours parce que ça semble dingue, au pire, excentrique, au mieux. Ils visualisent ce qui s'est passé, comme s'ils y étaient... et ça leur indique dans quelle direction ils doivent chercher ensuite.

Brian portait de nouveau son treillis délavé. Il avait posé sur le tableau de bord ses pieds chaussés de rangers déchiquetées, et se laissa aller en arrière, une cigarette aux lèvres. Le jeune Brian. Brian l'aîné. Brian, mort. Adrian réalisa que son frère était un caméléon des hallucinations forgées par la mémoire. Du Vietnam à Wall Street. De même pour Cassie, Tommy, et quiconque venu de son passé, décidant de débarquer dans le peu qui lui restait de son présent. Adrian inspira. Il sentit l'odeur âcre de la fumée, mêlée à la lourdeur humide de l'air qui l'enveloppait, comme si Brian avait apporté avec lui la jungle et ses vapeurs. La fraîcheur piquante du début de printemps en Nouvelle-Angleterre était introuvable. Ou bien, se dit Adrian, elle n'était pas là où il aurait pu chercher.

— Pourquoi personne d'autre n'a-t-il rien vu ? demanda Terri Collins.

Adrian n'était pas sûr d'être censé répondre à cette question, qu'elle avait posée calmement, s'adressant moins à lui qu'aux dernières traînées de lumière du jour.

— Je ne sais pas. Les gens rentrent chez eux. Ils veulent dîner. Ils ont envie de voir leur famille. Ils ferment la porte d'entrée et tournent le dos à la journée. Qui regarde dehors à cette heure du jour ? Qui cherche quelque chose qui sortirait de l'ordinaire ? Pas grand monde, inspecteur. Les gens cherchent la routine. Ils cherchent la normalité. Voilà ce qu'ils attendent. Une licorne pourrait descendre la rue au petit trot, ils ne la remarqueraient peut-être même pas.

Adrian ferma les yeux un instant, espérant que ses paroles n'invoqueraient pas l'animal blanc mythique qu'il serait le seul à voir.

— Quelqu'un doit avoir vu quelque chose, poursuivit Terri comme si elle ne l'avait pas entendu.

— Ils n'ont rien vu. Je suis le seul.

L'inspecteur se tourna vers lui.

— Alors, qu'est-ce qui nous reste ?

Elle ne s'attendait pas vraiment à recevoir une réponse. Elle regarda Adrian s'agiter sur son siège avant de descendre de voiture. Elle avait eu l'occasion d'interroger un schizophrène, en pleine crise psychotique. Il passait son temps à se tourner d'un côté et de l'autre, à l'écoute de sons qu'il était le seul à entendre. Mais, à force de patience, elle avait fini par obtenir la description d'un voleur qui s'était révélée utile. Et il lui était arrivé maintes fois de sonder les souvenirs d'étudiants qui savaient que quelque chose de mal était arrivé – un viol, en général –, mais ne savaient pas très bien ce qu'ils avaient vu ou entendu. Trop de drogue. Trop d'alcool. Toutes sortes de choses qui atténuaient la capacité d'observation.

Mais, en faisant face à Adrian, elle avait presque la chair de poule, et sa peau la picotait. C'était la même chose, et c'était différent. Il semblait petit, léger, mince – comme si quelque chose le rongeait, chaque seconde un peu plus. Terri avait la sensation bizarre qu'il se fanait un peu, de manière infinitésimale, à chaque instant. Il souffrait d'un mal dont Terri ignorait tout.

L'inspecteur Collins semblait plongée dans ses pensées. La voix de Brian était énergique. Adrian se dit que son frère devait avoir cette voix quand il commandait ses hommes à la guerre, ou au tribunal quand il arrachait un aveu à un témoin récalcitrant.

— Maintenant, dit Brian, pense à ce que Tommy t'a dit.

Adrian hésita. Il fut tenté de pivoter vers lui et de lui demander : « Quoi ? Qu'est-ce que Tommy m'a dit avant d'être déchiqueté ? » Puis il se rappela les paroles hâtives de son fils : « C'est à propos du regard. »

— Inspecteur... Jennifer... Quelqu'un a besoin d'elle dans un but précis. Toutes les autres hypothèses sont inutiles, car elles mènent à la même conclusion : elle est morte. Il ne serait donc pas logique de les suivre. La seule solution est d'imaginer qu'elle est toujours vivante, pour une raison précise, clairement définie. Sans quoi, ce ne serait qu'une perte de temps, pour vous et pour moi.

Brian grogna.

— Bien joué, bon Dieu ! s'exclama-t-il.

Adrian sursauta, comme si Brian avait crié trop près de son oreille.

Terri se dit que tout cela était de la folie. Le vieux professeur – dont les yeux légèrement exorbités clignaient très vite, et dont les mains tremblaient sous l'effet d'une sorte de courant électrique inexplicable – était visiblement dingue, même si elle était incapable de formuler un diagnostic médical. Elle jeta un regard panoramique sur les environs, comme si elle espérait qu'avec un peu de chance la camionnette blanche allait débouler dans un crissement de pneus et ralentir près du trottoir, qu'on balancerait Jennifer par la portière, un peu commotionnée (elle aurait peut-être subi des violences sexuelles), mais dans un état qui lui permettrait de survivre, avec un peu d'amour, de thérapie et d'analgésiques.

La nuit tombait autour d'elle. Le vieux professeur ressemblait à un oiseau, comme s'il était perché sur la branche fragile d'une idée. Elle se demanda si elle avait le choix.

— D'accord, fit Terri. Je vais vous écouter.


Adrian tint la porte ouverte pour laisser entrer l'inspecteur. Il hésita, comme s'il attendait que Brian se glisse à son tour à l'intérieur. Mais son frère mort resta sur les marches, à un ou deux mètres.

— Je ne peux pas entrer ! dit-il vivement, comme si c'était évident.

Adrian dut avoir l'air surpris, car Brian ajouta très vite :

— Même les hallucinations obéissent à certaines règles, Audie. Elles varient un peu, selon les circonstances, selon ce que tu y mets, tu le sais sans doute déjà. Mais on doit les respecter.

Adrian hocha la tête. Il trouvait cela assez logique, même s'il ignorait pourquoi.

— Écoute, tu peux gérer cette étape. Je le sais. Tu en sais assez sur le comportement humain et sur le crime, et ton copain, à l'université, t'a montré la seule direction offrant une chance de réussite. Tu dois simplement en convaincre l'inspecteur. Tu en es capable.

— Je ne sais pas...

— Tu en es capable, mon chéri, murmura sa femme à son oreille.

Cassie semblait totalement confiante. Adrian vit que son frère levait le poing en signe d'encouragement. Lui aussi devait avoir entendu la voix de Cassie.

— Ici ? demanda Terri Collins.

Adrian s'ébroua pour repousser ses fantômes.

— Oui. À droite. Nous devrions aller au salon. Voulez-vous du café ?

Il le lui proposa sans même y penser. Il réalisa qu'il n'y avait sans doute pas de café à la cuisine. Même s'il y en avait, d'ailleurs, il ne savait pas le préparer. Pendant une seconde, il fut déboussolé, comme s'il avait oublié où était la cuisine. Il inspira profondément, se rappela qu'il vivait dans cette maison depuis des années et que la cuisine était juste après la salle à manger, avant le cabinet de toilette du rez-de-chaussée. L'escalier menait à sa chambre et à son bureau, et tout se trouvait là où il était censé se trouver.

— Non, merci, fit l'inspecteur en secouant la tête. Allons droit au but.

Elle entra dans le salon. La pièce était encombrée de livres, de tasses à moitié pleines de lait tourné et de céréales, d'assiettes avec des plats entamés et de couverts dépareillés. Des journaux étaient empilés un peu partout, un téléviseur diffusait des programmes sportifs sans le son, et l'endroit sentait le renfermé. Ce n'est pas loin d'être un vrai chaos, se dit Terri. Pas vraiment, pourtant. Rien n'était en désordre au point qu'on ne puisse le régler en un après-midi de ménage et de rangement. La pièce (comme la maison dans son ensemble) évoquait le désordre laissé par des enfants peu affectés par les jouets égarés et les vêtements laissés à l'abandon, ou des vieillards entourés par des souvenirs sentimentaux et du bric-à-brac. Les uns et les autres se fichent de l'ordre.

— Je vis seul, dit Adrian. Excusez-moi pour le désordre.

— J'ai des enfants. J'y suis habituée, mentit-elle poliment.

Elle repoussa quelques journaux posés sur une chaise avant de s'asseoir, non sans avoir remarqué, sur un exemplaire du *Boston Globe* datant de trois semaines, quelques formulaires médicaux partiellement remplis. Elle essaya en vain de les déchiffrer.

— Bien... Dites-moi ce que nous pouvons faire, selon vous.

Adrian déplaça à son tour quelques livres et se laissa tomber dans un fauteuil. Il ressentait une certaine confusion, comme si les marées s'inversaient dans sa tête, et il sentit qu'il parlait d'une voix moins confiante. Il avait aimé son dynamisme pour cadrer l'affaire, tant qu'il se tenait encore à l'extérieur. Il s'était dit qu'il avait l'air convaincant. Mais maintenant il sentait l'indécision s'immiscer dans ses propos.

— Voyez-vous, inspecteur... Vraiment, je voudrais qu'elle soit en vie. Jennifer, je veux dire...

Terri Collins l'interrompit d'un geste.

— Vouloir... et être capable de faire quelque chose pour ça, ce sont deux choses différentes.

Adrian acquiesça.

— C'est important. C'est important pour moi. Je dois la retrouver. Enfin, pour moi c'est presque fini, mais elle, elle est jeune. Elle a toute la vie devant elle. Peu importe à quel point ça s'est mal passé jusqu'ici, ça ne veut pas dire qu'elle doive s'achever prématurément.

— Oui, dit Terri. Mais ce sont des truismes. Cela n'a pas grand-chose à voir avec le travail de la police.

Adrian était mal à l'aise. Il n'avait jamais vraiment eu affaire à la police. Après le suicide de Brian, le bureau des homicides de New York avait été rapide, efficace et discret, car les choses étaient claires. Quand Cassie avait eu son accident, le policier d'État qui était venu lui annoncer la nouvelle, franc et direct, s'était montré plein de sollicitude. Mais personne n'était intervenu durant les longues semaines qu'avait duré son agonie. Quant à Tommy… Adrian avait reçu une visite de pure forme d'un porte-parole de l'armée qui lui avait donné les détails de sa mort, ainsi que la date et l'heure d'arrivée de l'avion qui lui ramènerait le corps de son fils. Il ferma les yeux. Dans le noir, les paupières serrées, il entendit une véritable cacophonie, comme si plusieurs personnes essayaient de lui parler en même temps, et il eut du mal à faire le tri dans ce mélange de mots, d'intonations et d'urgences variables.

— Ça va, professeur ?

Il ouvrit les yeux.

— Oui. Pardonnez-moi, inspecteur…

— J'ai cru que vous aviez perdu conscience.

— Ah bon ?

Adrian lui jeta un regard surpris.

— Combien de temps…

— Plus d'une minute. Peut-être deux.

Adrian se dit que c'était impossible. Il avait fermé les yeux à peine une seconde. Pas plus.

— Ça va, professeur ? répéta Terri.

Elle s'efforçait d'effacer de sa voix la dureté de l'officier de police, de s'exprimer plutôt comme une mère qui se penche sur un enfant fiévreux.

— Oui. Ça ira.

— Vous n'avez pas l'air d'aller bien. Cela ne me regarde pas, mais...

— On m'a prescrit des nouveaux médicaments. Je n'y suis pas encore tout à fait habitué.

Il savait que l'inspecteur Collins ne goberait pas cette explication.

— Vous devriez peut-être en parler à votre médecin. Si vous prenez le volant...

Adrian la coupa brutalement :

— Excusez-moi. Je voudrais rassembler mes esprits. Où en étions-nous ?

Terri voulait achever sa réflexion sur le risque de prendre le volant dans l'état où se trouvait le Pr Thomas. Mais elle s'en abstint et revint au sujet le plus important.

— Jennifer... Pourquoi vous...

— Oh, bien sûr. Jennifer. Voici le topo, inspecteur. Presque tous les scénarios que nous connaissons, vous et moi, se concluent sur une équation à une inconnue. La mort. D'un point de vue scientifique, suivre n'importe laquelle de ces hypothèses présente peu d'intérêt logique, même si elles ont de grandes chances d'aboutir, parce que la solution est trop horrible à envisager. On doit donc renverser la question. Quelle équation finit par la vie ?

— Je vous écoute.

— Oui, bien sûr. Voici ce que nous savons...

Adrian s'interrompit, en se demandant ce qu'il savait vraiment. Il regarda Terri Collins, qui s'était avancée légèrement sur son siège. En même temps, il sentit une pression sur son flanc. Il mourait d'envie de regarder à côté de lui. Ce ne fut pas nécessaire, car sa femme avait passé un bras autour de ses épaules, et elle murmurait, avec énergie :

— Ce n'est pas Jennifer. Le problème, c'est ce qu'elle est, non pas qui elle est. Dis-le-lui...

Adrian obtempéra :

— Écoutez, inspecteur, cette affaire n'entre peut-être pas dans la catégorie des crimes où est visée une personne particulière, mais un type de personne.

Terri reprit lentement son calepin. Elle avait l'impression que le vieux professeur se tenait bizarrement sur son fauteuil, presque en déséquilibre, mais ce qu'il disait n'était pas insensé.

— Que savons-nous ? Une fille de seize ans est enlevée dans la rue. Tout ce que vous savez de Jennifer et de sa famille n'est pas vraiment pertinent, n'est-ce pas ? Ce que nous devons découvrir, c'est pourquoi quelqu'un avait besoin de quelqu'un comme elle, et pourquoi ils rôdaient dans ce quartier. Et puis, il nous faut deviner pourquoi ils la voulaient, elle, après l'avoir repérée. Nous savons qu'il s'agit d'un homme et d'une femme. Nous parlons donc d'un éventail de crimes très réduit, du genre de crimes qui se conclut la plupart du temps par un meurtre.

Adrian avait retrouvé le ton convaincant, professoral et assuré qui avait été le sien pendant des milliers d'heures de cours. Il lui était aussi familier que ses poésies favorites, comme les sonnets de Shakespeare ou les vers de Robert Frost. En reconnaissant cette partie de lui qui était en train de disparaître, il se sentit beaucoup mieux.

— Mais si cela se conclut par un meurtre...

— J'ai dit que ça finissait généralement comme cela.

— Mais...

— Nous devons arrêter ça.

— Mais comment...

— Il n'existe qu'une issue, inspecteur. Il faut que l'enlèvement de Jennifer réponde à un autre objectif que le meurtre. Que la raison de sa présence n'ait rien à voir avec la manière dont elle finira. Et pour que nous ayons la moindre chance de réussite, nous devons identifier cet objectif, et remonter à la source. Sans quoi, nous n'avons plus qu'à attendre qu'on découvre un cadavre.

Après une légère hésitation, il se corrigea :

— Pas un cadavre. Le cadavre de Jennifer.

— D'accord. Que pourrait être cet objectif ?

Adrian sentit que sa femme lui donnait un coup de coude, puis qu'elle lui serrait l'épaule. Il tourna légèrement la tête. L'exemplaire de l'*Encyclopédie du meurtre* que son ami lui avait prêté se mit à flotter dans l'air, devant ses yeux, et les pages commencèrent à voleter, comme sous l'effet d'une brise soudaine. *Macbeth*, se dit-il. Quand Lady Macbeth croit voir l'arme du crime. « Est-ce un poignard que je vois là, le manche vers moi ? » Ce qui flottait devant lui, c'était un chapitre du livre consacré à une série sans fin d'épisodes de meurtres et de désespoir.

— J'ai une petite idée, dit Adrian. Peut-être la seule idée.

## 19

Quand elle rentra chez elle ce soir-là, Terri Collins était convaincue qu'Adrian était complètement dingue. Mais que sa manière de considérer l'affaire était la seule qui fût réaliste.

Dès qu'elle ouvrit la porte, ses deux enfants se détournèrent de la télévision pour se précipiter vers elle. Elle fut immédiatement noyée sous un flot de questions, relatives pour la plupart à des histoires qu'elle devait absolument entendre, sur ce qui s'était passé dans la cour de récréation ou en classe de lecture. C'était un peu comme lorsqu'on entre au cinéma après le début du film. Il lui faudrait recueillir assez d'informations pour comprendre la partie du scénario qu'elle avait manquée.

Dans la cuisine, Laurie voltigeait au-dessus d'un évier plein de vaisselle. Elle lui souhaita la bienvenue et lui demanda si elle avait faim. Terri lui répondit par la négative.

— Tu as arrêté des méchants, aujourd'hui ? lui demanda son fils, mû par l'énergie d'un garçon de huit ans.

Sa sœur, de deux ans sa cadette, aussi calme que le garçon était bruyant, se contentait de s'accrocher d'une main à la jambe maternelle, tout en agitant de l'autre un dessin aux couleurs vives.

— Non, pas aujourd'hui. Demain, je pense, ou peut-être après-demain.

— De vrais méchants ?

— Toujours. Rien que des vrais méchants.

— C'est bien, fit le gamin.

Il se détacha de sa mère et retourna devant la télévision. Terri observait le moindre geste, la moindre intonation, la moindre expression qui pût lui rappeler son père. C'était comme si elle vivait avec une grenade dégoupillée dans la maison. Elle ignorait ce que le petit garçon avait hérité de lui, et cela lui faisait peur. La génétique peut être terrifiante, se disait-elle.

L'enfant avait déjà le sourire accommodant et le pouvoir de séduction ambigu de son père – il était extrêmement populaire à l'école et dans le quartier. Terri craignait que ce ne soit que mensonges, que l'enfant ne soit, lui aussi, à la fois charmant et profondément mauvais. En public, son ex-mari était toujours souriant, blaguait, mettait tout le monde à l'aise… jusqu'au moment où ils se retrouvaient seuls. Alors il devenait sombre et lâche et se mettait à la frapper sans retenue. C'était l'aspect caché que personne, sauf elle, n'avait jamais vu.

C'était un mystère. Quand elle avait fui, elle savait qu'elle laissait derrière elle de nombreuses personnes, parents, amis, collègues, qui se demandaient : « Comment se peut-il ? » et pensaient : « Ça n'a aucun sens. »

Le problème, c'était qu'ils se trompaient. Ils l'ignoraient, voilà tout. Terri suivit son fils des yeux tandis qu'il s'affalait dans un fauteuil, renonçait à la télévision et prenait un livre d'images. Suis-je partie à temps ? se demanda-t-elle. Elle était parvenue à s'enfuir, à faire ses bagages et à partir un jour où elle savait qu'il serait occupé pendant quelques heures. Elle avait été très prudente, ne laissant voir aucun signe de ses intentions durant les semaines précédant sa fuite, assurant les tâches les plus routinières, afin que son départ soit totalement inattendu. Elle avait laissé presque tout derrière elle, sauf les enfants et un peu d'argent de poche. Il pouvait bien garder le reste. Elle s'en fichait. Son seul mantra, qu'elle se répétait à l'infini, tenait en trois mots : repartir à zéro.

Un peu plus tard, elle avait obtenu l'injonction légale interdisant à son mari de s'approcher d'elle, le jugement de divorce qui limitait le droit du père à voir ses enfants, et déposé tous les documents nécessaires auprès du commandant de son ex, en Caroline du Nord, où était basée la 1$^{re}$ Division aéroportée. Elle avait dû subir un certain nombre de séances avec des conseillers militaires, qui lui suggérèrent avec plus ou moins de subtilité de retourner auprès de son mari. Elle avait refusé, bien qu'ils n'aient jamais cessé de parler de lui comme d'un « héros américain ».

Nous avons déjà bien trop de héros, se disait-elle.

Mais elle ne parvint jamais à s'en libérer totalement. Pas sans se cacher, multiplier les fausses identités, déménager régulièrement, essayer de rester anonyme dans un monde qui semble s'obstiner à tout rendre public sur tout un chacun. Il ne sortirait jamais tout à fait de leurs vies. C'était en partie pour cette raison qu'elle avait repris ses études et travaillé dur pour entrer dans la police. Le semi-automatique dans sa sacoche et l'insigne de flic portaient un message implicite qui, espérait-elle, la protégerait du poison, quel qu'il fût, qu'il pourrait avoir envie de lui infliger.

Elle embrassa ses deux enfants et fit mentalement une petite prière. Encore une journée en sécurité. Après s'être assurée que les enfants avaient des occupations de leur âge – ils dessinaient, lisaient, regardaient la télé –, Terri passa à la cuisine. Laurie était en train de préparer une assiette garnie.

— J'imagine que tu ne lui as pas dit exactement la vérité, fit-elle.

Terri contempla le pain de viande réchauffé et la salade. Elle prit l'assiette, s'empara d'une fourchette et d'un couteau. Elle resta debout, appuyée contre le placard, et se mit à manger.

— C'est toi qui devrais être détective, dit-elle entre deux bouchées.

Laurie hocha la tête. Pour quelqu'un qui passait autant de temps en compagnie de Raymond

Chandler, Arthur Conan Doyle et James Ellroy, c'était un vrai compliment. Dans la pièce voisine, les deux enfants s'occupaient, silencieux – ce qui était une sorte de victoire. Terri allait se servir un verre de lait, lorsqu'elle eut une meilleure idée. Elle sortit une demi-bouteille de vin blanc et prit deux verres sur l'étagère.

— Tu restes encore un peu ?

— Bien sûr, acquiesça Laurie. Un peu de vin blanc, et mettre les enfants au lit. La soirée idéale... à condition de retourner devant la télé avant le début des *Experts*.

— Ces séries... ce n'est pas comme dans la réalité, tu sais.

— Oui, je sais. Mais ce sont comme des petites moralités. Au Moyen Âge, les paysans se réunissaient sur le parvis de l'église pour regarder des comédiens interpréter des histoires extraites de l'Ancien Testament, avec une morale du genre : « Si tu n'es pas un bon croyant, Dieu te punira. » Aujourd'hui, on regarde la télé pour que Horatio Machintruc, à Miami, ou Gus, à Las Vegas, nous raconte plus ou moins la même histoire, mais en plus moderne.

Les deux femmes se mirent à rire.

— Dix minutes ! lança Terri aux enfants dans la pièce à côté.

L'annonce provoqua quelques grognements prévisibles.

Terri savait que Laurie brûlait de lui poser des questions sur son affaire en cours, mais qu'elle était trop polie pour aborder le sujet sans y avoir été invitée. Elle avala une bouchée de pain de viande.

— Une fugue, répondit-elle à la question non formulée. Mais nous n'en sommes pas sûrs. C'est peut-être un enlèvement. Ou quelqu'un l'a aidée à s'enfuir. Ce n'est pas encore très clair.

— Et toi, qu'en penses-tu ? demanda Laurie.

Terri hésita.

— La plupart des enfants disparus ont été enlevés pour une raison précise. En général, ils réapparaissent. C'est en tout cas ce que montrent les statistiques.

— Mais…

Terri jeta un coup d'œil dans la pièce voisine, pour s'assurer que ses enfants ne les entendaient pas.

— Je ne suis pas d'un naturel optimiste, dit-elle doucement.

Elle avala un peu de salade et but une longue gorgée de vin.

— Je suis quelqu'un de réaliste. J'espère toujours que le mieux arrivera. Sauf si c'est le pire.

Laurie hocha la tête.

— Les happy ends…

— Si tu veux des happy ends, il faut regarder la télévision, fit sèchement Terri.

Elle avait parlé beaucoup plus durement qu'elle ne l'aurait souhaité, mais sa conversation avec le professeur ne lui avait laissé entrevoir que des perspectives aux teintes grises ou sombres.

— C'est là que tu as le plus de chances d'en trouver.

C'était une manière peu orthodoxe de mener une enquête criminelle, se disait-elle. Il s'était fait tard, Laurie était partie avec la phrase habituelle : « Tu peux m'appeler, jour et nuit. » Les enfants dormaient et Terri buvait son troisième verre de vin blanc, au milieu des livres et des articles de presse, un ordinateur portable près du coude. Elle se trouvait dans un état bizarre, entre épuisement et exaltation.

« Vous voyez, inspecteur, le crime a eu lieu, juste sous mes yeux – ce n'était que le début. Scène 1. Acte I. Les protagonistes entrent en scène. Et le peu que nous en savons ne mène probablement nulle part. Surtout si les criminels n'en sont pas à leur coup d'essai. »

Terri avait l'impression d'entendre la voix du vieux professeur résonner dans le sanctuaire de sa petite maison bien tenue et encombrée de jouets. En bonne pro, elle ne lui avait pas parlé de la camionnette volée et de l'incendie qui, selon toute probabilité, avait effacé jusqu'au dernier indice. Pour prendre ce genre de précautions, il fallait qu'ils sachent ce qu'ils faisaient.

« Nous devons considérer le crime qui se déroule, au moment même où nous parlons. »

Le professeur débordait d'hypothèses, d'idées folles. Mais il y en avait certaines que Terri trouvait logiques. Elle l'avait écouté attentivement, en espérant voir se dessiner un sentier au travers des deux mystères. Le premier était le plus évident : qu'est-ce qui cloche chez lui ? Le second était nettement plus compliqué : comment retrouver une Jennifer qui a été enlevée et a disparu de la surface du monde ?

Terri Collins avait décidé de supporter le professeur, tout simplement. Il était intelligent, perspicace et extrêmement cultivé. Que son attention semble se relâcher à tout moment, qu'il semble dériver dans des contrées inconnues et répondre à des questions que personne n'avait formulées – eh bien, tout cela avait bien peu d'importance pour Terri. Quelque part, dans ses divagations, il devait bien se trouver un chemin qu'elle pourrait emprunter.

L'*Encyclopédie du meurtre* était posée sur ses genoux. Elle avait lu deux fois le passage consacré aux Tueurs de la Lande, et fait sur Internet des recherches approfondies sur leurs crimes. Elle était toujours stupéfaite de voir ce qu'on trouvait tapi dans les recoins les plus bizarres du cyberespace. Elle était tombée sur des photographies d'autopsie, des plans de scènes de crimes et des dossiers originaux des archives de la police, autant de documents déposés dans divers sites consacrés aux meurtres en série et à la dépravation sexuelle. Elle fut tentée de commander quelques-uns des livres consacrés à Myra Hindley et Ian Brady. Mais elle ne voulait pas que ce genre d'ouvrages se retrouve sur ses étagères à côté de *Winnie l'Ourson*, *Le Chat chapeauté* ou *Le Vent dans les saules*.

Elle prit la précaution d'effacer de la mémoire de son ordinateur tous les liens avec les sites consacrés aux meurtres. Pas question d'y laisser des choses que son fils pourrait ouvrir d'un simple clic. Les enfants sont naturellement voyeurs, mais la curiosité doit avoir des limites, se dit-elle. Elle considérait cela comme une profession de foi maternelle et éminemment raisonnable. Mais, même après qu'elle eut purgé la mémoire de l'ordinateur à grand renfort de clics, ses lectures continuaient à la hanter.

L'idée du professeur, si elle avait bien compris, était que le couple criminel s'était fait prendre à cause d'un besoin irrésistible de partager ses excès.

« C'est la clé. Il leur faut aller au-delà d'eux-mêmes. S'ils avaient simplement partagé mutuellement leur goût pour la torture… eh bien, ils auraient pu continuer plus ou moins indéfiniment. » Terri avait pris quelques notes pendant son exposé. « À moins de commettre une erreur dans la préparation, d'être repérés par quelqu'un par hasard… Ils auraient pu continuer pendant des années. »

Elle connaissait très peu ce genre de crimes, même si elle avait suivi un certain nombre de cours sur les crimes célèbres et les meurtres en série. Après avoir été enfermée pendant quelques années dans la routine d'une petite ville de province, où l'éventail criminel était très limité, elle avait oublié presque tout ce qu'elle savait.

« Si je prends deux souris blanches identiques, et que je les place dans la même situation psycho-logique… il sera possible d'évaluer leurs diverses réactions à des stimuli semblables. Mais il y aura tout de même une norme qui pourra servir de point de repère. »

Il était plein d'énergie. Terri s'était dit qu'en parlant de la sorte il se voyait peut-être entouré d'un groupe d'étudiants serrés dans un labo obscur, observant le comportement d'animaux et enregistrant soigneusement leurs réactions.

« C'est lorsque des souris identiques placées dans des situations semblables commencent à dévier de ces normes, que les choses deviennent intéressantes. »

Mais la disparition de Jennifer n'était pas une expérience de laboratoire. Du moins, je ne crois pas, se dit Terri en s'adossant à son siège. Inspirant profondément, elle se demanda si c'était vrai.

Elle se trouvait dans une position difficile. Elle devait être prudente. Elle adorait son travail, mais elle savait que n'importe quelle affaire pouvait avoir une influence décisive sur sa carrière. Qu'elle bousille une affaire de viol d'étudiante et elle se retrouverait dans une voiture de patrouille. Qu'elle fasse échouer l'enquête sur un trafic de drogue ou un cambriolage, et dans un bureau de police aussi peu important que celui-là, l'importance du blâme dont elle écoperait n'en serait que plus grande. Au lieu d'agiter son insigne doré devant des escrocs minables et des étudiants qui ont commis un crime sous l'empire de l'alcool, elle irait répondre au standard.

Une partie d'elle-même était furieuse à l'égard de Jennifer : Bon Dieu ! Tu ne pouvais pas te contenter de fumer de l'herbe et de rentrer tard, comme la moitié des adolescentes mal lunées ? De traverser l'adolescence en te saoulant et en faisant l'amour trop tôt, si possible sans protection ? Pourquoi a-t-il fallu que tu t'enfuies ?

Terri était épuisée. Elle se serait déjà assoupie si elle n'était pas préoccupée par les images combinées de Jennifer et des deux assassins qui sévissaient un demi-siècle plus tôt. Elle avait envie de promettre – Je te retrouverai –, mais elle savait que c'était encore très improbable.

Le chef du service était assis à son bureau. Une photo était fixée au mur, derrière lui. Le chef en tenue de base-ball, au milieu d'un groupe d'enfants. Un championnat de Ligue des minimes. Un peu plus loin étaient présentées une coupe bon marché mais brillante et une plaque encadrée (« Le meilleur entraîneur au monde ») portant un certain nombre de signatures à peine lisibles. Sur le même mur s'alignaient une série de diplômes de multiples formations : un programme de développement professionnel du FBI, un autre de l'université d'État de Fitchburg (Massachusetts), un diplôme de troisième cycle du John Jay College (New York). Terri savait que ce dernier était assez prestigieux.

Le chef aimait porter l'uniforme au travail, mais il avait revêtu ce jour-là un costume qui semblait beaucoup trop étroit pour son ventre protubérant et ses bras d'haltérophile. Terri avait l'impression qu'il allait éclater, comme un personnage de dessin animé que l'on gonfle avec de l'air comprimé. Il sirotait un café et tapotait avec son crayon sur le modeste rapport qu'elle lui avait remis.

— Je vois plus de questions que de réponses, Terri, dit-il lentement.

— Oui, monsieur.

— Est-ce que vous suggérez qu'on devrait appeler la police d'État, ou les fédéraux ?

Terri s'attendait à cette question.

— Je crois que nous devrions les informer de la situation, pour ce que nous en savons. Mais en l'absence de preuve décisive ils seront tout aussi frustrés que moi.

Le chef avait l'habitude d'ôter et de remettre sans arrêt ses lunettes – il les retirait quand il parlait et les reprenait pour lire –, de sorte qu'il bougeait tout le temps.

— Alors, vous me dites que...

— Une adolescente, avec des antécédents connus de fugueuse, s'enfuit pour la troisième fois. Un témoin peu fiable affirme qu'il a vu quelqu'un l'enlever dans la rue. L'enquête nous a montré qu'un véhicule volé identique à celui qu'il a vu pourrait avoir été incendié quelques heures après la disparition.

— Oui... et alors ?

— C'est tout. Pas de demande de rançon. Aucune nouvelle de la disparue, ni de qui que ce soit d'autre. Autrement dit... si un crime a été commis, ça s'arrête là.

— Bon Dieu. Qu'est-ce que vous en pensez ?

— Je pense...

Terri hésita. Elle allait répondre à la hâte, puis se rendit compte que ce qu'elle allait dire était dangereux. Elle devait couvrir ses arrières.

— Je pense que nous devrions agir avec prudence.

— Comment cela ?

— Le témoin... c'est Adrian Thomas, professeur émérite à l'université. Je le cite dans mon rapport... Il pense que nous devrions envisager la possibilité d'un enlèvement aux fins d'exploitation sexuelle. Passer en revue tous les criminels sexuels potentiels. Essayer de trouver une piste à suivre. En même temps, nous devrions multiplier les requêtes « personnes disparues ». Il pourrait être utile d'informer votre contact au bureau du FBI à Springfield. Vous saurez s'ils ont envie de s'impliquer dans cette affaire.

— J'en doute. Pas s'ils n'ont rien de plus concret à se mettre sous la dent.

Terri ne répondit pas. Elle savait que le chef n'en avait pas terminé.

— OK, continuez à travailler sur cette affaire. Qu'elle reste votre priorité. Vous savez que la plupart de ces fugueuses finissent par revenir. Espérons que les gens que le professeur a repérés sont deux copains inconnus de la mère. Continuons à rassembler les infos, en espérant recevoir le coup de fil classique : « Je suis fauchée, et je veux rentrer à la maison. »

Terri acquiesça. Le chef voyait le problème comme elle. Il voulait être sûr de ne jamais avoir à déclarer devant une meute de reporters et de caméras de télévision : « Nous n'avons pas été fichus de tirer parti des opportunités que nous avions… » Elle avait vu des flics, dans d'autres juridictions, affronter cela, et leurs carrières avaient été anéanties. Elle doutait que son chef – même si l'appui du maire et du conseil municipal lui était acquis – ait envie d'être le prochain flic à devoir faire face au regard d'acier de la publicité négative.

Terri n'avait aucun mal à imaginer qu'il ne tenait pas non plus à prendre la parole devant le conseil municipal, même à huis clos, pour leur déclarer : « Notre belle petite ville universitaire abrite un violeur en série, ou un tueur en série… », ce qui serait pour le moins explosif. Comme elle s'y attendait, le véritable message de son chef tenait en ces mots : « Faites de votre mieux. Couvrez toutes les bases. Suivez la procédure dans le moindre détail. Mais ne prenez pas de risques. Pas de folies. Soyez juste réglo et fiable… Parce que si ça tourne mal, c'est vous qui porterez le chapeau. »

Elle hocha la tête.

— Si je parviens à développer quoi que ce soit d'intéressant, je vous en informe.

— C'est cela, répondit-il.

Il tira sur sa cravate. Il va faire un discours, se dit Terri. Peut-être à la Loge, ou au Lions Club de la ville. Le genre d'endroits où l'on veut entendre parler de la baisse statistique de la criminalité, et de la manière dont les services de police ont géré toutes les affaires avec talent et professionnalisme. Le chef était très fort pour donner cette impression.

Terri prit deux décisions. Elle allait passer en revue les affaires classées. Peut-être existait-il une autre Jennifer dont elle ignorait tout. Il faudrait également qu'elle identifie tous les délinquants sexuels de la région. Beaucoup de visites à rendre, se dit-elle. Mais il fallait le faire.

Elle sortit du bureau du chef. Elle n'avait pas dit un mot des théories du Pr Thomas. La plupart des crimes s'accordent à un schéma, à des normes statistiques, à un cadre que l'on peut enseigner en classe avant de les appliquer à des situations de la vie réelle. Terri se dit que le professeur voulait sortir de ces paramètres.

Procéder ainsi n'avait guère de sens, se dit-elle. Mais ne pas le faire n'en avait pas beaucoup non plus.

## 20

Michael était satisfait. Les réactions à *Saison 4* bouillonnaient d'idées, de suggestions et de requêtes. Cela allait du subtil « Je veux voir ses yeux » au très prévisible « Baise-la baise-la baise-la », jusqu'au plus complexe « Tuez-la. Tuez-la tout de suite ! »

Michael savait que ses réponses étaient importantes, et il passait beaucoup de temps à les rédiger. Il était toujours attentif aux besoins des abonnés de mort-en-direct.com. Il aimait se voir comme un écrivain des temps nouveaux, un poète du futur. Il pensait que les auteurs traditionnels, qui passaient des mois, des années à construire des histoires sur une feuille de papier, étaient des dinosaures en voie d'extinction. Lui, il parlait une autre langue, qui n'avait rien à voir avec l'anglais, le russe ou le japonais. Il n'était pas un peintre qui s'enfermait dans les limites d'une toile. Ses coups de pinceau se modifiaient sans cesse. Contrairement à un cinéaste qui travaille avec un budget limité, il fabriquait des images chargées de surprises et d'incertitudes. Il n'était lié à aucun langage, à aucun média. Michael était un artiste qui mélangeait le cinéma et la vidéo avec Internet, l'écriture et la performance dans un média mixte qui parlait des jours à venir, pas du temps révolu. Il se considérait à moitié comme un documentariste, à moitié comme un producteur, et totalement comme un acteur du futur. Son dessein reposait sur la spontanéité. Il se fichait absolument que sa création fût bâtie sur un crime. Toutes les grandes avancées de l'histoire de l'art avaient exigé de prendre des risques, se disait-il.

Linda dormait, enveloppée dans les draps entortillés. Son souffle produisait des petits bruits paisibles. Ses longues jambes étaient exposées, et elle avait la peau luisante. Elle était à moitié à plat ventre, un oreiller serré contre l'estomac, et la courbe de ses seins se dessinait sous le drap qu'elle avait tiré sur son dos et ses épaules. Michael imaginait qu'elle faisait des rêves heureux, pleins d'images simples et magiques.

Il se surprenait parfois à la contempler pendant son sommeil, et il avait l'impression qu'elle vieillissait à vue d'œil, qu'il voyait sa peau parfaite se dessécher et se rider, sa tension se relâcher. Il imaginait leur couple en train de vieillir et il se disait que c'était impossible. Ils resteraient jeunes à jamais.

De temps en temps, il jetait un coup d'œil vers les moniteurs pour surveiller Numéro Quatre. Elle semblait endormie, elle aussi. En tout cas, elle avait à peine bougé, depuis une heure. Michael se doutait que ses rêves étaient beaucoup moins sereins. Numéro Un et Numéro Deux hurlaient souvent dans leur sommeil. Numéro Trois avait gémi, tiré sur ses liens, ce qui annonçait la manière dont elle lutterait contre eux en s'éveillant. Cela avait obligé Michael à mettre fin à *Saison 3* plus tôt qu'il ne l'aurait souhaité – Numéro Trois était beaucoup trop dure, trop difficile à gérer. Mais il avait beaucoup appris grâce à elle et il en tenait compte, maintenant, avec Numéro Quatre.

Il enfonça quelques touches sur son clavier. Une caméra fit un zoom avant, cadrant Numéro Quatre en gros plan. Elle avait la bouche entrouverte, et sa mâchoire semblait scellée dans le béton. Les hurlements ne tarderont pas, se dit Michael. Certains hurlements sont provoqués par ce dont vous rêvez. D'autres sont provoqués par ce qui vous arrive à votre réveil. Il n'était pas sûr de savoir ce qui était le pire. Numéro Quatre le sait, se dit-il.

Avec un soupir, il passa ses mains dans ses cheveux longs et ajusta ses lunettes. Il se demanda s'il avait le temps de prendre une douche rapide. Il vit Numéro Quatre se crisper, et sa main se dirigea machinalement vers la chaîne qui lui enserrait le cou. Elle fait un cauchemar. Elle rêve qu'elle se noie. Ou bien qu'elle suffoque. Ou elle se voit enterrée vivante.

Michael attendit, car Numéro Quatre se réveillerait sans doute bientôt. Les rêves étaient si réalistes, si effrayants, qu'ils forçaient souvent le sujet à se réveiller. C'est en tout cas ce qu'il avait appris.

La désorientation du sujet était un élément clé de l'émission tout entière. Elle avait pour conséquence que Numéro Quatre pouvait se réveiller aux moments les plus inattendus, sans rapport direct avec l'alternance normale de veille et de sommeil en fonction du jour et de la nuit. Il y avait un avantage : *Saison 4* attirant des amateurs dans le monde entier, les spectateurs de n'importe quel fuseau horaire étaient sûrs de recevoir des images incontestablement authentiques et visuellement fascinantes. Au bout du compte, tout le monde était satisfait. Mais cela impliquait que Linda ou Michael devait rester de faction lorsque l'un d'eux s'accordait un peu de sommeil. Leur passion pour le projet venait en partie de leurs observations conjointes, et de l'excitation qui en découlait. Mais il arrivait souvent que les moments les plus intenses arrivent quand un seul des deux était éveillé, ce qui entraînait de la frustration. Durant les deux premières séries diffusées par mort-en-direct.com, cela avait été un énorme problème. Ils étaient constamment épuisés, et ils avaient à peine l'énergie nécessaire pour achever l'émission. À l'issue de nombreuses discussions, Michael et Linda avaient résolu le problème grâce à l'électronique. Ils filmaient les scènes d'action, ils filmaient également des moments de sommeil, ils créaient des inserts – de sorte que le fil narratif de *Saison 4* était constamment renouvelé, rembobiné, et rejoué. Michael était devenu un expert dans le maniement de Final Cut et d'autres logiciels de montage numérique. Il avait appris à lier différentes séquences. Quand il avait l'impression que les choses pouvaient tirer en longueur, il pouvait mettre en ligne une scène spectaculaire.

Michael avait décortiqué le cinéma pornographique moderne, et il avait dû admettre que les spectateurs pouvaient regarder à l'infini la même scène montrant des comédiens en train de s'accoupler, comme si chaque caresse, chaque gémissement était toujours différent. Mais il avait assez de bon sens pour comprendre que la pornographie, aussi explicite soit-elle, finit toujours par lasser. Qu'elle finit toujours par être prévisible. Il prit le temps de chronométrer les scènes pornos en grand nombre sur Internet – tant de minutes pour chaque élément de chaque acte sexuel, l'un après l'autre, dans un ordre intangible, jusqu'à la conclusion finale, bouche bée. Michael avait décidé de briser ces modèles.

La beauté de mort-en-direct.com résidait dans son art de l'imprévisible. Personne ne savait ce qui pouvait se passer devant les caméras. Personne ne pouvait anticiper le prochain acte. Il était impossible de prendre la mesure de la durée du spectacle, ni de son thème véritable. Une adolescente à demi nue enchaînée au mur dans une pièce anonyme était un point de départ qui pouvait se prêter à toutes les possibilités.

Michael en était très fier. Et il était fier de Linda. C'est elle qui avait insisté pour qu'ils cherchent, pour *Saison 4*, un sujet « jeune et frais ». Elle affirmait que l'accroissement des risques serait compensé par le buzz qui se répandrait sur Internet et leur permettrait d'augmenter le prix de l'abonnement. Elle avait été très persuasive, usant de tout ce qu'elle avait appris à l'école de commerce et dans son travail pour étayer son point de vue.

Michael devait admettre que sur ce point (comme sur bien d'autres) Linda avait raison. Numéro Quatre serait à l'origine de leur scénario le plus intéressant.

Derrière lui, Linda remuait. Elle souriait dans son sommeil. Il lui rendit son sourire, avança la main pour lui caresser la jambe, puis interrompit son geste. Elle avait besoin de repos, il ne fallait pas qu'il la dérange.

Il retourna à l'ordinateur. Un mail d'un certain Magicman88 venait de s'afficher. « Numéro 4 devrait faire de l'exercice, pour que nous puissions admirer ses formes. »

Michael lui répondit : « Oui. Chaque chose en son temps. »

Il aimait donner aux abonnés l'impression qu'ils l'aidaient à contrôler la situation. Il ajouta une note à son script, pour se rappeler de faire faire quelques pompes à Numéro Quatre, des *sit-ups*, voire courir sur place. Il se rassit. Si je lui fais faire de l'exercice, que pensera-t-elle ?

Est-ce que l'agneau à qui on donne plus à manger comprend qu'on l'engraisse avant de l'abattre ? se demanda-t-il.

— Non, elle ne le saura pas, murmura-t-il, à voix haute. Elle croira que ça fait partie d'autre chose. Elle ne sera pas capable d'avoir une vue d'ensemble.

Linda se retourna, sur le lit. Michael aimait l'idée qu'elle réagissait même à ses murmures.

Sur le moniteur, Numéro Quatre leva la main vers son visage, les doigts touchant le masque qui lui cachait les yeux. Mais ses gestes semblaient involontaires. Michael était sûr qu'elle était toujours endormie. Il pensait que la capacité d'imaginer les ramifications psychologiques du moindre détail de ce qui se déroulait sur les écrans vidéo était la marque de son génie. Il considéra non seulement l'influence que cela pouvait avoir sur Numéro Quatre, mais aussi la manière dont cela apparaissait aux spectateurs. Il voulait à la fois qu'ils s'identifient à Numéro Quatre et qu'ils aient envie de la manipuler. Tout résidait dans le contrôle.

De nouveau, il jeta un coup d'œil au moniteur, puis son regard s'attarda sur Linda. Quand ils avaient commencé à échanger les idées qui allaient aboutir à *Saison 1*, il s'était immergé dans tout ce qui concernait la captivité. Il avait lu tout ce qui avait été écrit sur le syndrome de

Stockholm. Il avait dévoré des mémoires de prisonniers de guerre et mis la main sur des textes militaires américains « déclassifiés » décrivant la vie à l'intérieur du *Hilton* de Hanoi. Il était même parvenu à se procurer certains manuels, édités par un service des opérations psychologiques de la CIA, pour les interrogatoires et l'estimation des risques avec des cibles de premier plan. Il avait lu des témoignages de directeurs de prison, et les biographies de certains détenus dont ils avaient la responsabilité. Il connaissait l'histoire véridique du *Prisonnier d'Alcatraz* et aurait pu expliquer à n'importe quel professeur d'histoire du cinéma en quoi, précisément, la célèbre interprétation de Burt Lancaster était éloignée de la réalité.

Il pensait en savoir autant sur l'enfermement que n'importe quel spécialiste. Cette prétendue connaissance des experts autoproclamés le faisait toujours sourire. Il existait une grande différence entre lui et un quelconque tueur qui cherchait des informations, dans le but de faire souffrir ou simplement pour passer le temps. Linda et lui étaient des créateurs. Ils étaient uniques.

Linda remua de nouveau. Michael se leva tranquillement et se dirigea vers la salle de bains. Une bonne douche le rafraîchirait. Il fallait qu'il soit parfaitement en forme, pour la prochaine scène spectaculaire avec Numéro Quatre.

Il prit un instant pour se contempler dans le petit miroir accroché au-dessus du lavabo. Il banda ses muscles maigres et nerveux. Il trouvait qu'il était d'une minceur ascétique, presque monacale. Ou peut-être était-il bâti comme un coureur de fond vraiment possédé. Il écarta ses cheveux de son visage, sentit sa barbe en bataille. Il avait de longs doigts, dont il se disait naguère qu'ils auraient été à leur place sur le clavier d'un piano. La musique qu'ils composaient aujourd'hui se jouait sur les touches d'un ordinateur. Il s'aspergea le visage. Il se trouvait un peu trop pâle. Linda et lui devraient sortir un peu plus, être moins reclus. Après la conclusion de *Saison 4*, peut-être descendraient-ils dans le Sud pour se reposer et prendre un peu de bon temps. Dans un endroit tropical et humide, comme le Costa Rica – ou plus exotique, comme Tahiti.

Ils auraient assez d'argent pour s'offrir les extravagances les plus luxueuses qui leur passe-raient par la tête. *Saison 4* était de très loin leur projet le plus populaire. De nouveaux abonnés continuaient à se connecter en donnant leur numéro de carte de crédit, enfournant l'argent par la voie électronique. Il se rappela qu'il devait faire une mise à jour, afin que les nouveaux venus en voient autant que ceux qui étaient là depuis le début. Michael décida de se raser. Il ouvrit en grand le robinet d'eau chaude, et la glace se couvrit presque immédiatement de buée. Il s'enduisit le visage de crème à raser, s'immobilisa, le rasoir à la main, et se mit à singer un film célèbre.

— Que le spectacle commence ! murmura-t-il avec assurance.

Une fois de plus, Jennifer ne savait pas vraiment si elle était encore dans son rêve ou si elle était éveillée. Derrière le rideau noir qui lui recouvrait les yeux, elle sentait que les choses commençaient à glisser, comme si rien n'était fixé solidement, comme si la force de gravité avait diminué et que tout était relâché, détaché. Elle ignorait si c'était le jour ou la nuit, le matin ou le soir. Elle avait oublié depuis combien de jours elle était prisonnière. Le temps, le lieu, sa propre identité, tout se défaisait un peu plus à chaque instant. Le sommeil ne lui apportait pas le repos. Les aliments que la femme lui donnait à intervalles irréguliers ne calmaient pas sa faim. Les boissons n'étanchaient pas sa soif. Elle restait enfermée sous son masque, enchaînée au mur.

Pour la énième fois, ses doigts enveloppèrent Mister Fourrure, grattaient l'ours en peluche effiloché. Jennifer se demandait pourquoi ils le lui avaient laissé. Elle se rendait bien compte que ce ne pouvait pas être pour l'aider. Ce devait être pour les aider, eux. Pendant un instant, elle se demanda si elle ne devait pas jeter le jouet dans l'espace, là où elle ne pourrait jamais le retrouver. Ce serait un geste de défi. Un geste qui montrerait à l'homme et à la femme qu'elle n'allait pas se contenter de se retourner et de les laisser faire ce qu'ils avaient l'intention de faire.

Elle serra très fort la taille de l'animal et sentit ses muscles se tendre, comme ceux d'un lanceur se préparant à envoyer une balle vers le marbre. Non ! Ne fais pas ça ! hurla-t-elle silencieusement. Elle tendit l'oreille, en quête d'un écho. Rien.

Elle attira l'ours sur sa poitrine et frotta son nez contre la peluche, tout en grattant le dos de l'animal.

— Pardonne-moi, chuchota-t-elle. Je ne voulais pas faire ça. Je ne sais pas pourquoi ils m'ont permis de te garder. Mais c'est un fait, alors nous sommes ensemble dans cette aventure. Comme toujours.

Jennifer inclina la tête, comme si elle s'attendait à entendre la porte ou le cri d'un bébé, mais rien ne se passa. Elle n'entendait rien d'autre que ses propres battements de cœur. Elle partageait cela avec l'ours. Entendre sa propre voix lui permettait de se sentir un peu mieux, même si elle s'affaiblissait vite. Cela lui fit prendre conscience qu'elle pouvait encore parler – cela signifiait qu'elle était toujours elle-même, ne serait-ce qu'un peu. Et ce « peu » était important.

Elle faillit se mettre à rire. Beaucoup de nuits avaient passé depuis qu'elle n'avait pas dormi dans son lit, chez elle, toutes lampes éteintes. Elle était dans le noir, pelotonnée avec Mister Fourrure, déversant toutes ses douleurs et toutes ses larmes sur l'ours en peluche, comme s'il était seul capable, dans le monde entier, de comprendre ce qu'elle subissait. Ils avaient eu de nombreuses conversations, pendant de nombreuses années, à propos de ses ennuis. Il avait toujours été là, avec elle, depuis l'instant où elle avait déchiré le papier cadeau « Bon Anniversaire » dont le père de Jennifer avait maladroitement emballé le petit ours. Puis il avait été très malade, et c'était la dernière chose qu'il lui avait donnée avant de partir à l'hôpital. Il lui avait donné un jouet et il était mort, et Jennifer avait détesté sa mère, qui n'avait rien fait contre le cancer qui l'avait tué.

Jennifer inspira et caressa son ours. Ce sont peut-être des assassins, se dit-elle, amère (comme si les mots passaient directement de son cerveau à l'animal en peluche), mais ils ne sont pas le cancer. La seule chose au monde qui lui faisait vraiment peur. Le cancer. Elle soupira, et remua sur le lit.

— Il faut que nous puissions voir, murmura Jennifer dans l'oreille effilochée de son ours. Il faut voir où nous sommes. Si on ne voit rien, c'est comme si on était morts.

Elle hésita. Ces mots la rendaient nerveuse. Sans doute parce que c'était la vérité.

— Regarde autour de toi avec attention, reprit-elle doucement. Tu dois tout enregistrer. Tu me diras tout, plus tard.

Elle savait que c'était idiot, mais cela ne l'empêcha de faire pivoter de gauche à droite la tête du petit ours, pour que les deux billes de verre qui lui servaient d'yeux puissent couvrir l'endroit inconnu où elle était retenue captive. C'était stupide et infantile, mais cela l'aida à se sentir un peu mieux, un peu plus forte, de sorte que, lorsqu'elle entendit la porte s'ouvrir, elle ne se raidit pas aussi vite que d'habitude, et son souffle ne se fit pas aussi saccadé. Elle se contenta de se tourner dans la direction du bruit, espérant qu'il s'agirait d'une visite de routine – pour lui donner à manger ou à boire –, mais tout de même nerveuse à l'idée que ce puisse être le signal du pire.

Elle le savait déjà parfaitement : quoi qu'on lui réservât, ce ne serait ni rapide, ni soudain. À cette pensée, sa main se crispa sous l'effet de la peur. Mais elle était assez intelligente pour savoir que chaque seconde qui passait, chaque élément nouveau qui s'introduisait dans le monde obscur où elle se trouvait, pourrait aussi bien la soulager que la blesser.

## 21

Adrian était couché en boule sur son lit, la tête posée sur le giron de Cassie, nue et enceinte de six mois. Il inspirait profondément, identifiant plusieurs parfums, comme si chacun d'eux lui disait quelque chose d'unique sur la personnalité de sa femme. Cassie fredonnait un air de Joni Mitchell qui semblait venir d'un passé depuis longtemps oublié. Elle caressait lentement, au rythme de la musique, les cheveux gris emmêlés d'Adrian, les repoussant de son front, puis elle lui massa doucement les oreilles. Cela provoquait une sensation qui allait bien au-delà du plaisir.

Immobile, Adrian pensait aux moments qui suivaient l'amour, autrefois. L'épuisement l'envahissait. Il avait envie de fermer les yeux, de sombrer au plus profond de lui-même, et de mourir sur-le-champ. S'il existait un moyen d'ordonner à un cœur de cesser de battre, il l'aurait fait sans la moindre hésitation.

Cassie pencha la tête vers lui.

— Tu te souviens combien d'heures tu as passées dans cette position, Audie, en espérant sentir les coups de pied de Tommy ?

Oui, il s'en souvenait. Pas une seconde de perdue. Cela avait été la période la plus heureuse de sa vie. Tout semblait tellement plein de promesses. Il avait obtenu son doctorat et il venait d'être nommé à l'université. Cassie avait déjà tenu sa première expo dans une galerie prestigieuse de Soho, à New York, ce qui lui avait valu des critiques respectueuses, presque élogieuses, d'*Art World* et du *New York Times*. Quant à Adrian, son addiction à la poésie – il y pensait souvent dans les termes qu'on réserve d'habitude aux drogués – commençait juste à prendre racine. Il découvrait Yeats et Longfellow, Martin Espada et la jeune Mary Jo Salter. Leur fils allait bientôt venir au monde. Chaque jour apportait son lot d'exaltation, et Adrian accueillait les premiers rayons du matin avec une énergie folle. Il avait l'habitude de courir juste après l'aube, une dizaine de kilomètres à un bon rythme, juste pour entretenir son enthousiasme par un effort soutenu. Même les membres de l'équipe de cross-country de l'université, qui voyaient la course à pied comme l'obsession la plus positive du monde, considéraient que le nouveau prof de psychologie qui les écrasait tous les matins était loin d'être un crétin.

— Il y avait tant de choses à aimer, dit Cassie d'un ton lyrique. Tout s'en est allé, maintenant.

Adrian ouvrit les yeux. Il était seul. Il avait la tête enfoncée dans un oreiller, et non dans le ventre de sa femme. Il tendit le bras, comme s'il pouvait la prendre et lui tenir le dos comme il le faisait dans son souvenir. Il sentit la main de Cassie dans la sienne, mais il ne la voyait pas.

— Tu as du travail à faire, lui dit-elle vivement.

La voix de Cassie semblait venir simultanément de derrière lui, au-dessus de lui, sous lui, à l'intérieur de lui.

— Allons, Audie. Chaque seconde compte.

Cassie était là. Cassie n'était pas là. Adrian se redressa. Il s'assit.

— Jennifer, dit-il.

— Précisément. Jennifer.

— J'ai du mal à me rappeler son nom.

— Non, Audie. Tu t'en souviens. Tu la vois clairement, dans ton esprit. Et tu peux voir qui elle était. Tu te souviens de sa chambre ? De ses affaires ? La casquette rose ? Tu te souviens de tout cela. Et je suis ici pour te le rappeler. Retrouve-la.

L'écho renvoya les paroles de Cassie, comme si elle se trouvait au bord d'un canyon. Il les avait déjà maintes fois entendues. Comme d'habitude, il s'apprêta à protester, il était trop vieux, trop malade, trop confus... Mais il savait que Cassie n'accepterait pas ces excuses. Elle ne le faisait jamais.

Adrian regarda dehors. La nuit tenait toujours le monde sous son emprise. Il va faire froid, se dit-il. Mais ce n'est pas aussi dur que l'hiver. Si je sortais, je pourrais sentir le printemps. Il serait encore caché dans l'obscurité, mais il serait là.

Il se leva, avec l'intention de gagner la porte d'entrée, mais il n'en fit rien. Il jeta un coup d'œil au miroir au-dessus de la vieille commode de Cassie, dans la chambre. Il était maigre. La maladie l'avait fait fondre. Il essaya de se rappeler qu'il devait manger correctement. Il se demanda s'il avait dormi plusieurs heures, ou seulement quelques minutes. Prends tes médicaments. Tu dois arrêter d'avoir tout le temps des hallucinations. Il savait qu'il avait peu de chances d'y parvenir, quelle que soit la quantité de cachets qu'il prendrait. D'ailleurs, il aimait ces visites. Elles appartenaient à une partie de sa vie qu'il aimait beaucoup plus que la partie qui était en train de mourir.

Il se sentait comme un vieil entêté – ce qui n'était pas si terrible qu'on voulait bien le dire. Il se dirigea tout de même vers sa propre commode, trouva une partie des cachets censés l'aider à lutter contre sa démence, ignora le fait qu'il ne se rappelait plus quand il en avait pris, en avala une poignée. Adrian sortit de la chambre, passa dans son bureau, repoussa les piles de journaux et de livres et s'installa devant l'ordinateur. Il déplia à côté de lui une carte des six États composant la Nouvelle-Angleterre. Massachusetts. Connecticut. Vermont. Rhode Island. New Hampshire. Maine. Puis il se tourna vers l'ordinateur et accéda au Registre des délinquants sexuels de chacun des États.

Il actionna quelques touches, cliqua sur un nom. Une photo anthropométrique s'afficha à l'écran. Un homme aux yeux de fouine, crâne dégarni, teint cireux, regard fuyant. Exactement ce à quoi Adrian s'attendait. Suivait une liste d'interpellations, de condamnations, de citations au tribunal. Puis une adresse et une description simple des goûts de l'homme. Une échelle de « dangerosité » et la description de son mode opératoire. Tout était froid, clair, dans le style administratif de la police, sans fioritures, avec très peu de la réalité de ce que cet homme avait commis. Entre autres, un outrage à la pudeur devant un centre commercial – c'est un des délits qu'Adrian remarqua. Rien n'indiquait l'impact que cela avait eu sur le délinquant ou sur ses victimes.

Adrian se renversa dans son fauteuil en soupirant. Ces données avaient peut-être du sens pour un professionnel. Mais il avait passé sa vie à interpréter des comportements. Quand il remarquait quelque chose – chez une souris blanche ou un être humain –, son travail consistait à en extrapoler la signification. N'importe qui pouvait identifier une action, il n'y avait ni art ni intelligence dans le fait de la reconnaître. Son travail à lui avait toujours été de découvrir ce que cela signifiait, ce que cela impliquait pour d'autres individus, et ce que cela suggérait pour l'avenir.

Il cliqua sur une autre photo. Un autre homme. Un costaud, cette fois, barbu, avec de longs cheveux bouclés, le corps couvert de tatouages. Le dossier montrait des gros plans d'un grand nombre d'entre eux – dragons crachant le feu, walkyries maniant l'épée, insignes de motards – et présentait le même genre d'informations criminelles que le précédent. Comme il l'avait fait pour l'homme au visage cireux, Adrian contempla le portrait et se dit qu'il ne pouvait rien inférer de la simple image du criminel. Il décida que rien de ce qui s'affichait sur un écran d'ordinateur ne pourrait lui apprendre quoi que ce soit sur le genre d'individus qui avaient enlevé Jennifer.

— Dans ce cas, dit Cassie, qui lisait par-dessus son épaule les informations sur l'écran, il semble bien qu'il n'y ait qu'une chose à faire.

Adrian sentait la chaleur de son souffle sur sa joue. Il hocha la tête.

— Mais...

— Est-ce que tu n'as pas toujours dit que tu avais des sentiments mitigés en lisant les conclusions des expériences des autres ? Tu ne te fiais vraiment qu'aux expériences que tu avais toi-même menées. Quand tu étudiais la peur et ses conséquences émotionnelles, est-ce que tu ne répétais pas que tu préférais découvrir les choses par toi-même ?

Cassie posait des questions dont elle connaissait les réponses. Cette technique était familière à Adrian. Sa femme l'avait utilisée avec succès pendant des années.

Il hésita. Des questions obsédantes stimulaient son imagination. Incapable de se retenir, il posa celles qui l'obsédaient depuis des années.

— Ce n'était pas un accident, n'est-ce pas ? Avec la voiture, un mois après la mort de Tommy.

Ce n'était absolument pas un accident, hein ? Mais tu voulais que cela y ressemble. Tu aurais perdu le contrôle et heurté un arbre, par cette nuit pluvieuse. Sauf que tu n'as pas vraiment perdu le contrôle, hein ? C'était censé être un suicide qu'aucun flic, aucun enquêteur des assurances ne pourrait qualifier de suicide. Sauf que ça n'a pas marché, n'est-ce pas ? Tu ne t'attendais pas à te réveiller à l'hôpital, estropiée, hein ?

Adrian reprit son souffle. Il avait lâché ses questions comme un écolier exagérément enthousiaste. Il était gêné. Mais il voulait tout de même entendre les réponses de Cassie.

— Bien sûr que non, bougonna-t-elle. Mais puisque tu as toujours su la vérité, pourquoi est-il si important de la dire à voix haute ?

Il était incapable de répondre à cela.

— Nous n'en avons jamais parlé. J'ai toujours voulu le faire, mais je ne savais comment te poser la question quand tu étais vivante…

— Oh, à peine vivante…

— Oui. Estropiée.

— Plus estropiée par la mort de Tommy que par n'importe quelle saleté de chêne à cent kilomètres à l'heure. C'est ainsi que ça se passe, Audie. Tu le sais bien.

— Tu m'as laissé seul.

— Non. Jamais. Je suis morte, c'est tout, parce que je devais mourir. Mon heure était venue. Je n'ai pas supporté la mort de Tommy. Et tu ne t'es jamais attendu à ce que j'y parvienne. Mais tu te trompes…

— Ah bon ?

— Tu n'as jamais été seul.

— C'est ce que je ressens à l'heure où je suis en train de mourir, moi aussi.

— Vraiment ?

Cassie lui massa les épaules, pétrissant la chair et les muscles. Elle semblait plus vieille, usée de l'intérieur. Comme après avoir appris la nouvelle de la mort de leur fils unique. Pendant des jours et jours, elle était restée prostrée, sans cesse de fixer sa photo. Puis elle s'était mise à chercher sur Internet, de manière obsessionnelle, tout ce qui concernait les reporters, cameramen et journalistes en poste en Irak. Adrian se disait qu'elle aurait voulu qu'ils soient tous morts, ainsi la disparition de leur fils n'aurait pas été si unique, et peut-être moins horrible. Il se disait aussi qu'il agissait de la même manière, maintenant, sauf qu'il était en quête de quelque chose qui lui indiquerait où chercher Jennifer. Il se pencha sur l'ordinateur et chargea un nouveau dossier.

— Regarde ça…, dit-il doucement.

Sa voix exprimait une surprise totale. Il était entré dans la base de données de sa propre ville, et en avait sorti une liste de dix-sept délinquants sexuels déjà condamnés, qui vivaient à quelques kilomètres de l'université et des écoles de la ville.

— Quand je mettais un rat dans un labyrinthe, et que je lui injectais…

Cassie était tout près de lui, il la sentait, il voyait même son reflet sur l'écran, mais il avait peur de se retourner car cela chasserait son fantôme et il aimait qu'elle soit là, si proche de lui. Après un silence, il se mit à rire. Et il dit une chose familière :

— J'ai toujours eu envie de demander au rat...

— « Qu'est-ce que tu as ressenti ? À quoi pensais-tu ? Pourquoi as-tu fait ce que tu as fait ? »

Cassie avait achevé la phrase pour lui, avec un petit rire musical qui rappela à Adrian des jours meilleurs. Elle lui donna une claque sonore dans le dos, comme pour signaler que le massage était terminé.

— Eh bien, va demander au rat, fit-elle d'un ton vif.

22

Adrian n'attendit qu'une demi-heure avant que l'homme qu'il avait sélectionné dans la liste des dix-sept délinquants sexuels sorte de chez lui et se dirige hâtivement vers sa voiture. Il était encore tôt, et il portait une cravate rouge bon marché et un gilet de laine bleu.

Depuis son poste d'observation, de l'autre côté de la rue, Adrian le suivit des yeux tandis qu'il montait dans une petite voiture japonaise beige. La maison de plain-pied de style « ranch » où il vivait avec sa mère (s'il fallait en croire la fiche qu'Adrian avait imprimée) était extraordinairement soignée, fraîchement repeinte et un peu en retrait de la rue. Des fleurs précoces, bleues et jaunes, dans les pots en brique rouge, étaient alignées près de la porte d'entrée.

Mark Wolfe – c'était son nom – portait une mallette de cuir noir usée. Il avait l'apparence sans éclat d'un banal employé. Il n'aurait pas déparé chez un marchand de voitures d'occasion ou au service de tri d'un bureau de poste. Il avait à peine quarante ans, n'était pas très grand, de carrure moyenne, avec des cheveux blond-roux et des lunettes à monture noire. Adrian ne le trouvait guère différent de n'importe quel citadin rejoignant chaque matin l'emploi ennuyeux lui rapportant un salaire modeste mais indispensable. Mais l'homme qu'Adrian observait ce matin-là n'avait pas l'air d'appartenir à un monde qui lui était familier. Il semblait ailleurs. Adrian hésita, incertain sur la conduite à tenir.

— Non, vas-y, vite ! Suis ce fils de pute, le pressa Brian. Il faut que tu saches où il travaille. Il faut que tu saches qui il est !

Dans le rétroviseur, Adrian vit l'image de feu son frère. C'était le Brian avocat, quadragénaire. Penché en avant, il agitait les mains comme pour pousser Adrian à agir, le pressant d'avancer. Les longs cheveux de Brian étaient ébouriffés, dépeignés, comme s'il avait veillé toute la nuit à son bureau. Sa cravate en soie de chez Brooks Brothers était dénouée et il parlait d'un ton pressant, résolument impatient.

Adrian démarra immédiatement et se plaça dans le sillage du délinquant sexuel. Il vit que

Brian se laissait retomber sur son siège, épuisé et soulagé.

— Bien. Merde, Audie, cesse d'être aussi... hésitant. Pour sauver Jennifer, avant tout, il faut agir vite. Tu le sais. À partir de maintenant, quand tu auras envie d'étudier quelqu'un ou quelque chose, n'importe quel indice, n'importe quelle information, avec le style lent, régulier, prudent, du professeur d'université... eh bien, dis-toi que tu dois foncer.

La voix de Brian semblait presque aiguë, affaiblie, comme s'il faisait appel à toutes les forces qui lui restaient, au plus profond de lui-même. Tout d'abord, Adrian se demanda si son frère était malade... avant de se rappeler qu'il était mort depuis longtemps.

Il manœuvra la vieille Volvo.

— C'est la première fois de ma vie que je file quelqu'un.

Il enfonça l'accélérateur. Le moteur de la Volvo fit entendre un gémissement réticent.

— Ce n'est pas grand-chose, répondit Brian avec un soupir, comme si le simple fait d'avancer contribuait à le détendre. Si nous avions vraiment envie d'être invisibles, comme des professionnels, nous aurions trois voitures, et nous pourrions nous passer le relais... tu sais bien, une voiture après l'autre. C'est la même chose quand on suit quelqu'un à pied. Mais nous n'avons pas besoin d'être aussi sophistiqués. Contente-toi de le suivre, là où il va.

— Et après ?

— Après, on verra ce qu'on verra.

— Supposons qu'il se rende compte que je le suis ?

— Alors on verra ce qu'on verra. Aucune importance. Avant la fin de la journée, nous parlerons à ce type.

Adrian vit que son frère lisait le document imprimé.

— Je vois pourquoi tu as choisi ce sale type, fit Brian.

Il eut un petit rire. Le document qu'Adrian avait extrait du registre, sur Internet, ne contenait pourtant aucune information amusante.

— Les âges correspondent, dit Adrian à voix haute en accélérant après un carrefour, pour maintenir l'allure. Il a été condamné et il a plaidé coupable dans trois affaires différentes, à chaque fois avec des filles de treize à quinze ans.

— Un joli cœur, ça ne fait pas de doute, fit Brian, avec l'assurance de l'avocat qui a les faits et les preuves de son côté.

C'était exactement ce qu'Adrian s'était dit, avec la même ironie. L'astuce consistait à examiner scientifiquement le groupe de dix-sept hommes, de se concentrer sur leurs problèmes respectifs. La plupart d'entre eux avaient été condamnés pour viol. Certains étaient coupables de violences domestiques. Cet homme était différent. Il avait été arrêté une fois pour détention d'images pornographiques impliquant des enfants. Des accusations avaient été avancées par une ex-épouse, à cause d'une belle-fille. Plusieurs arrestations pour exhibitionnisme. Ce sont tous des rats. Mais ce rat est différent.

— Il s'est exhibé devant elles.

— Quéquette-à-l'air. C'est le nom que les flics leur donnaient, à New York, dit Brian. J'imagine qu'ici, à la cambrousse, c'est la même chose.

— Sans doute, Brian. Mais regarde là, la dernière condamnation, et tu verras...

Adrian s'interrompit. Son regard se détourna de la voiture brun clair qui le précédait pour se poser sur son frère, plongé dans sa lecture, à l'arrière.

— Ah, il a fait de la prison pour... Dis donc, Audie, je suis impressionné. Tu as l'air d'être devenu un vrai spécialiste.

— Séquestration.

— Oui, fit Brian. Tu comprends, c'est un crime moins grave qu'un kidnapping... mais sur le même registre, non ?

— Je crois.

— Des adolescentes, bougonna Brian. Il a tenté d'en attraper une, hein ? Je me demande ce qu'il avait l'intention de faire après ? Pas mal de choses, sans doute.

Il rit de nouveau.

— Mais une chose...

— Je sais. Pas de complice. C'est ce que je dois comprendre...

— Ne le perds pas de vue, Audie. Il entre en ville.

La circulation avait repris. Plusieurs véhicules et une camionnette bloquaient la voiture brun clair. Derrière Adrian, un bus scolaire s'arrêta, à quelques centimètres de son pare-chocs. Il manœuvra pour rattraper l'homme qu'il suivait.

— Je me souviens, Brian, quand tu avais cette belle voiture de sport...

— La Jaguar. Ouais. Elle était chouette.

— Avec elle, il serait beaucoup plus facile de filer le bonhomme.

— Je l'ai vendue.

— Oui, je m'en souviens. Je n'ai jamais compris pourquoi. Tu avais l'air heureux de l'avoir.

— Je conduisais trop vite. Toujours trop vite. Trop imprudent. Je ne pouvais pas me mettre au volant sans la pousser bien au-delà de ses limites... pas seulement de la limite autorisée, Audie, mais les limites de la folie. À cent cinquante kilomètres à l'heure, ça me rendait fou, à cent quatre-vingts je pétais les plombs, à deux cents je devenais tout simplement psychotique. Et j'aimais ça, cette vitesse. Ça me donnait l'impression d'être libre. Mais j'ai compris que j'allais finir par me tuer. Trop souvent, j'avais failli en perdre le contrôle. Je savais que je risquais gros, c'était trop dangereux, alors je l'ai vendue. La plus belle connerie de ma vie. Cette voiture était magnifique, et elle m'aurait fourni un meilleur moyen de...

Brian s'interrompit. Son frère se couvrait le visage de ses mains.

— Pardonne-moi, Audie. J'avais oublié. C'est ce que Cassie a fait.

La voix de Brian semblait lointaine, très douce.

— Elle et moi, nous étions très différents. Je sais que tu pensais que nous ne nous entendions pas. C'était faux. Simplement, chacun de nous voyait en l'autre quelque chose qui lui faisait peur.

Qui aurait pu deviner que nous finirions par péter les plombs de la même manière ?

Adrian avait envie de lui répondre, mais il était incapable de former les mots. Il avait les larmes aux yeux. Il n'entendait rien d'autre que la douleur dans la voix de son frère, semblable à celle qu'il avait entendue dans la voix de Cassie.

— J'aurais dû le savoir. C'était moi, le psychologue. J'étais comme un analyste. J'avais la formation pour...

Brian se mit à rire.

— Est-ce que Cassie ne t'a pas absous de cette culpabilité ? Elle aurait dû. Eh, fais attention ! Le mec vient de tourner, là-bas. Bon Dieu, c'est incroyable. N'est-ce pas exactement le genre d'endroit où un sale type dans son genre est censé bosser ?

Adrian ne répondit pas. Il vit la voiture beige tourner vers un grossiste en électroménager qui occupait presque tout un pâté de maisons, en périphérie de la ville. L'homme se rendit à l'arrière du bâtiment et dépassa un panneau « Parking employés ».

Adrian se gara non loin de l'entrée du parking. Il attendit un quart d'heure, silencieux. À l'arrière, Brian semblait dormir. Adrian se demanda ce qu'il pourrait acheter pour donner le change quant à la raison de sa présence. Il voulait simplement s'assurer que l'homme était au travail.

— Allons-y, dit-il à Brian. Allons vérifier qu'il passe bien la journée ici.

Il descendit de voiture et traversa l'immense parking, traînant les pieds sur le macadam. Des entrepreneurs, des plombiers, des charpentiers et des types soucieux à l'air de père de famille de banlieue – parfait échantillon de la population de la ville – se dirigeaient vers le magasin. Il suivit le flot, sans un regard derrière lui pour voir si Brian l'accompagnait. Même au milieu de la foule, pourtant, il se sentait seul.

Dans cet immense magasin, il eut un accès de désespoir. L'endroit était divisé en plusieurs dizaines de sections. Adrian commença à aller et venir entre les rayons où s'entassaient carrelage et panneaux de bois, éviers et robinetterie en inox, enduits divers, marteaux et outillage électrique. Il s'apprêtait à renoncer lorsqu'il repéra un employé du rayon électricité pour particuliers. Il l'observa un moment. Wolfe discutait énergiquement avec un couple dans la trentaine. L'homme secouait la tête. La femme semblait excitée, comme si elle était persuadée que son mari et elle, munis de bons outils et de bons conseils, pouvaient refaire tout le câblage électrique de leur maison. L'homme avait cet air qu'ont parfois les jeunes maris qui savent qu'on leur demande de faire plus que ce dont ils sont capables, mais qui ne peuvent rien pour empêcher cela. Si ce jeune couple avait su qui était leur interlocuteur, ils auraient eu, sans doute, un mouvement de recul, horrifiés.

Adrian les observa encore un moment. Convaincu qu'il pourrait revenir après les heures de travail de Wolfe, il fit demi-tour et s'en alla. Il avait l'impression d'être parvenu à quelque chose, sans en être vraiment sûr. Peut-être était-ce le fait d'être si près de quelqu'un qui pourrait lui dire ce qu'il cherchait.

Mais obtenir cette réponse de cet homme constituait un vrai défi, et Adrian ignorait comment il allait s'y prendre.

Il passa le reste de la journée dans l'attente. Il poursuivit ses recherches, qui l'entraînèrent plus profondément dans ce qu'il considérait comme une perversion. Il poursuivit son examen des motifs et des éléments qui construisent une personnalité déviante. Mais rien ne lui indiquait où il devait chercher Jennifer. Il n'en pouvait plus d'entendre Cassie ou Brian lui répéter d'aller plus vite, que le temps passait, que chaque seconde supplémentaire la rapprochait de la fin – à condition qu'elle fût encore vivante. Toutes ces remontrances étaient justifiées. Ou peut-être pas. Il n'avait aucun moyen de le savoir. C'est pourquoi il partait du principe qu'elle était toujours vivante, car l'autre hypothèse était trop horrible.

Sauve-la. Allez. Tu n'as jamais sauvé personne, sauf toi-même, se dit-il. Soudain, il eut peur, s'il renonçait à chercher, que Cassie et Brian, et même Tommy, disparaissent, le laissent seul, sans rien d'autre que des souvenirs confus, incohérents, et la maladie qui les faisait se tortiller en lui, jusqu'à ce qu'il se sente comme un élastique tendu au point de rupture.

C'est ainsi qu'il se retrouva tout seul – se demandant où pouvait bien être Brian, pourquoi Cassie ne pouvait pas quitter la maison, pourquoi

Tommy n'était venu le voir qu'une fois, et espérant qu'il reviendrait au plus vite –, devant la quincaillerie en gros. La nuit tombait peu à peu, et il craignit de ne pas voir l'homme quand il quitterait son travail. Mais la voiture beige déboucha à l'arrière du magasin juste à l'heure qu'Adrian avait calculée. Il laissa une voiture s'insérer entre eux. Il ne quittait pas Wolfe des yeux à travers le pare-brise de la voiture qui le précédait – ce qui était de plus en plus difficile, à cause du crépuscule.

Adrian s'attendait à ce qu'il retourne directement à sa belle petite maison. Peut-être s'arrêterait-il dans une épicerie, mais ce serait une question de minutes. Il se trompait. L'homme quitta le boulevard et pénétra dans la ville par une rue latérale. Cela prit Adrian par surprise, qui fit une embardée imprévue. Quelqu'un, sans doute un étudiant, lui donna un coup de klaxon grossier.

La voiture beige le précédait d'une trentaine de mètres, dans une rue juste à l'écart du boulevard. La vieille Volvo faisait de son mieux pour ne pas se laisser distancer. La rue était bordée de bureaux et d'immeubles d'appartements, d'une ou deux galeries d'art, d'un temple de l'Église congrégationaliste et d'un magasin de réparation d'ordinateurs. La voiture entra bientôt dans un petit parking, zigzaguant entre une demi-douzaine de véhicules pour atteindre le dernier emplacement libre.

— Qu'est-ce qu'il fabrique ? se demanda Adrian à voix haute.

Il s'attendait à entendre la réponse de Brian, mais celui-ci n'était pas là.

— Bon Dieu, Brian ! s'exclama-t-il. J'ai besoin de ton aide, tout de suite ! Que dois-je faire ?

Le siège arrière gardait le silence. En jurant, Adrian s'engouffra dans la rue. La ville avait décrété des mesures pour réglementer le stationnement et empêcher les nombreux étudiants d'encombrer les trottoirs avec leurs voitures. En été, l'endroit était désert. Pendant l'année scolaire, il était surpeuplé. Il lui fallut plusieurs minutes pour trouver une place libre dans un parking payant, une rue plus loin.

Adrian parvint à s'extraire de sa voiture et claqua la portière. Il regagna en toute hâte l'endroit où il avait laissé son homme. Il trouva la voiture beige mais ne vit aucun signe de Wolfe. Le parking se trouvait derrière une maison imposante à un étage, à bardeaux blancs, qui avait été divisée pour abriter des bureaux. Adrian se dit que l'homme devait être quelque part à l'intérieur du bâtiment. Il se dirigea vers l'entrée, où il y avait eu jadis une porte cochère. Il n'y avait qu'une plaque, où était inscrite cette raison sociale : CENTRE DE SANTÉ ÉMOTIONNELLE DE LA VALLÉE, suivie des noms de trois médecins et de deux professeurs. Scott West était l'un d'eux.

— Tiens donc..., murmura Brian, d'un ton suffisant, à l'oreille de son frère, comme s'il savait depuis le début ce qu'Adrian allait trouver dans l'immeuble. L'amant de la mère de Jennifer s'occupe d'un délinquant sexuel avéré. Un lien pour le moins curieux. Je me demande s'il a pris la peine de le préciser, l'autre jour, quand l'inspecteur Collins l'interrogeait ?

Adrian ne se retourna pas vers son frère. Il le sentait qui rôdait juste derrière lui. Il s'abstint également de lui demander : « Où étais-tu, quand j'avais besoin de toi ? » Il se contenta de hocher la tête et répondit d'un ton hésitant :

— Il se trouve peut-être dans un des autres bureaux.

— Bien sûr, fit Brian. Peut-être. Mais je ne crois pas. Toi non plus, d'ailleurs.


23


Quand Terri Collins leva les yeux, elle eut la surprise de découvrir Adrian Thomas à la porte du bureau des inspecteurs. Un agent en uniforme l'accompagnait, qui haussa les épaules avec une mimique qui signifiait « Je n'avais pas le choix » et poussa le vieil homme dans sa direction.

Terri venait de raccrocher le téléphone. Mary Riggins, aussi éplorée que d'habitude, lui avait annoncé que quelqu'un avait rapporté sa carte Visa, déclarée perdue, dans une banque du Maine.

— Quelqu'un s'en est servi, ajouta Mme Riggins d'un ton morne. Pour acheter un billet d'autocar pour New York.

Terri avait dûment noté l'information, et pris le numéro de téléphone direct du service de sécurité de Visa. Il n'était pas logique que la carte soit allée dans une direction, alors que le billet de car suggérait un voyage dans l'autre sens. Elle cherchait le numéro du poste de police de la gare routière de Boston, quand elle vit Adrian.

Son bureau était jonché de documents et de notes sur la disparition de Jennifer. Elle s'empressa d'en faire une pile qu'elle retourna. Terri se dit que le professeur comprendrait de quoi il s'agissait, et elle prépara une réponse polie qui éluderait toute question éventuelle. Elle ne lui parlerait pas de la carte Visa.

Sans prendre le temps de la saluer, Adrian lui demanda simplement :

— Avez-vous obtenu la liste des patients de Scott West ? Je me souviens que vous la lui avez demandée.

Terri était surprise. Elle n'aurait jamais pensé qu'il était si attentif à ce qui se disait, quand elle avait rencontré Scott et Mary chez eux.

Adrian combla le silence avec une seconde question :

— Il a dit qu'il vous la donnerait. Et il s'est moqué de l'idée que quiconque, parmi les gens qu'il avait soignés, pourrait avoir le moindre lien avec la disparition de Jennifer, n'est-ce pas ?

Terri acquiesça. Elle attendait une autre question du professeur. Celui-ci se contenta de se pencher en avant en lui jetant un regard qu'il réservait depuis des décennies aux étudiants turbulents ou mal préparés : le regard « Trouvez autre chose ». Elle haussa les épaules. Elle resta évasive :

— Il est censé me l'apporter demain. Ce sera un document confidentiel, professeur. Je ne serai pas autorisée à vous donner la moindre information sur son contenu.

— Et une liste des délinquants sexuels ? Il me semblait avoir établi que ce devait être l'étape suivante.

Terri ne l'avait jamais vu se conduire de manière aussi autoritaire. Cela la rebutait. Elle s'était imaginé qu'il voudrait opérer dans les zones grises de la spéculation, de la théorie et de la supposition. Elle s'attendait à rencontrer le professeur en veste de tweed, pièces de cuir aux coudes et pipe au bec, qui trouve son bonheur derrière son bureau, entouré de livres et de documents savants, qui ferait de temps en temps une observation ou avancerait une opinion. Comme lorsqu'il l'avait informée à propos de Myra Hindley, Ian Brady et les crimes de la lande. Elle ne s'attendait pas à ce qu'il vienne, une seule fois, à son bureau. Il semblait différent – comme une chemise flottante qui aurait rétréci au lavage au point d'être trop étroite. Le même homme, mais à peine reconnaissable.

— J'ai parcouru ces listes, professeur. J'ai beaucoup lu sur cette affaire dont vous m'avez parlé, qui s'est déroulée en Angleterre dans les années soixante. Il peut sembler évident, pour un professeur d'université, d'établir un lien concret entre tout cela et la disparition de Jennifer. Mais pour un inspecteur de police...

Elle parlait du ton habituel du flic qui a décidé de répondre sans rien dire d'utile. Adrian l'interrompit :

— Est-ce que le nom de Mark Wolfe vous dit quelque chose ?

Terri hésita. Le nom déclencha un bourdonnement au fond de sa mémoire. Mais elle ne le reconnut pas sur-le-champ.

— Un délinquant sexuel, déjà condamné. Exhibitionniste à répétition, avec une prédilection marquée pour les adolescentes. Il vit en proche banlieue. Ça vous dit quelque chose ?

Le bourdonnement augmenta. Terri savait que ce nom figurait sur un des documents qu'elle avait dissimulés au regard d'Adrian. Elle opina, tout en essayant de se rappeler mentalement à quoi il ressemblait. Des lunettes. Des verres épais, une monture noire. Sur une photo anthropométrique. C'est là qu'elle les avait vues.

Elle se renversa en arrière et montra un siège à Adrian. Il resta debout. Terri le trouvait rigide, et se demandait ce qu'était devenu son air égaré. Elle se demanda aussi s'il allait réapparaître.

— Je l'ai vu aujourd'hui...

— Vous l'avez vu ?

— Oui. Et...

— Comment saviez-vous qui il était ?

Adrian fouilla dans la poche de son manteau. Il en sortit quelques feuilles de papier froissées. Terri vit qu'il s'agissait de sorties imprimante de dossiers d'Internet sur des criminels sexuels de la région.

— Ce Wolfe... pourquoi l'avez-vous choisi...

— Il semblait le plus logique. Du point de vue du psychologue.

— Et quel est précisément ce point de vue, professeur ?

— Les exhibitionnistes vivent dans un monde fantasmé d'une nature assez bizarre. Ils trouvent souvent leur excitation et leur plaisir sexuels en s'exhibant, en réalisant le fantasme que les femmes (dans le cas de cet homme, il s'agit de très jeunes femmes) qui en sont témoins seront comme par magie attirées par eux, au lieu de les rejeter… ce qui se passe pourtant dans la réalité, bien entendu. L'acte de s'exposer excite leur imagination.

Terri décelait dans chacun de ces mots le ton posé de la salle de classe.

— D'accord. Tout cela est bien beau, mais quel rapport Wolfe a-t-il avec…

Adrian l'interrompit de nouveau :

— Je l'ai vu entrer dans la clinique de Scott West, ce soir, après son travail.

Terri ne réagit pas sur-le-champ. C'était la règle numéro 101 du manuel. Rester impassible, comme un joueur de poker. Intérieurement, elle était furieuse. Comment le professeur savait-il qu'il avait fini son travail ? Il le suivait ? Les lèvres serrées, elle décida de faire l'idiote.

— Oui, et…

— Vous ne trouvez pas cela bizarre, inspecteur ? Intéressant, peut-être ?

— Oui. Oui, c'est sûr, professeur.

La réponse était sincère, mais réticente.

— Je me rappelle qu'il affirmait de manière catégorique qu'aucun de ses patients, présents ou passés, ne pourrait avoir affaire avec…

— Oui. Je l'ai entendu aussi, professeur Thomas. Mais vous faites des suppositions que je ne peux pas encore…

Adrian plissait les yeux, le regard fixé droit sur elle. Elle se tut. Elle ne voulait pas avoir l'air d'une idiote.

— Vous ne pensez pas que cela exige quelques investigations ?

— Si, en effet.

Il y eut un silence. Puis Adrian reprit la parole :

— Vous savez, inspecteur, si vous ne la cherchez pas, je le ferai.

— Je cherche, professeur. Ce n'est pas aussi simple que soulever une pierre, ouvrir un tiroir ou regarder derrière une porte pour voir si c'est là qu'elle se cache. Elle est partie, et il existe des éléments contradictoires…

Une fois de plus, elle s'interrompit. Elle fouilla dans les documents qui s'entassaient sur son bureau et en sortit le tract qu'elle avait préparé. On y voyait la photo de Jennifer et le mot « Disparue », suivis de ses mensurations et des numéros de téléphone nécessaires – le genre d'affichette qu'on voit tous les jours dans n'importe quel poste de police et autres bâtiments officiels. Il était un peu plus détaillé que les affiches faites à la maison que les banlieusards collaient au tronc des arbres et aux poteaux téléphoniques pour retrouver un chien ou un chat perdu.

— Je cherche, répéta-t-elle. Ce document a été envoyé à tous les services de police locale et à tous les postes de la police d'État de Nouvelle-Angleterre.

— Ces gens cherchent-ils sérieusement ?

— Vous n'attendez pas que je réponde à cette question, n'est-ce pas ?

— Vous savez, inspecteur, il y a une différence entre chercher quelqu'un, et attendre qu'on vienne vous dire : « Oh, je viens de repérer quelqu'un... »

Terri plissa les yeux. Elle n'appréciait pas du tout que ce professeur vienne lui faire la leçon.

— Je suis parfaitement consciente de cette distinction, professeur, fit-elle d'un ton glacé.

Adrian fixait l'affichette. Sur la photo, Jennifer lui souriait, comme si elle n'avait pas le moindre souci. Ils savaient tous les deux que cette image était un mensonge. Adrian vit que ses doigts serraient l'affiche, au risque de la froisser, pour être sûr de ne pas la lâcher. Il fit un pas en arrière. Des bruits bizarres se firent entendre dans sa tête. Rien à voir avec les voix familières, plutôt des sons évoquant du papier qu'on déchire ou du métal en torsion. Il sentit un vide en lui, comme une faim tenaillante, bien qu'il fût incapable de penser avec envie à la moindre nourriture. Les muscles de ses bras durcirent, son dos se bloqua comme s'il était resté penché trop longtemps dans la même position, comme s'il avait une crampe de coureur de fond, ou comme après un trop grand effort par un jour de canicule. Il lutta contre le désir de se reposer. Il n'avait pas le droit d'arrêter, il n'avait pas droit à une pause, il n'avait pas le droit de fermer les yeux une seule seconde, car ce serait peut-être l'instant où Jennifer serait perdue à jamais.

Il se dit que Jennifer était exactement comme les hallucinations venues de son passé. Elle avait existé, et maintenant il avait du mal à l'empêcher de s'effacer. Elle était encore réelle, mais c'était tout juste. La seule chose qu'il pouvait faire pour lui donner plus de réalité, c'était de progresser dans sa quête pour la retrouver. Il regretta d'avoir rapporté la casquette de base-ball rose à la mère de Jennifer. C'était un objet réel, qu'il aurait pu toucher s'il l'avait conservé. Il se demanda s'il aurait pu détecter l'odeur de la jeune fille sur sa casquette, comme un chien de chasse, et se mettre sur sa piste. Son souffle se fit plus rapide. Un lien existait entre un exhibitionniste connu et la famille de Jennifer. Adrian était persuadé que cela devait signifier quelque chose. Mais il ignorait quoi.

— Professeur.

Il devait avancer tout seul.

— Professeur ?

Il le défierait. L'obligerait à lui dire quelque chose qui l'aiderait à s'approcher de Jennifer.

— Professeur !

Baissant les yeux, il constata qu'il agrippait de toutes ses forces le bureau de l'inspecteur Collins. Ses articulations étaient blanches.

— Oui ?

— Tout va bien ?

Le visage cramoisi d'Adrian retrouvait peu à peu ses couleurs normales. Il inspira à fond.

— Je vous demande pardon ? Est-ce que quelque chose…

— Vous donniez l'impression d'être ailleurs. Et puis vous aviez l'air d'essayer de soulever mon bureau, ou je ne sais quoi. Vous allez bien ?

— Oui, fit-il. Pardonnez-moi. C'est l'effet de l'âge, rien de plus. Et de ce nouveau médicament dont je vous ai parlé. J'étais distrait.

Terri le regarda. Deux pensées lui vinrent. Il n'est pas si vieux. Il ment.

Adrian expira lentement.

— Pardonnez-moi, inspecteur. Je me suis fort impliqué dans l'affaire de cette jeune fille. Jennifer. Comment dire, elle me fascine. Je ne peux me débarrasser de l'idée que mes compétences et ma formation en psychologie peuvent être utiles. Je comprends bien que vous devez observer des règles, respecter des procédures. Tout cela était d'ailleurs très important, dans mon travail. Sans procédures établies, ce que nous savons peut être inutile, même si ça semble avoir beaucoup d'importance.

Une fois encore, Terri eut l'impression d'entendre un sermon, mais ça ne la gênait pas. Le vieil homme avait de bonnes intentions. Même s'il s'absentait mentalement à intervalles réguliers, ils se parlaient. Par ailleurs, elle était sûre que le problème ne se résumait pas à une histoire de médicaments. Elle observait Adrian, comme si l'intensité de son regard allait lui permettre de diagnostiquer ce qui le rendait si fantasque.

Adrian haussa les épaules. Il semblait interpréter autrement son regard.

— Si vous préférez, je peux poursuivre mes recherches tout seul, de mon côté...

Terri n'en avait pas envie.

— Vous devriez laisser ce genre d'affaires à la police.

— Bien sûr, fit Adrian en souriant. Mais de mon point de vue, ce n'est pas une affaire qui se prête totalement à une approche policière.

— Je vous demande pardon ?

— Vous êtes encore en train d'essayer de comprendre quel crime a été perpétré pour pouvoir le placer dans une case et appliquer la procédure correspondante. Moi, je ne suis pas soumis à de telles contraintes. Je sais ce que j'ai vu. Je connais également le comportement humain, et j'ai passé ma vie à étudier des réactions identifiables chez l'homme et l'animal. C'est pourquoi votre attitude dans cette affaire ne me surprend pas outre mesure.

Terri en resta sans voix.

— Sans doute était-il naïf de ma part de croire que la police agirait, poursuivit Adrian.

Terri l'observait avec attention. Elle ne comprenait pas comment le vieux professeur pouvait être si totalement concentré, si ferme et si clair, et, un instant plus tard, donner l'impression qu'un coup de vent qu'elle n'avait ni senti ni entendu l'avait emporté ailleurs.

— Je crois que je vais aller...

— Attendez, le coupa-t-elle. Aller où ?

— ... je n'ai pas eu souvent l'occasion de parler à des délinquants sexuels. En tant que tels, en tout cas. Car on ne sait jamais vraiment à qui on a affaire, dans la vie de tous les jours. Mais je crois qu'une conversation avec ce type serait un bon début...

— Non, fit Terri. Ça constituerait une obstruction à mon enquête.

Adrian secoua la tête.

— Ah bon ? fit-il avec un sourire forcé. Je ne crois pas. On dirait que vous ne voulez pas de mon aide, inspecteur. Je vais donc avancer de mon côté, pour ainsi dire.

Terri lui saisit brusquement l'avant-bras, moins pour le brutaliser que pour l'empêcher de s'en aller.

— Attendez. Je crois que nous devons nous comprendre. Vous savez que j'ai un métier, et...

— Et moi je m'intéresse à cette affaire. Quoi que vous disiez, je suis impliqué. Je ne suis pas sûr du tout que votre métier fasse mieux que ma fascination pour cette affaire.

Terri soupira. Un bon policier développe une intuition qui lui permet de déceler ce qui peut entraîner des problèmes ou, au contraire, ce qui peut lui être utile. Elle se dit que chez Adrian tout indiquait qu'il y avait des deux. C'est le problème quand on vit et travaille dans une communauté universitaire, où chacun s'imagine qu'il en sait plus que quiconque sur les affaires du voisin.

— Professeur, dit-elle, essayons d'agir dans les règles.

Elle savait qu'elle entrouvrait une porte qu'elle ne devrait peut-être pas essayer d'ouvrir, mais pour le moment elle ne voyait pas d'alternative. Elle ne voulait surtout pas que ce prof en retraite à moitié dingue vienne piétiner son affaire (s'il y avait une affaire !) au petit bonheur la chance. Mieux valait le satisfaire avec une dose de réalisme, et ce serait réglé.

Elle regarda les documents posés sur son bureau. Elle voulait appeler la police de la gare routière de Boston pour leur demander une copie des cassettes des caméras de surveillance de la nuit où Jennifer avait disparu, et l'heure à laquelle on avait acheté le billet. Elle soupira. Elle allait devoir attendre quelques heures.

— Très bien, professeur. Je vais lui poser quelques questions, et vous m'accompagnerez. Après quoi, je veux que vous m'appeliez au téléphone pour me parler de vos idées, avant de débarquer ici. Et vous cessez d'enquêter de votre côté. Je ne veux pas que vous filiez les gens dans la rue. Je ne veux pas que vous interrogiez les gens. Je veux que vous arrêtiez avec cette histoire. Vous devez me le promettre.

Adrian sourit. Il aurait aimé que Cassie ou Brian entendent l'inspecteur lui faire cette modeste concession. Mais ils n'étaient pas là. Il réalisa qu'ils n'avaient peut-être pas besoin d'entendre les choses pour les comprendre.

— Je crois que ce serait assez logique, dit-il calmement.

Ce n'était pas vraiment une promesse, mais cela sembla satisfaire Terri. Il aimait employer le mot

« logique ». Il n'était pas sûr d'être capable d'être logique pendant très longtemps – mais tant qu'il le pouvait, ne fût-ce qu'un peu, il était résolu à s'y essayer.

— Écoutez-moi, lui dit Terri. Vous vous tairez, sauf si je vous interroge directement. Vous êtes là pour observer, point final. C'est moi qui parle.

Elle jeta un coup d'œil au vieil homme assis sur le siège à côté d'elle. Il acquiesça, mais elle ne s'attendait pas vraiment à ce qu'il lui obéisse. Elle regarda la maison et la petite voiture beige garée devant. C'était le soir, les ombres s'allongeaient. Quelques lampes, dans la maison, luttaient contre le crépuscule. Le scintillement gris métallisé d'un téléviseur se devinait dans une chambre. Terri voyait une silhouette se déplacer derrière le rideau peu épais de la fenêtre du salon.

— Très bien, professeur, dit-elle sèchement. Le travail de policier dans ce qu'il a de plus simple. Pour résoudre l'affaire, aucun acteur séduisant doué de capacités psychiques extraordinaires. Je pose des questions. Il répond. Il me dira sans doute quelques vérités et quelques mensonges. Juste assez des deux pour s'éviter des ennuis. Soyez attentif, c'est tout.

— Nous allons tout simplement frapper à la porte ? demanda Adrian.

— Oui.

— On a le droit de faire ça ?

— Oui. C'est un criminel condamné. Son agent de probation nous y a déjà autorisés. Wolfe ne

280

peut s'y opposer sans se créer des ennuis. Croyez-moi, professeur, s'il est une chose dont il n'a pas envie, c'est bien les ennuis que je peux lui créer.

Adrian hocha la tête. Il regarda autour de lui, regrettant que Brian ne soit pas dans les parages. D'habitude, dès qu'il était question de droit, même modestement, Brian surgissait, ou sa voix résonnait dans l'oreille d'Adrian avec les conseils d'un spécialiste. Adrian se demandait si son frère aurait été du côté de l'inspecteur, ou si son penchant pour la défense des libertés civiques l'aurait poussé à prendre parti pour le délinquant sexuel.

— Allons-y, dit Terri. Effet de surprise, et tout le toutim. Restez derrière moi.

Elle ouvrit brusquement sa portière et fonça dans l'obscurité. Elle savait parfaitement qu'Adrian se démenait pour la suivre. Terri cogna à coups de poing sur la porte d'entrée.

— Police ! Ouvrez !

Adrian entendit des froissements de pas. Quelques secondes plus tard, la porte s'ouvrit brutalement. Une femme âgée d'une bonne dizaine d'années de plus que lui s'efforçait de distinguer, dans la pénombre, l'inspecteur et l'homme qui l'accompagnait. Elle était obèse, ses cheveux gris étaient dépeignés, raides et collés par endroits, très fins à d'autres. Elle portait des lunettes très épaisses, comme son fils.

— Qu'est-ce que c'est ?

Puis, sans attendre la réponse :

— Je veux regarder ma série. Vous ne pouvez pas nous foutre la paix ?

Terri se glissa dans l'entrée.

— Où est Mark ? demanda-t-elle.

— Il est là, à l'intérieur.

— Il faut que je lui parle.

D'un geste, Terri invita Adrian à la suivre, et elle pénétra d'un pas énergique dans le petit salon. Il y régnait une légère odeur de renfermé, comme si l'on ouvrait trop rarement les fenêtres. Mais la pièce était propre et bien rangée. Tous les meubles, usés et élimés, étaient ornés de plaids cousus main. Par contraste, un énorme écran plat à haute définition dominait la moitié de la pièce, juché sur un support au design suédois. Deux chaises longues achetées dans un vide-grenier étaient disposées devant l'écran, où l'on rediffusait un épisode de *Seinfeld*, et le son était réglé au maximum. Adrian remarqua, au pied d'une des chaises longues, un grand sac souple bourré de pelotes de laine et d'aiguilles à tricoter. Un des murs était couvert de photos encadrées représentant un couple et un enfant, une année après l'autre. Mère-père-enfant, mère-père-enfant, mère-père-enfant, jusqu'à la disparition du père, alors que le gamin avait dans les neuf ans. Adrian se demanda si c'était à cause d'un divorce ou parce qu'il était mort. À part cela, tout semblait absolument normal. Tout était quelconque, sauf un détail. Pour des raisons occultées par la banalité de ce domicile, l'enfant unique était devenu exhibitionniste.

Adrian se dit que c'était le plus grand mystère de cette pièce. Il se demanda si l'inspecteur Collins se posait les mêmes questions. Elle avait l'air énergique, intraitable, et ses questions insistantes servaient plus à impressionner qu'à comprendre.

Derrière eux, la vieille femme partit en traînant les pieds à la recherche de son fils. Sur l'écran, Kramer et Eileen essayaient avec enthousiasme de convaincre Jerry Seinfeld de faire une chose qu'il refuserait probablement de faire. Des crochets pour le tricot étaient posés sur le fauteuil, là où la femme les avait laissés. Adrian sentit qu'on préparait un plat, dans la cuisine, mais sans l'identifier.

— Soyez attentif, murmura Terri.

Elle se retourna. Mark Wolfe se tenait dans le couloir qui menait à une cuisine et à un petit coin repas.

— Je n'ai rien fait de mal, dit-il.

La deuxième phrase qu'il prononça, en désignant Adrian, fut :

— Qui c'est ?


## 24


— Descends du lit !

En entendant la porte s'ouvrir, Jennifer s'était attendue à ce qu'on lui apporte un autre de ces horribles repas. Mais l'ordre de la femme ne souffrait aucune contestation. Jennifer se contorsionna pour obéir, trouva le sol du bout des pieds et se mit debout, presque au garde-à-vous.

— Très bien, Numéro Quatre. Maintenant, je veux que tu nous fasses quelques *jumping-jacks*. Cinquante. Compte à voix haute.

Jennifer commença immédiatement l'exercice, comptant à voix haute en rythme, comme un soldat sur un terrain de manœuvres. Dès qu'elle eut terminé, la femme exigea une série de *sit-ups*, puis des *crunchs* abdominaux. Enfin, elle dut courir en faisant du surplace. Cela lui faisait penser à un cours de gym à l'école primaire.

Elle sentait la sueur couler sur son visage. À la fin de l'exercice, elle était à bout de souffle. Elle ignorait pourquoi on lui demandait cela, mais elle réalisa que ça lui faisait sans doute du bien. Jennifer ne voyait pas pourquoi ils lui feraient faire quoi que ce soit qui puisse améliorer son sort – mais elle avait l'intention de prendre tout ce qui viendrait, bon ou mauvais. En fait, après que la femme lui eut lancé : « Ça suffit pour le moment ! », Jennifer, téméraire, s'était baissée et avait touché ses orteils, cinq fois de suite.

La femme n'avait rien dit. Puis, après quelques instants de silence :

— Tu m'as entendue, Numéro Quatre ?

Jennifer se figea. Sous le masque, elle serra les paupières, dans l'attente d'un coup. Un moment s'écoula, et la femme reprit, vivement :

— Quand je dis « Ça suffit ! », c'est exactement ce que je veux dire, Numéro Quatre. Est-ce que tu cherches vraiment à me tester ?

Jennifer savait que c'était une chose dont elle n'avait certainement pas envie. Elle secoua énergiquement la tête.

— Retourne sur le lit, Numéro Quatre.

Jennifer grimpa sur le lit, sans un mot. La chaîne fixée à son cou grinça légèrement.

— Mange, Numéro Quatre.

La femme posa un plateau sur ses genoux.

Jennifer acheva son repas (un bol de spaghettis précuits, froids, et des boulettes en conserve très grasses) et engloutit le contenu de la bouteille d'eau, consciente de la présence de la femme, qui attendait en silence sans la quitter des yeux. Elle n'avait pas prononcé un mot pendant que Jennifer mangeait, ni menaces ni exigences, et rien n'avait changé dans sa situation, pour ce qu'elle en savait. Elle ne portait rien d'autre que ses sous-vêtements transparents et son bandeau, et ses mouvements étaient limités par la chaîne et le collier de chien. Elle pouvait s'éloigner du lit d'un mètre environ pour utiliser le W-C chimique, que quelqu'un devait vider pendant son sommeil (ce dont elle était reconnaissante). Une puissante odeur de désinfectant neutralisait toutes celles qui auraient pu émaner de sa nourriture.

En d'autres circonstances, elle aurait jeté ces aliments infects. Mais la Jennifer qui aurait agi ainsi appartenait à une vie antérieure, une ère qui semblait bien révolue. C'était une Jennifer de fantasme, une Jennifer de souvenir qui avait un père mort du cancer, une mère pleurnicharde et un futur beau-père pervers, une maison triste en banlieue et une petite chambre où elle se cachait, seule avec ses livres, son ordinateur et ses animaux en peluche, et rêvait d'une autre vie, plus excitante. Cette Jennifer-là fréquentait une école ennuyeuse où elle n'avait aucun ami. Elle détestait tout ce qui constituait sa vie quotidienne. Mais cette Jennifer-là avait disparu. La nouvelle Jennifer, celle qui était captive, était consciente qu'elle devait s'accrocher à la vie – s'ils lui ordonnaient de faire de l'exercice, elle le ferait. Et ce qu'ils lui donneraient à manger, elle l'avalerait, même si c'était immangeable.

Elle nettoya le bol avec la langue. Elle ne voulait gaspiller aucune miette de nourriture et de protéines, ne rien jeter qui puisse lui donner des forces. Elle s'interrompit en entendant la porte s'ouvrir. Il y eut un léger froissement : la femme se penchait au-dessus d'elle et récupérait le plateau. La tête de Jennifer pivota dans la direction du bruit. Elle attendit une conversation. Il n'y eut que des chuchotements, et il était impossible de comprendre ce qui se disait. Jennifer entendit un bruit liquide. Elle essaya de comprendre de quoi il s'agissait. Comme un bruit de vague qui s'approchait d'elle.

Jennifer sut que quelqu'un traversait la pièce. Elle ne bougea pas, mais elle sentit une présence, tout près d'elle. Elle renifla, reconnut l'odeur du savon.

— Numéro Quatre, tu vas faire ta toilette.

Jennifer en eut le souffle coupé. C'était la voix de l'homme. Lui aussi donnait ses ordres d'un ton sec, monotone.

— À cinquante centimètres du lit, il y a un seau d'eau. Voici une serviette et un gant de toilette. Voici un savon. Tiens-toi debout près du seau.

Fais ta toilette. N'essaie pas d'ôter ton masque. Je serai près de toi.

Jennifer acquiesça. Si elle avait été du genre Peace Corps ou pourvue d'une formation militaire, ou même si elle était scout, membre d'Outward Bound ou diplômée d'une école de plein air, elle aurait su comment s'y prendre pour se laver à fond avec un simple morceau de savon et un peu d'eau. Mais les rares séjours en camping avec son père s'étaient déroulés en des lieux pourvus de douches, au moins d'une rivière ou d'un étang. Là, c'était nettement différent.

Elle bascula prudemment ses jambes hors du lit. Elle avança les doigts de pied et trouva le seau. Puis elle se pencha et sentit l'eau. Tiède. Elle frissonna.

— Déshabille-toi.

Jennifer se figea. Une bouffée de chaleur lui traversa le corps. Ce n'était pas de la gêne. Plutôt une humiliation supplémentaire.

— Non, je…

— Je ne t'ai pas donné la permission de parler, Numéro Quatre, fit l'homme.

Jennifer sentit qu'il s'approchait d'elle. Elle se dit qu'il serrait le poing, qu'il était à deux doigts de la frapper. Ou pis. Une confusion hystérique la paralysait. Des inhibitions qu'elle n'aurait pas dû avoir, le désir de garder toute sa tête, des doutes sur l'endroit où elle se trouvait et ce qu'on attendait d'elle, et la question constante « comment rester en vie ? » lui occupaient l'esprit.

— L'eau refroidit, dit l'homme.

Elle ne s'était jamais montrée nue à un garçon ou à un homme. Elle sentit qu'elle rougissait. Elle ne voulait pas être nue – même si elle n'en était pas loin, même si elle savait qu'on l'observait sans doute quand elle utilisait le W-C. Mais quelque chose dans le fait d'ôter les deux derniers vêtements si légers l'effrayait, bien au-delà de la gêne. Si elle les enlevait, elle craignait de ne pas les retrouver, ou peut-être que l'homme les emporterait, la laissant totalement exposée. Comme un bébé, se dit-elle.

Elle comprit qu'elle n'avait pas le choix. L'homme avait été clair. Il le souligna d'un grognement.

— Nous attendons, Numéro Quatre.

Lentement, Jennifer dégrafa son soutien-gorge, qu'elle posa sur le bord du lit. Puis elle ôta sa culotte. C'était presque douloureux. Elle baissa immédiatement la main vers son ventre, pour essayer de dissimuler son sexe. Elle plaqua l'autre sur ses petits seins. Malgré le bandeau, elle sentait le regard brûlant de l'homme qui explorait son corps, l'inspectait comme on le ferait d'une pièce de viande.

— Dépêche-toi, exigea l'homme.

Elle se pencha aussi pudiquement que possible, trempa le gant de toilette dans l'eau et y frotta le savon. Lentement, systématiquement, elle commença sa toilette. Les pieds. Les jambes. Le ventre. La poitrine. Les aisselles. Le cou. Le visage... attention à ne pas déplacer le bandeau. Elle essayait d'être aussi prudente que possible.

Elle découvrit avec surprise que le contact de la mousse sur sa peau était presque excitant. Au bout de quelques secondes, elle réalisa qu'elle n'avait jamais rien ressenti d'aussi agréable que cette toilette. La pièce qui l'entourait, la chaîne à son cou, le lit, tout avait disparu. Comme si elle évacuait la peur et que ses inhibitions tombaient brusquement. Elle passa le gant de toilette sur ses seins, puis sur son aine et ses cuisses. C'était comme une caresse. Elle ne se rappelait que deux moments où elle avait connu de semblables sensations : quand elle s'était baignée nue dans l'océan, par un début d'été. Et quand elle jouait dans le courant frais d'une rivière, par un brûlant après-midi d'août.

Elle se frottait énergiquement la peau, cherchant à en arracher une couche comme un serpent en mue se débarrasse de son vieil épiderme pour retrouver son luisant. Elle savait que l'homme la regardait. Mais à chaque fois que sa répugnance à montrer son corps menaçait de dominer le plaisir de la toilette, elle se contentait de répéter mentalement : Va te faire foutre va te faire foutre va te faire foutre espèce de salaud, comme une sorte de mantra. Et elle se sentait un peu mieux.

Elle allait laver le haut de son bras, lorsque l'homme l'arrêta.

— Non. Pas là.

Elle s'immobilisa.

— Au bas de ton ventre, reprit la voix, douce mais insistante, juste entre la hanche et l'entre-jambe, tu vas sentir une légère grosseur, un peu comme un pansement. Tu ne dois pas y toucher.

Jennifer frôla l'endroit du doigt, et sentit ce qu'il venait de décrire. Elle hocha la tête.

— Mes cheveux…

Elle avait désespérément envie de se laver les cheveux.

— Une autre fois, répondit-il.

Jennifer continua sa toilette, tour à tour rinçant le gant et reprenant du savon. Elle se lava de nouveau le visage. Bien que le savon eût un goût infect, elle se frotta les dents et les gencives avec un coin du gant. Elle lava une fois, deux fois, toutes les parties accessibles de son corps.

— Terminé, dit l'homme. Laisse le gant de toilette dans le seau. Essuie-toi avec la serviette. Remets tes sous-vêtements. Remonte sur le lit.

Jennifer fit très précisément ce qu'il lui ordonnait. Elle se frotta avec la serviette de coton rêche. Comme une aveugle, elle tâtonna autour du lit jusqu'à ce qu'elle trouve sa culotte et son soutien-gorge. Elle les enfila, non sans mal, dissimulant un peu sa nudité. Elle entendit qu'on prenait le seau, puis des bruits de pas étouffés traversèrent la pièce, jusqu'à la porte.

Elle ne sut pas ce qui arriva, à cet instant précis. Était-ce l'énergie que les exercices avaient communiquée à son cœur et à ses muscles, les forces que le repas lui avait redonnées, ou l'impression de renaissance qui lui venait de sa toilette ? Elle pencha la tête en arrière, approcha la main de son visage et, impulsivement, souleva le coin du bandeau, pendant une fraction de seconde.

Le temps que Michael se débarrasse de sa combinaison collante et de la balaclava noire et enfile un jean effiloché, Linda était déjà en train de pianoter fiévreusement sur son clavier. Elle portait encore sa combinaison Hazmat gaufrée.

— Regarde ça ! lui dit-elle sans même lever la tête. Le forum est saturé !

Sur le forum de mort-en-direct.com, des messages venaient du monde entier, de plus en plus nombreux. La passion, l'excitation, la fascination redoublaient d'intensité. Les spectateurs avaient adoré la nudité de Numéro Quatre, ils avaient adoré la voir faire de la gymnastique, ils avaient adoré la manière presque animale dont elle dévorait son repas. Témoignages d'amour.

Beaucoup voulaient en savoir plus à son sujet. *Qui est-elle ? D'où vient-elle ?* Et aussi : *J'ai l'impression de la posséder*, écrivait un Français. Linda fit traduire le message par Google. *Comme ma voiture, ma maison, mon job... Je veux être encore plus intime avec Numéro Quatre. Elle m'appartient.*

*Plus de gros plans*, exigeait un habitant du Sri Lanka. *De très gros plans. Nous voulons être encore plus près d'elle, à tout moment.*

Michael savait qu'il était facile de satisfaire ce genre de requête technique avec n'importe laquelle des caméras. Mais il était aussi assez intelligent pour savoir que « gros plan » pouvait signifier tout autre chose qu'un simple changement de focale.

— Je crois qu'on devrait discuter de la direction que ça pourrait prendre, dit-il à Linda. J'ai sacrément l'impression que je vais devoir faire quelques amendements au script.

Il décrypta quelques autres réactions défilant sur les écrans.

— Il est important de garder toujours le contrôle. De s'en tenir au script. De s'en tenir au plan. J'avais peut-être l'air spontané, là-bas, ajouta-t-il en montrant les écrans, mais il faut absolument que nous sachions toujours où nous allons.

Linda était à la fois très excitée et hésitante. Ils savaient que la ligne qui séparait l'anonymat et la visibilité était fragile. Ils savaient qu'ils devaient être très prudents avec les requêtes qui leur venaient d'endroits non identifiés. Linda parlait de plus en plus vite.

— Je pense que Numéro Quatre est le sujet le plus populaire que nous ayons eu jusqu'ici. Ça va nous rapporter de l'argent. Beaucoup d'argent. Mais c'est dangereux.

Michael acquiesça. Il lui toucha le dos de la main.

— On doit faire attention. Ils ont le droit d'en voir plus, d'en savoir plus. Mais nous, nous devons être très prudents.

Il rit, bien qu'il n'y eût rien de drôle.

— Qui aurait cru qu'une adolescente les rendrait si… je ne sais pas. Fascinés ? C'est le mot qui convient ? Est-ce que le monde est peuplé de types qui veulent séduire des filles de seize ans ?

Linda rit bruyamment.

— Tu as sans doute raison. Sauf que séduire n'est pas le mot qui convient.

Elle vit que Michael souriait. Elle trouvait adorable la façon dont sa lèvre supérieure se relevait quand quelque chose l'amusait. Elle se dit qu'ils étaient les deux derniers êtres purs dans le monde. Tous les autres étaient tordus et pervers. Eux, ils se possédaient mutuellement. Ses épaules se contractèrent, un frisson courut le long de son épine dorsale. Elle se dit que chaque minute diffusée de *Saison 4* les rapprochait l'un de l'autre. Comme s'ils se trouvaient sur un plan de l'existence complètement différent. C'était érotique. Rien que du fantasme. Le danger les excitait.

Linda se tourna vers l'écran et acheva de taper une réponse, très brève : *Numéro Quatre est vivante aujourd'hui, mais que se passera-t-il demain ?* Elle enfonça la touche « Envoi », et son message partit dans l'espace virtuel, en direction de leurs milliers d'abonnés.

Elle se leva, non sans jeter un dernier regard en direction de Numéro Quatre. La fille était de nouveau sur le lit et serrait son ours en peluche contre elle. Linda vit que les lèvres de Numéro Quatre bougeaient, comme si elle parlait à son jouet. Elle régla au maximum le contrôle du son, mais on n'entendait rien. Linda réalisa que Numéro Quatre ne parlait pas à voix haute.

— Tu as vu ça ? demanda-t-elle en montrant le moniteur du direct.

Michael opina.

— On peut dire qu'elle est carrément différente des autres.

— Ouais, répondit Linda. Pas de larmes, pas de gémissements, pas de hurlements ni de…

Elle s'interrompit, regarda l'image de Numéro Quatre.

— En tout cas, il n'y a plus rien de tout ça.

Michael semblait concentré.

— Nous devons être plus créatifs avec elle, car elle est tellement plus...

Michael s'interrompit. Tous deux savaient que Numéro Quatre avait quelque chose de plus, mais ils ignoraient quoi.

Linda se mit à aller et venir dans la pièce.

— Nous devons être prudents, répéta-t-elle en serrant le poing. Nous devons leur en donner plus. Mais nous ne pouvons pas donner trop, car lorsque nous aurons atteint la fin il sera trop difficile...

Elle n'avait pas besoin d'achever. Michael connaissait parfaitement le dilemme auquel Linda faisait allusion. On ne peut pas laisser les gens tomber amoureux de quelque chose qu'ils vont voir mourir...

— C'est parce qu'elle est jeune, dit-il. C'est parce qu'elle est si... si fraîche.

Linda savait ce qu'il voulait dire. Elle avait exigé quelqu'un qui n'ait pas d'angles aigus, mais elle s'attendait à ce que Numéro Quatre soit tout de même comme les autres. Maintenant, pour la première fois, elle se disait que Numéro Quatre était bien mieux, beaucoup plus avancée, et bien plus fascinante, pour des raisons qu'elle commençait seulement à comprendre. Elle se dirigea vers son amant et le prit dans ses bras. Elle sentait que son pouls battait très vite. Ce n'était pas la même sensation que lorsque Michael se glissait entre les draps au milieu de la nuit et qu'elle sentait son désir, même s'ils étaient tous les deux épuisés. Ce n'était pas non plus la sensation de triomphe qui la submergeait lorsqu'elle faisait le compte de leurs gains.

C'était inhabituel. Ils se trouvaient vraiment sur le point d'expérimenter quelque chose de très spécial avec Numéro Quatre, quelque chose que Linda n'avait pas anticipé, ni même imaginé. Excitée, elle frissonna. Le risque, c'est comme l'amour, se dit-elle.

Michael semblait en proie aux mêmes émotions. Brusquement il se pencha vers elle et posa ses lèvres sur les siennes, doucement, comme pour suggérer ce qui allait suivre. Elle l'entraîna immédiatement vers le lit. Ils étaient comme des adolescents, riant, gloussant presque d'excitation, dominés par la certitude qu'ils étaient des artistes dont l'œuvre allait bien au-delà du réel.

La satisfaction de leur désir ne tarda pas à éclipser leur vigilance. S'ils avaient été sur leurs gardes, ils auraient vu le message qui venait d'arriver de Suède. Signé d'un abonné, Blond9Inch, il tenait en une ligne rédigée en suédois, langue que ni Linda ni Michael ne comprenaient :

*Elle a soulevé son masque. Je crois qu'elle a regardé autour d'elle...*

Il fut suivi de dizaines d'autres messages, beaucoup plus prévisibles, dans toutes sortes de langues. Tous apportaient des commentaires sur diverses parties du corps de Numéro Quatre, et formulaient des suggestions sur ce que Linda et

Michael devraient lui faire dans un avenir proche. C'est ainsi que la remarque pertinente de Blond9Inch passa inaperçue.

## 25

Le fait que Mark Wolfe, exhibitionniste à répétition trois fois condamné, soit si normal surprenait Adrian, mais pas l'inspecteur qui se trouvait à ses côtés.

— Je n'ai rien fait, répéta Wolfe. Qui est-ce ?

Il continuait à montrer Adrian du doigt, mais posait la question à Terri Collins. À l'autre bout du salon, la mère de Wolfe intervint :

— Que se passe-t-il ? C'est l'heure de notre émission. Marky, dis à ces gens de s'en aller. Le dîner est prêt ?

Mark Wolfe se tourna vers sa mère, l'air impatient. Il prit une télécommande et éteignit le téléviseur. Jerry, Eileen, Kramer et leur victime du jour s'évanouirent.

— Nous avons dîné, fit-il. L'émission commence bientôt. Ils s'en vont dans quelques minutes.

Il jeta un regard furieux à l'inspecteur Collins.

— Eh bien, de quoi s'agit-il ?

— Je crois que je ferais mieux de tricoter, reprit sa mère.

Elle se dirigea vers le fauteuil où se trouvaient les aiguilles. Adrian vit, près du siège, un grand sac plein de pelotes de laine et de morceaux de tissu.

— Non, fit vivement Mark Wolfe. Pas maintenant.

Adrian jeta un coup d'œil vers la mère. Elle avait un demi-sourire oblique. Elle parlait d'une voix inquiète, presque peinée, mais elle souriait. Début d'Alzheimer, se dit brusquement Adrian. Ce diagnostic sommaire le perturbait. Alzheimer attaquait les mêmes parties du cerveau et détruisait presque les mêmes processus mentaux que sa propre maladie. C'était simplement plus insidieux, plus lent, par conséquent beaucoup plus difficile à gérer. La maladie d'Adrian était rapide et impitoyable. Mais cette femme, qui ne savait pas si elle devait rire ou se mettre à pleurer, était la proie d'un mal aussi déterminé que les marées du matin balayant avec régularité une plage de sable. En regardant la mère de Wolfe, Adrian avait un peu le sentiment de contempler un miroir déformant. Il voyait son reflet, mais pas nettement. Cela pouvait devenir terrifiant. Il avait du mal à arracher son regard de la femme aux cheveux en bataille... puis il entendit l'inspecteur Collins :

— Voici le professeur Thomas. Il m'assiste dans une enquête en cours. Nous avons quelques questions à vous poser.

Mark Wolfe leur fit entendre la même réponse, comme un disque rayé :

— Je n'ai rien fait... de mal.

La voix ferme de l'inspecteur sembla ramener Adrian de quelque lointaine contrée. Il se concentra sur l'exhibitionniste. Il avait passé des heures à observer le comportement d'animaux de laboratoire et d'étudiants volontaires, évaluant différents types et différents degrés de peur. Ici, c'était la même chose. Il observa Wolfe, cherchant des signes révélateurs de panique intérieure, de mensonge, de mauvaise foi. Un clignement de l'œil. Un mouvement de la tête. Un changement dans le ton de la voix. Une main qui tremble. Un front en sueur.

— Les conditions de votre liberté surveillée exigent que vous ayez un emploi.

— Je travaille. Vous le savez. Je vends du matériel électronique et de l'électroménager.

— Il vous est interdit de vous rendre sur les aires de jeu et à proximité des écoles.

— Vous m'avez vu en train d'enfreindre une de ces règles ?

Adrian nota que Wolfe n'avait pas répondu : « Je ne suis pas allé sur une aire de jeu, ni à proximité d'une école. » Il espérait que Terri Collins l'avait également remarqué.

— Vous êtes tenu de vous présenter au moins une fois par mois chez votre agent de probation.

— Je le fais.

Bien sûr, se dit Adrian. Vous faites tout ce qui vous permet de rester en liberté.

— Et vous êtes tenu de suivre une thérapie…

— Ouais. La belle affaire.

Terri hésita.

— Comment ça se passe ?

— Ça ne vous regarde pas, lâcha Wolfe.

Adrian s'attendait à ce que l'inspecteur se mette en colère. Il fut très impressionné de l'entendre poursuivre, d'un ton monocorde de fonctionnaire :

— Vous êtes tenu de répondre à mes questions, que ça vous plaise ou non. Sans quoi vous vous trouverez en violation des termes de votre liberté surveillée. J'ai plus qu'envie d'appeler sur-le-champ votre agent de probation, et de lui demander ce qu'il pense de votre refus. Il se trouve que j'ai son numéro dans mon carnet.

Adrian devinait que c'était du bluff. Le ton catégorique de Terri suggérait qu'elle n'avait pas besoin de mettre sa menace à exécution ; le délinquant et elle-même le savaient parfaitement.

— Le toubib prétend que la thérapie est censée être une affaire privée…, fit Wolfe d'un ton hésitant. Vous savez… entre lui et moi.

— C'est vrai dans la plupart des cas. Pas dans le vôtre.

Wolfe hésita encore. Il regarda sa mère. La vieille dame s'était installée dans une des chaises longues, face au grand écran, comme si Adrian, l'inspecteur Collins et son fils n'existaient pas. Elle essayait d'attraper la télécommande.

— Maman ! s'exclama Wolfe. Pas maintenant. Va dans la cuisine.

— Mais c'est l'heure, fit-elle d'un ton plaintif.

— Tout à l'heure. Pas maintenant.

La femme se leva à contrecœur et sortit de la pièce. Adrian entendait son pas traînant dans la cuisine. Puis le bruit d'un verre se brisant dans l'évier et un hurlement de frustration interrompu par un torrent de grossièretés. Le fils tourna la tête vers la cuisine, l'air renfrogné. Comme si elle anticipait sa réaction, sa mère cria :

— Ce n'est qu'un accident ! Je vais nettoyer !

— Bon Dieu, dit Wolfe. Nous n'avons que ça. Des accidents.

Il jeta un regard furieux en direction de Terri Collins.

— Vous voyez comme c'est dur. Elle est malade, et je vais devoir…

Il s'interrompit. Il sentait que Terri se fichait éperdument de ses difficultés à vivre avec quelqu'un qui était pris dans les griffes de cette maladie.

— Votre thérapie, dit-elle sèchement.

— J'y vais toutes les semaines, répondit Mark Wolfe d'un air sombre. Je fais des progrès. C'est ce que dit le toubib.

— Dites-moi ce que vous entendez par là.

Wolfe était un peu hésitant.

— Des progrès, c'est des progrès…

— Vous devez être plus précis, Mark.

Désarmant, l'usage du prénom, pensa Adrian.

— Eh bien, je ne suis pas sûr de…

Terri le dévisageait. Le regard caractéristique du flic, « Vous allez devoir faire mieux ». Adrian se dit qu'il n'était pas très différent du regard silencieux qu'il adressait à des étudiants prometteurs qui décevaient ses attentes.

— Il m'aide à réfréner mes vœux, dit Wolfe.

« Vœux » est un substitut assez pauvre pour « désirs », se dit Adrian.

— Comment ?

— Nous parlons.

— Comment avez-vous dit qu'il s'appelait, votre docteur ?

— Je ne l'ai pas dit.

— Pourquoi ?

Wolfe haussa les épaules.

— Je vois le docteur West en ville. Vous voulez son adresse et son numéro de téléphone ?

— Non, répondit Terri. Je les ai déjà.

Adrian écoutait attentivement. Thérapie comportementale et cognitive. Thérapie aversive. Thérapie par le réel. Thérapie d'acceptation. Programmes en douze points. Il connaissait la multitude de programmes thérapeutiques et le peu de succès apparent qu'ils recueillaient contre une paraphilie comme l'exhibitionnisme. Ce qu'il voulait savoir, c'était comment un thérapeute new age comme Scott West soignait des patients souffrant d'un mal vieux comme le monde.

— Où avez-vous rencontré le Dr West ?

— À son cabinet.

— Vous l'avez déjà vu ailleurs qu'à son cabinet ?

Le délinquant sexuel commit l'erreur d'hésiter une fraction de seconde.

— Non.

Terri fit une pause. Lui jeta un regard sévère.

— Je réessaie… déjà vu ailleurs… ?

— Il m'a emmené en voiture, une fois.

— Où ?

— Il disait que ça faisait partie de la thérapie. Il disait qu'il était vraiment important que je me prouve que j'avais le contrôle sur...

— Où vous a-t-il emmené ?

L'exhibitionniste détourna le regard.

— Il m'a fait passer devant deux écoles.

— Quelles écoles ?

— Le collège. Et une école primaire, deux rues plus loin. J'ai oublié le nom.

— Vous avez oublié ?

Wolfe eut une nouvelle hésitation.

— L'école primaire Kennedy.

— Pas l'école Wildwood, ou l'école primaire de Fort River ?

— Non, lâcha Wolfe. Nous ne sommes pas allés devant ces deux-là.

Terri Collins marqua encore un silence.

— Mais vous connaissez leurs noms, et je parie que vous connaissez aussi les adresses.

Wolfe tourna la tête, mais il ne bougea pas. Il ne répondit pas, tant la réponse était évidente. Adrian comprit qu'il aurait pu leur donner le détail de l'emploi du temps quotidien, l'heure d'arrivée des élèves, l'heure de départ, les heures des récréations. L'inspecteur prit quelques notes, sans un mot, avant de poursuivre :

— Ainsi vous passiez devant les écoles. Vous vous arrêtiez ?

— Non.

Adrian savait que c'était un mensonge.

— Vous avez été condamné pour séquestration..., reprit Terri, avant d'être interrompue.

302

— Écoutez, cette fille, je lui ai fait faire un bout de chemin. C'est tout. Je ne l'ai jamais touchée.

— Un bout de chemin, avec la braguette ouverte.

Wolfe fit la grimace, mais il ne répondit pas.

— Vous êtes déjà allé chez votre analyste ?

— Non ! fit Wolfe, surpris.

— Vous savez où il habite ?

— Non.

— Déjà rencontré des membres de sa famille ?

— Non. Ça ne fait pas partie de la thérapie.

— Dites-moi de quoi vous parlez, tous les deux.

— Il me demande à quoi je pense, ce que je ressens quand je vois…

Wolfe s'interrompit. Il inspira profondément.

— Il veut que je lui parle de tout ce qui me passe par la tête. Je lui dis la vérité. C'est difficile, mais j'apprends à me contrôler. Je n'ai pas besoin de…

Il s'interrompit de nouveau.

Adrian était presque hypnotisé par la manière dont Terri sondait l'exhibitionniste sans lui dire ce qu'elle cherchait vraiment. Mais, quand il entendit la dernière remarque de Wolfe, quelque chose s'agita au fond de son cerveau. Il essaya de se rappeler ses propres études, des expériences cliniques en labo. Le stimulus. Un sujet donnait une série de réactions normales à une situation donnée, jusqu'à ce qu'on introduise un stimulus supplémentaire dans l'équation. Sa capacité à contrôler ses émotions s'en trouvait modifiée. Parfois même il y renonçait totalement.

Au cinéma, quand le méchant armé d'un couteau bondit dans le noir, nous hurlons. Quand une voiture dérape, incontrôlable, sur une route mouillée, notre rythme cardiaque, notre production d'hormones, nos ondes cérébrales augmentent tandis que nous luttons contre la panique. Incontrôlable. Adrian se demanda si sa femme avait eu peur quand elle avait projeté sa voiture dans le chêne. Non, elle était soulagée, au contraire, parce qu'elle faisait ce qu'elle croyait désirer. Il inclina la tête, essayant d'entendre la voix de sa femme. Mais elle n'était pas là. Il y avait autre chose.

Il eut l'impression de sentir une main sur son épaule, qui le forçait à se retourner pour qu'il voie quelque chose. L'impression se renforça, comme si on le secouait, de façon pressante. Au lieu de quoi il fixait l'exhibitionniste. Placez sous ses yeux la réalité quotidienne d'écoliers, et elle excite le fantasme. Là où d'autres voient des enfants en train de jouer, Mark Wolfe voyait des objets de désir. Brusquement, Adrian eut envie de haïr, plutôt que de comprendre. La haine est tellement plus facile.

— Écoutez, inspecteur, je vais beaucoup mieux. Le Dr West m'a vraiment aidé. Vous ne me croyez peut-être pas, mais c'est la vérité. Vous pouvez lui demander.

— Je le ferai, répondit Terri. Vous êtes conscient que le seul fait de passer devant ces écoles avec votre thérapeute constitue une violation de votre conditionnelle ?

— Il m'a affirmé que ce n'était pas le cas. Il m'a dit que mon agent de probation avait approuvé. Et on ne s'est pas arrêtés.

Terri acquiesça de nouveau. Elle ne le croit pas, comprit Adrian. Elle a raison.

— Très bien, dit-elle. Je vérifierai.

Elle ferma son carnet, fit un geste vers Adrian, se retourna et demanda brusquement :

— Qui est Jennifer Riggins ?

— Qui cela ?

Mark Wolfe semblait désorienté.

— Jennifer Riggins. Qui est-ce ?

— Je ne connais aucune...

— Si vous mentez, vous retournerez en prison.

— Je ne connais pas ce nom. Je ne l'ai jamais entendu.

Terri reprit son carnet et écrivit quelques mots.

— Vous savez que mentir à un inspecteur de police est un crime ?

— Je vous dis la vérité. Je ne sais pas de qui vous parlez.

Adrian décelait beaucoup de choses sur le visage du délinquant. Remarquable, la manière dont il mêle la vérité et les mensonges.

— Je pense que nous reviendrons vous parler, dit Terri. Vous n'envisagez pas de partir en voyage ?

Ce n'était pas vraiment une question. C'était un ordre. Elle se tourna vers Adrian.

— Allons-y, professeur. Nous avons fini, ici, pour ce soir.

Adrian aurait voulu poser une centaine de questions, mais il était incapable d'en formuler une seule. Il fit un pas en avant, et il eut tout à coup l'impression que quelqu'un murmurait à son oreille. Brian. Évidemment.

— Avez-vous un ordinateur ? lâcha-t-il.

Déjà près de la porte, Terri s'immobilisa. Bonne question, se dit-elle.

— Répondez-lui, Mark. Vous avez un ordinateur ?

L'exhibitionniste acquiesça.

— À quoi vous sert votre ordinateur ?

— Rien de particulier. Les mails. Chercher les résultats sportifs.

— Qui vous envoie des mails ?

— Je connais des gens. J'ai quelques amis.

— Je n'en doute pas, fit Terri. Je l'emporte.

— Il vous faut un mandat.

— Ah oui ?

Wolfe hésita.

— Je vais le chercher. Il est dans ma chambre.

— Nous vous accompagnons.

Ils suivirent Wolfe, qui traversait la cuisine.

— Je peux tricoter, maintenant ? demanda la vieille femme. Qui sont tes amis ?

Wolfe lui lança un regard furieux et ouvrit la porte de sa chambre. Adrian aperçut des costumes de travail éparpillés dans la pièce. Quelques magazines pornos déchirés, deux ou trois livres et un ordinateur portable posé sur un petit bureau. Wolfe déconnecta l'appareil et le tendit à Terri.

— Quand pourrai-je…

— Dans un jour ou deux. Quel est votre mot de passe ?

Wolfe hésitait.

— Quel est votre mot de passe ? répéta-t-elle.

— Candyman.

— Ouais…, fit Terri en prenant l'ordinateur. Candyman. Vous faites des progrès, hein ?

Elle glissa l'appareil sous son bras. Il a cédé trop facilement, se dit Adrian. Ce n'était pas logique. Mais il fit un tour sur lui-même et s'efforça d'enregistrer mentalement ce que la chambre lui disait sur son occupant. Adrian regretta de ne pouvoir lire les titres des livres. Il se dit qu'il devait y avoir aussi un tiroir plein de DVD. Mais la chambre donnait une impression de vide, de tristesse. Un lit d'une personne, une commode, le bureau et une chaise en bois. Rien de très explicite.

À moins que ce ne soit le contraire… Alors qu'il faisait demi-tour pour sortir de la pièce, dans le sillage de l'inspecteur et de l'exhibitionniste, Adrian entendit un murmure. Ce n'est pas le bon. L'idée traversa son esprit avec la rapidité du sable qui coule entre les doigts. Il regarda derrière lui. Personne. Il ne comprenait pas les mots qu'il avait entendus, mais il était troublé. Il suivit Mark Wolfe et Terri Collins vers la porte d'entrée.


Le vieux professeur et l'inspecteur de police roulaient en silence.

Terri avait posé l'ordinateur sur le siège arrière. Elle savait que ce n'était pas vraiment une preuve, et qu'elle perdrait sans doute son temps en fouillant le disque dur. Elle était troublée par les relations entre Wolfe et Scott West, mais elle ne pouvait se défaire de l'idée qu'il s'agissait d'une coïncidence. Elle savait aussi que Mark Wolfe lui avait menti sur certains points, mais son radar n'avait pas détecté le genre de mensonge qui aurait pu la mener dans une direction définie. Ses doigts tambourinaient sur le volant. Elle roulait, dans la nuit, vers la maison du professeur.

Celui-ci était étrangement calme.

— Qu'est-ce qui vous tracasse ? demanda-t-elle tout à coup.

Il ne répondit pas immédiatement. Il avait l'air de rembobiner ses souvenirs ou ses pensées immédiates.

— Jennifer, dit-il doucement. Quelles chances avons-nous de la retrouver, inspecteur ?

— Très peu. Dans notre société, il n'est pas aussi difficile de disparaître qu'on le pense souvent. Ni de faire disparaître quelqu'un.

Adrian réfléchissait.

— Vous pensez trouver quelque chose, dans cet ordinateur...

— Non, coupa-t-elle.

Il se tourna à demi vers elle, comme si sa réponse méritait des explications.

— Il y aura sans doute des choses embarras-santes. Peut-être de la pornographie banale. Je ne serais pas étonnée de trouver un peu de porno avec des mômes. Peut-être autre chose, qui indi-querait que la thérapie du bon Dr West est moins efficace qu'il ne le croit. Mais sur Jennifer ? Quel serait le lien ? Non. Je ne crois pas. Je vais regarder. Mais je ne suis pas optimiste.

Adrian hocha la tête.

— J'ai trouvé tout cet entretien très provocant.

Il parlait à peine au-dessus du murmure.

— Je n'avais jamais parlé à un homme de ce genre. C'était très instructif.

— Vous avez entendu quelque chose qui pourrait nous être utile ?

Terri posait la question par politesse, car elle doutait qu'il eût remarqué des éléments importants.

— C'est ainsi que travaillent les détectives ? Est-ce qu'ils traitent si rapidement l'information ?

— Ce n'est pas comme en classe, professeur, fit Terri en riant. On ne dispose pas toujours de beaucoup de temps, et l'on doit trouver les réponses le plus vite possible. On dit souvent que dans les affaires de meurtre les premières quarante-huit heures sont essentielles. On a même tourné une foutue série qui porte ce nom. *48 Hours Mystery*. La « fenêtre » est plus étroite pour certains crimes, un peu plus large pour d'autres. Mais il faut trouver foutrement vite, sinon les réponses, en tout cas la direction où chercher. Nous avons déjà dépassé de très loin la « fenêtre » de Jennifer, soupira-t-elle.

Adrian semblait soupeser cette affirmation.

— Jennifer a besoin de plus de temps, dit-il. J'espère qu'elle l'a.

Terri réalisa qu'elle ne détestait pas le vieil homme. Elle était persuadée que ses efforts pour l'aider étaient sincères. Ce fut comme une révélation. En général, les civils s'efforçaient de participer maladroitement à l'application de la loi. Trop de gens regardaient trop la télévision, et pensaient qu'ils savaient vraiment quelque chose.

Plutôt un obstacle qu'une aide véritable, se dit Terri. Ça faisait partie de sa formation et de son expérience. Mais le vieil homme assis à côté d'elle, qui semblait passer de la vigilance aiguë à la dérive dans un autre monde, ne ressemblait pas à la plupart des curieux et des bonnes âmes qu'elle avait l'habitude de croiser. Elle arrêta la voiture devant chez lui.

— Service à domicile, dit-elle.

— Merci, dit Adrian en descendant de voiture. Peut-être me ferez-vous part des informations que vous pourriez obtenir…

— Laissez-moi faire le travail de police, professeur. Si je pense que vous pourriez m'être utile, je vous appellerai.

Elle vit que le vieil homme avait l'air déconfit. Jennifer a disparu, et il s'en veut pour ça, se dit-elle. Il y a un fossé entre les policiers, qui considèrent que les tragédies les plus profondes font partie de leur routine, et les gens qui ont le sentiment d'être différents parce qu'ils se trouvent tout à coup impliqués dans une affaire criminelle. Expérience tellement éloignée de leur routine qu'elle fascine et peut même devenir obsessionnelle. Pour un flic comme Terri Collins, c'était tout à fait normal. Tragique, mais normal.

Adrian s'écarta de la voiture. Il la regarda disparaître au bout de la rue.

— C'est un bon flic, dit Brian. Mais elle est limitée. Le détective à l'intelligence supérieure, à l'intuition innée, quasi intellectuel, est une invention des auteurs de polars. Dans la réalité, les flics sont des gens qui résolvent des problèmes directs.

Plus près du jeu du morpion que de *La Femme ou le Tigre*.

Adrian se dirigea vers l'entrée en traînant les pieds.

— C'était toi, tout à l'heure, dans la maison ? demanda-t-il.

— Bien sûr.

Brian semblait évasif, comme s'il attendait une autre question. Adrian se tourna vers le fantôme de son frère. C'était Brian l'avocat, jouant avec sa cravate de soie, lissant le pli impeccable de son costume à deux mille dollars. Brian leva les yeux.

— Tu as appris quelque chose.

— Mais l'inspecteur a dit...

— Allons, Audie, depuis le début, ton objectif n'est pas de trouver un coupable. Pas encore, du moins. Il s'agit de savoir où chercher Jennifer. La seule manière de le savoir, c'est d'imaginer qui l'a enlevée. Et pourquoi.

Adrian hocha la tête.

— D'accord.

— Et il est fichtrement évident que cette jolie détective de province ne pense pas de cette façon, même si elle semble compétente.

Adrian trouvait tout cela assez juste. Il faisait frisquet. Il se demanda où se cachait la douceur du printemps. L'air semblait trompeur, comme s'il pouvait promettre une chose et en fournir une autre. C'est une période de l'année à laquelle on ne peut se fier, se dit Adrian.

— Audie !

Il se tourna de nouveau vers son frère.

— C'est de plus en plus difficile, dit-il. Comme si un peu de moi disparaissait heure après heure, jour après jour.

— C'est pourquoi nous sommes là.

— Je crois que je suis trop malade.

— Bon Dieu, Audie, fit Brian en riant, moi je suis mort, et ça ne me ralentit pas.

Adrian eut un sourire.

— Qu'est-ce que tu as vu, dans la maison du monstre ?

— Une vieille femme qui souffre..., commença-t-il.

Qu'est-ce qu'il avait vu ?

— J'ai vu un homme qui s'est montré docile, comme s'il n'avait rien à cacher, alors qu'il avait sans doute tout à cacher.

Avec un grand sourire, Brian lui donna une claque dans le dos.

— Qu'est-ce que ça signifie ?

— Ça signifie que j'ai loupé quelque chose.

Brian leva la main à son front, juste à l'endroit où il avait dû poser le canon du revolver qu'Adrian cachait dans le tiroir de son bureau. Il fit le geste de tirer un coup de feu, sans ironie apparente.

— Je crois que nous savons tous les deux ce qui nous reste à faire, dit Brian.


Adrian se recroquevilla dans son siège, en espérant que sa première visite n'aurait pas donné à Mark Wolfe l'idée que quelqu'un le surveillait. Sous les premiers rayons de l'aurore, des taches d'ombre de la forme des arbres se découpaient sur le sol. Le monde extérieur ne lui semblait pas tout à fait nu, mais pas non plus encore tout à fait habillé. Adrian se disait parfois que lors des changements de saison il y a des moments où les forces naturelles attendent une permission, une poussée, pour prendre de la vitesse et transformer l'hiver en printemps.

Il ne savait plus combien de changements il avait laissés derrière lui. Il ignorait aussi combien de temps il serait encore capable de les percevoir. Adrian se retourna sur son siège pour poser la question à Brian, mais ce dernier n'était plus là. Il se demanda pourquoi il ne pouvait invoquer ses visions quand il en avait besoin. Il serait pourtant rassurant d'avoir quelqu'un à qui parler, et il aurait aimé que l'assurance de son frère l'aide à renforcer sa propre résolution.

Adrian se dit que son projet se situait à la limite de la légalité. Si c'était contre la loi, c'est que ça devait l'être. Immoral, aussi. À cet égard, son frère le grand avocat lui serait particulièrement utile. Les avocats sont toujours plus à l'aise dans les zones grises de la morale...

— Brian ?

Silence. Il s'y attendait. Il jeta un coup d'œil de l'autre côté du seuil. Mark Wolfe ne devrait pas tarder à sortir, se dit-il en frissonnant.

Il pensa à son frère. Quand ils étaient petits, il était toujours étonné de voir que Brian n'avait peur de rien. Quoi que fassent Adrian et ses copains – nager, jouer au ballon, faire des bêtises –, Brian suivait le mouvement, et il était toujours le premier pour commettre la blague du jour, quelle qu'elle fût. Adrian se rappelait qu'un jour leurs parents les avaient mis sur la sellette. Ils avaient passé un savon à Brian et l'avaient envoyé se coucher. Puis on avait appelé Adrian. « Tu es censé surveiller ton petit frère... Adrian, comment as-tu pu le laisser faire... » Il avait été incapable de leur expliquer que malgré leur différence d'âge Brian était le véritable meneur. À reculons, se dit-il. Nous avons grandi à reculons.

— Mais ça ne me dit toujours pas pourquoi tu t'es flingué, dit-il à voix haute.

Adrian pensait qu'à l'exception de son travail tout, dans sa vie, était un mystère. Pourquoi Cassie était-elle tombée amoureuse de lui ? Pourquoi Tommy était-il mort ? Qu'est-ce qui ne collait pas chez Brian, pour qu'il n'ait pas été capable de voir ce qu'il allait faire ? Il se dit que sa maladie avait au moins un avantage. Toutes ces questions, toute cette tristesse, qui le harcelaient, disparaîtraient dans le brouillard de l'oubli. Je suis déjà mort, se dit-il.

Il entendit une portière claquer. Un coup d'œil lui permit de s'assurer que Mark Wolfe sortait de son allée, exactement comme la veille. Il s'en allait.

Adrian regarda sa montre. Un cadeau de sa femme, pour ses vingt-cinq ans. Étanche, bien qu'il ait rarement l'occasion d'aller sous l'eau. Antichoc, bien qu'il ne l'ait jamais fait tomber. Équipée d'une pile garantie à vie... Eh bien, se dit-il, il est fort probable qu'elle tournera encore après ma mort. Adrian décida d'attendre un quart d'heure. La trotteuse, balayant inlassablement le cadran, produisait sur lui un effet hypnotique.

Quand il fut certain que Mark Wolfe avait bien pris la direction du magasin où il travaillait, Adrian se dirigea à grands pas vers la maison bien entretenue. Il frappa bruyamment à la porte, puis enfonça le bouton de la sonnette. La porte s'ouvrit, et la mère jeta un regard absent dans sa direction. Adrian s'avança.

— Mark n'est pas là, dit-elle immédiatement.

— Ce n'est pas grave, répondit Adrian, en poussant la porte avec insistance. C'est lui qui m'a demandé de passer vous voir et de bavarder avec vous.

— Ah bon ?

Elle ne comprenait pas. Adrian en profita. Il savait qu'il connaissait la maladie de la femme mieux que la sienne.

— Bien sûr. Nous sommes de vieux amis. Vous vous rappelez, n'est-ce pas ?

Adrian n'attendit pas la réponse. Il pénétra dans la maison et se dirigea vers le salon. Il se tenait presque au même endroit que la veille au soir.

— Je ne vous remets pas, dit-elle. Et Mark n'a pas beaucoup d'amis.

— Nous nous sommes déjà parlé.

— Quand ?

— Hier. Vous vous en souvenez.

— Je ne...

— Et vous m'avez dit de revenir, parce qu'il y avait beaucoup de choses à dire.

— J'ai dit de…

— Nous avons parlé d'un tas de choses. Votre tricot, par exemple. Vous vouliez me montrer votre tricot.

— J'aime tricoter. J'aime faire des moufles. Je les donne aux enfants du quartier.

— Je parie que c'est Mark qui va les distribuer.

— Oui. Exactement. C'est un bon garçon.

— Bien sûr. C'est le meilleur garçon qui puisse exister. Il adore faire plaisir aux enfants.

— Avec des moufles, en hiver. Mais maintenant…

— C'est le printemps. Plus de moufles. Pas avant l'automne.

— J'ai oublié comment vous êtes devenu l'ami de Mark ?

— J'aimerais que vous me fassiez des moufles.

— Oui. Je fais des moufles pour les enfants.

— Et Mark va les distribuer. Quel bon garçon.

— Oui. C'est un bon garçon. J'ai oublié votre nom.

— Et il regarde la télévision avec vous.

— Nous avons nos émissions. Mark aime des émissions spéciales. Nous regardons ensemble les émissions comiques du début de soirée, nous rions beaucoup, parce qu'il leur arrive tellement de choses, à ces gens ! Puis il m'envoie me coucher, parce que ses émissions passent plus tard.

— Il regarde vos émissions avec vous, et il regarde ses émissions plus tard, sur cette belle grande télévision.

— Il l'a achetée pour nous. C'est comme si de vraies personnes nous rendaient visite. Peu d'amis viennent ici.

— Mais je suis votre ami, et je suis venu.

— Oui. Vous avez l'air vieux, comme moi.

— En effet. Mais nous sommes amis maintenant, n'est-ce pas ?

— Oui. Sans doute.

— Elles sont comment, ses émissions ?

— Il ne veut pas que je les regarde.

— Mais il arrive que vous ne trouviez pas le sommeil, hein ? Alors vous descendez au salon...

Elle eut un sourire.

— Ses émissions, elles sont... oh, je ne connais pas les mots, fit-elle en riant.

Elle avait l'air naïve, enfantine. Adrian l'observait, qui passait sans transition de la sénilité à l'enfance. Il savait qu'il avait mis le doigt sur quelque chose, et il luttait pour comprendre ce que c'était. Il sentait la présence de sa femme, de son fils, de son frère, autour de lui, ils étaient là sans y être vraiment, et ils essayaient de le lui dire, comptant sur son intelligence. Il regarda la femme. Deux doux dingues, se dit-il. Je la comprends, mais elle ne peut me comprendre.

Adrian se dit que c'était comme une langue étrangère. Cela lui fit penser à Tommy, mort dans un endroit si éloigné qu'il ne pouvait se le représenter qu'à travers des images retransmises sur un écran. Par association d'idées, il se tourna vers l'écran de télévision géant. Il se rappela quelque chose que la femme avait dit, et quelque chose que Tommy, son fils, lui avait dit – sauf que ce n'était pas vraiment son fils, mais le fantôme de son fils. Le tricot. Elle tricote.

— Où est votre ordinateur ? demanda-t-il. Vous le rangez avec le tricot ?

— Bien sûr, dit la femme en souriant.

Elle prit le sac plein de laine et de morceaux de tissu à côté de la chaise longue, là où Adrian se tenait, la veille au soir. Elle le lui donna. Sous un gros écheveau de laine rose et rouge, il trouva un petit portable Apple. Des câbles y étaient branchés.

Il regarda le téléviseur. Après avoir mis sa mère au lit, il visionne sur cet écran plat géant ce qu'il y a dans l'ordinateur.

— Je dois l'apporter à Mark. Il en a besoin à son travail.

— Il le laisse ici, répondit-elle. Il le laisse toujours ici.

— Oui, mais la policière qui est venue va en avoir besoin, alors il doit le lui apporter, en partant de son travail. C'est ce qu'il veut.

Adrian savait que ses mensonges fonctionneraient, même si la vieille dame semblait réticente. Il trouvait cela pervers. La comptine où il est question de prendre son bonbon à un petit enfant lui revint en mémoire.

Il prit l'ordinateur et se dirigea vers la porte. Le mot de passe ? Mark Wolfe ne lui avait pas donné l'impression d'être stupide. Et Adrian se rappelait le regard méprisant de l'inspecteur Collins prenant l'ordinateur que Wolfe lui avait remis si facilement. *Candyman*. Comme c'est évident. Un mot de passe si connoté que n'importe qui serait convaincu qu'il mènerait à des preuves à charge, alors qu'il ne s'agirait que d'un cul-de-sac, obscur et innocent.

L'ordinateur qu'il avait en main – celui de la mère – était le bon, il en était sûr. Adrian regarda la femme aux cheveux gris et au regard égaré.

— Est-ce que Mark avait un animal, quand il était petit...

— Nous avions un chien, Butchie...

Adrian sourit. Butchie. C'est une possibilité.

— Mark a dû le faire piquer. Butchie aimait trop chasser les objets, et il mordait les gens.

Comme votre fils, pensa-t-il. Tout à coup, Adrian eut l'impression que la vieille femme allait se mettre à pleurer. Il réfléchit un instant avant de poser une nouvelle question, très prudemment.

— Comment s'appelait la petite voisine, vous vous rappelez, celle qui vivait juste à côté, ou était-ce au bout de la rue, quand Mark était adolescent ?

En une fraction de seconde, le visage de la vieille femme se transforma. Elle prit un air renfrogné.

— Oh, c'est comme un jeu de mémoire, hein ? Je ne me souviens pas de beaucoup de choses, et j'oublie des trucs...

— Mais cette fille, vous vous en souvenez, n'est-ce pas ?

— Je ne l'aimais pas.

— Elle s'appelait...

— Sandy.

— C'est à cause d'elle que Mark a eu des ennuis, la première fois, hein ?

Elle acquiesça. Adrian se demanda si Mark Wolfe avait le sens de l'humour. Il se dirigea vers la porte, l'ordinateur sous le bras. Au moment où il tendait la main vers la poignée, il s'arrêta.

— Quel est votre prénom ?

— Je m'appelle Rose, répondit-elle avec un sourire.

— Comme la belle fleur ?

— J'avais les joues très rouges quand j'étais jeune, et que j'ai épousé...

Elle s'interrompit, se mit une main sur la bouche.

— Où est-il parti ?

— Il nous a abandonnés. Je ne me rappelle pas. Ce n'était pas bien. Nous sommes restés seuls, et ça a été difficile. Mais Mark prend soin de moi, maintenant. C'est un bon garçon.

— Oui. C'est exact. Qui vous a abandonnés ?

— Ralph. Ralph nous a abandonnés. J'étais toujours la Rose de Ralph, et il disait que je serais toujours en fleur, mais il est parti et je ne suis plus jamais en fleur.

Ralphsrose, se dit Adrian. Peut-être.

— C'était très agréable, Rose. Je reviendrai vous voir, et nous parlerons encore de tricot. Peut-être pourrez-vous me tricoter une paire de moufles.

— Oh, ce serait bien ! dit la vieille dame.

# 26

Quand la porte s'ouvrit, Jennifer chantonnait doucement à l'oreille de Mister Fourrure. Ce n'était pas une chanson en particulier, car elle mélangeait les paroles de toutes les berceuses et comptines dont elle pouvait se souvenir – « Rame, rame, rame sur ton bateau » et « Itsy Bitsy Spider » ne faisaient plus qu'un avec « L'ours est monté sur la montagne » et « Je suis une petite théière ». Auxquelles s'ajoutait çà et là un extrait de chant de Noël. Elle fredonnait et chantait toutes les paroles, les vers, les arguments musicaux qui lui venaient à l'esprit. Elle laissait rap et rock de côté, car elle ne savait pas s'ils pouvaient vraiment la réconforter. Elle retint son souffle en entendant la porte. Puis elle reprit vivement sa chanson, élevant la voix, de plus en plus fort.

— « Dieu vous bénisse, joyeux messieurs, que rien ne vous afflige, rappelez-vous que le Christ notre sauveur est né en ce jour de Noël... »

— Numéro Quatre, écoute-moi.

— « Oh, l'ours est monté sur la montagne, l'ours est monté sur la montagne, l'ours est monté... »

— Numéro Quatre, arrête de chanter immédiatement, ou je vais te faire mal.

Jennifer était sûre que la menace était réelle. Elle se tut.

— C'est bien.

Jennifer réprima un sourire. Des petites rébellions. Fais ce qu'ils exigent, mais…

— Écoute-moi bien, répéta la femme.

Je sais où vous êtes, pensa Jennifer. C'était important, même si elle ignorait pourquoi. Les quelques secondes pendant lesquelles elle avait regardé sous le bandeau avaient fait beaucoup pour lui donner un sentiment de puissance. Cela lui avait permis de s'orienter. Elle avait vu la caméra vidéo pointée vers elle. Elle avait embrassé du regard les murs blancs et nus, le gris du sol. Elle avait rapidement pris la mesure de la pièce et, plus important, elle avait vu ses vêtements, empilés près de la porte. Ils étaient pliés proprement, à côté de son sac à dos, comme s'ils avaient été lavés et qu'ils l'attendaient. Ce n'était pas aussi bien que d'être vraiment habillée, mais la simple possibilité de se glisser à nouveau dans son jean et son sweat-shirt lui donnait un peu d'espoir.

La caméra, avec son œil infaillible fixé sur elle, lui avait donné à réfléchir. Jennifer savait ce que cela signifiait. Elle n'avait le droit à aucune intimité. Tout d'abord, l'idée l'avait fait rougir. Elle avait eu l'impression d'être violée. Puis elle comprit presque aussi vite que les gens qui la regardaient, quels qu'ils soient, ne la regardaient pas, elle, mais regardaient une captive. Elle était encore anonyme. On avait exhibé son corps, mais pas Jennifer. Comme s'il y avait une distinction entre la personne qu'elle était et ce qu'elle faisait. Une fille nommée Numéro Quatre, qui ressemblait à Jennifer, faisait certaines choses, pendant que la vraie Jennifer dorlotait son ours et chantait, tout en essayant de comprendre de quoi elle était captive. Elle savait qu'elle devait se donner du mal pour protéger la Vraie Jennifer, tout en faisant en sorte que la Fausse Jennifer semble réelle aux yeux de l'homme et de la femme. Ses geôliers.

Elle finit par comprendre autre chose, à propos de cette caméra. Elle signifiait qu'on avait besoin d'elle. Quel que soit le drame qui se jouait, elle en était l'actrice principale. Elle ignorait combien de temps cela lui permettrait de rester en vie. Mais cela signifiait qu'elle disposait d'un certain temps, et elle avait bien l'intention de le mettre à profit.

— Numéro Quatre, je vais placer une chaise au pied du lit. Tu vas t'asseoir.

Jennifer glissa ses jambes hors du lit. Debout, elle s'étira, leva une jambe, puis l'autre, banda ses muscles. Elle se dressa sur la pointe des pieds et se pencha en avant plusieurs fois de suite, très vite. Puis elle étira un bras derrière le dos et gonfla ses poumons. Elle répéta le mouvement avec l'autre bras. Elle sentait ses muscles se contracter, puis se relâcher, et ses membres perdre un peu de leur raideur.

— Ce n'est pas l'heure de la gymnastique, Numéro Quatre. S'il te plaît, fais ce que je t'ai dit. Immédiatement.

Jennifer roula la tête, tendit le cou, puis avança précautionneusement vers le pied du lit, une main sur le matelas pour garder son équilibre. Le bras tendu, elle sentit le dossier de bois d'une chaise. Elle s'assit sagement, les mains croisées sur les genoux, jambes serrées, telle une écolière turbulente au catéchisme, qui a peur de la religieuse.

Jennifer sentait la présence de la femme qui s'approchait d'elle. Elle se tourna à demi dans sa direction, dans l'attente de nouvelles instructions.

Le coup fut totalement inattendu, et très violent. Une gifle à la volée qui la jeta presque sur le sol. Le choc fut presque aussi douloureux que le coup lui-même. Sous le masque, elle vit des étoiles, et elle ressentit une douleur terrible, comme si ses terminaisons nerveuses avaient été traversées d'un courant électrique. Étourdie par la douleur, elle sentit que la tête lui tournait.

Elle avait presque perdu l'équilibre et failli tomber de la chaise. Elle haleta, comme si on l'étranglait. Elle sentit qu'elle produisait une sorte de gémissement animal sous l'effet de la douleur, mais elle ignorait s'il résonnait dans la pièce, ou seulement dans son crâne. Jennifer agrippa la chaise pour garder son équilibre, sachant que si elle tombait – mais ignorant pourquoi – elle recevrait un coup de pied et peut-être plus encore. Elle tenta de dire quelque chose, mais les mots ne franchirent pas ses lèvres, seuls se formèrent les sanglots et les hoquets.

— Est-ce que nous voyons un peu plus clair, maintenant, Numéro Quatre ?

Jennifer acquiesça.

— Quand je te donne un ordre, tu dois obéir. Je croyais que nous te l'avions déjà fait comprendre.

— Oui. J'essayais… Je ne réalisais pas…

— Cesse de pleurnicher.

Elle se tut.

— Bien. Je vais te poser des questions. Tu y répondras soigneusement. Ne dis rien de plus que ce que je demande. Je veux que tu aies la tête bien droite, et que tu regardes devant toi.

Jennifer acquiesça. Elle sentit que la femme se penchait, tout près d'elle, et perçut un chuchotement, presque un chuintement.

— La réponse à la première question, c'est dix-huit.

Surprise, Jennifer cligna des yeux sous le masque. C'était adressé à moi, et à personne d'autre. Elle entendit le froissement de la combinaison de la femme quand celle-ci recula. Il y eut une pause. Jennifer se figea, comme un robot, reprit sa position d'écolière et regarda droit devant elle, comme si elle fixait l'obscurité sous le masque.

— Bien. Numéro Quatre, dis-nous quel âge tu as.

Jennifer hésita.

— Dix-huit ans.

Un mensonge qui lui évitait de la douleur.

— Sais-tu où tu te trouves ? reprit la femme.

— Non.

— Sais-tu pourquoi tu es ici ?

— Non.

— Sais-tu ce qui va t'arriver ?

— Non.

— Sais-tu quel jour on est ? Ou la date, l'heure, ou même si c'est le jour ou la nuit ?

Jennifer secoua la tête.

— Non.

Cette fois sa voix trembla légèrement, comme si le mot était une coûteuse porcelaine qui volerait en éclats au moindre écart.

— Depuis combien de temps es-tu ici, Numéro Quatre ?

— Je ne sais pas.

— Est-ce que tu as peur, Numéro Quatre ?

— Oui.

— Est-ce que tu as peur de mourir, Numéro Quatre ?

— Oui.

— Tu veux vivre ?

— Oui.

— Que ferais-tu pour survivre ?

Jennifer hésita. Il n'y avait qu'une réponse possible.

— N'importe quoi.

— Bien.

La voix de la femme venait de moins d'un mètre. Jennifer se dit qu'elle avait dû se placer derrière la caméra, pour que ses réponses semblent s'adresser directement à l'objectif. Elle sentit sa confiance revenir très légèrement. Je suis filmée, se rappela-t-elle. La possibilité de comprendre ce qui lui arrivait, même en partie, lui était utile. Elle savait que son image était envoyée quelque part. Quelqu'un, quelque part, la regardait en ce moment précis. Elle sentit que ses muscles se tendaient. Ils ne savent pas à quel point je peux être forte, pensa-t-elle. Puis le doute s'insinua dans son cerveau. Moi non plus, je ne sais pas à quel point je peux être forte. Elle avait envie de pleurer, de sangloter, de s'abandonner au désespoir. Ou au contraire de riposter, mais elle ne savait pas comment faire.

— Debout, Numéro Quatre.

Jennifer obtempéra.

— Déshabille-toi.

Jennifer ne put s'en empêcher : elle hésita, cela se vit à ses mains. Elle devina que la femme serrait le poing, prête à la frapper de nouveau. Elle fit ce qu'on lui demandait. Elle tenta de se convaincre que c'était comme chez le médecin, ou au vestiaire, après avoir transpiré pendant l'entraînement. Qu'elle ne devait pas avoir honte de sa nudité. Sous son masque, elle savait pourtant que c'était un mensonge. Elle sentait le regard de la caméra et elle était humiliée. Jennifer n'était pas loin des larmes.

— Tu peux te rasseoir sur la chaise.

Jennifer saisit sa culotte, l'enfila et s'assit. C'était comme si on lui avait arraché quelque chose. C'était bien pire que lorsque l'homme l'avait forcée à se laver nue. Il s'était agi d'une inspection. Comme lorsqu'on inspecte de la viande sur pied.

— Avant que tu n'entres dans cette pièce, quelle était ta plus grande peur ?

Il fallait qu'elle réfléchisse. Son esprit lui semblait désespérément vide.

— Ta plus grande peur, Numéro Quatre ? insista la femme.

Jennifer s'efforça de trouver une réponse.

— Les araignées. Je déteste les araignées. Quand j'étais petite, une araignée m'a piquée, mon visage a gonflé et depuis cette époque…

— Ça, Numéro Quatre, c'est une chose dont tu as peur. Quelle est ta plus grande peur ?

Jennifer hésita.

— Parfois, je suis terrifiée à l'idée d'être enfermée dans une pièce pleine d'araignées.

— Je pourrais faire ça, Numéro Quatre...

Jennifer frissonna, machinalement. Elle savait que cette femme en était capable. Elle se dit qu'elle n'avait gratté que la surface de ce dont était capable sa cruauté. Elle s'attendait à ce que l'homme soit encore pire.

— Mais quelle est ta plus grande peur, Numéro Quatre ?

Elle semblait obsédée par cette question, toujours la même. Pourquoi ma réponse ne lui plaît-elle pas ? Un ou deux mots se bloquèrent dans sa gorge, et elle toussa. Elle eut une autre idée.

— Que je ne puisse jamais quitter la petite ville où je vivais, que j'y sois bloquée à tout jamais.

La femme garda le silence. Jennifer se dit que sa réponse l'avait peut-être prise de court.

— Ainsi, Numéro Quatre, tu détestais ton foyer ?

Jennifer acquiesça d'un mouvement de tête.

— Oui.

— Qu'est-ce que tu détestais ?

— Tout.

De nouveau, la femme pesait ses mots. Le roulement régulier des questions était comme une averse de coups tombant en pluie sur le cœur de Jennifer.

— Alors tu as eu envie de t'enfuir, exact ?

— Oui.

— Tu as toujours envie de t'enfuir, Numéro Quatre ?

Jennifer sentait les sanglots lui écraser la poitrine. Elle se demandait s'il s'agissait de « s'enfuir de chez elle », ou de « s'enfuir de sa cellule ». Cette incertitude lui faisait mal.

— Je... veux simplement vivre, fit-elle d'une voix tremblante.

La femme attendit un instant. Les questions étaient impitoyables.

— Qu'est-ce que tu as aimé dans ta vie, Numéro Quatre ?

Jennifer fut submergée par ses souvenirs d'enfance. Elle vit son père se dresser devant elle, dans l'obscurité du masque, sauf qu'il était bel et bien vivant, qu'un sourire familier illuminait son visage, et qu'il lui faisait signe de venir vers lui. Jennifer se rappela les fêtes et les terrains de jeux. Elle se rappela des moments ordinaires, des pique-niques, une escapade familiale à Fenway Park par un après-midi d'été, avec jeux de ballon et hot-dogs. Un jour, pendant une excursion scolaire dans une ferme de la région, elle avait rampé jusqu'à un enclos où une chienne nourrissait ses petits, et elle avait été émerveillée par l'énergie des chiots minuscules et la douceur de la vie. Elle se revit avec sa mère, dont elle se disait qu'elle n'avait plus aucune raison de l'aimer. Elles se baignaient dans une rivière, dans un parc national, sous une petite cascade, l'eau glacée leur tombait sur la tête et elles résistaient à la chair de poule parce que c'était si merveilleux et si agréable. Toutes ces images défilaient de plus en plus vite, comme un film en accéléré, dans le noir.

Jennifer inspira à fond. Ces souvenirs lui appartenaient. Elle savait qu'elle devait les protéger.

— Rien, répondit-elle.

La femme se mit à rire.

— Tout le monde aime quelque chose, Numéro Quatre. Je répète : qu'est-ce que tu as aimé ?

Jennifer sentit les idées se télescoper dans sa tête. Toutes sortes d'images, pêle-mêle. Un torrent de souvenirs. Elle sentait qu'elle devait les repousser, les dissimuler. Après un instant d'hésitation, elle se lança.

— J'ai eu un chat… En fait, j'avais trouvé un petit chat errant. Il était tout mouillé, maigre, perdu. On m'a permis de le garder. Je l'ai appelé Chaussettes, à cause de ses pattes blanches. Je lui donnais du lait. La nuit, il dormait sur mon lit. Pendant des années, il a été mon meilleur ami.

— Qu'est-il arrivé à Chaussettes, Numéro Quatre ?

— À sept ans, il est tombé malade. Le vétérinaire n'a pas pu le sauver. Il est mort et j'ai aidé à l'enterrer. Nous avons creusé un trou dans le jardin. J'ai pleuré pendant des jours et des jours. Mes parents m'ont proposé de m'en donner un autre, mais je n'en voulais pas un nouveau, je voulais le mien, qui était mort.

Elle marqua un arrêt, puis ajouta vivement :

— Voilà. Voilà quelque chose que j'ai aimé.

— C'est émouvant, Numéro Quatre.

Jennifer faillit lui répondre « C'est vous qui avez demandé », mais elle ne voulait pas qu'on la frappe à nouveau. Elle se permit un sourire ironique, intérieurement. L'histoire de Chaussettes était totalement imaginée. Pas de chat, espèce de salope. Pas le moindre chat mort. Va te faire foutre.

— Une dernière question, Numéro Quatre.

Jennifer ne bougea pas. Elle attendait.

— Est-ce que tu es vierge, Numéro Quatre ?

Jennifer avait un goût amer sur ses lèvres. Elles étaient si sèches qu'elle dut les lécher plusieurs fois pour les humecter. Elle ignorait absolument quelle était la bonne réponse. La vérité, c'était « Oui ». Mais était-ce la bonne réponse ? Jennifer sentit la peur monter en elle. Cette allusion au sexe la faisait suffoquer. Ils veulent me violer, se dit-elle.

— Est-ce que tu es vierge, Numéro Quatre ?

Si elle répondait « Non », ne serait-ce pas une sorte d'invitation ? Si elle affirmait qu'elle avait déjà fait l'amour, n'était-ce pas leur donner la permission ? Est-ce que son ingénuité était un avantage, ou pas ? Elle devait prendre une décision, et elle détestait cela. Dans les deux cas, ce serait mauvais.

— Oui, répondit-elle d'une voix légèrement tremblante.

La femme se mit à rire.

— Tu peux retourner sur le lit, fit-elle d'une voix moqueuse.

## 27

Par coïncidence, plus ou moins au même moment mais en des lieux différents, Adrian et Terri examinaient deux ordinateurs appartenant à la même personne. Ils parvinrent à des résultats opposés. L'une n'aboutit qu'à des impasses. L'autre vit s'ouvrir devant lui des possibilités infinies.

Terri ne découvrit rien, dans l'appareil posé sur son bureau, qui corresponde à ses attentes. De la pornographie de bas étage (rien qui l'étonnât par son exotisme ou sa tension) et une série de visites pour la plupart sans intérêt à des sites sportifs, des forums médicaux liés à des groupes de soutien aux malades d'Alzheimer, un site de paris offshore et une sélection prévisible de jeux vidéo en ligne, comme *Full Tilt* et *World of War*. Wolfe avait également passé beaucoup de temps sur des sites où l'on trouvait des conseils pour une utilisation avancée de l'informatique. Mais Terri ne trouva rien dans cet ordinateur qui suggérât que Mark Wolfe s'était de nouveau livré aux activités qui lui avaient valu la prison, ou qu'il serait en train de remonter la chaîne alimentaire du prédateur sexuel. Aucun lien avec la disparition de Jennifer.

Terri était prête à classer Mark Wolfe et ce qui le liait au futur beau-père d'une adolescente disparue dans la rubrique « perte de temps ». De fait, elle estimait que l'enquête sur Jennifer était plus ou moins au point mort, en dépit de l'insistance du vieil homme. Elle devait encore suivre la piste de la carte de crédit retrouvée dans le Maine, mais elle se doutait que cela ne la mènerait nulle part.

Terri éteignit l'ordinateur portable. Le plus vexant était qu'elle devait rendre ce foutu appareil à Wolfe. Elle composa le numéro du magasin de bricolage où il travaillait.

— Mark Wolfe, s'il vous plaît, demanda-t-elle au standard. Inspecteur Collins, dans le cadre d'une enquête sur des violences sexuelles.

Tourmenter Mark Wolfe était une de ses priorités. Tous ses collègues ne connaissaient sans doute pas son passé. Terri se demanda combien de temps il faudrait à la standardiste pour raconter à la pause café qu'un flic avait téléphoné à l'un des vendeurs. On s'interrogerait. Et les spéculations mèneraient à certains détails obscènes qui ne tarderaient pas à circuler dans l'entreprise. Les ennuis qu'elle était en train de lui attirer ne provoquaient pas chez Terri le moindre état d'âme. Elle savait qu'elle n'était ni généreuse ni indulgente, mais elle s'en fichait.

— Vous pouvez passer prendre votre ordinateur, dit-elle sèchement à Wolfe quand il vint au téléphone. Je serai à mon bureau jusqu'à six heures.

Il se contenta de grommeler. Terri disposait d'un peu de temps. Elle poussa l'ordinateur sur le côté et prit le rapport lié à la carte de crédit. Elle composa le numéro de la banque, à Waterville, dans le Maine.

Un ordinateur, c'est comme un miroir déformant de fête foraine, se disait Adrian. Il donne un reflet assez fidèle de l'identité de son propriétaire, à condition de voir au-delà des flous et des déformations. Tout le problème consiste à trouver les clés pour y accéder.

La mère de Wolfe avait fourni à Adrian des mots clés qui lui avaient permis, après avoir joué avec diverses combinaisons, d'ouvrir certains fichiers cryptés. Ainsi, *Rosesknitting* – « Rose-tricot » – donnait accès à une collection de photos de jeunes femmes plus ou moins dévêtues, et arborant des poses provocantes. La première pensée qui lui vint à l'esprit fut « porno avec des enfants », mais il dut reconnaître que ce n'était pas juste. Les images étaient assez aguichantes pour exciter les fantasmes. Elles mettaient Adrian mal à l'aise, jusqu'à ce qu'il se contraigne à les examiner de près. Il réalisa qu'elles ne faisaient que suggérer des jeunes filles à peine sorties de l'enfance.

Les filles qui posaient pour ces photos étaient rasées et faussement pudiques. On les avait choisies pour leurs corps immatures et leurs visages juvéniles. Mais elles avaient l'air jeunes, simplement. Adrian se dit qu'elles avaient probablement quelques jours ou quelques semaines de plus que l'âge légal de dix-huit ans, en deçà duquel les photos entreraient dans la catégorie illégale de la pornographie enfantine. En les faisant défiler, Adrian constata que leur intensité allait en croissant. Sur certains clichés, des adolescents venaient se joindre aux jeunes filles, sur d'autres il s'agissait d'hommes plus âgés, dans la quarantaine ou plus encore. La luxure a le dessus, se dit-il.

Les fichiers *Rosesknitting* étaient troublants, mais Adrian savait que ce n'était pas le genre de téléchargement qui pourrait intéresser les ordinateurs d'Interpol, ni même attirer l'attention de la police locale. Il trouva des liens vers des sites aux noms évocateurs qu'il ne prit même pas la peine d'examiner.

Il y avait d'autres dossiers, parfois difficiles à ouvrir, qui lui firent regretter de ne pas avoir l'aide de quelqu'un de plus jeune et connaissant mieux les ordinateurs. Il essaya une série de variantes à partir de « Sandy ». Il supputait que ce nom avait pénétré la mémoire brumeuse de la mère, pour la bonne raison qu'on l'avait prononcé dans la maison. Il sentait que quelques combinaisons à partir de ce mot pourraient lui ouvrir certaines parties du disque dur. Mais toutes ses tentatives furent rejetées.

Le passé devient le présent et influence l'avenir. Adrian le savait. Pour les psychologues, c'était un cliché. Les objets, les événements, les gens, les expériences stockés dans la mémoire affectent les actes posés dans le présent et les rêves des jours à venir. Mark Wolfe, délinquant sexuel, n'était pas différent, sauf que les dégâts pouvaient être plus importants, et qu'il s'était créé un personnage plein de ressources. Son origine était un mystère. Où il en était pour le moment était évident et s'affichait sur l'écran de son ordinateur. Où cela le conduirait était encore incertain.

Adrian tapa « KillSandy », en espérant vaguement que le mot ouvrirait un dossier crypté contenant tous les mots de passe de Wolfe. Des photos s'affichèrent immédiatement sur l'écran. Adrian contemplait l'image d'une fille qui se penchait pour accueillir dans sa bouche la turgescence d'un homme nettement plus âgé qu'elle. Il ressentit le besoin de se laver les mains et d'aller boire un verre d'eau glacée.

Adrian repoussa son siège. Il voulait aller chercher un livre de poèmes. Il devait lire quelques vers, un peu de littérature digne et immaculée. Peut-être quelques sonnets de Shakespeare, ou du Byron. Des textes qui parleraient d'amour en évoquant la soie, la pureté, des images qui susciteraient la passion – pas des photos d'hommes velus forçant de leur sexe congestionné des femmes qui sont encore presque des enfants.

Il remua sur son siège, se figea brusquement. Son fils venait de lui murmurer à l'oreille :

— Papa, tu n'as pas encore regardé comme il fallait. Pas encore.

Adrian se retourna très vite, les bras écartés, comme s'il pouvait serrer contre lui le fantôme de son fils. Mais il était seul dans la pièce. Il entendait pourtant la voix de Tommy, juste à côté de lui.

— Qu'est-ce que tu vois ? lui demanda son fils, de sa voix chantante.

Tommy avait de nouveau neuf ans. Quand il était petit, il n'était rien qu'Adrian aimait tant que l'entendre appeler quelqu'un. Sa voix était une invitation à partager quelque chose avec lui, elle avait cette qualité-là, précieuse comme un bijou.

— Où es-tu, Tommy ?

— Je suis ici. Juste à côté de toi.

Comme si la voix pénétrait un épais brouillard. Adrian avait désespérément envie de tendre la main à travers la brume et de toucher son fils. Rien qu'une fois, pensa-t-il. C'est tout. Juste te serrer dans mes bras.

— Papa ! Concentre-toi ! Qu'est-ce que tu vois ?

— Rien d'autre que de la pornographie dégueulasse.

Savoir que son fils regardait la même chose l'embarrassait un peu.

— Non, c'est plus que ça. Beaucoup plus.

Adrian devait avoir l'air désorienté, car Tommy soupira. Cela résonna comme une rafale de vent dans le silence de la maison.

— Allons, papa, fais le lien entre ce que tu es et ce que tu vois.

Adrian ne comprenait pas. C'était un scientifique. Il étudiait l'expérience. C'est ce qu'il avait enseigné pendant des décennies. Sur l'écran, devant lui, il ne voyait que des corps contorsionnés. Des corps nus. Du sexe explicite. L'amour dénué de son mystère, des gestes réduits à un réalisme sans compromis, indubitable.

— Je suis désolé, Tommy. Je ne comprends pas. Ça devient si difficile... Les choses ne vont pas comme elles devraient...

— Lutte, papa. Reprends des forces.

La voix de Tommy avait l'air de se modifier sans cesse.

— Prends plus de cachets. Ça t'aidera peut-être. Force ton esprit à se remémorer les choses.

Tommy enfant. Tommy adulte. Adrian se sentait ballotté entre deux.

— J'essaie.

Il y eut un moment d'hésitation, comme si Tommy venait d'avoir une idée. Adrian mourait d'envie de le voir, et les larmes lui vinrent aux yeux. Ce n'est pas juste. Je peux voir les autres, mais là c'est Tommy et il ne se montre pas. C'était un peu comme cette énigme majeure que connaissent tous les parents, le jour où ils regardent l'enfant qu'ils ont élevé et découvrent qu'il a grandi, qu'il est devenu lui-même et qu'il est entré dans un monde personnel, étranger et incompréhensible. Les gens que nous aimons sont ceux qui nous deviennent le plus étrangers, se dit Adrian.

— Papa, quand tu lis un poème...

Adrian pivota, comme s'il pouvait apercevoir son fils en scrutant la pièce autour de lui.

— Qu'essaies-tu de voir dans les mots ?

Adrian soupira. La voix de Tommy était faible, lointaine, et il était douloureux de l'écouter. Il sentait des piqûres d'épingle sur sa peau.

— Je voulais être là, pour toi. Je ne supporte pas l'idée que tu sois mort quelque part au bout du monde, et que je n'aie pas été là pour t'aider. Je ne supporte pas l'idée de n'avoir rien pu faire. De n'avoir pu te sauver.

— La poésie, papa. Pense aux poèmes.

Adrian soupira de nouveau. Il contempla la photo de Tommy posée sur son bureau. Remise de diplôme, au collège. Un instantané, pris quand son fils regardait ailleurs. Il souriait, plein de toutes les promesses du monde, mais inconscient des chagrins et des problèmes inévitables qu'il portait en lui. Adrian eut presque l'impression que c'était la photo qui lui parlait, à cet instant précis, sauf que la voix de Tommy, insistante, venait de derrière lui.

— Que vois-tu dans les poèmes ?

— Des mots. Des rimes. Des images. Des métaphores. Un art qui évoque des idées. La séduction. Je ne sais pas, Tommy, qu'est-ce qui…

— Réfléchis, papa. Comment un poème peut-il t'aider à retrouver Jennifer ?

— Je ne sais pas. C'est possible ?

— Pourquoi pas ?

Adrian se dit que tout était inversé. Tommy avait été leur unique enfant, et c'était Adrian qui le protégeait, l'encourageait et le guidait. Maintenant, il était devenu l'enfant, et Tommy savait des choses qu'il ignorait. Sauf que c'était lui qui savait, en réalité, mais il avait du mal à y arriver. Tommy était là pour le guider, et pourtant Adrian savait que son fils était mort. Il se demanda : Les morts sont-ils toujours là pour nous aider ?

— Que vois-tu ?

Adrian se tourna vers l'ordinateur.

— Des images, rien d'autre.

— Non, papa. Ce n'est pas vraiment une question d'images. C'est comme pour la poésie. C'est la manière dont l'image est perçue.

Adrian inspira profondément. Il connaissait cette phrase. Durant des années, il avait donné à l'université un cours très populaire intitulé « La peur et ses usages dans la société moderne ». Il y analysait la nature de la peur sur le plan physiologique, avant de digresser sur les films d'horreur et les romans d'épouvante, et sur la manière dont la peur était devenue un élément important de la culture populaire. Il dispensait ce cours au printemps, à des étudiants de troisième et quatrième année qui avaient passé trop de soirées penchés sur les souris blanches dans les labos – et qui étaient ravis d'entendre Adrian commenter *Les Dents de la mer* et *Vendredi 13*, ou *Le Fantôme de Milburn*, de Peter Straub. Tommy venait de citer la phrase qui concluait sa dernière conférence.

— Oui, Tommy. Je sais, mais…

— Jennifer, papa.

— Oui. Jennifer. Mais comment ce…

— Réfléchis, papa. Concentre-toi.

Adrian prit un feuillet jaune sur le coin de son bureau, et écrivit :

*Jennifer s'enfuit de chez elle.*

*Jennifer est enlevée dans la rue par des étrangers.*

*Jennifer disparaît.*

*Jennifer ne fait pas l'objet d'une demande de rançon.*

*Jennifer est perdue.*

C'était comme un poème sur une feuille de papier. Jennifer, la disparue. Adrian regarda les corps nus, à l'écran. Les modèles ne s'accouplaient pas parce qu'ils s'aimaient, ni parce qu'ils se désiraient ni même parce qu'ils recherchaient le plaisir. L'argent. L'exhibitionnisme. Ou les deux.

— Mais ils n'ont pas demandé de rançon, n'est-ce pas, papa ?

La voix de Tommy était à peine plus qu'un murmure. Elle semblait naître quelque part au fond du crâne d'Adrian.

— Mais comment peut-on gagner de l'argent avec...

Adrian s'interrompit. Le monde entier gagnait de l'argent avec le sexe.

— Fais le lien, papa. Fais la connexion.

Comme si Tommy le suppliait.

— Chacune de ces personnes est réelle. Comment sont-ils arrivés là ? Que cherchent-ils à atteindre ? Qui gagne ? Qui perd ? Allons, papa ! Si tu étais perdu dans la forêt, que ferais-tu ?

Adrian se sentait stupide. Il avait l'impression d'être totalement illettré, et d'être pris dans une sorte de sable mouvant mental.

— Je devrais être mon propre guide, pour m'en sortir...

Tommy l'interrompit :

— Un guide. Quelqu'un qui sait où est le nord. Tu sais qui c'est, dit Tommy. Mais il ne te dira pas facilement ce que tu veux savoir. Exige son aide. Exige sa confession.

Adrian hocha la tête. Il éteignit l'ordinateur, qu'il glissa dans une sacoche. Il enfila son manteau et consulta sa montre. Six heures et demie. Il ignorait si c'était le matin ou le soir, et il espérait qu'il le saurait en sortant. Sans savoir comment ni pourquoi, il était certain que Tommy ne l'accompagnerait pas. Peut-être Brian. Il chercha Cassie du regard. Son soutien, ses encouragements lui auraient fait du bien. Ils étaient tous les deux plus courageux que moi, se dit-il. Ma femme. Mon fils.

Un instant plus tard, il sentit que Cassie le tirait en avant.

— J'arrive, j'arrive, dit-il comme si elle s'impatientait.

Parfois, quand ils étaient jeunes, il travaillait tard, absorbé dans une étude de psychologie ou un article scientifique, ou s'échinant sur un de ses poèmes. Elle entrait dans la pièce, le prenait par la main sans prononcer un mot et, avec un petit signe de tête, elle l'entraînait vers le lit en riant, pour qu'il s'abandonne à l'amour. Mais il y avait cette fois un besoin différent, bien plus pressant, et il sentait qu'elle l'entraînait dans cette direction avec une insistance particulière.


Il faisait nuit. Adrian entendait, à l'intérieur, des voix furieuses qui se disputaient. Les cris semblaient venir surtout de Mark Wolfe, sa mère lui opposant des gémissements pitoyables. Il écouta avec attention pendant quelques minutes, devant la porte, laissant le froid de la nuit le pénétrer. La porte étouffait les cris de rage, de sorte qu'Adrian ne pouvait entendre les raisons de la dispute, mais il se doutait qu'elle avait un rapport avec l'ordinateur qui se trouvait dans sa sacoche.

Adrian se demanda s'il devait attendre que ça s'arrête. Puis il frappa simplement à la porte. Les cris cessèrent immédiatement. Il frappa de nouveau et recula d'un pas. Il s'attendait à ce que la colère de Wolfe le gifle, comme une vague frappant la plage, dès qu'il aurait ouvert. Il entendit le bruit du verrou, la porte s'ouvrit à la volée, et la lumière l'inonda.

Il y eut un silence.

— Fils de pute ! dit Mark Wolfe.

— J'ai quelque chose qui vous appartient.

— Sans blague. Donnez-le-moi.

Wolfe voulut l'empoigner, comme si le fait de tirer Adrian par son manteau lui permettrait de récupérer l'ordinateur.

Adrian ignorait qui lui criait des instructions à l'oreille – Brian ? Tommy ? – mais il fit un bond en arrière pour éviter que Wolfe ne l'atteigne. Tout à coup il se rendit compte qu'il tenait le 9 mm automatique de son frère, et qu'il le pointait sur le délinquant sexuel.

— J'ai des questions à vous poser, dit-il.

Wolfe eut un mouvement de recul. Il fixait le pistolet. Sa colère semblait s'être évanouie à la vue du 9 mm.

— Je... je parie que vous ne savez pas vous... vous en servir, fit-il en hoquetant.

— Il ne serait pas très raisonnable de votre part d'essayer de vérifier, répondit Adrian, un peu fanfaron.

Il était frappé par sa froideur. Il aurait pu être effrayé, nerveux, voire paralysé par son état, mais il semblait bizarrement concentré. Et la sensation n'était pas désagréable.

Wolfe, lui, concentrait son attention sur l'arme. Il semblait écartelé entre le désir de sauter en arrière, pour s'éloigner de la ligne de feu, et celui de bondir sur Adrian et d'essayer de lui arracher le pistolet. Il était figé, tel un arrêt sur image sur l'écran du téléviseur. Adrian leva légèrement son arme, qu'il pointa sur le visage de Wolfe.

— Vous n'êtes pas flic. Vous êtes professeur, bon Dieu. Vous n'avez pas le droit de me menacer.

Adrian hocha la tête. Il se sentait merveilleusement détendu.

— Si je vous tuais, vous croyez que ça dérangerait quelqu'un ? Je suis vieux. Peut-être un peu dingue. Ce qui pourrait m'arriver n'a aucune importance. Mais votre mère... elle a besoin de vous, n'est-ce pas ? Et vous, monsieur Wolfe, vous êtes encore jeune. Vous croyez vraiment que c'est un bon moment pour mourir ? Vous ne savez même pas ce que je cherche.

Wolfe hésita. Adrian se demanda si l'exhibitionniste avait jamais eu l'occasion de vraiment contempler une arme. Il avait l'impression d'être entré dans un monde parallèle bizarre, totalement étranger à l'air raréfié de l'univers académique qui était le sien. C'était beaucoup plus réel. Cette sensation aurait dû être agressive, terrifiante, mais ce n'était pas le cas. Il sentait la présence de son frère tout près de lui.

— Vous êtes venu chez moi, et vous avez volé l'ordinateur de ma mère...

Adrian ne répondit pas.

— Quel genre de monstre êtes-vous ? Elle est malade. Vous le savez. Elle ne se contrôle pas...

Il s'interrompit, puis gronda comme un chien blessé.

— J'exige que vous me le rendiez. Vous n'avez pas le droit de prendre l'ordinateur de ma mère.

— L'ordinateur de qui ?

Du canon de son pistolet, Adrian montra la sacoche.

— Je devrais peut-être le donner à l'inspecteur Collins. Je peux le faire. Je sais qu'elle est plus compétente que moi dans ce domaine. Je suis fichtrement certain qu'elle trouvera à quoi il vous sert. Elle s'intéressera fort aux fichiers *Rosesknitting* et *KillSandy*, vous ne croyez pas ? À vous de décider. Que dois-je faire ?

Wolfe se tenait toujours dans l'encadrement de la porte, réfrénant son désir d'attaquer. Adrian vit son visage tordu. Il pensa que les hommes qui mènent une existence secrète, détachée de la vie réelle, craignent de voir s'ouvrir la moindre brèche qui pourrait trahir leur véritable nature et leurs véritables désirs. Toutes ces pensées perverses qui occupent leur esprit, dissimulées aux autorités, aux amis, aux parents. Adrian sentait que Mark Wolfe était lui-même au bord de l'implosion. Il le vit déglutir, le visage toujours fermé par la colère, mais il contrôlait sa voix, désormais.

— Très bien. Il est à moi. C'est privé.

Chaque mot était un crachat.

— Je vais vous le rendre, dit Adrian. Mais, avant cela, vous allez me donner quelque chose.

— Quoi donc ? grogna Wolfe.

— Un cours, répondit Adrian.

## 28

Le bébé recommençait à pleurer. Beaucoup plus fort qu'avant. À vous briser le cœur.

Le bruit traversant les cloisons tira Jennifer de son demi-sommeil. Elle ignorait combien de temps elle était restée assoupie – ce pouvait être douze minutes, ou douze heures. Il n'y avait aucune différence entre le jour et la nuit. L'obscurité imposée par son masque anéantissait sa conscience du temps. Elle était désorientée en permanence. Même dans les moments de veille, des rêves particulièrement vivaces et troublants semblaient s'accrocher à sa conscience. Jennifer se crispa, se concentra sur le bruit.

Elle fit alors ce qu'elle n'avait jamais fait. Serrant très fort Mister Fourrure contre elle, elle balança ses pieds hors du lit, comme n'importe qui en se levant le matin. Toujours attachée au mur, elle commença à se déplacer, comme si, en faisant un pas dans un sens ou dans l'autre, elle pouvait réduire la distance et déterminer d'où venaient les cris du bébé.

Jennifer se vit comme un animal qui essaie d'identifier une menace en reniflant l'air autour de lui. Elle décida d'utiliser au mieux ses sens. Elle ne réalisa pas immédiatement l'importance de cette activité mineure, qui lui redonna pourtant quelques forces.

Les cris étaient de plus en plus forts. Puis ils cessèrent, aussi brusquement qu'ils avaient commencé, comme si la raison de ce désespoir avait disparu. Jennifer hésitait, toujours attachée au mur, mais, dans l'espace vide entre le W-C et l'inconnu, elle inclinait toujours la tête dans la direction d'où, croyait-elle, les cris venaient. Tout à coup, elle entendit autre chose, tout à fait différent.

Des rires. Plus précisément, des rires d'enfants.

Elle s'immobilisa, retint son souffle. Les bruits de jeux semblaient apparaître et disparaître comme s'ils se rapprochaient d'elle puis repartaient dans l'autre sens. Jennifer se rappelait les jours où elle était en retenue pour une bêtise quelconque, à l'école primaire, punie tandis que les autres élèves avaient rejoint la cour de récréation. Le bruit de leurs jeux pénétrait par la fenêtre ouverte. Celle-ci était trop haute pour lui permettre de voir dehors, mais les bruits étaient assez forts pour lui laisser imaginer les autres enfants en train de jouer. Kickball. Chat perché. Saut à la corde. Barres parallèles de la cage aux écureuils. Tous ces jeux énergiques qui occupent le temps d'une récréation.

Jennifer ne savait pas avec certitude si ces bruits étaient réels ou s'ils prenaient naissance dans sa mémoire. Elle était en pleine confusion. Elle savait qu'elle se trouvait dans un sous-sol anonyme, mais elle eut soudain l'impression qu'elle était aussi enfermée dans une école qui n'existait que dans son passé.

Elle était penchée vers le bruit comme vers un aimant, lorsque les rires cessèrent brutalement.

347

Elle hésita. Est-ce que je les ai vraiment entendus ?

Elle inclina la tête et perçut une fois de plus l'écho des rires, très faible. Puis ils se firent un peu plus forts. Ça ne peut pas être réel, se dit-elle. Elle tendit l'oreille. Les bruits semblaient si précis qu'elle n'était plus sûre de rien. Elle était paralysée par le doute.

Les bruits semblaient si proches qu'elle aurait pu les toucher. Ils l'appelaient, l'invitaient à les rejoindre. Elle avança la main, hésitante. Elle se disait que si elle pouvait saisir un son, dans l'air, le caresser, le manipuler, elle pourrait d'une certaine manière en devenir un élément. Il était idiot de penser que le son pouvait l'emporter. Mais cela semblait tentant, et possible. Elle tendit la main en avant, les doigts écartés. Elle savait bien entendu qu'elle tâtait le néant, rien d'autre que l'air fétide du sous-sol, mais elle ne pouvait s'en empêcher. Le bruit était si proche.

Et tout à coup, là où elle croyait qu'il n'y avait rien... il y eut quelque chose. C'était lisse, fin comme du papier. Jennifer hoqueta. Elle retira sa main. Comme si elle avait touché un câble électrique dénudé. Une pensée traversa son esprit. Il y a quelqu'un ici !

Elle entendit un murmure, très bas et très sévère. Il venait de l'obscurité, comme un éclair de chaleur zébrant un ciel d'été. Ce fut comme un baume, après les lointains pleurs de bébé et les bruits de cour de récréation.

— Tu n'es jamais seule.

Il y eut une explosion dans la nuit sous le masque. La femme lui avait donné un violent coup de poing à la mâchoire. Une douleur fulgurante la fit chanceler en arrière, elle s'effondra sur le lit, faillit laisser tomber Mister Fourrure. Le coup la stupéfia, plus encore que celui que l'homme lui avait donné dans la rue, près de chez elle, car la surprise était d'une nature totalement différente. Cette fois, le coup était plein de mépris. Il était brutal.

Jennifer ne savait pas si elle pouvait sangloter. Elle se replia en fœtus sur le lit. Elle sentait le goût du sel de ses larmes et celui du sang qui coulait de sa lèvre. La pièce était devenue une insupportable fournaise.

— C'est la deuxième fois que tu m'obliges à te frapper, Numéro Quatre. Ne recommence pas. Je peux faire bien pis.

La voix de la femme poursuivit sur ce ton monotone que Jennifer avait appris à connaître. Elle ne comprenait pas. Si la femme était en colère, elle aurait dû parler d'une voix aiguë, tendue. Jennifer ne comprenait pas comment elle pouvait rester si calme.

C'est à cela que doit ressembler un assassin, se dit-elle. La peur la fit frissonner. Elle s'attendait presque à recevoir un autre coup, qui ne vint pas. Au lieu de quoi elle entendit la porte se fermer avec un bruit feutré.

Elle resta sur place, tendant l'oreille, s'efforçant de séparer les sons, malgré son cœur affolé et les bourdonnements dans sa tête qui atténuaient son ouïe. Elle dut mobiliser toutes ses forces – elle sentit son ventre et ses jambes se durcir – pour repousser le désespoir. La femme avait peut-être simplement fermé la porte pour la tromper, et peut-être se trouvait-elle près du lit, le poing serré, prête à la frapper de nouveau.

Jennifer hoqueta. Elle sentait les différentes parties d'elle-même hurler pour attirer l'attention. La partie souffrante. La partie terrorisée. La partie désespérée. Et, enfin, la partie « Riposte ! ». Cette dernière parvint à calmer les autres, et Jennifer sentit que son pouls ralentissait. Elle avait le menton enflé, mais la douleur avait diminué.

Son costume crisse quand elle bouge, se dit Jennifer. On entend le frottement de ses pieds sur le sol en ciment. Elle reprend toujours son souffle avant de parler, surtout quand elle chuchote. Lentement, sûrement, Jennifer élimina tous les autres bruits, tendit l'oreille pour repérer uniquement ceux de la femme.

Le silence était accablant. En dépit de ce que lui avait dit la femme, elle était seule. En dépit de la caméra qui, elle le savait, la surveillait. Les rires joyeux de cour de récréation s'évanouirent. Il y eut un bref silence. Elle entendit encore le bébé pleurer au loin, puis cela cessa brusquement.

*L'homme d'affaires tokyoïte buvait un scotch tiède, noyé depuis longtemps dans l'eau des glaçons. La bouteille lui avait coûté cher, mais il doutait que ce fût autre chose qu'une médiocre marque locale. Il fit une moue dégoûtée. Un iPhone dans une main et son verre dans l'autre, il était assis dans la véranda, sur un fauteuil dont l'osier lui entrait dans la peau. La prostituée thaïlandaise agenouillée entre ses jambes faisait preuve d'un enthousiasme exagéré, comme si rien sur la Terre ne pouvait être plus érotique que la satisfaction de son client. Il avait en horreur ses grognements et ses gémissements feints. Il détestait la sueur qui luisait sur son propre torse. Il ne connaissait pas le nom de la fille, et il n'avait pas envie de le connaître. Le contact avec elle aurait été parfaitement insipide sans les images qu'il regardait sur l'écran de son téléphone.*

*Cet homme d'affaires quadragénaire avait une fille et une épouse sans charme. Sa fille avait plus ou moins le même âge que la Thaï qui l'asticotait avec sa langue, et que Numéro Quatre. Mais il ne pensait pas à sa fille.*

*Il fixait le petit écran de l'iPhone.* Saison 4 *l'excitait. Le coup brutal que Numéro Quatre avait reçu au visage l'avait émoustillé. C'était inattendu et spectaculaire, et il avait été saisi par la surprise. Il s'agita sur son siège et baissa les yeux sur les cheveux noirs de la Thaï. Mentalement, il amalgama les deux filles. La prostituée et Numéro Quatre. Son poing se serra. Il se demanda s'il n'allait pas frapper cette fille, juste pour voir ce qu'il ressentirait.*

*Les notions de douleur et de plaisir se mêlaient dans son esprit. Il passa ses doigts dans les cheveux de la fille. Il eut envie de les tirer, pour la faire crier. Mais il s'abstint. Il se rappela que Numéro Quatre, en recevant le coup, avait à peine émis un petit bruit. À d'autres moments, Numéro Quatre avait pleuré, parfois crié et même hurlé une fois. Cette fois-ci, quand on l'a frappée, elle est tombée en arrière mais elle a gardé un silence stoïque.*

*Elle faisait preuve d'une discipline vraiment admirable. L'homme se renversa en arrière dans son fauteuil. Il ferma les yeux. Pendant un moment, il essaya d'imaginer que la Thaï avait disparu. C'était désormais Numéro Quatre qui s'activait entre ses jambes.*

*L'homme expira. Quelque chose remuait dans son corps. Il s'abandonna à ses fantasmes fusionnés avec un enthousiasme renouvelé.*

— Numéro Quatre a une mâchoire de boxeur. Merde !

Linda était hors d'elle. Sa main lui faisait mal et Michael n'était pas aussi compatissant qu'elle l'avait espéré. Quand elle avait frappé Jennifer, elle s'était coupé le petit doigt contre les dents de l'adolescente. Le sang perlait au bord de l'ongle, qu'elle suçait en râlant. Michael la regardait en souriant, ce qu'elle n'appréciait pas du tout.

Il farfouilla dans le placard à pharmacie de la ferme, en quête d'un antiseptique et de pansements.

— Si tu la frappes avec le poing fermé, lui dit-il, il vaudrait mieux porter des gants. Il y en a sur la table, près de l'ordinateur central.

Il trouva ce qu'il cherchait.

— Ça va piquer, fit-il en faisant couler sur la plaie quelques gouttes d'eau oxygénée. Sais-tu que l'intérieur de la bouche est un des endroits les plus dangereux du corps, un de ceux qui abritent le plus de bactéries ?

— Tu regardes trop Discovery Channel, rétorqua Linda en faisant la moue.

— Et qu'une simple morsure du dragon de Komodo, sur l'île du même nom dans le Pacifique, peut te tuer – non parce qu'il est venimeux, mais parce que les antibiotiques les plus modernes ne peuvent rien contre l'infection qu'il transmet.

— Animal Planet ? répliqua Linda, que le désinfectant faisait grimacer. Alors, la prochaine fois que tu penseras qu'elle a besoin d'être punie, tu pourras engager un de tes foutus lézards.

— Désolé, fit Michael.

Il changea de ton. Inquiet. Sensible. Désolé. Il examina la plaie qu'il venait de nettoyer.

— C'est assez profond. Tu pourrais prendre la camionnette et aller te faire recoudre aux urgences. L'hôpital le plus proche est à trois quarts d'heure d'ici. Je pourrais gérer la situation jusqu'à ton retour.

— Si j'appuie dessus, ça va se cicatriser, fit Linda en secouant la tête.

Elle appliqua un petit gant de toilette sur sa blessure et s'approcha d'une fenêtre.

— Pas de sorties, dit-elle d'un ton résolu. Sauf en cas de nécessité absolue. Il serait ridicule de se faire voir.

Elle s'attarda un moment, contemplant le paysage par la fenêtre de la ferme. C'était la fin de l'après-midi. Un vent léger agitait les feuilles toutes neuves sur la rangée d'arbres qui longeait l'allée de gravier. À droite se trouvait la grange rouge abîmée par les intempéries où ils avaient garé leur Mercedes, non sans l'avoir bâchée. La fourgonnette cabossée de Michael était garée à l'extérieur. Linda pensait qu'elle leur donnait l'air de gens du coin tout à fait ordinaires, tout comme leurs jeans bon marché et leurs sweat-shirts – alors qu'en réalité ils n'aimaient que la soie et la haute couture.

Linda aimait le monde d'illusion qu'ils avaient inventé pour *Saison 4*. Ils étaient ce gentil jeune couple qui avait loué une ferme isolée dans un coin oublié et ignoré de Nouvelle-Angleterre. Ils avaient déclaré à l'agent immobilier que Michael était en train d'achever son mémoire, et qu'elle était sculpteur... Ce mélange d'intellect et d'exotisme avait mis fin aux questions sur le besoin de solitude qui était leur véritable désir. De faux noms. De faux CV. La transaction s'était réglée presque entièrement sur Internet. Le seul contact physique avait eu lieu lorsque Linda était passée à l'agence immobilière et avait payé six mois de loyer en liquide. Une personne un peu soupçonneuse aurait pu s'interroger sur la liasse de billets de cent dollars qu'elle lui avait donnée – mais dans une économie dévastée la simple vue de l'argent réel décourageait toute curiosité déplacée.

Personne ne les avait vus décharger leur luxueux matériel électronique. Personne ne se trouvait assez près pour entendre Michael construire le studio où ils filmeraient Numéro Quatre. Pas de voisins fouinant, faisant du bruit et risquant de leur apporter le bon petit plat de l'amitié. Pas d'amis. Pas de connaissances. Ils n'appartenaient à nul autre monde que celui de *Saison 4*. Et Linda ne tolérait pas que le moindre élément du monde extérieur interfère avec leur univers. Le sentiment de posséder et de contrôler leur propre monde contribuait à son plaisir.

Elle leva le doigt vers la lumière. Elle craignait de garder une cicatrice. Elle sentit la rage l'envahir, à l'idée que Numéro Quatre avait peut-être involontairement laissé une marque sur sa peau. Le moindre défaut de son propre corps la terrifiait. Elle voulait rester à jamais parfaite.

— Ça va, dit-elle.

Elle n'était pas sûre d'y croire. Elle avait envie de faire mal à Numéro Quatre, et que celle-ci s'en souvienne à jamais.

— Je vais te faire un pansement, dit Michael.

Linda lui tendit la main. Il la prit, comme un jeune marié devant l'autel. Avec tendresse. Fini de rire. Il la tourna vers la lumière et sécha son doigt en le tamponnant à l'aide de coton. Puis il leva la main de Linda, tel un courtisan du Moyen Âge, et la baisa.

— Je crois, fit-elle lentement, tandis qu'un sourire se dessinait sur ses lèvres, que le moment est venu que Numéro Quatre apprenne quelque chose de nouveau.

Michael hocha la tête.

— Une nouvelle menace ?

— Une menace ancienne, mais réinventée, fit Linda en souriant.

## 29

Adrian agita son pistolet vers l'intérieur de la maison. Le poids de l'arme semblait varier d'un instant sur l'autre – tour à tour léger, presque aérien, et lourd comme une enclume. Il essaya de formuler mentalement une check-list : Chargeur dans la crosse ? Fait. Balle dans le canon ? Fait. Cran de sûreté débloqué ? Fait. Doigt sur la détente ? Fait.

Prêt à tirer ?

Il doutait d'en être capable, malgré ses menaces, et même en tenant compte du mal que Mark Wolfe était prêt à infliger à des enfants innocents. Adrian entendit Brian murmurer à son oreille :

— Si tu le tues, on t'arrêtera, il ne restera plus personne pour chercher Jennifer, et elle sera perdue à jamais.

Cet argument pragmatique, digne d'un avocat, venait de son frère. Le détachement était celui, caractéristique, de son frère. Mais Adrian savait que Brian n'était pas avec lui, à ce moment-là. Je suis tout seul, pensa-t-il. Avant de se contredire. Non, ce n'est pas vrai. Il maudit sa propre confusion.

Adrian observa le délinquant, le regard fuyant, qui regagnait furtivement son salon. Il était presque accablé de se trouver en présence d'un homme qui se souciait aussi peu des conséquences de ses désirs. Les gens normaux réfléchissent aux conséquences de leurs actes. Les Mark

Wolfe ne le font pas. Ils ne pensent qu'à leurs propres envies.

Le 9 mm, tout à coup, lui semblait glacé puis, une fraction de seconde plus tard, presque brûlant, comme s'il venait de le sortir du four. Ses doigts se crispèrent sur la crosse. Mais peut-être ne suis-je pas différent, se dit-il. Il continuait à se sermonner à chaque nouvelle étape.

L'homme avait un sourire qu'Adrian pensa symptomatique d'une maladie qu'il pouvait seulement imaginer. Du moins sa propre maladie avait un nom, un diagnostic et un ensemble de symptômes identifiables, de folie et de désintégration. La compulsion de Mark Wolfe semblait appartenir à un royaume différent, où la médecine perdait prise, remplacée par quelque chose de beaucoup plus sombre. Puis il se dit qu'ils étaient condamnés tous les deux.

— OK, pépé, lui dit Wolfe avec une familiarité insultante. Arrêtez d'agiter ce canon en tous sens et dites-moi ce que vous voulez savoir.

Il entra dans le salon. Sa voix ne trahissait rien de la terrible menace qu'Adrian représentait, en dépit du pistolet.

— Mais d'abord, je veux cet ordinateur.

Adrian hésita.

— C'est important, hein ?

— C'est personnel, professeur.

— Est-ce que les termes de votre liberté conditionnelle ne vous interdisent pas, monsieur Wolfe, de visionner certains fichiers présents dans cet ordinateur ? Quel genre de problèmes auriez-vous si mon amie détective les passait en revue… contrairement à ceux de l'ordinateur que vous lui avez donné ?

Wolfe sourit. Un sourire figé, qui n'avait rien à voir avec de l'humour.

— Vous ne seriez pas ici, une arme à la main, si vous ne connaissiez pas déjà la réponse.

Derrière lui, Rose entra dans la pièce, un torchon à la main. En voyant Adrian, elle eut un sourire.

— Oh, Marky, ton ami est revenu, fit-elle d'un ton enthousiaste.

Elle n'avait pas vu l'arme que tenait Adrian, sans quoi elle n'aurait pas compris pourquoi. Ou bien elle l'avait vue. En tout cas, elle n'y fit pas allusion.

Wolfe ne quittait pas Adrian des yeux.

— Exact, maman, dit-il lentement. Mon ami le professeur revient nous voir. Il a rapporté ton ordinateur.

— Nous allons regarder nos émissions tous ensemble ?

— Oui, maman. Je crois que c'est pour ça que le professeur est venu. Il veut regarder la télévision avec nous. Tu peux te mettre à ton tricot, maintenant.

Toujours souriant, Rose se dirigea vers son fauteuil. Quelques secondes plus tard, elle s'était assise et le léger cliquetis des aiguilles envahit la pièce.

— Je ne lui montre pas mes trucs personnels, dit Wolfe. Même si elle ne peut pas vraiment comprendre de quoi il s'agit. Je l'envoie toujours se coucher avant de me connecter.

Comme c'est touchant, se dit Adrian. Il cache sa pornographie perverse à sa maman. Quel bon fils.

— Ainsi…, commença Adrian.

— Vous allez devoir attendre. Je suis chez moi, c'est moi qui fixe le programme.

Adrian acquiesça. Il s'installa sur un canapé élimé.

— Eh bien, nous attendrons ensemble.

Il gardait son arme à la main, toujours pointée sur la poitrine de Wolfe.

— Vous savez, lui dit lentement ce dernier, un sourire aux lèvres, les gens comme moi ne sont pas vraiment dangereux. Nous sommes seulement… curieux. Le Dr West ne vous l'a pas dit ?

Pas dangereux. Quel mensonge ! s'exclama mentalement Adrian. Extérieurement, il montra ce qu'il espérait être le visage d'un joueur de poker professionnel.

— Je n'ai pas parlé de vous au Dr West, répondit-il.

Un éclair de surprise passa dans le regard de Wolfe.

— Intéressant…

Il se laissa tomber lourdement sur un siège devant Adrian et s'empara d'une télécommande qu'il dirigea sur le boîtier placé sous l'écran plat.

— … parce que le bon docteur m'a l'air d'être plutôt un type dans votre genre.

— Que voulez-vous dire ?

Une grille des programmes s'afficha sur l'écran.

— Il veut apprendre.

Wolfe laissa échapper un bref éclat de rire.

— Sauf qu'il n'a pas besoin de me pointer un flingue sur la poitrine pour obtenir ce qu'il veut savoir.

Adrian était étourdi. Il avait besoin d'aide. Il lui fallait absolument de l'aide. Mais tous ses visiteurs fantômes gardaient le silence. Il se dit que ça ne durerait pas. Quelqu'un va m'aider. Il était confiant. Ils ne vont pas me laisser seul trop longtemps.

— Qu'en dites-vous, professeur ? lui demanda tout à coup Wolfe. Une rediff de *MASH* ? Ou un épisode du vieux *Mary Tyler Moore Show* ? Ma mère n'apprécie guère l'humour des Simpson.

Il n'attendit pas la réponse. Il enfonça une touche de la télécommande. Des hélicoptères vert olive tournoyaient dans le ciel de la Californie du Sud censée représenter la Corée de 1950. Les enceintes déversèrent une musique familière.

— Oh, formidable ! s'exclama Rose. Œil-de-Lynx et le major Burns.

Tournées vers le téléviseur, les aiguilles à tricoter cliquetèrent de plus belle.

— Elle se souvient des personnages, dit Wolfe. Le caporal « Radar ». Lèvres-en-Feu. Trapper John, Klinger. Mais pas du prénom de sa sœur. Ni de mes cousins. Ce sont tous des étrangers, maintenant. Bien sûr, ils ne viennent pas aussi souvent qu'Alan Alda et Mike Farrell. Personne ne vient. Nous ne sommes que tous les deux. Tous seuls. Sauf les gens qui sont sur l'écran. Ce sont ses seuls amis.

Il pourrait dire la même chose de lui-même, quand il invite ses personnages à l'écran, se dit Adrian.

Mark Wolfe se détourna légèrement pour suivre la série, ignorant Adrian et son arme, comme s'ils avaient quitté la pièce. Mais il se raidit quand le vieil homme posa la sacoche contenant l'ordinateur de Rose par terre, entre ses pieds. Adrian ignorait combien de temps il pourrait encore tenir l'arme sans trembler, et se demandait si elle était comme le poids qui entraîne le plongeur vers les abysses.

Ils regardèrent des vieilles séries toute la soirée. Les personnages du 4077th Mobile Army Surgical Hospital laissèrent la place à Archie et Meathead dans *All in the Family*, auxquels succédèrent Diane et Sam de *Cheers*. Pendant deux heures, les bouffonneries occupèrent l'écran. Rose riait souvent – parfois quand c'était drôle, et à d'autres moments aussi. Mark Wolfe se prélassait dans son fauteuil, oublieux du pistolet qu'Adrian pointait sur lui. Adrian s'agitait sur le divan. Il suivait les feuilletons, tout en gardant un œil sur Wolfe. C'était la première fois qu'il tenait quelqu'un sous la menace d'une arme. Il n'avait pas l'impression d'être à la hauteur, sans être sûr que ce soit totalement important.

Toute la scène semblait irréelle. Il aurait pu être sur les planches d'un théâtre d'avant-garde, mais sans souffleur pour lui indiquer ses répliques. Le générique de fin de *Cheers* retentit soudain. Mark Wolfe éteignit le téléviseur.

— Ça suffit pour ce soir, maman. Le professeur et moi, nous devons finir notre affaire. C'est l'heure d'aller te coucher.

— C'est tout pour ce soir ? demanda Rose, le regard triste.

— Oui.

Avec un soupir, elle rangea son tricot dans le panier. Elle leva les yeux.

— Oh, bonjour, dit-elle à Adrian. Vous êtes un ami de Mark ?

Adrian ne répondit pas.

— Au lit, maman. Tu es fatiguée, maintenant. Tu dois prendre tes comprimés et aller te coucher.

— C'est l'heure de dormir ?

— Oui.

— Et le dîner ?

— Non. Tu as mangé, tout à l'heure.

— Alors c'est l'heure de nos émissions.

— Non, maman. C'est fini pour ce soir.

Il aida sa mère à se lever, presque en la soulevant. Puis il se tourna vers Adrian, qui le tenait toujours sous la menace du pistolet, dont l'utilité semblait s'être dissipée dans le flot des rires enregistrés et les éclipses répétées de la mémoire de Rose.

— Vous allez me tenir à l'œil ? demanda Wolfe. Ou acceptez-vous d'attendre mon retour ?

Adrian se leva. Il savait que perdre Wolfe de vue serait une erreur – même si la raison précise lui échappait, dans ce théâtre de l'absurde. Il regarda Rose en souriant.

— Eh bien, allons-y, dit Wolfe en prenant sa mère par la main.

Adrian se dit qu'il était invité à assister à une sorte de rituel, comme un anthropologue qui finit par gagner la confiance d'une tribu d'Indiens de l'Amazonie. Il observa le fils qui aidait sa mère à se préparer pour la nuit. Il l'aida à se déshabiller, jusqu'aux limites de la bienséance. Il mit le dentifrice sur sa brosse à dents. Il sélectionna sur la commode une série de cachets qu'il donna à Rose avec un verre d'eau. Il s'assura qu'elle avait utilisé le W-C, attendant patiemment devant la porte du cabinet, avec des questions comme « Tu t'es servie du papier ? » ou « Tu n'oublies pas de tirer la chasse ? » Puis il la mit au lit – toujours sous les yeux d'Adrian, qui se tenait à deux mètres de là. Il avait un peu l'impression d'être invisible.

Peu de choses, durant sa vie, l'avaient autant épouvanté que le rituel de la préparation nocturne de Rose. Ce n'était pas qu'elle fût totalement retournée en enfance – car c'était le cas. C'était plutôt que sa pensée avait perdu tout lien logique avec les gestes routiniers de la vie quotidienne. Chacun des gestes de Rose, chaque minuscule instant prouvant qu'elle n'exerçait plus aucun contrôle sur sa propre existence, montrait à Adrian ce qui l'attendait, à sa grande terreur. Pour moi, ce sera la même chose, en pire, se dit-il.

Gêné, il resta en arrière. Comme s'il plongeait la tête la première dans quelque chose de si intime qu'il était incapable de le qualifier. Mark Wolfe, l'exhibitionniste, embrassa tendrement sa mère sur le front. Il éteignit la lumière dans la chambre et se tourna vers Adrian.

— Vous avez vu ?

Question purement rhétorique, car il était évident qu'Adrian avait vu, en effet.

— Voilà comment ça se passe. Tous les soirs.

Wolfe passa devant lui. Il reprit la direction du salon.

— Fermez la porte, marmonna-t-il avec un geste vers la chambre.

Adrian jeta un dernier regard sur la femme allongée, masse informe, dans la pénombre.

— Elle mourra peut-être dans son sommeil, cette nuit, dit Wolfe. Mais sans doute pas.

Adrian ferma la porte et le suivit.

— Cette femme flic, dit Wolfe. Celle avec qui vous êtes venu l'autre jour. Elle est comme tous les flics sur qui je suis tombé pendant toute ma vie. Ils prennent du plaisir à me tourmenter. On me confisque mon ordinateur. On regarde mes magazines. On surveille ma thérapie. On me fait des ennuis à mon boulot. On s'assure que je ne fais pas ce qu'ils n'aiment pas, comme visiter une école ou un terrain de jeux. Ils aimeraient me faire sortir de mes gonds.

Il se mit à rire.

— Aucune chance !

Adrian se débattait avec l'incertitude. Naïvement, il avait imaginé qu'un exhibitionniste comme Wolfe voudrait changer. L'idée ne lui était pas venue que ce pouvait être le contraire.

Wolfe le regarda.

— Alors, vous voulez faire un petit tour dans ma vie, hein ?

Il n'attendit pas la réponse. Quand ils furent dans le salon, il se dirigea vers la fenêtre et baissa les stores.

— Savez-vous que chaque matin je me lève et je vais travailler, comme un bon petit libéré sur parole ?

Adrian hocha la tête. Il pointait toujours son arme sur Wolfe.

— Et maintenant, vous m'avez vu avec ma mère. De vieilles séries télé et des couches pour adultes. C'est génial, non ?

Adrian eut l'impression que l'arme tremblait entre ses doigts. Il essaya de stabiliser sa main.

— Vous n'allez pas me tirer dessus, lui dit Wolfe. En fait, vous allez accepter ce que je veux, sans quoi je ne vous aiderai pas. Car vous avez besoin d'aide, n'est-ce pas, professeur ?

Il parlait d'un ton moqueur, agressif.

Adrian resta silencieux. Il ne comprenait pas pourquoi Wolfe n'avait pas peur du pistolet. Il essaya de résoudre mentalement cette équation. Le pistolet était le stimulus parfait. Une mort violente, douloureuse. Wolfe aurait dû avoir une réaction claire, immédiatement identifiable. Exprimer une peur sans limites. Cela ne le troublait pas.

— Eh bien, professeur, le moment est venu de négocier.

— Je ne négocie pas avec des gens comme vous, répondit Adrian d'une voix faible.

Comme c'est déplacé, se dit-il.

— Bien sûr que si. À la seconde où vous avez frappé à ma porte, tout à l'heure, vous étiez en train de vendre quelque chose. Ou peut-être vouliez-vous acheter quelque chose. Il ne nous reste qu'à définir les termes de la transaction, avant de poursuivre de la meilleure façon possible.

Pour un homme qui se trouvait sous la menace d'un pistolet, Wolfe était très détendu.

— Je veux récupérer l'ordinateur de ma mère. Pour des raisons évidentes. Le disque dur est à moi et à moi seul. Des trucs personnels. Maintenant, dites-moi ce que vous voulez, et nous pourrons nous accorder sur un prix.

— Je dois retrouver quelqu'un.

— Très bien. Engagez un détective privé.

— C'est moi, le détective privé, répliqua Adrian.

Wolfe fit entendre un rire bref, dur.

— Vous n'en avez pas l'air, sauf pour cette pièce d'artillerie que vous continuez à agiter. Pour commencer, professeur, vous devriez la tenir à deux mains. Cela la stabilisera, et vous permettra de viser de manière plus précise. Voilà ! ajouta Wolfe en souriant. Un peu de pédagogie, que je ne vous facturerai même pas.

Adrian était en proie à un conflit. Il pouvait baisser son arme, la mettre de côté et commencer à négocier. Il pouvait aussi essayer de menacer Wolfe comme Terri Collins aurait pu le faire, mais il doutait d'avoir assez de sérieux policier pour être crédible. Il était coincé, envisageant les deux hypothèses, lorsque Brian murmura :

— Sers-toi de qui tu étais, qui tu es et qui tu seras… Il se pourrait que ça marche.

Il sentit que son frère l'aidait à stabiliser sa prise. Il leva le pistolet, qu'il pointa droit sur Wolfe. Il visa soigneusement et pressa lentement la détente.

— Je suis malade, dit-il doucement, un léger tremblement dans la voix. Je suis très malade. Je vais bientôt mourir.

Wolfe lui jeta un regard indécis.

— Votre mère, vous lui faites confiance ? Selon vous, sait-elle ce qu'elle fait ? Si c'était elle qui agitait ce pistolet devant vous, seriez-vous certain qu'elle ne risquerait pas de tirer par inadvertance et de vous faire un grand trou dans la figure, sans avoir la moindre idée de la raison de son geste ? Et même si elle se contentait de vous faire un gros trou dans le ventre, si vous aviez une petite chance de vous en sortir, croyez-vous qu'elle serait assez consciente pour appeler les secours ? Est-ce qu'elle ne se mettrait pas, plutôt, à tricoter en regardant la télévision ?

Wolfe plissa les yeux. Son sourire moqueur avait disparu.

— Eh bien, sachez que ma maladie est assez semblable à celle de votre mère, poursuivait Adrian. En pire. Elle me pousse à faire toutes sortes de choses fantasques, sans que je comprenne vraiment pourquoi je les fais.

Adrian parlait de plus en plus vite, d'une voix qui montait et redescendait, comme une vague.

— Il n'est donc pas du tout exclu, monsieur Wolfe, que d'un moment à l'autre j'oublie la raison de ma présence ici et que cette pièce d'artillerie, comme vous l'avez si éloquemment baptisée, crache le feu – parce que j'aurai oublié ce que j'attends de vous, mais je saurai que vous êtes un délinquant sexuel de la pire espèce et un beau paquet de merde, qui ne mérite rien d'autre qu'un aller simple pour l'enfer. Je suis comme ça. Instable. J'essaie de tenir debout sur un pont glissant, alors que les vagues font rouler le navire. Et je n'ai pas beaucoup le temps de marchander.

Wolfe semblait battre légèrement en retraite.

— Ça devrait le faire réfléchir, et vraiment l'emmerder, grogna joyeusement Brian. Bien joué, Audie, tu l'as déstabilisé. Achève-le, maintenant.

— D'accord, professeur. Dites-moi ce que vous voulez.

— Je veux une visite guidée de votre monde. Le monde de minuit.

Wolfe hocha la tête.

— C'est un vaste monde. Foutrement vaste. Je dois savoir pourquoi.

— Une casquette rose, répondit Adrian.

C'était absurde. Mais ça maintiendrait Wolfe perturbé. Il fit un pas en avant, tenant le pistolet des deux mains, à hauteur des yeux.

— C'est ce que vous vouliez dire ? Oui. Je vois. On a un bien meilleur contrôle du pistolet.

Wolfe se raidit. Adrian vit la peur sur son visage.

— Vous ne me tuerez pas.

— Non, sans doute pas. Mais il serait stupide de votre part de prendre le pari.

Il y eut un moment de silence. Adrian savait ce que l'exhibitionniste lui dirait ensuite. Il n'existait qu'une façon logique de sortir de là. Et ce qu'il lui demandait n'était pas si terrible.

— D'accord, professeur. Faisons-le à votre manière.

Une concession. Un mensonge, sans doute. Adrian se dit qu'il était parvenu à inverser les rapports de forces, dans la pièce. Il se trouvait chez Wolfe, et ils allaient pénétrer sur son territoire. Le mystère d'Adrian – à quel point était-il fantasque ? – l'emportait sur le pragmatisme froid et tranchant de Wolfe. Adrian ne s'était jamais trouvé particulièrement intelligent, mais cela le fit sourire. Sa folie mortelle était juste un peu plus fascinante que les désirs psychopathes de Wolfe. Adrian se dit qu'il lui suffisait maintenant de faire se télescoper ces deux éléments.

Adrian poussa vers l'exhibitionniste la sacoche contenant l'ordinateur.

— Montrez-moi, dit-il.

— Vous montrer quoi ?

— Tout.

Wolfe haussa les épaules. Il lui désigna le siège à côté de lui. Le fauteuil de sa mère. Puis il prit l'ordinateur à la hâte et fit courir ses doigts sur le clavier. Adrian pensa à un lanceur, au base-ball, qui sort à l'arrière du monticule, frotte la balle et se prépare à opérer un lancer crucial.

Le temps se dissolvait au rythme d'une cascade d'images. Elles étaient différentes et pourtant toutes identiques. Dès que Wolfe eut branché le portable de Rose, couleurs de peau, âges, positions, perversions se mêlèrent sur l'écran plat. Tel un maestro dirigeant un orchestre, Wolfe montra à Adrian l'enfer d'Internet, océan sans fin de sexe et d'ennui mortel. Des passions simulées qui n'existaient que pour être montrées, et n'avaient rien à voir avec de véritables relations érotiques. Wolfe était un guide exceptionnel. Un Virgile capable de répondre à toutes les requêtes d'Adrian. Celui-ci ignorait depuis combien de temps ils surfaient. Il était à la dérive. Le malaise créé par les gestes explicites qui défilaient devant lui se dissipa rapidement. Il était paralysé par la répétition interminable de ces images.

Wolfe enfonça quelques touches, et les images changèrent. Une femme vêtue d'une combinaison de cuir noir collante leur faisait face. Elle les invitait à la suivre dans une pièce dévolue au sadomasochisme. Un unique paiement de trente-neuf dollars et quatre-vingt-dix-neuf *cents* suffisait pour devenir membre.

— Regardez bien, professeur.

Wolfe modifia les instructions. La femme vêtue de cuir laissa la place à un de ses avatars. La nouvelle venue proposait les mêmes services, mais le tarif était de soixante euros, et elle parlait français. Une autre série de clics : la femme en cuir numéro 2 fut remplacée par un numéro 3, avec le même programme et un tarif en yens. Adrian comprit la leçon.

— Professeur, vous devez me dire ce que vous cherchez. Très précisément.

Wolfe souriait. De toute évidence, il s'amusait beaucoup. Il continuait à cliquer et à se connecter à des sites innombrables. Enfants. Vieillards. Obèses. Torture.

— Qu'est-ce qui vous intrigue, professeur ? Qu'est-ce qui vous fascine ? Qu'est-ce qui vous excite ? Un peu de sang, peut-être ? Quoi que vous cherchiez, ça se trouve ici, quelque part.

Adrian acquiesça, puis il secoua la tête en signe de refus.

— Non, monsieur Wolfe. Montrez-moi ce qui *vous* intéresse.

Wolfe s'agita.

— Je ne crois pas que nous partagions les mêmes désirs, professeur. Et je ne crois pas que vous ayez envie de me suivre sur ce terrain-là.

Adrian hésita. Pour arriver jusque-là, il s'était servi du pistolet. Mais, en observant les yeux de Wolfe, il comprit que ce dernier ne le laisserait pas pénétrer dans son jardin privé, que la menace de l'arme n'y suffirait pas. Il devait exister une autre méthode.

Il sentait que son frère était derrière lui. Brian semblait aller et venir à grands pas dans le salon en retournant le dilemme dans sa tête. Adrian entendait le claquement de ses pas sur le plancher – bien qu'un épais tapis recouvrît le sol. Tout à coup, Brian s'immobilisa. Il se pencha vers lui et lui parla à l'oreille, comme le ferait un conseiller de la Couronne :

— Il faut que tu l'appâtes, Audie. Séduis-le.

Plus facile à dire qu'à faire.

— Mais comment ?

Il avait dû parler à voix haute car Wolfe, surpris, plissait le front.

— Qui connaissez-vous, tous les deux ?

— C'est logique, acquiesça-t-il. Il ne sait pas exactement pourquoi je suis ici.

— À qui parlez-vous ? demanda Wolfe, nerveux.

— Explique-lui, Audie.

— S'il sait pourquoi je suis ici, cela l'aidera, répondit Adrian à son frère.

Wolfe s'agitait sur son fauteuil. Il se trouvait à quelques centimètres d'Adrian et du 9 mm, mais l'arme semblait ne plus l'inquiéter. Un autre genre de nervosité perçait dans sa voix.

— Ça va, professeur ? Vous voulez faire une pause ?

— Je dois retrouver Jennifer. Jennifer est jeune. Seize ans. Elle est belle.

— Je ne comprends pas, fit Wolfe. C'est à moi que vous parlez, maintenant ?

— Jennifer a disparu. Mais elle est quelque part. Il faut que je la retrouve.

— Cette Jennifer, c'est votre petite-fille ?

— Je dois la retrouver. Je suis responsable. J'aurais dû les empêcher de l'enlever, mais je n'ai pas été assez rapide. Je n'ai pas compris, monsieur Wolfe. Ça s'est passé juste devant moi, et j'étais aveugle.

— Quelqu'un a enlevé cette Jennifer ?

— Oui.

— Près d'ici ?

— Oui. Juste devant chez moi.

— Et vous dites que je la connais ? Ça n'a aucun sens. Je n'ai pas le droit d'approcher des gosses de son âge.

— Vous ne savez pas comment vous la connaissez, mais c'est le cas. Vous êtes liés.

— Ce que vous dites n'a aucun sens, professeur.

— Si. C'est vous qui ne comprenez pas. Pas encore.

Wolfe hocha la tête. Pour une raison ou pour une autre, il trouvait ça raisonnable.

— Et les flics...

— Ils cherchent. Mais ils ne savent pas où chercher.

Wolfe semblait frustré, et un peu perturbé.

— Et vous pensez qu'elle est quelque part... là-dedans ? fit-il en montrant l'ordinateur.

Adrian acquiesça.

— C'est le seul endroit qui offre le moindre espoir. Si quelqu'un a enlevé Jennifer pour abuser d'elle et la tuer ensuite, nous n'avons aucune chance de la retrouver. Mais si on l'a enlevée pour faire quelque chose... de l'argent, peut-être... avant de se débarrasser d'elle... eh bien...

— Si cette fille joue dans des films pornos, professeur... si elle pose pour des cassettes hard ou si elle est impliquée dans cette industrie, bon Dieu, il est impossible de la retrouver en restant assis là. Une aiguille dans une botte de foin. Il existe des millions de sites. Des millions de filles, spécialisées avec enthousiasme dans tout ce qu'il est possible d'imaginer. Volontaires pour faire n'importe quoi. Tout ce qui est possible sous le soleil, ça se trouve ici, quelque part. Il n'y a aucun moyen.

— Elle ne serait pas volontaire, monsieur Wolfe. Ce serait contre sa volonté.

Wolfe hésita, la bouche légèrement ouverte.

— Cela rétrécit le champ des recherches, admit-il.

Adrian regarda autour de lui, comme s'il cherchait une des voix qui pourraient l'aider. Il aurait voulu savoir que dire, sans en dire trop. Il parla enfin, d'une voix grave, farouche :

— J'ai compris.

Plissant les yeux, il fixait l'exhibitionniste. À l'arrière-plan, Brian le pressait.

— Ainsi vous devez regarder des photos. C'est la seule chose à votre portée, n'est-ce pas, monsieur Wolfe ? Les photos, ce n'est pas tout à fait la même chose que la réalité – mais pour le moment elles constituent un substitut acceptable, hein ? Et vous laissez votre imagination prendre le dessus. Ça vous aide à contrôler la situation, hein, monsieur Wolfe ? Car il vous faut du temps. Vous ne pouvez surtout pas retourner en prison maintenant, parce que votre mère a besoin de vous. Mais il est toujours là, hein, le grand désir ? Vous ne pouvez pas vous le cacher. Alors il faut compenser, parce que ces désirs, ils ne s'en vont pas ! C'est ce que vous offre l'ordinateur. Une chance de fantasmer, et de spéculer, et de compenser, jusqu'à ce qu'un changement intervienne dans votre existence, et que vous puissiez recommencer à faire ce dont vous avez envie.

« Et vous vivez tout cela plutôt bien, car vous avez un emploi, vous voyez votre psy et vous vous dites que vous finirez par être totalement blanchi, n'est-ce pas ? Car vous avez découvert qu'il est plutôt curieux, à propos de toute cette sexualité trouble, et que vous pouvez l'entraîner n'importe où. Tout est question de contrôle, n'est-ce pas, monsieur Wolfe ? Aujourd'hui, vous contrôlez tous ces éléments de votre existence, et vous vivez dans l'attente du jour où vous pourrez de nouveau réaliser vos désirs.

Adrian se tut.

— Demande-lui de te montrer !

Brian, à côté de lui, était féroce.

— Ouvrez un de vos fichiers personnels ! fit Adrian.

Il leva le pistolet. Cette fois, il avait l'impression de tenir le bon bout, et il était décidé à faire feu, si nécessaire.

Wolfe avait dû le sentir, lui aussi. Il grogna, mais il n'avait pas eu l'air aussi misérable depuis qu'il avait ouvert la porte à Adrian. Il regarda l'ordinateur, puis l'écran géant. Il enfonça quelques touches. L'image d'une fillette (onze ans, peut-être) apparut. Elle était nue et regardait devant elle avec un air faussement candide, comme une invite, l'air entendu – un regard qui, chez une femme deux fois plus âgée qu'elle, aurait été celui d'une professionnelle. Wolfe soupira bruyamment.

— Vous pensez me connaître, pas vrai, professeur ?

— J'en sais assez. Et vous le savez.

Un silence.

— Il existe des endroits, dit lentement Wolfe, qui satisfont des désirs inhabituels. Des endroits très obscurs. Des zones où vous n'avez pas envie d'aller.

— Mais je veux y aller, dit Adrian. C'est là qu'on trouvera Jennifer.

Wolfe haussa les épaules.

— Vous êtes cinglé.

— En effet, répondit Adrian. Mais c'est peut-être une bonne chose.

— Si cette fille a été kidnappée, et si elle se trouve quelque part là-dedans...

Wolfe désigna l'ordinateur.

— ... vous feriez mieux de vous dire qu'elle est morte. Car c'est ce qui arrivera, tôt ou tard.

— Nous serons tous morts, tôt ou tard, répliqua Adrian. Vous. Moi. Votre mère. Tout le monde mourra à son heure. Pas seulement Jennifer. Pas encore.

Il parlait avec une conviction qui reposait sur une simple hypothèse.

Wolfe semblait à la fois intrigué et déconcerté.

— Mais que croyez-vous que je puisse faire pour vous ? demanda-t-il.

La question était dans l'air depuis le début de la soirée.

Adrian sentit que son frère lui agrippait les épaules et le poussait légèrement en avant.

— Voici ce que je veux, monsieur Wolfe. Je veux que vous fassiez appel à votre imagination. Comme lorsque vous passez devant une école à l'heure de la récréation...

Wolfe était tendu comme un câble.

— Je veux que vous vous mettiez à la place de quelqu'un. Je veux que vous vous demandiez ce que vous feriez si vous teniez Jennifer. Je veux que vous me disiez ce que vous feriez avec elle, comment, où et pourquoi. Et je veux que vous imaginiez qu'une femme se tient à vos côtés. Une jeune femme qui vous aime et qui veut vous aider.

Wolfe l'écoutait avec une extrême attention.

— Et je veux que vous imaginiez comment vous vous serviriez de Jennifer pour gagner de l'argent, monsieur Wolfe.

— Vous voulez que je...

— Je veux que vous soyez celui que vous êtes, monsieur Wolfe. Ou même un peu plus.

— Et si j'accepte, qu'est-ce que je gagne ?

Adrian réfléchit.

— Donne-lui ce qu'il veut, lui dit Brian.

— C'est-à-dire ? demanda Adrian.

Wolfe le fixait de nouveau.

— Il n'y a qu'une chose à lui offrir. Ce que désirent les types dans son genre.

Brian était très sûr de lui.

L'impunité, se dit Adrian.

— Je vais vous dire ce que je ne ferai pas. Je ne dirai pas à l'inspecteur ce que vous faites. Je ne lui parlerai pas de l'ordinateur de votre mère. Je n'en parlerai à personne. Et quand vous m'aurez aidé à retrouver Jennifer, vous pourrez être de nouveau ce que vous êtes en réalité, en attendant le jour où vous aurez berné tout le monde, et où personne ne fera plus attention à vous.

Wolfe eut un sourire déplaisant.

— Professeur, je crois que nous sommes enfin parvenus à définir notre prix.

## 30

Terri Collins passa sa matinée à visionner sur une vidéo noir et blanc les images granuleuses d'une gare routière, et à écouter les mensonges piteux de deux étudiants en deuxième année qui essayaient de trouver une explication innocente à la présence, à l'arrière de leur voiture, d'une dizaine d'ordinateurs, de téléviseurs et de consoles de jeux. On devait cette découverte à un flic vigilant qui les avait arrêtés pour excès de vitesse. Quel genre de petits escrocs stupides foncent comme des dingues dans les rues après avoir commis un cambriolage ? Il lui suffisait de séparer les deux adolescents et de les harceler de questions en attendant que leurs histoires divergent, ce qui était inévitable.

Elle trouvait assommante la bêtise inhérente à ces cambriolages. Elle savait que, tôt ou tard, un des deux jeunes gens (ils étaient à peine sortis de l'enfance) lâcherait son copain et raconterait toute cette histoire idiote. Ils passeraient une ou deux nuits en prison, et le système trouverait une astuce pour les faire sortir. Mais il faudrait qu'ils s'expliquent avec leurs parents et avec leurs futurs employeurs. Une histoire, se dit-elle, qu'il fallait mettre d'office dans la catégorie « dommage mais ils sont vraiment trop cons ». Elle se hâta de préparer les papiers.

Elle passa du temps à étudier la vidéo qui la fascinait et la troublait, à cause de ce qu'elle montrait et de ce qu'elle ne montrait pas.

Avant tout : pas de Jennifer.

Une série de coups de fil lui avait permis de remonter la piste de l'étudiante qui avait trouvé la carte de crédit de Mary Riggins à Lewiston, dans le Maine, et appelé le service d'urgence de Visa. L'histoire que racontait cette jeune fille ne menait nulle part, mais elle était très probablement vraie. Elle était venue à Boston rendre visite à de vieux copains de collège, avec ses deux colocataires et son petit ami. Ils avaient pris un car, tard dans la soirée, pour regagner leur école. Rien que de très normal. Cela devenait moins logique quand l'étudiante lui raconta l'arrivée inexpliquée d'une étrange carte de crédit dans son sac à dos. Elle ne connaissait pas le nom du titulaire de la carte. Et la manière dont celle-ci avait atterri dans la poche extérieure de son sac restait mystérieuse.

Beaucoup d'étudiants l'auraient simplement jetée, mais cette jeune fille avait pris la peine d'appeler la hotline dont le numéro était imprimé sur la carte. Le service de sécurité de la banque concernée avait à son tour appelé Mary Riggins.

Le billet d'autocar payé avec la carte correspondait à un aller pour New York. La Mecque des fugueurs de la côte Est. Pour Terri Collins, cela n'avait aucun sens. Pourquoi ne s'être pas simplement débarrassé de la carte ? Une erreur ? Non, se dit-elle, plutôt une indication délibérément erronée. Quelqu'un avait pris le risque calculé d'utiliser la carte, préférant cela à la facilité consistant à rapporter simplement la carte volée sous couvert de l'anonymat. Il aurait pu appeler d'une cabine publique et se servir d'un faux nom, après avoir acheté le billet pour New York. Visa aurait simplement annulé la carte et lui aurait demandé de la détruire. Non, cette personne – quelle qu'elle soit – avait besoin de gagner du temps.

À trois reprises, elle demanda à l'étudiante si elle-même ou un de ses compagnons se rappelait avoir vu dans la gare routière une adolescente répondant au signalement de Jennifer. Trois fois, elle reçut une réponse négative.

Avait-elle vu quelqu'un qui eût quelque chose de remarquable ? Une personne suspecte ? Réponse négative aux deux questions.

L'imagination de Terri bouillonnait. Sous la froide résolution du flic, elle ressentait une légère angoisse. Elle était confrontée à un rapprochement bizarre. Elle avait passé une partie de la journée à interroger les criminels les plus stupides du monde. Elle se demandait si elle n'était pas en train de croiser le chemin des criminels les plus malins qui soient.

La bande vidéo n'était pas très lisible. L'angle de prise de vues, une plongée, n'autorisait pas une grande précision. À l'heure où la transaction avec la carte était enregistrée, elle vit un homme utiliser le distributeur automatique de billets. La vidéo ne permettait pas de l'identifier. Mais des services de police mieux équipés que le sien disposaient de matériel d'agrandissement des clichés qui pourrait lui en donner une meilleure version.

Un peu plus loin, Terri vit le même homme assis à l'écart, en train d'attendre le car. Le dos voûté. Une casquette enfoncée sur le front lui dissimulait le visage. En un mot, il savait qu'il était filmé et faisait en sorte de n'être pas reconnaissable, tout en se conduisant de façon à ne pas se faire remarquer.

Elle vit trois étudiantes – sans doute les filles venues du Maine – faire la queue devant un guichet. Un homme se glissa derrière elles. (Terri devina la présence d'une barbe, alors que le type de tout à l'heure était glabre.) Il n'attendit pas. Il s'écarta du groupe, sans pour autant chercher un guichet moins encombré ou un distributeur. Pour autant qu'elle pouvait voir, il quitta la gare par l'entrée principale et non par la zone d'embarquement située à l'arrière. Pour seul bagage, il portait un petit sac à bandoulière.

Terri se repassa la bande depuis le début. Pas de Jennifer.

Elle réexamina le film avec beaucoup d'attention, essayant de mémoriser toutes les images de l'homme numéro 1, puis de l'homme numéro 2 (le barbu). Elle prit la mesure de leur silhouette, de leur démarche, de la manière dont ils avaient le dos voûté et se cachaient sous leurs casquettes. Elle tenta de se représenter l'homme qu'Adrian lui avait décrit. Elle n'avait pas assez d'éléments pour être sûre que le type en noir et blanc granuleux de la bande vidéo et celui qu'Adrian avait aperçu dans la rue étaient une seule et même personne.

Mais elle tenta de se convaincre que toute autre conclusion ne mènerait nulle part.

Terri mit de côté le dossier du cambriolage et entreprit de rassembler toutes les informations dont elle disposait à propos de Jennifer. C'était un ensemble de fragments, moins un puzzle que les débris d'un accident d'avion, où les enquêteurs tentent d'assembler ce qui n'a pas été détruit, ce qui est tordu et carbonisé mais assez reconnaissable pour leur fournir des informations sur ce qui s'est passé.

*Une adolescente révoltée en fugue.*
*Un vieil homme.*
*Une fourgonnette incendiée.*
*Aucune demande de rançon.*
*Aucun coup de fil depuis le portable.*
*Un billet d'autocar pour nulle part.*
*Un homme déguisé, là où aurait dû se trouver*
*[Jennifer.*

Terri eut l'impression que la tête lui tournait. Elle sentit que son scepticisme professionnel s'atténuait. Les inspecteurs de police connaissent parfois un désespoir très particulier lorsqu'ils réalisent qu'ils affrontent le pire crime qui soit – celui qui implique l'anonymat et le mal. On résout les crimes grâce à des liens – quelqu'un voit quelque chose, quelqu'un sait quelque chose, quelqu'un dit quelque chose, quelqu'un oublie quelque chose sur la scène du crime – et, au bout du compte, une image précise finit par émerger. Il y a toujours une connexion quelconque qui aide à définir le chemin que doit suivre l'enquêteur.

La disparition de Jennifer défiait cette règle.

Une chose était claire : elle ignorait ce qu'elle devait faire. Il était tout aussi évident qu'elle devait aller plus loin que ce qu'elle faisait pour le moment. Elle balaya du regard la surface de son bureau, comme si la réponse à ce « Que faire ? » s'y trouvait. Levant les yeux, elle contempla son box aux cloisons ornées de photos de sa famille et de dessins, gouache ou crayon, de ses enfants, à côté de froids rapports de police et avis de recherche du FBI.

Elle croyait avoir agi de façon appropriée. Elle avait procédé selon les règles. Elle avait fait ce que n'importe lequel de ses collègues aurait fait. Mais rien de tout ça ne lui avait permis de se rapprocher d'un pouce de Jennifer.

Terri se plia en avant, comme si elle avait une brusque douleur au ventre. Jennifer avait disparu. Elle revit l'adolescente, assise devant elle, après une de ses fugues. Terri lui faisait la leçon sur l'erreur qu'elle commettait. Jennifer était maussade, fermée à toute communication, et attendait, furieuse, que sa mère et son amant viennent la chercher pour la ramener à l'endroit qu'elle voulait tant fuir. Terri réalisa que c'était ce jour-là qu'elle aurait pu la sauver. Il lui aurait suffi de se pencher au-dessus du bureau, de lui dire : « Parle-moi, Jennifer », et d'établir la communication.

Que faisait-elle, maintenant ? Elle remplissait des papiers, rédigeait des rapports, recueillait le témoignage inutile d'un professeur en retraite à l'esprit dérangé, interrogeait un délinquant sexuel qui semblait n'avoir aucun rapport avec la fugue, et envoyait à divers services de police des avis de recherche « aiguille dans une botte de foin », autant de tentatives de tir à l'aveuglette. Elle se rendit compte qu'elle attendait simplement le jour où un chasseur battant les bois en quête d'un daim trouverait le squelette de Jennifer, ou que son cadavre décomposé serait ramené à la surface par un pêcheur traquant la perche à petite touche dans les eaux d'un lac.

À condition d'avoir de la chance. Terri tapa sur son clavier. L'homme de la gare routière réapparut. Elle agrandit l'image jusqu'à ce qu'elle occupe la totalité de l'écran.

Parfait, je crois que je vais savoir qui tu es. C'était plus facile à dire qu'à faire. Terri décrocha son téléphone. Le labo de la police d'État pourrait analyser la vidéo avec un logiciel de reconnaissance d'images. Peut-être aurait-elle de la chance. Elle en doutait. Elle savait que ses supérieurs pouvaient ne pas approuver cette démarche. Cela l'inquiétait, et même temps elle s'en fichait.


Mark Wolfe traversa le parking à grands pas pour rejoindre Adrian, qui l'attendait près de sa voiture. Adrian savait que Brian était à côté de lui. Il pouvait presque entendre la respiration saccadée de son frère. Il se demanda pourquoi il était si nerveux. Brian contrôlait toujours la situation, il n'était jamais pressé, jamais angoissé. Adrian réalisa qu'il entendait, en fait, sa propre respiration.

En se dirigeant vers lui, Wolfe jetait des regards méfiants à gauche et à droite. Une idée bizarre traversa l'esprit d'Adrian. Chez lui, Mark Wolfe était parfaitement confiant, mais, dès qu'il sortait, il regardait autour de lui toutes les dix secondes par crainte des prédateurs, comme un petit animal sauvage. Sauf que c'était l'inverse, se dit Adrian. C'était lui, le prédateur.

Wolfe eut un sourire oblique.

— Je ne suis pas censé prendre une longue pause. Je ne voudrais pas rater un bon client. Dites donc, professeur, vous n'avez pas besoin d'un grand écran plat et d'un ensemble home cinéma ? Il y a des prix, en ce moment, et je vous promets une bonne affaire.

Propos totalement dénués de sincérité.

— Ce ne sera pas long, répondit Adrian.

Il lui tendit un exemplaire de l'affichette « Personne disparue » que l'inspecteur Collins lui avait donnée.

— Voilà la personne que je cherche.

Wolfe contempla la photo.

— Elle est mignonne...

Le mot aurait pu être un substitut pour « bien mûre ». Dans la bouche de Wolfe, il était obscène. Adrian réprima un frisson.

— Une fugue, vous avez dit ?

— Non, je n'ai pas dit ça. J'ai dit qu'elle a déjà fugué, avant. Cette fois, elle a été enlevée.

Wolfe lut la description imprimée sur l'affichette, répétant les détails d'une voix douce :

— « Un mètre soixante-huit, cinquante-trois kilos, cheveux blond-roux, pas de signes particuliers, vue pour la dernière fois... »

Il s'interrompit un instant.

— Vous savez qu'avec mes... mes antécédents... si un flic me trouvait en possession de cette affiche, ce serait aussi mauvais pour moi que...

De nouveau, il se tut.

— Nous avons un accord, dit Adrian. Vous ne voulez pas que j'aille voir les flics et que je leur parle de ce qu'il y a dans le second ordinateur...

Wolfe hocha la tête.

— Ouais, j'ai compris. Bon. C'est la même dont vous pensez qu'elle est utilisée. Je vais explorer le web.

— L'alternative, vous voyez...

— Ouais. Ils l'ont baisée et assassinée. Ou pis.

Wolfe se crispa. Adrian ignorait si c'était un réflexe involontaire suscité par le dégoût ou par le plaisir. Les deux étaient possibles. Ces deux sensations existaient peut-être simultanément dans l'esprit de Mark Wolfe. Adrian se dit que c'était sans doute le cas.

— Toutes ces conneries sur les snuff movies, vous savez, ce ne sont que des légendes urbaines. Totalement bidon. Des couillonnades. Ça n'existe pas.

La façon dont Wolfe prononçait ces mots donnait l'impression inverse.

« Regarde bien ce que cachent les mots, sa posture, le ton de sa voix, la manière dont il bouge. » C'était sans doute ce que Cassie aurait dit à Adrian. Cette pensée s'imprima dans son esprit, et il reconnaissait sa voix musicale.

Adrian contempla l'exhibitionniste, puis leva les yeux. Au-dessus de leurs têtes, le ciel était une immense étendue bleue, sans le moindre nuage, ce qui promettait du beau temps. Très haut, Adrian aperçut le sillage de vapeur qu'un avion traçait dans le ciel, tourbillon blanc sur fond bleu pâle. Des gens qui voyagent à la vitesse du son, vers toutes sortes de destinations. Adrian réalisa qu'il ne prendrait plus jamais l'avion, qu'il n'aurait plus l'occasion de se rendre en des lieux différents, exotiques. Il était presque sidéré par le chemin rectiligne que l'avion traçait sans effort apparent. Adrian était captif du marécage de la maladie et du doute. Il aurait tant voulu savoir que faire, dans quelle direction il devait se déplacer et quelle distance il lui restait à parcourir.

— Fais attention, Audie ! (La voix de son frère l'obligea à revenir sur terre.) Allons, Audie, concentre-toi !

Comme si Brian le poussait dans le dos.

— Vous allez bien, professeur ?

— Oui, ça va.

— La difficulté, c'est de déterminer ce qui est réel et ce qui ne l'est pas. C'est le problème, avec Internet. Les mensonges, les fantasmes et toutes sortes d'arnaques existent bel et bien, à côté de bonnes et solides informations. Dur de faire la différence. Même dans le monde du sexe, vous savez. Qu'est-ce qui est réel ? Qu'est-ce qui ne l'est pas ?

— Les snuff movies…

— C'est comme j'ai dit. Du pipeau. Mais…

Wolfe hésitait. Il faisait rouler les mots, comme s'il les goûtait l'un après l'autre.

— … mais tous ces mythes… bon, ils ne font que créer l'occasion, si vous voyez ce que je veux dire, professeur.

— Expliquez-vous.

— D'accord, les snuff movies n'existent pas. Mais quand le FBI ou Interpol déclare : « Les snuffs ne sont qu'une légende urbaine », au lieu d'y mettre un terme, ça ne fait qu'encourager des gens à essayer. C'est le problème, avec Internet. Ça n'existe que pour imaginer du nouveau à partir de ce qui existe. Vous affirmez que quelque chose n'existe pas, et quelqu'un, peut-être aux antipodes, entreprend de démontrer que vous avez tout faux. Du genre… le « porno-meurtre » pour de bon, ça n'existe pas, mais… Vous ouvrez le journal du matin, et que voyez-vous ? Des ados, peut-être en Europe de l'Est, se sont filmés en train de battre quelqu'un à mort. Pour le plaisir. Ou bien, en Californie, des types se filment en train d'assassiner une auto-stoppeuse après lui avoir fait subir toutes sortes de trucs dégueulasses. Ou bien… bon, vous voyez l'idée. Un terroriste prend quelqu'un en otage et lui coupe la tête devant une caméra. La vidéo est diffusée sur Internet. Bon, la CIA et l'armée s'en occupent. Mais qui d'autre ? C'est là, quelque part, pour n'importe qui.

— Qu'est-ce que vous essayez de me dire ?

— Je dis que si la petite...

Wolfe regarda l'affiche avec un sourire lascif.

— ... que si l'on utilisait Jennifer, ce serait logique. Et ça pourrait venir de la maison d'à côté comme des antipodes.

— Comment allez-vous chercher ?

— Il existe des moyens. Il suffit de savoir se servir d'un clavier. Mais ça coûtera de l'argent.

— Comment ça ?

— Vous croyez que les gens exploitent leurs semblables pour du beurre ? Peut-être simplement parce qu'ils aiment ça ? Oui, c'est sûr, c'est parfois le cas. Mais d'autres veulent gagner du fric. Et pour entrer sur ces sites...

— Je paierai.

Wolfe sourit à nouveau.

— Ça peut être chérot.

Une fois de plus, Adrian entendit son frère lui donner ses instructions, au fond de son crâne. Il sortit son portefeuille et tendit une carte de crédit à Wolfe.

— Quel mot de passe dois-je utiliser ? demanda l'exhibitionniste.

Adrian haussa les épaules. Il ne voyait aucune raison de croire à une arnaque.

— Psychoprof. Vous devez garder une trace écrite de tous les sites où vous vous en servirez. À la moindre dépense non justifiée, je vais droit chez les flics.

Wolfe opina, en signe d'accord. Ce pouvait aussi être un mensonge. Mais Adrian s'en fichait. *Je ne vivrai pas assez pour m'inquiéter de ces factures.*

Il entendit Brian grogner, comme si c'était une bonne blague.

— Vous devez faire vite. J'ignore de combien de temps elle dispose.

Wolfe haussa les épaules.

— Si quelqu'un en a fait son jouet, et qu'il veut la partager...

— Lui et elle..., le coupa Adrian.

— Exact. Ils sont deux. Ça facilitera peut-être les choses. En tout cas, s'ils ont envie de la partager, c'est une bonne chose, car c'est ce que vous voulez, elle sera là, quelque part.

Il rit de nouveau. Adrian se dit que Wolfe avait un rire qui traversait les murs, comme une balle tirée à bout portant, avant de se transformer en un gloussement cynique, comme s'il possédait toujours un secret qu'il refusait de partager.

— Une chose joue en votre faveur, professeur, ajouta-t-il en souriant.

— Ah oui ? Quoi ?

— Ce que le monde est devenu. Rien n'est plus vraiment secret. Tout le monde veut être vu. Comment dit-on ? Nous pouvons tous être célèbres pendant un quart d'heure ? Eh bien, c'est parfaitement vrai.

Warhol. Un exhibitionniste qui cite Warhol.

— Il y a tout de même un problème.

Ou était-ce Marshall McLuhan ? Adrian, tout à coup, ne se souvenait plus. C'était peut-être Woody Allen. Il s'efforça de se concentrer sur Wolfe.

— Lequel ?

— Si l'on s'approche un peu trop près, que l'on essaie de briser cette bonne vieille barrière électronique. Ceux qui tiennent Jennifer pourraient bien comprendre que quelqu'un la cherche, et elle pourrait bien, tout à coup, se retrouver dans la catégorie des produits avariés.

Adrian retint son souffle.

— Et les produits avariés...

L'exhibitionniste continua. Adrian remarqua que sa voix avait changé. Ses lèvres bougeaient toujours au rythme des mots, mais il avait l'impression que c'était Brian qui les prononçait. Il s'efforça de n'avoir pas l'air trop désorienté, et de l'écouter simplement.

— Vous, je ne sais pas, disait lentement Wolfe, mais moi, quand quelque chose s'abîme dans mon frigo, je le fiche à la poubelle.


## 31


Perchée sur le lit, les yeux fermés sous le bandeau, Jennifer s'efforçait de se représenter sa chambre, dans la maison familiale. Elle avait commencé par les objets dont elle se souvenait, détaillant avec précision les angles, les formes et les couleurs. Jouets. Photos. Livres. Coussins. Posters. Le bureau était à tel endroit, la couette était recouverte d'un patchwork de carrés rouges, bleus, verts et violets. Sur la commode trônait un instantané 15 × 20 de Jennifer, qui faisait une tête pendant un match de foot.

Elle prenait son temps pour assembler chaque élément aux précédents. Elle ne voulait pas oublier le plus petit détail. Elle s'abandonna avec délice à chaque souvenir. L'histoire et les personnages d'un livre qu'elle avait lu quand elle était petite. Le matin de Noël où elle avait reçu sa première paire de vraies boucles d'oreilles. Elle reconstituait lentement le tableau de son enfance. Cela lui permettait de se rappeler qu'elle n'était « Numéro Quatre » que depuis quelques jours, alors qu'elle avait été Jennifer pendant de nombreuses années. C'était un combat permanent.

Même lorsqu'elle était parvenue à regarder par en dessous et à jeter un coup d'œil sur sa prison, son masque marquait la limite de son existence. Parfois, quand elle s'éveillait, il lui fallait consentir un effort immense pour se rappeler quoi que ce soit de son passé. Les sensations, les odeurs, les bruits qui lui parvenaient – tout ce qu'elle avait mémorisé depuis sa cellule et qui était capté, elle le savait, par la caméra – étaient tout ce qui lui restait. Elle craignait qu'il n'y eût plus de Jennifer hier. Ni de Jennifer demain. Jennifer n'existait qu'à la seconde présente.

Elle savait au fond d'elle-même qu'elle menait une bataille décisive pour sa survie. Sauf qu'elle ignorait contre quoi elle se battait. Sa situation aurait été plus facile si elle était un marin perdu dans une mer déchaînée. Au moins, se disait-elle,

elle saurait qu'elle devrait lutter contre les courants et les vagues, et si elle n'était pas capable de garder la tête hors de l'eau elle se noierait.

Intérieurement, elle avait envie de sangloter. Vue de l'extérieur, elle gardait son calme.

Je n'ai que seize ans. Je suis encore au collège. Elle savait qu'elle ne connaissait pas grand-chose du monde. Elle n'avait pas voyagé dans des endroits exotiques, n'avait jamais contemplé de paysages insolites. Elle n'était pas un soldat, ni une espionne ni même une criminelle – elle ne possédait aucune expérience qui aurait pu l'aider à comprendre sa prison. Cela aurait dû la paralyser, mais curieusement il n'en était rien. Je connais certaines choses, se dit-elle. Je sais comment riposter. Même si c'était un mensonge, elle s'en fichait. Elle était déterminée à se servir du peu qu'elle savait pour améliorer son sort.

Pour avoir la force de riposter, il fallait qu'elle visualise tout ce qui constituait son existence. Pour le meilleur et pour le pire. Sa colère à l'égard de sa mère. Son mépris pour l'homme qui semblait destiné à devenir son beau-père... Tout cela l'aiderait à nourrir sa résolution.

Près de la commode, se souvenait-elle, il y a une lampe à pied métallique noire, avec un abat-jour rouge. Le tapis est une carpette multicolore qui recouvre la moquette décolorée et tachée. La plus belle tache date du jour où j'ai renversé de la soupe à la tomate que je n'étais pas censée sortir de la cuisine. Elle m'a engueulée. Elle m'a traitée d'irresponsable. Elle avait raison. J'ai quand même discuté. Combien de disputes avions-nous ?

Une par jour ? Non. Plus que ça. Quand je rentrerai à la maison, elle me serrera dans ses bras et me racontera combien elle a pleuré quand j'ai disparu, et cela me fera du bien. Elle me manque. Je ne crois pas avoir jamais dit ça. Elle me manque. Elle a des cheveux gris maintenant, juste quelques mèches qu'elle oublie de teindre, et je ne sais pas si je le lui dirai. Elle pourrait être belle. Elle devrait être belle. Est-ce que je serai jolie, un jour ? Elle pleure peut-être, en ce moment. Scott est peut-être là, avec elle. Lui, je le déteste. Mon père m'aurait déjà retrouvée. Scott en est incapable. Est-ce qu'il cherche, d'ailleurs ? Est-ce que quelqu'un est à ma recherche ? Mon père me cherche, mais il est mort. Je suis folle de rage. J'ai été dépouillée. Le cancer. Je voudrais pouvoir donner le cancer à cet homme et à cette femme. Mister Fourrure sait. Je le mets à côté de moi, au lit. Il se souvient de la chambre, à quoi elle ressemble. Comment allons-nous sortir d'ici ?

Jennifer savait que la caméra enregistrait le moindre de ses gestes. Elle savait que l'homme et la femme – elle n'était pas sûre de savoir lequel des deux lui faisait le plus peur – pouvaient la surveiller. Sans un bruit – comme si le fait d'être silencieuse lui évitait d'attirer l'attention –, elle se mit à passer les doigts sur sa chaîne et l'œillet grâce auquel elle était fixée au mur.

Un maillon. Deux. Elle les sentait, l'un après l'autre. Sous ses doigts, ils étaient glissants. Elle pouvait les visualiser. Ils devaient être métalliques, luisants, et on les avait sans doute achetés dans un magasin d'accessoires pour animaux. Les maillons n'étaient pas assez épais, assez solides, pour un pitbull ou un doberman. Mais ils étaient assez solides pour la retenir, elle. Elle passa la main derrière sa tête et trouva l'endroit où la chaîne était fixée à un œillet vissé dans le mur. Une cloison, se dit-elle. Du Placoplâtre.

Un jour, lors d'une dispute avec sa mère – un soir où elle était rentrée bien plus tard que l'heure imposée –, elle avait jeté un presse-papier contre le mur. Il l'avait heurté avec un bruit sourd, et était retombé par terre en laissant un grand trou. La mère de Jennifer avait dû faire venir un ouvrier pour réparer les dégâts. Le Placoplâtre n'est pas solide. Peut-être pourrait-elle arracher l'œillet ? Au moment où elle se posait la question, elle sentit que ses lèvres bougeaient, mais aucun son n'en sortait. L'homme a dû y penser, se dit-elle. Je n'ai pas lancé ce presse-papier comme une fille. Mon père m'a appris à lancer quand j'étais petite. Il adorait le base-ball. C'est lui qui m'a donné ma casquette des Red Sox. Il m'a appris la technique correcte. Lancer le bras loin en arrière. Bras tordu au coude. Épaule bloquée. Aller jusqu'au bout du lancer. Balle rapide. La perfection.

Elle sourit, juste un peu, et cessa tout de suite car elle ne voulait pas que la caméra la voie sourire. Je suis peut-être un petit pitbull, se dit-elle. Elle passa les doigts sur le collier de cuir, autour de son cou. Sans doute acheté au même magasin pour animaux. Elle imagina la conversation : « Cette chaîne, c'est pour quel genre de chien, Madame ? » Jennifer se représentait la femme, devant le comptoir. Vous n'en savez rien.

Vous n'avez aucune idée du genre de chien que je peux être. Et comment je mords.

De l'ongle, elle gratta le collier. Ça ressemblait à du cuir de mauvaise qualité. Elle sentit un petit cadenas, le genre qu'on utilise pour fermer certaines valises. Il était censé maintenir le collier en place. Elle gratta un peu plus fort – juste assez pour retrouver le même endroit. Je pourrais peut-être le mettre en pièces, pensa-t-elle.

Il y avait des étapes à parcourir pour recouvrer la liberté. Primo, elle devait se détacher. Ensuite, elle devait franchir la porte. Était-elle fermée à clé ? Elle devrait sortir de ce sous-sol où elle était enfermée. Où était l'escalier ? Il ne pouvait pas être bien loin. Il lui faudrait trouver une porte donnant sur l'extérieur. Puis elle devrait courir. Peu importe la direction. Juste aller le plus loin possible. C'était l'étape la plus facile. Si je parviens à me libérer, pensait-elle, et que je peux courir, personne ne me rattrapera. Je cours vite. Sur tous les terrains, à tous les jeux, j'étais la plus rapide. L'entraîneur de l'équipe de cross-country voulait que je coure pour lui, au collège. J'ai refusé. Mais je battais toutes les filles – et la plupart des garçons. Tout ce qu'il me faut, c'est une chance.

Les mains de Jennifer s'écartèrent du collier et de la chaîne. Elle caressa Mister Fourrure et lui murmura à l'oreille :

— Une étape à la fois. On y arrivera. Je te le promets.

Sa voix avait retenti dans la pièce. Elle était étonnée d'avoir parlé si fort. L'espace d'un instant, elle se dit qu'elle avait crié. Puis qu'elle avait chuchoté. Tout était possible. L'écho de ses paroles résonnait autour d'elle, jusqu'à ce qu'un autre son pénètre sa conscience.

Il y avait quelqu'un à la porte. Elle se crispa, tendit l'oreille vers l'origine du bruit. Elle se mordit la lèvre. Elle n'avait pas entendu de bruit de clé. Ni celui d'un verrou qu'on ouvrait. Elle essaya de se souvenir des autres fois, quand on avait ouvert la porte. Avait-elle entendu un bruit différent ? Non elle en était sûre, ce n'était que le bruit de la poignée qu'on tournait. Qu'est-ce que ça lui apprenait ?

Avant de disposer de la milliseconde nécessaire pour répondre à sa propre question, elle entendit la voix de l'homme :

— Debout. Déshabille-toi.


Michael et Linda savaient qu'avec *Saison 4* il ne serait pas uniquement question de sexe, mais de possession et de contrôle. La composante sexuelle était essentielle. C'était même, dans leur esprit, l'élément central dont dépendait le succès du show. Michael avait passé des heures à étudier le moindre plan de la série de films *Hostel*. Il estimait qu'elle avait dégénéré pour n'être plus qu'une suite de bains de sang et que son public n'était plus composé que d'adolescents en quête de vulgarité. Quand le sang commençait à gicler, la tension disparaissait.

Linda trouvait ces films répugnants. Elle avait lu et relu, en revanche, tous les livres qu'elle avait trouvés sur Patty Hearst et l'Armée de libération symbionaise. Elle était fascinée par la manière dont l'héritière s'était transformée psychologiquement, au point de devenir Tania la révolutionnaire. Certes, ils n'avaient pas besoin que Numéro Quatre s'empare, l'air hébétée, d'une arme déchargée et participe à un braquage de banque à la noix et à un projet de révolution prolétarienne. Mais Linda trouvait captivante la manière dont Patty Hearst avait peu à peu renoncé à sa propre identité. Isolement. Menaces constantes. Violences physiques. Pression sexuelle. Chacun de ces éléments avait poli la femme que Patty Hearst avait été, et contribué à la transformer en la matière la plus vierge que ses ravisseurs aient jamais pu exploiter.

Elle savait qu'elle pouvait se servir des mêmes éléments, dans *Saison 4*. Elle supposait simplement que les spectateurs, dans le monde entier, partageaient sa fascination. Contrairement à Michael, qui montrait un détachement froid, clinique, vis-à-vis de l'émission et des gens qui payaient pour regarder Numéro Quatre vingt-quatre heures sur vingt-quatre, Linda sentait qu'elle partageait certaines de leurs passions.

Bien entendu, plus elle se sentait poussée dans cette direction, plus elle était cruelle. Elle voulait à la fois posséder Numéro Quatre et lui faire du mal. Parfois, quand Michael dormait, elle se glissait hors du lit, enveloppait son corps nu dans une couverture et allait surveiller les moniteurs. Son cœur battait plus vite, comme celui des spectateurs anonymes. C'était une autre forme d'intimité. Son excitation était différente de celle qu'elle connaissait en faisant l'amour avec Michael. Sa respiration se faisait saccadée. Elle ressentait un désir féroce de se caresser, désir exacerbé par son refus de le satisfaire. Elle refoulait son plaisir, de sorte que lorsqu'elle se donnait à Michael, c'était encore plus passionné. Linda savait que cela le surprenait – l'abandon sans retenue dont elle faisait preuve –, mais il se taisait et jouait son rôle à fond.

C'est elle qui avait eu l'idée de « l'horloge de virginité ». C'était un simple ajout. Une pendule s'affichait sur l'écran. Les abonnés étaient invités à parier sur le moment exact où Numéro Quatre serait déflorée par ses ravisseurs. Un peu comme dans certaines agences de paris, sauf qu'on ne misait pas sur un match de football ou de base-ball. Il s'agissait de viol.

Il était impossible de savoir quand cela arriverait. Mais cela engageait les abonnés, de façon interactive. Quand la pendule était apparue sur l'écran et qu'ils avaient affiché les instructions sur la manière de parier en ligne, le nombre de mails avait explosé.

Beaucoup de gens aiment les jeux de hasard, se disait Linda. Le principal est de maintenir un suspense permanent.

Comme toujours, dans *Saison 4*, l'essentiel était de mêler la suggestion à l'action réelle. Linda était sensible à l'idée qu'ils devaient absolument maintenir les abonnés à mi-chemin de l'ennui et du paroxysme. Cela consistait à manipuler tous ceux qui s'intéressaient à l'histoire de Numéro Quatre de sorte, en plus du sexe proprement dit, qu'ils soient fascinés par les divers coups de théâtre, comme si la captivité de Numéro Quatre était à la fois une émission de téléréalité en direct et un feuilleton relevant de la fiction. L'horloge de virginité n'était qu'un détail dans un coin de l'écran, en face du chronomètre général mesurant la durée de *Saison 4*, et indiquant en rouge le nombre d'heures écoulées depuis que Jennifer était sous leur emprise.

— Très bien, dit Michael.

Il parlait d'une voix dure, grave. Numéro Quatre se tenait, raide et empruntée, au pied du lit, presque comme un soldat au garde-à-vous, sauf qu'elle essayait de couvrir sa nudité de ses mains – comme l'autre fois, quand elle s'était lavée.

Michael savait que c'était machinal. Il savait aussi que cette pudeur exciterait les abonnés. Ils avaient tellement l'habitude de l'urgence, en vigueur dans le porno classique, à se déshabiller et à être le plus explicite possible que la répugnance de Numéro Quatre à montrer ce qu'ils voulaient voir était d'autant plus émoustillante.

— Les mains sur le côté, Numéro Quatre, dit-il d'un ton froid.

Michael remarqua qu'elle frissonnait. Il se déplaça légèrement de côté pour ne pas se trouver dans le champ de la caméra, et s'approcha d'elle. Il voulait que Numéro Quatre soit consciente de sa présence. Qu'elle sente son souffle sur sa joue. Il savait que Linda ferait faire les mouvements nécessaires aux autres caméras. Elle n'était pas aussi bonne que lui pour le cadrage, mais elle en savait assez pour varier les angles de prise de vues.

Caresse-la avec la caméra, pensa-t-il. Il essayait de transmettre mentalement ce message à Linda, et il était sûr d'y parvenir. Pour ce genre de choses, ils étaient intuitivement sur la même longueur d'onde.

— Regarde devant toi.

Numéro Quatre obéit. Elle se mordait la lèvre. Michael espérait que Linda ne raterait pas le gros plan.

— Nous avons encore quelques questions, Numéro Quatre.

Elle ne réagit pas, mais il nota qu'elle tournait légèrement la tête vers lui.

— Numéro Quatre, dis-nous comment tu imaginais ta première fois ?

Comme il s'y attendait, la question la prit au dépourvu. Elle ouvrit un peu la bouche, comme si les mots étaient là, prêts à bondir, sans pouvoir franchir ses lèvres. Michael lui souffla les réponses :

— Est-ce que tu croyais que tu tomberais amoureuse ? Tu pensais que ce serait romantique ? Au clair de lune, sur la plage, par une chaude nuit d'été ? Devant la cheminée, dans un chalet bien douillet, à l'abri de l'hiver ?

Il sourit. Toutes ces images lui avaient été suggérées par Linda.

— Ou peut-être une baise brutale à l'arrière d'une voiture ? Ou bien au cours d'une soirée, au milieu d'un groupe d'ados, où tu aurais cédé à cause de l'insistance du garçon, de l'alcool, ou de la drogue ?

Numéro Quatre ne répondait pas.

— Dis-nous, Numéro Quatre. Nous voulons savoir comment tu avais imaginé ça.

— Je n'ai jamais…, commença-t-elle, hésitante.

— Bien sûr que si, Numéro Quatre, la gronda Michael d'une voix menaçante. Tout le monde fait ça. Tout le monde laisse aller son imagination. Sauf que la réalité ne ressemble jamais aux fantasmes. Mais nous voulons le savoir, Numéro Quatre. À quoi rêvais-tu ?

Il vit qu'elle se raidissait.

— Je pensais que je serais amoureuse, dit-elle lentement.

Michael souriait sous son masque.

— Dis-nous, Numéro Quatre. Dis-nous quelles sont tes idées de l'amour.

Jennifer restait silencieuse. Ce n'est pas Jennifer qui se tient là, toute nue, devant tout le monde, se dit-elle. C'est Numéro Quatre. Je ne la connais pas. C'est quelqu'un d'autre. Elle est différente de moi. Moi, je suis toujours moi. C'est quelqu'un d'autre qui parle. Donne-lui ce qu'il veut. Elle commença à mentir :

— Il y avait un garçon, à l'école. Il s'appelait…

L'homme se rua vers elle et lui saisit le menton. Il la tint sans merci, et serra fort. Jennifer inspira, très vite. Elle s'immobilisa. Elle sentit l'étau se resserrer sur sa mâchoire. C'était moins la douleur que la brutalité du geste qui la surprenait et lui faisait peur. Puis il serra vraiment, et cela lui fit mal. Des taches colorées apparurent sous le masque, un kaléidoscope de rouge et de blanc suivi d'une violente douleur, et de l'obscurité.

— Non. Pas de noms, Numéro Quatre. Pas d'indications de lieux. Aucun petit détail que quelqu'un pourrait remarquer et qui donnerait envie, comme tu pourrais le croire, de se mettre à ta recherche. Je ne le répéterai pas, Numéro Quatre. La prochaine fois, je te ferai vraiment mal.

Elle sentait sa puissance. Comme si une nuée d'orage noir planait au-dessus d'elle. Elle hocha la tête. La pression de la main sur son visage se relâcha lentement, et elle recommença à sentir son propre corps. Elle reprit peu à peu conscience de sa nudité, comme s'il fallait pour cela que la douleur disparaisse.

— Continue, Numéro Quatre. Mais fais bien attention.

Jennifer savait qu'il ne s'était pas éloigné de plus de vingt ou trente centimètres. Il planait toujours au-dessus d'elle. Elle ne voulait pas qu'il la frappe à nouveau. Alors elle inventa :

— Il était grand et maigre. J'aimais beaucoup son sourire un peu niais. Il aimait les films d'action, et il était très bon en anglais. Je crois qu'il écrivait des poèmes. L'hiver, il portait une drôle de casquette avec des rabats qui lui retombaient sur les oreilles, ce qui lui donnait l'air d'un éléphant sans trompe.

L'homme eut un rire bref.

— Très bien. Et qu'est-ce que tu imaginais, Numéro Quatre ?

— Je me disais que s'il m'invitait à sortir avec lui je le laisserais m'embrasser dès le premier soir.

— Oui. Et après ?

— S'il m'invitait encore, je l'embrasserais à nouveau. Je le laisserais peut-être toucher mes seins.

Elle entendit l'homme se glisser un peu plus près d'elle. Il parla d'une voix douce, proche du chuchotement, comme si sa colère avait disparu, laissant la place à quelque chose que seuls Jennifer et lui partageaient.

— Oui, Numéro Quatre, il faut m'en dire plus. Que se passerait-il au troisième rendez-vous ?

Jennifer regardait droit devant elle. Elle savait qu'elle faisait face à la caméra. Elle devinait que lorsqu'elle avait prononcé le mot « seins » la caméra avait cadré les siens. Sauf que ce ne sont pas les miens. Mais ceux de Numéro Quatre, se rassura-t-elle. Sous son masque, Jennifer loucha, s'efforçant d'imaginer un garçon qui n'existait pas.

Personne ne l'avait jamais invitée à sortir. Exception faite d'une partie de « Faites tourner la bouteille », à l'âge de douze ans, personne n'avait jamais eu envie de l'embrasser. Pour autant qu'elle le sache, en tout cas. Elle en avait déduit qu'elle n'était pas jolie. Il ne lui était jamais venu à l'esprit que ce pût être le contraire. Qu'elle était trop jolie, trop différente et trop rebelle, et que les garçons timides préféraient se tourner vers des défis plus faciles à relever.

Elle broda. Elle fit appel à toutes les fantaisies qui précèdent d'habitude le sommeil. Le cinéma. Les livres. Tout ce qui contenait une séduction facile à mémoriser.

— Et s'il rappelait, et si je pouvais tout arranger... un endroit calme où nous pourrions être seuls... Je pensais que nous pourrions...

Elle hésita.

— ... aller jusqu'au bout.

— Continue, Numéro Quatre.

— Je voulais que ça se passe dans une chambre. Une vraie chambre. Pas sur un divan ni dans une voiture, ni dans un sous-sol. Je voulais que ce soit lent. Je me disais que ce pourrait être un cadeau que je lui ferais. Il fallait que ce soit spécial. Et je ne voulais pas qu'il fiche le camp juste après. Je ne voulais pas que ce soit angoissant.

L'homme s'approcha d'elle. Elle sentit qu'il se déplaçait. Quand ses doigts touchèrent le bras de Jennifer, elle faillit hurler. La terreur la tétanisait.

— Mais ça ne se passera pas comme ça, hein, Numéro Quatre ? Ce garçon, de ton école... il n'est pas ici, hein ? Est-ce que tu crois qu'il saura jamais ce qu'il vient de rater ?

Jennifer ne répondit pas. Elle sentait les doigts de l'homme glisser sur sa peau. Ils firent le tour de son corps, comme pour attirer l'attention sur chaque partie, l'une après l'autre. Les épaules. Vers le bas du dos et ses fesses. Autour de sa taille, puis un arrêt sur son ventre. Puis un peu plus bas. Elle frissonna. Jennifer savait qu'avec quelqu'un qu'elle aimerait, ce serait érotique. Avec cet homme, elle sentait la nuit l'envelopper. Elle tressaillit, dut réprimer son désir de se recroqueviller.

— Est-ce que tu veux en finir, Numéro Quatre ?

— Je ne sais pas...

— Est-ce que tu veux en finir, Numéro Quatre ?

Jennifer hésita. Est-ce qu'un « oui » inciterait cet homme à s'emparer d'elle sur-le-champ ? À l'allonger et à la violer ? Est-ce qu'un « non » serait insultant ? Cela pouvait amener exactement le même résultat. Elle inspira vivement et bloqua sa respiration, comme si, en étouffant, elle pouvait trouver la bonne réponse. À condition qu'il y eût une bonne réponse. Ses épaules tressautèrent. Qu'est-ce qui resterait, après cela ? Est-ce qu'elle vaudrait encore quelque chose ?

— Réponds à ma question, Numéro Quatre.

Elle retint son souffle.

— Non.

— Tu voulais que ce soit spécial, fit-il, toujours en chuchotant.

Elle hocha la tête. L'homme parlait très bas, mais sa voix était pleine de haine contenue, pas d'amour.

— Ce sera spécial. Mais pas comme tu l'entendais.

Il riait. Elle sentit qu'il s'éloignait.

— Bientôt, dit-il. Penses-y. Très bientôt. Cela pourrait arriver à n'importe quel moment. Et ce sera dur, Numéro Quatre. Ça ne ressemblera à rien de ce que tu as pu imaginer.

Jennifer l'entendit traverser la pièce. Il y eut un autre bruit. Quelqu'un ouvrit et referma la porte.

Elle restait debout, toujours nue. Elle attendit, immobile, pendant ce qui lui sembla durer plusieurs minutes. Lorsque le silence fut total, au point de lui donner envie de hurler, elle expira lentement et chercha ses sous-vêtements à tâtons. Elle les passa et retourna sur le lit. La sueur coulait sous ses bras. Ce n'était pas la chaleur. C'était la menace. Dès qu'elle eut retrouvé son ours, elle murmura :

— Ce n'est pas à nous que ça arrive, Mister Fourrure, mais à quelqu'un d'autre. Jennifer est toujours ton amie. Jennifer n'a pas changé.

Elle aurait aimé y croire. Elle savait que quelque chose était en équilibre, vacillant d'avant en arrière. Un mouvement de bascule de l'identité. Elle ignorait si elle était capable de garder son équilibre. À l'extérieur du masque, la pièce tournoyait. Elle était étourdie, en feu, comme si les endroits de son corps que l'homme avait touchés étaient couverts de zébrures rouges et de plaies. Elle attira Mister Fourrure contre elle. Combats ce que tu peux combattre, Jennifer. Le reste n'a aucune importance.

Jennifer hocha la tête, comme si elle était d'accord avec elle-même. Elle insista, chercha la force au plus profond d'elle-même : Quoi qu'il arrive, ça ne veut rien dire, ça ne veut rien dire, ça ne veut rien dire. La seule chose importante : rester en vie.

# 32

Adrian passa la plus grande partie du week-end enfermé chez lui – non par une serrure ou une chaîne de sécurité, mais par la maladie. Il dormit à peine et, quand c'était le cas, son sommeil était perturbé par des rêves vivaces. La plupart du temps, il allait et venait, sans but, d'une pièce à l'autre, ne s'arrêtant que pour parler à Cassie (qui ne lui répondait pas) ou supplier son fils d'apparaître pour qu'il puisse encore une fois le serrer dans ses bras. Cette pensée continuait à lui trotter dans la tête – une dernière fois une dernière fois une dernière fois –, mais en dépit de toutes ses supplications Tommy restait silencieux et invisible.

Quand il s'aperçut dans la glace, il crut voir un fantôme. Il portait une veste de pyjama déchirée et un jean défraîchi, comme s'il avait commencé à s'habiller et s'était interrompu. Il avait les cheveux emmêlés par la transpiration et le menton hérissé de barbe grise.

Il avait l'impression de se trouver au milieu d'une dispute entre deux parties de lui-même. La première insistait fortement pour qu'il oublie les choses, l'autre le poussait au contraire à garder l'esprit clair, à contrôler ses pensées et à organiser ses souvenirs. Un côté hurlait et criait, l'autre parlait doucement, calmement. Très souvent, la partie la plus raisonnable de sa personnalité lui rappelait qu'il devait manger un peu, utiliser les toilettes, se brosser les dents, se doucher et se raser... tous les actes routiniers de la vie quotidienne, dont on pense qu'ils sont normaux, mais dont Adrian savait qu'ils devenaient de plus en plus compliqués et décourageants.

Il avait envie d'en laisser la responsabilité à sa femme. Cassie excellait à se rappeler leurs rendez-vous, à tous les deux. Elle avait une mémoire stupéfiante des noms des gens qu'ils rencontraient aux cocktails. Cassie se souvenait des dates, des lieux, du temps qu'il faisait et des détails des conversations avec une précision de sténographe. Il était toujours émerveillé par sa capacité à se remémorer instantanément ce qu'il considérait comme les aspects les plus triviaux de la vie. Son imagination à lui était encombrée par tant de données accumulées durant les expériences en labo, et par les mots qu'il essayait de réunir pour en faire de la poésie. Comme s'il n'y avait plus de place disponible dans son cerveau pour se souvenir du prénom de la femme d'un professeur assistant qu'il avait rencontrée au barbecue de fin d'année de son service, ou se rappeler qu'il devait vidanger l'huile de la Volvo.

Adrian se demandait si tous les artistes avaient le même sens du détail. Ce serait logique, se dit-il. Cassie savait toujours où devait se trouver chaque trait, chaque couleur, dans le moindre dessin, la moindre peinture. Tommy avait hérité le talent de sa mère pour garder en mémoire sans le moindre effort les noms des gens et des lieux. Cela lui avait été utile dans son travail de cameraman. Tel plan devait être filmé à telle vitesse, avec tel objectif et telle lumière. Il avait une connaissance encyclopédique de tout ce qui concernait son art.

L'un d'eux aurait sans doute été mieux placé que lui pour rechercher Jennifer. Ils auraient pu associer des détails, tirer de leurs observations une connaissance de la réalité. Tout comme Brian, ils auraient été capables de rassembler des détails pour en faire un tableau général.

Il était jaloux. Ils étaient tous meilleurs détectives que lui. Adrian contempla à nouveau le fauteuil Reine Anne préféré de Cassie, sur lequel elle aurait dû se trouver. Mais elle n'était pas là. Il se sentit terriblement seul.

Il avait vaguement conscience que sa maison montrait le même spectacle désolé que lui-même. La vaisselle s'entassait dans l'évier. Vêtements et linge sales s'empilaient dans la buanderie. Il savait qu'aspirateur et serpillières l'appelaient – même s'il ignorait quelle langue parlaient ces ustensiles. Peut-être une sorte de voix métallique, désincarnée, comme celle qui fait les annonces dans les gares.

Adrian se dit qu'il devait maintenir son esprit en état de marche. Il se dressa brusquement au milieu du salon, cria :

— Écoute, merde, Cassie, il faut que tu m'aides à me souvenir de tout ça !

Puis il se mit en quête d'un balai et commença à nettoyer. Comme il ne trouvait pas la pelle à ordures, il fit glisser sous le tapis une partie des débris. Cela le fit rire, car il savait que sa femme le désapprouvait. Il crut entendre son fantôme qui criait : « Oh, Audie, comment peux-tu faire cela ? », mais elle ne se montra pas. Adrian était le petit garçon qui s'en était sorti après avoir commis en toute impunité une infraction aux règles de la maison. Le plaisir se mêlait au sentiment de culpabilité.

Adrian lâcha le balai, qui heurta bruyamment le plancher. Il alla dans la cuisine. Il chargea et lança le lave-vaisselle, puis il entreprit de remplir la machine à laver-séchoir. Il fut exceptionnellement content de lui en découvrant qu'il était capable de mesurer la lessive, de la placer dans le réceptacle idoine et d'effectuer les réglages dans le bon ordre avant d'appuyer sur le bouton. C'était un travail extraordinairement banal, irrésistiblement solitaire.

Il essaya de se convaincre que c'était vraiment injuste. Ils n'étaient pas là quand il avait besoin d'eux. Puis, tout à coup, alors que la machine à laver commençait à tourner en se remplissant d'eau savonneuse, il réalisa qu'ils étaient bien là, finalement.

Il n'était jamais seul. Les êtres qu'il aimait, dont il se souciait, se trouvaient à ses côtés. Au même moment, il comprit que le fait de les entendre ne venait pas d'eux mais de lui. Il pivota brusquement sur lui-même, comme s'il avait été surpris par un bruit. Cassie était derrière lui. Il lui fit un grand sourire. Cassie était encore toute jeune. Elle portait une ample robe d'été. Adrian vit qu'elle était enceinte. La grossesse était très avancée : quelques jours, non, quelques minutes avant que Tommy n'arrive dans le monde. Elle se tenait près du mur, appuyée contre la porte de la cuisine. Elle lui sourit. Quand il s'avança, la main tendue vers elle, elle secoua la tête et lui désigna quelque chose sur le côté, sans rien dire.

— Cassie, j'ai besoin de toi. Tu dois être là, avec moi, pour m'aider à me souvenir…

Elle souriait encore. Elle continuait à lui montrer quelque chose, sur le côté. Adrian ne comprenait pas ce qu'elle voulait. Il s'approcha d'elle, les mains écartées.

— Je sais que ce n'était pas toujours parfait. Je sais qu'il y a eu des disputes, et des moments de tristesse et de frustration, et tu te plaignais d'être coincée dans une petite ville de province où il ne se passait rien, tu disais que tu méritais d'être une artiste en vue dans une grande ville, et que je te ralentissais. Je sais tout cela. Et je me rappelle combien c'était difficile, surtout quand Tommy a eu sa période de révolte et que nous nous bagarrions contre lui, sans savoir que faire… Mais maintenant, ce dont je veux me souvenir, c'est ce qui était bien, formidable, idéal…

Elle désigna de nouveau quelque chose de côté, et il vit l'exaspération dans son regard, comme si ce long discours pro domo n'avait aucune importance. Elle avait les yeux brillants. Des yeux noirs comme le tonnerre, les yeux qu'elle avait quand elle voulait quelque chose.

— Qu'y a-t-il ?

Souriante, elle jeta la tête en arrière, secouant ses longs cheveux comme si Adrian était un élève incapable de comprendre quelque chose d'aussi simple que deux et deux ou la forme du Massachusetts.

— Qu'est-ce que… ?

Il se concentra. Alors il vit ce qu'elle lui montrait. Le téléphone, sur le mur de la cuisine. Adrian tendit l'oreille. Lentement, comme venant d'une chaîne hi-fi dont on règle le volume, il entendit une sonnerie lointaine, de plus en plus forte, de plus en plus proche. Il décrocha.

— Allô ?

— Alors, professeur, vous attendiez que je vous appelle ? Vous voulez aller de l'avant ? J'ai fait des progrès.

C'était l'exhibitionniste. Sa voix était identifiable entre toutes. Comme si du pétrole brut sortait de terre en bouillonnant, se dit Adrian.

— Monsieur Wolfe ?

— D'après vous ?

— Vous l'avez retrouvée ?

— Pas exactement. Mais…

— Eh bien, qu'y a-t-il ?

Adrian se dit qu'il s'exprimait avec une dureté exprimant son refus du moindre compromis. Il se demanda d'où cela venait.

— Professeur, je crois que vous voudriez peut-être me dépanner, maintenant. J'ai trouvé quelques…

Wolfe s'interrompit. Il hésita.

— Bon, j'ai trouvé des choses qui valent la peine d'être vues. Et je pense que vous êtes la personne qui doit les voir.

Adrian jeta un coup d'œil vers sa femme. Elle caressait doucement son ventre arrondi, traçant des cercles avec sa main. Elle leva les yeux vers lui et hocha vivement la tête. Elle n'eut pas besoin de lui dire : « Vas-y, Adrian. »

— Très bien, dit-il au téléphone. J'arrive.

Il raccrocha. Il avait envie de serrer sa femme dans ses bras, mais elle lui montra la porte.

— Dépêche-toi, lui dit-elle enfin de sa voix chantante.

Adrian était fou de joie de l'entendre parler. Le silence lui avait fait peur.

— Il faut te dépêcher, Audie. Tu ignores de combien de temps tu disposes.

Il regarda son ventre. Il se souvenait des derniers jours avant la naissance de son fils unique. Cassie avait chaud, elle était mal à l'aise, mais tout ce qui aurait pu la rendre de mauvaise humeur et impatiente semblait s'être éloigné. Elle transpirait dans la chaleur de l'été, et elle attendait. Adrian lui apportait de l'eau glacée et l'aidait à s'extraire de son fauteuil. Il se couchait à ses côtés, la nuit, feignant de dormir, écoutant sa femme qui se tournait et remuait sans arrêt, en quête d'une position confortable. Il n'y avait pas moyen de lui montrer vraiment sa compassion – parce que rien dans sa situation ne suscitait la compassion, et que cela aurait simplement servi à la mettre en colère. Elle faisait assez d'efforts pour dissimuler ses émotions.

Adrian fit un pas vers elle.

— Tu ne peux pas te souvenir que des bonnes choses, lui dit Cassie. Il y a eu beaucoup de problèmes, aussi. Comme la mort de Brian. C'était terrible. Tu as bu énormément pendant des semaines, et tu t'en voulais. Et puis, quand Tommy...

Elle s'interrompit.

— Pourquoi as-tu...

Il voulait lui poser la question qui l'avait obsédé pendant les semaines précédant la mort de Cassie, mais il ne pouvait pas. Cassie baissait les yeux sur son propre ventre, comme si elle voyait tout ce qui allait arriver – et cela la rendait à la fois folle de joie et terriblement triste. Par ailleurs, se dit Adrian, ce devait être son état d'esprit à lui, à chaque seconde, chaque jour, qu'il soit fou ou pas.

Il se dit qu'il avait eu tort de continuer à vivre après la mort de Tommy et de Cassie. Son temps était passé. Il aurait dû les suivre sans attendre, sans hésitation. La survie avait été la porte de sortie d'un lâche.

Il se retourna pour regarder Cassie, qui secouait la tête.

— Ce que j'ai fait, c'était mal, dit-elle lentement. Mais c'était juste.

Cela n'avait aucun sens et, en même temps, c'était logique. En tant que psychologue, il savait que le chagrin pouvait susciter un état suicidaire proche de la psychose. Il existait une abondante littérature sur le sujet. Mais en voyant sa femme si jeune et si belle, le reflet de tout ce qu'ils avaient partagé durant leur vie, il comprit que toutes les études cliniques du monde ne l'aideraient pas à comprendre pourquoi elle avait fait ce qu'elle avait fait. Pas plus que l'analyse de l'impact prolongé du trouble de stress post-traumatique ne lui avait permis de ressentir autre chose qu'un sentiment de perte et de culpabilité après la mort de son frère.

Adrian ferma les yeux, les paupières serrées, et tenta d'invoquer certains moments. Il eut envie de lui demander pourquoi elle l'avait laissé seul. Puis il se dit qu'il avait sans doute posé la question à voix haute, car la voix de Cassie pénétra sa rêverie :

— Après la mort de Tommy, je n'étais plus que l'ombre de moi-même. Je savais que tu étais assez fort pour trouver des raisons de vivre. Moi, j'étais faible. Et je me suis dit que si je continuais à vivre, cela te tuerait. Je ne pouvais pas vivre dans une maison pleine de tant de souvenirs, de tant de douleur. Tout me faisait penser à lui. Même toi, Audie. Surtout toi. Quand je te regardais, c'était lui que je voyais, et quelque chose se déchirait en moi. Alors, un soir, j'ai conduit la voiture trop vite. Ça me semblait juste.

— Ce n'était pas juste.

Lentement, Adrian ouvrit les yeux, se rassasia de la vision de sa jeune femme.

— Ça ne pouvait pas être juste. Je t'aurais aidée. Ensemble, nous aurions trouvé quelque chose.

Cassie toucha son ventre.

— Je le vois bien maintenant, dit-elle en souriant.

— Tu as eu tort, répondit Adrian. Si j'avais l'air si fort, c'était parce que tu étais avec moi. Tu n'aurais pas dû m'abandonner.

Cassie hocha la tête, toujours souriante.

— Là-dessus, oui. J'avais tort.

— Je te pardonne, lâcha Adrian.

Il avait envie de pleurer.

— Oh, Opossum, je te pardonne.

— Bien sûr, fit Cassie d'un ton neutre. Mais tu ne peux pas perdre ton temps avec moi, maintenant. Tu as des choses bien plus importantes à faire. Tu ne crois pas qu'une autre mère, quelque part, celle de Jennifer, ressent ce que j'ai ressenti ?

— Mais...

Adrian n'alla pas plus loin.

— Va te laver. Tu ne peux pas sortir dans cet état, lui dit Cassie.

Adrian haussa les épaules et se dirigea vers la salle de bains, saisit son rasoir. Après s'être rasé, brossé les dents et lavé le visage, il se rendit dans sa chambre. Il fouilla dans les tiroirs d'où il exhuma un pantalon de velours présentable, des sous-vêtements propres et un pull-over pouvant supporter un test olfactif. Il s'habilla rapidement, conscient du regard de Cassie posé sur lui.

— Je me dépêche, dit-il.

Il savait qu'elle riait.

— Se dépêcher n'a jamais été ton fort, Adrian. Mais tu dois aller un peu plus vite.

— D'accord, d'accord ! répondit-il, un peu exaspéré. Ce type me rend malade, Cassie. J'ai du mal à me presser pour aller le voir.

— Oui, mais il est ta meilleure chance d'obtenir des réponses. Qui sait le mieux comment allumer le feu, Audie, l'incendiaire ou le pompier ? Qui est le meilleur assassin, le détective ou le meurtrier ?

— Bien trouvé, grogna Adrian en laçant ses souliers.

— Puzzles. Labyrinthes. Rébus. Casse-tête. Tornades mentales. Adrian, examine cette affaire comme tu avais l'habitude de tout regarder. Les fragments qui s'ajoutent et te diront quelque chose. Mets-en un coup, Audie. Fais travailler ton imagination.

Adrian se dit que sa femme avait manifestement raison. Il soupira. Il aurait préféré prolonger la conversation, obtenir encore d'autres réponses aux questions dont il connaissait déjà les réponses, au lieu de foncer dans le noir pour essayer de découvrir des solutions cachées. Il se traîna péniblement vers la porte d'entrée, enfila un veston de tweed et sortit dans la lumière vive du milieu de matinée. Il pensait qu'il était minuit et se dit que, bizarrement, l'obscurité avait dû s'égarer.


Ce n'était pas très conforme à la procédure, mais c'était le genre de règle qui était fréquemment violée, et rarement appliquée. Terri Collins avait emporté chez elle, pour le week-end, le dossier Jennifer Riggins. Elle espérait que les informations disparates qu'elle avait rassemblées finiraient par mener quelque part. Elle s'assit, le dossier sur les genoux. Les enfants jouaient à l'extérieur avec leurs copains. Ils faisaient un vacarme tolérable. Il était encore trop tôt pour les larmes qui accompagnent les disputes, se dit Terri avec soulagement.

Sa frustration était à son comble. Les techniciens de la police d'État avaient agrandi l'image de la vidéo de sécurité, et certains traits du visage étaient reconnaissables. Mais guère plus. Si elle trouvait cet homme, le document pourrait être utile devant un tribunal. Il permettrait à Terri de lui poser quelques questions sérieuses s'il se trouvait assis en face d'elle. Mais pour l'instant il était impossible de l'identifier, de savoir ce qu'il faisait à la gare routière et de découvrir s'il avait le moindre rapport avec la disparition de Jennifer. Si elle avait eu accès à certains logiciels sophistiqués employés dans la lutte antiterroriste, et si elle avait disposé d'ordinateurs en batteries, elle aurait pu en tirer quelque chose. Mais ce n'était pas le cas.

Elle faisait face au dilemme classique que connaissent bien tous les flics. Si des indices lui fournissaient un suspect, avec un nom et un lien avec le crime, remonter la piste dans l'accumulation des preuves, processus délicat s'il en est, devenait possible. Mais contempler un photogramme flou, à peine lisible, emprunté à une vidéo de sécurité, et essayer de deviner si cet individu sans nom avait un rapport quelconque avec une disparition qui avait eu lieu dans une autre partie de l'État, essayer de savoir qui il était, et pourquoi il se trouvait là…

Terri cessa de fixer la photo et la repoussa sur le côté. Impossible, se dit-elle. Elle entendait des bruits de casseroles, dans la cour – le genre de bruit qui n'a de sens que pour les parents dont les enfants sont encore petits. Des ustensiles de cuisine qu'on utilise pour creuser ou pour jouer de la musique. Le sol, au printemps, était meuble, et elle s'attendait à ce qu'une vague de boue traverse soudain la maison et emporte les enfants.

Elle regarda son dossier. Des culs-de-sac, des connexions improbables. Elle disposait de peu de choses pour avancer. En outre, rien de ce qu'elle avait trouvé n'avait beaucoup de sens. Elle secoua la tête, regrettant de ne pas être aussi déterminée que le professeur. Il pourrait avoir raison, mais c'est quand même impossible. Des tueurs en série dans l'Angleterre des années soixante. Un couple dans une fourgonnette, dans une rue d'un quartier de banlieue. Un cauchemar lié au hasard. Une disparition comme en voit sur les bouteilles de lait.

Terri imagina que sa carrière serait bientôt aussi morte que Jennifer Riggins. C'était une chose terrible – établir un parallèle entre son salaire et la vie d'une fille de seize ans –, mais l'idée continuait à germer dans son esprit. Le professeur a peut-être raison sur toute la ligne, se dit-elle. Mais ça ne veut pas dire que je peux faire quelque chose.

Pendant un instant, la colère la prit. Elle aurait préféré n'avoir jamais entendu parler de Jennifer Riggins. Elle aurait préféré n'être pas intervenue lors de ses premières tentatives de fugue – son nom n'aurait pas été lié au dossier officiel des mésaventures de la jeune fille. Elle aurait dû s'abstenir de prendre l'appel du dispatcher lui enjoignant de se rendre chez Jennifer le soir de la dernière fugue. Elle aurait voulu n'avoir rien à voir avec cette famille qui allait bientôt éprouver toutes les horribles incertitudes que peut offrir le monde moderne.

« Tourner la page » est une expression qu'on utilise beaucoup, comme si cela permettait de régler les problèmes, se dit-elle. Nous apprenons ce qui est arrivé à notre enfant, nous comprenons une maladie, nous admettons le cercueil enveloppé dans le drapeau qu'on nous renvoie d'Irak ou d'Afghanistan. On dit que nous avons « tourné la page », et c'est comme la carte « Sortez de prison » du Monopoly – sauf que ce n'est pas vrai. Rien n'est jamais si compact, si simple.

Il y eut soudain des éclats de voix, presque un cri, dans la cour, mais cela cessa aussi brusquement que c'était arrivé. Terri réalisa qu'elle pensait à son ex-mari. Elle se doutait qu'il était entre deux missions. Elle s'attendait à ce qu'il l'appelle. Il demanderait peut-être un droit de visite, une de ses rares exigences à propos des enfants, qu'elle s'efforçait avec tant d'énergie de garder hors de sa portée.

Terri serra le poing. Elle fixait l'affiche « Personne disparue » de Jennifer. Brusquement, elle laissa tomber le dossier à terre, faillit y donner un coup de pied. Absolument aucune piste. Aucun signe révélateur, dans un sens ou dans un autre. Aucune direction claire. Aucun indice à analyser.

Elle se leva, avec un soupir. Elle se dirigea vers la fenêtre et regarda vaguement les enfants, dehors, en train de jouer. Tout était absolument normal pour un samedi matin. Elle se doutait qu'on ne pouvait pas dire la même chose chez les Riggins.

Elle inspira à fond en se disant qu'il était trop tôt, qu'il n'était pas encore de son devoir de prendre Mary Riggins à part pour lui annoncer qu'en l'absence de nouveaux éléments concrets ils étaient dans une impasse. Elle n'était pas du tout pressée d'avoir cette conversation. Les policiers sont versés dans l'art d'apporter les mauvaises nouvelles. C'était un art, en effet. Fournir les détails d'une surdose mortelle, d'un accident, d'un meurtre... lâcher des informations, sans accabler la famille de la victime avec le caractère fantasque de la vie. Le contenu émotionnel de ces conversations devrait être réservé aux prêtres et aux psychanalystes. Mais il lui incomberait pourtant d'informer Mary Riggins qu'elle se trouvait dans un cul-de-sac, ce qui signifiait probablement que Jennifer (si elle était encore en vie) se trouvait dans la même situation. Cela lui semblait totalement injuste.

On pourrait éviter tellement de tragédies, se dit Terri. Mais les gens sont passifs. Ils laissent les choses s'accumuler jusqu'à ce que le désastre soit inévitable. Terri regarda ses propres enfants. Elle se dit qu'elle n'était pas comme les autres. Elle avait pris toutes les mesures nécessaires pour éviter tout ce qui pourrait mal tourner.

C'était une pensée rassurante, même si elle savait que ce n'était que partiellement vrai.

— Nous aimons nous mentir, murmura-t-elle.

Elle rassembla les documents, et décida qu'elle irait voir Mary Riggins et Scott West le jour même. Elle les mettrait au courant sans rien leur donner de concret, et leur ferait comprendre ce que Terri elle-même considérait comme inévitable : Jennifer était partie.

Elle n'aimait pas employer les mots « pour toujours ». Aucun flic n'aime ça. Elle les raya donc de son vocabulaire, s'interdisant de les prononcer dans les heures à venir.

## 33

Jennifer rêvassait, tout éveillée, de la maison familiale avant la mort de son père, dans un fantasme de nourriture et de boisson (elle avait envie, par-dessus tout, d'un Coca light glacé et d'un sandwich au beurre de cacahuète, avocat et germes de blé), quand elle entendit un violent claquement de porte et des voix qui montaient dans le feu d'une dispute. Comme lorsqu'elle avait entendu le bébé pleurer, puis le bruit des enfants qui jouaient, elle pencha la tête vers ce vacarme abstrait, en s'efforçant de comprendre ce qui se disait, mais le bruit était tel que les propos échangés étaient insaisissables. Quelqu'un était très en colère.

Deux personnes, se dit-elle. L'homme et la femme. Ça ne peut être que ça.

Jennifer tourna la tête d'un côté et de l'autre, les muscles tendus. Elle avait vaguement conscience d'être elle-même la cause de la dispute. Elle entendit les cris aigus, furieux, s'évanouir et revenir tour à tour, à la limite de sa compréhension. Elle sentait qu'elle serrait les poings à chaque nouvel accès, essayant de déchiffrer ce qui se passait.

Elle comprit quelques obscénités : « Va te faire foutre ! » « Fils de pute ! » « Connasse ! »... Chaque mot vulgaire l'écorchait un peu plus. Elle s'accrochait à des phrases saisies au vol : « Je te l'avais dit ! » « Pourquoi je devais t'écouter ? Tu t'imagines que tu sais tout, mais tu en es loin ! »... Jennifer avait l'impression de faire irruption au milieu d'une histoire. La fin était incertaine, et le début oublié depuis longtemps.

Elle restait figée sur le lit, en alerte, Mister Fourrure dans les bras. Le vacarme de la dispute semblait monter et baisser, augmenter puis diminuer encore. Brusquement lui parvint un bruit de verre brisé. Elle imagina une coupe projetée à travers une pièce, se fracassant contre un mur, les fragments volant en tous sens. Puis il y eut un bruit sourd, et un cri, presque un hurlement. Il la bat, se dit Jennifer.

Puis elle changea d'avis. C'est peut-être elle qui le bat.

Elle s'accrochait à la moindre certitude qui aurait pu franchir les murs de sa cellule, mais rien ne vint... sauf que ce qui se passait à l'extérieur était très violent, très intense. Comme si quelque part, hors d'atteinte de Jennifer, des choses éclataient, la terre tremblait, et comme si le plafond menaçait de s'écrouler. Jennifer en était à peine consciente, quand elle bascula ses jambes hors du lit et se tint près du mur le plus proche. Elle colla l'oreille sur la cloison, ce qui semblait plutôt éloigner le bruit. Elle se déplaça dans plusieurs directions, essayant de trouver un repère, mais comme chaque fois qu'elle avait essayé de jouer à colin-maillard depuis son arrivée, les bruits demeuraient hors de sa portée.

Jennifer récapitula. Un bébé pleure. Des bruits de jeux dans une cour d'école. Une violente dispute. La somme de ces éléments devait avoir une signification. Ils devaient être les fragments d'un portrait qui lui dirait peut-être où elle se trouvait, et ce qui pouvait lui arriver. Tout était un fragment de réponse. Elle se déplaça en titubant, à la limite de tension de la chaîne, essayant de trouver quelque chose qu'elle pourrait toucher et qui l'aiderait à comprendre.

Elle avait désespérément envie de soulever le bord du masque pour regarder autour d'elle, comme si cela lui permettrait de comprendre. Mais elle avait trop peur. Chaque fois qu'elle avait jeté un coup d'œil – pour voir la caméra qui la fixait impitoyablement, enregistrant jusqu'à son moindre souffle, voir ses vêtements pliés sur une table, voir les dimensions de sa cellule – cela avait été très rapide, furtif. Chaque fois, elle avait essayé de se cacher, pour que l'homme et la femme l'ignorent et ne la punissent pas. Mais il y avait dans cette dispute quelque chose de déstabilisant, de profondément terrifiant... un nouveau bruit de casse pénétra dans la pièce. Une chaise ? Une table ? Quelqu'un brise de la vaisselle ?

La tête lui tournait. Toutes les scènes qui l'avaient opposée à sa mère semblaient résumer sa vie. Elle essaya de comprendre ce que ces scènes signifiaient. Une seule leçon lui revenait à l'esprit. Après une dispute, les gens sont méchants. Ils ont envie de faire mal. Ils ont envie de punir. Jennifer frissonna à l'idée que la prochaine personne qui franchirait la porte de la cellule serait mue par une rage contenue, et qu'elle serait là, elle. Cette pensée la fit remonter sur le lit, comme si c'était le seul endroit où elle était à l'abri.

Jennifer se pelotonna. Elle était paralysée par la peur et l'incertitude. Elle sentait que les larmes venaient, elle avait le souffle de plus en plus saccadé, comme si elle était impliquée dans la dispute. Elle eut envie de crier : « Je n'ai rien fait de mal ! Ce n'est pas ma faute ! J'ai fait tout ce que vous m'avez demandé ! » Même si ces protestations n'étaient pas entièrement fondées. Elle était enfermée dans l'obscurité imposée par le bandeau, mais elle ne pouvait se cacher. Elle se recroquevilla, redoutant le prochain bruit – que ce soit la porte, d'autres obscénités ou des objets qu'on brisait.

C'est alors qu'elle entendit le coup de feu.

*Deux étudiants de troisième année de l'université de Géorgie se prélassaient dans leur chambre, à la maison de fraternité* Tau Epsilon Phi, *quand retentit dans les haut-parleurs le son, reconnaissable entre tous, d'un coup de feu. Allongé sur un lit à cadre métallique, sous un poster de l'armée appelant les passants à s'engager (« Soyez Tout Ce Que Vous Pouvez Être »), l'un d'eux feuilletait un numéro du magazine* Sweet and Young. *Son colocataire était assis devant un ordinateur portable posé sur un bureau en chêne couvert de rayures.*

— *Bon Dieu !* s'exclama le premier en faisant un bond. *Quelqu'un a tiré sur quelqu'un ?*

— *On dirait.*

— *Numéro Quatre va bien ?*

— *Attends, je regarde,* répondit l'autre. *Ça a l'air d'aller.*

*Le premier étudiant était grand et dégingandé. Il portait un jean repassé et un tee-shirt qui vantait les mérites d'un « Spring Break » à Cancun. Très vite, il rejoignit son ami.*

— *Mais elle a la trouille ?*

— *Ouais. Elle a peur. Comme d'habitude. Peut-être plus.*

*Les deux jeunes gens se penchèrent vers leur écran, comme si cela leur permettait de s'introduire dans la petite chambre où Numéro Quatre, attachée au mur, était captive.*

— *Et l'homme et la femme ? Aucun signe de vie ?*

— *Pas encore. Tu ne crois pas que l'un d'eux a descendu l'autre ? Souviens-toi de ce gros flingue qu'ils agitaient devant Numéro Quatre, l'autre jour !*

*Ils en savaient assez pour avoir envie d'attendre. Comme tant de garçons de leur âge, ils avaient grandi avec les jeux vidéo, et des fictions interactives, comme* Grand Theft Auto *ou* Doom, *et ils* avaient l'habitude de passer des heures devant un écran d'ordinateur.

— Surveille-la. Pour voir si elle entend autre chose.

Les deux étudiants n'avaient pas conscience d'imiter Jennifer, lorsqu'ils inclinaient la tête vers la source des bruits. Au bout du couloir, dans une autre chambre, quelqu'un se mit à jouer un rock chrétien tonitruant, ce qui leur arracha un juron. Il leur fallait absolument entendre ce qui se passait dans le petit monde de Numéro Quatre.

— Ça va lui fiche une trouille d'enfer, dit l'un d'eux. Elle va aller au W-C.

— Non, pas du tout. Elle va se remettre à parler à son ours.

Sur l'écran, l'angle de prise de vues se modifia. Le visage de Numéro Quatre apparut en gros plan. Même sans voir ses yeux, les deux étudiants devinèrent – grâce au mouvement de sa mâchoire – son angoisse et sa tension. Ils sentaient que la peur lui donnait la chair de poule. Tous deux avaient envie de tendre la main pour caresser les poils si légers de ses bras. Comme s'ils se trouvaient à ses côtés. Leur chambre d'étudiants semblait aussi étouffante que la cellule de Numéro Quatre. L'un des garçons la toucha, sur l'écran.

— Je crois qu'elle est foutue.

— Pourquoi ?

— Si l'homme et la femme sont vraiment en train de se battre, c'est peut-être parce qu'ils sont en désaccord sur le déroulement du show. Peut-être sur le viol. Peut-être la femme est-elle jalouse de l'homme, qui va sauter Numéro Quatre...

*Ils jetèrent un coup d'œil à la pendule qui tictaquait dans un coin de l'écran.*

*— Tu as enregistré notre pari ? demanda brusquement l'un d'eux.*

*— Ouais. Deux fois. La première fois, c'était beaucoup trop tôt. On a perdu. C'était ta faute. Parce que toi, tu n'aurais pas perdu de temps si Numéro Quatre était ici…*

*Il s'interrompit. Les deux garçons échangèrent un sourire.*

*— En tout cas, tu aurais dû savoir qu'ils feraient durer le plaisir. Excellent pour les affaires. Maintenant, on est bloqués sur une heure, demain ou aprèsdemain, je crois.*

*— Montre-moi.*

*L'étudiant actionna quelques touches. L'image de Numéro Quatre se réduisit immédiatement, pour ne plus occuper qu'un coin de l'écran. Un message s'afficha :*

« Bienvenue, Tepsaretops. Votre pari actuel est HEURE 57. Il reste 25 heures avant l'échéance. Votre choix est partagé par 1 099 autres abonnés. Le montant total de la cagnotte est désormais supérieur à 500 000 €. D'autres choix sont disponibles. Voulez-vous entrer un autre pari ?

*Sous le message s'affichaient deux cases, pour OUI et NON. L'étudiant approcha le curseur de la case OUI. Il regarda son ami, qui secoua la tête.*

*— Non. Je crois que ma carte de crédit est à sec. Je ne veux pas que mes parents me posent des questions. Je leur ai parlé d'un site de poker. Ils m'ont infligé un*

sermon hyper-chiant, interminable, et m'ont interdit de toucher aux jeux d'argent en ligne.

— Prochaine étape, un programme de désintox en douze points, et ils se demanderont si tu vas bien à la messe le dimanche.

Il haussa les épaules et cliqua sur le NON. Numéro Quatre emplit à nouveau l'écran.

— Ce serait nettement plus cool sur un écran plat à cristaux liquides.

— Sans blague. Demande à tes vieux.

— Ils ne marcheraient sûrement pas. Pas avec les notes que j'ai ramassées le trimestre dernier.

— Bon, fit le premier étudiant en se laissant aller en arrière. Quelle est la prochaine étape ?

Il jeta un coup d'œil à l'horloge murale.

— Dans une demi-heure, je dois aller à ce foutu séminaire sur les usages et abus du Premier Amendement. Je ne voudrais pas rater quelque chose.

Il ne parlait pas de rater la conférence.

— On peut toujours rattraper ce qu'on a loupé, grâce à la fonction catch-up.

L'étudiant enfonça encore quelques touches. L'image de Numéro Quatre en temps réel se contracta de nouveau dans un coin de l'écran. Un message s'afficha. Un menu, et une série d'icônes plus petites. Chacune portait un titre, comme « Numéro Quatre utilise le W-C », « Le repas de Numéro Quatre » ou « Entretien n° 1 ».

— Ouais, je sais. Mais je n'aime pas ça. Ce qui est vraiment cool, c'est de la voir en direct.

Il prit une pile de livres de classe.

— Merde. Il faut que j'y aille. Si je rate encore un cours, ça me coûtera un demi-point en fin de trimestre.

— Vas-y.

L'étudiant fourra ses livres dans un sac à dos et s'empara d'un pull-over déchiré posé sur un tas de linge. Avant de sortir, il se pencha vers l'écran et embrassa l'image de Numéro Quatre.

— À plus tard, chérie ! fit-il avec un faux accent du Sud.

Il venait en réalité d'une petite ville proche de Cleveland, dans l'Ohio.

— Ne fais rien. Du moins, ne fais rien que je ne ferais pas moi-même. Et ne laisse personne te faire quelque chose. Pas avant vingt-cinq heures, en tout cas.

— Ouais. Reste en vie, et reste vierge pendant que mon connard de coloc va en cours pour ne pas rater son année et finir par servir des hamburgers pour gagner sa vie.

Ce n'était pas vraiment une blague. Ça ne les empêcha pas d'éclater de rire.

— Si tu vois quelque chose, préviens-moi. Envoie-moi immédiatement un SMS.

— Promis.

Il s'installa devant l'ordinateur.

— Hé ! s'exclama-t-il après avoir passé la main sur l'écran. C'est dégueulasse, ton baiser à la française a laissé des traces.

L'autre lui fit un doigt d'honneur et sortit de la pièce.

L'étudiant se tourna vers Numéro Quatre. Il aimait ce qu'il appelait la débrouillardise de la fille, *et en même temps il n'aurait manqué le viol pour rien au monde, quand le moment serait venu. Il se demandait s'il serait rapide et violent, ou s'il conclurait une scène de séduction prolongée. Il penchait pour la seconde solution. Il se demandait si elle se laisserait faire ou si elle se débattrait, lutterait bec et ongles. Il n'était pas sûr de savoir ce qu'il préférerait. D'un côté, il aimait regarder l'homme et la femme dominer Numéro Quatre. De l'autre, disons qu'il avait envie d'encourager la perdante – ce qu'elle était, de toute évidence. C'était ce que son colocataire et lui adoraient dans* Saison 4. *Tout était prévisible, et en même temps totalement inattendu.*

*Il se demandait parfois si d'autres étudiants, sur le campus, payaient pour voir Numéro Quatre. Peut-être sommes-nous tous amoureux d'elle, se dit-il. Elle lui rappelait un peu une fille qu'il avait connue au lycée. Ou bien peut-être lui rappelait-elle toutes les filles qu'il avait connues au lycée. La seule chose dont il était sûr, c'est que Numéro Quatre était foutue.*

*Le coup de feu pouvait être le début de la fin. Ou peut-être pas. Il n'en savait rien. Mais il savait qu'elle mourrait. Et il était impatient de voir comment ça se passerait. C'était un aficionado des bandes vidéo des djihadistes et des films montrant sur YouTube des accidents de voitures sanglants. Ce qu'il désirait le plus, dans la vie, c'était de se retrouver dans une émission de téléréalité de type « Survivor » – il était absolument certain qu'il y gagnerait le prix d'un million de dollars.*

*Numéro Quatre tremblait à nouveau. L'étudiant était capable d'anticiper le moment où elle perdrait le contrôle de son corps. C'était la preuve que la peur n'était pas feinte. Il adorait ça. La plupart de ce qu'il voyait ailleurs était faux. Les orgasmes simulés des stars du porno. Les morts simulées des jeux vidéo. Les faux drames des émissions de télévision.*

*Mais pas sur mort-en-direct.com. Pas Numéro Quatre.*

*Il se disait parfois que c'était la chose virtuelle la plus réelle qu'il ait jamais regardée. Quelque chose interrompit soudain sa rêverie. Il y avait du mouvement dans la chambre. Il vit Numéro Quatre se tourner légèrement. La caméra fit un panoramique, suivant son regard.*

*La porte s'entrouvrit.*


Le bruit fit sursauter Jennifer. Elle reconnut le froissement de la combinaison de la femme. Celle-ci se déplaçait bien moins lentement que d'habitude. Un instant plus tard, elle se trouva au-dessus de Jennifer, le visage à quelques centimètres du sien.

— Écoute bien, Numéro Quatre. Tu vas faire exactement ce que je te dis.

Jennifer hocha la tête. Elle décelait l'angoisse dans la voix. Toujours le ton froid, modulé, mais plus rapide que d'habitude. Plus aigu, aussi, même si elle chuchotait. La femme collait presque ses lèvres sur son front, au point que Jennifer sentait la chaleur de son souffle.

— Tu ne vas pas émettre le moindre son. Je ne veux même pas entendre le bruit de ta respiration. Tu vas rester exactement où tu es. Ne bouge pas. Ne change pas de position. Pas un bruit, jusqu'à mon retour. Tu comprends ce que je te dis ?

Jennifer acquiesça. Elle avait envie de l'interroger à propos du coup de feu, mais elle n'osa pas.

— Je t'écoute, Numéro Quatre.

— Je comprends.

— Qu'est-ce que tu comprends ?

— Pas de bruit. Rien. Juste rester ici, sans bouger.

— Bien.

La femme se tut. Jennifer entendait son souffle. Elle ignorait si les battements de cœur dont l'écho se répandait dans la pièce étaient les siens ou ceux de la femme.

Soudain, Jennifer sentit qu'on lui saisissait le visage. Le souffle coupé, elle se figea. Les ongles de la femme s'enfoncèrent dans ses joues, lui tirèrent cruellement la peau. Jennifer frissonna, lutta contre la tentation d'arracher les mains qui l'empoignaient, essaya de résister à la douleur qui s'emparait d'elle.

— Si tu fais le moindre bruit, tu es morte.

Jennifer essaya de répondre, en vain. Ses tremblements devaient être une réponse satisfaisante. La femme relâcha la pression de sa main. Jennifer était paralysée, trop terrorisée pour bouger.

Ce qu'elle sentit ensuite était nouveau, et terrible. C'était une pointe aiguë. Cela partit de sa gorge et descendit en décrivant une sorte de spirale – son cou, sa poitrine, son ventre, son entrejambe –, d'un mouvement glissant, accentué par des petits coups, comme une aiguille s'enfonçant dans la peau. Un couteau !

— Et je ferai en sorte que la douleur de la mort soit terrible, Numéro Quatre. C'est clair ?

Jennifer opina, et la pointe du couteau érafla un peu plus profondément la peau de son ventre.

— Oui. Oui. Je comprends, murmura-t-elle.

Elle sentit que la femme s'éloignait d'elle. Le froissement caractéristique s'évanouit. Jennifer guetta le bruit de la porte, mais elle ne l'entendit pas. Elle était immobile sur le lit, son ours dans les bras, et elle essayait de saisir ce qui se passait.

Elle tendit l'oreille. À l'instant où elle se disait que quelque chose n'était pas normal, une main lui saisit la gorge. Elle étouffait. Une force colossale empêchait l'air de parvenir à ses poumons. Jennifer avait l'impression d'être écrasée sous un bloc de béton. La peur et la stupéfaction mêlées menaçaient de lui faire perdre conscience. La douleur se répandit sous le masque, telle une nappe rouge sang. Elle donna des coups de pied mais ne rencontra que le vide. Sans réfléchir, elle leva les mains… et s'immobilisa tout net en entendant la voix de l'homme :

— Je peux être aussi mauvais, Numéro Quatre. Peut-être même pire.

Jennifer frissonna. Elle se dit qu'elle allait s'évanouir, dans les ténèbres du masque, puis se demanda si elle s'était bel et bien évanouie, asphyxiée par le manque d'air.

— N'oublie jamais ça, murmura l'homme.

Le ton de sa voix la faisait frissonner, autant que le message.

— Souviens-toi. Tu n'es jamais seule.

Les mains de l'homme se détendirent soudain. Jennifer toussa. Elle essaya désespérément de remplir ses poumons d'air. La tête lui tournait. Elle se demandait pourquoi l'homme avait suivi, en silence, la femme dans la pièce. Tout était tellement incohérent. Une dispute, un coup de feu… qui avaient fait travailler son imagination. Mais le fait qu'ils se trouvent ensemble dans la cellule, agissant de concert, la jeta tout simplement dans un tourbillon de confusion. Elle se sentait prise de vertige, et dut lutter pour s'accrocher à quelque chose qui pourrait l'empêcher de sombrer dans les ténèbres.

— Silence, Numéro Quatre. Peu importe ce que tu entends. Ce que tu sens. Ce que tu crois qui peut bien se passer à l'extérieur. Silence. Si tu émets le moindre son, ce sera la dernière chose que tu feras sur cette terre, à part connaître une douleur inimaginable.

Jennifer ferma les yeux, les paupières serrées. Elle dut bouger légèrement la tête. Elle se dit qu'elle avait réagi à voix haute. Mais elle entendit la porte se refermer. Jennifer comprit que l'homme avait traversé la pièce sans qu'elle l'entende. Ce qui était aussi terrifiant que toutes ses menaces explicites.

Elle resta là, dans le noir, comme enchâssée dans un bloc de glace. Une part d'elle-même avait envie de bouger. Une part avait envie de jeter un coup d'œil hors du masque. Une part voulait descendre du lit. C'étaient les plus dangereuses, en lutte contre la prudence lui enjoignant de faire exactement ce qu'on lui avait dit. Elle tendit l'oreille, en quête de l'homme ou de la femme. Il n'y avait pas un son. Puis elle entendit un bruit familier, un bruit à la fois horrible et terrifiant.

Une sirène. Une sirène de la police, peut-être des pompiers. Elle approchait rapidement.

## 34

Adrian fit une brusque embardée pour éviter l'autre voiture. Il ne récolta qu'un long coup de klaxon et les hurlements des pneus sur la chaussée. Le vacarme emplit l'habitacle de la Volvo. Il n'eut aucun mal à imaginer les jurons et les insultes que lui lançait l'autre conducteur. Levant les yeux, il constata qu'il avait brûlé un feu rouge, et qu'il s'en était fallu de peu qu'il ne provoque un accident.

— Désolé, désolé. C'est ma faute. Je ne l'ai pas vu passer au rouge, murmura-t-il, comme si l'autre conducteur, déjà loin, pouvait l'entendre ou voir son air contrit.

— C'est mauvais signe, Audie, fit Brian depuis le siège du passager. Les choses t'échappent. Tu dois rester attentif.

— J'essaie, répondit-il d'un ton irrité. Je suis juste un peu distrait. Ça arrive à tout le monde. Ça ne veut rien dire.

— Erreur, lui répondit son frère. Tu le sais. Je le sais. Et ce type, dans l'autre voiture, le sait sans doute aussi, maintenant.

Adrian poursuivit son chemin. Très mécontent, il transférait ses angoisses au sujet de ses propres capacités dans sa colère à l'égard de son frère.

— Je ne sais pas comment tu as le culot de me dire quoi que ce soit, rétorqua-t-il. Toi qui nous as caché ce qui t'arrivait, à nous qui aurions pu t'aider…

— Est-ce que l'idée t'est venue, frérot, que je n'avais peut-être plus envie qu'on s'occupe de moi ? grogna Brian. Que j'en avais peut-être ras-le-bol des psys, et des médications, et de parler, parler, parler *ad nauseam* ?

— Tu le savais ? Depuis quand avais-tu un diplôme de psychologie ? Je ne te crois pas.

Le sarcasme soulageait Adrian d'une partie de son angoisse. Son frère avait raison. Pour ce qui était de faire attention et de ne pas se laisser distraire au volant, en tout cas. Qu'il ait eu raison de se suicider, Adrian en était beaucoup moins certain.

— Je crois que ce que tu as fait était lâche, ajouta Adrian avec méchanceté et suffisance. Tout ce que tu as fait, c'est me laisser un vrai merdier, à charge pour moi de faire le ménage.

Ce qu'il voulait dire, c'était que Brian, comme Cassie et Tommy, l'avait abandonné, en le laissant avec des questions sans réponses. Chaque question était un mystère. Mais il ne pouvait le dire, par crainte de trop exiger de son frère mort.

Brian resta silencieux. Un rayon du soleil de midi fit étinceler le pare-brise, puis s'évanouit. Adrian n'était plus qu'à quelques rues de chez Mark Wolfe. Il se dit qu'il devrait préparer ce qu'il allait lui dire. Il savait qu'un bon policier serait en train d'anticiper, quelles que soient les raisons pour lesquelles Wolfe lui avait demandé de venir chez lui.

Son frère s'interposa, rejouant tranquillement sa propre mort :

— Ce que je savais, Audie, c'était que j'avais laissé derrière moi une partie importante de ce que j'étais. Quelque part où je ne pourrais jamais la récupérer, quoi que je fasse. J'essayais de combler un trou qui était à jamais impossible à remplir. Tout ce qui constituait ma vie ressemblait donc à une tentative de dissimulation. C'est ce que la guerre entraîne parfois. Pas chez tout le monde, sans doute. Mais chez moi, c'était le cas.

Ce n'est pas vrai, se dit Adrian. Nous comprenons bien mieux le trouble de stress post-traumatique, maintenant. Je pourrais te montrer les études qui ont été faites, et les cas de résultats positifs. Ce n'est pas parce que tu as traversé des moments difficiles que tu es condamné à tout jamais. Des gens survivent. Des gens tournent la page. D'autres s'épanouissent... Mais il ne dit rien de tout cela à voix haute. Il réalisa qu'il aurait dû le dire avant, du vivant de Brian. Pas maintenant.

Il est passé d'un monde de tuerie à un monde de lois, pensa encore Adrian. Il était écartelé entre le rationnel et l'irrationnel, et il a passé sa vie à essayer de distinguer ce qui appartenait à l'un et à l'autre.

Il n'y est pas parvenu, tout simplement.

Brian soupira.

— Tu vois, frérot, j'étais là, à peine sorti de l'enfance, gavé de meurtre et de mort, et je savais – je savais foutrement bien – que ça ne me quitterait jamais, quoi que je fasse à l'avenir, que ça ne me ficherait jamais la paix.

Brian parlait avec une douceur qu'Adrian avait peine à reconnaître. Son frère était toujours celui qui se battait bruyamment, farouchement, pour le bien de ses clients et de leurs causes, et de l'entendre ainsi, blessé par la défaite, était extraordinaire, impossible. Adrian tourna la tête vers lui. Il eut un hoquet. Brian avait le visage couvert de sang, et sa chemise blanche était cramoisie. Il avait les cheveux emmêlés. Adrian ne voyait pas le trou que la balle lui avait fait dans la tête, mais il savait qu'il était là, juste hors de sa vue.

— Tu sais ce qui m'a le plus surpris, Audie ? Tu étais toujours le même, universitaire, intellectuel. Entre ta poésie et tes travaux scientifiques. Mais je ne me doutais absolument pas combien tu pouvais être dur.

Il parlait d'un ton neutre, journalistique.

— Je n'aurais pas survécu à la mort de Tommy, en Irak. Je n'aurais pas pu continuer, après que Cassie a heurté cet arbre. J'étais égoïste. Je vivais seul. J'avais des clients, des causes à défendre. Je ne laissais personne pénétrer dans ma vie. C'était beaucoup plus facile pour moi, car je n'avais pas à m'inquiéter de savoir qui j'aimais.

Adrian fixa son attention sur la route. Il regarda le compteur pour s'assurer qu'il ne dépassait pas la vitesse autorisée.

— Wolfe habite juste là, dit Brian, le bras tendu devant lui.

Il avait le doigt sanguinolent.

— Veux-tu rester à mes côtés ? lui demanda Adrian.

La question resta en suspens.

— Si tu as besoin de moi, je serai là, répondit enfin Brian.

Un peu du bon vieux Brian – le Brian confiant, direct, dur – réapparaissait. Adrian le vit brosser sa chemise de la main, comme si les taches de sang étaient des miettes de pain.

— Tu es capable de gérer ce type, Audie. Garde juste ceci à l'esprit, ce que n'importe quel flic sait. Il y a toujours un lien. Il se trouve quelque chose, quelque part, qui te dira où chercher Jennifer. C'est peut-être juste là, et ça apparaîtra très vite. Tu dois être prêt à le saisir quand ce sera visible. Exactement comme cette voiture, tout à l'heure, au feu rouge. Tu dois être prêt à agir.

Adrian acquiesça. Il se gara au bord du trottoir et regarda la maison de Mark Wolfe.

— Reste près de moi, dit-il en espérant que le fantôme de son frère prendrait ça pour un ordre – alors qu'il le suppliait.

— Je suis toujours aussi près que tu le désires, répondit Brian.

Adrian vit que Wolfe l'attendait devant sa porte. L'exhibitionniste fit un signe de la main dans sa direction, comme n'importe quel voisin amical un matin, pendant le week-end.

Adrian fut décontenancé par la gaieté qui l'accueillit chez Wolfe. Tout était propre et ordonné. Un rayon de soleil pénétrait entre les stores. La maison sentait le printemps. Elle le devait sans doute à un usage généreux de bombes désodorisantes. Wolfe lui fit signe d'entrer dans le salon désormais familier. Dès qu'Adrian s'avança dans la pièce, la mère de Wolfe sortit de la cuisine. Elle l'accueillit chaleureusement, avec un baiser sur la joue, même si de toute évidence elle n'avait aucun souvenir de ses visites précédentes. Puis elle s'enfuit dans une des pièces du fond pour « faire un peu de rangement et plier le linge », ce qu'Adrian interpréta comme une réplique apprise par cœur. Il se dit que Wolfe avait soigneusement préparé sa mère à ce qu'elle devrait dire à Adrian.

Wolfe suivit des yeux la vieille femme, qui disparut au bout du couloir et ferma la porte derrière elle.

— Je n'ai pas beaucoup de temps. Quand je la laisse seule trop longtemps, elle devient très agitée.

— Et lorsque vous êtes au travail ?

— Je préfère ne pas y penser. Je fais en sorte qu'une de ses amies vienne tous les deux jours. J'ai une liste de femmes qu'elle a connues avant le début de tout cela, et qui sont disposées à l'aider. Je les appelle le plus souvent possible. De temps en temps, elles l'emmènent en promenade. Mais à cause de mes... de mes problèmes avec la loi, la plupart ne veulent plus venir. Je paie le gosse des voisins pour qu'il passe après l'école, et qu'il lui tienne compagnie pendant quelques minutes. Ses parents ne sont pas au courant, sans quoi ils y mettraient probablement le holà. En tout cas, neuf fois sur dix elle est incapable de se rappeler son nom, mais ses visites lui font plaisir. Je pense qu'elle s'imagine que ce gosse, c'est moi, il y a vingt ans. Mais ça me coûte dix dollars par jour. Je lui prépare un sandwich pour le déjeuner... elle est encore capable de manger sans aide, mais je ne sais pas combien de temps ça va durer. Si elle s'étouffe...

Wolfe s'interrompit. Le cercle vicieux dans lequel il était pris était évident.

Adrian ne voyait pas très bien ce que tout cela avait à voir avec lui. Brian murmura à son oreille :

— Tu sais ce qui va suivre, hein ?

Quelques secondes plus tard, Wolfe se tourna vers Adrian.

— Je sais que nous avions un accord, mais...

Adrian entendit le rire étranglé de son frère.

— ... il me faut plus d'argent. La promesse de ne pas me dénoncer aux flics ne me suffit pas. Je veux être payé pour ce que je fais. Ça me prend beaucoup de temps et d'énergie. Je pourrais faire des heures supplémentaires, au travail, et gagner plus.

Wolfe prit l'ordinateur portable de sa mère dans le panier à tricot, et entreprit de le relier au grand écran.

— Qu'est-ce qui vous fait croire…, commença Adrian.

— Je vous connais, professeur. Je vous connais, les messieurs riches de l'université. Vous avez tous du fric de côté. Toutes ces années à obtenir des budgets de recherche de l'État, des subventions publiques. Vos collègues de l'école de commerce vous ont probablement conseillé des investissements juteux. Vous savez… la vieille Volvo. Ces vêtements miteux. Vous avez l'air de ne pas avoir un sou. Je sais que vous avez sans doute des millions planqués sur un compte quelque part.

Adrian se dit que la plupart du temps, les gens qui disent « Oh, je connais… » à propos de quelque chose ou de quelqu'un, ne savent rien du tout. Il garda son opinion pour lui.

— Que cherchez-vous ?

— Ma part. Un salaire correct pour mon travail.

Brian chuchotait ses instructions à l'oreille d'Adrian. Celui-ci sentit la jubilation dans la voix de son frère. Le délice de l'avocat : tendre un piège.

— Ça m'a bien l'air d'être de l'extorsion, non ?

— Non. Un paiement pour services rendus.

Adrian acquiesça. Il entendit l'ordre de son frère :

— Demande-lui son téléphone !

Il obtempéra :

— Avez-vous un téléphone portable, pour que je passe un coup de fil ? Moi, je n'en ai pas, je le crains.

Wolfe sourit. Il mit la main à sa poche et en sortit un téléphone. Il le lança à Adrian.

— Allez-y, appelez.

— Commence à bluffer.

Brièvement, Adrian se demanda ce que Brian voulait dire, puis il vit que ses doigts composaient un numéro. Il crut un instant que c'était la main de Brian qui le guidait. Il composa le 911.

— Tu sais qui tu dois demander, fit vivement Brian.

— L'inspecteur Collins, s'il vous plaît.

Wolfe secoua la tête.

— Je l'ai peut-être trouvée, fit-il très vite, presque affolé. Mais si vous donnez ce coup de fil, ce n'est peut-être pas le cas.

Adrian hésita. Il entendit un « Allô » lointain. Il coupa la communication.

— Ça va rendre les choses délicates, dit doucement Brian. Fais bien attention. J'ai déjà fait cela. Première étape : demande-lui d'être plus précis.

— Eh bien, monsieur Wolfe ? Vous l'avez trouvée, oui ou non ?

Wolfe secoua la tête.

— Ce n'est pas aussi simple.

— Si, c'est aussi simple que ça.

— Bien, fit Brian.

— Vous l'avez trouvée ? répéta Adrian.

— Je sais où chercher.

— Ce n'est pas la même chose.

— Non, dit Wolfe. Mais c'est presque la même chose.

— OK, Audie, continue. Tu contrôles la situation.

— Vous avez une proposition ? demanda brusquement Adrian.

— Je veux simplement que ce soit juste.

— Ce n'est pas une proposition.

— Nous savons tous les deux de quoi je parle, professeur.

— Bien, monsieur Wolfe. Alors expliquez-moi ce que vous entendez par « juste ».

Wolfe hésita. Il souriait. Il ressemblait un peu à la version Walt Disney du Chat du Cheshire, qui disparaissait dans le néant, ne laissant derrière lui que son large sourire angoissant et ses grandes dents. Adrian se rappelait qu'après avoir vu *Alice au pays des merveilles*, avec Tommy, il avait passé des heures à expliquer à son fils que la probabilité qu'il tombe dans un terrier et débouche dans un monde où une reine rouge coupait la tête des gens avant de les juger était très, très faible. Quand Tommy était petit, il avait peur de la fiction, pas de la réalité. Il pouvait regarder des émissions sur des attaques de requins en Californie ou des lions affamés dans le désert du Serengeti. Cela le fascinait. Mais la chenille fumant le narguilé d'*Alice* l'empêchait de dormir. Il s'agitait et pleurait toute la nuit.

— Audie, ne laisse pas ton esprit vagabonder ! Sois vigilant.

— Je ne suis pas très sûr, professeur. Combien vaut mon temps, d'après vous ?

— Eh bien, fixez vous-même votre prix. Le double de ce que vous donne le magasin où vous travaillez.

— Mais c'est un travail de spécialiste. Très spécialisé, je dirais. Ce qui implique un certain... bonus.

— Monsieur Wolfe, si vous avez l'intention de m'extorquer de l'argent, je vous prie d'être précis.

— Bien. Ça va le vexer, dit Brian.

Adrian se dit que son regretté frère en savait plus qu'il ne le croyait sur la psychologie des criminels.

— Qu'est-ce que cela vaut, pour vous ? demanda Wolfe.

— Le succès est inestimable, monsieur Wolfe. La réussite est sans prix. D'un autre côté, je n'ai pas l'intention de vous payer si vous échouez.

— Donnez-moi un prix, insista Wolfe. Je veux savoir à quel point je dois travailler dur.

— Quelle que soit la somme, vous la changerez le moment venu. Que je vous dise mille, dix mille ou un million de dollars, vous doublerez ou triplerez le montant quand vous aurez quelque chose à me vendre. Je me trompe ?

Wolfe détourna les yeux. Adrian savait qu'il avait marqué un point. Il avait du mal à croire qu'il était en train de spéculer froidement sur la disparition de Jennifer.

— Je vais vous dire, monsieur Wolfe. Il y aura une récompense. Vous savez, comme sur ces affiches « Recherche mort ou vif » qu'on voit dans les westerns. Disons vingt mille dollars. C'est une belle somme. Si vous rassemblez des informations qui nous permettent de retrouver Jennifer et de la ramener chez elle – c'est un conditionnel –, je vous paierai vingt mille dollars. Aidez-moi à la sauver, et vous serez riche. Si vous ne trouvez rien, vous n'aurez rien. Voilà votre motivation financière. Et si j'étais à votre place, je n'irais pas proposer votre pathétique tentative d'extorsion à sa famille ou à qui que ce soit d'autre, parce que les flics seront nettement moins complaisants que moi, et vous finirez en prison. Moi, je suis un peu différent, un peu cinglé...

Adrian sourit, comme le vilain dans une pièce de théâtre.

— ... alors je vous autoriserai à m'extorquer un peu d'argent.

— Pourquoi vous ferais-je confiance ? demanda Wolfe.

Adrian eut un rire dur. Il lui répondit de sa voix la plus professorale, tel un conférencier pompeux sur son estrade :

— Ça, monsieur Wolfe, c'est à vous de voir, bien entendu.

Wolfe avait l'air consterné.

— Vous n'êtes pas très bon pour ça, hein, monsieur Wolfe ?

— Bon pour quoi ? Si vous voulez parler des ordinateurs, et d'Internet, je suis un foutu expert...

— Non. Je veux dire, pour vous comporter en criminel.

Wolfe secoua la tête. Il se tourna vers son ordinateur.

— Je ne suis pas un criminel. Je ne l'ai jamais été.

— Nous en discuterons une autre fois.

— Ce n'est pas un crime, professeur. Ce que j'aime. C'est juste…

Il s'interrompit. Peut-être parce qu'il savait qu'il allait proférer des stupidités ? Adrian l'ignorait.

— D'accord, professeur. Tant que nous nous comprenons… Vingt mille.

Adrian s'attendait à une nouvelle menace, du genre « Si vous ne me payez pas, je vous… », mais il ne voyait pas vraiment ce qu'ils auraient pu faire, l'un et l'autre. Wolfe voulait l'argent, et il savait qu'Adrian pouvait tourner les talons. Il se dit qu'ils avaient atteint un équilibre idéal. Chacun voulait quelque chose. Ils joueraient leur partie.

Adrian ignorait s'il possédait vingt mille dollars sur un de ses comptes bancaires. Il n'était même pas sûr de payer quoi que ce soit à Wolfe. Il en doutait. Il sentit la main de Brian posée sur son épaule.

— Il le sait parfaitement, Audie. Il n'est pas stupide. Ça veut dire qu'il fera une autre proposition. Le moment venu, tu devras être prêt à réagir.

Wolfe ne vit pas le signe de tête d'Adrian.

— Je ne suis pas un mauvais type, dit-il. Peu importe ce que disent les flics.

Adrian ne répondit pas. Il aurait aimé que Brian lui suggère au plus vite une réaction à la hauteur, mais il ne se manifestait pas. Adrian se demanda si son frère était aussi étonné que lui par la conduite de l'exhibitionniste.

— Ce n'est pas moi, le méchant, dit Wolfe, se répétant presque.

Il parlait d'une voix calme, comme s'il ne s'intéressait pas vraiment à ce que pensait Adrian.

— Je n'ai jamais dit le contraire, répondit celui-ci.

C'était un mensonge. Il se sentit stupide de l'avoir dit à voix haute.

Les touches du clavier cliquetèrent. Ce fut comme un roulement de caisse claire au milieu d'une symphonie.

— C'est elle ? demanda brusquement Wolfe.


Tard dans l'après-midi. Terri Collins se trouvait dans sa voiture, devant la maison des Riggins. Elle essayait de rassembler assez de confiance en soi pour sonner à leur porte et leur apporter des mauvaises nouvelles. Quelqu'un (Sans doute Scott, se dit-elle) avait fixé sur un tronc d'arbre une affichette de confection artisanale, avec une photo de Jennifer et le mot « DISPARUE » en grands caractères. On y trouvait les mentions habituelles, « Vue pour la dernière fois… », « Si vous la voyez, appelez le… », suivies de plusieurs numéros de téléphone. Elle n'était pas si différente des avis que les banlieusards diffusent pour retrouver leurs chats et chiens disparus. À la différence que, très souvent, ces animaux ont déjà été écrasés par une voiture, ou dévorés par les coyotes qui vivent dans les bois et qui adorent attirer les petits chiens dans des pièges fratricides.

Terri s'étonna qu'ils n'aient pas encore appelé les stations de télévision. Les gens comme Scott ont une inclination naturelle à transformer une disparition en attraction. Mary se tiendrait face aux caméras et aux projecteurs, les yeux humides, et se tordrait les mains en suppliant, « qui que vous soyez », de « libérer ma petite Jennifer ». Ce qui était, Terri le savait, aussi inutile que pathétique.

Elle rassembla quelques documents officiels et des exemplaires de l'affiche « Personne disparue ». « Soyez vigilants. » L'ensemble donnerait l'impression qu'elle avait beaucoup travaillé sur l'affaire, alors que cela ne représentait vraiment qu'une suite de frustrations. Terri avait laissé dans son bureau tout ce qui concernait la vidéo de la gare routière, et tout ce qui découlait de ses conversations avec Adrian Thomas.

Terri expira lentement et regarda de nouveau la maison de la famille Riggins. Elle se demanda ce qu'elle ferait si un de ses enfants disparaissait. Elle savait qu'elle serait déchirée, pressée de fuir les souvenirs inscrits dans la maison, incapable de nourrir l'espoir qu'elle devait rester là et attendre, au cas où l'improbable se produirait et que l'enfant disparu réapparaîtrait.

Des choix impossibles. Tant de douleur et d'incertitude. Elle aurait aimé être meilleure pour ce qu'elle avait à faire.

Lorsqu'elle descendit enfin de voiture et traversa le trottoir en direction de la maison des Riggins, elle fut frappée par son isolement. On voyait çà et là des gens devant les maisons, qui mettaient à profit les dernières heures d'ensoleillement pour ratisser les feuilles mortes, ou semer dans les jardins des plantes vivaces qui lèveraient enfin avec le printemps. Elle entendait les tondeuses et d'autres appareils électriques. Les banlieusards mettaient la dernière main aux tâches indispensables qu'on avait différées pendant les mois où les journées étaient trop courtes.

La maison des Riggins, par contraste, ne montrait aucun signe d'activité. Aucun bruit. Aucun mouvement. On eût dit que la maison avait été soufflée par une tornade et déchirée par les griffes de l'hiver.

Terri frappa. Elle entendit un bruit de pas traînants, puis la porte s'ouvrit en grand. Mary Riggins se tenait dans l'ouverture. Pas de formule de bienvenue. Pas de paroles aimables.

— Inspecteur... Des nouvelles ?

Terri lut dans ses yeux à la fois l'espoir et la terreur. Elle jeta un coup d'œil derrière Mary. Scott West était assis devant un ordinateur. Il la regardait fixement.

— Non, répondit-elle. Non, je le crains. Je voulais simplement vous tenir au courant de ce que nous avions fait. Vous n'avez rien entendu ? Pas de prise de contact ? Rien qui puisse...

Voyant le visage inexpressif de Mary Riggins, elle s'interrompit.

On la fit entrer dans le salon. Scott West lui montra le lien avec le groupe qu'il avait créé sur Facebook pour rassembler des informations sur Jennifer. Cela avait produit peu de résultats, mais Terri demanda une copie imprimée de tous les commentaires. Elle savait que Facebook se soumettrait aux demandes de collaboration de la police, et qu'elle pourrait remonter la piste des connexions qui lui sembleraient les plus prometteuses.

Le problème étant que la plupart des interventions se situaient dans la lignée des « Nous prions pour son âme », « Jésus sait que les enfants ne disparaissent pas, il n'y a que des enfants qu'il a rappelés à Lui », ou « Je voudrais qu'elle revienne pour s'asseoir sur mon visage. Miam miam ». Ces réactions obscènes ou d'inspiration religieuse étaient aussi prévisibles les unes que les autres. Terri lut également quelques entrées du type « Je sais exactement où elle se trouve », dont les auteurs semblaient prêts à demander de l'argent contre des explications. Elle se promit de rapporter au FBI tout ce qui ressemblerait à des tentatives d'extorsion.

Elle contempla le matériel dont elle disposait, et réalisa qu'elle pourrait passer une vie entière à remonter la piste de chacune de ces réponses. C'est bien là le problème, quand on ouvre ce genre de portes (du point de vue policier en tout cas). Si quelqu'un, dans le lot, savait vraiment quelque chose, il était difficile de faire la différence avec les dingues et les pervers qui étaient attirés si facilement par la douleur. Le monde aime redoubler la tragédie, se dit Terri. Comme si le premier coup ne suffisait pas. Il faut ajouter les coups de griffe et les insultes à la blessure.

Elle se demanda si c'était le privilège d'Internet. La moindre exposition de problèmes privés autorise n'importe qui à s'y précipiter.

— Vous pensez que cela peut vous aider ? demanda Scott.

— Je ne sais pas.

Il regarda l'écran.

— Moi, je sais…, dit-il d'un ton morne.

Hésitant, Scott jeta un coup d'œil de l'autre côté de la pièce. Il hésitait. Mary Riggins était allée préparer du café.

— Je l'ai fait pour Mary. Je voulais qu'elle ait l'impression de contribuer aux recherches. Comme si l'on sillonnait le quartier en voiture pour retrouver une paire de gants. Mais ça ne marchera pas, n'est-ce pas, inspecteur ?

— Je l'ignore, mentit Terri. Cela pourrait être utile. Ça l'a été, dans certaines affaires. Mais après…

Scott finit la phrase à sa place, comme à son habitude :

— Mais la plupart du temps, ce n'est qu'un exercice futile. N'est-ce pas, inspecteur ?

Terri se demanda quel genre de type employait des mots comme « exercice futile » dans une conversation. Elle décida de rester impassible, mais elle acquiesça. Scott semblait entretenir avec la réalité des rapports qui produisaient une cruauté inexplicable. Cela vient sans doute de son travail de thérapeute, se dit Terri.

— J'essaie de l'aider à faire face à la réalité, dit-il. Cela fait des jours, maintenant. Des jours, des jours et des jours. Les heures passent et nous restons là, sans bouger, comme si nous attendions que le téléphone sonne et que Jennifer nous dise : « Salut, vous pouvez venir me chercher à l'arrêt de bus ? » Il est pourtant évident que ce coup de fil ne viendra pas. Nous n'avons eu aucune nouvelle. Comme si la terre l'avait engloutie.

Scott se renversa en arrière et désigna la pièce autour de lui.

— C'est un vrai mausolée, ici. Mary ne peut tout de même pas rester assise dans le noir à attendre, jusqu'à la fin de ses jours.

Terri se dit que c'était exactement ce qu'elle s'apprêtait à faire. Tout le monde veut qu'on soit réaliste, jusqu'au moment où il s'agit de son propre enfant. Alors il n'y a plus de réalité. La seule chose qui existe, c'est ce qu'on peut faire.

Et ça n'aura pas de fin, réalisa-t-elle.

Elle se dit que parler de « faire face à la réalité » ne menait nulle part. Mais elle se rappela qu'elle était du mauvais côté du problème qui se posait dans la maison des Riggins. Elle prit la tasse de café que lui tendait Mary Riggins, et la suivit des yeux tandis qu'elle s'asseyait en face d'elle. Elle va vieillir en accéléré, pensa-t-elle. Chaque mot que je prononcerai ajoutera des années. Elle aura quarante ans au début, et cent quand j'aurai fini.

— J'aurais préféré vous donner de bonnes nouvelles, dit-elle doucement.

## 35

La sirène suivait un crescendo terrifiant, au point que Jennifer se dit qu'elle se trouvait devant la porte de sa cellule. Elle s'interrompit brutalement. Jennifer entendit claquer plusieurs portières de voiture puis, très rapidement, quelqu'un se mit à tambouriner sur une porte, au loin. Elle n'entendit pas vraiment crier « Police ! Ouvrez ! », mais son imagination le lui suggéra – surtout quand elle entendit des pas précipités battre le sol à l'étage supérieur.

Elle resta absolument immobile – pas vraiment parce qu'on le lui avait ordonné, mais parce qu'elle était accablée par les pensées et les images qui se dessinaient dans l'obscurité, devant ses yeux. Le mot « secours » se forma soudain, empêchant son cœur de battre.

Jennifer suffoqua. Ce fut une soudaine explosion qui, venue de l'intérieur, générait un sanglot. L'espoir. La foi. Le soulagement. Toutes ces idées et beaucoup d'autres l'envahirent, incontrôlées, et formèrent un torrent d'irrépressible exaltation.

Elle savait que la caméra l'observait. Et si la caméra enregistrait tous ses gestes, elle savait que cela devait apparaître sur un écran quelque part. Mais, pour la première fois, quelqu'un d'autre pouvait la voir. Quelqu'un d'autre que l'homme et la femme. Quelqu'un qui n'était pas anonyme, ni abstrait. Quelqu'un qui pourrait être de son côté.

Non ! Quelqu'un qui est sans aucun doute de mon côté.

Jennifer se tourna légèrement vers la porte de sa cellule. Elle se pencha en avant, tendit l'oreille. Elle espérait déceler des voix, mais il n'y avait rien d'autre que le silence. Elle se dit que c'était bon signe. Mentalement, Jennifer imagina ce qui se passait au même moment.

Ils sont obligés d'ouvrir la porte, se rassura-t-elle. On n'a pas le droit de repousser les flics quand ils frappent chez vous. Il y a eu un dialogue. « Êtes-vous... ? », puis : « Nous avons de bonnes raisons de penser que vous détenez une jeune femme. Jennifer Riggins. Vous la connaissez ? » L'homme et la femme répondront « Non »... mais ils ne convaincront pas les flics de s'en aller, parce que les flics ne les croiront pas. Les flics seront durs. Pas de baratin. Ils n'écouteront pas les mensonges. Ils rentrent de force, et maintenant ils sont tous dans une pièce, là-haut. La police est prudente, elle pose des questions. Polie, mais énergique. Ils savent que je suis ici, ou peut-être savent-ils que je ne suis pas loin, mais ils ne savent pas encore où, exactement. Ce n'est qu'une question de temps, Mister Fourrure. Ils seront ici d'une seconde à l'autre. L'homme cherche des prétextes. La femme essaie de convaincre les flics qu'il n'y a rien d'anormal, mais la police sait ce qu'elle fait. L'homme et la femme... ils commencent à avoir peur. Ils savent que pour eux tout est fini. Les flics vont sortir leurs armes. L'homme et la femme vont tenter de s'enfuir, mais ils sont encerclés. Ils n'ont aucun endroit où aller. D'un instant à l'autre, les flics vont sortir leurs menottes. J'ai vu ça cent fois, dans les films et à la télévision. Les flics vont obliger l'homme et la femme à s'allonger à plat ventre sur le sol, et faire claquer les menottes. La femme se mettra peut-être à pleurer, l'homme commencera à les insulter : « Allez vous faire foutre, bande de... », mais les flics ne s'en préoccuperont pas. Pas du tout. Ils ont entendu ça des millions de fois. L'un d'eux leur dira : « Vous avez le droit de garder le silence... », et les autres commenceront à se disperser à notre recherche, Mister Fourrure. Tendons l'oreille, dans un instant on va les entendre. La porte va s'ouvrir, quelqu'un va s'écrier : « Oh, mon Dieu ! » ou quelque chose comme ça, et ils vont nous aider. Ils vont couper la chaîne que j'ai autour du cou. « Vous allez bien ? Vous êtes blessée ? » Ils arracheront mon bandeau. Quelqu'un va crier : « Qu'on appelle une ambulance ! » et un autre nous parlera : « Voilà, doucement, maintenant... Vous pouvez bouger ? Qu'est-ce qu'ils vous ont fait ? » Et je leur dirai, Mister Fourrure. Je leur raconterai tout. Tu pourras m'aider. Avant qu'on ait le temps de s'en rendre compte, ils m'aideront à m'habiller, et cet endroit va grouiller d'infirmiers et de flics de toutes sortes. Et je serai au centre. Quelqu'un me donnera un téléphone et maman sera au bout du fil. Elle pleurera, elle sera tellement heureuse que cette fois peut-être je lui pardonnerai un petit peu, parce que je veux vraiment rentrer à la maison, Mister Fourrure. Je ne veux rien d'autre, juste rentrer à la maison. Peut-être parce que grâce à tout ça on pourrait repartir à zéro. Sans Scott. Une nouvelle école, peut-être. D'autres copains de classe, qui ne seront pas des salauds comme les autres, et tout sera différent. Comme lorsque papa était vivant, sauf qu'il ne sera pas là, mais je pourrai encore sentir sa présence. Je sais que c'est grâce à lui qu'ils m'ont retrouvée, même s'il est mort. Comme s'il leur avait dit où chercher. Alors ils sont venus, et nous voilà. Enfin, Mister Fourrure, les flics nous sortiront d'ici. Ce sera la nuit, il y aura des caméras, des flashs, et des journalistes nous crieront des questions, mais je ne dirai rien, parce que je rentre à la maison. Toi et moi, ensemble. Ils nous feront monter à l'arrière d'une voiture de patrouille, ils lanceront la sirène, et un agent nous dira : « Vous avez une sacrée chance, Jennifer. On est arrivés juste à temps. Alors, vous êtes prête à rentrer chez vous, maintenant ? » Et je dirai : « Oui. S'il vous plaît. » Et dans une semaine ou deux, peut-être, quelqu'un de « Sixty Minutes » ou de CNN nous appellera et nous proposera un million de dollars. « Juste pour entendre votre histoire, Jennifer. » Et alors, Mister Fourrure, on pourra leur raconter ce qui s'est passé. Nous serons riches et célèbres, et tout sera différent.

D'une seconde à l'autre, maintenant.


Elle tendit l'oreille, dans l'espoir d'entendre un fragment de l'histoire, qui lui confirmerait ce qui se déroulait, elle le savait, au-delà de sa portée.

Mais il n'y avait aucun bruit. Elle n'entendait rien d'autre que son propre souffle, rauque, saccadé. Ils lui avaient ordonné de garder le silence. Elle savait qu'ils étaient capables de lui faire presque n'importe quoi. Il y avait des règles qu'elle ne pouvait simplement pas transgresser. L'obéissance était au centre de tout. Mais ce qui arrivait maintenant constituait sa seule chance. Elle ne savait vraiment pas comment la saisir.

Chaque seconde de silence était dure, agaçante. Elle frissonna, un spasme familier durcit ses muscles. Il lui était quasiment impossible de rester silencieuse. Comme si chacune de ses terminaisons nerveuses, chacun de ses organes, chaque pulsation dans ses veines avait une exigence différente, un objectif différent. Elle se dit qu'elle avait la tête en bas, comme dans les montagnes russes, quand les rails tombent dans le gouffre et que le wagonnet plonge soudain à la verticale, dans une orgie de bruit et de vitesse.

Jennifer attendait. C'était une véritable torture. Elle sentait qu'elle était à deux doigts de la sécurité. Elle pencha la tête, voulant à toute force entendre quelque chose qui l'informerait de ce qui se passait. Mais le silence la paralysait. Elle pensa : C'est beaucoup trop long, Mister Fourrure ! C'est beaucoup trop long !

Affolée, elle passa en revue toutes ses options. Elle pouvait hurler « Je suis ici ! », ou bien agiter sa chaîne. Elle pouvait renverser le lit, ou donner des coups de pied dans le W-C. N'importe quoi, pour que ceux qui étaient à l'étage s'arrêtent et écoutent, et sachent qu'elle était tout près.

Fais quelque chose ! se dit-elle. N'importe quoi ! Il ne faut pas qu'ils partent !

C'était trop insupportable. Elle fit basculer ses jambes par-dessus le bord du lit. Mais elles étaient en coton, sans la moindre force. Elle s'obligea à se lever. C'était presque fini… Il fallait qu'elle crie à l'aide, qu'elle fasse entendre un bruit de tonnerre, un cri, un hurlement, tout ce qui pourrait faire venir des secours.

Jennifer ouvrit la bouche, se concentra…

Et d'un seul coup elle se ravisa.

Ils vont me faire du mal.

Non. La police t'entendra. Elle te sauvera.

Si les flics ne viennent pas… ils me tueront.

Elle ne pouvait plus respirer. Elle avait l'impression qu'on l'écrasait.

Ils me tueront, de toute façon.

Non.

Je suis précieuse. Je suis importante. Je vaux quelque chose. Je suis Numéro Quatre. Ils ont besoin de Numéro Quatre.

Elle était écartelée entre les diverses possibilités. Chacune lui faisait peur.

Jennifer savait qu'elle devait tout faire pour être sauvée. Sous le masque, elle voyait deux routes se former devant elle. L'une et l'autre étaient dangereusement proches d'une falaise, et Jennifer était incapable de décider laquelle était sûre, laquelle était la bonne, et elle savait que quel que soit son choix il n'y aurait pas de marche arrière possible, car le chemin disparaîtrait derrière elle au fur et à mesure. Des larmes brûlantes coulaient sur ses joues. Elle avait désespérément envie que quelqu'un lui dise quel chemin elle devait emprunter, mais le silence la torturait presque

461

autant que tout ce que l'homme et la femme lui avaient fait subir. Elle pensa : Je vais mourir. Quoi que je fasse, je vais mourir.

Rien n'était logique. Rien n'était clair. Il n'existait aucun moyen de savoir avec certitude ce qui était bien et ce qui était mal. Elle serra très fort Mister Fourrure.

Alors, comme si quelqu'un avait pris le contrôle de sa main, elle souleva le bord du masque.

— *Ne fais pas ça ! s'exclama le cinéaste.*

— *Si, si ! Vas-y ! hurla sa femme, l'artiste-performeuse.*

*Le couple était rivé devant l'écran plat fixé sur le mur de brique nue de leur loft, à Soho. Le cinéaste était un homme mince et nerveux d'un peu moins de quarante ans, qui gagnait fort bien sa vie en tournant des documentaires sur la pauvreté dans les pays en développement, avec le soutien financier d'un certain nombre d'ONG. Un de leurs amis homosexuels les avait mariés, récemment – il avait quitté la prêtrise par frustration et n'avait sans doute aucune compétence légale pour célébrer des mariages. Sa femme était aussi maigre que lui, avec d'épais cheveux noirs bouclés qui lui donnaient un air de gorgone. Elle se produisait régulièrement dans des night-clubs et des petits théâtres dont on parlait rarement dans le New Yorker. Cela lui valait une crédibilité sulfureuse – même si elle regrettait secrètement de ne pas glisser dans le courant « mainstream », où elle pourrait gagner plus d'argent et accéder à une plus grande notoriété.*

— Elle va lutter pour se libérer ! fit-elle d'une voix excitée.

Son mari secoua la tête.

— Elle doit se montrer plus maligne qu'eux. C'est comme défier du regard un homme armé d'un revolver...

— C'est une gosse, le coupa-t-elle. Plus maligne ? Oublie...

C'était la seconde fois que ce couple souscrivait à mort-en-direct.com. Ils jugeaient que le visionnage de la série était lié à leur travail et qu'ils pouvaient inscrire le montant de l'abonnement dans leurs frais professionnels. Cinéma « borderline ». Art dramatique postmoderne. Après avoir regardé Numéro Quatre, ils avaient souvent des conversations, très sérieuses et très profondes, sur ce qu'ils avaient vu, et sa pertinence vis-à-vis de l'art contemporain. Ils considéraient mort-en-direct.com comme un prolongement du monde d'Andy Warhol et de la Factory, qui avait suscité beaucoup de moqueries, vingt ou trente ans plus tôt, mais jouissait aujourd'hui d'un énorme prestige dans l'esprit des critiques et des intellectuels qui comptaient.

Numéro Quatre les fascinait tous les deux, mais ils tenaient à ce que leur intérêt demeure sur le terrain de l'intellect, refusant d'admettre que leur participation relevait du voyeurisme ou était de nature criminelle. Ils n'avaient pas parlé de cette activité à leurs amis. Mais il arrivait souvent, lors de dîners où l'on abordait la question des techniques cinématographiques et du développement d'Internet comme lieu de convergence de l'art et du cinéma, qu'ils soient tentés l'un et l'autre d'évoquer leur intérêt pour Numéro Quatre et ce qu'elle signifiait pour eux. Cependant, ils n'en faisaient rien, pourtant persuadés que nombre de leurs commensaux étaient eux-mêmes abonnés à la série. C'était d'ailleurs dans un de ces dîners qu'ils avaient entendu parler la première fois de ce site.

En observant Numéro Quatre jour et nuit depuis le début de sa captivité, ils entretenaient avec elle des relations de nature différente. Le cinéaste avait toujours été paternaliste dans ses commentaires, s'inquiétant de ce qui pourrait lui arriver, prudent, craignant qu'elle ne fasse quelque chose qui la mettrait en danger ou compromettrait inutilement sa situation. Sa femme voulait au contraire que Numéro Quatre pousse les choses au-delà de leurs limites. Elle voulait que Numéro Quatre saute sur les occasions qui lui étaient offertes. Elle voulait que Numéro Quatre tienne tête à l'homme et à la femme, et riposte de toutes ses forces. Elle la poussait à se rebeller, tandis que son mari préférait qu'elle soit prudente et soumise.

Chacun d'eux était persuadé que ce qu'ils criaient à l'écran, jour et nuit, était la seule chance de survie de Numéro Quatre. Ils en avaient souvent discuté, ce qui les entraînait chaque fois plus loin dans l'histoire de Numéro Quatre. Chacun tenait à ce que son opinion soit justifiée. L'épouse avait lâché un cri de triomphe quand Numéro Quatre avait, la première fois, jeté un coup d'œil sous le masque. Le cinéaste avait sauté sur place, les poings serrés, tout excité, lorsque Numéro Quatre était restée impavide en dépit des menaces de l'homme.

« C'est vraiment la seule façon pour elle de contrôler la situation, disait-il. Elle doit être un numéro.

— Elle doit écrire sa propre histoire, répondait l'artiste-performeuse. Elle doit profiter du moindre détail. C'est la seule façon de se rappeler qui elle est, et d'être sûre que l'homme et la femme la voient comme un être humain et non comme un objet.

— Cela n'arrivera pas », répondait le mari.

Comme à chacune de leurs conversations, celle-là aurait pu déboucher sur une scène de ménage. Mais cela s'achevait invariablement de la même façon : il caressait la jambe de sa femme, pelotonnée tout contre lui. Le voyeurisme comme préliminaire amoureux.

Ce jour-là, dans leur loft, à demi vêtus, devant un dîner fin et une bouteille de vin blanc très cher, ils regardaient la série, pris par le spectacle, avant d'aller se coucher.

— C'est sa seule chance, bon Dieu ! cria presque la femme. Saisis l'instant, Numéro Quatre ! Vas-y !

— Tu te trompes, tu te trompes totalement ! rétorqua le cinéaste, en élevant la voix à son tour. Si elle ne leur obéit pas, elle va s'exposer à n'importe quoi, ou presque. Ils paniqueront. Ils pourraient…

Il s'interrompit. Sa femme lui montrait le coin de l'écran. Numéro Quatre levait les mains vers son collier. C'est ce geste qui avait attiré leur attention. Brusquement, l'angle de prise de vues se modifia. C'était un plan en plongée, légèrement derrière Numéro Quatre. Le cinéaste remarqua le raccord, comprit machinalement ce qu'il signifiait et se

*pencha en avant avec empressement. Mais la perfor-*
*meuse lui montrait autre chose.*

Jennifer cala Mister Fourrure sous son bras et leva les mains vers le collier et la chaîne. Elle savait qu'elle n'avait que trois options. Faire du bruit. Essayer de s'enfuir. Ne rien faire et prier pour que la police arrive.

Première réponse : c'était exactement ce qu'ils lui avaient ordonné de ne pas faire. Elle ignorait si les policiers, à l'étage au-dessus, l'entendraient. Pour ce qu'elle en savait, sa cellule était insonorisée, au cas où il se passerait ce qu'il se passait maintenant. Elle se dit que l'homme et la femme pensaient avoir tout prévu. Elle devait être imprévisible. Idée qui la terrifiait.

Elle réalisa qu'elle se trouvait au bord du gouffre. Mais une énergie frénétique la submergea.

Jennifer commença à arracher le collier de chien. Ses ongles déchiraient et griffaient. Elle serra les dents. Paradoxalement, elle n'ôta pas son masque. Comme s'il était trop difficile de transgresser deux interdits en même temps.

Jennifer sentait ses ongles se briser. Sa gorge lui faisait mal. Elle respirait comme un plongeur, prisonnier sous la vague, en quête d'un peu d'air. Toutes les maigres forces qui lui restaient se dissipèrent dans l'attaque contre le collier. Mister Fourrure glissa, tomba à ses pieds, sur le sol. La douleur la faisait sangloter sous son masque. À l'instant précis où elle allait hurler, elle sentit que la matière commençait à céder. En haletant, elle tira violemment sur le collier.

Brusquement, il céda.

Sanglotant, Jennifer faillit basculer en arrière. Elle entendit le bruit métallique de la chaîne qui tombait par terre. Bien que le silence régnât dans la pièce, elle eut l'impression qu'un grand bruit dissonant lui résonnait dans le crâne, comme le crissement de la craie sur un tableau noir, ou un avion à réaction passant à quelques mètres au-dessus de sa tête. Pour le faire taire, elle se claqua les oreilles avec le plat des deux mains.

Elle essaya de retrouver son équilibre. La liberté soudain retrouvée l'étourdissait. Comme si c'était la chaîne qui l'avait maintenue droite, à l'instar des fils d'une marionnette. Tout à coup ses jambes étaient en caoutchouc, ses muscles battaient comme un drapeau déchiré sous une rafale de vent. Des pensées par centaines lui traversèrent l'esprit, mais une peur ignoble les masquait. Les mains tremblantes, Jennifer arracha son masque.

Sans la bande d'étoffe noire, elle eut l'impression de regarder le soleil en face. Elle leva la main, cligna des yeux. Ceux-ci s'emplirent de larmes. Elle crut qu'elle était aveugle. Très vite, pourtant, elle recouvra la vue et dut faire le point, comme avec une caméra.

Son premier réflexe fut de s'immobiliser. Elle regarda droit vers la caméra, à un mètre d'elle. Elle eut envie de la fracasser, mais elle n'en fit rien. Elle se pencha tranquillement pour ramasser son ours en peluche. Puis elle se tourna lentement vers la table où étaient posés ses vêtements, des jours auparavant, quand elle avait regardé par-dessous son masque.

Ils avaient disparu.

Elle vacilla, comme si elle avait reçu une gifle. Une vague nauséeuse menaça de la submerger. Elle avait la gorge serrée. Elle comptait sur ses vêtements, comme si le fait d'enfiler un jean et un sweat-shirt déchiré lui ferait franchir un grand pas vers sa vie d'avant – tandis que rester là, presque nue, dans cette cellule, ne faisait que prolonger l'existence dans laquelle on l'avait projetée. Jennifer essaya de tirer des conclusions de cette disparition, en pure perte. Elle regarda de tous côtés, en espérant que les vêtements avaient simplement été déplacés. Mais la pièce était vide – à l'exception du lit, de la caméra, de la chaîne abandonnée et du W-C de camping.

Une partie de son esprit avait envie de la rassurer – Tout va bien, tout va bien… Tu peux t'enfuir comme tu es… –, mais l'idée restait infor-mulée. Jennifer fit quelques pas. Elle se répétait : Sors d'ici sors d'ici sors d'ici, sans réfléchir à ce qu'elle ferait ensuite. Elle avait vaguement l'idée de faire éclater sa liberté d'une façon ou d'une autre, de crier pour appeler les policiers qui se trouvaient au-dessus. Dans son for intérieur, la fiction se modifiait. C'était elle qui devait les trouver, maintenant, et non plus le contraire.

Elle emplit ses poumons d'air et traversa la cellule, ses pieds nus claquant sur le ciment, contourna la caméra et tendit la main vers la poignée de la porte. Ne sois pas fermée à clé. Ne sois pas fermée à clé, priait-elle intérieurement.

Sa main saisit la poignée. Elle tourna. Oh mon Dieu. Mister Fourrure, nous sommes libres, pensa-t-elle.

Doucement, en s'efforçant de ne pas faire de bruit, elle poussa la porte. Elle se tendit, en se disant : Sois prête. Nous allons courir. Courir de toutes nos forces. Courir vite. Courir plus fort et plus vite que jamais.

Elle eut à peine le temps de reprendre sa respiration et de jeter un coup d'œil sur l'endroit où elle se trouvait. Elle vit un sous-sol sombre, indistinct, parsemé de débris, une fenêtre en bois donnant sur un ciel nocturne et, partout, des toiles d'araignée et des gravats couverts de poussière.

Une lueur, plus violente que tout ce qu'elle avait jamais connu, explosa soudain devant ses yeux, et l'aveugla instantanément. Avec un hoquet, elle leva son ours devant elle pour tenter de faire écran à l'explosion de lumière. Elle eut l'impression qu'un incendie soufflait dans sa direction. Et brusquement, tout redevint noir. On lui avait enfoncé une cagoule sur la tête. La même cagoule qu'aux premières minutes de sa captivité. Elle entendit la voix dure de la femme :

— Mauvais choix, Numéro Quatre.

Elle se débattit avec sauvagerie, mais quelqu'un la jeta à terre et l'immobilisa dans une prise aussi douloureuse qu'un étau. Toute la terreur subie durant des jours se concentra en une seule terrible seconde, et Jennifer eut l'impression de tomber dans un grand trou noir.

L'artiste-performeuse secoua la tête.

— Oh, merde ! fit-elle, consternée mais toujours fascinée.

— Merde…, soupira le cinéaste. Je te l'avais bien dit.

Ils contemplèrent Numéro Quatre, qui se débattait désespérément.

— C'est vraiment moche, dit sa femme.

Mais elle n'éteignit pas l'écran. Elle serra la main de son compagnon, en frissonnant. Ils s'installèrent sur leur canapé. Absolument incapables de s'en détourner, ils continuèrent à regarder le spectacle.


Au même moment, dans la maison de fraternité Tau Epsilon Phi de l'université de Géorgie, l'étudiant envoya un SMS frénétique à son colocataire, obligé d'assister à un cours en début de soirée. « Sérieu ! On gagne ! C'est maintenant ! Tu va raté ça. »

Il jeta son téléphone de côté et se concentra sur l'écran. Il avait les lèvres et la gorge sèches, et il avait l'impression que la chambre s'était transformée en fournaise. Il agrippa le bord de son bureau, comme s'il avait besoin de retrouver son équilibre. Il savait que ce qu'il regardait était réel – les cris de Numéro Quatre n'étaient certainement pas simulés. Il s'agita sur sa chaise, à la fois excité et honteux.

Dans le coin de l'écran, la pendule du viol s'arrêta sur un nombre rouge qui clignota un instant, avant de retourner au zéro.

## 36

— Non, dit Adrian. Non. Non. Non. Non.

L'une après l'autre, des images de jeunes femmes défilaient à l'écran. Toutes étaient engagées dans divers actes sexuels, ou bien prenaient des poses devant une webcam qui les filmait sous la douche, couvertes de mousse, en train de se maquiller longuement dans le plus simple appareil, ou de débaucher voluptueusement un homme ou une autre femme. Généralement un homme couvert de tatouages, ou une femme aux cheveux blonds gonflés. Certains étaient des futures gloires du porno. D'autres étaient de parfaits amateurs. Il y avait des étudiantes et des call-girls. Toutes avaient l'air de jouer pour la caméra. Adrian se dit qu'elles étaient toutes semblables à des enfants et très belles, mais mystérieuses. Il se réprimanda : Tu as étudié la psychologie pendant des années, et tu n'es même pas fichu de t'expliquer pourquoi quelqu'un peut avoir envie de s'exposer si totalement au regard de n'importe quel étranger.

Bien entendu, il connaissait au moins une réponse. L'argent.

Adrian se tourna vers l'exhibitionniste, qui présentait les séquences. Il s'attendait à ce que Mark Wolfe ait l'air exaspéré, ou qu'il lève les mains pour exprimer sa frustration (car c'était ce que lui, il ressentait), mais il ne faisait rien de la sorte. Il continuait simplement à enfoncer les touches du clavier, faisait défiler les images, passant d'un site à l'autre, déversant un flot de pornographie sur l'ordinateur. Wolfe jouait du clavier et de la souris comme un maître, faisant rarement une pause pour laisser son regard s'attarder sur les photos et les vidéos qui inondaient l'écran, ignorait les gémissements et grognements ininterrompus que déversaient les haut-parleurs. Adrian accordait lui-même très peu d'attention aux détails des images, comme si cette répétition abrutissante l'immunisait contre ce que son regard absorbait. Il cherchait plutôt l'indice révélateur qui leur indiquerait qu'ils étaient tombés sur Jennifer.

— Audie, il te fait voir l'univers acceptable de la pornographie, chuchota Brian. Le monde que tu cherches est ailleurs.

Adrian s'agita sur son siège.

— Monsieur Wolfe, dit-il lentement, ce n'est pas ainsi que nous devons procéder.

Wolfe s'interrompit. Il coupa le son de l'ordinateur, réduisant au silence une fille qui semblait avoir tout juste dix-huit ans, et qui se tortillait avec ce qu'Adrian considérait comme l'expression du plaisir la plus fausse que l'on puisse imaginer. Il lui tendit la feuille de papier où il avait dressé une liste. C'était une série de noms de domaines et de liens URL avec des sites comme Screwingteenages ou Watchme24. Adrian se dit que n'importe quelle combinaison de mots évoquant une activité sexuelle devait correspondre à un site dissimulé quelque part sur la carte d'Internet.

— J'ai encore beaucoup d'endroits à vous montrer…, commença Wolfe en secouant la tête.

— Ce n'est pas la bonne méthode, n'est-ce pas, monsieur Wolfe ? répéta Adrian.

— Non, professeur.

Wolfe désigna la femme sur l'écran.

— Et… fit-il lentement, comme vous vous en êtes rendu compte, très peu de ces gens sont contraints de faire ce qu'ils n'auraient pas envie de faire.

Adrian fixa l'écran. Il avait le sentiment d'être embarqué dans une rixe visuelle.

— Non, ce n'est pas tout à fait vrai, poursuivit Wolfe. Peut-être ont-ils été obligés parce qu'ils n'avaient pas d'argent, parce qu'ils n'avaient pas d'emploi, ou parce que c'était la seule chose qu'ils étaient capables de faire. Peut-être que quelque chose, en eux, les a obligés, parce que cela les excite. Tout est possible. Mais vous êtes certain que ce n'est pas le cas de Jennifer, n'est-ce pas ?

Adrian hocha la tête.

— OK…, fit Wolfe. Et même les « amateurs », ou les « collégiennes » qui posent sur Facebook, elles sont nettement plus âgées que la fille que vous cherchez. Par ailleurs, tous ces sites… pour éviter d'être inquiétés, ces gens sont foutrement attentifs à ce que même les adolescentes qui font des photos avec leur téléphone portable, et les planquent pour que papa et maman ne les trouvent pas, aient au moins dix-huit ans. Personne ne veut des flics qui…

Wolfe s'interrompit.

Il réfléchissait. Il prit la bouteille d'eau posée à ses pieds et en but une rasade. Puis il froissa les feuilles de papier avec les listes de sites Internet dont il s'était servi jusqu'alors.

— J'ai une idée.

Il se pencha en arrière, toujours pensif.

— Bon... Vous connaissez la date de la disparition de la petite Jennifer... S'il y a quelque chose sur Internet, ce doit être relativement récent. La plupart de ces sites, comme ceux que nous avons vus, existent depuis longtemps, et leurs offres se modifient constamment. Le cadre peut changer. Pas le contenu. Mais ce que vous cherchez...

— La coercition, monsieur Wolfe, le coupa Adrian. Une enfant, contrainte de...

Wolfe prit l'affichette et contempla le visage de Jennifer.

— Une enfant, hein ? Elle est jolie...

Adrian devait avoir l'air particulièrement féroce, car Wolfe leva la main, comme pour parer un coup.

— D'accord, professeur. Maintenant, nous entrons dans la partie la plus dangereuse. Vous êtes sûr de vouloir continuer ?

— Oui.

— Les endroits vraiment sombres... Regardez, professeur, la plupart de ces trucs. C'est peut-être réaliste. Certains peuvent même trouver ça dégueulasse. Ou être choqués, bon Dieu, est-ce que je sais ? Mais ça n'existerait pas s'il n'y avait pas des gens, quelque part, prêts à payer pour le regarder. Et beaucoup de gens, croyez-le, car tous ces endroits que nous avons vus gagnent de l'argent. Il suffit de trouver la place de la petite Jennifer dans ce schéma, et nous saurons où chercher.

— Cessez de l'appeler « la petite Jennifer », monsieur Wolfe. Ça me semble...

Wolfe se mit à rire.

— Vulgaire ?

— Plus ou moins.

— Bon, j'essaierai. Mais vous devez comprendre une chose, professeur. Avec le web, tout devient vulgaire.

Wolfe regarda les corps entrelacés sur l'écran. Il hésita.

— Que voyez-vous ici, professeur ?

— Je vois un couple en train de forniquer...

— Ouais, eh bien je me doutais que vous diriez ça, fit Wolfe en secouant la tête. C'est ce que répondrait pratiquement n'importe qui. Regardez de plus près, professeur.

Adrian se figea. Il croyait entendre Wolfe, puis il reconnut la voix de Brian. Mais ce n'était pas la seule. Comme si, derrière son hallucination, il y en avait une autre. Il se pencha, essayant de dissocier les voix, jusqu'au moment où il réalisa que Tommy se faisait l'écho de Brian.

— Regardez mieux...

Pendant un instant, il fut désorienté, incapable de savoir d'où venait cette insistance. Puis il comprit que ce ne pouvait être que Tommy. Il faillit éclater d'un rire joyeux. Il avait presque renoncé à l'espoir d'entendre encore la voix de son fils.

— Regarde mieux. Pense comme un criminel. Mets-toi à la place du rat. Pourquoi prennent-ils tel ou tel couloir du labyrinthe et pas tel autre ? Pourquoi ? Qu'y gagnent-ils, et comment le gagnent-ils ? Allons, papa. Tu peux y arriver.

Adrian murmura son prénom. Le simple fait de prononcer ce mot, « Tommy », l'emplit d'émotions mêlées, d'amour et de chagrin. Il eut envie de lui demander : « Que dis-tu ? », mais les mots se perdirent sur sa langue et Tommy, impatient, l'interrompit :

— Les Tueurs de la Lande, papa. Qu'est-ce qui a provoqué la perte des meurtriers ?

— Ils se sont découverts.

Adrian fouillait sa mémoire en tous sens.

— Qu'est-ce que ça signifie, papa ?

— Ça signifie qu'ils étaient trop sûrs d'eux, et qu'ils n'ont pas pensé aux conséquences quand ils ont décidé de sortir de l'anonymat.

— Est-ce que ce n'est pas ça que tu devrais chercher ?

Son fils parlait d'une voix assurée, déterminée. Tommy avait toujours le chic pour suggérer qu'il contrôlait la situation, même quand les choses tombaient en morceaux. C'est la raison pour laquelle il avait été un grand photographe de guerre. Adrian se tourna vers l'écran.

— Eh, professeur…, fit Wolfe, troublé.

Adrian lui répondit, comme un étudiant répond au professeur qui l'interroge.

— Ce que je vois, c'est quelqu'un qui, pour une raison ou pour une autre, veut apparaître sur cet écran. Je vois quelqu'un qui obéit à certaines règles, qui est disposé à jouer. Je vois quelqu'un qui n'a pas été contraint de se blesser.

— C'est très poétique, professeur, lui dit Wolfe en souriant. Je suis exactement de votre avis.

— Je vois de l'exploitation. Je vois du commerce.

— Voyez-vous le mal, professeur ? Beaucoup de gens diraient qu'ils voient la dépravation, des choses effrayantes et horribles plus ou moins en même temps. Et ils cesseraient de regarder.

Adrian secoua la tête.

— Dans mon domaine, nous n'émettons pas de jugements moraux. Nous nous contentons d'évaluer des comportements.

— Sûr. Comme je vous crois…

Wolfe semblait amusé, mais pas de manière irritante. Adrian se dit qu'il avait passé du temps à essayer de savoir qui il était et ce qu'il cherchait. Quand Wolfe se tourna vers son ordinateur, Adrian entendit Brian murmurer :

— Dis donc, c'est un pervers et un dingue, mais tu vois bien que ce n'est pas un sociopathe. Est-ce que ce n'est pas un comble ?

Le rire de Brian s'évanouit, tandis que Wolfe manipulait son clavier. L'écran se couvrit de rouge et de noir. C'était une sorte de cachot plein de fouets, de chaînes et d'un cadre de bois noir. Un homme portant un masque de cuir noir se faisait battre méthodiquement par une femme très forte, elle-même vêtue de cuir noir. L'homme était nu. Chaque coup le faisait frissonner. Adrian ignorait si c'était l'effet du plaisir ou de la douleur. Peut-être les deux, se dit-il.

— Ce genre d'endroit obscur, dit Wolfe.

Adrian regarda pendant quelques instants. Il vit l'homme frémir.

— Oui. Je vois. Mais ce…

— Ce n'est qu'un exemple, professeur.

Adrian se tut un instant, puis dit :

— Nous devons préciser les critères de recherche.

Une fois de plus, Wolfe acquiesça.

— C'est exactement mon avis.

Adrian avait envie de lancer : « Où est-ce que je regarde ? », en espérant que Tommy ou Brian connaissaient la réponse, mais il était frustré par leur silence.

— Il faut chercher des captifs, dit-il.

Wolfe réfléchissait.

— Trois personnes, poursuivit Adrian. Jennifer et les deux kidnappeurs. Comment entraînent-ils les gens dans ce qu'ils ont fait ? Ils *doivent* gagner de l'argent. Sans quoi, cette recherche est inutile. Alors trouvez-moi l'argent, monsieur Wolfe. Trouvez-moi la manière dont on peut utiliser une fille qu'on a enlevée dans la rue.

Adrian était insistant. Sa voix exprimait une autorité qui défiait sa maladie. Il entendait son frère et son fils applaudir, dans un coin de son crâne.

Wolfe se remit à l'ordinateur.

— Installez-vous, dit-il d'un ton calme. Ça va être difficile, surtout pour un vieux bonhomme de votre âge.

— Et pour vous, monsieur Wolfe, ce ne sera pas difficile ?

L'exhibitionniste secoua la tête.

— Terrain familier, professeur. J'ai déjà vu cela.

Il continuait à pianoter.

— Vous voyez, quand on est comme moi, on ne comprend pas automatiquement, précisément, ce qu'on… ce qui nous attire. Une exploration est nécessaire. Quand votre esprit est envahi par les idées, les désirs… eh bien, vous les poursuivez. Vous avez un sacré trajet à faire dans la tête, puis à pied.

Il haussa les épaules.

— C'est là, généralement, que vous vous faites prendre. Quand vous n'êtes pas certain de savoir ce que vous cherchez. Mais dès que vous le savez, enfin, quand vous le savez vraiment, alors, professeur, vous êtes tranquille, car vous pouvez faire des projets, avec un objectif concret.

Adrian doutait que les professeurs de son ancien département eussent donné une analyse aussi succincte des problèmes émotionnels relatifs à un échantillon d'agressions sexuelles et de comportements déviants.

Tout à coup, Wolfe s'arrêta, le doigt immobile au-dessus de la dernière touche.

— Je dois savoir que vous me soutiendrez, dit-il d'un ton brusque. Je dois être sûr de pouvoir compter sur vous, professeur. Que tout cela restera entre nous.

Adrian entendit soudain les voix de Tommy et de Brian, qui le pressaient :

— Vas-y, tu peux lui mentir.

— Oui. Vous avez ma parole.

— Êtes-vous capable d'assister à un viol ?
Êtes-vous capable d'assister à un meurtre ?

— Je croyais vous avoir entendu dire que les
snuff movies n'existaient pas.

Wolfe secoua la tête.

— Je vous ai dit que dans le monde raisonnable
ils n'existaient pas. C'est une légende urbaine.
Mais dans un monde non raisonnable... eh bien,
peut-être existent-ils.

Il inspira à fond.

— Si jamais j'étais pris avec ces trucs-là dans
mon ordinateur, ou si un des flics qui contrôlent
ce genre de choses parvenait à remonter jusqu'à
moi, eh bien, je serais...

Il s'interrompit. Adrian n'avait pas besoin de
finir la phrase à sa place.

— Non. C'est moi qui vous ai demandé de le
faire. Si quoi que ce soit est rendu public – si cela
vient aux oreilles de la police, par exemple –, j'en
assumerai la responsabilité.

— L'entière responsabilité.

— Oui. Et vous pourrez toujours dire la vérité,
monsieur Wolfe. Que j'avais l'intention de vous
payer pour me guider.

— Ouais... mais il faudra qu'ils me croient.

Wolfe avait marmonné ces derniers mots.
Adrian se dit que l'exhibitionniste était sur le fil
du rasoir. D'une part, Wolfe était conscient des
ennuis qu'il pouvait s'attirer, même avec la
protection d'Adrian. De l'autre, il était évident
qu'il avait envie de continuer. Les sites qu'ils visi-
taient étaient autant de destinations où Wolfe
désirait aller, et l'enquête d'Adrian pour retrouver

« la petite Jennifer » lui donnait une sorte de dérogation perverse. Adrian s'en rendait compte,
simplement en voyant la position du délinquant
sexuel, le dos rond, penché sur son clavier.

— Bien, professeur. Maintenant, on va entrer
dans les zones obscures.

Le désir semblait lui donner une voix plus aiguë
que d'habitude. Il enfonça une touche. Des
enfants apparurent à l'écran. Ils jouaient dans un
parc, par une journée ensoleillée. Adrian aperçut
à l'arrière-plan des immeubles anciens, des rues
pavées. Amsterdam, se dit-il. Mark Wolfe sembla
tressaillir, ce qu'Adrian perçut à la limite de son
champ de vision. Les deux hommes avaient la
gorge serrée, pour des raisons diamétralement
opposées.

— Ça vous semble parfaitement innocent,
n'est-ce pas, professeur ?

Adrian acquiesça.

— Dans une minute, ça ne le sera plus.

La lumière du jour et le parc laissèrent la place
à une chambre aux murs blancs, meublée d'un
simple lit.

— À partir de maintenant, professeur...
regarder ces images, ou les posséder, ou tout
simplement y penser, est absolument et foutrement interdit par la loi, dit Wolfe en se penchant
avec empressement sur son clavier.

— Continuez, dit Adrian, tout en espérant que
c'était Brian qui le forçait à aller de l'avant.

Mais il ne l'avait pas entendu prononcer un seul
mot d'encouragement depuis plusieurs minutes.
Comme si même cet avocat énergique, et mort, qui

481

se tenait à côté de lui, était lui-même effrayé par ce qui s'affichait à l'écran.

Pendant des heures, les deux hommes déambulèrent dans un monde virtuel soumis à d'autres règles, à une autre morale, un univers qui se jouait des aspects de la nature humaine décrits dans les manuels scolaires. Rien qui n'existât depuis des siècles, sauf le système de diffusion et les gens impliqués dans le processus. Adrian aurait dû être troublé par ce qu'il voyait. Mais il faisait preuve d'un détachement de clinicien. Il était un explorateur, avec un objectif précis, et tout ce qui défilait devant lui et qui ne s'accordait pas à sa théorie sur la situation de Jennifer était immédiatement abandonné. Plus d'une fois, alors qu'il s'agitait sur son siège, mal à l'aise, en voyant apparaître une nouvelle et ignoble scène d'exploitation sexuelle, il se dit qu'il avait de la chance d'être psychologue, et qu'il avait de la chance de perdre en même temps l'esprit et la mémoire. Comme s'il était doublement protégé, capable de regarder des choses horribles parce qu'elles disparaîtraient de son cerveau avant de se transformer en cauchemar récurrent.

Durant cette longue journée et pendant la soirée, la mère de Wolfe vint de temps en temps à la porte du salon, demandant timidement si elle pouvait voir ce qu'elle appelait « mes émissions », et son fils dévoué la renvoyait bien vite. Wolfe finit par lui préparer un repas léger avant de la mettre au lit, suivant le rituel quotidien. Il s'excusa de monopoliser le téléviseur et promit de lui offrir le lendemain une séance de sitcoms plus longue que d'habitude. Wolfe avait semblé réticent à voler ces moments à sa mère.

Adrian remarqua son empathie, mais il observa aussi que Wolfe semblait s'enfoncer dans les images qu'il sélectionnait. Parfois, Adrian lui ordonnait d'avancer, mais Wolfe était lent à réagir, comme s'il rechignait à s'en détourner. Il était à la fois stimulé et prudent. Adrian comprit que c'était la première fois que l'exhibitionniste explorait les mondes obscurs avec quelqu'un assis à côté de lui.

Adrian trouvait l'expérience épuisante, abrutissante. Ils virent des enfants. Ils virent la perversion. Ils virent la mort. Tout avait l'air réel, même quand c'était simulé. Tout avait l'air simulé, même quand c'était réel. Adrian comprit que la frontière entre le fantasme et la réalité était plus que floue. Il était incapable désormais de décider si ce qui défilait sous ses yeux était vraiment arrivé, ou si cela avait été concocté par un maître – hollywoodien ou non – des effets spéciaux. L'exécution d'un otage par un terroriste, par exemple, devait être réelle, se disait-il, mais cela se passait en enfer.

Wolfe continuait à taper sur son clavier, mais il ralentissait. Adrian se dit qu'il était épuisé, simplement par le fait de se trouver si près de la réalisation de tant de ses désirs. Il était tard.

— Il faut faire une pause, dit Wolfe. Manger quelque chose. Boire un café. Allons, professeur, il faut arrêter un peu. Revenez demain, nous continuerons.

— Encore quelques-uns.

— Est-ce que vous avez une idée de la somme d'argent que vous avez dépensée ? Rien que pour accéder à tous ces sites. Un après l'autre. Je crois que nous avons dépassé mille…

— Continuez, dit Adrian.

Il montra une liste qui venait de s'afficher.

Wolfe cliqua sur le dernier lien, www.mort-en-direct.com. Brusquement, il se redressa.

— Regardez. Ils demandent un paquet pour l'accès. Ce site est très cher. Ils doivent offrir quelque chose de vraiment très spécial.

Il avait prononcé ces deux mots avec une excitation particulière.

L'écran ne montrait qu'une liste de prix en lettres rouges sur fond noir, une horloge numérique et les mots *Saison 4*. Aucune information n'était donnée sur ce que le site proposait. Adrian en déduisit que les visiteurs le savaient déjà. Cela l'intriguait. Wolfe lui montra l'horloge numérique.

— Est-ce que ça ne correspond pas à la disparition de Jennifer ?

Adrian fit rapidement le calcul. Oui, ça correspondait. Son exaltation était soudain très différente de celle qu'il sentait chez l'exhibitionniste.

— Payez, dit-il.

Wolfe introduisit le numéro de la carte de crédit d'Adrian. Ils attendirent l'autorisation de la banque. Dès que le paiement fut approuvé, l'*Hymne à la joie* de Beethoven retentit dans la pièce.

— Génial, fit Wolfe.

Il introduisit le pseudo « psychoprof », et « Jennifer » en guise de mot de passe.

— Parfait, professeur. Voyons ce que nous avons ici...

Un autre clic, et un plan de webcam apparut à l'écran. Une jeune fille, le visage dissimulé sous une cagoule, était assise sur un lit. Elle était seule dans une sorte de sous-sol austère. Elle tremblait de peur. Elle était nue. Elle avait les mains liées par des menottes à une chaîne fixée au mur.

— Ouah ! fit Wolfe. C'est quelque chose.

Les mots *Dites bonjour à Numéro Quatre, psychoprof* s'affichèrent au bas de l'écran.

Adrian fixa l'image sur l'écran. Il parcourut des yeux le corps de la fille, en quête d'un indice qui pourrait l'aider. Il ne vit rien.

— Je ne sais pas..., dit-il, en réponse à une question que Wolfe jugeait inutile de formuler.

Il se leva et s'approcha du téléviseur – comme si cela lui permettait de mieux voir. Dans la pièce où se trouvait la fille, ils entendaient une respiration haletante et des sanglots étouffés.

— Regardez, professeur. Son bras...

Adrian vit un tatouage. Une fleur noire. Wolfe vint à côté de lui. Il désigna l'écran, puis l'effleura comme s'il pouvait caresser la jeune fille. Adrian vit ce qu'il lui montrait. Sur le côté droit, une petite cicatrice laissée par l'appendicectomie.

— Mais on dirait bien qu'elle a l'âge de Jennifer, n'est-ce pas, professeur ?

Adrian prit l'affiche « Personne disparue ». Aucune mention n'y était faite d'un tatouage ou d'une cicatrice. Il hésita. Puis il vit le téléphone portable de Wolfe, posé sur la table. Il s'en empara.

— Qui appelez-vous ? demanda Wolfe.

— Devinez.

Adrian composa un numéro. Mais il ne quittait pas des yeux la fille nue et frissonnante qui se trouvait devant lui.

Terri Collins décrocha à la troisième sonnerie. Elle était toujours assise devant Mary Riggins et Scott West, à qui elle répétait les mêmes explications pour la énième fois. Mary semblait disposer d'un stock inépuisable de larmes, qu'elle avait généreusement versées pendant les quelques heures que Terri venait de passer chez elle. Terri n'était pas étonnée. Elle savait qu'elle aurait réagi de la même manière.

Le numéro qui s'affichait sur son portable était celui de Mark Wolfe. Elle était très étonnée. Il était très tard, et cela n'avait aucun sens. Les délinquants sexuels n'appellent jamais la police. C'est la police qui les appelle.

Elle fut encore plus étonnée de reconnaître la voix d'Adrian.

— Pardonnez-moi de vous déranger à cette heure tardive, inspecteur...

Il semblait bizarrement pressé. Lors de leurs rencontres précédentes, Adrian lui avait paru instable et hésitant. Elle n'aurait sans doute jamais employé le mot « pressé » pour le décrire.

— Que se passe-t-il, professeur ?

Elle parlait sèchement. Les larmes de Mary Riggins constituaient sa priorité du moment.

— Jennifer a-t-elle une cicatrice ? L'appendicite ? Est-ce qu'elle a une fleur noire tatouée sur le bras ?

Terri allait répondre, puis se ravisa.

— Pourquoi ces questions, professeur ?

— Je veux simplement m'assurer de quelque chose.

S'assurer de quoi ? pensa Terri. Cela éveilla ses soupçons, mais elle ne chercha pas à creuser. Elle ne voulait pas se montrer cruelle à l'égard de ce vieil homme dérangé, et elle n'avait surtout pas envie d'affoler la mère et le beau-père de Jennifer avec ce qui pourrait être interprété à tort comme un espoir. Elle se tourna vers Scott et Mary.

— Jennifer a-t-elle des cicatrices ou des tatouages que vous auriez omis de mentionner ? demanda-t-elle en collant la main sur son téléphone.

— Certainement pas, inspecteur, répondit vivement Scott. Elle est à peine sortie de l'enfance ! Un tatouage ? Pas question. Nous ne l'aurions jamais permis, même si elle nous l'avait demandé cent fois. Elle est mineure. Elle n'aurait donc pu le faire sans notre permission. Et elle n'a jamais eu d'opération chirurgicale, n'est-ce pas, Mary ?

Mary Riggins secoua la tête.

— Non aux deux questions, fit Terri Collins au téléphone. Bonne nuit, professeur.

Elle coupa la communication. Beaucoup de questions s'agitaient dans son crâne, mais elles devraient attendre. Terri devait se dégager du chagrin qui régnait dans cette pièce, et elle ne savait trop comment s'y prendre sans être grossière. Beaucoup de flics sont très forts, se dit-elle, pour s'en aller dès qu'ils ont asséné le coup fatal. Ce n'était pas son cas.

Adrian raccrocha. Il fixait toujours l'écran.

— On ne peut pas dire grand-chose...

Wolfe reprit son clavier.

— Regardez, ils ont un menu. Vérifions au moins ça.

Il cliqua sur l'entrée intitulée « Le repas de Numéro Quatre ». Une autre scène s'afficha. La jeune femme léchait un bol de flocons d'avoine. Un masque avait remplacé la cagoule. Les deux hommes se penchèrent en avant. Ils avaient de nouveaux détails à examiner. Wolfe prit l'affiche « Personne disparue » et l'approcha de l'écran.

— Je ne sais pas, professeur... Pas de tatouage, peut-être... mais bon Dieu, sa coiffure ressemble bien...

Adrian se concentra. L'implantation des cheveux. La ligne du menton. La forme du nez. La courbe des lèvres. L'étirement du cou. Il sentait que ses yeux lui faisaient mal. En voyant la femme masquée, vêtue d'une combinaison de saut, qui venait récupérer le plateau, il se raidit. Une femme. Il jaugea sa taille et ses formes, même si elles étaient dissimulées par son vêtement.

Tommy lui parla, et ce fut comme si la voix venait de l'intérieur :

— Papa… Si tu voulais montrer quelqu'un au monde entier, tout en dissimulant son identité… tu ne prendrais pas certaines précautions ?

Si, bien sûr.

— Monsieur Wolfe, les faux tatouages, ça vous dit quelque chose ? Et les maquillages de cinéma ?

Wolfe regarda l'écran de plus près. Il toucha la cicatrice.

— J'en ai une comme celle-là. Elle y ressemble. Je n'ai pas l'impression qu'elle soit fausse. Mais là n'est pas le problème, hein ?

Il cliqua sur l'entrée « Entretien n° 1 ». La jeune fille s'approcha de la caméra. « Combinaison » l'interrogeait. Adrian et Wolfe l'entendirent répondre à la caméra : « J'ai dix-huit ans. »

— Tu parles ! grogna Wolfe. On l'a obligée à dire cette connerie. Elle a deux ans de moins, facile !

Adrian n'avait sans doute jamais rencontré quelqu'un qui fût aussi expert que Mark Wolfe pour calculer avec précision l'âge d'une adolescente.

Wolfe cliqua sur « Numéro Quatre tente de s'échapper ».

Ils regardèrent la jeune fille se libérer à coups d'ongles du collier et de la chaîne qui la retenaient. Quand elle arracha son masque, l'angle de prise de vues se modifia. Elle était filmée de dos, ce qui empêchait de voir son visage.

— « Tente de s'échapper », tu parles ! fit Wolfe, cynique. Vous avez vu que la caméra qui la filmait de face a tout de suite été remplacée par une autre… Impossible de voir son visage, hein ? Il y a des gens qui savent ce qu'ils font.

Adrian ne répondit pas. Il essayait de se concentrer sur autre chose. Comme si un fragment de souvenir flottait dans sa tête, et qu'il ne parvenait pas à s'en emparer.

Wolfe vit la jeune fille s'approcher d'une porte. La caméra la suivait toujours. Il y eut un éclair aveuglant, et un homme masqué fit irruption dans le champ. Le section1 était fini.

— Le suivant s'intitule « Numéro Quatre perd sa virginité », professeur. Je pense qu'il s'agit de porno explicite. Peut-être d'un viol. Vous voulez le voir ?

Adrian secoua la tête.

— Revenez à l'écran principal.

Wolfe obtempéra. La fille à la cagoule était toujours figée dans la même position. Adrian avait mille questions à poser, sur qui et pourquoi, et comment cela fonctionnait, mais il ne les posa pas. Il examina simplement le visage de Wolfe. L'exhibitionniste était penché en avant. Fasciné. Ses yeux brillants disaient à Adrian plus que ce qu'il avait besoin de savoir. Il savait reconnaître la compulsion quand elle apparaissait devant lui.

Adrian voulut détourner le regard, mais il en était incapable. Il entendit soudain des voix – celles de son fils, de son frère, de sa femme –, tous hurlaient des ordres contradictoires, mais tous lui disaient la même chose : « Regarde, regarde, regarde. » Le vacarme était de plus en plus fort, il augmentait sans cesse, symphonique, envahissant. Comme si une foule assistait au même moment à la même menace (un accident, une voiture incontrôlée dévalant une rue étroite) et que tout le monde hurlait le même avertissement, mais avec des mots différents, dans des langues différentes, de sorte que seule l'alarme était compréhensible. Les hurlements étaient si insupportables qu'Adrian plaqua ses mains sur ses oreilles, mais cela n'arrangea rien. Les cris redoublèrent, douloureusement. La seule chose qu'il pouvait faire c'était de contempler l'écran et la jeune fille qui semblait en être prisonnière.

Adrian l'observa, et il la vit tâtonner à l'aveuglette, jusqu'à ce que son bras maigre enserre une forme familière, qu'elle serra contre sa poitrine qui se soulevait par saccades.

La première fois, dans la rue, Adrian avait remarqué un vieil ours en peluche, usé et déchiré, un jouet d'enfant fixé de manière incongrue à un sac à dos. Là, il était entre deux bras tremblants qui le serraient désespérément.

## 37

En chaussons et sous-vêtements, Linda était confortablement installée devant la batterie d'ordinateurs et s'occupait de certaines affaires pressantes relatives à *Saison 4*. Sa combinaison Hazmat blanche était par terre, en vrac, près du lit. Elle avait relevé ses cheveux bruns – ce qui lui donnait vaguement l'air d'une secrétaire en petite tenue qui attend que son patron revienne de sa réunion pour lui faire une surprise. Les doigts courant sur le clavier d'une machine à calculer, elle était en train de créditer les comptes des abonnés qui avaient deviné l'heure exacte dans le forum consacré au viol. Sans doute leurs clients attendaient-ils un paiement rapide de leurs gains, mais elle avait également une obligation morale à leur égard. Ils avaient les moyens de dépouiller de leur argent les abonnés gagnants, mais Linda aurait trouvé cela déplaisant et injuste. L'honnêteté était partie intégrante de leur réussite. La fidélité des abonnés était aussi importante que le bouche-à-oreille. N'importe quelle femme d'affaires compétente savait cela.

Michael était sous la douche. Elle l'entendait chanter des fragments de chansons, un peu au hasard. Il semblait choisir dans son répertoire sans rime ni raison. Un bout de country se mêlait à une aria d'opéra, suivie d'un extrait du Grateful Dead ou de Jefferson Airplane. « Don't you want somebody to love… Don't you need somebody to love… ? » Apparemment, il aimait beaucoup la pop music des années soixante.

Linda se mit à fredonner, tout en jetant un coup d'œil à l'un des moniteurs. Depuis que Numéro Quatre avait arraché son masque et qu'ils lui avaient remis la cagoule, il était beaucoup plus difficile de juger de son état d'esprit. Numéro Quatre restait pelotonnée, en position fœtale. Il était fort possible qu'elle ait fini par s'endormir.

Pour autant que Linda pouvait en juger, Numéro Quatre ne saignait plus. Elle avait besoin d'un bain mais, surtout, il lui fallait du repos.

Ils en avaient tous besoin. Linda se demandait si beaucoup d'abonnés de *Saison 4* appréciaient à leur juste valeur leurs efforts permanents, leur travail éreintant pour amener le spectacle à sa conclusion. Ils devaient lutter contre leur propre épuisement, tout en veillant constamment au moindre détail. *Saison 4* exigeait toujours plus de créativité. C'était un rude boulot. Que l'entreprise leur rapporte des sommes d'argent colossales, se disait-elle, ce n'était pas du tout le problème. Au bout du compte, mort-en-direct.com résultait de leur dévouement.

Conception de jeux vidéo, maintenance de sites pornos... autant d'entreprises importantes employant des dizaines de personnes, voire plus. Aucune ne pouvait prétendre, et de loin, être aussi sulfureuse que ce que Michael et Linda avaient mis au point à eux seuls. Elle en éprouvait de la fierté.

Elle souriait en écoutant Michael massacrer un air après l'autre. Ils n'auraient jamais pu le faire, se disait-elle, s'ils n'étaient pas réellement amoureux l'un de l'autre. Linda secoua la tête. Elle ne put s'empêcher d'éclater de rire, juste au moment où il émergea de la douche.

Depuis toutes ces années passées ensemble, elle connaissait par cœur, jusqu'au geste le plus intime, le passage de Michael à la salle de bains. Il utiliserait une serviette râpée pour s'essuyer, pour faire disparaître les vestiges de la tâche accomplie avec Numéro Quatre. Il sortirait, la peau fraîche et luisante, un peu rougie par la vapeur brûlante, nu. Linda se représentait son corps dégingandé, tandis qu'il se séchait les cheveux. Debout devant la glace, il passerait, non sans douleur, un peigne dans ses boucles emmêlées. Après quoi, il se raserait peut-être. Peigné de frais, les joues impeccables, il sortirait de la salle de bains et la regarderait avec son émouvant sourire de guingois.

Il sera beau, pensa-t-elle. Et je serai belle à ses yeux, à jamais.

Elle passa de nouveau les moniteurs en revue. Rien du côté de Numéro Quatre, sauf le tressaillement sporadique. Elle avait envie de parler à l'image sur l'écran comme les abonnés, elle en était sûre, devaient le faire : « Tu as fait le plus dur, Numéro Quatre. Bien joué. Tu as survécu. Ce n'était pas si difficile. Ça ne fait pas si mal que ça. Je suis passée par là, moi aussi. Comme toutes les filles. Crois-moi, cela aurait été bien pire sur le siège arrière d'une voiture, dans une chambre minable de motel à bon marché, ou sur le divan du salon, un après-midi, avant que tes parents ne rentrent du travail. Mais ce n'était pas le plus grand défi auquel tu devras faire face. De très loin. »

Tout en écoutant les pas de Michael glisser sur le plancher, Linda jeta un coup d'œil sur les forums. Des centaines de commentaires. Elle soupira. Ils devraient les parcourir au plus vite, car ces réactions détermineraient leurs prochains mouvements. Est-ce qu'ils veulent en voir plus ?

Est-ce qu'ils veulent qu'on en finisse ? En ont-ils assez de Numéro Quatre ? Ou sont-ils encore fascinés par cette fille ?

Linda prévoyait que la fin approchait, pour Numéro Quatre, mais sans en être vraiment certaine. S'il fallait en croire le nombre d'adhésions et le niveau de leurs comptes bancaires, Numéro Quatre était, de très loin, leur « sujet » le plus fascinant. Elle ressentit une petite pointe de tristesse.

Elle détestait quand les choses tiraient à leur fin. Petite fille, déjà, elle haïssait les anniversaires, Noël et les vacances d'été – non pas à cause de ce qu'elle faisait ou des cadeaux qu'elle recevait, mais parce qu'elle savait que, malgré le plaisir et l'excitation, ils devaient finir. À plusieurs reprises, pendant l'enfance, assise sur un banc d'église au dossier dur, elle avait dû écouter un prêtre, debout près d'un cercueil, débiter des âneries sur la vie éternelle. Sa mère. Ses grands-parents. Son père, enfin, dont la disparition l'avait laissée glacée et seule au monde, jusqu'à l'arrivée de Michael. Voilà ce qu'elle détestait. Les fins.

Le retour à la normale la décevait toujours. Même si la normale devait être une station balnéaire de luxe, un cocktail à la main et beaucoup d'argent à la banque. Elle n'était pas du tout pressée de retrouver cela. D'une certaine façon, elle était déjà impatiente de se lancer dans la préparation de *Saison 5*.

Elle s'appuya contre son dossier. Son regard balayait toujours les moniteurs. En fait, elle se demandait qui pourrait être leur prochain

« sujet ». Numéro Cinq devrait être différente. Avec Numéro Quatre, ils avaient placé la barre très haut, et la prochaine saison devrait encore surpasser ce qu'ils avaient fait ces dernières semaines. Elle en tirait une fierté extraordinaire. C'est elle qui avait insisté pour qu'ils renoncent aux prostituées qu'ils avaient employées durant les trois premières saisons, pour passer à une fille innocente et nettement plus jeune. Quelqu'un qui devait être dénué d'expérience, avait-elle insisté. Quelqu'un de pur.

Et choisi au hasard, se rappelait-elle. Absolument au hasard. Ils avaient passé des heures à sillonner des quartiers de banlieue dans une série de véhicules volés, surveillant furtivement les écoles et les centres commerciaux, rôdant autour des pizzerias, essayant de repérer la bonne personne qu'il faudrait enlever au bon moment. Cela avait été risqué. Mais elle savait que cela serait payant.

C'est Michael qui avait déclaré que *Saison 4* serait le pire cauchemar de la classe moyenne. Il avait cru que la surprise en soi alimenterait le suspense. Il avait eu raison. L'idée venait de Linda. C'est Michael qui l'avait peaufinée. Ils étaient les partenaires idéaux. Linda sentit le désir monter en elle. Elle se caressa lentement les seins.

Derrière elle, venant de la salle de bains, elle entendit un frôlement familier. Elle tourna le dos aux ordinateurs et détacha ses cheveux, en secouant la tête d'un geste aguicheur. Elle se débarrassa très vite de ses quelques vêtements et, dès que Michael entra dans la pièce, elle se jeta sur le lit en riant. Le doigt replié, elle lui fit signe de la rejoindre. En souriant, il se dirigea vers elle.

Linda savait que ce que Michael avait fait avec Numéro Quatre faisait partie de son travail. Il était essentiel de s'assurer qu'il n'y avait pas vu autre chose qu'un devoir qu'il remplissait pour elle. Ni plaisir. Ni excitation. Ni passion. Tout cela lui était réservé, à elle.

C'est important, se disait-elle en tendant les bras pour le serrer contre elle. Linda avait envie de l'envelopper de ses bras, de ses jambes, en se servant de tous ses muscles, de le posséder aussi intimement que possible, de le couvrir de son corps comme une énorme vague qui déferle sur le rivage. Elle voulait être sûre qu'il ne sentait, qu'il n'entendait, qu'il ne ressentait rien d'autre qu'elle, ses caresses et ses battements de cœur.

— Eh bien…, dit Michael, un large sourire aux lèvres, en se laissant l'attirer vers elle. Bien, bien, bien…

Linda lui caressa la joue. Elle n'avait pas besoin de lui demander de lui prouver son amour. Elle le vit. Ce qu'il avait fait un peu plus tôt n'était rien d'autre que du bon boulot.

Linda lui tendit ses lèvres. La prochaine étape, difficile, ne lui occupa l'esprit que l'espace d'une seconde. Elle savait que Michael s'en chargerait également. Elle devrait l'aider. Elle le faisait toujours. Mais elle avait confiance, il ferait le plus dur. L'amour et la mort, se dit-elle. C'est toujours un peu la même chose.

Elle s'abandonna aux désirs explosifs qui se propageaient en elle, fermant les yeux avec un délice de petite fille.

— Hé, Lin…, fit Michael en jouant avec le clavier, que dirais-tu de passer cela vraiment fort ?

Dès qu'ils eurent fait l'amour, il s'était levé, irrésistiblement attiré par les ordinateurs et les écrans de contrôle.

Les enceintes diffusèrent la voix d'une chanteuse. C'était on ne peut plus country : la voix enveloppante de Loretta Lynn dans « High on a Mountain ». Dont le rythme enivrant et complice emportait l'auditeur sur les hauteurs des Ozark ou des Blue Ridge Mountains.

Linda haussa les épaules.

— Tu ne veux pas repasser les cris de bébé, ou la cour de récréation ?

— Non. Je pensais à quelque chose de différent. Quelque chose de vraiment inattendu et d'assez dingue. Je doute que Numéro Quatre ait jamais écouté de vieille country.

Il manipula son clavier, et Chris Isaak se mit à scander : « They did a bad bad thing… » Ils ont fait une chose laide, très laide…

— Notre bon vieux Kubrick, dit Linda. On entend ça dans son dernier film.

— Tu crois que ça peut marcher ?

Linda fit la grimace.

— Je crois qu'elle est déjà désorientée. Totalement perdue. Elle n'a pas la moindre idée de l'endroit où elle se trouve. Peut-être ne sait-elle même plus qui elle est. La musique… même si ça l'assomme, rien de plus… Je ne sais pas…

— Il ne nous reste pas beaucoup d'échantillons sonores, dit Michael. J'en ai encore quelques-uns que nous n'avons pas utilisés, mais…

Linda sauta du lit, nue, et s'approcha de lui. Elle lui massa les épaules.

— Je crois…, commença-t-elle.

Il la regarda.

— J'ai vu les chiffres.

— Moi aussi.

— Nous approchons peut-être de la fin, dit-il.

Il fit apparaître quelques commentaires à l'écran.

*N'en restez pas là. Qu'elle paie !*

*Recommencez ! Et encore. Et encore…*

— On en a des tas en ce sens, dit Michael. Mais ceux-là…

Ils se penchèrent pour lire une autre série.

*Je pensais qu'elle lutterait un peu plus. Numéro Quatre est brisée, maintenant. Numéro Quatre est finie. Kaput. Finito. Terminé.*

*Numéro Quatre est au bout du rouleau. Elle ne peut pas aller en arrière. Elle ne peut pas aller de l'avant. Elle n'a qu'un moyen de sortir de là. C'est ça que je veux voir.*

Les dialogues entre les clients semblaient exprimer un sentiment de perte, comme s'ils découvraient pour la première fois des imperfections dans la figure idéale de Numéro Quatre. Au début, elle était une exquise porcelaine fine. Maintenant, elle était toute craquelée et ébréchée. Quand elle était enchaînée dans sa cellule, savoir ou anticiper ce qui pouvait se passer nourrissait les fantasmes des abonnés. Mais l'inévitable avait eu lieu, c'était comme si elle avait été souillée, et ils étaient prêts à passer à ce qui constituait, ils le savaient, l'étape suivante.

Linda cessa de masser l'épaule de Michael, et serra très fort. Il hocha la tête. Il adorait Linda, mais ce qu'il aimait par-dessus tout, c'était sa capacité à s'exprimer sans dire un mot. Sur scène, se dit-il, elle aurait été extraordinaire.

— Je vais commencer à écrire la fin, dit-il. Il va falloir faire attention.

Ils savaient tous deux que, même s'ils avaient essayé de tout prévoir, la popularité de Numéro Quatre était si élevée que le dernier acte devrait être vraiment spécial.

— Ce qu'on fera devra être mémorable, dit lentement Linda. Je veux dire, on ne va pas se contenter de finir comme ça, Wham ! Bam ! On doit imaginer quelque chose que personne n'oubliera jamais. Ainsi, quand *Saison 5* démarrera…

Michael se mit à rire. Linda tenait la barre de façon très créative – ce qui, à ses yeux, était en soi une manière de faire l'amour. Il avait lu, un jour, un article sur Christo et sa femme, Jeanne-Claude, partenaires dans un grand nombre d'œuvres colossales – ils drapaient de larges canyons dans d'immenses housses de tissu orange, ou enchâssaient des îles avec des anneaux de plastique rose, avant de démonter leur œuvre d'art quelques semaines plus tard et de restaurer l'environnement normal du lieu. Michael se disait que ces deux-là comprendraient ce que Linda et lui avaient accompli.

Il coupa la musique déversée par les haut-parleurs.

— Parfait, dit-il d'un ton moqueur, comme s'il s'agissait d'une plaisanterie qu'eux seuls pouvaient comprendre. Pas de Loretta Lynn pour Numéro Quatre.


Jennifer ne savait plus si elle était consciente ou non. Ouvrir les yeux était un cauchemar. Fermer les yeux était un cauchemar. Elle avait l'impression d'être abîmée, comme si une sangsue, lentement mais sûrement, aspirait la substance de son âme. Elle n'avait pas encore eu l'occasion de beaucoup penser à la mort, mais elle était sûre que c'était ce qui lui arrivait. Manger ne l'empêchait aucunement d'avoir faim. Boire ne l'empêchait pas de mourir de soif. Elle serrait Mister Fourrure, mais c'était à son père que ses murmures s'adressaient :

— J'arrive, papa. Attends-moi. Je serai bientôt avec toi.

Ils ne l'avaient laissée qu'une seule fois entrer dans sa chambre d'hôpital. Elle était petite, terrifiée. Son père était retenu sur son lit par les ombres de la fin de l'après-midi, entouré d'appareils produisant des bruits étranges et de tubes sortant de ses bras d'une maigreur squelettique. Il avait été capable de la soulever et de la faire tournoyer dans les airs, mais ses mains, ce jour-là, n'auraient pas eu la force de lui caresser les cheveux. C'était son père et en même temps ce n'était pas lui, cela lui faisait peur et la perturbait. Elle avait eu envie de le toucher, mais elle craignait que la caresse la plus légère ne le casse en morceaux. Elle voulut lui sourire, lui dire que tout irait bien. Mais elle en était incapable. Ses yeux cillaient, et il semblait aller et venir par-delà les frontières du sommeil. La mère de Jennifer lui avait dit que c'était la faute des médicaments qu'on lui donnait pour calmer la douleur, mais la petite fille s'était dit que la mort venait l'essayer, comme on essaie un costume. Ils l'avaient sortie hâtivement de la chambre avant que les appareils n'annoncent l'inévitable. Jennifer avait pensé, elle s'en souvenait maintenant, que l'homme allongé sur le lit n'était pas le père qu'elle connaissait. Ce devait être un imposteur.

Et maintenant, la même chose lui arrivait. Tous les éléments qui constituaient la personnalité de Jennifer avaient été anéantis.

Il n'y avait aucune échappatoire. Le monde n'existait pas, hors de sa cellule, il n'y avait rien au-delà de la cagoule qui lui recouvrait la tête. Il n'y avait plus rien ni personne, ni sa mère, ni Scott, ni l'école, ni les rues de son quartier, ni foyer, ni chambre où ses affaires étaient rangées. Rien de tout cela n'avait jamais existé. Il n'y avait plus que cet homme, cette femme et les caméras. Il n'y avait jamais rien eu d'autre. Elle était née dans cette cellule, et c'est là qu'elle mourrait bientôt.

Elle imagina qu'elle devenait comme lui, à l'hôpital. Qu'elle glissait lentement, inexorablement. Jennifer revit le jour où son père lui avait annoncé qu'il était très malade.

« Ne t'inquiète pas, ma belle. Je suis un battant. Je vais me bagarrer, tu vas voir. Et tu m'aideras. Je vais vaincre, grâce à ton aide. Ensemble. »

Mais il n'avait pas vaincu. Et elle n'avait pas pu l'aider. Pas le moins du monde. Elle était désolée. Dans sa tête, là où elle stockait tous ses souvenirs, elle lui avait dit cent fois, mille fois, combien elle était désolée.

Pour la première fois depuis qu'elle était captive, elle n'avait pas envie de pleurer. Pas de larmes sur ses joues. Pas de sanglot remontant dans sa gorge. Les muscles de ses bras, de ses jambes, sa colonne vertébrale si raide... tout son corps était détendu. Son père s'était battu, pourtant il n'avait rien pu faire. La maladie était trop forte. Pour elle, maintenant, c'était la même chose. Il n'y avait rien à faire.

Puis une idée lui vint. Si elle pouvait lutter avant de mourir, ce serait mieux que de les laisser simplement la tuer. Ainsi, quand elle reverrait son père, elle pourrait le regarder dans les yeux. « J'ai essayé, papa, comme toi. Mais ils étaient trop forts pour moi, tout simplement. » Et il lui répondrait : « J'ai vu. J'ai tout vu. Je sais ce que tu as fait, ma belle. Je suis fier de toi. »

Et ça, confia-t-elle mentalement à son ours, ce serait bien suffisant.

## 38

Adrian avait l'impression qu'un courant électrique circulait dans ses veines. Les yeux fixés sur
l'écran plat, il sentait les années s'écouler, goutte à
goutte. Il savait qu'il ne pouvait plus se permettre
d'être vieux, malade et désorienté. Il devait
retrouver la partie de lui qui s'était perdue sous les
couches successives de l'âge et de la maladie.

— Vous voulez que j'essaie un autre site ? lui
demanda Wolfe.

Adrian aurait eu du mal à dire si sa voix reflétait son épuisement ou un réel désir de continuer.
Wolfe était toujours penché en avant, fasciné par
l'image de la fille à la cagoule. Adrian comprit que,
même si ce n'était pas leur proie, l'exhibitionniste
retournerait surfer sur mort-en-direct.com dès
qu'il serait seul. Wolfe parlait d'une voix rauque,
comme un homme assoiffé qui aperçoit, excité,
une oasis apparaître devant lui. C'était comme si
un charme, un parfum puissant, avait été lâché
dans la pièce.

Adrian hésita. Brian hurlait à son oreille de
faire attention où il mettait les pieds. Presque
frénétique, l'avocat lançait des instructions
contradictoires.

— Agis vite, mais sois prudent !

— Écoutez…, fit Adrian très lentement, comme
s'il voulait donner de l'épaisseur à son mensonge.
Je ne crois pas que ce soit le bon endroit…

— D'accord, fit Wolfe en tendant la main vers le clavier.

— Mais nous en sommes très près. C'est dans cette direction qu'il faut chercher.

Wolfe s'immobilisa. Il fixait toujours l'image qui se trouvait sur l'écran. Peu importait qu'il soit fatigué, ou diminué, qu'il ait faim ou soif, ou que quoi que ce soit vienne le distraire – il était mû par les ressources infinies de la compulsion. Adrian était surpris d'avoir sous les yeux des choses qu'il avait étudiées et reproduites dans des tests cliniques. Il était bien près de s'abandonner à sa curiosité scientifique – mais les cris de son frère le ramenèrent au monde réel.

— On ne peut pas en être « près », professeur, dit Wolfe. Ou bien c'est la petite Jennifer, ou bien ce n'est pas elle.

Adrian ignora « la petite Jennifer ».

— Je comprends, monsieur Wolfe. Mais je ne l'ai vue que très brièvement, et je ne suis pas vraiment sûr.

En fait, il était sûr. Mais il ne voulait pas le dire à voix haute.

— Ce tatouage... il est vrai ou faux. Pareil pour la cicatrice. Quand elle dit à la caméra qu'elle a dix-huit ans, c'est vrai ou c'est un mensonge. Moi, je suis sûr que c'est un sacré mensonge. Mais c'est à vous de me le dire, professeur. C'est votre domaine. En tout cas, il est tard, et je crois qu'on devrait arrêter là pour aujourd'hui.

Vérité ou mensonge. Adrian avait encore besoin de l'aide du délinquant sexuel. Il regarda la forme cagoulée. Quelle que soit son identité, elle était captive sur une rive éloignée. C'était à lui de trouver un pont.

— Juste pour que je comprenne bien à quoi nous faisons face... si je voulais savoir où se trouve ce site, comment pourrais-je...

Il voulait que sa question ait l'air innocente et banale, mais il eut l'impression d'être absolument transparent. Il insista tout de même, tablant sur la fatigue de Wolfe pour qu'il ne remarque pas son intérêt.

— Nous avons surfé en tous sens. Comment savoir où aller pour localiser Jennifer, concrètement, quand nous l'aurons trouvée en ligne ?

Wolfe eut un petit rire mi-dédaigneux, mi-incrédule, mais il ne quittait pas l'écran des yeux.

— Ce n'est pas si difficile. Sauf que ça dépend plus ou moins des gens qui gèrent le site.

— Je ne vous suis pas.

Wolfe lui répondit sur le ton las du professeur s'adressant à un élève qui s'intéresse moins aux maths qu'aux notes de fin d'année :

— À quel point sont-ils criminels ?

Adrian se balançait d'avant en arrière.

— C'est comme si on demandait si une femme est un peu enceinte, non, monsieur Wolfe ? Ou bien vous êtes...

Wolfe pivota sur son siège et le fixa d'un air glacé.

— Vous n'avez pas fait bien attention, professeur ?

Adrian restait immobile, profondément troublé. Son silence valait une question, à laquelle Wolfe semblait impatient de répondre.

— À quel point veulent-ils que le monde sache que ce qu'ils font est illégal ?

— Ils n'y tiennent pas beaucoup…, commença Adrian.

— Erreur, professeur. Erreur, erreur, erreur. Le monde des ombres. Là-bas, on a besoin de crédibilité. Si les gens pensent que vous êtes totalement réglo… Où est le piment ? Le plaisir ? Où est le danger ?

Adrian était surpris par la pertinence de son point de vue sur la nature humaine.

— Vous m'impressionnez, monsieur Wolfe, dit-il prudemment.

— J'aurais dû être professeur, comme vous.

Wolfe eut un sourire narquois dont Adrian espéra qu'il était différent de celui qu'il affichait lorsqu'il satisfaisait ses désirs.

— OK, professeur. Vous comprenez que n'importe quel site a une adresse IP – un nom unique que le serveur lui donne. Il existe un programme assez simple, qui détermine par GPS l'emplacement de chaque serveur. On peut donc le repérer assez vite, sauf que…

— Sauf que… ?

— Les méchants – escrocs, terroristes, banquiers, je vous laisse compléter la liste – le savent aussi. On peut donc acheter des programmes pour rester anonyme quand on visionne ou quand on émet, sauf…

— Sauf quoi ?

— Sauf que ça ne marche pas vraiment comme ça. Tous les logiciels peuvent être « cassés ». Ça ne dépend vraiment que de la persévérance de celui qui vous cherche. Vous pouvez crypter certaines données – si vous êtes une grosse boîte, ou l'armée, ou la CIA, ou si vous êtes très fort pour dissimuler des choses. Mais si vous êtes un site comme celui-ci..., ajouta Wolfe en montrant la fille à la cagoule, vous n'avez pas envie de vous cacher. Vous voulez que les gens vous trouvent, au contraire. Mais pas les mauvaises personnes. Pas les flics, par exemple.

— Comment empêcher cela ? demanda Adrian.

Wolfe se frotta lentement le visage. Puis ses mains revinrent au clavier.

— Essayez de penser comme les méchants de service, professeur. Ils ont déjà reçu l'argent de votre abonnement. Ils restent dans le coin, juste le temps d'alimenter le bon vieux compte en banque. Et puis, pouf ! ils s'en vont, ils quittent la scène à fond la caisse, avant d'attirer l'attention.

Adrian regarda l'écran, où il vit l'horloge générale de *Saison 4*. Il inspira à fond. Il se rappela les Tueurs de la Lande (ou peut-être était-ce Tommy qui lui chuchotait les détails à l'oreille) et pensa tout de suite : Danger. La moitié, voire plus, de la fièvre des couples meurtriers vient du danger. C'est ce qui nourrit leurs relations et les entraîne de plus en plus loin dans la perversion. La fille cagoulée occupait la totalité du grand écran plat. Le danger renforçait la passion. La tête lui tournait. Adrian était exténué, tourmenté par ce qu'il

508

avait appris et par ce qu'il voyait. Il s'efforça de garder le contrôle de lui-même.

Wolfe se mit à taper sur son clavier. La fille à la cagoule disparut, bientôt remplacée par un site de recherche. Il s'arrêta, regarda les informations qui s'affichaient devant eux. Wolfe nota une série de chiffres sur un morceau de papier. Puis il activa un autre moteur de recherche et introduisit les chiffres dans les espaces prévus pour cela. Un troisième écran apparut, où on lui réclamait une somme importante pour finaliser les recherches.

— Vous voulez que je le fasse tourner ?

Adrian leva les yeux, un peu comme le touriste qui contemple la pierre de Rosette, sachant qu'elle est la clé du langage, mais incapable de comprendre comment.

— Oui, je suppose.

Ils attendirent l'accord de la banque pour débiter la carte de crédit, comme les fois précédentes. Quelques secondes plus tard, ils accédaient à un site qui exigeait un pseudo et un mot de passe. Wolfe introduisit « psychoprof », puis « Jennifer ».

— Hé, c'est intéressant...

— Quoi ?

— Quelqu'un ici connaît foutrement bien l'informatique. Je ne serais pas surpris qu'un hacker génial travaille sur ce site.

— Monsieur Wolfe, expliquez-moi, s'il vous plaît...

— Regardez ça, fit Wolfe en soupirant. L'IP change. Mais pas trop vite...

— Comment ?

— Il est possible de déplacer l'adresse IP d'un endroit à l'autre, surtout en la collant à des systèmes de serveurs en Extrême-Orient ou en Europe de l'Est, très difficiles à tracer parce qu'ils se livrent à des activités rien moins que légales. Le problème, bien sûr, c'est que ça équivaut à agiter un drapeau rouge électronique. Si vous configurez votre site de telle sorte que l'adresse IP change toutes les deux ou trois minutes… eh bien il est foutrement clair, aux yeux de n'importe quel type d'Interpol – et encore plus pour leurs ordinateurs –, que quelqu'un fait des choses pas très propres, ce qui, vous imaginez, attirera leur attention. Étape suivante, le FBI et la CIA, le MI-6 et les services de sécurité d'État français et allemands ne quitteront pas votre site des yeux. Et ça, vous n'y tenez pas. Pas question…

— Alors…

— Celui qui a configuré ce site devait le savoir. Alors il n'a mis en place qu'une demi-douzaine de serveurs. Vous voyez, son IP saute sans arrêt de l'un à l'autre.

— Qu'est-ce que cela signifie ?

— Ça signifie que c'est une astuce pour brouiller la piste. À mon avis, si vous faisiez une recherche GPS de ces serveurs, vous finiriez par trouver une batterie d'ordinateurs dans un appartement vide, à Prague ou à Bangkok. Mais l'émission principale vient d'ailleurs. Il faudrait l'intervention des flics (ou d'une équipe de Delta bossant pour la CIA, s'il s'agissait de terroristes) pour découvrir le véritable lieu, si vous me suivez.

Adrian regarda l'écran. Le véritable lieu. Il se dit que l'exhibitionniste était remarquablement cultivé.

— Est-ce que certaines de ces adresses IP se trouvent aux États-Unis ?

Wolfe eut un sourire.

— Ah... le professeur apprend enfin.

Il manipula quelques touches.

— Ouais. Deux. La première...

Wolfe hésita.

— À Austin, Texas... Je la connais. Un gros serveur spécialisé dans le porno. Il gère des dizaines de sites « Reluquez-moi » avec webcams et autant de sites « Envoyez-nous une vidéo de vous en train de baiser votre copine »... Je vais vous dire où se trouve l'autre adresse IP...

Il s'activa sur le clavier. Adrian fixait les coordonnées GPS que le logiciel avait trouvées.

— Que je sois damné..., fit Wolfe. C'est une compagnie de diffusion par câble, en Nouvelle-Angleterre.

Adrian réfléchit un long moment.

— Où cela, monsieur Wolfe ? demanda-t-il très doucement.

Un cliquetis rapide se fit entendre. L'écran se modifia encore, d'autres informations GPS apparurent.

— Voilà, si vous voulez savoir d'où mort-en-direct.com émet vers le web, ce programme vous le dira.

Wolfe se pencha sur le clavier. D'autres chiffres apparurent à l'écran. Adrian les enregistra dans sa mémoire. Garde ça pour toi, se dit-il. N'oublie pas. Ne lui montre rien.

— Eh bien, professeur, ai-je gagné mes vingt mille dollars ? Il est tard…

— Je ne sais pas, monsieur Wolfe, mentit Adrian. C'est un processus fascinant. Je suis impressionné. Mais je suis d'accord avec vous. Il est très tard, et je ne suis plus très jeune. Nous nous reverrons demain, et nous pourrons continuer.

— L'argent, professeur.

— Je dois être sûr, monsieur Wolfe.

Wolfe fit apparaître la fille à la cagoule. Les deux hommes la regardèrent. Elle changea de position, ramenant ses jambes sous elle, comme si elle avait froid.

L'exhibitionniste bougea légèrement, comme quelqu'un qui regarde deux choses en même temps, et qui s'inquiète de voir l'une des deux lui échapper. Adrian se dit qu'il pouvait simplement continuer à mentir, même s'il savait que Wolfe n'était pas dupe.

— J'en apporterai une partie. Considérez cela comme des honoraires, monsieur Wolfe. Même si je doute que nous ayons trouvé ce que je cherche.

Wolfe se renversa en arrière et s'étira, comme un chat qui se réveille. Il était peu probable qu'il accordât la moindre importance à « la petite Jennifer », à Adrian, ou à tout ce qui n'était pas son intérêt personnel. Adrian (ou, plus précisément, sa carte de crédit) lui avait ouvert quelques nouvelles pistes qu'il devait explorer.

— Même si ce n'est pas la petite Jennifer, dit-il, c'est quelqu'un qui a besoin d'un sérieux coup de main. Car je n'ai pas l'impression que ce qui attend cette jeune fille soit très agréable.

Wolfe se mit à rire.

— Un petit jeu de mots de fin de soirée. Inutile de se demander pourquoi le site s'appelle mort-en-direct.com ?

Adrian se leva. Il jeta un dernier coup d'œil vers la fille à la cagoule, comme si, en l'abandonnant, il la confiait à quelque démon. Il eut l'impression qu'elle lui tendait la main à travers l'écran. Il commença à se répéter les coordonnées GPS, inlassablement, comme si c'était un de ses poèmes. En même temps, au fond de son crâne, il entendait Brian qui lui lançait des instructions, « Fais ci ! Fais ça ! Continue ! Le temps passe ! ». Mais ce n'est qu'en entendant son fils mort murmurer « Tu sais ce que tu vois » qu'il se força à quitter l'écran des yeux et à sortir, en traînant les pieds, de la maison de l'exhibitionniste.

## 39

Michael était assis devant une table en Formica blanc endommagé, qui branlait légèrement, car un pied était trop court de quelques millimètres. Un ordinateur portable devant lui, il prenait ce qu'il appelait ses notes de « fin de partie ». Irrité par la table bancale, il prit son porte-monnaie dans sa poche, et en éjecta une pièce qu'il cala sous le pied pour la stabiliser.

— Monsieur Bricolage ! fit Linda en se dirigeant vers la pièce voisine.

Michael sourit et se remit au travail. Par la fenêtre au-dessus de l'évier plein de vaisselle sale, il voyait un ciel d'après-midi immaculé, sans le moindre nuage. Dieu merci, la terre ne serait pas trop dure, dans la forêt, à quelques heures de route vers le nord, grâce aux premières pluies et à la lenteur de la fonte des neiges en Nouvelle-Angleterre, où l'été serait long à venir. C'est là qu'il irait. Il ne savait pas quand, précisément, mais c'était pour bientôt. Le lendemain, ou le surlendemain.

Numéro Quatre vieillit, se dit-il. Non pas en termes d'années, plutôt en termes d'intérêt. Même s'il existait toujours la possibilité qu'un rebondissement puisse prolonger son histoire, il savait que les clients devaient être satisfaits mais aussi tenus en haleine. Il devait y avoir une fin, et une promesse. Linda le lui avait expliqué. « Répète-toi que les clients sont le principe vital de toute entreprise. » Il aimait ce ton de jeune cadre, qu'elle employait généralement quand ils étaient nus. Il trouvait très excitante la contradiction entre leur sexualité débridée et les commentaires ciselés de Linda.

Il eut envie de la prendre dans ses bras. Ses gestes d'affection spontanés dignes d'une carte de la Saint-Valentin la faisaient fondre, en général. Michael allait se lever, puis il renonça. Plus de préparation. Moins d'interruptions. Terminer *Saison 4* en force.

Il faillit éclater de rire. Le plus sexy, parfois, c'est de terminer le boulot.

Il se détourna de la fenêtre et prépara le plan pour liquider *Saison 4*. Il traça l'itinéraire qui l'emmènerait au plus profond du parc national d'Acadia, dans le Maine, à plus de trois cents kilomètres de la ferme. C'était une région sauvage où ils étaient allés en reconnaissance deux étés plus tôt, en couple d'amoureux de la nature, le genre muesli et germes de blé : daims et orignaux, aigles fendant l'air, torrents rapides et écumeux peuplés de saumons et de truites sauvages – et un isolement absolu. Michael aurait besoin d'intimité.

La forêt du parc national était quadrillée de vieilles routes de bûcherons abandonnées. Il devait pouvoir y aller en fourgonnette, même s'il lui fallait emprunter des chemins caillouteux, défoncés, inutilisés depuis des années. L'endroit était parfait pour que Numéro Quatre y passe les années à venir. Peu de chances qu'on la retrouve. Et même si un randonneur tombait un jour sur des os blanchis exhumés par les prédateurs, ils seraient déjà engagés dans *Saison 5*, voire *Saison 6*.

Michael localisa tous les postes de police auxiliaires le long de cet itinéraire. Il identifia toutes les rondes possibles pour toutes les casernes de la police d'État, ainsi que les services de police locaux qui couvraient les zones rurales qu'il devrait traverser. Il vérifia même les horaires et le nombre d'hommes de chaque poste des Park

Rangers. Il consulta le site de l'American Automobile Association pour savoir où des bouchons pouvaient se former, et déterminer les heures où il risquerait moins d'être obligé de s'arrêter. C'était le genre de préparation qu'il aimait – établir des listes, faire des recherches rapides sur Internet. Il se disait parfois qu'il aurait dû être alpiniste, et mener des expéditions vers les sommets les plus élevés et les plus dangereux. Il était méticuleux et plein de l'énergie des nombres. Cela lui donnait le sentiment de savoir précisément ce que représentait la mort.

Il dressa également la liste des outils dont il aurait besoin – pelle, scie, marteau, pioche, câble – pour les dernières scènes de Numéro Quatre. Il ignorait s'il utiliserait tout ce qui se trouvait sur sa liste, mais il était persuadé qu'il fallait parer à toute éventualité. Il vérifia le fonctionnement de la petite caméra vidéo Sony haute définition qu'il emporterait pour le dernier voyage de Numéro Quatre. Il disposait de piles de rechange, d'un stock de disques vierges et d'un trépied pour fixer la caméra. Il se fit un mémo pour ne pas oublier de vaporiser du dégrippant WD-40 sur la pince crocodile, pour être sûr du bon fonctionnement de l'ensemble.

Quand il eut réglé tous les détails et passé en revue chaque élément plusieurs fois dans sa tête, il rejoignit Linda.

Elle se trouvait devant les moniteurs. Elle bâillait et s'étirait, épuisée, en observant Numéro Quatre sans beaucoup de conviction. Michael s'arrêta. Il sentit qu'une partie de son attention, reliée à Numéro Quatre, s'était relâchée.

Il avait deux check-lists, une pour lui et une pour Linda. Il les posa devant elle. Linda les parcourut rapidement et acquiesça – même si elle était brusquement mal à l'aise à l'idée qu'il devait quitter la ferme pour acheter du matériel.

— Tu y vas maintenant ? demanda-t-elle.

Michael jeta un coup d'œil au moniteur où l'on voyait Numéro Quatre recroquevillée.

— Ça me semble le bon moment.

— Ne t'attarde pas.

— Il reste des détails à régler pour la scène finale, répondit Michael.

Linda avait à la main une autre feuille de papier. Un script partiel que Michael avait écrit la veille. Elle y avait ajouté quelques détails de son cru, comme un producteur qui repasse sur le premier jet du scénariste. Les marges étaient couvertes de son écriture resserrée, élégante.

— Je sais, lui répondit-elle. Je ne suis pas tout à fait satisfaite de ce que nous avons pour l'instant.

Elle l'accompagna jusqu'à la porte. Ils eurent un instant d'hésitation. C'était la première fois qu'ils seraient séparés depuis le début de *Saison 4*. De fait, pendant toute la durée de l'émission, ils étaient à peine sortis. Le vent léger et la douceur de la température étaient grisants. Ils remplirent leurs poumons d'air pur.

Michael jeta un regard circulaire sur la vieille ferme. L'endroit était délabré, sale, négligé.

— On a été vernis de ne pas passer toute la durée de l'émission à éternuer et à tousser dans ce trou à rats, dit Michael. Je ne serai pas fâché de foutre le camp.

Linda lui prit la main, la serra entre ses doigts.

— Tu ne seras pas long ?

— Non. Tu as besoin de quelque chose ?

Elle secoua la tête.

— Non. Je n'ai besoin de rien.

Elle regarda autour d'elle. Au loin, des arbres délimitaient un champ, des étendues de belle herbe verte et de jachère ponctuaient la campagne vallonnée qui s'étendait au-delà de la grange rouge délabrée où ils avaient garé leur Mercedes. Des clôtures de bois cassées et du fil barbelé rouillé fermaient des parcelles qui avaient accueilli jadis des vaches ou des moutons. La longue allée de terre caillouteuse qui montait vers la ferme serpentait à travers des petits groupes d'arbres, vestiges de la forêt, qui cachaient la grand-route à leurs regards et formaient une sorte de tunnel incomplet. La maison la plus proche se trouvait à près d'un kilomètre et demi. On la devinait entre les broussailles et les branches des arbres.

Comme tant d'endroits de Nouvelle-Angleterre laissés à l'abandon, celui-ci semblait à la fois délicieusement désuet, usé et fatigué. C'est là que résidait toute la beauté de l'opération, se dit Linda. Cachés dans ce décor vieilli et abîmé, ils avaient créé un monde ultramoderne. L'environnement constituait un camouflage parfait pour leurs activités.

— Je ne veux pas que Numéro Quatre entende le camion démarrer. Il fait un barouf de tous les diables. Compte jusqu'à quatre-vingt-dix avant de mettre le contact. Ça me donnera le temps de diffuser quelque chose qui détournera son attention.

Michael se dit que Linda était très forte pour anticiper des détails qui pouvaient entraîner de vrais problèmes.

— Très bien, dit-il. Comment oses-tu critiquer mon camion, il a été absolument fiable…

Ils sourirent tous deux de la plaisanterie, comme un couple d'amoureux enclins au badinage.

— D'accord. Quatre-vingt-dix secondes à partir de… maintenant !

Ils se mirent à compter en même temps – Michael à rebours, à partir de quatre-vingt-dix, tandis que Linda partait de un. Ils gloussèrent comme deux collégiens.

— On recommence, dit Michael. À partir de quatre-vingt-dix, vers le bas.

Linda secoua la tête, repoussant ses cheveux en arrière. Puis elle commença à compter à voix haute, fit volte-face et se hâta d'entrer dans la maison. Michael se dépêcha également sur le sol humide et boueux, vers le vieux camion, en comptant silencieusement au rythme de ses pas. Ils s'amusaient de nouveau. Soulagés et excités à la fois, ils voyaient presque la fin de *Saison 4*.

Sans cesser de compter à voix haute, Linda s'installa devant la batterie d'ordinateurs et manipula son clavier. Elle lança d'abord le son d'un poing qui cogne brutalement sur une porte – un voisin en colère qu'ils avaient enregistré, bien des années auparavant. En l'entendant, Numéro

Quatre se tortilla brusquement sur le lit. Cela laissa immédiatement la place à l'ouverture bruyante de « Communication Breakdown » de Led Zeppelin. Numéro Quatre se couvrit les oreilles avec les mains, ce que les menottes et la chaîne rendaient presque impossible.

Michael fit rapidement ses courses dans le grand magasin d'outillage et de matériel de brico-lage. Poussant son chariot orange, il acheta la plupart des produits dont il s'était déjà servi pour incendier la camionnette volée. Il n'aimait pas s'éloigner de la ferme, et il détestait surtout laisser Linda seule avec Numéro Quatre. Non pas qu'il craigne qu'il puisse arriver quelque chose, ou qu'il se présente un problème que Linda serait inca-pable de gérer. Non, c'était plutôt le fait que *Saison 4* leur appartenait à tous deux. Cela l'embê-tait de manquer le moindre moment de l'aventure.

Il déposa ses achats sur la plate-forme de la four-gonnette, comme la foule des bricoleurs et des apprentis qui sortaient du magasin en même temps que lui. Il savait que les grandes surfaces portant cette enseigne utilisaient des caméras de sécurité placées près des portes, dans les allées et au parking. Il enfonça sa casquette sur son crâne et baissa la tête. Il avait relevé le col de sa chemise. Il ne voulait pas qu'on puisse remonter la piste des achats jusqu'à ce magasin, et même dans ce cas il ne fallait pas qu'un flic quelconque visionne les bandes vidéo et parvienne à identifier son camion. Il ne devait rester aucune trace. Son obsession était d'anticiper le plus petit détail qui puisse établir un lien avec eux. Un cheveu dans un peigne pouvait fournir une trace d'ADN. Des empreintes digitales sur la surface grasse d'une table ? Il redoutait qu'un flic puisse faire le lien avec son arrestation, quand il était adolescent. Un reçu d'un magasin de vidéo new-yorkais ? Il payait toujours comptant, quel que soit le montant. Les disques durs de leurs ordinateurs ? Ils devraient être soigneusement détruits. Il est vraiment difficile de ne laisser absolument rien derrière soi quand on disparaît, se dit-il.

Il s'arrêta à une station self-service où il fit le plein de la camionnette et remplit d'essence une demi-douzaine de bidons de plastique rouge. Tombes à creuser, indices à brûler, se dit-il. Tickets à acheter. Il savait qu'il devait faire en sorte que les horaires et les distances concordent avec les vols et les kilométrages.

Démonter *Saison 4* serait aussi difficile que de la mettre en place. Le planning était serré. Tout ce qu'il avait construit devait être désassemblé et détruit. Beaucoup de travail, se disait-il, et d'efforts coordonnés. La journée était trop courte pour faire tout ce qu'il y avait à faire.

Michael rentra à la ferme en respectant scrupuleusement les limitations de vitesse. En se garant, il se dit qu'il était incapable d'imaginer à quoi cet endroit ressemblait quand c'était encore une ferme. Il se demanda si les lieux seraient hantés après leur départ. La maison était parfaite pour un couple de citadins aisés en quête d'une retraite isolée pour le week-end – où ils pourraient recevoir leurs amis et visionner des Blu-Ray sans jamais se douter du drame qui s'était déroulé en ces lieux. Michael rit doucement. Les fantômes leur gâcheraient le plaisir.

Il arrêta la camionnette près de l'entrée, en veillant à ce que l'avant pointe vers l'allée. Il laissa les clés sur le contact. Il aimait sa camionnette et était triste de devoir l'abandonner. Il ne pensait pas à ce qu'il allait devoir faire à Numéro Quatre. À l'instar du véhicule, elle n'était plus qu'une matière première qui avait presque fini d'être utile. L'espace d'un instant, son esprit vagabonda. Il avait du mal à se rappeler le prénom de Numéro Quatre. Janis, Janet, Janna… non, Jennifer.

Il eut un sourire. Jennifer. Au revoir, Jennifer.


Linda se balançait sur son luxueux fauteuil de bureau. Sur l'écran du moniteur, Numéro Quatre s'était à nouveau blottie sur le lit. Aucune réaction visible, sauf qu'elle tremblait de peur. C'était plus ou moins ce à quoi Linda s'attendait. Le bruit soudain des coups donnés à la porte, suivi de l'intro de hard rock, avait plongé Numéro Quatre dans une confusion encore plus profonde. La personnalité, l'énergie, l'excitation que Numéro Quatre avait apportées s'évanouissaient peu à peu, irrémédiablement. Il ne restait plus grand-chose d'elle, et Linda sentait que les abonnés ne tarderaient pas à s'en désintéresser.

Elle se demandait si elle avait eu une bonne idée en diffusant les deux extraits sonores. Les abonnés préféraient entendre le souffle laborieux de Numéro Quatre – Linda se disait même qu'ils pouvaient y voir une sorte de musique. D'un autre côté, tout le monde avait semblé satisfait quand ils avaient utilisé les autres effets sonores perturbateurs. Cela excite leurs fantasmes et produit sur eux le même effet que sur Numéro Quatre. Linda se promit de penser, à l'avenir, à élargir l'éventail de ces sons extérieurs. Les bruits de jeux d'enfants et les pleurs de bébé étaient bons, les sirènes de la police étaient excellentes – mais ils devaient élargir leur répertoire. Numéro Cinq devrait être environnée en permanence de mondes factices en perpétuel changement.

Linda savait, en prenant le plan que Michael avait préparé pour les dernières heures de *Saison 4*, qu'ils faisaient des progrès à chaque saison. Ils s'amélioraient constamment. Mais elle n'était pas tout à fait satisfaite de la manière dont il avait prévu le dénouement. Elle n'y trouvait pas la passion nécessaire. Mauvais souvenirs. Numéro Quatre mérite une meilleure sortie de scène.

La mort de Numéro Un avait été accidentelle. La corde dont ils s'étaient servis pour l'attacher s'était bloquée. Elle s'était étranglée quand un cauchemar l'avait fait tomber du lit. Michael et Linda n'avaient pas été assez vigilants, et cela avait imposé une fin prématurée à leur première saison. Sa mort avait vraiment motivé leur obstination à tout visionner. En dépit de leurs précautions, Numéro Deux était morte hors champ. Le scénario initial prévoyait une combinaison de viol et de meurtre, dans la tradition du snuff movie, mais cela avait dégénéré en un violent crêpage de chignon : Linda avait été forcée d'interrompre le direct et d'aider Michael avec le couteau. Une opération bâclée, grotesque, indigne de leur professionnalisme. Une énorme pagaille à nettoyer. L'expérience leur avait laissé un goût amer. Cela avait eu des répercussions financières exécrables.

Avec Numéro Trois, ils avaient été beaucoup plus prudents. Ils avaient passé des heures à régler sa mise à mort dans les moindres détails, mais ils s'étaient sentis floués lorsque, tout à coup, elle était tombée malade. Linda pensait que sa maladie était liée aux coups qu'ils lui avaient donnés. Ils avaient accordé trop d'importance à l'aspect physique de la soumission. C'est pour éviter toutes ces erreurs qu'ils avaient pris beaucoup plus de précautions avec Numéro Quatre. La faire souffrir, mais sans excès. Torturer, mais sans excès. Abuser d'elle, mais sans excès.

Linda était fière du résultat auquel ils étaient parvenus.

Il y avait tout de même un problème. Jamais encore « la fin » ne s'était vraiment déroulée comme prévu devant la caméra, pendant que tout le monde regardait, collé aux écrans d'ordinateur et aux téléviseurs. Du réel en temps réel. C'était ce que voulaient leurs clients, elle le savait. Mieux, ils l'exigeaient. Ils voulaient de l'action. Ils ne voulaient pas d'accidents, ni de scènes coupées ni d'excuses, et ils ne voulaient certainement pas que Numéro Quatre cesse simplement de bouger, s'étouffe avec son sang et meure comme celle qui l'avait précédée. Mais ils ne voulaient pas non plus que Michael se contente de l'exécuter sous l'œil de la caméra. Linda elle-même trouvait cela dégoûtant. Cela ferait d'eux à peine plus que des terroristes. Ils devraient se montrer beaucoup plus sophistiqués.

Linda regarda la table où était disposée leur collection d'armes. Une idée prit forme dans sa tête. Elle s'approcha de la table et prit un revolver 357 Magnum. D'un geste souple du poignet, elle ouvrit le chargeur et s'assura qu'il était plein. Avec un sourire, elle reposa l'arme sur la table et s'empara d'un bloc de papier. Elle griffonna quelques notes, en proie à une soudaine excitation. Un défi, se dit-elle. Un défi unique pour les spectateurs. Encore plus pour Numéro Quatre.

Soudain, elle leva la tête. Elle venait d'entendre la camionnette. Elle se remit à écrire. Michael va adorer ça, se dit-elle.

C'était un vrai cadeau qu'elle lui faisait.

## 40

Adrian sentait Cassie remuer juste derrière lui. Il se laissa aller en arrière sur sa chaise. Sa femme lui passait doucement les doigts dans les cheveux. Elle le prit dans ses bras et l'enserra comme un enfant. Elle fredonnait pour lui, comme elle le faisait autrefois pour le petit Tommy quand il était malade. Il s'agissait sans doute d'une berceuse, mais Adrian ne reconnaissait pas l'air. Cela le calma pourtant. Quand il l'entendit murmurer « Il est temps, Audie, il est temps… », il était prêt.

Mark Wolfe n'avait plus d'importance. La maison de l'exhibitionniste, sa mère, son ordinateur – tous les sites hard qu'ils avaient visités ensemble –, tout cela semblait glisser dans un renfoncement lointain de sa mémoire. L'inspecteur Collins n'avait plus d'importance. Elle était enfermée dans ses procédures et trop préoccupée par de fausses pistes pour se rendre vraiment utile. Mary Riggins et Scott West n'avaient plus d'importance. Ils étaient pieds et poings liés par leur arrogance, leurs hésitations et leurs émotions incontrôlées. Le seul être qui continuait à chercher activement Jennifer, c'était lui, Adrian, et il savait qu'il se trouvait au bord de l'abîme de la folie.

La folie est peut-être un avantage, se dit-il. Sa femme morte, son fils mort et son frère mort se mêlaient à l'image de la fille cagoulée, sur l'écran, et tendaient la main vers lui. Comme s'il écoutait deux instruments jouer la même mélodie, mais dans des tons et des tessitures différents.

Bien à contrecœur, il s'écarta de l'étreinte de sa femme. Il sentit que ses mains glissaient sur sa peau, qu'elle l'abandonnait avec ses souvenirs de jours meilleurs.

— Tu en sais assez pour aller de l'avant, maintenant, dit-elle, en le poussant doucement.

— Oui, je crois.

Il avait noté sur un bout de papier les coordonnées GPS du site mort-en-direct.com. Il s'approcha de son ordinateur, hésitant.

Cassie l'encouragea gentiment :

— Adrian, mon amour... Je pense que tu devrais te dépêcher.

Il baissa les yeux et vit que ses mains se tendaient vers le clavier. Cassie guidait ses doigts. Le E. Le R, maintenant. Épelle. Clique sur la souris. Il se dit qu'il était prisonnier entre deux mondes. Au début, la maladie se contentait de gratter des choses simples que la plupart des gens tiendraient pour acquises. Désormais elle les emportait, sans faire de détail. Il se tendit. Il se dit qu'il suffisait d'être solide et résolu. Tu ne t'arrêteras pas. Tu n'hésiteras pas. Tu agiras exactement comme tu avais l'habitude d'agir. L'écho de sa propre voix retentit dans le bureau aux murs couverts de livres, comme s'il avait crié au bord d'un profond canyon.

Adrian repoussa ses doutes et activa Google Earth. Une adresse apparut à l'écran. Elle lui permit d'obtenir le listing d'une agence immobilière. Une dizaine de photos en couleurs d'une vieille ferme délabrée d'un étage s'affichèrent à leur tour. Il y avait également le nom et le numéro de téléphone de l'agent immobilier. Adrian cliqua sur la photo de l'agent (une femme souriante) et vit qu'elle gérait de nombreuses propriétés. Chacune d'elles était décrite en des termes élogieux, aguicheurs. Adrian n'en croyait pas un mot. Il savait que Cassie lisait par-dessus son épaule. Elle n'y croyait pas non plus.

— Des endroits isolés, lui dit-elle. Des endroits minables que des riches achètent pour frimer, planter leurs racines, et se mettre à dépenser de l'argent pour protéger tous ceux qui y sont déjà coincés.

Adrian hocha la tête.

— Tout le monde se fiche de ce que l'on fait dans ce genre d'endroit, poursuivit Cassie, du moment qu'on le fait discrètement et qu'on paie cash. Pas de voisins fouineurs, j'imagine, ni de flics curieux. Des endroits tranquilles, planqués, à l'écart des sentiers battus.

Adrian alluma l'imprimante, qui se mit à ronronner.

— Surtout les photos. Tu vas avoir besoin des photos, insista Cassie.

Comme si elle lui rappelait un article qu'il ne devait pas oublier à l'épicerie.

— Je sais. Je les ai.

— Il faut y aller, maintenant.

Elle parlait d'un ton qui n'admettait aucune réplique, comme lorsque Tommy avait des ennuis. Cela n'était pas arrivé souvent. Mais quand c'était le cas Cassie oubliait qu'elle était une artiste et se montrait aussi austère qu'un pasteur méthodiste en costume noir. Adrian se leva et prit son manteau, posé sur le dossier d'une chaise.

— Il te faut autre chose, dit Cassie.

Adrian acquiesça. Il savait très précisément à quoi elle faisait allusion. Il était heureux d'être capable de traverser la pièce d'un pas ferme. Pas d'allure titubante d'ivrogne, pas de démarche hésitante. Pas de tremblement sénile. Depuis l'entrée, il contempla longuement la maison. Les souvenirs, autour de lui, formaient comme une chute d'eau assourdissante. Chaque coin, chaque étagère, chaque centimètre carré lui rappelait bruyamment les jours, les années qu'il avait passées là. Il se demanda s'il reviendrait jamais chez lui. Immobile, il entendit Cassie murmurer :

— Tu dois emporter des vers. Un poème entraînant. Un poème qui exalte le courage. « Une demi-lieue, une demi-lieue, une demi-lieue en avant », ou « On appellera ce jour celui de la Saint-Crépin »...

Adrian entendit les poèmes résonner dans sa tête, ce qui lui arracha un sourire. Des poèmes sur des soldats. Il sortit de la maison, plongea dans la lumière du début de la matinée. Il constata que sa femme, pour une raison inconnue, restait à ses côtés, qu'elle était brusquement sortie du foyer qui avait été le leur. Il ne comprenait pas pourquoi elle n'était plus enfermée à l'intérieur, mais ce changement le remplit de bonheur et d'excitation. Il la sentit qui s'installait avec Brian, et devina que Tommy n'était pas très loin, lui non plus.

Suivi des fantômes venus de son passé, Adrian traversa rapidement la cour, en direction de la vieille Volvo qui attendait dans l'allée.


Depuis qu'elle avait entendu la voix d'Adrian dans le téléphone portable de Mark Wolfe, Terri Collins ne parvenait pas à se débarrasser de son inquiétude. Elle ne voyait absolument pas pourquoi les deux hommes s'étaient rapprochés, pour poser des questions sur des tatouages et des cicatrices.

Elle était en route vers son bureau. C'était l'heure de pointe du matin, et même dans cette précieuse petite ville de province les principaux axes étaient encombrés. Sa priorité absolue serait de découvrir ce que tramait le professeur. Non qu'il fût capable de saboter son enquête. Celle-ci était au point mort. Terri regarda, autour d'elle, les gens au volant de leur voiture. Elle dut ralentir pour permettre à un bus scolaire de déboîter, devant une école primaire, afin de décharger ses passagers.

Cela lui rappela qu'elle devait accentuer la pression sur Mark Wolfe. Elle ne voyait pas très bien comment elle pourrait lui faire peur au point qu'il fasse ses bagages et disparaisse sur-le-champ – en emportant avec lui ses perversions dans un autre quartier ou une autre ville, où d'autres services de police prendraient le relais : dans le jargon des flics, on appelait « passer les ordures » cette manière de se défausser d'une responsabilité juridictionnelle. Mais le jour où sa mère partirait en maison de retraite... bon Dieu, ce jour-là, elle ferait en sorte que Mark Wolfe commence à se dire que déménager était une sacrée bonne idée.

En passant devant l'école, Terri jeta un coup d'œil rapide sur le côté, où le bus jaune déversait sa cargaison d'enfants. Deux professeurs, l'air soucieux, guidaient les élèves turbulents vers les portes de l'établissement. Une journée comme les autres commençait. Terri savait que ses enfants se trouvaient déjà à l'intérieur, mais elle se dit qu'elle les apercevrait peut-être. Elle les imagina, en train de s'installer bruyamment sur les bancs de leur salle de classe. Ils avaient cours de calcul, activité artistique et récréation, et aucun des enfants présents ne soupçonnerait que juste à la périphérie rôdaient toutes sortes de dangers. Il est impossible de protéger tous les enfants de tout ce qui peut leur faire du mal. Terri ne s'en sentait pas moins responsable.

Le commissariat se trouvait à six rues de l'école. Elle se gara sur le parking derrière l'immeuble, saisit sa mallette, son insigne et son arme. Terri se dit que le professeur aurait besoin d'une nouvelle mise en garde, mi-sermon, mi-menace, sur le thème « Restez à l'écart du travail de la police ». Le temps était doux. La saison des cambriolages. L'arrivée de températures plus clémentes en soirée entraîne invariablement une multiplication des cambriolages nocturnes. C'était une catégorie de délits très frustrante, car le préjudice était généralement peu important, les compagnies d'assurances exigeaient des tonnes de paperasserie, et la sérénité mentale des victimes était plus ou moins compromise pour un certain temps. Quand l'activité illégale débouche sur une corvée pour tout le monde...

Terri Collins entra au commissariat. Elle s'attendait plus ou moins à passer la journée à recueillir des témoignages. Peut-être devrait-elle aller dans une maison, ou des bureaux, pour inspecter une fenêtre fracturée ou une porte de cuisine qu'on avait forcée. Son regard se posa d'abord sur le sergent de service, assis à son bureau dans l'entrée principale, sous la protection d'une vitre à l'épreuve des balles. Le sergent avait du ventre et les cheveux gris, mais il savait s'y prendre avec les citoyens qui débarquaient au poste pour se plaindre des chiens en liberté, des étudiants qui pissaient dans les haies, des voitures mal garées et autres récriminations. Le sergent leur désignait les dix ou douze chaises en plastique dur alignées contre le mur. Ce qui aurait pu passer pour une salle d'attente.

— Ce type veut vous voir, dit-il à travers sa vitre de sécurité.

Terri hésita en voyant Mark Wolfe se lever. Il avait l'air bouleversé, en manque de sommeil et d'une humeur exécrable. Elle ne lui laissa pas le temps de placer un mot :

— Pourquoi le professeur Thomas s'est-il servi de votre portable pour m'appeler ?

Wolfe haussa les épaules.

— Je l'aidais à faire certaines recherches... Il m'a emprunté mon téléphone.

— Quel genre de recherches ?

Wolfe traînait les pieds. Il baissa la voix.

— C'est pour ça que je suis venu. J'aurais peut-être dû laisser tomber, mais le vieux...

— Quel genre de recherches, monsieur Wolfe ?

— Je l'ai aidé à chercher cette fille. La petite Jennifer. Celle qui a disparu.

— Comment cela, « je l'ai aidé » ? Et « chercher », ça veut dire quoi ?

— Il croit que la fille va réapparaître sur un site Internet. Un site porno. Il a des théories assez tordues sur les raisons du kidnapping, et...

Wolfe s'interrompit. Ce n'était pas très clair pour Terri Collins, surtout l'allusion aux « théories tordues ».

— Mais qu'est-ce que vous faites ici ? Vous auriez pu simplement m'appeler.

— Le vieux bonhomme ne s'est pas montré, fit Mark Wolfe. Il m'a promis de revenir chez moi ce matin, pour que nous poursuivions les recherches. J'ai même appelé mon travail pour me faire porter malade, merde, et nous étions censés...

— Censés faire quoi ? fit sèchement Terri.

— Je lui ai montré certains trucs, sur Internet.

Wolfe parlait lentement, en cherchant ses mots.

— Il voulait voir... vous savez, des choses bizarres. Bon Dieu, il est psychologue, hein, et j'étais juste là pour l'aider. Je n'avais pas la moindre idée de la manière, de l'endroit où il fallait chercher, et...

— Mais vous l'avez fait, coupa Terri.

Wolfe lui adressa un regard contrit.

— Ne vous méprenez pas. Disons que je l'aime bien, le vieux salaud, ajouta-t-il d'un ton presque affectueux. Hé, nous savons, vous et moi, qu'il est dingue. Mais dingue et déterminé, si vous voyez ce que je veux dire...

Wolfe hésita encore, jaugeant l'air impassible de joueuse de poker de Terri. Puis il changea de vitesse.

— Il faut que je vous parle, fit-il énergiquement. En privé.

— En privé ?

— Oui. Je ne veux pas avoir d'ennuis. Écoutez,
inspecteur, j'essaie d'être du bon côté, cette fois.
J'aurais pu rester chez moi, en me disant : Laisse
tomber, mais je suis venu vous parler. Le professeur n'est pas au mieux. Merde, vous auriez dû
voir ça...

Il contempla Terri, pour essayer de savoir si elle
le suivait.

— Et puis je m'inquiète pour lui, d'accord ?
Est-ce que c'est si terrible, bon Dieu ? Pourquoi
vous ne me laissez pas un peu de mou ?

Terri gardait le silence. Elle n'était pas du tout
certaine que l'exhibitionniste soit devenu du jour
au lendemain un citoyen modèle. Mais quelque
chose l'avait poussé à venir au poste, et sa motivation devait être forte, parce qu'un homme comme
Mark Wolfe ne veut jamais avoir quoi que ce soit à
faire avec la police.

— Très bien, dit-elle. Nous pouvons parler en
privé. Mais vous devez d'abord me dire pourquoi.

Wolfe eut un sourire qui accrut encore les
soupçons de Terri Collins.

— D'accord. Je crois que notre ami le professeur s'apprête à tuer quelqu'un.

Wolfe ignorait si c'était vrai. Adrian avait tellement agité son semi-automatique devant lui que
l'hypothèse n'était pas du tout déraisonnable. En
fait, Wolfe se disait que si l'on considérait la possibilité que le professeur tire accidentellement, au
moment où il pointerait son arme dans la

direction de quelqu'un, les risques de mort violente étaient tout sauf négligeables.

Ils prirent le chemin de la maison du professeur, bien que Wolfe ait insisté : ils ne le trouveraient pas chez lui. Comme il l'avait dit à Terri Collins, la Volvo n'était pas là, et la porte d'entrée était grande ouverte. Sans la moindre hésitation, Terri entra dans la maison, Mark Wolfe dans son sillage. Elle réalisa qu'elle était en train de violer une règle très précise de sa profession. Wolfe, lui, était dévoré de curiosité.

Ils furent accueillis par le désordre. Terri haussa les épaules, non sans constater qu'il s'était aggravé depuis sa première visite. Tout semblant de rangement ou de nettoyage avait disparu. Vêtements, vaisselle, déchets et papiers jonchaient tout l'espace. Comme si une tempête avait traversé la maison quelques minutes plus tôt.

— Professeur Thomas ? fit Terri d'une voix sonore.

Mais elle savait qu'il n'était pas là. Elle traversa le salon, répétant :

— Professeur Thomas, vous êtes là ?

Wolfe entrait dans une pièce attenante.

— Hé, s'exclama Terri, restez avec moi !

Il feignit de ne rien entendre.

— Voilà ce que vous devez vraiment voir ! s'écria-t-il soudain.

Elle le rejoignit. Wolfe s'était déjà installé devant un ordinateur, dans le bureau du professeur. Il tapait rapidement sur le clavier.

— Que voulez-vous me montrer ? demanda Terri.

— Je suppose que vous voulez voir le site qui l'a mis hors de lui. Il m'a affirmé que ce n'était pas le bon. Mais il vous a appelée, à propos de cette foutue cicatrice, et le…

— Oui, oui, le tatouage. Continuez.

Elle se pencha vers l'écran.

La page d'accueil de mort-en-direct.com s'afficha. Wolfe introduisit le mot de passe, « Jennifer ». Les mots *Bienvenue, psychoprof* s'imprimèrent à l'écran, suivis de l'image de la jeune fille. Elle semblait granuleuse, tremblante, comme si elle était floue. Terri Collins sentit que son cœur battait de plus en plus vite, au point que c'était probablement à cause de ça qu'elle avait tant de mal à voir, et non du signal vidéo HD.

Terri vit une jeune fille nue, enchaînée à un mur et menottée. Elle était repliée en position fœtale, et serrait contre elle un ours en peluche. Comme elle tournait presque le dos à la caméra, son corps était difficilement identifiable, et une cagoule noire lui cachait le visage. Terri vit la fleur noire tatouée sur un bras maigre, mais pas la cicatrice dont lui avait parlé le professeur Thomas.

— Bon Dieu… Mais qu'est-ce que…

— C'est un direct, filmé par une webcam, lui dit Wolfe, presque sur le même ton que le professeur. Le monde exige désormais que tout soit en direct, immédiat. Pas de délai. Une satisfaction instantanée.

Terri continuait à fixer l'écran, essayant de comparer l'image de la jeune fille au souvenir qu'elle avait de Jennifer. Sans le savoir, elle répétait précisément ce qu'Adrian avait fait quelques heures plus tôt.

— Ça ne peut être qu'une actrice…, dit-elle, incrédule.

— Vous croyez ? grogna Wolfe. Inspecteur, vous ne connaissez rien à ce…

Il fit apparaître le menu général du site. Il sélectionna un section1 au hasard, et ils virent la fille (elle portait un masque, cette fois) faire sa toilette tout en s'efforçant de cacher sa nudité aux regards. La silhouette d'un homme allait et venait à la limite du cadre. Cette fois, Terri vit la cicatrice.

— Ça ne colle pas…, dit-elle d'une voix pourtant hésitante.

— Ouais…, fit Wolfe avant de poursuivre très vite, excité : C'est ce que vous avez dit au professeur, cette nuit. Sauf qu'il était foutrement évident qu'il ne vous a pas crue. Ou bien il s'est dit que c'était du bidon, comme ces maquillages qu'on utilise à Hollywood.

— Il faut que je voie son visage, dit Terri, à peine plus haut qu'un murmure.

— On peut essayer. Enfin, plus ou moins. Ils ne lui enlèvent jamais son masque.

Il appela le section1 où Numéro Quatre répondait à un interrogatoire. Sa voix était légèrement déformée.

— Ils ont sans doute trafiqué le son de sa voix, expliqua Wolfe d'un ton de spécialiste, juste assez pour qu'on ne puisse pas la reconnaître.

Terri fixait la fille masquée et se concentrait sur chaque mot qu'elle prononçait. Elle repensa aux occasions où elle-même s'était assise en face de Jennifer. Elle essayait de retrouver quelque chose dans la voix, un accent qui identifierait cette fille et le souvenir qu'elle avait de Jennifer. Il faut que ce soit elle…, se dit-elle, surprise, même quand elle entendit la fille bredouiller « J'ai dix-huit ans ».

— Où…, commença-t-elle.

— C'est tout le problème, dit Wolfe. Ça ne se trouve pas à Los Angeles, ni à Miami ni au Texas. Cette saloperie de site se trouve à deux heures d'ici.

Ne faut-il pas plus de deux heures pour conduire quelqu'un au purgatoire ? se demanda Terri.

— J'ai les coordonnées GPS, poursuivit Wolfe. Le professeur les connaît aussi. Il est sans doute parti là-bas. En fait, je m'y attendais. Il a un peu d'avance sur nous. Mais je parie que le vieux bonhomme ne conduit pas aussi vite.

Si. Il va rouler vite, se dit Terri. Mais elle n'osa pas le dire à voix haute. Elle sortit son téléphone, comme si elle avait l'intention de s'en servir. Wolfe secoua la tête.

— Il n'est pas si moderne, dit-il simplement.

— D'accord, fit Terri. Allons-y.

Wolfe cliqua sur la souris. L'accès au site se ferma sur un joyeux *Au revoir, psychoprof*.

Terri Collins et Mark Wolfe descendirent en courant l'allée menant à la voiture de Terri, presque sur les traces qu'Adrian avait laissées un peu plus tôt. S'ils avaient réagi un tout petit peu plus lentement – s'ils s'étaient attardés quelques secondes de plus devant l'écran –, ils auraient vu la jeune fille cagoulée se raidir tout à coup en entendant qu'on ouvrait la porte de sa cellule.

## 41

Jennifer eut un violent mouvement de recul, mais elle avait le dos au mur et elle était enchaînée au lit : elle ne pouvait aller nulle part. Elle entendit le bruit, très familier désormais, que faisait la femme en traversant la pièce. Jennifer se sentait exténuée, malmenée, affamée. Le sang avait cessé de couler entre ses jambes, mais elle souffrait encore. Elle réalisa qu'elle n'était plus qu'un squelette qui s'accrochait à un semblant de vie. Quand elle bougeait, elle s'étonnait de ne pas percevoir le cliquetis de ses os.

Même si elle ne l'entendait pas, elle présumait que l'homme se tenait juste à côté de la femme. Il se déplaçait toujours en silence, ce qui aurait dû la terrifier encore plus, sauf qu'elle avait dépassé la ligne séparant la raison et la terreur. Il lui était impossible d'avoir encore plus peur – et paradoxalement, maintenant, elle était à peine effrayée. Quand on sait qu'on va mourir, rien ne peut vraiment vous faire peur, se dit-elle. Mon père n'avait pas peur. Je n'ai pas peur. Plus maintenant. Quoi que vous ayez l'intention de me faire, eh bien allez-y, faites-le. Je m'en fiche, maintenant. Elle sentit que la femme venait tout près d'elle.

— Tu as soif, Numéro Quatre ?

Jennifer eut soudain l'impression que sa gorge la brûlait. Elle hocha la tête.

— Bois, Numéro Quatre.

La femme lui mit une bouteille d'eau dans la main. La cagoule présentait toujours la petite fente à hauteur de la bouche, par laquelle on l'avait droguée le jour où ils l'avaient baptisée Numéro Quatre. Elle fit son possible pour introduire le goulot entre ses lèvres. Elle y parvint, non sans mal, mais l'eau coula à travers la cagoule et goutta sur sa poitrine. Pendant quelques instants, elle eut moins l'impression d'être désaltérée que d'être en train de se noyer. Retenant son souffle, elle but jusqu'à ce que la bouteille soit tout à fait vide. Elle se dit que l'eau était sans doute droguée, et que ce serait une excellente chose. Tout ce qui lutterait contre la douleur, et contre tout ce qui pouvait lui arriver, était absolument bienvenu.

— Ça va mieux, Numéro Quatre ?

Jennifer acquiesça. Mais c'était faux. Rien n'allait mieux. Tout à coup, elle faillit succomber à l'envie de hurler « Je m'appelle Jennifer ! », mais elle n'était même plus capable de former ces mots, de leur faire franchir ses lèvres déshydratées. En dépit de l'eau qu'elle avait bue, elle était encore muette.

Jennifer entendit un bruit. Le frottement du bois contre le sol de ciment. Elle savait ce que c'était. L'homme silencieux avait posé la chaise des interrogatoires à sa place habituelle. Quelques secondes plus tard, la femme confirmait cette impression :

— Je veux que tu ailles au pied du lit. La chaise que tu as déjà utilisée est là. Trouve-la, et assieds-toi. Relax. Regarde devant toi.

Les ordres de la femme étaient directs. Elle parlait presque doucement. Jennifer remarqua avec surprise une certaine modulation dans sa voix. Le ton monocorde épuisant, si dur, qu'elle entendait depuis tant de jours, s'était adouci. C'était presque le ton amical d'une réceptionniste, comme si la femme ne lui demandait rien de plus compliqué que de prendre un siège et de patienter en attendant l'heure d'un rendez-vous prévu de longue date.

Jennifer n'y croyait absolument pas. Elle savait qu'on la haïssait toujours. Elle espérait être capable de haïr autant en retour.

— Le moment est venu de te poser encore quelques questions, Numéro Quatre. Il y en a peu. Ce ne sera pas long.

Jennifer fit un mouvement de côté. Elle rampa vers le bout du lit, en faisant cliqueter sa chaîne, afin d'atteindre la chaise. Elle traînait Mister Fourrure derrière elle, comme un soldat qui essaie d'éloigner de la ligne de tir un camarade blessé. Elle se fichait désormais de sa nudité et de la caméra qui sondait son corps avec une curiosité indécente. Elle tâtonna, trouva la chaise et s'y laissa glisser. Jennifer regarda fixement devant elle, vers l'endroit où, elle le savait, se trouvait l'objectif, braqué sur elle.

Il y eut un moment de silence, puis la femme reprit :

— Dis-nous, Numéro Quatre... Est-ce que tu rêves de liberté ?

La question la prit par surprise. Comme à chaque fois que cette femme sondait ses sentiments, Jennifer ignorait ce que pouvait être la bonne réponse.

— Non, dit-elle lentement. Je rêve de retrouver ce qui était avant. Avant que je vienne ici.

— Mais tu nous as dit que tu méprisais cette vie-là, Numéro Quatre. Tu nous as dit que tu voulais t'en échapper. Tu mentais ?

— Non, dit Jennifer, très vite.

— Je crois que tu mentais, Numéro Quatre.

— Non, non, non ! répondit Jennifer, implorante.

— Numéro Quatre..., reprit la femme après une brève hésitation. Que crois-tu qu'il va t'arriver, maintenant ?

La jeune fille avait l'impression que deux Jennifer cohabitaient. La première était étourdie, la tête lui tournait, elle était désorientée par les légères variations dans la voix de la femme. L'autre était froide, presque raidie par des sensations glacées, et savait que quoi qu'elle dise, quoi qu'elle fasse, elle était proche de la fin – tout en refusant d'imaginer à quoi la fin ressemblerait vraiment.

— Je ne sais pas, répondit-elle.

— Numéro Quatre, que crois-tu qu'il va t'arriver maintenant ? répéta la femme.

Exiger qu'elle réponde à cette question était plus cruel que tout ce qu'on lui avait infligé jusqu'alors. Répondre était pire qu'être battue, enchaînée, humiliée, violée et filmée. Il fallait pour cela se pencher sur son avenir, ce qui était aussi douloureux que d'être taillé avec une lame de rasoir. Jennifer comprit que si vivre certains moments de douleur absolue était atroce, spéculer était bien pire.

— Je ne sais pas, je ne sais pas, je ne sais pas !

Elle crachait les mots, les expulsait de sa poitrine, si aigus que la cagoule parvenait à peine à les étouffer.

— Numéro Quatre. Une dernière fois. Que crois-tu...

Jennifer l'interrompit :

— Je crois que je...

Les mots venaient très lentement, désormais.

— ... que je ne partirai jamais d'ici. Je crois que je resterai ici jusqu'à la fin de ma vie. Je crois que c'est mon foyer, maintenant, et qu'il n'y a ni lendemain ni surlendemain. Il n'y a pas eu d'hier, ni d'avant-hier. Il n'y a même pas une minute qui m'attend dans le futur. Il n'y a que ça. Ici. Maintenant. C'est tout.

La femme gardait le silence. Jennifer se dit qu'elle pouvait parfaitement aimer ce qu'elle venait d'entendre, ou détester cela. Elle s'en fichait, de toute façon. Elle était parvenue à ne pas prononcer les mots « Je vais mourir », qui constituaient la seule bonne réponse.

Puis la femme se mit à rire. Le son pénétra Jennifer jusqu'au tréfonds d'elle-même. C'était presque douloureux.

— Tu veux être sauvée, Numéro Quatre ?

Quelle question stupide, pensa-t-elle. Je ne peux pas me sauver. Il n'a jamais existé une seule possibilité de me sauver. Mais les mots s'entrechoquaient dans son esprit. Elle agita la tête.

— Bien, fit la femme.

Une brève hésitation, encore.

— J'ai une requête, Numéro Quatre.

Une requête ? Elle veut me demander une faveur ? Impossible. Jennifer opina de nouveau, très légèrement. Elle était à bout de nerfs. Chaque mot prononcé par cette femme était choisi pour l'abuser. Mais en quoi, elle l'ignorait.

— Feras-tu ce que je te demanderai ? reprit la femme.

Jennifer acquiesça.

— Oui. Tout ce que vous demanderez. Je le ferai.

Elle se disait qu'elle n'avait pas le choix.

— Tout ?

— Oui.

La femme fit une pause. Jennifer s'attendait à une quelconque violence, génératrice de douleur. Elle va me frapper. L'homme va peut-être me violer de nouveau, se dit-elle.

— Donne-moi ton ours, Numéro Quatre.

Jennifer ne comprenait pas.

— Comment ?

— Je veux l'ours, Numéro Quatre. Immédiatement. Donne-le-moi.

Jennifer était à deux doigts de s'abandonner à la panique. Elle avait envie de hurler. Elle avait envie de s'enfuir. C'était comme si on lui demandait de se séparer de son cœur, de son souffle. Mister Fourrure était la seule chose qui lui rappelait qu'elle était Jennifer. Elle sentait le contact de la fourrure synthétique contre sa peau nue. En cet instant précis, c'était plus intense encore, comme si la peluche adhérait à son corps, comme si l'animal fusionnait avec elle. Abandonner Mister Fourrure ? Sa gorge se bloqua. Elle haleta, eut un haut-le-cœur et se jeta en arrière contre le dossier de la chaise, comme si elle avait reçu un violent coup de poing dans la poitrine.

— Je ne peux pas, gémit-elle. Je ne peux pas.

— L'ours, Numéro Quatre. Ainsi je garderai quelque chose qui m'aidera à me souvenir de toi.

Jennifer sentit les larmes venir, et la nausée lui retourna l'estomac. Elle se dit qu'elle allait vomir. Elle sentait les petites pattes de l'ours en peluche s'accrocher à elle, comme les mains d'un nouveau-né. Jennifer aurait aimé plonger dans un trou profond et se cacher pour qu'on oublie sa trahison.

— L'ours, Numéro Quatre. C'est la dernière fois que je te le demande.

Jennifer ne voyait pas ce qu'elle aurait pu faire d'autre. Elle écarta lentement Mister Fourrure de sa poitrine et le tendit vers l'avant. Les épaules agitées de spasmes, elle ne put retenir ses sanglots. Elle sentit la main de la femme frôler la sienne en prenant Mister Fourrure. Désespérément, elle essaya de le caresser au moment où elle lâchait prise. Elle était absolument seule, désormais. Seuls les mots « Je suis désolée Je suis désolée Adieu Adieu Adieu » purent se former dans son esprit. Elle entendit à peine ce que la femme lui disait.

— Merci, Numéro Quatre. Maintenant, Numéro Quatre, nous pensons que l'heure d'en finir est arrivée. Est-ce que tu trouves ça acceptable ?

La question lui coupa le souffle. Elle se sentait plus nue que jamais.

— C'est acceptable, Numéro Quatre ?

Je suis désolée, Mister Fourrure. Je t'ai trahi. C'est entièrement de ma faute. Je regrette tellement. Je voulais tant te sauver.

— L'heure d'en finir, Numéro Quatre ?

Jennifer savait que c'était encore une question qui exigeait une réponse. Elle ne savait que répondre. Dis oui et tu meurs. Dis non et tu meurs.

— Tu voudrais rentrer chez toi, maintenant, Numéro Quatre ?

Le peu de souffle qui lui restait se bloqua au fond de sa gorge. L'air était à la fois brûlant comme du gaz et glacé, comme s'il était porté par le blizzard.

— Tu veux qu'on en finisse ? insistait la femme.

— Oui…, coassa enfin Jennifer entre deux sanglots.

— La fin, alors, Numéro Quatre ?
— Oui, s'il vous plaît…
— Très bien, dit la femme.

Jennifer ne comprenait pas ce qui se passait, et n'y croyait pas. Des fantasmes de liberté encombraient son imagination. Elle se crispa. Soudain, elle sentit les mains de la femme sur les siennes. Ce fut comme si elle avait touché un fil électrique. Tout son corps frissonna. La femme ouvrit lentement les menottes, qui tombèrent sur le sol avec un bruit métallique. La chaîne tomba à son tour, dans un claquement. Jennifer sentait que la tête lui tournait, elle avait presque le mal de mer. Elle tanguait d'avant en arrière, comme si les menottes et la chaîne l'avaient maintenue en équilibre.

— La cagoule reste en place, Numéro Quatre. Quand tu pourras l'enlever, tu le sauras.

Jennifer réalisa qu'elle avait levé les mains vers la toile noire qui lui recouvrait la tête. Elle obéit immédiatement. Ses mains retombèrent sur ses genoux, mais elle était troublée. Comment le saurait-elle ?

— Je pose devant tes pieds la clé qui te permettra de sortir d'ici, dit lentement la femme. Cette clé ouvre la seule porte qui te sépare encore de la liberté. Tu vas rester assise pendant quelques minutes. Tu devras compter à voix haute. Quand tu estimeras qu'un laps de temps assez long s'est écoulé, tu trouveras la clé et tu pourras décider si le moment est venu de rentrer chez toi. Tu prendras pour te décider autant de temps que tu voudras.

Jennifer avait la tête qui tournait. Elle comprenait la partie « Tu vas rester assise », et « Tu vas compter ». Mais le reste n'avait aucun sens. Elle était figée. Elle entendit la femme traverser la cellule dans un froissement de sa combinaison. La porte s'ouvrit, se referma, et il y eut le bruit d'une serrure.

L'imagination de Jennifer s'enfiévra, les images se télescopèrent dans son esprit. La clé était censée se trouver juste en face d'elle. Elle pensa : Ils s'en vont. Ils s'enfuient, ils veulent simplement que j'attende qu'ils soient partis. C'est ce que font les criminels. Ils doivent protéger leur fuite. D'accord. Je peux jouer à ce jeu-là. Je peux faire ce qu'ils exigent. Partez. Laissez-moi ici. Je retrouverai mon chemin toute seule.

— Un sur mille, deux sur mille. Trois sur mille…, murmura-t-elle.

Elle ne put s'en empêcher. L'espoir s'était emparé d'elle, en même temps que le sentiment de culpabilité. Je suis désolée, Mister Fourrure. Tu devrais être avec moi. Je devrais te ramener à la maison, toi aussi. Je suis désolée.

Elle se raidit. Des pieds à la tête. Et si Mister Fourrure était posté devant une caméra et qu'on le torturait à sa place ? Jennifer ne se pardonnerait jamais de l'avoir abandonné. Elle ne pourrait pas rentrer à la maison sans son ours. Sans lui, elle ne pourrait jamais faire face à son père, même si son père était mort – et cette contradiction ne semblait pas être un obstacle. Tout son corps se tendit, comme une vis qu'on enfonce dans le bois.

— … vingt sur mille. Vingt et un sur mille…

Il faut laisser assez de temps passer, se dit-elle. Qu'ils s'enfuient. Qu'ils s'en aillent. Tu ne les reverras jamais. Ça lui semblait logique. Ils en ont fini avec moi. C'est terminé. Elle se mit à sangloter, de manière incontrôlable. Elle s'interdisait de prononcer, même mentalement, les mots « Je vais vivre… », mais cette idée monta en elle, s'accorda aux chiffres de son horloge mentale.

Quand elle parvint, lentement et laborieusement, à deux cent quarante, elle n'y tint plus. La clé, se dit-elle. Trouve la clé. Rentre à la maison.

Toujours assise sur la chaise, elle se pencha, tendit la main en avant, comme un pénitent qui allume un cierge de dévotion sur l'autel de son église. Elle tâtonna. Ses doigts rencontrèrent un objet solide, métallique. Jennifer hésita. Cela ne ressemblait vraiment pas à une clé. Elle avança la main, enserra une forme en bois.

Du bout des doigts, elle caressa la forme de la clé. Quelque chose de rond. Quelque chose de long. Quelque chose d'horrible. Elle recula vivement, en haletant, comme si elle s'était brûlé les doigts. Les cris du bébé. C'était un mensonge. Les enfants qui jouaient. Mensonge. Le bruit d'une dispute. Mensonge. La police dans l'escalier. Mensonge.

Une clé pour te libérer. Le pire de tous les mensonges. Ce n'était pas la clé pour ouvrir une porte, qui se trouvait à ses pieds. C'était un revolver.

## 42

Adrian se trompa au moins trois fois à des carrefours, et se perdit vraiment sur une série de routes cabossées serpentant à travers des petites villes qui auraient été parfaites pour Norman Rockwell si elles n'avaient pas été abîmées par une ère de crise et de pauvreté. Trop de voitures mangées de rouille sur des parpaings dans les cours, trop d'outils agricoles abandonnés, appuyés contre des clôtures branlantes. Adrian vit des granges qui n'avaient pas été repeintes depuis une dizaine d'années, dont le toit s'était affaissé sous le poids de la neige des hivers rigoureux, à côté de caravanes de double largeur équipées d'antennes paraboliques. Des panneaux peints à la main vantant les mérites d'un sirop d'érable ou d'un artisanat indien authentiques fleurissaient tous les cinq kilomètres.

Il emprunta des routes qui menaient à des destinations peu recherchées. Des chemins à deux voies, étroits et sinueux, loin des parties de la Nouvelle-Angleterre qui peuplaient les brochures pour touristes. De grands bosquets emmêlés à l'écart des autoroutes, et leurs feuilles d'un beau vert vif. Des champs qui avaient accueilli jadis des vaches laitières et des moutons vallonnaient entre les rangées d'arbres. Des fragments ignorés de l'Amérique, que des gens pressés traversaient pour aller ailleurs – pour rejoindre un chalet luxueux au bord d'un lac, ou un appartement en copropriété dans une station de ski huppée.

À plusieurs reprises, Adrian dut rebrousser chemin après s'être arrêté sur le bord de la route pour examiner la vieille carte routière déchirée qu'il avait retrouvée au fond de la boîte à gants. Il n'avait pas vraiment de plan.

Son cheminement hasardeux et ses mauvais choix de direction dus à sa sénilité l'avaient considérablement retardé. Il savait qu'il n'avait pas une seconde à perdre. Il écrasa l'accélérateur comme quelqu'un qui fonce, affolé, vers l'hôpital, jetant la voiture en avant, puis freinant brusquement quand il se rendait compte qu'il risquait d'en perdre le contrôle dans un virage serré. Il se répétait sans cesse qu'il ne devait plus se tromper à un seul carrefour. Une erreur de direction pourrait être fatale, se disait-il, puis il s'exclamait à voix haute : « Avance, avance... »

Adrian s'efforçait de penser à Jennifer, mais même cela était fuyant, difficile. Comme si différentes images s'opposaient. Jennifer, déterminée, avec sa casquette rose des Red Sox. Jennifer sur la photo de l'affiche « Personne disparue » posée sur le siège à côté de lui. Jennifer, masquée et presque nue, la tête tournée vers la caméra pendant qu'une personne invisible l'interroge.

Il savait quelle Jennifer il trouverait quand il aurait repéré la ferme.

Ce qui restait du raisonnable professeur de psychologie, ex-président de son département, cette part respectable d'Adrian, lui disait d'appeler l'inspecteur Collins, et de lui expliquer où il était et ce qu'il faisait. C'était la solution que dictait la prudence. Il pouvait même appeler l'exhibitionniste. Mark Wolfe ou Terri Collins auraient certainement une bien meilleure idée que lui quant à la manière d'agir.

Mais Adrian avait décidé de cesser d'être raisonnable à l'instant où il avait démarré sa voiture, ce matin-là. Il ignorait si sa conduite pouvait être attribuée à sa maladie. Peut-être, se répondit-il. Peut-être que c'est simplement mon aspect le plus dingue qui prend le dessus. Peut-être que si je prenais une poignée de ces comprimés qui n'ont aucun effet, je procéderais différemment.

Ou peut-être pas.

La vieille Volvo dut ralentir de façon dramatique, alors qu'elle descendait une petite route à deux voies. Adrian regardait à gauche et à droite en quête d'un indice suggérant qu'il approchait du but. Il s'attendait presque à ce qu'une fourgonnette déboule à toute allure au coin de la route, à grand renfort de klaxon, et menace de le renverser. Il se dit qu'il aurait peut-être dû appeler la femme de l'agence immobilière pour obtenir un itinéraire précis, peut-être même lui demander de l'accompagner pour qu'elle lui montre le chemin. Mais une voix insistante, au fond de son cerveau, lui répétait que, quoi qu'il fasse, il valait mieux agir seul. Il soupçonnait Brian de lui souffler cette idée. Il avait toujours été un franc-tireur qui avait confiance avant tout en lui-même. Ou Cassie, peut-être, avec sa vision d'artiste, sur le mode « J'ai besoin d'être seule. » Tommy, toujours merveilleusement indépendant, y contribuait sans doute aussi.

Adrian dirigea la Volvo dans un décrochage prévu pour les autocars scolaires. Il s'arrêta en faisant crisser les pneus sur le gravier. D'après sa vieille carte routière, les coordonnées GPS dont il disposait et les informations dispensées par l'agence, l'allée menant à la ferme se trouvait quatre cents mètres plus loin. Adrian regarda dans cette direction. Une vieille boîte aux lettres bleue, penchée comme un matelot ivre à l'issue d'une nuit à terre, indiquait une entrée isolée.

Sa première idée fut de conduire jusque-là, de descendre de voiture et de frapper à la porte. Il allait démarrer lorsqu'une main lui toucha l'épaule.

— Je ne crois pas que ça marchera comme ça, papa, murmura Tommy.

Adrian attendit.

— Qu'en penses-tu, Brian ? demanda-t-il, du ton qu'il aurait employé durant une longue et ennuyeuse réunion d'études, au moment de recueillir les réclamations et opinions diverses. Tommy prétend que je ne peux pas simplement aller à la porte d'entrée.

— Fais confiance à ton garçon, Audie. Il est toujours facile de repousser une attaque frontale, même si tu jouis de l'effet de surprise. Et tu n'as aucune idée de ce que tu vas trouver là-dedans.

— Dans ce cas...

— Discrétion, papa, intervint Tommy, très bas. Tu dois te faufiler.

— Je crois que c'est le moment d'avancer avec précaution, Audie. Pas de fanfaronnades. Pas de sommations. Pas d'irruptions brusques sur le mode : « C'est moi ! Où est Jennifer ? » Ce qu'il faut, maintenant, c'est savoir de quoi il retourne.

— Cassie ? demanda-t-il.

— Écoute ton frère et ton fils, Audie. Ils ont beaucoup plus d'expérience que tu n'en auras jamais pour mener à bien ce genre d'opérations.

Il n'était pas certain que ce soit tout à fait vrai. Bien sûr, Brian avait mené une compagnie à travers la jungle pendant la guerre, et Tommy avait filmé d'innombrables opérations militaires. Mais Adrian se dit que Jennifer était plutôt semblable à une de ses souris de laboratoire. Elle se trouvait dans un labyrinthe, et il observait le déroulement de l'expérience. Cette idée lui parut logique. Il lui semblait logique de trouver un endroit d'où il pourrait observer, avec un peu de recul.

Adrian contempla longuement, une nouvelle fois, les photos prises sur le site de l'agence immobilière. Puis il les plia soigneusement et les fourra dans la poche intérieure de son manteau. Alors qu'il descendait de voiture, il entendit Cassie chuchoter :

— Ne l'oublie pas…

— Il faut que je me concentre…, marmonna-t-il en secouant la tête.

Il se dit qu'il jouissait de cinquante pour cent de ses capacités normales de réflexion. Peut-être moins. Sans le rappel de Cassie, il était perdu.

— Désolé, Opossum. Tu as raison. J'en ai besoin.

Il se pencha à l'intérieur de la voiture et saisit, sur le siège du passager, le Ruger 9 mm de son regretté frère.

Le poids du pistolet lui était familier. Il se dit que l'arme lui aurait été finalement beaucoup plus utile qu'à Brian. Ce dernier ne s'en était servi qu'une fois. Pour se tuer. Adrian s'en était servi pour presque se tuer, puis pour menacer Mark Wolfe de manière répétée. Et il avait maintenant l'occasion de l'utiliser de nouveau. Il essaya de fourrer le pistolet dans la poche de son manteau, mais il n'y entrait pas. Il voulut le glisser sous la ceinture de son pantalon, mais ce qui semblait si naturel aux vedettes du cinéma et de la télévision lui donnait une impression de déséquilibre. Il sentit que l'arme pourrait glisser et qu'il risquait de la perdre. Il la garda donc à la main, les doigts serrés sur la crosse.

Adrian leva la tête. Un vent léger agitait les branches des arbres. Des rayons de lumière et des ombres oscillaient d'un côté et de l'autre. Il traversa la route au petit trot et se dirigea vers l'allée. Un vol de corbeaux s'égailla bruyamment au-dessus d'un festin sanguinolent, au milieu de la route. Il était heureux que personne ne vienne. Il se disait qu'il devait avoir l'air à la fois absolument ridicule et mortellement dément.


Terri Collins conduisait brutalement, poussant sa petite voiture au-delà des limites imposées.

Mark Wolfe s'agrippait à la poignée fixée au-dessus du siège passager, un sourire fou aux lèvres, les yeux écarquillés, aussi excité que s'il s'était trouvé sur des montagnes russes. Les kilomètres défilaient sous les roues de la voiture. Ils ne s'étaient presque pas parlé depuis le départ. Seule la voix métallique et onctueuse du GPS installé sur le portable de Terri brisait de temps en temps le silence.

Terri ignorait quelle avance avait le professeur. Un peu. Assez ? Elle savait que c'était urgent, mais elle aurait eu beaucoup de mal à expliquer pourquoi ils étaient si pressés. Allait-elle empêcher un professeur de psychologie à moitié fou de tuer des innocents ? C'était possible. Retrouver une adolescente en fugue exploitée sur un site pornographique ? C'était possible. Ne faire ni l'un ni l'autre mais se couvrir de ridicule ? C'était probable.

À un moment, Wolfe se mit à rire. Terri roulait à près de cent soixante kilomètres à l'heure. Il trouvait cela incroyablement drôle.

— Moi, je me serais fait arrêter par un flic, c'est certain. Et il aurait eu la surprise de sa vie en vérifiant mon permis et mon numéro de plaque. Les types avec un dossier comme le mien ne se sortent jamais d'une contravention en discutant. Pour ça, vous avez de la chance.

Terri n'avait pas l'impression d'avoir de la chance. En fait, elle aurait été soulagée de voir surgir derrière elle une voiture de la police de l'État. Cela lui aurait donné une excuse pour leur demander de l'aide.

Elle n'était pas sûre d'avoir besoin d'aide. Elle n'était pas sûre de ne pas en avoir besoin. Terri avait l'impression d'être embarquée dans une sorte de quête bizarre, accompagnée par le plus odieux des Sancho Pança, sur les traces d'un Don Quichotte qui avait encore moins de contact avec la réalité que le chevalier errant de Cervantès.

Suivant les instructions du GPS, ils quittèrent l'autoroute et s'engagèrent dans une série de routes secondaires. Terri roulait aussi vite que le permettaient ces voies étroites. Ses pneus protestaient. Assis à côté d'elle, Wolfe oscillait d'un côté et de l'autre, déséquilibré.

Un paysage changeant, étranger à ce qu'elle connaissait, défilait devant le pare-brise. Les forêts et les champs auraient dû exprimer la paix et la beauté, au lieu de quoi ils semblaient receler de noirs secrets. Pendant un moment, Terri crut qu'elle était sortie du monde de l'ordre et de l'habitude. Dans la ville où elle travaillait régnait une certaine logique. Tout n'était peut-être pas idéal, mais elle en maîtrisait tous les sombres courants souterrains, elle n'en avait donc pas peur. Ce voyage reposait au contraire sur des notions qui se situaient bien au-delà de tout ce qu'elle avait jamais vécu durant ses années de service dans la police. Mais peut-être proches de l'époque où elle était elle-même une victime. Elle secoua la tête, comme si elle répondait à une question que personne ne lui avait posée.

Mark Wolfe était plongé dans l'itinéraire.

— Encore seize kilomètres sur cette route. Très précisément seize kilomètres huit cents, d'après ces informations. Un dernier carrefour, puis six kilomètres trois cents, et nous y serons. À condition que tout ceci soit correct. Mapquest peut être très précis, mais ce n'est pas toujours le cas.

Il se mit à rire, à nouveau.

— Je n'aurais jamais cru qu'un jour je ferais le copilote pour un flic, dit-il.


Adrian trouva un chemin qui semblait parallèle à l'allée, à travers les arbres qui bordaient la route menant à la ferme. Il enjamba des troncs couchés sur la terre, que l'humidité rendait spongieuse. Les ronces s'accrochaient à ses vêtements. Quelques minutes plus tard, le sentier s'étrécit et devint plus sauvage. Adrian se retrouva en train de se débattre contre la végétation printanière, en pleine croissance.

Il devait sans cesse se dégager des ronces accrochées à son pantalon et à ses mains, il écartait les broussailles, tournait à droite puis à gauche, essayant de suivre une piste qui semblait ouverte et accessible, puis devenait infranchissable au bout de quelques mètres. Adrian n'admettait pas encore qu'il était perdu, mais il savait que la direction qu'il avait prise l'éloignait de sa destination. Il traçait son chemin comme un vrai broussard, en essayant de ne pas perdre son sens de l'orientation. Il s'attendait à ce que Brian lui rappelle que c'était bien pire dans la jungle vietnamienne, mais il n'entendait que le souffle rauque, saccadé et épuisé de son frère. Quand il s'arrêta pour se reposer un instant, il réalisa que c'était le sien.

Il sentit qu'il était piégé. Il avait envie de se servir du 9 mm, comme si les balles pouvaient lui ouvrir le chemin. Malgré la douceur de la température, la sueur lui coulait sur le front. Il aurait pu être au milieu d'une bagarre. Il donnait des coups de poing, écartait une branche de son visage, frappait du pied dans les ronces qui déchiraient son pantalon.

Adrian prit le temps de lever les yeux. Le ciel bleu semblait éclairer sa route. Il se força à avancer – mais il se rendait compte qu'« aller de l'avant » pouvait aussi bien signifier « partir de côté », voire « reculer ». Il était totalement égaré, vaincu par la forêt. Un instant, il eut très peur, persuadé qu'il s'était introduit dans un no man's land dont il ne sortirait jamais et qu'il était condamné à passer le temps qui lui restait à vivre perdu dans un épais fouillis d'arbres et de broussailles, piégé par une erreur d'estimation.

Il était près de s'abandonner à la panique, de hurler à l'aide. Il s'accrochait aux branches et avançait dans toutes les directions possibles. À plusieurs reprises, il repoussa brutalement du bois mort et trébucha. Il était couvert de sang. Il avait les mains et le visage écorchés. Il maudit son âge, sa maladie, son obstination. Tout à coup, aussi brusquement qu'elle l'avait avalé, la forêt s'éclaircit, comme si elle relâchait sa prise sur lui.

L'espace s'élargit. Sous ses pieds, le sol se raffermit. Les ronces le libérèrent. Levant les yeux, Adrian vit la sortie. Il se jeta en avant, comme un homme qui se noie cherche l'air dès que sa tête émerge au-dessus de la surface de l'eau. La rangée d'arbres s'interrompit, laissant la place à un champ herbeux au sol trempé. Adrian tomba à genoux, tel un suppliant plein de gratitude. Il se mit à respirer à toute vitesse, s'efforça de retrouver son calme et de comprendre où il était.

Une petite colline s'élevait devant lui. Il monta la côte, sentit que le soleil lui réchauffait le dos. Il régnait une légère odeur de terre humide. Adrian s'arrêta au sommet pour se repérer. À sa grande surprise, il découvrit en contrebas un corps de ferme et une grange. Il sortit de la poche de sa veste les feuilles de la brochure de l'agence, compara nerveusement les photos avec les bâtiments qu'il avait sous les yeux. Nous y sommes, se dit-il.

Sa bataille en zigzags contre la forêt l'avait mené plus loin que la maison, qui se dressait dans un léger creux. Il faisait face au pignon, presque à l'arrière de la maison, et la grange était plus proche de lui. Il se trouvait à une cinquantaine de mètres des bâtiments. Le terrain était totalement découvert. Un champ boueux sur lequel s'étaient trouvées des vaches, jadis.

Adrian ne demanda pas conseil à son frère.

Il se laissa tomber sur le sol meuble et se mit à ramper vers l'endroit où il était absolument certain de trouver Jennifer, la jeune fille disparue.

## 43

*Les deux adolescentes étaient assises côte à côte sur le bord d'un lit pour une personne, dans une chambre remarquable pour ses collections de fanfreluches, d'animaux en peluche rose et de services à thé miniature. Elles regardaient avec attention l'écran de l'ordinateur. À un an près, voire quelques semaines, elles avaient le même âge que Numéro Quatre.*

*Sur le bureau, devant elles, était posé un pistolet de calibre 32, crosse nickelée et nez camus. Les images de l'écran se reflétaient sur le métal luisant. Il était chargé, le cran de sûreté débloqué. Le pistolet reposait sur une pile de feuilles de papier – surtout des sorties d'imprimante et des copies de mails, de messages et de pages de MySpace. Au milieu de la pile se trouvaient deux messages manuscrits sur papier quadrillé. On les avait pliés six fois pour les comprimer, puis dépliés et lissés pour qu'on puisse les lire.*

*Une des deux filles était légèrement en surpoids. L'autre portait des lunettes aux verres épais. Deux faits qui auraient dû n'avoir aucune importance, mais qui, pour ces deux jeunes filles, étaient essentiels.*

*Les documents sur lesquels était posé le pistolet constituaient le dossier détaillé de six mois d'intense harcèlement informatique. « Connasse » et « pute » étaient deux des termes les plus fades dont on s'était servi pour les qualifier. On y trouvait également des* images atroces, embarrassantes, manipulées avec Photoshop, qui montraient les deux filles se livrant à des activités sexuelles variées avec plusieurs garçons non identifiés. Que les scènes reproduites sur ces photos n'aient jamais eu lieu n'avait aucune importance. Celui qui les avait forgées était très fort. Il fallait examiner les clichés très attentivement pour découvrir qu'il s'agissait de faux. Aucun de leurs camarades de classe, au collège, n'avait pris cette peine lorsque les photos avaient circulé par e-mail, et via les téléphones portables. Ils savaient déjà qu'il s'agissait de montages, et ils s'en fichaient.

Les deux filles regardaient l'écran en silence.

La fille obèse avait volé le pistolet à sa mère. Celle-ci était une secrétaire de direction divorcée, qui travaillait souvent tard le soir et devait traverser l'immense parking de la compagnie pour retrouver sa voiture – ce qui justifiait son port d'arme. Au début, elle avait essayé de faire admettre sa fille au cours d'autodéfense qu'elle avait fini par quitter. En ce moment précis, la mère se trouvait à son bureau, distribuant des coups de fil et préparant la prochaine tournée de ventes de son patron. Elle croyait que son pistolet se trouvait au fond du sac Fendi qu'elle avait acheté en solde, et pensait que sa fille était à son cours d'algèbre.

À contrecœur, la fille aux lunettes se détourna de l'écran. Elle posa les yeux sur la feuille de papier à lettres jaune pâle, à bordure florale compliquée, qu'elle tenait à la main. C'était le message de suicide commun qu'elles avaient rédigé ensemble. Elles avaient tenu à faire en sorte que tout le monde sache qui les avait humiliées avec un tel acharnement :

*elles avaient donc mentionné le plus de noms possible, en s'accrochant à l'idée que les gens qui les avaient poussées au suicide finiraient leurs jours en prison. Elles ignoraient que cela avait peu de chances de se passer ainsi, mais cela les avait aidées à consolider leur pacte.*

*Leur message d'adieu ne mentionnait pas leur commune fascination pour mort-en-direct.com. Elles ne parlaient pas des heures qu'elles avaient passées en empathie avec Numéro Quatre. Elles ne décrivaient pas la manière dont elles l'avaient suppliée, encouragée, ni la façon dont elles avaient sangloté avec elle quand on lui avait infligé des choses terribles.*

*Elles s'étaient totalement identifiées à Numéro Quatre. Et quand elles avaient commencé à élaborer leur projet durant de longues et larmoyantes conversations téléphoniques nocturnes, elles s'étaient accordées sur un détail essentiel. Si Numéro Quatre mourait, elles mourraient elles aussi.*

*Elles savaient qu'elles avaient beaucoup plus de chance que Numéro Quatre. Elles étaient deux, et pouvaient se soutenir mutuellement. Numéro Quatre n'avait que son ours, et même cela était fini, maintenant. Elles savaient où la femme l'avait laissé, par terre – ce que Numéro Quatre ne pouvait voir, à cause de sa cagoule.*

*Elles virent Numéro Quatre ramasser le revolver posé sur le sol de sa cellule. La fille obèse fit comme elle, tendit la main et s'empara du calibre 32. Les deux filles ignoraient si elles avaient vraiment envie que Numéro Quatre se suicide. Elles savaient seulement qu'elles feraient comme elle. Quoi qu'elle fasse, elles l'imiteraient. Elles avaient perdu toute notion du bien et du mal, ignorant ce qui était sensé ou stupide, dès l'instant où elles avaient choisi de laisser Numéro Quatre décider de leur destin. La fille aux lunettes se pencha vers son amie et lui prit la main, qu'elle serra d'une manière rassurante. Un instant, elle se demanda pourquoi leur amitié ne suffisait pas à leur faire supporter le collège, même en considérant les railleries constantes et la franche cruauté de leurs condisciples. Incapable de répondre à cette question en particulier, elle savait simplement que dans les minutes qui allaient suivre elles auraient suffisamment d'autres réponses.*

Jennifer prit le revolver, surprise par son poids. Elle n'avait jamais tenu une arme mortelle entre ses mains, et elle avait toujours cru qu'un objet capable de tuer devait être léger comme une plume. Elle ignorait tout de son maniement, de la manière de le tenir, d'ouvrir le barillet, de le charger ou de ramener le chien en arrière. Elle ne savait pas si le cran de sûreté était mis, si le revolver contenait six balles ou une seule. Elle avait suffisamment regardé la télévision pour savoir qu'il lui suffisait sans doute de poser le bout du canon sur sa tempe et de presser la détente jusqu'à ce que ce ne soit plus nécessaire.

Un hurlement retentit dans sa tête : Finissons-en ! Fais-le ! Finis-en tout de suite ! La violence de ses propres sentiments la fit hoqueter.

Sa main tremblait légèrement. Elle était persuadée qu'il fallait agir, car elle n'avait aucun moyen de savoir ce que l'homme et la femme pouvaient lui faire si elle hésitait. L'idée « Tu dois te suicider, pour qu'ils ne te fassent pas de mal » semblait bizarrement logique. En même temps, elle devait examiner chaque facette de chaque mouvement : Tends la main. Prends le pistolet. Soulève-le, en faisant attention. Arrête. Comme si les derniers instants devaient être joués au ralenti.

Elle se sentait totalement seule, même si elle savait que ce n'était pas le cas. Elle savait qu'ils étaient tout proches.

La tête lui tournait. Elle revécut mentalement tout ce qui lui était arrivé depuis qu'on l'avait enlevée dans la rue. On l'avait battue, violée, humiliée. Elle avait aussi la tête pleine d'images décousues de son passé. Cependant, tous ces souvenirs, bons ou mauvais, drôles ou pénibles, s'enfonçaient de plus en plus profondément dans un tunnel obscur, de sorte qu'elle avait de plus en plus de mal à les visualiser.

C'était comme si Jennifer avait enfin quitté la pièce, laissant Numéro Quatre seule. Et Numéro Quatre n'avait plus qu'un choix possible. La clé pour rentrer à la maison. C'était ce que la femme lui avait dit. Se donner la mort était de très loin la solution la plus logique. Elle était incapable d'imaginer d'autres réponses.

Pourtant, elle hésitait toujours. Elle ne comprenait pas d'où venait ce mélange de résistance et de réticence, mais il restait vivace en elle, criant, disputant, luttant contre le désir violent d'en finir sur-le-champ avec Numéro Quatre. Elle ne savait plus quelle était la meilleure chose à faire. Se suicider, ou pas ? Elle hésitait, car rien n'était clair.

C'est alors que Jennifer fit une chose surprenante. Elle n'aurait pas pu expliquer pourquoi, mais cela cria si fort en elle qu'elle sut qu'il s'agissait d'une urgence absolue.

Elle posa soigneusement le revolver sur ses genoux et entreprit d'ôter sa cagoule. Même si elle l'ignorait, ce geste évoquait le romantisme de fiction du cinéma hollywoodien, où la vaillante espionne, face à son peloton d'exécution, refuse qu'on lui bande les yeux car elle préfère voir la mort en face. La cagoule était solidement attachée, et Jennifer eut beaucoup de mal à défaire les nœuds qui la maintenaient en place. Une pensée insistante lui revenait : et si elle passait d'une obscurité à une autre ? Ses mains tremblaient tellement qu'elle ne pouvait aller vite.


Linda, la première, remarqua ce que Numéro Quatre était en train de faire. Michael et elle, comme sans doute la grande foule des abonnés, étaient rivés à leurs moniteurs, attentifs au mouvement lent et délicieux menant à la fin de Numéro Quatre. C'était inévitable. C'était terriblement excitant. Les forums et les messageries consacrés au dernier acte étaient envahis par des abonnés qui s'exprimaient furieusement sur ce qu'ils étaient en train de regarder. On assistait à un déferlement frénétique d'échanges électroniques. C'était une orgie de points d'exclamation et d'italiques. Les mots surgissaient comme le flot des eaux jaillissant à travers un barrage.

— Bon Dieu ! s'exclama Linda. Si elle l'enlève…

Dans un monde consacré au fantasme, Numéro Quatre venait d'injecter involontairement une dose de réalité, à laquelle ils allaient devoir faire face. Linda ne s'y attendait pas. Elle fut brusquement précipitée dans une vague d'inquiétude.

— Je n'aurais pas dû lui ôter ses menottes, dit-elle, furieuse. J'aurais dû être plus explicite.

Michael s'approcha du clavier et prit un des joysticks. Il s'apprêta à couper la caméra principale, « plans de face », puis changea d'avis.

— On ne peut pas tromper les clients, dit-il brusquement. Ils vont exiger de voir son visage.

Tout ce qu'il voyait, c'était la colère des abonnés si Numéro Quatre faisait ce qu'ils avaient prévu et qu'ils leur dissimulaient le dernier acte avec des effets de montage et de plans de coupe.

— Pas bon, grogna Michael. Ils voudront que ce soit absolument transparent.

— Est-ce qu'on pourrait…

Linda hésita.

— Ils ont eu un plan subliminal quand elle a cru qu'elle allait s'échapper. Il s'est passé quelques secondes avant que le transfert d'image soit renvoyé sur les plans de dos…

— Exact. Et les réactions ont été très claires. Ils détestent qu'on lui couvre les yeux. Ils veulent voir.

— Oui, mais…

Linda marqua un nouveau silence. Elle imaginait les conséquences de ce que Michael venait de dire.

— Le risque est énorme, murmura-t-elle. Si les flics voient ça – et tu sais foutrement bien qu'ils le verront tôt ou tard –, ils peuvent faire un arrêt sur image. Agrandir le plan. Ils sauront qui est la fille. Et ça veut dire... je ne sais pas comment, mais ça peut leur donner une idée de la direction où ils devront chercher.

Michael était parfaitement conscient du danger qu'il y avait à laisser les clients découvrir le vrai visage de Numéro Quatre au moment de sa mort. Mais l'autre option semblait bien pire. Les trois premiers Numéros étaient morts dans l'anonymat, leur véritable identité était restée secrète jusqu'après la fin de la série. Et Michael et Linda connaissaient la passion et l'empathie des clients pour Numéro Quatre. Ils s'en souciaient beaucoup plus. Les enjeux étaient donc très élevés. Et Numéro Quatre continuait à se battre avec les nœuds qui maintenaient la cagoule en place.

— Elle ne se rend pas compte qu'elle pourrait simplement l'arracher, dit lentement Linda. Ce serait plus rapide que ce qu'elle fait là. Ce pourrait être excellent. Visuellement, je veux dire.

— Attends. Ne la quittons pas des yeux. Elle finira peut-être par comprendre. Soyons prêts. Il faudra peut-être couper très vite cette caméra principale. Je n'en ai pas envie, mais on sera peut-être obligés.

Michael avait les doigts sur les boutons. Linda était à côté de lui. Il se dit qu'il pourrait enregistrer la scène finale à la ferme, et la mettre en ligne plus tard, après qu'ils se seraient débarrassés de Numéro Quatre et qu'ils auraient effacé toutes les traces. Mais il savait que les abonnés seraient furieux. En sécurité chez eux, devant leurs écrans, ils avaient désespérément envie de savoir. Et pour cela, ils devaient voir. Michael sentait ses muscles se durcir sous l'effet de la tension. Pas de retards, se dit-il. Il faut gérer les choses quand elles arrivent. L'incertitude le galvanisait autant qu'elle l'inquiétait. Il jeta un coup d'œil vers Linda, se disant qu'elle était sans doute assiégée par les mêmes pensées. Puis, il concentra son attention sur Numéro Quatre, Linda et lui s'accrochant à ce qu'ils voyaient et à ce qu'ils enverraient dans le cyberespace.

Il inspira à fond.

C'était la première fois depuis le début de *Saison 4* que Michael et Linda hésitaient. Comme si l'incertitude qui paralysait Numéro Quatre depuis le début de l'émission avait fini par les contaminer. Leur propre confiance en eux était ébranlée, et, pour la première fois également, ils se penchaient sur leur écran sans avoir la moindre idée de ce qui allait se passer.


La boue séchait sur ses vêtements. Ses mains en étaient couvertes, ce qui rendait la crosse du 9 mm glissante. L'odeur riche de la terre fraîche emplissait les narines d'Adrian, qui avançait en rampant, un mètre après l'autre, progressant patiemment vers la ferme. Le soleil, au-dessus de sa tête, cognait dur. Adrian se dit que, si quelqu'un avait l'idée de regarder par une des fenêtres du bâtiment, il le repérerait dans l'instant, aussi discret soit-il. Mais il continuait à ramper, inexorablement, tous les sens en éveil, le regard concentré sur sa destination.

Il ne se redressa pas avant d'avoir atteint le coin de la grange. Arrivé là, il put s'abriter derrière le mur pour ne pas être vu depuis la maison. Il avait le souffle lourd, non pas à cause de la fatigue, mais parce qu'il avait l'impression de se jeter la tête la première dans une lutte sans issue qui mêlait sa maladie à ses échecs comme mari, comme père et comme frère. Il avait envie de dire à ses fantômes combien il était navré, mais, avec le peu de sensibilité qui lui restait, il savait qu'il devait continuer. Ils le suivraient, quelles que soient les excuses ridicules qu'il pourrait leur présenter.

Tout lui disait que Jennifer, la jeune fille disparue, se trouvait à quelques mètres de lui. Il se faufila vers le bord de la grange et jeta un coup d'œil prudent alentour, en se demandant si un être rationnel serait parvenu à la même conclusion. Il voyait l'arrière du corps de ferme. Une seule porte, qui devait ouvrir sur une cuisine. Devant, en tout cas d'après les photos, il y avait une vieille véranda qui avait dû abriter, jadis, une escarpolette ou un hamac. Aujourd'hui c'était simplement un toit qui fuyait.

Il n'y avait aucun bruit. Aucun mouvement. Rien qui indiquât la moindre présence. S'il n'y avait pas eu la vieille camionnette garée devant la maison, il aurait pu croire que l'endroit était abandonné.

Adrian savait que les portes devraient être fermées à clé. Il se demanda s'il pouvait se servir de la crosse du 9 mm pour entrer. Mais le bruit était son ennemi, et une attaque frontale – son frère le lui avait expliqué – serait une grave erreur. L'idée d'échouer alors qu'il était si proche du but lui fit peur. C'est ce qui lui était arrivé, avec tous les gens qu'il aimait. Il était trop déterminé pour commettre la même erreur.

Adrian inspecta la maison du regard. À la porte de la cuisine, quelques marches de bois branlantes et une rampe cassée. Juste à côté, presque au niveau du sol, une petite fenêtre sale. Chez lui, il y avait la même : une simple vitre qui laissait passer un peu de lumière au sous-sol.

Adrian se mit à réfléchir : Si l'homme et la femme qui ont enlevé Jennifer sont comme la plupart des gens, ils auront pensé à fermer à clé la porte d'entrée et celle de derrière, et ils auront bloqué les guillotines des fenêtres du salon, de la salle à manger et de la cuisine. Mais ils auront oublié la fenêtre du sous-sol. Je n'y pense jamais. Cassie n'y pensait jamais. Je pourrais entrer par là.

Il lui faudrait piquer un sprint à travers la cour. Le plus vite possible. Une alarme ? Non, pas dans une maison aussi vétuste, se dit-il, plein d'espoir. Cours le plus vite possible. Il se jetterait au sol, au niveau des fondations de la maison, et essaierait d'ouvrir la fenêtre du sous-sol.

Son plan n'était pas fameux. Si ça ne marchait pas, il ignorait ce qu'il ferait. Pour se réconforter, il se rappela que durant toute sa carrière universitaire il avait travaillé sans préjuger du résultat de ses expériences. Inlassablement, il avait répété à des générations d'étudiants : « N'anticipez jamais

le résultat, sans quoi vous ne verrez pas la véritable signification de ce qui arrive, et vous ne
connaîtrez pas l'excitation que procurent les
choses inattendues. »

Il avait été psychologue. Et pendant sa jeunesse
il avait fait de la course à pied. Adrian serra les
dents, inspira à fond et se lança en avant. Il se mit
à courir, les bras pompant frénétiquement, vers la
ferme et la petite fenêtre du sous-sol.

## 44

Ils fonçaient toujours sur la petite route secondaire, quand Mark Wolfe repéra la voiture
qu'Adrian avait abandonnée sur le parking des
cars scolaires. Terri Collins freina brutalement en
entendant l'exhibitionniste s'exclamer : « Hé ! La
voilà ! » Mais elle l'avait déjà dépassée, et dut faire
demi-tour sur les chapeaux de roues pour venir se
garer près de la vieille Volvo.

Elle sauta de sa voiture, les jambes flageolantes.
Trop de tension, trop de vitesse. Elle se sentait
comme quelqu'un qui a fait une embardée pour
éviter un accident, et qui sent refluer rapidement
l'accès d'adrénaline. Wolfe la suivit.

Aucune trace d'Adrian. Terri s'approcha
prudemment de la voiture. Elle examina soigneusement le sol autour de la Volvo, comme elle aurait

inspecté une scène de crime. Elle regarda à l'intérieur. L'habitacle était en proie au désordre. Un vieux gobelet à café en polystyrène. Une bouteille d'eau minérale à demi bue. Un exemplaire du *New York Times* datant de plusieurs mois et un numéro de *Psychology Today* vieux de plus d'un an. Il y avait même quelques tickets de parking oubliés là depuis longtemps. La voiture n'était pas verrouillée. Terri ouvrit la portière et continua son inspection comme si un objet quelconque avait pu lui indiquer quelque chose qu'elle ne savait pas encore.

— On dirait ben qu'il est v'nu et r'parti, dit lentement Wolfe, travaillant les mots avec un faux accent sudiste dans l'espoir de faire baisser la tension.

Terri recula. Elle se retourna, et regarda la route. Son regard était éloquent : « Où ? »

En guise de réponse, Wolfe courut à la voiture de l'inspecteur, prit les cartes et le téléphone portable. Il fit une rapide vérification et enfonça quelques touches. Il montra à Terri la route bordée d'arbres. Comme s'il donnait un itinéraire menant de l'ombre à l'ombre.

— Là-bas, dit-il. Voilà l'endroit où va le professeur. D'après toutes ces données, en tout cas. On ne peut pas toujours se fier à ce qu'elles indiquent. Il est certain que ça ne ressemble pas à un endroit d'où l'on émet des webcasts sophistiqués…

— À quoi c'est *censé* ressembler ? demanda Terri d'un ton peu amène.

— Je ne sais pas, répliqua Wolfe. Des boîtes à strip-tease californiennes ? Des studios de photographes dans une grande ville ?

Il secoua la tête, comme en réponse à un argument non formulé.

— Mais peut-être pas pour le genre d'émissions que ces types produisent.

Il suivit le regard de Terri.

— Je crois que le vieux bonhomme est parti à pied, ajouta Wolfe.

Terri regardait au loin. Comme Adrian un peu plus tôt, elle aperçut la boîte aux lettres cabossée marquant l'accès à la ferme.

— Il a peut-être décidé de les attaquer en douce, reprit Wolfe. Peut-être sait-il exactement ce qu'il fait, et peut-être n'a-t-il pas voulu nous le dire, ni à vous ni à moi. Ce qui est sûr c'est qu'il ne sait pas exactement quel accueil on va lui réserver là-bas. Quel qu'il soit, ce ne sera pas vraiment amical.

Terri ne répondit pas. Chaque fois que Wolfe faisait une remarque qui reflétait ses propres pensées, ou se révélait peu ou prou justifiée, elle ressentait un mélange de dégoût et de colère. L'idée qu'ils puissent se trouver à l'entrée d'un territoire qu'il connaissait peut-être mieux qu'elle la mettait en fureur. Elle lui tourna le dos et se mit à réfléchir. Elle faisait face, plus ou moins, au même dilemme qu'Adrian.

Elle prit le téléphone des mains de Wolfe. Pour les situations de ce genre, le règlement prévoyait des procédures clairement définies. Son service passait un temps infini à rédiger de longs mémos soulignant les méthodes légales et correctes pour traiter les crimes en train de se commettre. Le processus de l'enquête était connu : rassembler et enregistrer les preuves, rapports en trois exemplaires. Son patron aurait dû être informé. Des mandats auraient dû être émis. Peut-être même aurait-il fallu contacter le SWAT. À condition qu'il existât une équipe du SWAT dans la région. Terri en doutait. Pour amener en ces lieux une escouade bien entraînée, il aurait fallu donner quantité de coups de fil et autant d'explications interminables. Peut-être aurait-on dû les faire venir des commissariats les plus proches, c'est-à-dire à trente minutes de là, ou plus. Dans la Nouvelle-Angleterre rurale, on avait rarement besoin de ces unités tactiques spéciales. À leur arrivée, il aurait fallu les mettre au courant. « Il y a quelque part dans le coin un professeur en retraite, peut-être dingue, avec un pistolet chargé. » Terri se disait que ça ne justifiait sans doute pas vraiment une intervention de type militaire, avec gilets pare-balles et armes automatiques lourdes.

Non, pas de SWAT. Terri ne savait même pas si la police locale avait plus d'un agent en service, et il se trouvait peut-être à des kilomètres de là. Elle savait, en revanche, qu'elle se trouvait hors de sa juridiction, et qu'elle aurait dû demander l'aide des services locaux. En fait, elle était tenue de le faire. Le simple fait de se présenter à la porte d'entrée pourrait se révéler aussi dangereux que tout ce qu'Adrian était lui-même en train de faire. Terri était coincée dans l'imbroglio de l'indécision. Les erreurs étaient inévitables, elle espérait être capable d'anticiper, mais elle se rendait compte qu'elle s'était engagée à agir. Elle avait simplement besoin d'un moment pour comprendre, or chaque moment qu'elle prenait pour réfléchir était autant de perdu.

Elle jura bruyamment. Perdue dans ce maelström de décisions à prendre, d'estimations et de choix impossibles, c'est tout juste si elle entendit les coups de feu, au loin.

— Bon Dieu ! lâcha Wolfe. Putain, qu'est-ce que c'est que ça ?

Mais il connaissait déjà la réponse.


Adrian progressait en crabe, accroupi, le dos collé aux planches clouées sur le mur de la ferme. Il sentait la sueur couler sur son front et sous ses aisselles. Il avait l'impression d'être sous le feu d'un projecteur. Le soleil dispensait une chaleur et une luminosité accablantes. Tenant fermement le 9 mm de la main droite, il se faufila jusqu'à la fenêtre du sous-sol. Il avait une conscience aiguë des bruits autour de lui, et il reniflait l'air comme un chien. Il se dit qu'il était plus vivant en cet instant que depuis des semaines, ou même plus longtemps.

Il s'agenouilla sur la terre molle et posa le pistolet au sol. Il supplia mentalement le dieu (quel qu'il soit) chargé de la protection des vieillards et des adolescentes : Faites qu'elle s'ouvre facilement. Faites que ce soit le bon endroit. Il glissa les doigts sous le bord du cadre, tira. La fenêtre bougea d'un centimètre.

Adrian se glissa de côté, pour faire face à la fenêtre et avoir une meilleure prise sur le cadre. Il tira de nouveau vers lui. Il entendit un bruit, mi-craquement, mi-éclatement, quand le bois pourri céda. Encore un centimètre.

Il s'était cassé les ongles, et une violente douleur lui tenaillait les mains. Des arêtes lui avaient entaillé le bout des doigts. Le sang coulait des égratignures et des coupures. Il ferma les yeux, ordonna mentalement à la douleur de disparaître. Pour le moment, il avait des choses à faire, beaucoup plus importantes que d'avoir mal. Comme s'il se disputait violemment avec une partie de son corps, il décida que, quoi qu'il arrive, à partir de maintenant il ne tiendrait absolument pas compte de ces petits désagréments.

Il agrippa la fenêtre une nouvelle fois et se renversa en arrière, en mobilisant toutes ses forces. Il entendit le craquement du bois, puis la fenêtre céda. Adrian bascula en arrière. Il se releva, non sans peine, et souleva le panneau.

La fenêtre était très étroite. Une trentaine de centimètres de haut sur cinquante de large. Mais elle était ouverte.

Adrian se pencha. Il n'avait pas envisagé que la fenêtre pourrait être trop petite. Il essaya de comparer la largeur de ses épaules à l'ouverture. Il comprit que quelle que soit la taille de la fenêtre il devait forcer son passage. Entrer un rond dans un trou carré, vieux problème de logique. Il examina le sous-sol, ses yeux s'ajustant à la lumière qui entrait par-dessus ses épaules. Sa première impression fut que l'endroit était sombre, abandonné, et suintait d'une humidité longtemps accumulée. Mais, quand il balaya du regard les coins de la cave, il vit des câbles modernes descendant du plafond. Contrairement à tout ce qui se trouvait là, ces câbles étaient vierges de toute poussière.

Examinant attentivement les lieux, il découvrit que des cloisons avaient été ajoutées depuis un coin, et que les gravats accumulés pendant des années avaient été entassés sur le côté pour faire de la place pour la construction. La cloison la plus proche était percée d'une porte en bois bon marché munie d'un verrou. Tout cela évoquait un chantier provisoire, entamé dans la précipitation et interrompu avant les finitions et la peinture.

C'était une cellule. Adrian pensa à une version agrandie des cages où il enfermait ses cobayes, au labo.

En tâtonnant, Adrian reprit l'automatique. Il allait devoir se tortiller pour entrer. Prudemment, il introduisit ses jambes dans l'ouverture. Comme il n'y avait rien pour le maintenir en position ouverte, le battant lui cognait le dos, les épaules puis la tête, tandis qu'il se laissait descendre. Un homme souple et mince, un gymnaste ou un artiste de cirque se serait lancé dans le sous-sol sans difficulté. Mais Adrian n'était rien de tout cela. Il s'efforça de garder son équilibre, déterminé à se laisser tomber, comme un alpiniste dont la corde est trop courte.

Adrian savait qu'il était vital de ne pas faire le moindre bruit. Il étira ses orteils au-dessus du vide, se balança un peu à droite, un peu à gauche, dans l'espoir de trouver un support, mais ses pieds battaient l'air en vain. Il sentit que sa prise sur le battant était en train de glisser. Il ignorait à quelle distance il se trouvait du sol... Sans doute à quelques dizaines de centimètres, sauf qu'il avait l'impression de se balancer au-dessus d'un gouffre de mille pieds. La force de gravité l'attirait vers le bas. Il inspira à fond et lâcha.

Il heurta brutalement le sol de ciment. Une de ses chevilles se replia sous lui et la douleur lui électrisa le pied. Mais la violence de la chute et son halètement de douleur furent étouffés par un véritable hurlement animal, suraigu, de l'autre côté de la porte verrouillée de la cellule.

Le dernier nœud se défit. Jennifer réalisa que la cagoule était détachée. Il lui suffisait de la soulever et de l'ôter. Elle hésita. Elle ne s'inquiétait plus de violer les règles. Elle n'avait plus peur de ce que l'homme et la femme pouvaient lui faire. Il ne restait qu'une seule option. Mais elle était bloquée dans des pensées contradictoires, et ne voulait pas voir son univers à ses derniers instants. C'était comme si elle se tenait au bord de sa propre tombe, et qu'elle regardait le fond du trou qui l'attendait. C'est ici que meurt Numéro Quatre. Comme prévu.

Tout à coup, ces pensées laissèrent la place à une colère violente, incontrôlée, qui éclata comme l'eau jaillissant d'un tuyau brisé. Non qu'elle eût encore envie de riposter. Cette possibilité avait disparu des minutes, des heures, des jours auparavant. C'était surtout qu'elle ne supportait pas de ne pas être, pendant ses derniers instants, celle qu'elle était vraiment. Alors...

Alors, elle hurla.

Pas des mots. Pas une phrase. Rien d'autre qu'un immense cri de rage et de frustration. Un long cri de désespoir qui invoquait toutes ces années à venir qu'elle ne vivrait pas. Il était étouffé par la cagoule, mais suffisamment fort tout de même pour emplir la pièce et franchir les murs et le plafond.

Jennifer était à peine consciente de hurler. Elle ignorait pourquoi elle criait de la sorte. À l'instant où le cri s'éteignit sur ses lèvres, elle arracha sa cagoule.

Comme la première fois – lors de cet instant merveilleux où elle avait cru qu'elle allait s'échapper –, la lumière l'aveugla. Elle crut tout d'abord que l'homme ou la femme la noyaient sous le feu d'un projecteur, avant de comprendre que c'était l'éclairage normal de la cellule. Elle cligna des yeux, très vite. Se les couvrit de la main puis se frotta le visage. Brusquement, le silence qui régnait dans la pièce lui sembla d'une nature différente. Elle devait faire un effort pour entendre sa propre respiration, rapide et saccadée.

Il lui fallut quelques instants pour ajuster sa vue et son ouïe. Elle vit enfin le revolver, qu'elle trouva encore plus horrible que lorsqu'elle l'avait reconnu au toucher, un peu plus tôt. Il était noir, mauvais, et luisait sous la lumière dure des plafonniers. Jennifer aperçut soudain Mister Fourrure, qu'on avait jeté avec mépris au bout de la pièce – amas de peluche marron, tordu et abandonné. Elle ne se rappelait pas avoir entendu la femme le laisser tomber par terre. Machinalement, elle se leva d'un bond et franchit les deux mètres qui la séparaient de son ours, qu'elle serra contre sa poitrine. Elle se redressa, se balança d'un côté et de l'autre, toute au bonheur de ne plus être seule. À contrecœur, elle regagna la chaise des interrogatoires, se laissa tomber dessus et reprit le revolver.

Jennifer et Mister Fourrure fixaient la caméra. Elle avait envie de la renverser à coups de pied, mais elle n'en fit rien. Une fois encore, elle regarda autour d'elle. Les quatre murs étaient solides. La porte était fermée à clé, elle le savait. Il n'y avait pas d'issue. Il n'y en avait jamais eu. Jennifer avait été folle de croire qu'il existait une autre sortie que celle qu'elle allait emprunter maintenant.

— Je suis désolée, murmura-t-elle, pour elle-même et pour son compagnon.

Elle espérait que personne d'autre ne l'avait entendue.

Elle leva le revolver en frémissant. Elle serra son ours encore plus fort, comme si Mister Fourrure pouvait l'aider à contrôler ses muscles pris de convulsions et ses mains tremblantes. Elle pointa le revolver sur son front, en espérant qu'elle faisait tout comme il le fallait. Elle regarda droit dans l'objectif de la caméra.

— Vous filmez bien tout cela ?

Elle parlait d'une voix faible. Elle aurait voulu être provocante, mais ne trouvait pas en elle la force nécessaire. Une énorme vague, tristesse et sentiment de défaite mêlés, la submergea, noyant les pensées qui la liaient à l'ancienne Jennifer. Tout est fini, maintenant, se dit-elle.

— Je m'appelle Numéro Quatre ! lança-t-elle à la caméra.

Elle était trop terrifiée pour tirer, et trop terrifiée pour ne pas tirer. Et là, dans ce bref instant d'hésitation, elle entendit quelque chose qui la troubla plus que jamais. Un seul mot. Cela semblait totalement impossible, mais il venait en même temps de très loin et de très près. Comme un souvenir depuis longtemps effacé, qui lui revint en mémoire et retentit dans la cellule.

— Jennifer ?

Michael se pencha brusquement vers le moniteur.

— Putain, qu'est-ce que c'était ? s'exclama-t-il.

Linda se pressa contre lui.

— Tu as envoyé des effets sonores ? demanda-t-il.

— Non ! Je regardais, comme toi. Bon Dieu ! Comme tout le monde !

— Alors qu'est-ce...

— Regarde Numéro Quatre ! fit Linda.

Jennifer tremblait de tous ses membres, comme une voile détachée claque par grand vent. Elle frissonnait des pieds à la tête. Le revolver qu'elle pointait sur son front s'abaissa légèrement, et elle tourna la tête dans la direction où quelqu'un disait son nom.

— Jennifer ?

Elle avait envie de hurler : « Oui, je suis ici ! » Mais elle n'avait pas confiance, elle n'était pas sûre que ce qu'elle entendait fût réel. Ce sont eux. Ils me mentent, une fois de plus. C'est encore un faux-semblant. Pourtant, elle se tourna lentement sur son siège et fixa la porte. Elle entendit le bruit de la serrure, et la porte s'entrouvrit.

Jennifer réalisa que cette fois, c'était elle qui était armée. Ils viennent pour me tuer, se dit-elle. Elle écarta le revolver de son front et le braqua sur la porte. J'aurai un des deux, Mister Fourrure. J'en emmènerai au moins un des deux avec moi. Elle visa avec soin et s'encouragea. Tue-les ! Tue-les !

La porte s'ouvrit lentement.


Adrian regarda au-delà du coin. Le plus bizarre, c'est qu'il ne savait pas ce qu'il allait trouver. Il se répétait qu'il l'avait vue dans la rue, puis sur des photos, chez sa mère. Avec Mark Wolfe, il l'avait vue sur l'écran. Il avait vu la chambre, le lit, les chaînes et le masque, de sorte qu'il aurait dû être capable d'imaginer sur quoi donnait la porte qu'il ouvrait maintenant, mais tous ces éléments s'évanouirent, et il eut l'impression d'accéder à un espace vierge. La seule chose qu'il était capable de se rappeler, c'était qu'il devait tenir son arme prête.

La première chose qu'il vit, ce fut le revolver pointé sur lui. Son réflexe fut de faire un saut en arrière. Ses muscles se tendirent, comme ceux d'une mangouste qui découvre que le cobra est prêt à frapper. Puis la voix calme de son fils lui parvint du fond d'un quelconque canyon :

— C'est elle.

— Tommy..., murmura-t-il, puis très rapidement : Jennifer ?

La question plana dans l'atmosphère confinée du sous-sol.

Elle était toujours assise. Nue. Un bras enserrant son ours. L'autre pointant le revolver, en tremblant, sur Adrian qui se dirigeait vers elle d'une démarche hésitante. Son pied tordu, probablement fracturé, lui faisait un mal de chien. Fidèle à la promesse qu'il s'était faite, il ignora la douleur.

Jennifer savait qu'elle était censée dire quelque chose, mais les mots refusaient de se former dans sa tête. Elle savait que quelque chose avait changé. Mais elle était incapable de dire quoi. Quelque chose semblait nettement différent, en déphasage absolu avec tout ce qui lui était arrivé, et elle se donnait du mal pour comprendre ce que ça pouvait bien être. Tout lui semblait onirique, irréel, comme les cris des enfants au jeu et les pleurs des bébés. Elle se dit soudain qu'elle ne pouvait se fier à ce qu'elle voyait. C'était obligatoirement une hallucination. Tout était faux.

Elle vit ses cheveux gris. Ça ne collait pas. Elle voyait un vieillard au visage usé. Ce n'est pas « l'homme ». Ce n'est pas « la femme ». La personne qui venait de s'introduire dans la cellule, c'était quelqu'un d'autre. Ça ne fit qu'encourager sa panique. Elle luttait contre une foule de sensations diverses, toutes vaguement liées à la terreur.

— Jennifer, dit lentement la personne qui se trouvait devant elle.

Cette fois, ce n'était pas une question, mais une affirmation.

Elle avait la gorge sèche. Son revolver pesait une tonne. Une partie de son cerveau hurlait : Il est avec eux ! Tue-le ! Tue-le maintenant, avant qu'il ne te tue ! Le canon du revolver oscilla d'avant en arrière, tandis qu'elle luttait intérieurement. L'idée que quelqu'un ait pu lui venir à l'aide lui semblait impossible, et il serait trop dangereux d'y croire. Il est plus prudent de tirer, se dit-elle.

Adrian vit le revolver, il vit les yeux de l'adolescente s'élargir, et il sut qu'elle subissait une sorte de choc psychologique. Il pensa à toutes les années qu'il avait passées à étudier la peur dans des situations closes, expérimentales. Aucune n'avait été aussi électrique que ce moment-là, dans la petite cellule, alors qu'il faisait face à une fille nue, au regard fou. Une fille qui aurait dû avoir les yeux bandés et qui pointait sur lui un énorme revolver. Toutes les vérités cliniques qu'il avait rassemblées pendant tant d'années ne voulaient plus rien dire. La réalité qui se dressait devant lui voulait tout dire, au contraire. Il comprit en cet instant précis qu'il devait lui sembler aussi terrifiant que tout ce qu'elle avait subi jusque-là.

Il savait qu'elle allait appuyer sur la détente, comme une souris de laboratoire captive qui a appris à actionner une sonnette pour assurer sa sécurité. Le bon sens lui commandait de plonger sur le côté et de se cacher.

— Non, papa ! Va de l'avant. Comme j'ai fait, moi. C'est la seule issue, murmura Tommy.

Imaginant qu'il pourrait être en train de mettre en scène sa propre mort, Adrian s'avança. Toute sa culture, toute son expérience lui criaient de trouver les mots justes qui leur donneraient une chance, à tous deux, de survivre. Il avait l'impression d'être aussi nu qu'elle.

— Bonjour, Jennifer, dit-il très doucement, très lentement, à peine au-dessus du murmure. C'est Mister Fourrure ?

Le doigt de Jennifer se crispa sur la détente. Elle inspira à fond. Puis elle regarda son ours. Des larmes lui brûlèrent les joues.

— Oui, fit-elle d'une voix grinçante. Vous êtes venu pour me ramener à la maison ?

## 45

*Dans le grand appartement moderne qui surplombait le parc Gorki, à Moscou, la jeune femme svelte et son amant au torse puissant étaient seuls, allongés sur l'immense lit. Dehors, les lumières clignotantes de la ville perçaient l'obscurité de la nuit moscovite. Dans l'appartement, la seule lueur venait du grand écran plat fixé au mur. Ils étaient nus tous les deux et contemplaient l'image mouvante de la cellule désormais familière, l'adolescente qu'ils pouvaient regarder contre paiement, et l'arrivée inattendue d'un vieil homme.*

*Les draps de soie étaient entortillés autour du couple, mais ce n'était pas le résultat de leurs ébats. La jeune femme les avait maintes fois empoignés en regardant le show, aussi scotchée à l'action que son compagnon. Ils n'avaient pas dit grand-chose depuis une heure, mais ils savaient qu'un courant très fort passait entre eux. L'homme (à moitié gangster, à moitié homme d'affaires) avait identifié le modèle et le calibre des armes apparues à l'écran, le Colt Magnum 357 que Numéro Quatre serrait si fort, et le Ruger 9 mm qu'il avait aperçu dans la main du vieil homme.*

*Le couple trouvait ce nouveau personnage fascinant, presque divin, et leur pouls accéléra tandis qu'ils essayaient de comprendre ce que signifiait son apparition. L'homme eut vaguement l'idée de prendre son clavier pour exiger qu'on lui dise qui était l'intrus, mais il ne pouvait s'arracher au spectacle de ce qui se déroulait dans la cellule. Et toute velléité de rédiger un message s'effaça immédiatement de son esprit lorsque sa maîtresse lui prit la main et la colla violemment sur sa poitrine, tout comme Numéro Quatre avec son ours en peluche.*

*Quelques minutes plus tôt, tous deux avaient bien cru qu'ils allaient assister à la mort de Numéro Quatre. Depuis le début, ils étaient persuadés qu'elle était condamnée à mort. Mais les événements qui se déroulaient maintenant semblaient dépasser tous les scénarios imaginables. L'homme s'était dit qu'il possédait Numéro Quatre, au même titre que ses toiles hors de prix, sa Rolex en or, sa grosse Mercedes et son avion Gulfstream. Il avait tout à coup l'impression qu'elle lui échappait, et à sa grande surprise il n'était ni furieux ni même déçu. Il découvrit qu'il la pressait d'avancer, mais vers quoi ? il n'en savait rien. Sa maîtresse pensait comme lui, mais elle s'adaptait beaucoup plus vite au*

*renversement de situation. Elle murmura à l'inten-*
*tion de l'écran, exactement comme elle l'aurait fait*
*pour l'homme quand ils faisaient l'amour, mais, au*
*lieu de mots passionnés, elle supplia, dans le russe*
*grossier de son enfance :*

*— Fuis, Numéro Quatre ! Fuis maintenant ! Je*
*t'en supplie...*

Michael ne comprenait absolument rien à ce qui se passait. Tout était écrit, mais pas cela. Tout était prévu, sauf cela. Il savait toujours plus ou moins précisément ce qui se passerait après chaque nouvelle séquence, mais pas cette fois. Il fixa les moniteurs, comme s'il observait un spectacle qui se déroulait quelque part dans le monde, et non à quelques mètres de lui, dans la pièce qui se trouvait juste sous ses pieds.

Linda réagit un tout petit peu plus vite. Sa première pensée fut que le détective imaginaire qui peuplait ses cauchemars – un mélange de Sherlock Holmes, de Miss Marple et de Jack Bauer – avait fini par se montrer. Mais elle rejeta aussi vite cette hypothèse, car l'image transmise par la caméra B montrait que l'homme qui se trouvait avec Numéro Quatre dans la cellule n'était pas un flic, même s'il avait un flingue à la main.

Linda bondit vers une des fenêtres et jeta un rapide coup d'œil circulaire vers le monde qui s'étendait au-delà des murs de la ferme. Pas de voitures de police surgissant en faisant hurler les sirènes. Pas de flics à mégaphone exigeant leur reddition immédiate. Pas d'hélicoptères décrivant des cercles au-dessus de leur tête. Personne.

Elle se retourna vers les écrans.

— Michael ? Je ne sais pas qui est ce mec, mais il est seul !

Tout en disant cela, elle se précipita de l'autre côté de la pièce, vers la table où se trouvaient leurs armes.

D'un bond, Michael la rejoignit. Il fit rapidement l'inventaire de leur arsenal, puis lui jeta l'AK-47. Il savait que le chargeur-banane de trente cartouches était plein, et il en fourra un deuxième dans la poche de son pantalon. Il prit un revolver, s'assura qu'il était également chargé et l'enfonça sous sa ceinture. Il s'empara du fusil à pompe de calibre 12 et se mit à introduire des cartouches dans la culasse. Mais quand il fut plein et qu'il l'eut armé d'un mouvement vertical très sec, au lieu de s'emparer d'un des revolvers semi-automatiques posés sur la table, il prit une petite caméra Sony haute définition.

— Il faut qu'on enregistre tout sur vidéo.

Il prit un des ordinateurs portables et un câble dont il se servit pour le connecter à la caméra. Il savait qu'il serait chargé, avec le fusil à pompe, la caméra et le portable, mais il était vital de transmettre des images. Dans l'esprit de Michael, tuer et filmer avaient acquis plus ou moins la même importance.

Linda comprit instantanément. S'ils ne montraient pas la fin de Numéro Quatre, il n'y aurait pas de *Saison 5*. Leurs clients exigeaient du définitif. Ils devaient voir, même si la forme était loin d'être parfaite. Ils attendaient une fin, même si ce n'était pas exactement celle que Michael et Linda avaient prévue.

Tous deux étaient surpris et inquiets, mais également en proie à une sorte d'excitation créative. Tout en débloquant le cran de sûreté de son fusil automatique, Linda se répétait qu'ils étaient en train de produire un art véritable. Elle imaginait une performance qu'aucun spectateur n'oublierait jamais. Munis de leurs armes meurtrières et de leurs motivations artistiques, Michael et Linda se précipitèrent dans l'escalier qui menait au sous-sol, en faisant tonner les marches de bois usé.

Les voix des fantômes envahirent son esprit, intimant des ordres sur le ton du murmure, mais toujours urgents : « Sois doux… Fais attention… Tends-lui la main… » Adrian ignorait si c'était Cassie, ou Brian, ou même Tommy, ou s'ils s'étaient réunis pour chanter en chœur.

— Oui, répondit-il lentement. Je crois que Mister Fourrure doit rentrer à la maison, maintenant. Je crois que Jennifer doit y aller, elle aussi. Je vous emmène tous les deux.

Jennifer laissa retomber son revolver à son côté. Elle lui jeta un regard interrogateur.

— Qui êtes-vous ? Je ne vous connais pas.

— Je suis le professeur Adrian Thomas, dit-il en souriant.

Les mots semblaient terriblement formels.

— Mais vous pouvez m'appeler Adrian. Vous ne me connaissez peut-être pas, Jennifer, mais moi, je vous connais. J'habite non loin de chez vous. Je vais vous y conduire, maintenant.

— J'aimerais bien. Vous avez besoin de ça ? fit-elle en lui tendant le revolver.

— Posez-le, ça ira.

Jennifer obéit. Elle laissa tomber l'arme sur le lit. Elle ressentit soudain une montée de chaleur, comme si elle se retrouvait à l'époque lointaine où, petite fille, elle jouait dehors par une belle journée d'été. Elle devait lui obéir. Elle était encore toute nue, mais elle avait son ours et il y avait cet étranger qui n'était ni l'homme ni la femme, et peu importe ce qui allait lui arriver maintenant, elle avait l'intention d'accepter. Elle se dit qu'elle pourrait déjà être morte. Peut-être avait-elle, en réalité, appuyé sur la détente. Ce vieux bonhomme n'était alors qu'une sorte d'accompagnateur, il allait la conduire auprès de son père, qui attendait impatiemment qu'elle le retrouve dans un monde meilleur. Un guide pour le passage de la vie à la mort.

— Je crois que le moment est venu de nous en aller, dit Adrian.

Il lui prit doucement la main. Adrian n'avait aucune idée de ce qu'il était censé faire. Un flic de série télé parlerait très fort, prendrait les choses en mains et brandirait son arme ; et il sauverait la situation avec toute la crânerie hollywoodienne nécessaire. Mais le psychologue en lui savait que, quelle que fût l'urgence, il devait procéder en douceur. Jennifer était extrêmement fragile. La sortir de cette cellule et de la ferme, ce serait comme embarquer une cargaison instable et extraordinairement précieuse.

Adrian la guida vers la porte, et ils pénétrèrent dans le sous-sol humide et obscur. Il n'avait aucun plan pour la suite. Il était tellement résolu à *trouver* Jennifer qu'il ne s'était pas du tout préoccupé de ce qu'il ferait après. Il espérait que ses fantômes lui indiqueraient la marche à suivre. Peut-être étaient-ils déjà en train de le faire, se dit-il en entraînant l'adolescente, qu'il portait presque.

Jennifer s'appuyait contre lui, comme si elle était blessée. Adrian boitait à cause de son pied abîmé. Il sentait les os crisser au fond de sa chaussure, comprit qu'il avait une fracture. Il serra les dents.

Au moment où ils sortaient de la cellule, ils entendirent un piétinement précipité, terrifiant, juste au-dessus d'eux.

Jennifer se figea immédiatement, pliée en deux comme si elle avait reçu un coup de poing à l'estomac. Elle émit un drôle de son – pas un cri, non, plutôt un gargouillement de désespoir, rauque, primitif, empreint de terreur.

Adrian se tourna dans la direction du bruit. Dans un coin du sous-sol, il vit un escalier de bois branlant. Il avait eu vaguement l'idée de passer par là avec Jennifer pour sortir du sous-sol, traverser la cuisine et quitter cette maison... comme s'ils étaient devenus invisibles et que personne, là-haut, n'essaierait de les en empêcher. Ils se trouvaient à moins de deux mètres du bas des marches.

Adrian vit soudain un rayon lumineux descendre le long du mur. Un craquement : on venait d'ouvrir la porte en haut de l'escalier. Alors qu'il levait les yeux, ébloui par la lumière, il fut brutalement ramené en arrière.

Jennifer lui avait saisi le bras et le tirait vers elle. Elle ignorait qui était le vieil homme, mais elle savait qu'il valait sûrement mieux que l'homme et la femme, et elle savait que ceux-ci les attendaient en haut de l'escalier. Son instinct de survie prenant le dessus, elle attira Adrian plus loin, dans le sous-sol. Celui-ci se laissa entraîner. Il ne voyait pas ce qu'il aurait pu faire d'autre. Il hésitait, se disait qu'il devait absolument essayer de concocter un plan, lorsque le monde, autour d'eux, explosa.

Une pluie hurlante de projectiles parvint en bas de l'escalier, noyant le sous-sol dans le vacarme et la fumée. Des projectiles surpuissants de 7,62 mm ricochaient sur les murs de ciment et hurlaient au hasard dans l'espace poussiéreux du sous-sol. Des débris volaient autour d'eux. C'était comme si cette pièce étroite était sauvagement déchiquetée.

Adrian et Jennifer avançaient de biais, en s'abritant contre le mur, le plus loin possible des coups de feu. Ils criaient, comme s'ils avaient été touchés. Ce n'était pas le cas. Cela semblait impossible, ou bien aurait résulté d'une chance extraordinaire. Adrian comprit que l'angle de feu, vers le bas des marches, limitait l'efficacité du tir de barrage, alors même que des rafales dignes d'une armée de métier continuaient de pilonner les murs et le sol, striant l'obscurité du sous-sol.

Le seul chemin possible était celui qu'Adrian avait emprunté pour entrer. La petite fenêtre du sous-sol laissait passer la lumière du dehors. Il était très risqué de s'en approcher. Il suffisait au tireur de descendre de trois ou quatre marches pour couvrir tout le sous-sol. Le seul endroit où ils auraient pu se réfugier était la cellule de Jennifer – mais Adrian savait qu'elle n'y retournerait pas, qu'il était inutile de le lui demander. Même si la cellule était le seul endroit sûr, ce qui n'était pas garanti, Jennifer ne l'admettrait jamais. Elle s'était blottie contre lui, serrant son ours et le bras d'Adrian, et gémissait.

Une seconde salve jaillit au bas des marches, les trajectoires des balles déchirant l'air, de plus en plus épais. La fumée tourbillonnait autour d'eux, au milieu des odeurs âcres et de la poussière, et les fugitifs se mirent à tousser. Il devenait difficile de respirer.

Une issue. Une seule issue. Adrian écarta doucement les doigts que Jennifer enfonçait dans son bras. Prise de panique, elle refusait de le lâcher. Mais, quand il fit un geste avec son arme en direction de la fenêtre, elle comprit.

— Il faut monter par là, murmura-t-il d'une voix rauque qui ne couvrait pas le bruit de l'arme automatique.

Jennifer avait les yeux voilés par la peur. Mais quand elle leva la tête vers la fenêtre – à deux mètres cinquante du sol –, sa vision s'éclaircit, et Adrian vit qu'elle avait compris. Elle sembla se durcir, comme si elle venait de vieillir d'un seul coup, comme si le déluge de feu la faisait passer de la fin de l'enfance à l'âge adulte.

— J'y arriverai, dit-elle très doucement.

Il aurait fallu qu'elle hurle pour se faire entendre, au milieu de la fusillade, mais Adrian comprit ce qu'elle disait avec la clarté que le danger autorise.

Il s'écarta du mur où ils étaient blottis et entreprit de rassembler toutes sortes de vieux meubles et d'objets informes qui avaient eu leur place, jadis, dans la ferme – un lavabo brisé, deux chaises en bois... Il les propulsa, avec l'énergie du désespoir, à travers le sous-sol, vers le mur, sous la fenêtre. Il devait en trouver suffisamment pour qu'ils puissent les escalader. Son pied cassé se rappela brusquement à son bon souvenir, et il se demanda s'il avait reçu une balle. Puis il réalisa que ça ne faisait aucune différence.

En haut des marches, Michael filmait, braquant la caméra par-dessus l'épaule de Linda – qui tirait en continu avec l'AK-47 – mais en faisant en sorte qu'on ne puisse pas la reconnaître. Les détonations étaient assourdissantes. Elle cessa de tirer, et ils se penchèrent vers le bas. Michael se doutait qu'ils n'étaient pas parvenus à tuer Numéro Quatre et le vieux. À les blesser, peut-être. À leur faire peur, certainement. Il était très conscient de la présence du pistolet dans la main du vieil homme. Il se dit que Numéro Quatre avait sans doute encore le Magnum qu'ils lui avaient donné pour son suicide en direct.

Il essayait de rester logique, de maîtriser la situation, même si l'adrénaline cognait fort dans son organisme, et même s'il gardait l'œil droit fixé sur le viseur de la caméra.

— L'arme que tu as donnée à Numéro Quatre...

Il parlait très doucement, en espérant que le micro de la caméra n'était pas assez sensible pour transmettre ses paroles sur Internet.

— ... combien de balles ?

— Rien que celle dont elle avait besoin, dit Linda.

Elle posa l'AK-47 sur sa hanche, le doigt crispé sur la détente. Elle savait que si elle descendait de quelques pas elle couvrirait l'espace plus efficacement, mais aussi que Michael, à cause de l'angle, aurait plus de mal à la filmer. Comme un cinéaste préparant chaque plan d'une scène d'action complexe (avec des voitures lancées à toute allure, des explosions et des comédiens courant dans tous les sens), elle fit un rapide calcul.

— Si on les prend par surprise...

Michael l'interrompit :

— Écoute... Qu'est-ce que c'est que ce bruit ?

Malgré les acouphènes qui leur vrillaient les oreilles après les déflagrations de l'AK-47, ils essayèrent de se concentrer. Comme s'ils essayaient de lire dans le noir un texte en petits caractères. Il leur fallut quelques instants pour comprendre qu'on traînait des objets sur le sol de ciment pour les entasser contre un mur. Michael pensa d'abord à une barricade et crut que le vieux et Numéro Quatre avaient l'intention de se mettre à couvert et de se frayer un chemin par en dessous.

Il tenta de se représenter le sous-sol, de deviner quel était le meilleur emplacement pour un terrier artisanal et un couple de rats acculés. Tout à coup, il vit, mentalement, la petite fenêtre couverte de toiles d'araignées. C'était la seule issue… mais, si Linda et lui y arrivaient les premiers, elle leur offrait l'occasion de se servir à la fois de la caméra et de leur arsenal.

Il toucha l'épaule de Linda et leva un doigt devant ses lèvres pour lui intimer silence et discrétion. Il lui fit signe de le suivre, non sans avoir lâché une dernière rafale. Elle obtempéra, balayant avec l'AK-47 l'étroite cage d'escalier, noyant le sous-sol sous les balles jusqu'à ce que son chargeur soit vide. Elle prit le second dans la poche de Michael et le mit en place d'un mouvement expert, ramenant la culasse en position de tir. Puis elle courut dans son sillage.

En quelques secondes, Terri Collins avait compris ce qui se passait. Elle se trouvait toujours avec Mark Wolfe près de la voiture d'Adrian. Les échos de la fusillade leur parvenaient, comme lorsqu'on entend un téléviseur dans la pièce voisine. Mais, même étouffé par la distance et par les murs de la maison, le bruit des armes automatiques était reconnaissable entre tous. Des années auparavant, il lui arrivait souvent d'attendre des heures avec les enfants en train de se plaindre, dans leur vieille voiture, que son ex-mari en ait terminé au stand de tir militaire – où vider des chargeurs sur des mannequins figurant des terroristes était la norme plutôt que l'exception.

Elle se tourna vers Wolfe. La conscience de ce qu'elle allait faire la traversa comme un courant électrique.

— Appelez de l'aide ! s'écria-t-elle.

Il se mit à tripoter le téléphone portable, tandis que Terri se ruait vers l'arrière de sa voiture. Elle sortit du coffre le gilet pare-balles qu'elle y laissait en permanence. C'était un présent de sa voisine, Laurie, à l'époque où elle n'était encore qu'agent de police. Elle ne l'avait pas porté une seule fois, depuis le matin de Noël où elle l'avait sorti de son emballage cadeau.

— Donnez-leur l'adresse précise ! cria-t-elle par-dessus son épaule. Dites-leur qu'on a besoin de tout le monde. Qu'on a affaire à des armes automatiques. Et demandez une ambulance ! Si nécessaire, dites-leur qu'un flic est blessé... Ça les fera aller plus vite.

Terri fixa les bandes Velcro, serra le gilet sur sa poitrine. Elle eut l'impression qu'il était fin, tout petit. Puis elle arma son revolver.

Elle entendit, au loin, une seconde série de coups de feu. Sans réfléchir à ce qu'elle allait faire (sauf qu'elle savait qu'elle devait se rendre sur les lieux de la fusillade), elle se mit à courir, non sans avoir lancé un dernier ordre à Wolfe :

— Attendez-moi ici ! Et dites-leur que je suis partie là-bas !

Le revolver à la main, Terri se mit à courir de toutes ses forces vers la route qui montait vers la vieille ferme.

Au moment où elle disparaissait derrière le tournant, Wolfe demandait de l'aide. Quand le dispatcher de la police locale décrocha, il se montra clair et précis :

— Envoyez des renforts. Beaucoup de renforts. Un inspecteur de police est impliqué dans une fusillade.

Le dispatcher était une femme. Il lui donna l'adresse. Elle lui répondit :

— Il va falloir du temps à la police d'État pour être sur les lieux. Au moins quinze minutes...

— Nous n'avons pas un quart d'heure, répondit-il sèchement avant de couper la communication.

Elle n'a jamais eu à gérer un appel comme celui-là, se dit-il. Wolfe leva les yeux, essayant de repérer Collins. L'orée de la forêt était si épaisse qu'il ne pouvait juger de son avance. Comme si elle avait été immédiatement avalée. Mark Wolfe était partagé. Il avait reçu l'ordre d'attendre. La part la plus lâche de lui-même acceptait de bon gré de rester à l'arrière, dans un endroit sûr, et de laisser les événements suivre leur cours sans intervenir. Mais cet instinct de conservation naturel luttait contre l'autre part de sa personnalité – celle qui avait tellement envie de voir et était prête à prendre toutes sortes de risques pour satisfaire ce désir irrépressible.

Tout ce qui était important dans sa vie était presque à sa portée. Après avoir inspiré à fond, il se mit à courir dans le sillage de l'inspecteur. Mais il se répétait à chaque pas qu'il devait rester en arrière, rester caché, et surtout ne pas intervenir dans les événements qui se déroulaient sous ses yeux. Approche-toi, se disait-il, en courant de toute la force de ses jambes, mais pas trop près.

En équilibre sur les débris, Adrian aida Jennifer à monter à ses côtés. Il sentait que cet amoncellement érigé dans la panique vacillait et menaçait de s'effondrer. Il fourra son pistolet dans sa poche, en espérant qu'il ne glisserait pas, et mit ses mains en coupe pour faire la courte échelle à l'adolescente, toujours nue. Elle posa une main sur son épaule pour se mettre d'aplomb, tout en serrant son ours de l'autre. D'une seule poussée, accompagnée d'un grognement, il la hissa jusqu'à la fenêtre. Elle s'agrippa au châssis. Adrian vit qu'elle balançait la main qui tenait l'ours, jetant son jouet à l'extérieur, tout en empoignant le bois cassé. Jennifer vacilla un instant, puis, ruant et se débattant comme un poisson qui sautille sur le pont d'un navire, elle se débrouilla pour se hisser et passa à l'extérieur.

Adrian eut un soupir de soulagement. Il était un peu surpris par ce qu'il avait fait. Il ignorait comment il arriverait à se hisser à son tour jusqu'à la fenêtre. Depuis son perchoir – tel un oiseau sur une branche instable –, il chercha du regard un objet qu'il pourrait ajouter à la pile pour gagner les trente centimètres manquants. Il ne vit rien. La résignation commençait à lui tenailler l'estomac. Elle peut courir, constata-t-il. Moi, je suis bloqué ici. J'aimerais bien sortir, mais je ne peux pas…

Au moment où ces pensées de défaite commençaient à se faufiler dans son cerveau, il entendit une voix au-dessus de lui :

— Vite, professeur !

Jennifer, qui avait disparu de l'autre côté de la fenêtre, était penchée vers lui, moitié dedans, moitié dehors, et tendait vers lui un bras maigre. Adrian se dit qu'elle n'aurait certainement pas la force de l'aider.

— Essaie, Audie, bon Dieu ! Essaie ! criait Brian à son oreille.

Adrian leva les yeux. Ce n'était plus l'adolescente qui se penchait vers lui, par la fenêtre, mais Cassie.

— Allez, Audie ! le suppliait-elle.

Il n'hésita pas. Il lui saisit le bras, griffa le mur et poussa le plus fort possible des deux pieds – celui qui était fracturé et celui qui était indemne. Il sentit que le monceau de débris s'écroulait, derrière lui, et pendant un instant, il eut l'impression de flotter en l'air. Puis il sentit qu'il s'écrasait contre le ciment, il se dit qu'il tombait, comprit que ce n'était pas le cas, qu'il se tenait au cadre de la fenêtre, ses ongles ensanglantés enfoncés dans le bois. Il agita les pieds dans tous les sens. Il se dit qu'il n'aurait pas la force de faire le rétablissement nécessaire. Il sentit soudain qu'il était soulevé, à la fois par Jennifer qui tirait sur le col de sa veste, par le peu de forces qui lui restaient et par tous ses souvenirs. *Des ailes*, imagina-t-il.

Brusquement, il vit la lumière du soleil au-dessus de lui. Il se glissa par la fenêtre en rampant, Jennifer le halant sur les derniers centimètres.

Le vieil homme et l'adolescente nue s'écroulèrent, épuisés, contre le mur de la ferme. Elle savourait l'air frais comme si c'était le plus fin des champagnes, un rayon de soleil éclaboussant son visage. Une autre goulée d'air, se dit-elle, après quoi je peux mourir, tellement c'est génial.

Adrian luttait pour mettre de l'ordre dans ses idées. La sécurité que représentait la rangée d'arbres n'était pas loin du côté opposé de la grange, au-delà de l'espace découvert qu'il avait traversé un peu plus tôt. S'ils y parvenaient, ils pourraient se cacher. Au moment où il empoignait l'épaule de Jennifer et s'apprêtait à lui montrer la direction, « C'est par là qu'on doit aller », une nouvelle nuée de balles de l'AK-47 fracassa en hurlant le mur au-dessus de leurs têtes, quelques-unes s'enfonçant dans le sol à leurs pieds. Des mottes de terre étaient projetées à hauteur des visages, des fragments de bois et de laine de verre leur dégringolaient sur la tête. Ils auraient pu être captifs entre deux cymbales qu'un batteur actionnait comme un fou. Ils firent un bond en arrière, se blottirent l'un contre l'autre, et Jennifer se remit à hurler, même si sa voix n'était pas assez puissante pour s'élever au-dessus du vacarme de la Kalachnikov. On eût dit que le martèlement mortel de l'arme automatique sortait de sa bouche grande ouverte.

Linda et Michael s'étaient séparés. Elle était passée par l'arrière, et tirait maintenant depuis le coin de la maison, ce qui lui permettait d'avoir les deux fugitifs dans son angle de tir. Il était difficile d'avoir un tir précis sans s'exposer, alors elle comptait sur sa puissance de feu.

Michael avait couru devant la maison, près de sa vieille camionnette, qui le couvrait juste assez pour qu'il continue à filmer. Il avait abaissé le fusil à pompe et levait la caméra HD après avoir posé l'ordinateur portable sur le toit de la fourgonnette. Il n'eut qu'une pensée : Quel spectacle !

Jennifer hurlait, les mains plaquées sur les oreilles, tandis que les balles continuaient de pleuvoir sur leur position. Elle se serra contre Adrian. Il levait l'avant-bras devant son visage, comme si cela pouvait repousser l'averse de balles. Il ferma les yeux, s'attendant à mourir d'un instant à l'autre.

— Écoute-moi, Audie ! Ce n'est pas fini !

Il tourna la tête et découvrit la présence à côté de lui de Brian (période Vietnam). Son frère, jeune officier à peine plus âgé que Jennifer, lui faisait des signes. Le treillis de Brian était couvert de crasse, et il avait le casque enfoncé sur le crâne. Crasseux, couvert de transpiration, il se jeta à plat ventre sur le sol et enfonça un chargeur dans son M-16. Il semblait déterminé et affichait un sourire en coin. Brian n'avait pas du tout l'air d'avoir peur.

— Allez, Audie ! Riposte, nom de Dieu ! Riposte par le feu !

Brian lâcha une rafale furieuse, l'arme en mode automatique. Adrian vit soudain le coin de la maison, derrière lequel Linda se terrait pour les arroser, exploser en de multiples fragments. Une fenêtre vola en éclats, les morceaux de verre projetés en tous sens dans les rayons du soleil. Baissant les yeux, il découvrit qu'il avait tiré de sa poche le 9 mm de son frère et qu'il était parvenu d'une manière ou d'une autre à s'agenouiller. Les balles qui frappaient la maison étaient les siennes.

— Génial ! hurla Brian. Ne les laisse pas t'encercler, Audie ! Entretiens un feu roulant !

Linda se jeta en arrière, hors d'haleine. Un projectile avait arraché le montant juste au-dessus de sa tête, et un éclat de bois lui avait déchiré la joue. Elle se colla au mur pour s'écarter de la ligne de tir d'Adrian. Elle toucha son égratignure, vit un peu de sang sur ses doigts. Cela la mit hors d'elle.

Adrian appuya à nouveau sur la détente. Les douilles jonchaient le sol autour de lui. Il entendit Tommy hurler à son oreille :

— Maintenant, papa ! Elle doit y aller maintenant !

Adrian tira encore et cria à Jennifer :

— Maintenant ! Maintenant ! Cours ! Vas-y !

Jennifer ne comprit pas vraiment ce qu'il disait, mais le sens général était clair : « Cours jusqu'à la grange. Cours te mettre à couvert. Fonce jusqu'au bois. Fuis. Cache-toi. Va plus vite que la mort. »

Elle se mit sur pied, non sans mal, et partit sans hésiter. Elle courut de toutes ses forces, plus vite qu'elle s'était jamais crue capable de le faire, aussi fort et aussi vite qu'elle souhaitait le faire quand elle était enfermée dans sa cellule. Elle sentait le vent lui caresser la peau, comme si un ouragan lui soufflait dans le dos, et la pousser en avant tandis qu'elle fonçait vers la sécurité de la grange.

Adrian avait toutes les peines du monde à la suivre. Il courut, lui aussi, mais en boitant et titubant, car son pied fracturé le faisait trébucher à chaque pas. Il tirait toujours tout en courant, essayant de faire sauter le coin de la maison, espérant qu'une balle perdue finirait par toucher sa cible. Il n'avait parcouru que la moitié du chemin lorsqu'il reçut un coup violent, aussi brutal qu'un coup de tonnerre, qui le souleva littéralement et le jeta au sol. Son visage heurta la terre meuble avec un bruit sourd. Il sentait le goût de la terre, ses oreilles sifflaient, la douleur remonta de ses jambes, vers sa taille et enfin vers son cœur, et il crut que celui-ci allait s'arrêter. Il ne put former mentalement les mots « Je suis touché », mais il savait ce qui se passait.

Il voyait trouble, son regard s'obscurcissait, comme si la nuit était tombée d'un seul coup. Adrian se demanda si Jennifer était parvenue à la grange, la première étape vers la sécurité. Il espérait que Cassie, Brian et Tommy l'accompagneraient sur le reste du chemin, car il savait qu'il en était incapable, désormais. Il ferma les yeux, entendit un bruit maléfique. Une sorte de cliquetis. Il ignorait que c'était le bruit que faisait un fusil à pompe quand on éjectait un chargeur vide avant de le remplacer par un nouveau, mais il savait que c'était le bruit de la mort.

Quand Adrian s'était mis à courir vers le terrain découvert, Michael avait posé sa caméra sur le capot de la fourgonnette. Il avait enclenché la fonction automatique pour qu'elle continue à filmer. C'était l'ultime *director's cut*, l'image selon un angle aigu. La caméra posée derrière lui filmait toujours l'action. Il savait qu'on ne pouvait toujours pas l'identifier. Les abonnés ne voyaient que son dos. Il tira une seule fois avec le calibre 12. Le projectile d'acier toucha Adrian entre la cuisse et la hanche, le soulevant et le jetant au sol avec la force d'un *linebacker* ou la violence d'un hockeyeur professionnel.

Michael éjecta tranquillement la douille et leva l'arme à hauteur d'épaule, prenant cette fois le temps de viser la silhouette étendue, toute chiffonnée, sur le sol. Finis ce film ! se dit-il. Il n'entendit pas la personne qui arrivait derrière lui, avant que sa voix aiguë ne fende l'air :

— Police ! On ne bouge plus ! Lâchez votre arme !

Stupéfait, Michael hésita.

— J'ai dit : lâchez votre arme !

Ce n'était pas du tout ce qu'il avait imaginé. Les questions se télescopaient dans son esprit. Où est Linda ? Qui est-ce ? Numéro Quatre est finie, maintenant. Qu'est-ce qui se passe ? Les multiples questions qui jaillissaient au fond de son cerveau restèrent sans réponse. Au lieu d'obtempérer, Michael pivota brusquement, tournant le canon du fusil à pompe vers cette voix étrange, vers la personne qui prétendait lui donner des ordres, à lui. Il n'avait d'autre intention que de s'en débarrasser sur-le-champ, quel qu'elle soit, pour se consacrer à sa tâche, autrement plus urgente et plus importante : terminer *Saison 4*.

Il n'en eut pas l'occasion.

Terri Collins était accroupie, en position de tir, près de l'arrière de la camionnette. Elle tenait son arme à deux mains et visait soigneusement. Elle eut l'impression que Michael se déplaçait au ralenti – le large dos sur lequel elle pointait son arme laissant peu à peu la place à sa poitrine. Elle ne comprenait pas pourquoi il ne lâchait pas le fusil à pompe. Il n'avait aucune chance.

Sauf pendant l'entraînement, au stand de tir, Terri n'avait jamais eu l'occasion, depuis qu'elle opérait dans la police locale, de sortir son arme de son étui. Maintenant que cela arrivait pour de bon, il fallait qu'elle se rappelle ce qu'elle était censée faire, et qu'elle le fasse correctement. Elle savait, car on le lui avait appris, qu'il n'y aurait pas de seconde chance. Mais son arme avait une volonté propre. Elle semblait viser et tirer sans son aide. Terri eut à peine conscience d'appuyer sur la détente. Tu n'as pas le droit à l'erreur. Tu dois mettre le sujet à terre, avait-elle pensé. Le revolver de police rugit. Elle tira cinq fois de suite, comme on le lui avait appris.

Les balles à chemise d'acier frappèrent Michael avec une série de claquements. La violence des impacts le souleva du sol et le projeta en arrière. Il mourut avant que ses yeux aient le temps de voir le ciel une dernière fois.

Terri Collins expira à fond, comme frappée d'épuisement. Étourdie, elle fit un pas en avant. La tête lui tournait, mais chacun de ses nerfs était tendu à l'extrême. Elle avait les yeux fixés sur le corps allongé devant elle. Une grande flaque de sang recouvrait son torse. L'image de l'homme qu'elle avait tué était fascinante. Elle aurait pu rester figée sur place, comme hypnotisée, si elle n'avait entendu un hurlement.

Linda vit la mort de son amant depuis sa position à l'autre extrémité du bâtiment. Une seule image, horrible. Elle vit la femme flic debout au-dessus de Michael. Elle vit le sang. Ce fut comme si on avait arraché de son cœur la partie la plus importante d'elle-même. Elle se mit à courir, les larmes aux yeux, affolée, en hurlant « Michael ! Michael ! Non ! », tout en vidant le chargeur de l'AK-47.

Les balles à haute puissance s'écrasèrent contre le torse de Terri Collins. Elles frappèrent son gilet pare-balles en la faisant tournoyer comme une toupie. Une balle lui fracassa le poignet et fit voler son arme. Une autre la saisit au moment où elle s'affaissait, juste au-dessus du gilet, et lui déchira la gorge comme une lame.

Terri tomba sur le dos, les yeux vers le ciel. Elle sentait le sang qui remontait en bouillonnant de sa poitrine, elle étouffait, chaque respiration avait plus de mal à trouver de l'air. Elle savait qu'elle aurait dû penser à ses enfants, à son foyer et à tout ce qu'elle allait perdre, mais la douleur déplia devant ses yeux un rideau noir, définitif. Terri Collins n'eut pas le temps de se dire : Je ne veux pas mourir, avant de rendre le dernier soupir.

Linda courait toujours. Elle lâcha la Kalachnikov et sortit le revolver que Michael lui avait glissé sous la ceinture de son jean. Elle voulait continuer à tirer, comme si en tuant de nouveau la femme flic, en la tuant et la re-tuant sans fin, elle pouvait inverser le cours du temps et ramener Michael à la vie.

Elle courut droit vers lui. Linda se jeta sur le corps de son amant, le prit dans ses bras pour le relever, comme une Vierge de Michel-Ange berçant son fils crucifié. Elle lui caressa le visage du bout des doigts, essaya d'ôter le sang de ses lèvres, comme si cela pouvait le ressusciter. Elle émit un hurlement de douleur.

Soudain, la douleur laissa la place à une colère aveugle. Elle plissa les yeux, en proie à une haine sans limites. Elle se releva, empoigna son revolver. Elle vit le vieil homme étalé sur le sol. Elle ne savait pas qui il était, ni comment il était arrivé là, mais elle savait qu'il était responsable de tout ce qui s'était passé. Elle ignorait s'il était encore vivant. Elle savait qu'il ne méritait pas de vivre. Elle savait également que Numéro Quatre ne devait pas être bien loin. Tue-les, se dit-elle. Tue-les, tous les deux. Après quoi tu pourras te tuer, et tu seras avec Michael, pour toujours. Linda leva son revolver et visa posément le vieil homme.

Adrian vit ce qu'elle était en train de faire. Il aurait pu bouger, ramper pour essayer de se mettre à l'abri, ou même prendre son arme et viser. Mais il en était incapable. Il ne pouvait rien faire, sauf attendre. Il se dit que c'était bien, on pouvait lui tirer dessus et le tuer sur-le-champ, puisque Jennifer avait pu s'enfuir. Mourir avait été son intention, depuis le début. Mais il avait assisté à l'enlèvement, dans la rue, et cela l'avait empêché de se suicider. C'était injuste, c'était terriblement mal, et il avait fait tout ce que ses morts avaient exigé de lui – sa femme, son frère et son fils. Tout cela avait été une partie de sa propre mort, et il n'y voyait rien à redire. Il avait vraiment fait de son mieux. Jennifer pouvait peut-être courir le plus loin possible, maintenant, s'en sortir, grandir, et vivre. Cela avait donc valu la peine.

Adrian ferma les yeux. Il entendit le rugissement du revolver. Mais la mort ne vint pas, comme prévu, quelques millièmes de seconde plus tard.

Il sentait toujours, contre sa joue, le contact de la terre humide. Il sentait que son cœur battait et la douleur courait toujours dans son corps. Il sentait même sa maladie, comme si elle profitait insidieusement des événements, comme si elle exigeait la première place, désormais. Chacun des muscles dont il s'était servi pour la mettre en échec s'était relâché. Sans trop comprendre pourquoi, il sentait que sa mémoire s'évanouissait, et que sa raison l'abandonnait. Il voulait entendre une dernière fois sa femme, son fils, son frère. Il voulait entendre un poème qui lui faciliterait l'entrée dans la folie, l'oubli, et la mort. Mais la seule chose qu'il entendait au fond de son crâne, c'était le tonnerre de la démence éliminant les quelques derniers fragments de son être qui s'accrochaient encore à la vie.

Il cligna des yeux. Ce qu'il vit relevait plus de l'hallucination que tous les membres disparus de sa famille. Linda était couchée face contre terre. Ce qui restait de sa tête nageait dans le sang.

Et, derrière elle : Mark Wolfe. Il tenait le revolver de l'inspecteur Collins. Adrian eut envie d'éclater de rire. Il se dit que mourir en souriant était logique. Il ferma les yeux et attendit.


L'exhibitionniste contempla le carnage dans la cour de la ferme.

— Mon Dieu, mon Dieu, mon Dieu…

C'étaient les seuls mots qu'il était capable de prononcer. Il les répéta, encore et encore. Ils n'avaient rien à voir avec la foi ou la religion, exprimant plutôt le choc qu'il avait reçu. Il leva encore le revolver de l'inspecteur, sans rien viser en particulier. Puis il l'abaissa, car il était évident qu'il n'en avait plus besoin. Il vit l'ordinateur posé sur le toit de la camionnette, et la caméra qui enregistrait fidèlement tout ce qui était en vue.

Le silence était presque absolu. L'écho des coups de feu s'évanouit dans le lointain.

— Mon Dieu...

Mark Wolfe regarda l'inspecteur Collins et secoua la tête.

Il se dirigea lentement vers le corps d'Adrian. À sa grande surprise, il vit le vieil homme ouvrir les yeux, en battant faiblement des paupières. Wolfe sut qu'il était grièvement blessé. Il douta de ses chances de survie. Il se pencha pourtant vers lui et lui glissa des encouragements :

— Vous êtes un vieux dur à cuire, professeur. Accrochez-vous.

Wolfe entendit les sirènes qui approchaient, très vite.

— Les renforts sont en route. N'abandonnez pas. Ils seront là dans une minute.

Il allait ajouter : « Vous me devez beaucoup plus que les vingt billets promis », mais il n'en fit rien. Au lieu de quoi, la fierté l'envahit, et il comprit la situation : Je suis un héros. Un foutu héros. J'ai tué l'assassin d'un flic. Ils vont me foutre la paix, maintenant, quoi que je fasse. Je suis libre.

Le hurlement des sirènes était tout proche. Le regard de Wolfe quitta le professeur blessé. Il ouvrit grand la bouche, stupéfait. Une adolescente

611

complètement nue émergeait de derrière la grange. Elle ne faisait rien pour couvrir sa nudité. Mais elle serrait un ours sur son cœur.

Wolfe se leva, s'écarta du professeur tandis que Jennifer traversait la cour. Elle s'agenouilla près d'Adrian, au moment où la première voiture de police pénétrait dans l'allée. Wolfe hésita un instant, puis ôta sa propre veste. Il en enveloppa les épaules de la fille – en partie pour couvrir sa nudité, mais surtout parce qu'il avait envie de toucher sa peau de porcelaine. Quand son doigt frôla l'épaule de Jennifer, il ressentit cette électricité familière. Il soupira.

Derrière eux, les voitures de police freinaient en faisant hurler les pneus. Des agents en jaillirent, agitèrent leurs armes, hurlèrent des ordres, prirent position derrière les portières ouvertes des véhicules. Wolfe avait eu le bon sens de jeter le revolver de l'inspecteur et de lever les mains, geste de reddition qui n'était absolument pas nécessaire.

Jennifer, quant à elle, semblait ne rien voir, ne rien entendre sinon le souffle rauque du vieil homme. Elle lui prit la main et la serra très fort, comme si elle pouvait lui communiquer un peu de sa propre jeunesse et lui redonner ainsi quelques forces.

Adrian cligna des yeux. Il la regarda de ses yeux vitreux, comme un homme qui s'éveille d'une longue sieste et qui ignore s'il est encore au milieu d'un rêve. Il sourit.

— Bonjour, murmura-t-il. Qui êtes-vous ?

# ÉPILOGUE

## Le jour du dernier poème

Le professeur Roger Parsons lut le mémoire de A à Z, le relut et nota à l'encre rouge « Remarquable, mademoiselle Riggins » au bas de la dernière page. Il réfléchit un instant à ce qu'il allait écrire ensuite, leva les yeux vers l'affiche dédicacée et encadrée du *Silence des agneaux* au mur de son bureau. Depuis presque vingt-deux ans, il dispensait ce cours, « Introduction à la psychologie déviante », à l'intention de futurs étudiants en psychologie, et il ne se rappelait pas avoir lu un mémoire de fin d'année meilleur que celui-ci. Il s'intitulait *Comportement autodestructeur chez les adolescents*. Mlle Riggins avait analysé plusieurs types d'activités antisociales communes chez les adolescents et les avait inscrites dans des modèles psychologiques beaucoup plus sophistiqués que tout ce qu'il pouvait attendre d'une étudiante en première année.

De toute évidence, cette jeune fille qui était toujours assise au premier rang de la classe, toujours la première à poser des questions brèves et pertinentes à la fin de chaque cours, avait lu tous les articles cités en bas de page, et beaucoup plus de livres que ceux qui figuraient dans la bibliographie qu'il avait établie pour le syllabus.

« J'aimerais vous voir dès que possible, à votre convenance, pour vous parler du programme major en psychologie. En outre, peut-être seriez-vous intéressée par un internat clinique d'été. Nous le réservons en principe aux élèves des classes supérieures, mais nous pourrons faire une exception pour vous. »

Il lui donna la note la plus élevée. Il n'avait décerné que très rarement des A, durant toutes ces années d'enseignement, et jamais à un élève d'un cours d'initiation. De toute évidence, le devoir de la jeune Mlle Riggins était à la hauteur des travaux qu'il attendait des étudiants qui suivaient ses séminaires de haut niveau sur la déviance.

Le professeur Parsons posa le devoir sur la pile qu'il devait rendre aux élèves à l'issue du prochain cours – le dernier avant les vacances d'été. Il n'avait pas très envie d'en prendre un autre et de poursuivre ses évaluations. Il s'y résigna pourtant, et fit la grimace en commençant sa lecture. Dès la deuxième phrase de l'introduction, il avait trouvé une coquille.

— Ils n'ont jamais entendu parler de correcteur d'orthographe ? grogna-t-il. Est-ce que ça les fatiguerait de relire leur travail avant de me le remettre ?

Il mit son paraphe dans la marge et entoura la faute d'un trait rouge théâtral.


En sortant de son cours « Tendances sociales dans la poésie moderne », Jennifer traversa le campus en toute hâte. Elle observait chaque jeudi un rituel bien défini, et même si elle savait qu'il y aurait ce jour-là des changements inévitables (car ce serait la dernière fois), elle voulait s'y tenir au plus près.

Elle s'arrêta d'abord dans un petit magasin de fleurs du centre-ville, où elle acheta un bouquet mélangé, peu coûteux. Elle choisissait toujours les couleurs les plus vives, les plus vibrantes, même au cœur de l'hiver. Qu'il fasse un froid de canard, ou que le temps soit doux et ensoleillé comme en ce début d'été, elle tenait à ce que le bouquet saute aux yeux.

Jennifer prit les fleurs que lui tendait l'aimable fleuriste. Celle-ci la reconnaissait, à cause de ses visites répétées, mais ne lui avait jamais demandé pourquoi elle achetait des fleurs avec une telle régularité. Jennifer se disait que la commerçante avait peut-être appris, par hasard, ce qu'elle en faisait. Elle sortit à grands pas sous le soleil du milieu de l'après-midi, posa les fleurs sur le siège de sa voiture et se rendit directement au commissariat principal, de l'autre côté de la ville.

Elle trouvait habituellement une place à proximité et, les rares fois où la rue était encombrée, les agents de service lui faisaient signe d'entrer sur le parking de la police, derrière le poste. Ce jour-là – le dernier –, elle eut la chance de trouver un emplacement juste devant la moderne façade de brique et de verre. Elle ne perdit pas de temps à mettre de l'argent dans le parcmètre. Elle sauta de sa voiture, les fleurs à la main.

Jennifer traversa le large trottoir menant à l'entrée. Juste à côté, il y avait une grande plaque de bronze fixée bien en vue sur le mur. En haut de la plaque, une étoile d'or renvoyait les rayons du soleil et mettait en évidence l'inscription :

*À la mémoire de l'inspecteur Terri Collins,*
*Tuée dans l'exercice de son devoir.*
*Honneur. Dévouement. Sacrifice.*

Jennifer posa ses fleurs sous la plaque et se recueillit un instant. Elle revoyait parfois l'inspecteur, assise devant elle, lors de ses fugues manquées. Terri essayait de lui expliquer pourquoi la fuite était une si mauvaise idée, alors que visiblement elle n'y croyait pas elle-même. Elle voulait dire à Jennifer qu'il existait d'autres moyens de s'en sortir. Tout ce qu'elle avait à faire, c'était de chercher. Durant les trois années écoulées depuis que Terri Collins s'était fait tuer en venant à son secours, Jennifer avait appris combien c'était vrai. C'est pourquoi il lui arrivait souvent de murmurer, en regardant la plaque :

« Je fais exactement ce que vous m'avez dit, inspecteur. J'aurais dû vous écouter. Vous aviez raison, depuis le début. »

Il arrivait souvent qu'un agent de police surprenne ses soliloques, mais personne ne l'avait jamais interrompue. Contrairement à la fleuriste qui l'attendait chaque jeudi, ils savaient tous pourquoi Jennifer était là.

— Nous sommes jeudi, ce doit être le jour du poème, dit l'infirmière d'un ton chantant, amical, accueillant.

Elle leva les yeux de son travail administratif et de son écran d'ordinateur. L'accueil où elle officiait se trouvait juste à l'entrée d'un immeuble en parpaing, trapu et sans attrait particulier, à l'écart d'une des voies principales menant au centre de la petite ville universitaire. Les portes conçues pour laisser passer les fauteuils roulants et les lits médicalisés étaient équipées de boutons poussoirs activant un système d'ouverture pneumatique.

— Exactement, répondit Jennifer en lui rendant son sourire.

L'infirmière secoua la tête, comme si l'arrivée de Jennifer évoquait à la fois le bonheur et la tristesse.

— Vous savez, chérie, il ne comprend peut-être plus grand-chose, mais il espère vraiment vos visites. Je m'en rends compte. Le jeudi, quand il attend votre arrivée, il semble appartenir un peu plus à ce monde.

Jennifer s'arrêta un instant, se retourna et regarda à l'extérieur. Elle voyait les rayons de soleil plonger entre les branches des arbres qu'agitait un vent léger. Les feuilles d'un vert soutenu luttaient contre la brise, sans parvenir à cacher le panneau placé devant l'immeuble : Centre de réadaptation et de soins à long terme de la Vallée.

Jennifer regarda l'infirmière. Elle savait que ce n'était pas tout à fait vrai. Il n'appartenait pas « un peu plus à ce monde ». Il baissait un peu plus chaque semaine. Non. À chaque heure, un peu de lui disparaissait.

— Oui, je m'en rends compte aussi, mentit-elle à son tour.

— Qui avez-vous amené avec vous, aujourd'hui ?

— W. H. Auden et James Merrill. Et Billy Collins, qui est si drôle. Plus deux ou trois autres, si j'ai le temps.

L'infirmière ne connaissait sans doute aucun de ces poètes, mais elle joua le jeu, comme si chacun d'eux était le choix idéal.

— Il est dehors, dans le patio.

Jennifer connaissait le chemin. Elle croisa plusieurs membres du personnel qu'elle salua d'un signe de tête. Tout le monde savait qu'elle était la Fille de la poésie du jeudi, et sa ponctualité était assez explicite pour qu'ils ne lui demandent rien.

Adrian était assis dans un fauteuil roulant, dans un coin ombragé. Il était légèrement penché en avant, comme s'il surveillait quelque chose juste en face de lui – mais Jennifer se rendait compte, à l'angle de sa tête, qu'il ne voyait même pas le beau rayon de soleil de l'après-midi. Ses mains tremblantes, sa lèvre qui tressaillait étaient des signes de la maladie de Parkinson. Le professeur avait les cheveux blancs, raides et emmêlés. La forme physique dont il avait été si fier n'était plus qu'un souvenir. Il avait les bras comme des baguettes, et ses jambes maigres tressautaient nerveusement. Il était d'une maigreur cadavérique, et on ne l'avait pas rasé : ses joues maigres et son menton se couvraient de poils gris. Il avait le regard terne. Peut-être reconnaissait-il Jennifer, mais il n'existait aucun moyen d'en être sûr.

Elle prit une chaise, qu'elle approcha du vieux professeur.

— Je vais obtenir la note maximale pour mon devoir... pardon, professeur, pour *notre* devoir de licence. L'année prochaine, ce sera la même chose. J'y consacrerai tout le temps nécessaire, et je finirai ce que vous avez commencé, je vous le promets.

Jennifer y avait réfléchi pendant plusieurs jours. Elle ne le lui avait jamais dit. Jusqu'alors, elle s'était surtout préoccupée de lui communiquer des choses plus simples. La fin de ses études au collège. Son entrée à l'université. Quelles matières elle avait choisies, et ce qu'elle pensait de ses professeurs, d'anciens collègues d'Adrian. Jennifer évoquait parfois un nouveau petit ami, ou des choses plus triviales comme le nouvel emploi de sa mère et la façon dont celle-ci semblait s'être remise de sa rupture avec Scott West.

Mais, surtout, elle lui lisait de la poésie. Elle avait fait beaucoup de progrès pour en respecter les inflexions, le rythme et la langue elle-même, cherchant à transmettre au vieil homme les subtilités présentes au cœur des vers – même si elle savait qu'il ne l'entendait plus, et ne comprenait pas ce qu'elle disait. Le plus important, Jennifer le savait, c'était de le dire.

Elle lui prit la main, qui semblait si légère. Jennifer avait fait des recherches. Ce qu'elle avait appris lui avait été confirmé par ses conversations avec le personnel de la clinique. Le Pr Thomas glissait inexorablement vers la mort. Il n'y avait rien à faire pour abréger son épreuve sauf espérer que, puisque ses fonctions cérébrales se dissipaient, il ne souffrait pas trop.

Jennifer savait qu'il souffrait. Elle sourit à l'homme qui lui avait sauvé la vie.

— J'ai pensé qu'un peu de Lewis Carroll, ce serait bien, aujourd'hui, professeur. Ça vous dirait ?

Un léger filet de salive apparut à la commissure de ses lèvres. Jennifer l'essuya soigneusement avec un mouchoir en papier. Elle se dit qu'il avait vu la mort de près. Sa maladie et les blessures qu'il avait récoltées pendant la fusillade auraient dû le tuer. Au lieu de quoi, il était infirme. Jennifer se dit que c'était injuste.

Elle plongea la main dans son sac à dos, d'où elle sortit un livre de poésie. Elle jeta un regard autour d'elle. On promenait dans le parc quelques patients en fauteuil roulant, qui admiraient les fleurs en plates-bandes, mais Adrian et Jennifer étaient seuls sur la terrasse. Elle se dit qu'il ne pouvait y avoir de meilleur moment pour faire la lecture au professeur. Elle ouvrit le livre, mais les premières lignes jaillirent de sa mémoire : « Il était grilheure : les slictueux toves gyraient sur l'alloinde et vriblaient… »

Le livre, une anthologie de plusieurs siècles de poètes anglais et américains, était épais. Jennifer avait glissé une petite seringue entre les pages. Elle l'avait dérobée six mois plus tôt à l'infirmerie du campus, grâce à un petit tour de passe-passe et à une toux provoquée par une bronchite imaginaire.

La seringue contenait un mélange de Fentanyl et de cocaïne. Jennifer n'avait eu aucun mal à trouver la cocaïne auprès d'un des nombreux étudiants qui « traçaient leur chemin » dans l'université. Pour le Fentanyl, cela avait été plus difficile. C'était un médicament très puissant, un narcotique qu'on utilisait pour atténuer la violence de la chimiothérapie. Il lui avait fallu plusieurs mois pour se lier d'amitié avec une fille dont la chambre se trouvait dans le même couloir que la sienne, et dont la mère souffrait d'un cancer du sein. En visite un week-end dans la famille de son amie, à Boston, Jennifer était parvenue à dérober une douzaine de cachets dans une armoire à pharmacie. Plus qu'une dose mortelle. De quoi provoquer un arrêt cardiaque en quelques secondes. Elle s'en était voulu de trahir, en commettant ce vol, la confiance de sa nouvelle amie. Mais on ne pouvait rien y faire. Elle avait une promesse à tenir.

Jennifer continuait à réciter, tout en remontant la manche de chemise du professeur :

— « Prends garde au Jabberwock, mon fils ! À sa gueule qui mord, ses griffes qui happent ! »

Elle regarda autour d'elle, pour s'assurer que personne ne la voyait.

— « Une, deux ! Une, deux ! D'outre en outre, le glaive vorpalin virevolte, flac-vlan ! »

Elle n'avait aucune expérience en matière de piqûres, mais elle savait que ça ne ferait aucune différence. Le professeur ne broncha pas quand l'aiguille pénétra sa chair et trouva une veine.

Le paysage mental d'Adrian était vide, désormais, sauf un gris terne. Il discernait une lumière pâle, il entendait certains bruits, comprenait que des mots inintelligibles résonnaient encore dans une partie de lui que la maladie rendait inaccessible. Mais tous les faisceaux qui, reliés, avaient fait de lui l'homme qu'il était étaient désormais dispersés et brisés. Soudain, tous les fluides opaques à l'intérieur de lui semblèrent former une vague. Il parvint à lever un tout petit peu la tête, vit des silhouettes lointaines qui lui faisaient signe. La maladie et la vieillesse s'évanouirent et Adrian se mit à courir vers elles. Il riait.

— « Tu as donc tué le Jabberwock ? Dans mes bras, mon fils rayonnois ! O jour frabieux ! Callouh ! Callock ! »

Jennifer observait le vieil homme avec attention, la main sur son poignet. Son pouls ralentissait. Quand elle fut absolument certaine qu'elle l'avait libéré, comme il l'avait libérée jadis, elle ferma le livre de poésie. Elle se pencha vers lui, lui déposa un baiser sur le front et répéta doucement :

— « O jour frabieux ! Callouh ! Callock ! »

Elle rangea la seringue et le livre de poésie dans son sac à dos et poussa le fauteuil du professeur vers un coin ensoleillé de la terrasse. Elle trouvait qu'il avait l'air paisible.

En sortant, elle s'adressa à l'infirmière de service :

— Le professeur Thomas s'est endormi au soleil. Je n'ai pas voulu le déranger.

Elle se dit que c'était le moins qu'elle puisse faire pour lui.

*Composition et mise en pages :* FACOMPO, LISIEUX

*Achevé d'imprimer par N.I.I.A.G.*
*en février 2013*
*pour le compte de France Loisirs, Paris*

Nº d'éditeur : 71947
Dépôt légal : mars 2013
*Imprimé en Italie*